非凡魔术团 4

[美] 尼尔 · 帕特里克 · 哈里斯 / 著
安全勇 / 译

中信出版集团 | 北京

图书在版编目（CIP）数据

非凡魔术团 . 4 /（美）尼尔・帕特里克・哈里斯著；安全勇译 . -- 北京 : 中信出版社 , 2021.9

书名原文 : The Magic Misfits: The Fourth Suit

ISBN 978-7-5217-3346-4

Ⅰ . ①非… Ⅱ . ①尼… ②安… Ⅲ . ①儿童小说－长篇小说－美国－现代 Ⅳ . ① I712.84

中国版本图书馆 CIP 数据核字（2021）第 148098 号

非凡魔术团 4

著　　者：[美] 尼尔・帕特里克・哈里斯
译　　者：安全勇
出版发行：中信出版集团股份有限公司
（北京市朝阳区惠新东街甲4号富盛大厦2座　邮编　100029）
承 印 者：天津海顺印业包装有限公司

开　　本：880mm × 1230mm　1/32　　印　　张：9.5　　字　　数：196千字
版　　次：2021年9月第1版　　印　　次：2021年9月第1次印刷
京权图字：01－2020－5678
书　　号：ISBN 978－7－5217－3346－4
定　　价：35.00元

献给大卫——

哈里斯之家的另一个灵魂人物

A B C D E F G H I J K L M N O P Q R S T U V W X Y Z
a z y x w v u t s r q p o n m l k j i h g f e d c b

停！马上停下来！你是谁？

哦，原来又是你！

谢天谢地。

就在刚才，在一片漆黑之中，我感觉有人来了。我还真是担心，担心是那些不该看到这本书的人现身了……当然，我不是说你不该读这本书。你，是注定要读这本书的人。

希望你不要介意，请稍等片刻，让我先开一下灯，好吗？

好了……现在好多了。

实在抱歉，我有点儿小紧张。一想起未来总是未知，就难免有些抓狂。但好在有你，有那么多的读者朋友们一起陪伴彼此，一起迎来《非凡魔术团》四部曲的大结局，真好。

相信大家都知道，给这样的一个四部曲来个完美的大结局绝非易事。卡特、莉娜、希奥、瑞德利、奥利、伊兹、奥兹、伊利、韦伦先生、魔厨韦伦先生、鹦鹉佩莱斯托、猴子多多、兔子大礼帽、希奥的鸽子们……他们的经历总是让人牵肠挂肚。跟你们一样，我也老想着他们（你还别说，佩莱斯托、多多、大礼帽和希奥之鸽，听上去还真有点儿像个乐队的名字）。看了上一集惊心动魄的故事之后，各位一定急切地想知道他们是否又遇上什么新鲜事儿了吧？

我得承认，一想到韦伦魔术商店变成了一堆废墟，我就很难忍住我的眼泪。所有那些戏法，那些欢乐，还有恶棍卡拉根点起的大火……都让人唏嘘不已。现在，我们的非凡魔术团成员们又开始了新的学期，而卡拉根却下落不明。他在矿泉镇的暗处逡巡窥视，伺机而动。我敢肯定，暂时偃旗息鼓的他只是在等待时机，而当哪一天时机成熟，他一定会突然发难。

嘘——你听，好像有什么声音！

抱歉，刚才我好像听到有个奇怪的声响……咱们还是再开一盏灯吧。

现在，在开始新的冒险之前，请允许我回顾一下咱们非凡魔术团成员的本领：卡特·洛克——他能轻易地让物体消失；莉娜·韦伦——没什么能困住这位逃脱大师；希奥·斯坦因·迈尔——擅长悬浮术的小提琴天才；瑞德利·拉森——精通转变术的暴脾气怪咖；还有奥利·古登和伊兹·古登姐弟俩——精力旺盛的、无论何种情况下总能逗你乐的音乐喜剧组合。

但是，这会儿谁还能没心没肺笑得起来呢？摊牌的时候要到了，那个强大的反派魔术师贼心不死，一场新的危机近在咫尺！反正，我是乐不起来了。不过，请继续往下读吧。现在，我想和你分享的是……

如何阅读这本书

是的，我知道，有人会说这个部分似乎有些多余……

如果你这么说，那你应该已经知道该怎么阅读这本书了吧。

但还是请允许我再啰唆一下：这本书里的大部分内容是在讲故事，而在故事叙述的间歇之中，我将会跟大家分享一些魔术教程。如果从第一册起你就在仔细阅读，而且一直都在专心练习我给你分享的这些魔术技巧，那么你可能已经意识到了一点——积少成多的小魔术会带来大不同。如果你愿意，它们完全可以汇聚成一个终极魔术表演秀！

所以，在我们讲述瑞德利的冒险故事时，请你千万别跳过书里的魔术课程。我这可是头一回向你发出这样的请求，毕竟，你之前已经了解、练习并学会了那么多的魔术小技巧。现在，绝对不是轻言放弃的时候（当然，我觉得你绝不会是个半途而废的家伙，你肯定会仔细地看，认真地学，勤奋地练，直到止于至善）。

怎么样？准备好了吗？

准备好了的话，就请开始翻看下一页吧！

目录

第1章

瑞德利·拉森的生活仿佛一列疾驰的火车，轰鸣着载着她奔向未知之地。夏天已过，但夏天里所发生的种种往事却历历在目。一想起当时的情形，她就觉得自己仿佛一会儿在黑暗的隧道里穿行，一会儿又在刺耳的汽笛声里冲入了浓厚的迷雾之中……她的心里面颇有些惴惴不安，总觉着如果前面忽然出现一个急转弯，这列火车很可能就会彻底失控倾覆。

十月初的一个早上，瑞德利和帕克利女士一起踏上了旅途。帕克利女士是位家庭教师，是瑞德利妈妈请来陪伴女儿学习的。瑞德利之所以把生活比作火车，是因为此刻她和帕克利女士正置身于一列飞驰的火车之上。她坐在窗边，轮椅的轮子系在窗边的扶手上。初秋的草木在晨光中清亮朦胧，轻巧地在窗外向后疾驰。

帕克利女士和瑞德利面对面地坐着，正专注地看着瑞德利慢慢摊开手掌……“哇！再来一次！再来一次！”帕克利女士兴奋地嚷嚷着。

很显然，帕克利女士被瑞德利表演的魔术给迷住了，她兴奋得像个头一回走进韦伦魔术商店的小男孩。“好，这一回可要看仔细了！”说着话，瑞德利伸出双手，手掌朝上，掌上空空如也。接着，她弯曲了手指，双手握成了两个拳头，问道：“哪只手里会有东西呢？”

“这只手！”帕克利女士指着瑞德利的左手猜道。

瑞德利于是摊开右手捂住左拳，然后两只手一起快速摇晃了起来……当她停下来摊开左手的时候，手中空无一物，但掌心处却不知何时印上了两个字——不对！帕克利女士笑了。

“又选错了哟。”瑞德利笑着再次摊开右手，右手掌心里忽然显露出一颗小小的银色螺丝钉。帕克利女士一愣，紧接着再次激动地鼓起掌来。

瑞德利笑了，继而心里颇有些感慨，因为她已经好几个月都没这样轻松地笑过了。在矿泉镇的才艺秀事件之后，在韦伦魔术商店烧毁倒塌之后，瑞德利的生活改变了太多。她所居住的小镇、她与最亲密朋友们的关系、她关于生活的信仰等都发生了翻天覆地的变化。关于未来，自己应该怎样面对？她想了很多——要更加冷静？更加强硬？对别人更加信任？还是更要相信自己的直觉？

其实，瑞德利很想知道她的朋友们希望她做哪些改变。毕竟，此前她曾经那样对待他们——固执己见，甚至置他们的安危于不顾而一意孤行。尽管她行事总是出于一片好意，但她还是担心朋友们不能真正理解她的良苦用心。

（唉，真是好麻烦。你对自己有过怀疑吗？对于自己最真实的一面有过怀疑吗？我曾经有过。不过说到这儿，我还从来没有透露过我真正的心声……算了，还是继续我们的故事吧。）

“真不知道你是怎么做到的，瑞德利，”帕克利女士说，“你真是让我大开眼界！”

瑞德利耸了耸肩，说道：“如果每次有人这么夸我，我就收取一枚五分钱硬币的话……我早就发大财了！”说着说着，她忽而又轻声笑了起来，“但成天面对那么多装满零钱的袋子，肯定会让人抓狂。”

九月初的时候，在瑞德利的爸爸出差跑销售之前，瑞德利的妈妈给女儿请来了家庭教师海伦娜·帕克利。帕克利老师一头金发微微泛红，身形偏瘦，个头儿比瑞德利的妈妈略微高一些。她总是穿着一件拉绒羊毛外套和齐膝裙，外套里面的衬衣领子扣得紧紧的，一身打扮让她看着比实际年龄要大上二十岁。初次见面时，瑞德利还以为她既专业又聪敏，但很快瑞德利就发现以貌取人往往并不靠谱。帕克利老师的手脚不是很协调，常常不是撞到这个就是绊到那个。而且，即使瑞德利拿出最简单的魔术小技法，也能忽悠得她团团转。

到瑞德利家之后不久，帕克利女士就见识到了瑞德利的发明特长，并热心帮她报名参加了一个地区级的青少年发明展览会。展会在贝尔兰町举行，而现在两人正在赶往那里的旅途之中。显然，这是老师为了赢得学生好感的一个策略，而且事实证明她的这个策略确实有效。瑞德利长久以来天马行空的想象和坚持不懈的捣鼓终于有了用武之地，她终于有机会证明自己的爱好绝非胡闹折腾，而是极有价值，意义重大。

瑞德利的发明项目是改造共享空间，使之为人提供更多的便捷。在她爸爸出差之前，父女俩在一起讨论了许久，并敲定了一套手动曲柄系统。该系统能够让轮椅里的她在房子里方便地上下楼梯，足不出椅就可做到。通过控制绳索、滑轮、轮子和齿轮，使用者可以暂时将楼梯的梯级倾斜成斜坡状。她制作了一块便携式折叠展示牌，上面介绍了转换装置的工作原理和操作说明。此外，她还完成了一个等比缩小的微缩模型。而现在，两者都被打包好放在了轮椅边地板上的袋子里。

“你是怎么变的？”帕克利女士激动地站起了身，满怀希望地问道，“刚才那个小魔术，你能教我吗？”

“这会儿我该好好准备一下我的发明推介演讲了。”瑞德利果断地岔开了话题。对于一个刚刚认识一个月的人，她是绝对不会向其透露自己魔术秘密的，不管之前对方为她做了什么。

帕克利女士笑着说道：“对呀，确实，我不能分散你现在的注意力。”

“没事儿，我要开工了。”说着话，瑞德利从轮椅扶手夹层里掏出了她的笔记本，打开研究了起来。帕克利女士则转过身，准备重新坐下。可就在这时，瑞德利注意到她老师袖口的扣子被座位边上一颗凸出的螺丝钉给钩住了。

“糟糕！”在帕克利女士的失声惊呼中，她袖口上的扣子崩掉了，紧扣的袖口松了开来，失去重心的她砰的一声跌坐在了地上。可等她反应过来之后，竟然毫不沮丧，反而没心没肺大声咯咯地笑了起来。于是，那天早上，瑞德利发现自己出乎意料地又一次微笑了起来。

★★★

除了大一些之外，贝尔兰町其实跟瑞德利的家乡矿泉镇很像，都有着鹅卵石铺就的街道和不少的百年老建筑。只不过这里的建筑更高，公园更大，剧场里能坐更多的人，工厂和烟囱更多，商店更多，店里销售的商品种类也更多。

不像巨橡园坐落在小山之上，贝尔学院静静地矗立在河边。而沿着蜿蜒的河水，人们可以抵达矿泉镇。贝尔学院里的建筑都很古老，大多是用花岗岩和大理石建造而成。建筑物上爬满了常春藤，这些植物的叶片现在正微微发红，在十月的阳光下散发着迷人的光彩，让人过目难忘。

午饭过后，瑞德利和帕克利女士来到贝尔学院的大门前。学院的大门阴森森的，像是一头蹲伏着的黑铁怪兽，纯黑的铁门上雕刻着不少黑鸟。瑞德利穿行其中，非但没有沐浴到高等教育的光辉，反而觉着受到了不小的威吓。所以，瑞德利把包放在膝上，飞快地往前滚动轮椅，没人看得出来她的心脏狂跳不已。帕克利女士则紧随其后，瞪大了眼睛四下打量，心里也一样颇有些忐忑。

穿过院子，两人来到了会展大厅。这是一幢汉普郡大厅样式的灰色建筑，红石的穹顶，高高的窗户，石头阶梯一直往上延伸，通往大厅的正门。

“跟我来，”指着青石板路上一盆不知被谁撞翻了的盆栽，瑞德利提醒道，“当心这个。”虽然帕克利女士点头感谢了她的提醒，但往侧门滚动轮椅的瑞德利还是很快听到身后传来了一声“哎哟！”以及陶盆破碎开来的叮当声……

不像大厅正门有着许多梯级，展厅的侧门和门外的草坪路面是平齐的。瑞德利按了一下轮椅扶手上的某个按钮，露出了附在扶手下面的一套抓钩器。这套抓钩器是专为眼前情形设计的，现在正好派上用场。她先是将抓钩器尾端的控制栓拉到最后，将装置在轮椅上固定好，接着，她抛出抓钩，牢牢地钩住侧门门上的把手。最后，她的拇指在扶手上的一处旋钮上移动，随着她的手腕转动，门慢慢朝外打开……

轮椅一点点朝前滚动，大门也最终被彻底打开。瑞德利用轮椅的踏脚板抵住了门，收拢了她的抓钩开门装置，将它们重新放回扶手的下面。她转过头来，对帕克利女士说："我们进去吧。"

"哦，谢谢。"说着话，她的老师又发出了她那独特的咯咯笑声，有些踉跄地赶了上来，跨进了大门。

在大厅里弯弯绕绕地摸索着前行了一阵子，两人便看见了不少携带着各色古怪装置的孩子。"走这边。"瑞德利招呼她的老师随着人流朝前走。不一会儿，她们便跟着孩子们走进了一间超级宽敞明亮的大教室。教室里面有着一排排的桌椅，正门口的一排桌边坐着三位身穿硬呢西装的工作人员，挥手示意她俩过去。

"呃，我……"帕克利女士摇了摇头，脚步凌乱地边走边嘟囔着，"呃，我们是来报到的……瑞德利·拉森……我们是来参加青少年发明展览会的。"尽管颇有些慌乱紧张，但她竭力让自己的语气显得镇定。

一个工作人员递给帕克利女士一张写着个数字的纸条，说道："欢迎。你们的展位很好找，就在靠着窗户的那一排，你们一过去就看到了。"

"谢谢你！"帕克利女士兴奋地道谢，转身时大腿一不小心撞到了用作登记台的桌子。桌腿顿时在大理石地面上划过，发出了刺耳的声响。桌边的工作人员面面相觑，尽皆表情痛苦地皱了皱眉。

“呃……对不起，真是抱歉！”帕克利女士一边说着，一边尴尬地扯了扯裙脚，手忙脚乱地跟着瑞德利朝安排给她们的展台走去。

在她俩往前走着的路上，不少展位已经准备就绪了。从那些宣传海报板上，瑞德利见识到了各种各样的发明项目：自动翻页机、易耙落叶收集袋、遥控灯具开关、玻璃弹子寻回定位器……虽然有些发明她看得并不是很明白，但她隐约觉得它们其中可能有一个比自己的发明要高明许多。

“你紧张吗？我很紧张。”帕克利女士四下张望着说道。

“紧张什么？”瑞德利的声音有点儿大。老师的不自在让她多少有点儿抓狂，她本想笑一下缓解气氛，但又怕把气氛搞得更加古怪。所以，她索性板起了面孔，因而看上去颇有些不近人情。

“那就好，”帕克利女士脸色一红，说道，“我也不紧张。我一点儿也不紧张。其实……我都不知道为啥会多此一问。”

“没事的。”瑞德利轻声回了一句。其实她的心里一样有些忐忑，她想说的其实是：“说实话，我也有点儿小紧张呢。”

扑通一声，瑞德利把膝上的大袋子放在展桌之上，打开了袋子上的拉链。很快，她就取出便携式海报板，支了起来。于是，参观者就都能看到海报上面醒目的红色标题：变形楼梯。标题的下面罗列着她精心整理的各种示意图，以及成品的图纸和详细说明。接着，瑞德利取出了她的迷你楼梯模型零部件，并伸手到椅子后面拿出了她的便携式工具箱，组装了起来。

帕克利女士见状便凑了过来，笑着问道："要我帮忙吗？"

"别碰那个！"说着话，瑞德利赶紧将一把凿子从她老师手边挪开，她实在担心帕克利女士会好心办坏事。她一边拿尖头螺丝刀将一些小齿轮在模型的橡皮筋边上固定好，一边头也不抬地说："这样吧，麻烦你去帮我倒杯水来吧。"

"你一个人在这儿没问题吧？"

"能有什么问题？我一个人有什么搞不定？"瑞德利抬眼看了看她的老师，眼神里满是不屑。

"呃，那好，我去去就来。"帕克利女士说完快步走开了。

想着自己刚才的言语，瑞德利忽然觉着有些内疚。她又没能控制住自己的暴脾气和小情绪，看来她返程路上得多表演几个魔术给自己的老师，以此来弥补自己的不当言行。

在不远处的过道对面，一群年轻的参展者也正忙着布置他们的展台。他们正往一个郁郁葱葱的绿色立体模型里添置些微缩景观和迷你植株，合作搭建一个被称为"未来花园"的模型。他们每个成员都拿着各自的工具，合力将模型安装在长条桌上。其中有个工具看起来像是一柄改良过的手铲，短柄上粘着块电路板；另一个像是切割钻孔装置，杆头上有齿，可以旋转打孔及切削；还有一把看起来极为普通的铲子，可当一个小组成员打开铲子上面的开关时，它却开始不停振动，看来此物应该是专门用来挖掘硬土的。

忽然，不知怎的，手里忙活不停的他们不知为啥一起哄笑了起来。瑞德利心里一动，不禁想起了自己的队友——非凡魔术团的成员们。眼前的这些团结一致的年轻发明家让她既羡慕又嫉妒——他们彼此支持，相互配合，其乐融融！而可怜的她，所拥有的只是一个笨拙不堪、过分热心的老师。那天上午，瑞德利第一次开始希望希奥、莉娜、卡特和双胞胎姐弟俩能陪她一起，为她加油。

（其实他们谁会不愿意来给瑞德利加油助阵呢？即使前面大伙儿确实有些不顺，但我敢向你保证，非凡魔术团的其他成员们没有一个不希望和瑞德利在一起，没有一个不愿意为她加油鼓劲儿的。）

就在这个时候，瑞德利忽然顿了顿……在视野的余光之中，她感觉有人正在盯着自己。她微微转过头，顺着长长的过道往前看去——是一个不怎么年轻的女人。她的肩膀耷拉着，胳膊软塌塌地垂着，嘴唇微微开合，好像她有什么话要说，但话到嘴边又给忘了。

她留着一头灰色的卷发，头发很短，戴着一副猫眼造型眼镜，穿着一件紫粉圆点的套裙。很快，瑞德利认出了她——马洛尼夫人，矿泉镇上的图书管理员。她也是先前那个夏末才艺秀节目的评委之一。

马洛尼太太浑身颤抖着，头颈微微抽搐摆动着，朝着瑞德利径直走来。她的嘴唇不停翕动，但瑞德利听不清她在说些什么。她的步伐看上去有些僵硬，一步紧跟着一步，身体怪异地前后摆动……整个人看上去像是中了邪。

图书管理员从过道对面的展台上抓起一把铲子，然后慢慢地朝着瑞德利转过身来。

“你要干什么？”瑞德利厉声说道，“快把你手里的东西放下！”

猫眼造型眼镜的镜片后面，马洛尼太太的眼球凸出，眼球上布满血丝，眼眶里饱含着眼泪、恐惧和……某种决心？

终于，瑞德利听清楚了她的自言自语……这顿时让她的头皮一阵发麻。

“我都干了些什么啊？我都干了些什么啊？”

喃喃自语声中，举止怪异的图书管理员举起了手里的铲子……瑞德利按动了她轮椅扶手上的一个按钮。

“我都干了些什么啊？”马洛尼太太一边嘟囔着，一边用手里的铲子砸向瑞德利的展台。几乎与此同时，瑞德利的轮椅迅速朝后退去。

“快停下来！”瑞德利大声喝止……看着眼前即将发生的惨剧，瑞德利痛苦地喊道：“不要！！！”

马洛尼太太手里的铲子最终还是砸落了下来，瑞德利的木制模型顿时爆裂开来……

第2章

马洛尼太太手里的铲子再度砸了下来，齿轮、弹簧和各种零部件四下乱飞。

瑞德利徒劳地举起双手想要阻止，但她的发明模型却像炸弹一样爆炸了开来……不少“弹片”甚至还狠狠地击中了她。

周围不明所以的人们纷纷转过头来，想搞清楚究竟发生了什么事情……当年轻的发明家们和他们的后援团叫喊着四散跑开时，整个展会现场顿时在一片喧嚣声中炸开了锅。

忽然，瑞德利的脑海里再度浮现出那个才艺表演之夜……当图书管理员继续摧毁展台上残存的模型时，那天晚上的骇人情形在瑞德利的脑海里忽又再度上演。

哐啷——

一道闪光过后，韦伦魔术商店的橱窗从里往外爆炸了开来。

轰隆——

墙壁颤抖着轰然倒塌……中央大街上烟尘弥漫。

咔嚓——

卡特、莉娜和希奥朝魔术商店奔去，把瑞德利和艾米莉·墨里迪让、双胞胎姐弟俩以及动物们留在了公园里。

哗啦——

自一片暗影之中，邪恶的催眠师显露出了身形。他的周身烟雾缭绕，他的脸庞隐匿在高高竖起的衣领之后，看不清楚

容貌。

卡拉根！

就是这个夏初现身的家伙，让瑞德利和她的朋友们感到恐惧。他把炸药放置在韦伦魔术商店下面的地道里，扳动了那个开关，改变了一切。

马洛尼太太依然还在喊叫个不停：“我都干了些什么啊？我都干了些什么啊？”她的声音听起来机械沉闷，像是在念叨着什么咒语，又像是在哼唱着一首毫无意义的歌谣。

这句话让瑞德利浑身战栗，因为这正是卡拉根在爆炸当晚念叨着的那句话。当时，念叨之前，他手里的魔术棒顿时变成了利刃，紧接着他就开始追赶希奥。

终于，疯狂的图书管理员放下了手中的铲子。但很快，她又开始撕扯瑞德利的海报。

瑞德利终于再也坐不住了——这个女人凭什么跑来摧毁自己辛苦这么久的心血？更令瑞德利抓狂的是，她怎么敢如此明目张胆地重新唤起自己的噩梦？难道她是那个邪恶家伙的爪牙吗？

瑞德利行动了，她又按了一下轮椅扶手上的某个开关。这一次，轮椅向前飞驰，踏脚板狠狠地撞到了图书管理员的小腿上。马洛尼太太痛呼一声，扔下了手里的海报，身体向后一倒，重重地跌坐在了瓷砖地板上。她痛苦地抬起头，看了一眼正准备再度发起攻击的瑞德利，嘴里发出一阵呻吟。

呻吟声中，瑞德利忽然注意到这个女人的眼神有了变化。

马洛尼太太哆嗦了一下，一边揉着腿上被瑞德利撞伤的地方，一边抬头看着眼前自己折腾出来的一片狼藉，一脸震惊。半晌，她长长地叹了一口气，自言自语地说：“我都干了些什么啊？”但奇怪的是，此时她的语气柔和，与此前说话的方式大为不同。

“瑞德利！”帕克利女士手里拿着两个纸杯，自过道上快步跑了过来，“这是怎么回事儿？”靠近展台的时候，她的脚下一滑，差点儿摔倒，杯子里的冰水全都飞溅了出来，立刻把图书管理员浇了个透心凉。马洛尼太太瞪大了眼睛看着帕克利女士，怔怔地一句话也说不出来。

瑞德利往椅背上靠了靠，警惕地环顾四周，好像担心还会有什么人会突然扑过来。但帕克利女士上前两步，站在了马洛尼太太和瑞德利中间。

这时，几个穿着蓝色制服的人围拢了过来。从他们的臂章上看，瑞德利知道是保安闻讯赶来了。一个保安站在了马洛尼太太旁边，一个来到帕克利女士旁边，另一个则朝瑞德利走了过来。保安刚一碰到瑞德利的胳膊，她就大叫了起来。

“你还好吗？”保安关切地问道。瑞德利一脸痛苦，一片一片地捡拾起那些散落的碎片。看着这些凝聚了她所有心血、期待和想象的模型如今毁于一旦，她觉得自己仿佛是在看着自己此刻碎了一地的心。

“不好！不好！我一点儿也不好！”瑞德利愤愤地嚷道。

保安伸手要把马洛尼太太带走，但她转向了瑞德利，用激动又颤抖的声音说道："我也不知道自己这是怎么了……非常抱歉……我不是故意要……"

帕克利女士挡在了她的身前，说道："我不是故意要把水泼你一身的，但这位女士，我对此一点儿也不感到抱歉！"

听到这里，瑞德利差点儿笑了。她的老师笨手笨脚，但这一次，她的笨拙似乎派上了大用场。

这时，一个梳着高耸发髻的女人和一个戴着粗黑边框眼镜的男人走近前来，介绍自己是展会的管理人员。于是，瑞德利对所发生的情况做了说明，帕克利女士则静静地站在她身后倾听。

"拉森小姐，我对于刚才的突发事件感到非常非常抱歉，"女人说，"我们将会同相关专业人士一起彻查这起事件。你的这个发明项目今天可以修复吗？"

瑞德利摇了摇头。

"你的项目看起来非常不错呢！"女人温柔地说。

"也许……我们可以邀请你明年再来参加比赛？"黑框眼镜男人补充道。

瑞德利点了点头，心力交瘁的她累得有些说不出话来。

马洛尼太太已经完成她的计划，或者，瑞德利想，她是完成了别人让她做的事情。她说的最后一句话在瑞德利的脑海中回荡——我也不知道自己这是怎么了……非常抱歉……我不是故意要……

如果图书管理员不是故意的，那么幕后的黑手会是谁呢？

瑞德利差点儿没想到，卡拉根是个催眠师。一定是他催眠了图书管理员！

卡拉根是个疯子！瑞德利现在明白了，非凡魔术团不应该像韦伦先生建议的那样解散，不应该选择避让。他们应该像瑞德利建议的那样，团结一致，旗帜鲜明地准备战斗。但有人赞成她的主张吗？

没有！

但消极避让于事无补，敌人依然不依不饶……

踏上返程的火车之后，瑞德利强迫自己不再去想什么卡拉根，而是竭力去想她和爸爸要在明年的参展项目上做哪些调整。当然，具体事宜现在还急不来，都得等到他出差回来之后再说。

瑞德利也知道，妈妈不会赞成她的想法。拉森太太一直不支持她的女儿搞什么发明创造，也不大赞成父女俩浪费那么多时间去捣鼓些稀奇古怪的东西。她通常都只是忙于自己的工作，一本接一本地写她的那些通俗言情小说。有时候瑞德利忍不住会想，妈妈之所以写那些东西完全是因为她自己的生活过于普通，或者可以说，是太过沉闷无聊。

不愿意再去多想自己的妈妈，瑞德利把手伸进了轮椅扶手上的夹层，拿出了她的笔记本和钢笔。她要把自己和图书管理员相遇的细节记录下来，将来好跟她的朋友们分享，让他们知道他们也都可能处于危险之中。

奇怪！

瑞德利下意识地瞥了帕克利女士一眼，看到她正迅速转过身，懒洋洋地坐回到她自己的座位上，整个人看上去怪怪的。

此前，马洛尼太太说她不知道自己到底干了些什么，而且她的言行举止确实看上去失魂落魄……而在她发动铁铲袭击之前，帕克利女士在哪儿？她后来确实拿了两杯水回来，可怎么耽搁了那么久？难道她有什么隐瞒？有没有可能她也被卡拉根催眠了？

“帕克利老师？”瑞德利尽量让自己的话语变得动听。

“嗯，怎么啦？”她的老师应了一声，但没有转过身来。

“你了解催眠术吗？”瑞德利紧紧地盯着她的老师，仔细观察着她的肢体语言。

然而帕克利的身体没怎么动弹。“不了解呢。”她回答道，“这个礼拜你想学催眠术？你怎么忽然想学这个了？”

“哦，没什么，也就是随口一问。”瑞德利竭力让自己的声音听起来自然正常，“现在，我再给你变个魔术怎么样？”

第3章

中午之后不久，火车到达了矿泉镇。

瑞德利的妈妈在车站外面等着她们，她的车就停在车站外面的路边。尽管太阳仍然高悬在空中，但那么早就打道回府，瑞德利觉得这一天过得特别快。当她坐到汽车里的后排座位上时，她妈妈透过后视镜瞄了瞄她说：“还好，你完好无损地回来了！”

“可我的发明却没我这么幸运。”

拉森太太眨了眨眼睛，说道：“好吧，事已至此，瑞德利……我的意思是，你的老师都跟我说了……当然这很糟糕……也许现在，你应该多花点儿时间在你们应该做的事情上——哦，天哪，时间不早了！家里已经弹尽粮绝了，晚上啥吃的也没了，我得去镇上采购一番……我可不能饿着肚子写作。”

车子很快就驶离了车站，瑞德利不禁翻了个白眼。她真想向妈妈学习，对所发生的一切置之不理，转而去做她老人家最擅长的事情：操心瑞德利的功课、操心晚饭、操心自己小说交稿的最后期限。

令瑞德利惊讶的是，帕克利女士这时忽然说道：“拉森太太，瑞德利在外面其实很注意自我保护的。”她的话让瑞德利感到一阵得意，但很快就又想起帕克利女士现在还在她的怀疑名单上面。

所以，当老师转过身来给她一个小小的微笑时，瑞德利皱起了眉头。

把帕克利女士送到磨坊附近的公寓之后，瑞德利问妈妈自己是否可以和她一起进城。

“好吧……好吧……不过我们不能磨蹭……我还得回去工作……今天早上我本来写得特别顺畅，可刚才不得不停笔去车站接你，所以我们动作要快……哦！天哪！这家伙怎么开车的啊！”在她的尖叫声中，她们的车差点儿和旁边的一辆车蹭到了一起。

“是我们开得太慢了，老妈！”瑞德利有些不耐烦地说道。她没有说的是，她已经想好了，待会儿不跟妈妈一起回家。

非凡魔术团的成员们有一个多星期没碰头了，上次见面甚至算不上什么正式的会议，那天他们只是聚集在顶尖保龄球馆后面的休息室里打了会儿牌。当时的聚会气氛还好，卡特让牌一张一张地消失了，除了瑞德利之外，其他人都乐得不行。那种不严肃的氛围当然让瑞德利很是抓狂，于是，她喝了倒彩，然后又心不甘情不愿地道了歉。

瑞德利觉得自己最近做了不少这样的事——煞风景，然后道歉。其实，这也难怪，因为从她记事起，她就一直看着爸妈这样相处。所以，她有时候确实怀疑爸爸为什么总是要出差在外。

“瑞德利？”

瑞德利愣了愣神，应了一声：“嗯？”

“你有没有在听我说话？”拉森太太把车停在了街角。

“听了，我在听，我只是……”瑞德利觉得脸有点儿发烫，“你刚才说什么来着？再说一遍？”

拉森太太有点儿生气地哼了一声，提高了嗓门儿说道：“我想知道你是不是在按照我说的……不是说我一定要你那样去做……哦，亲爱的，我们真需要抓紧时间了……我刚才说什么来着？哦，我刚才是在问你是不是想要重建你的发明项目，就是今天坏掉的那个。”

瑞德利觉得自己听出了妈妈问题中的潜台词，她其实是想问：你没事儿吧？

为什么一家人都不能直接说出他们的意思，而总是把心里的想法藏在层层谜语和伪装之下呢？

“我想我会的……只是现在展会结束了，现在就弄我觉得意义不大。”

“我想我赞同你的想法。”拉森太太接着说，“好了，现在下车吧，咱们去购物。”

在镇中心的街道上，瑞德利的妈妈很是心急，自顾自地大步流星朝前走，完全没有意识到自己走在了人行道的正中间。瑞德利紧跟在妈妈的身后，轮椅碾过路面上红黄间杂的落叶。尽管街道两旁的不少树木依然青翠，但秋天毕竟已经来了。

街上有不少游客，每年这个时候，他们都喜欢来这个风景如画的小镇过周末。他们喜欢在当地的农场里采摘苹果、南瓜和葫芦，在近郊拍摄秋叶，爬山。他们兴高采烈，尽情享受着冬天来临前的最后一次愉快假期。瑞德利不喜欢寒冷的季节，尤其不喜欢下雪后的泥泞，那让她的出行很不方便。阴冷的天气则更让她讨厌，她的肌肉会酸痛不已。等这次老爸回来以后，她准备跟他聊聊，看看他们是否可以对她轮椅的轮胎做些改动，避免在冰上行进时打滑。加深胎面上的花纹？换用质地更硬的外胎？或者在踏脚板底下加装一个电子加热器……

拉森太太拉开奶酪店的店门，瑞德利跟着也进了屋。店里本来就不大宽敞，现在恰好又挤满了人。看到不少人在排队等待，拉森太太不禁长叹了一口气……

在无聊的等待之中，瑞德利把身边货架上的蜜饯和蜂蜜罐子拿起又放下，自娱自乐地摆弄了起来……一位女士走近一罐无花果泥，伸手去取，但当她将罐子拿在手里时，罐子似乎变

成了一块无花果形状的石头。“咦？怎么……”女人惊讶地喊出了声。瑞德利转过身去，悄悄地笑了。瑞德利听韦伦先生说起过，魔术本来就该让人微笑，但有时看着人们惊讶地跳起来也同样令人满意。

说到惊讶地跳起来，瑞德利的心头忽然一紧，因为她忽然听到一个提高了嗓门儿的声音从收银台那边传了过来。她定睛一看，竟然是自己的妈妈在和卖奶酪的店员大声争论着什么。

拉森太太大声嚷嚷道：“顾客一直在等的东西迟迟没到货，你们不应该给她打个电话通知一下吗？难道你们连最基本的礼貌都不懂吗？”

卖奶酪的店员是个年轻的女人，一头棕色的头发扎了个发髻，罩在发网里。她嗫嚅着道歉，瑞德利的妈妈却依然不依不饶。

“下一次，我的奶酪生意将会和‘莫里快购’合作，而不是你们！非常感谢！”瑞德利觉得很尴尬，因为她知道妈妈并没有什么奶酪生意要做（说起奶酪，我通常喜欢一周一买，一次性多买些高德、塔里齐奥和卡蒙贝尔奶酪）。而更让她尴尬的是，拉森太太一边往外走一边朝她大声喊道：“瑞德利！我们走，得赶紧去蔬食店买些甘蓝，晚了他们也要卖完了……要不，我还是弄点儿芦笋？或者花椰菜？哎，我现在都糊涂了……哦，瑞德利！你在这儿？我们赶紧走吧。没有奶酪，我得重新想一下晚餐怎么弄……”母女俩穿过人群，瑞德利恨不得找条地缝钻进去。

当瑞德利经过收银台时，她无意中听到一位顾客低声（那声音又足够清晰，让人听得清楚）嘀咕道：“但愿上帝保佑那个女人。看来她家先生肯定又出差了，她得亲自打理家里的一切。我要是也像她那样做那么多饭菜，我也肯定会对所有人大肆宣扬一番。”

瑞德利听了不禁皱着眉头——真是个爱管闲事、多嘴多舌的家伙！她转动轮椅，轮椅的扶手顿时撞到了那个多嘴顾客的屁股上。其他顾客见状都吓了一跳，连忙四散开来，让开了道路。瑞德利一边前行一边嚷嚷道：“让路让路，有工夫在这儿闲扯，不如干好自己的事儿！”

当瑞德利出了店门，来到人行道上时，她就后悔了——刚才人们看她的眼神分明跟看她妈妈时的眼神一模一样。

接下来，瑞德利陪着妈妈去往蔬食店，边走边听她唠叨个没完。瑞德利看了看手表，说："我去转悠转悠、透透气行吗？"

"这儿的空气有什么问题吗？"

"我是说……我想一个人静一静，换换脑子。"瑞德利说。

"好吧……天黑前就回家……等等，蔬食店竟然走过了，天哪，咱们怎么就走过了呢？我简直……瑞德利！记得天黑前就回去，对了，还有……千万当心那些疯狂的图书管理员！"瑞德利的妈妈一边匆匆忙忙地往回走，一边朝她的女儿挥手嘱咐道。

瑞德利不确定妈妈的最后一句话是在开玩笑还是在警告自己，但不管怎样，一想到那个图书管理员，她心里依然有些窝火。

不一会儿，她就来到了约定的会面地点。从她记事起，奥菲姆影剧院就已经被废弃了。曾经宏伟辉煌的剧院如今一片破败景象，正门门廊上的一排灯泡早已失修，不再发出亮光。写着老电影片名的大型灯箱字母歪歪扭扭，看上去随时都有可能掉落到下面的人行道上。影剧院的大门上糊满了褪色的旧报纸，大门边上有一条小巷，巷子一直通往影剧院大楼的后门。巷子很窄，但恰好够瑞德利的轮椅通过。

瑞德利环顾四周，确定附近没人之后便滚动轮椅，进到了巷子里的暗影之中。巷子两边的砖墙让人觉得很是压抑，散发着丝丝的寒意。在巷子的尽头，有一个小小的斜坡，而斜坡的尽头，便是一扇用碎砖头撑开着的后门。

瑞德利慢慢向前，用她的开门装置把门彻底打开，一股发霉的湿气顿时弥散了出来。门里一片漆黑，什么也看不见。她按了一下轮椅右轮顶部附近的一处按钮，一盏小灯亮了起来，为她照亮了前进的道路。

瑞德利继续前行，慢慢来到了黑暗深处。微光之中，一块几层楼高的巨大荧幕逐渐在她面前显露出来。荧幕下面的空地上，有几把空椅子，排成了一个圆圈——这是上次非凡魔术团开会时莉娜摆的。

“喂！”瑞德利喊道，竭力让自己的声音镇定且严肃，“有人吗？”

一阵可怕的沉默回答了她——好像有点儿不太对劲。

一阵嘁嘁咔咔的声响过后，荧幕后面突然发出一道亮光。

“惊不惊喜？！”说话声中，瑞德利的朋友们猛地从阴影之中冲了出来，每个人手里都拿着个手电筒。

瑞德利用手捂着嘴，心脏狂跳不已。卡特、莉娜、希奥、奥利和伊兹围着她不停欢呼，直到瑞德利最后终于忍不住露出了笑容。“非凡魔术团的成员们！”她喊道，“如果我们已经约好了在这里见面，怎么能算是惊喜呢？”

“哦，真的？没有感受到惊喜吗？”莉娜满脸的笑容非常灿烂，棕色的大眼睛闪闪发亮，夹克外套上的纽扣叮当作响，

"我们可是为了今天的这个出场准备了整整一个星期呢！"

非凡魔术团的成员纷纷散开走到一边，同时把手里的灯光照射在了莉娜身上，而莉娜则在灯光的照耀下跳进了椅子摆成的圆圈之中，大声说道："瑞德利·拉森，恭喜你胜利返回矿泉镇！"

希奥把电筒放在胸前，他已经不再穿他标志性的燕尾服了——既然非凡魔术团已经决定解散，那么他也就决定不再穿得那么正式，不再让自己看起来像个表演者。今天，他穿着一件黑色高领毛衣和一条高腰米色休闲裤。"大家都知道你会在发明展览会上表现出色！"他朗声说道，"既然我们又凑到一起了，我们就为你准备了一场以你为荣的演出！"

鼓掌欢呼声中，瑞德利觉得自己的脸开始发烫。她连忙嗫嚅道："但是我……"

"嘘！"眨着眼睛的卡特打断了瑞德利。此刻的他穿着一件棕色灯芯绒外套，即使是在昏暗的地方，他那金色的头发依然散发着光彩，蓝色的眼眸也依然明亮有神。

瑞德利揉了揉太阳穴，不再说话了。既然她的朋友们好心为她准备了一场节目，她怎么能扫他们的兴呢？

在椅子围成的圆圈正中间，莉娜从背后拿出了一张网眼细密的大网，放在地上。她走到网的中央，扯起网的四个角在头顶收拢。"奥利！伊兹！请过来搭把手。"

应了一声之后，双胞胎姐弟俩翻着筋斗进到了圆圈中央。他俩手脚麻利地把莉娜头上的网绑得死死的，把莉娜变成了森

林里被捕获的猎物。“哦，不！这下我该怎么办？”莉娜在网内挣扎着抗议道。

瑞德利见状忍不住哈哈大笑。

奥利和伊兹不知从哪里取出了一块巨大的粉色丝巾，像帘子一样挡在了莉娜面前。隐身丝巾后面的莉娜大声喊道：“一……二……”当“三！”的声音响起时，双胞胎扯开了粉色丝巾，刚刚还紧紧包裹着莉娜的那张大网不见了。从脖颈到脚踝，莉娜现在竟然被一根白绳紧紧地捆绑着。

“哎呀！糟糕！”莉娜叫道。

瑞德利笑得更加厉害了。

但一切尽在掌握之中！莉娜弯下腰，就地一滚……当她再次站起身来的时候，身上的绳子已经松脱而去，整齐地卷缩在地上。在众人的掌声之中，莉娜上前一步，向观众们深鞠一躬。

瑞德利被莉娜的表演彻底征服了，鼓着掌欢呼了起来。

莉娜纵身一跃，越过了椅背，跳出了圆圈。而这个时候，希奥进场了。双胞胎此刻依然留在场内，手里依然举着那块大幅粉色丝巾。希奥走到丝巾前面，开口说道：“大家都知道，我花了很多时间学习悬浮术，几乎和我花在音乐上的时间一样多！”说话间他的胳膊一扬，小提琴便出现在他的手里。随着他一转手中的小提琴，琴弓便在他的另一只手上显露了出来。“在接下来的这个小魔术里，我将把这两种艺术结合起来，看看是不是能让二者相得益彰。”说着话，他便把小提琴放置到下颌处，开始了他的演奏。琴声起初非常轻柔低缓，可随着希奥绕着丝巾不停踱着脚步并最终走到了丝巾的后面，琴声开始越来越响亮悠扬，回荡在影剧院里的旋律也越来越急促……

让瑞德利惊讶的是，被丝巾挡住身形的希奥慢慢从丝巾的顶部露出头来。他很享受地闭着双眼，手里的琴弓在琴弦上不断来回移动……他拉的小提琴曲调仿佛有着特殊的魔力，慢慢将他向上，向上，再向上地抬升了起来……很快，他的整个身体就已经超出了丝巾，整个人好像飘浮在粉色丝巾后面的半空之中……他缓缓睁开眼睛，低头看了看手举丝巾的双胞胎。看到希奥发出的信号，双胞胎缓缓放低丝巾……希奥的身体于是也随着丝巾下落而下降，而音乐还在继续。当丝巾的顶部边缘离地面二三十厘米的时候，希奥纵身向前一跃，双脚稳稳地踏在了地板之上。与此同时，琴曲也结束了最后一个颤音，戛然而止。就在他向观众鞠躬致意的同时，双胞胎猛地将丝巾扯到一边——丝巾后面空无一物，刚才把希奥托起来的竟是一片虚空。

瑞德利太喜欢这个魔术了，以至于她忍不住一边欢呼一边不停地按动藏在轮椅座位下面的喇叭。见她那么开心，希奥也开心地咧嘴笑了起来。

这时，卡特走上前去。他的一只手放在背后，另一只手举过头顶，打了个响指。当他伸出背后的那只手时，手掌上出现了一块小蛋糕，蛋糕上一根细小的烟花条忽然自燃了，在黑暗中闪闪发光。

瑞德利的眼眶一热，鼻子忽然有些发酸。

“祝贺你，瑞德利！”卡特说着话，把手里的蛋糕递给了身边的希奥。

“祝贺你，瑞德利！”非凡魔术团的其他成员们也异口同声地喊了起来。

烟花熄灭了。在突如其来的黑暗中，瑞德利赶紧擦了擦脸颊。“我……我都不知道该说什么好了。”

“那你就什么都不用说。”莉娜一边说着话，一边帮瑞德利整理了一下她的一绺头发。

希奥将蛋糕递了过来，笑着说：“我觉得吧，你可以说声谢谢。”

“好戏还没结束呢！”卡特神秘地补充道。说着话，他的手里忽然出现了韦伦先生的那顶礼帽，那顶在魔术商店被摧毁后幸存了下来的大礼帽。他把帽子的内里向瑞德利展示——帽子里面空无一物。尽管瑞德利知道接下来将会发生什么，但她的心里还是一阵激动。卡特把帽子倒着竖了起来，伸手进去，然后抓出了一只毛茸茸的大白兔。兔子一见到瑞德利，就朝她皱起了鼻子。

“我的大礼帽！”瑞德利拍着手叫了起来，一把就将她的宠物揽进了怀中。

“在我们酒店的新套房里，它可一直是个乖宝宝！”莉娜说。

“大礼帽一直都很乖，” 瑞德利一边说着话，一边亲吻了一下兔子的额头，“你说是不是？”

“奥利也是个乖宝宝。”伊兹说着话，出现在瑞德利的身边。

“伊兹也是个乖宝宝。”奥利长着雀斑的脸蛋出现在瑞德利的另一边。

“是吗？可问题是，你们俩能躲进魔术师的帽子里吗？”莉娜笑着打趣道。

奥利和伊兹面面相觑。“对啊！我们之前为什么没想到呢？”奥利叫道。“我们得试试！”伊兹紧跟着附和道。说着话，这对双胞胎一起扑通一声坐到了瑞德利旁边的两把椅子上，将身上的紫色外套脱下来拿在手中摇摆了起来……伊兹摇晃得过了头，以至于身体失去平衡摔倒在地上，显然，她又在故意恶搞。他俩的这种恶作剧通常都会让瑞德利心烦意乱，今天却不一样，她笑眯眯地接受了双胞胎身上的这股傻劲儿。

（朋友们，其实这个世界永远需要有股子傻劲儿。）

“韦伦先生近来还好吗？”瑞德利问道，“还有魔厨先生，他也还好吗？”

“大家都很好。”莉娜答道，“我老爸一直在说什么‘希望能带来永恒’，我不确定这是不是他透露给咱们的又一条密语，又或者只是他的另一条处世哲学。不管怎样，如果他们知道我们今天见面，我相信他们都会向你问好的。”

卡特扬了扬眉毛，然后小声说道：“我敢肯定，他们一定知道我们今天会见面。他们似乎总是知道。”

一想到非凡魔术团的现状和可能要面对的危险，瑞德利忽然觉得头皮一紧。朋友们带给她的欢乐还未消退，她就不得不告诉他们早些时候发生的一切。她清了清嗓子，郑重地说道："我的青少年发明展览会搞砸了。"

"那又怎么样？"莉娜立马回应道，"我们还是为你骄傲！"

"你们不知道，"瑞德利接着说道，"今天早上发生了一件很不好的事情，而且这事儿和我们所有人都有关系。我认为卡——"

"别提那个家伙……"希奥低声喃喃道，好像是在自言自语。

但是，瑞德利不得不继续说下去。她竭力不让自己颤抖，沉声说道："我想……卡拉根回来了！"

魔术秘籍

巧换硬币!

我知道……我知道，这个时候插入一篇新的魔术教程难免会让人有些抓狂！说实话，我也没办法……每每提及“卡拉根”这个名字，我总是忍不住说点儿别的。所以，请你原谅，让我们暂时把那个家伙从我们的脑海里抛开一会儿，来学一个瑞德利特别喜欢的小魔术：如何把一种硬币变成另外一种，而且一切皆在掌上完成！

所需材料：

一枚银色的25美分硬币，或者其他大面值硬币

一枚古铜色的1美分硬币，或者其他小面值硬币

一小段双面胶

一张桌子

前期准备：

将一小段双面胶粘贴在右手手掌心里（确保表演期间不要挥动这个手掌，也不要跟他人握手，以免露出双面胶带）。

攻略步骤：

1. 向观众展示左手掌心里的25美分硬币，同时，迅速向他们展示你的右手中没有任何东西。

隐秘魔术动作：

将1美分硬币放在25美分硬币下面藏好。

2. 右手慢慢地在左手掌心里的硬币上方挥动，此时可以抖动右手的手指，并念叨一些神奇的咒语。

3. 慢慢合拢双掌，并将左手手掌放置于右手手掌之下。这样25美分硬币就会被右手掌心里的双面胶粘住。

4. 挪开已经粘住了25美分硬币的右手，向观众展示你左手掌心里的1美分硬币（与此同时，悄悄将右手里的硬币转移走，放到膝盖上或者其他某个地方，而且要确保它在转移的过程中不要发出声响！）。

5. 左手捏起1美分硬币展示给观众，看看他们吃惊的表情。

6. 向观众鞠躬致谢。

第 4 章

“卡拉根？”奥利很是惊诧。

瑞德利点了点头。

“我真是受够了那个家伙。”伊兹愤愤地说。

（朋友们，我也是，谁不是呢？）

“展会上到底发生了什么事？”卡特问道。

“大家都过来坐下吧，我好好跟你们说说。”大伙儿于是都把椅子拉近坐了下来。瑞德利慢慢开始了她的讲述，她身体前倾，手电筒发出的光从下往上照着她的脸，像是在跟大伙儿讲鬼故事……当讲到马洛尼太太如何毁掉她的发明时，所有人都听呆了……

“真是太可怕了！”莉娜说。

“你没有受伤吧？”希奥关切地问道。

奥利和伊兹则把手放在瑞德利的轮椅靠背上，好像那样可以安慰她。

“我倒是没受什么伤，”瑞德利说，“但是那把铲子真的很锋利。如果当时马洛尼太太决定给我一下的话……我都不敢想……最可怕的是后来她说……她不知道自己在做什么……就像……她被催眠了一样。”

四下里一片沉默。

“我们知道的人里有谁会催眠术？”瑞德利接着说。

“我不想再听到那个家伙的名字了，”莉娜说，“你觉得……是他催眠了那个图书管理员来找你？”

瑞德利点了点头说：“肯定是卡拉根或者……其他什么人催眠了她。”

“其他人？会是谁呢？”希奥问道。

“我的老师，帕克利女士。”

“巴克利女士？”奥利问道，“这个名字挺搞笑的。”

“是帕克利，”瑞德利纠正道，“不是巴克利。”

“我还以为你喜欢她呢。”卡特说。

“我可没说过。虽然一开始……我觉得她还行，但她很有可能是卡拉根的一个手下。她在魔术商店发生爆炸之后就出现在了镇上，我们不能随便信任那些忽然出现在矿泉镇的人。”

“也不一定。”希奥说，“因为你爸爸要出差，你妈妈才找个人来接替他陪你学习的。所以，她的出现可能只是个巧合。”

瑞德利点了点头说：“也有可能是有人故意制造了这种巧合。”

莉娜叹了口气，忽然站了起来。

“怎么了？”卡特环顾了一下四周昏暗的空间，问道，“你听到什么了吗？”

“不是。”莉娜回答道，“还记得吗？前几天我们跟魔厨老爸去杂货店遇见的那件怪事……”卡特脸上的表情顿时变了，嘴巴张得老大。莉娜转向其他人继续说：“那天我们买了几盒老爸要用的馅饼配料，拿去收银台付钱……那个收银员布拉德利看起来……很是怪异。他目光呆滞，眼神空洞地看着远处，嘴巴里边不停地喃喃自语。”

“我还记得他当时说的是什么。”卡特脸色苍白，“他说……我都干了些什么啊？”

“图书管理员在袭击我之前就是这么说的！”瑞德利几乎从轮椅上跳了起来。

莉娜点了点头，夹克上的纽扣叮当作响。“然后，他竟然把我们购物篮里所有的东西一股脑儿全都倒在了地上！”

“真是太过分了！”奥利说。

卡特接着莉娜的话愤愤地继续说道：“紧跟着，那个叫布拉德利的家伙抬头看了看魔厨韦伦先生，竟然笑着说，‘请问有什么可以帮您的吗？’好像他之前完全没看到过我们一样。最后……我们不得不告诉他刚刚发生了什么。”

“后来那个布拉德利一再跟我们道歉，”莉娜说，“他还帮我们重新找好配料……你们觉得他是不是也被催眠了呢？”

瑞德利的手指有节奏地敲击着轮椅的轮子，说道：“爆炸那天晚上，卡拉根说过——‘我是丹特·韦伦，我都干了些什么啊？’我觉得……我觉得他知道我们还在见面。”

希奥清了清嗓子，也发了话：“上周末，我爸妈带我去镇外那个谷仓改造成的剧场听交响乐时也发生了件怪事儿。有个引座员……他嘀嘀咕咕地说了些我听不懂的话，脸上的表情很怪异。他走近我们时撞到了我身上，差点儿把我从座位上撞下来。当时我还以为他只是绊到了，现在回头想想……”

这时，伊兹忽然伸手越过瑞德利，狠狠地拍了一下奥利的胳膊。“哎哟……好疼！”奥利顿时夸张地叫了起来。伊兹冲他嘘了一声，一脸严肃地说：“你记不记得，这周我们在酒店大堂演出的时候，也遇见过一个奇怪的家伙。”

“哦，对！确实有个家伙瞎起哄！”奥利回忆着说。

“我们当时确实以为他只是在瞎起哄，但他的确很像你们刚才说的那些人。他嘴里咕哝着的……应该也是‘我都干了些什么啊？’是吗，奥利？”

“然也！”奥利做了个鬼脸回答道，“我的意思是……是的。那个家伙完全不知道歌词，但非要和我们一起唱歌。他的那些胡言乱语……完全上不了台面。要是我们唱他说的那些词儿，肯定会被开除。”

“被酒店开除，被家里禁足。”伊兹低声说，“还好当时老爸老妈很快就来救了场……后来，当他们要求那家伙道歉时，阿诺德先生说客人拒绝道歉，因为他完全不记得自己曾经捣过什么乱。”

瑞德利点了点头，肯定地说：“卡拉根确实是在搞什么鬼把戏。”

“这些骚扰到底是怎么回事儿？”莉娜抱着她的胳膊肘问道，“他到底想要干什么呢？他已经夺走了我们的一切。我们不能一起变魔术，我们想聚在一起都这么难。”

（哦，莉娜，我多么希望我能告诉她，这正是卡拉根想要的。他要让所有反对他的人彼此隔绝，让他们感到孤独和无助。然而，非凡魔术团彼此是分不开的。就像你们拥有我一样，亲爱的读者，我也拥有你们。）

“他喜欢制造混乱，”希奥说，“他一定觉得那样才有意思。”

“哦，哦，你们知道什么才是真正的有意思吗？”奥利问道。见没有人回答，他小声自问自答道：“蹦床！”当伊兹朝他皱了皱眉头时，他心有不甘地加了一句：“蹦床确实很有趣啊。”

“我们别跑题了！”瑞德利总结道，“那么我们接下来应该如何应对呢？”

“应对蹦床？”伊兹问道。

“应对卡拉根的回归！”瑞德利说，竭力压制住自己声音里的情绪，“应对骚扰，应对我们的未来！难道我们一直都得躲在阴影里……一直都得假装我们不再是朋友了吗？”

“可这不是韦伦先生要我们做的吗？”希奥问道。

“看看现在都发生了些什么！”瑞德利耸耸肩，张开双臂，“我们每个人都遇到了被催眠的家伙，他们想要伤害我们，想要让我们难堪，想要让我们害怕！”

“那你的意思是……？”莉娜问道。

“引用海尔加夫人的话：‘单枪匹马，你们就软弱如散沙；聚在一起，你们就很强大！’”瑞德利抬了抬下巴，坚定地说，“非凡魔术团，是时候东山再起了！”

第5章

“我们不要再东躲西藏，”瑞德利接着说，“我们要让卡拉根知道他吓唬不了我们。”非凡魔术团的成员们你看看我，我看看你，好像都在等着有人出声。“好吧，”她满怀期待地看着大家，“你们觉得我的提议怎么样？”

“也许我们不该这么做，”莉娜轻声说，“我老爸是为了大家的安全着想。我们都知道卡拉根心狠手辣，为了达到目的，他会无所不用其极的。”

“他有什么目的？”瑞德利问道。

“他恨丹特，”卡特回答道，“他把自己父母的死归咎于丹特，他的这个念头相当危险！瑞德利，我赞成莉娜的说法。这是两个韦伦先生的事情，还是交给他们去解决吧。”

“但一直在阻挠他的是我们！”希奥看向卡特说道，“别误会我，卡特。我同意你和莉娜的看法，两个韦伦先生知道他们应该做些什么，但非凡魔术团也依然是卡拉根的目标之一。卡拉根觊觎韦伦先生手里魔术圈成员的名单已经很久了，他妄想韦伦先生的朋友们都入他的伙，这样他就能利用他们为自己敛财。他之所以催眠一些家伙来骚扰我们，我觉得，就是要我们怕他，躲着他。他很可能知道我们从未真正解散过。我认为非凡魔术团应该再和韦伦先生好好谈一次，把这事儿讨论清楚，他应该知道发生了什么事。”

瑞德利摇了摇头说：“假如我们把这一切都告诉了韦伦先生，他还是坚持让我们分开，那怎么办？”她深吸了一口气，竭力掩饰着身上的颤抖。她还没准备好告诉大家她有多么想念他们，她有多么希望他们能并肩作战，一劳永逸地彻底阻止卡拉根，而且此后大家就再也不分开……如果这需要违反一些规则……那么她就会去违反。“我认为我们应该直面骚扰我们的那些家伙……我们自己去调查他们——”

“这个主意太疯狂了！”希奥喊道。

热血沸腾的瑞德利坚定地说道：“我思来想去，这样做一定可行！”

大家都沉默了。

“我思，故我在？”伊兹打破了平静。

奥利听了接茬儿说：“呃，我不是一个很会思考的人。”

“如果非凡魔术团能够光明正大地聚会，你们俩觉得怎样？”瑞德利压低了声音，小心翼翼地说着每一个字，尽量让自己的话听上去不那么刺耳，“卡拉根在镇上四处作恶，催眠人们来攻击伤害我们，你们俩不相信这是事实？”

“老实说，我不确定，”伊兹尽力让自己冷静下来，“我真不明白卡拉根是怎么做到的。难道他使用了什么隐秘的法术吗？”

“我也在想同样的事情，”奥利说，“难道我们不应该调查一下吗？”

“调查一下！”瑞德利说着话，拿出了她的笔记本，“你们二位，说得好！真是说得好极了，奥利，你真棒！伊兹，你也很棒！”双胞胎听了立刻得意地站起身朝着瑞德利鞠躬致敬。

“巧的是，我恰好刚刚做了你们所说的那个调查！我还专门记了笔记，就在这里。”瑞德利继续说道。

希奥叹了口气说：“那就跟大家说说看吧，你都知道些什么。”

“关于催眠术，我追本溯源了解了不少相关的东西。”瑞德利一脸严肃地说道，“纵观历史，它有多种用途，有些是实用的，有些……不是。在古代文化中，催眠通常用作一种治病疗疾的方法。牧师、萨满和其他精神领袖会为他们的追随者吟诵和祈祷，让他们入睡，或者，他们会举行某种仪式来影响和改善病人的思想。”她翻了一页之后继续说道，“一个多世纪以前，有位名叫弗兰兹·梅斯默的医生发明了一种科学的方法来研究病人的思想。他设法让病人进入某种恍惚的状态，让他们回溯自己的记忆，然后建议他们改变行为。而当病人从恍惚之中醒来以后，他们已经不记得和医生说过什么了。”

“我都干了些什么？”卡特喃喃道。

瑞德利点了点头接着说道：“这个过程后来便被称作催眠。最近，有些表演者开始关注催眠术，有些表演者甚至用催眠来吓唬人。而且，我发现他们的表演有一个共同点——在舞台上表演催眠术，很容易造假。”

“造假？像桑德拉·桑托斯的表演那样造假？”莉娜问道。

“还有波·波·波索的那些表演！”希奥也评论道。

“没错，我们需要搞清楚卡拉根的实力究竟如何。他像一些巫师那么强吗？他像梅斯默医生那么强吗？如果卡拉根已经控制了矿泉镇一些人的思想，那么我们就需要想办法帮他们摆脱控制。”

“也许他只不过会些障眼法，”希奥说，“可能他只是个骗子。”

“就像我的那个滑叔！”卡特说。

瑞德利点了点头，说道：“如果他只是个骗子，那么卡拉根还是找到了一种让人听命于他的方法。这样的话，我们也就能更容易地阻止他，因为他的攻击背后并没有什么神秘力量。”

“我不相信神秘主义。”卡特说。

莉娜插嘴说：“我不知道，我倒是真心希望魔法在某种程度上是存在的。我说的是真正的魔法，不是要什么花招儿。”

“不管是什么情况，”瑞德利接着说，“我认为尽可能多地了解对手会对我们大有帮助，所以我去查阅过卡拉根的历史。暑假差不多结束那会儿，我悄悄去了趟镇政府和档案局，还跑了几家报社。我本来也想去找韦伦先生了解情况，但大家都知道，他的口风特别紧。”

“他每回想保护我们的时候总是这样。”莉娜说。

“你的笔记本里还有什么？”卡特问道。

“这个卡拉根的经历相当丰富，”瑞德利翻着纸页说，“大伙儿听听看……基尔罗伊·卡拉根出生在四十多年前，是奥古斯都和戴安娜夫妇的孩子。”

“基尔罗伊？”希奥的声音有些颤抖，“你说他叫基尔罗伊？”

“嗯，更让人吃惊的是，基尔罗伊有一个孪生兄弟，名叫基恩凯德。”瑞德利说着话又翻了一页。

“双胞胎?!”奥利脱口而出，伸手越过瑞德利，拍了拍他姐姐的胳膊，“就像咱俩一样。”

伊兹一脸震惊地说道：“但愿跟咱们俩一点儿也不像！”

“基尔罗伊的哥哥叫基恩凯德，很小的时候就不幸夭折了。”

“真是可怜啊！”莉娜叹了口气。

“可能从那以后他就变坏了。”希奥说。

卡特反驳道：“我们中也有人失去了家庭成员，而我们却没有变成罪犯。”

希奥瞪大了他那双棕色的眼睛，说：“对不起，卡特。我的意思不是说——”

瑞德利清了清嗓子，接着说道：“米克·墨里迪让和我们聊过巨橡园配楼的大火，卡拉根的父母当时就在那里工作。基尔罗伊和韦伦先生就俱乐部在矿泉镇才艺秀节目中的最后一招争论不休……那天，他们在巨橡园配楼地下室比试，而基尔罗伊的戏法引发了火灾。火势迅速蔓延，烧到了上面的酒店，他的父母不幸因此去世，而他也成了孤儿。”

“跟我一样。”卡特有些难过地说。

“你不一样，”莉娜把手放在卡特的肩膀上说，“你的父母很可能还在世。”

“卡拉根后来声称那场火灾完全是韦伦先生的错，”瑞德利接着说，“他把自己一生中遇到的所有磨难都归罪于韦伦先生。”

“真奇怪，为什么我有点儿为他感到难过……”莉娜有些自责地说道。

“确实，”希奥说，“但谁也改变不了过去。”

瑞德利又翻了一页，继续说：“所以最后，基尔罗伊不得不去了玛格丽特孤儿院。”

“两个老爸就是在那儿遇到我的！”莉娜插话道。

“有趣的联系。”瑞德利眯着眼，在本子上做了个笔记，“基尔罗伊不喜欢待在孤儿院，我相信……他经常坐火车回矿泉镇探望俱乐部的朋友们，尤其是桑德拉·桑托斯，他一度深深迷恋过她。”

“真可怕。”希奥说。

“从那以后，当基尔罗伊被拖回孤儿院，他总是不停地惹麻烦——偷孩子们的东西，偷当地商店里的东西……后来，因为他又犯了个大错，感到不安的工作人员便把他转移到了另一个很偏远的孤儿院里去了。自那之后，我就再也找不到关于他的更多信息了。”

“犯了大错？什么事？”奥利问道。

“对啊！”伊兹说，“你不能把重要环节给省略了啊。”

瑞德利叹了口气，说道：“这很复杂。据我从警方的报告中得知，他说有窃贼将在某天夜里闯入孤儿院，并会偷走所有的贵重物品，而孤儿院里的工作人员竟然都相信了。他还说为了以防万一，可以把所有值钱的东西都放在保险箱里……后来发生的事情，你们也许都猜到了吧。”

“他肯定卷走了一切！”卡特嘴角露出一丝冷笑。

“确实如此！”瑞德利说，“他在成为一个恶棍的过程中又堕落了一分。”

“但他们抓住了他，”希奥说，“他没能逃脱惩罚。”

“他那是在挑战自己的极限，”卡特猜测着说，“他是想看看自己是否能够逃脱。以前每次我搬到一个新的地方，就会看到我那个滑叔做同样的事。他会不停地拿一美元纸币跟别人换零钱，然后转手再把硬币换成纸币，换着换着，他手里就至少多出两美元……他还一直弄些‘猜核桃’‘杯中猜物’的骗局……有时候他还会直接上手扒窃。等我搞清楚他的所作所为之后，我就决定离开他了，因为——”

大伙儿异口同声地说：“你不偷。”

莉娜拍了拍卡特的肩膀，安慰道：“我们了解你，卡特。”

卡特的脸一红，说：“反正他们干的那些坏事我做不来。”

瑞德利合上她的笔记本，抬头问道：“所以，怎么样？奥利，伊兹，这些信息能帮助你们做出决定吗？”

“我们又要决定什么？”奥利问道。

“我们在决定是否加入卡拉根，呆瓜！”伊兹回答。

瑞德利翻了个白眼，说：“你俩还真会开玩笑。”

“不开玩笑多无趣啊！”伊兹笑了。

“我觉得你是对的，瑞德利，”奥利说，“至少，我们应该调查一下那些骚扰我们的人，看看能不能让他们告诉我们……他们是否遇到过一个穿着深色斗篷、头戴大礼帽的陌生男人。”

大礼帽在瑞德利的腿上动了动，拱了拱脑袋，像是在提醒瑞德利它的存在，允许她可以抚摸抚摸它。

“但是，”伊兹说，“我们应该在暗地里悄悄地进行。确切地说，就像卡拉根那样行事。”

“这是我今天听到你们俩说的头脑最清醒的话了。”瑞德利评论道。虽然她对于接下来的行动方案已经有所考虑，差不多已经成竹在胸，但她还是看向了希奥、卡特和莉娜，问道：

“你们觉得怎么样？我们要不要跟踪骚扰我们的那几个家伙，看看他们能不能帮我们找出卡拉根的藏身之处？”

三人都略带犹豫地点了点头。

“太好了，”瑞德利笑着点了点头说，“那么现在……我们从哪儿开始着手呢？”

最后，大伙儿统一了意见——从明天起，先拿那个破坏瑞德利发明的图书管理员开刀。卡特和莉娜将从巨橡园失物招领处暂借些行头，大家需要乔装打扮一番。大家约好次日在镇政府园林管理处后面的库房碰头，那儿是非凡魔术团的另一个秘密集会地点。那里人少，而且总不上锁。他们将在那儿乔装打扮好，然后到附近的图书馆，非常方便。

一行人走出影剧院进到小巷里的时候，天色开始变暗了。瑞德利知道她应该快些回家，以免妈妈为她担心，但她还不想就这样离开她的朋友们。她此前一直想念他们，甚至和他们之间的那些争吵也想念……她多希望大伙儿能再多研究琢磨几个小魔术，就像他们以前碰头时那样，但还没等她开口说些什么，有个身影突然出现在巷口，挡住了众人的去路。

一个低沉刺耳的声音响了起来：“卡特·洛克，是你吗？”

第6章

一个念头顿时在瑞德利的脑海里炸响了起来：卡拉根！卡拉根来了！

卡特用手捂住了自己的耳朵，痛苦地喊道："哦！不！不！不！"紧接着，他抓住莉娜的手腕，一把将她拉回了影剧院里面。其他人见状也赶紧退了回去。

"卡特！"那个声音继续叫喊道，"等等我！别跑啊！"

回到影剧院里的阴影之中，瑞德利打开了轮椅上的小灯。

"那人是谁？"莉娜低声问道。她面前的卡特一脸震惊，有些手足无措。

"是滑叔。"卡特的气息有些乱，"他是怎么找到我的？"

"诸位！"瑞德利模仿着莉娜乐观的语气说道，"我们要么立马消失，要么就开始战斗，而且需要马上行动，这个舞台和座位区中间可没有通道供我们通行。”

众人一片沉默，外面小巷里的脚步声此时越来越近。

“我们战斗！”卡特说着，从袖子里抽了两副牌，将它们捧在手掌之上，“滑叔很狡猾，我们躲在这里也只能暂时抵挡一下，待会儿我们必须尽快找机会脱身。”

莉娜侧身走到卡特旁边，将一个叮当作响的纽扣往外一拉，一条白色的魔术绳便从她的外套上显露了出来。莉娜把绳子缠在前臂上，用拇指扣住，准备好随时将其当作套索抛出御敌。

希奥也走上前来，用胳膊拍了拍腿，他的小提琴琴弓便顿时出现在手中。双胞胎则站到了众人的两边，举起拳头，严阵以待。在队伍的最前面，瑞德利把轮椅转过来面对大门，活像个紧握方向盘随时准备冲锋陷阵的坦克手。她心里并不慌乱，因为她知道自己的轮椅上有着各种机关，随时都可以用它们来分散敌人的注意力，迷惑或者击败来犯的敌人。

一切准备就绪之后，瑞德利熄掉了前灯。

当那人转过巷角时，回响的脚步声慢了下来，一道长长的影子出现在门口的地板上。

“卡特？”那人说，“我知道你很害怕。你完全有权利这样做。”那人放慢了语速说道，语气小心翼翼，就好像他将一只野兽逼到了角落里，但又不想刺激它暴起伤人。“我已经找你很久了，孩子你放心，我不是来伤害你的。”

说着话，那人走进了影剧院。

瑞德利将她的灯照射到来人的脸上，厉声喝道：“站在那儿别动！”

那人照着吩咐做了，站定在翘曲的地板上，举手挡住直射进眼睛的强光。他很精壮，身上穿着件破旧的花呢背心，头发油腻蓬松，发型看上去好像是在没有镜子的情况下草草剪成的，下巴上满是乱蓬蓬的胡子茬儿。“卡特？”他又开口了，声音很轻柔，“这些孩子是谁？”

“你快走开！”说着话，希奥把手里的琴弓像剑一样举了起来。

“赶紧走！”伊兹说，“我们可是会杂技的！”

奥利狠狠地点了点头跟着说：“别逼我们出手！”

“请各位放松点儿，”那人说，“我知道了，你们是一起的。不错嘛，有朋友是好事儿啊，卡特。”

“胆敢靠近一步，”瑞德利警告说，“你就会发现这帮朋友能做些什么！”

“听着，孩子，”那人叹了口气说，“我承认，这些年来我确实不是个最好的监护人。我不怪你在火车站逃跑，我错了，不该偷查莱夫斯基夫人的项链。她是你的朋友，我确实应该尊重她的。你走之后，我深刻反省了我的所作所为，我意识到我们的生活方式对你而言确实有害无益，而对我而言，也是一样。作为一家人……我决定要做出改变。我在城里加入了一个教会团体，跟你一样，我也结交了一些新朋友，我现在的生活已经彻底不同了。你和我现在可以安定下来，我们可以有个家了。我要好好地抚养你，而你，可以帮我……呃，帮我搞清楚怎么做个好人。”说着话，那个男人朝着非凡魔术团迈近了一步。瑞德利脸色一变，将轮椅的扶手攥得更紧了。

卡特竭力控制着自己的气息，回答道：“帮你做好人不是我的职责所在。”

“确实，我知道这不是你的责任。你得去上学，和你的朋友们一起玩得好，吃得好，你要学会怎么去祈祷。”滑叔的话语有些慌乱，“我这么说不只是为我，孩子，这关乎我们两个人的幸福。我找你找得太辛苦了……”

“我不管！”卡特喊道。那人忽然闭上了嘴。瑞德利看见他的眼中闪过一丝东西，是不舒服？是难过？还是愤怒？“我们各过各的已经很久了，”卡特接着说，“我现在有了新家，我在矿泉镇有了真正的家人和朋友，有了你永远不会给我的一切。这都是你永远也不会懂的！不管你怎么想，就当没看见过我，你赶紧走吧！”

瑞德利听得浑身鸡皮疙瘩都起来了，她从来没听过有人这样跟大人说话。她想转过身来，给卡特来个击掌庆祝，但她又需要继续用光照射住滑叔的眼睛。

“你……”那人的吼声中途忽然变成了咯咯一笑，“我知道你这么说只是因为你被内心的伤痛和愤怒所影响。请你和你的朋友们跟着我走出这条小巷，我们去找个地方，好好坐着聊一聊。你有新的监护人了吗？呃……也叫上他一起来坐坐。你会发现我并不是个十恶不赦的坏人。”

“你这人到底是怎么回事儿？”卡特怒吼道，“我已经说了——不要！”

那人的脸色忽然变了，恨恨地说道：“拒绝，我不能接受。”

“那就没办法了。”卡特跺了跺脚，非凡魔术团的成员们顿时也都昂首挺胸，做好了战斗的准备。

瑞德利感觉到大礼帽在她怀里拱了拱脑袋，好像吓坏了似的，于是她连忙抚摸了一下它的脖颈。

“拒绝就是我的回答，”卡特接着说，“别来招惹我们！”

滑叔歪了歪脑袋，有些轻蔑地看了看眼前的孩子们，说：“不然呢？”

“不然……”卡特的声音开始有些颤抖，“不然你就过来试试看！”

滑叔直勾勾地盯着卡特愤愤地看了几秒钟。紧接着，他叹了口气，点了点头，伸手扶住影剧院的大门。瑞德利看不懂眼前这个男人的心思，直觉告诉她这个家伙非常善于隐藏自己的真实想法。

“你们可以自由地离开，我不会阻止你们。”

“这位先生，还是请你先行离开。”瑞德利说。

“如你们所愿，孩子们。”说完，滑叔走向了影剧院的后门。在他跨出大门之前，他转过头来大声说：“我会在镇里多待几天，孩子，说不定你会回心转意。你要是想找我，就来六月街旅店，旅店不远，就在前面拐角处。”他顿了一下，眼眶里好像有眼泪要滴下来，接着说：“我是真心希望……你会来。”说完，他转身走了，把非凡魔术团的一行人留在了影剧院之中。影剧院里一片漆黑，只有瑞德利轮椅上的小灯散发着光芒。

第7章

“你没事吧，卡特？”莉娜一边问，一边扶住卡特的肩膀，给了他一个安慰的拥抱。

卡特断断续续地答道：“事实上，我想……我还行。其实……夏天的时候我就一直害怕他会来矿泉镇找我……现在，现在……这一切终于发生了，真奇怪，我反而觉得自己终于解脱了。”

“解脱了？”瑞德利问道，“即使这个家伙是来伤害你的？”

“伤害他？”希奥说，“你没听见那人说什么吗？他来是想把卡特带回家，他说他变了。”

“那家伙说的话千万不能相信！”瑞德利不自觉地提高了

嗓门儿，“有些人很擅长撒谎，希奥。他们爱撒谎，而且无时无刻不在撒谎，尤其是当他们别有用心的时候。这一点，你应该比我们更清楚。”说这句话的时候，瑞德利的脑海里闪过艾米莉·墨里迪让的脸……希奥听了不禁一怔，继而也是面色一凛。

“好吧，好吧。”说着话，莉娜朝大家伸出双手，招呼大家聚拢在一起往外走，“真是祸不单行啊，先是卡拉根在捣乱，现在可恶的滑叔又找上了门来。”她探头往巷子里看了一眼又缩回了头，说道：“那我们现在该怎么办？”

“明天见面的安排不变，”瑞德利说，“我们按计划进行，去跟那几个人谈谈，打探有用的信息，至于现在……”

“现在没啥好担心的！”伊兹插话道，“反正滑叔已经找到矿泉镇来了，那么就算他现在正躲在小巷对面窥视我们也没啥稀奇的。”

伊兹是对的。滑叔这会儿确实躲在小巷对面，凝视着一家蜡烛店的橱窗。很明显，他这是在利用橱窗玻璃上的影子来监视对面的小巷。

“现在我们该怎么办？”卡特打了个寒噤，一时间难免着急了起来。

“三十六计，走为上！”莉娜说道。

★ ★ ★

非凡魔术团的计划是这样的：奥利和伊兹是他们中跑得最快的，他们会走近滑叔，用一套爵士踢踏舞分散他的注意力，而其他人则分成两人一组散开。他们会在瑞德利的家里重新集合，那里是最近的安全地点。

（哦，亲爱的读者，你有没有制订过一个很快就会出状况的计划？你的如意算盘在你来得及实现之前就告吹了。嗯，我很抱歉地说，非凡魔术团的这个计划即是如此。）

双胞胎还没走过街道的一半，滑叔就立刻转过身来。他高高地举起了双臂，吼叫道："别再靠近了！"奥利和伊兹回头看了一眼身后的战友们，发现瑞德利向他们挥手示意赶紧撤退。但还没等他俩转身，滑叔的双手猛地往地上一掷。双胞胎的脚边骤然传来震耳欲聋的响声。滑叔扔了好几个摔炮烟花，这种烟花在韦伦先生的魔术商店里也曾有售。

奥利和伊兹跳开了，干扰滑叔掩护卡特撤退的行动出师不利。

"所有人，现在——"卡特大声喊道，"散开！"

巷口的非凡魔术团散开了队形，奥利和伊兹径直沿着街道向镇政府跑去，莉娜和希奥则拔腿朝相反的方向跑去，巷口只剩下卡特和瑞德利面对滑叔。

"站到轮椅上来。"瑞德利轻声对卡特说，她轻轻开启了头枕附近的开关，轮椅的靠背后面，两轮之间顿时咔嗒一声落下两块搁脚的踏板。

卡特略作迟疑，便随即跳上踏板，紧紧扶住了椅背。瑞德利接着又按动腰部附近的一个按钮，轮椅的轮子顿时开始加速滑动，载着二人飞快地沿着人行道往前飞驰。

“他追过来了！”卡特在瑞德利的耳边说道。瑞德利听罢立刻控制轮椅往右转，转入了下一条小巷……穿出这条小巷，他们就能驶入另一条大街。

“还是没甩掉！”卡特回头一看大喊道。

“能不能想办法阻挡他一下？”

“对啊，差点儿忘了我的扑克！”卡特拍了一下脑袋，露出了微笑。

很快，瑞德利就听见身后连续传来嗖嗖的破空之声……紧接着，巷子里就响起了有人抓狂的呻吟声和跌跌撞撞并最终摔倒的声响……瑞德利的轮椅冲出巷子，旋转着来了个急转弯，将滑叔远远地甩在了身后。

“卡特！你别走啊！”巷子里倒地不起的滑叔不甘地喊道。

在电动机发出的呜呜声中，瑞德利松开了车闸，轮椅继续载着两人往前飞驰……轮椅很稳，只是微微有些发颤，瑞德利明显感受到了身后卡特的温暖和重量。“我们需要找个地方躲一躲。”瑞德利回头看向卡特说。

“那里怎么样？”卡特指着前面十几米开外的一家商店招牌说道，“那儿有家玩具店。”

“太好了。”

卡特从轮椅上跳了下来，打开店门，瑞德利迅速跟了进去。“我们得离橱窗远点儿，免得给你那个滑叔追过来看到。”

玩具店里粉红的墙边立着许多白色的货架，架上摆满了拼装玩具、建筑玩具、科学实验箱、拼图和各类时尚玩偶。“有什么需要我帮忙的吗？”售货员迎上来问道。

“呃，我们随便看看。”瑞德利边说边回头看向橱窗的外面，顺手关掉了轮椅上的电机开关。

“今天我们店里有一个私人生日聚会，”女售货员说，“麻烦你们注意避让……”

“没问题！”瑞德利说着话，缓缓地滚动轮椅前行。在她眼前不远的地方，一群孩子正围坐在一张桌子旁庆祝生日，桌上堆满了紫皮糖霜纸杯小蛋糕，有些孩子脸上还被涂抹了不少奶油。

“刚才那人叫我们最好别过去！”卡特紧紧跟在轮椅的后面，忧心忡忡地低声说道。

“没办法，我们得躲到他们中间才安全。”瑞德利没有停，继续在开派对的孩子们周围穿行。派对里的几个成年人觉得有些奇怪，纷纷侧目，盯着瑞德利这个不速之客看。这时候，一个穿着连衣裤、头戴皇冠的小女孩拿出了一个纸杯蛋糕，笑着说道：“今天是我的生日！”女孩注意到大礼帽在瑞德利腿上蹭来蹭去，欣喜地说道：“我能抱抱这个小兔子吗？”

“过会儿再说吧！”瑞德利一边低声回答，一边四下打量。派对周围的货架上摆满了各种毛绒动物玩具——狮子、长颈鹿、河马、狗、猫、浣熊、青蛙、企鹅……还有一些章鱼。

瑞德利向卡特挥挥手，示意他走近些。“快点儿过来这边，”她一边说着话，一边把手轻轻地放在轮椅边上的控制面板上，“先躲在这儿，待会儿见机行事。”

生日聚会继续进行……而瑞德利和卡特则一声不吭，在玩具店里面最靠墙的地方静静地等待着。两人时不时地看向前门，每当外面有人经过商店都让他俩紧张不已。

“现在出去的话，应该没事儿了吧？”卡特问道。

“我觉得他很可能还在外面等我们现身，”瑞德利回答说，“再多等几分钟吧。”

瑞德利的话音刚落，滑叔突然出现在门口。“有什么需要我……”售货员迎了上去。“你刚才看到两个孩子进来了吗？”滑叔很没礼貌地打断了她。

瑞德利看着女售货员的脸，看着她对滑叔的粗鲁感到吃惊。与此同时，她在心里默念着：别，千万不要……但女售货员还是朝两人躲着的地方望了过来，正好看到了卡特和瑞德利。滑叔的眼神一动，也跟着看了过来。

“不要，不要，不要……”卡特喃喃道。

滑叔推开了售货员……瑞德利忽然大声说道：“嘿！各位年轻的朋友！”参加生日聚会的孩子们循声都转过身来看向她……“大家想要看个魔术吗？”

孩子们乐了，蹦蹦跳跳地说：“想看！想看！想看！”

滑叔隔着孩子们冲着里面大声喊道：“卡特，对不起！刚才你的朋友偷偷溜到我身后，我一时慌乱，不知道自己干了些什么……你过来啊，咱们再好好说说话吧。” 他一边说着，一边眯起眼睛，试图从堆满纸杯蛋糕的桌子的另一边绕过来，这样他就可以够到卡特了。可就在他开始向左移动时，瑞德利举起她的左手，忽然喊道：“天灵灵，地灵灵……”

孩子们顿时尖叫了起来，只见桌子另一边的玩具动物忽然都从架子上飞了下来，大大小小的玩具都落在滑叔的身上，四

下弹落开来……孩子们顿时蜂拥而上，抢着去抓取那些到处乱滚的毛绒动物……滑叔立刻就被困在了一群尖叫着的孩子和众多的毛绒玩具之中。

“我们走！”放开手里先前设置的透明钓鱼线，瑞德利轻声对卡特说。其实，他俩在桌子两边都悄悄设置了钓鱼线，无论滑叔从哪边过来，都会落入他们的“陷阱”。而现在，他俩则从平安无事的另一边冲出了玩具店。

第8章

瑞德利领着卡特赶回她家时，天已经彻底黑了。非凡魔术团的其他成员们也都平安抵达，此刻正聚集在她家的门廊上。当瑞德利滚动着轮椅来到通往门廊的木制斜坡上时，她注意到她的妈妈拉森太太和帕克利女士也都站在门口。

“瑞德利！我的老天爷啊……你跑哪儿去了？我不是说了让你天黑前就回来的吗……现在饭菜都凉了半天了，跟石头一样硬了啊……”当卡特走向门口时，瑞德利的妈妈忽然惊呼了起来：“哎哟，小伙子，请你千万当心点儿，脚上的泥巴可千万别带进家里，我可很忙的，没时间搞卫生！”趁着妈妈叽叽喳喳的当儿，瑞德利赶紧把大礼帽塞到了外套里面。绝不能让妈妈看见它，否则她一准会开始打喷嚏，再然后就是没完没了地抱怨她那不知真假的小动物过敏症。

卡特赶紧大声说道："非常抱歉，拉森太太，都是我的错，是我惹的麻烦……我叔叔刚才在追我们，他……"

"这不是你的错，卡特，"瑞德利插话进来说，"你那个叔叔完全就是个坏蛋，仅此而已。"

"他比坏蛋还坏。"卡特轻声感叹了一句。

"呃……先不说这些了……大家都赶紧进屋吧。"瑞德利的妈妈看了看众人说道，"但愿你们各自家里的大人能赶紧来把你们接回去，呃……我的意思是……我得赶紧处理手头的工作了……"一边说着话，她一边快步走进了厨房。

大伙儿进了屋，在客厅里围坐了下来。

"我已经给我老爸打过电话了，"莉娜说，"他们应该很快就到了。"

"警察也差不多该到了。"希奥说。

"警察？"卡特听了吃惊，脸上的表情很是复杂。

"他们需要知道发生了什么事儿。"莉娜说。

"他们可以听听我们的陈述，甚至可以去你那个叔叔落脚的地方盘问一下他。"

"你怎么会在这儿呢，帕克利女士？"瑞德利问道。

帕克利老师听了这话忽地站起了身，险些撞翻了身边桌上的一盏台灯。接着，她笨拙地走过来坐到瑞德利旁边，回答说："我刚才没事儿出来散散步，在附近逛了一圈，然后我忽然想到展会上发生的事，有点儿不放心，所以就顺路来看看你啰。”

瑞德利叹了口气，朝她的老师吐了吐舌头，指了指客厅里的伙伴们，没好气地说道：“托您的福，一切都很顺利。”

帕克利女士听了顿时咯咯地笑着说道：“似乎确实如你所言啊！”

瑞德利撇了撇嘴，朝伙伴们递了个眼神。

“谁要来点儿茶？”拉森太太突然探头出来问道。还没等有人回答，她就补充道：“没人要吗？那好吧。”然后又急匆匆地跑回了厨房。瑞德利瞥了一眼她的朋友们，大家似乎并没注意到她妈妈并不欢迎这些不速之客。好吧，除了希奥抛过来一个会意的眼神之外，谁也没有注意到。她咬紧牙关，尴尬地把目光移开。

“谁能跟我说说刚才到底发生了什么事儿啊？到底是谁在追你们呢？”帕克利女士问道。

瑞德利看了看坐在莉娜旁边双人沙发上的卡特，说道：“卡特小时候父母失踪了……”卡特点了点头，示意她可以继续。不过，瑞德利的话说得很谨慎，她不想让帕克利女士知道自己对她已经有所怀疑，“后来他的一个叔叔收养了他，但那个滑叔不是什么好人。”

“他是个骗子……”卡特轻声补充道。接着，他就慢慢向帕克利女士讲述了他的不幸遭遇。

瑞德利忽然感到肚子那儿一阵窸窸窣窣，然后意识到大礼帽还憋在外套里面。于是，她赶紧把它取出来放在地板上，让它好好舒活舒活筋骨。

就在这时，响起了敲门声。瑞德利转身穿过房间，让妈妈去看看是谁……拉森太太从大门上的猫眼向外望了望，然后打开了大门。

进来的是四个人，当中间的两个男人朝瑞德利走过来时，瑞德利觉得鼻子微微有些发酸。她伸出双臂开心地说："韦伦先生。"

（抱歉，请允许我稍微更正一下瑞德利的称呼，其实应该是韦伦先生们。）

其中一个韦伦先生弯下腰，给了瑞德利一个大大的拥抱，他那卷曲的白发使她的脸颊微微有些发痒。他的身上散发着琥

珀和温暖的味道，也许还有一点儿肉桂的香气。他慢慢站起了身，他那黑色的、细密的小胡子下的嘴角微微上扬，关切地问候道：“瑞德利，亲爱的，你还好吗？”

瑞德利调整了一下情绪，虽然一个月未见，但她不能让自己一见到慈爱的导师就哭了鼻子，更不能让他为自己担心。所以，她强打起精神微笑着答道：“我好多了。”

魔厨韦伦先生也走了过来，轻轻拍了拍她的膝盖，他那棕色的络腮胡下满是微笑。“那就好，亲爱的，大家没事就最好了。”

瑞德利朝客厅努了努嘴，非凡魔术团的成员们确实都安然无恙。而楼梯旁的门厅里坐着的帕克利女士此时也转过身，向两个韦伦先生点头致意。丹特·韦伦转过身来，向众人说道：“啊哈，朋友们！很高兴见到你们。”然后，看着卡特，他压低了声音：“卡特，你还好吗？”说着话，韦伦先生走过去也给了他一个拥抱，轻轻拍了拍他的后背，安慰道：“不会有事的，我保证。”

这时，瑞德利才想起仍站在门口的两个人——一男一女，穿着警服。“你是拉森小姐吗？”女警官看着她问道。

“是的。”瑞德利尽可能礼貌地答道。

“警官，你们也请进来吧。”拉森太太叹了口气说道，“唉，今天可真是热闹啊。”

★ ★ ★

半个小时之后，两位警官做好了所有人的笔录，并且表示他们会去警告滑叔，让他不要再来骚扰孩子们。

“只是警告怕是没什么效果吧！”瑞德利对警察们的提议有些怀疑。但她妈妈朝她使了个眼色，说道：“瑞德利，这种事情就应该交给警察来做……这可是他们的专长……哎呀，警官！请当心你脚下那块松动的地板……我这几个礼拜一直都想找人修理来着……你们知道这活儿谁能干吗……呃，抱歉，你看我都在说些什么呢……唉，忙糊涂了我……哦，瑞德利，警官他们还很忙，我肯定，他们还要赶着回去工作……我们都一样。”一边说着，她一边把两个警察带到了门口，“谢谢，祝你们晚上愉快。”说完便急不可耐地关上了大门。

此时，窗外的街灯在黑夜之中散发着一团团橘黄的光芒。吹拂过层层的枝叶，一阵凉风从门缝里钻进了屋子。大礼帽此刻藏在沙发的下面，离墙边的暖气片很近。瑞德利在心里不断祈祷，希望那团毛茸茸的尾巴千万别从褶皱的窗帘下摆处露出来，要是给她妈妈发现那可就大事不妙了。拉森太太关好门，踱回客厅里说：“好吧，现在一切都结束了！”见没人应声，她咳嗽了一声，脸上微微一红。

当瑞德利正想出言劝妈妈回楼上继续她的写作时，韦伦先生走近帕克利女士寒暄道：“今天可真算得上一团糟，但我很荣幸能够认识您……”

“呃……我……感到荣幸的其实应该是我。”帕克利女士郑重其事地握了握韦伦先生戴着手套的手，“我叫海伦娜·帕克利，呃……是瑞德利的新老师。”说着话，她有点儿尴尬地瞥了一眼瑞德利和其他人，接着动作僵硬地向另一位韦伦先生挥了挥手。后者见了，也向她礼貌地点头致意。

“所以，各位……”拉森太太说，“接下来大家准备怎么办？”

“还真不好说，”韦伦先生回答，“大伙儿刚才跟警察说的经历还真有点儿非同寻常啊……”

瑞德利的妈妈哼了一声，说道：“哎，丹特，你的意思是……你觉得还会再出什么岔子？还要再报警？今年我们给警察打电话的次数可真是不少啊！”

“老妈！”瑞德利嗔怪道。

“抱歉！”拉森太太的声音很大，瑞德利很少听到她这么说话，“只是……人一多我就不自在。还有……我有一本书几周后就得交稿了……而且……我家丫头怎么能天天到处乱跑呢？”说罢，她摇着头长叹了一口气。

瑞德利一脸尴尬，恨不得找些什么东西把大家的耳朵都给堵上。

拉森太太似乎也意识到了自己的话不大合适，尴尬地支吾了一句：“非常抱歉，请各位原谅，我先去忙了。”边说边走上了楼梯。

当拉森太太走得足够远了，魔厨韦伦先生小声对大家说：

“瑞德利的妈妈说的有一定的道理。”

韦伦先生眉头紧皱着说道：“我好像记得以前我跟大家已经说得很清楚了——你们最好别聚在一起了。”他的语气听起来并没有责备之意，也无失望之情。不过，跟瑞德利的妈妈的语气很像，听上去也很是疲惫。

“老爸，很抱歉，我们本该如实相告的，”莉娜说，“只是，瑞德利今天在贝尔兰町举办的青少年发明展览会上遇到了一件可怕的事儿，所以我们才——”

“什么可怕的事儿？”韦伦先生看着瑞德利询问道。

卡特插话说道：“有个女人，她被人催了眠，用铲子把瑞德利的发明给毁了。”

“哦？怎么会这样？太可恶了！这真是让人气愤！”

“还不仅如此，”莉娜接着说，“在过去的几天里，我们所有人都有过类似的遭遇。从骚扰我们的家伙身上看，他们言行怪异，都像是被催了眠。对了，还记得那一次在杂货店吗？”韦伦先生点了点头，一脸严肃。

“那个收银员一遍又一遍地说：‘我都干了些什么啊？’”

希奥也愤愤地说道：“那天在我父母的音乐会上，有个引座员故意滑倒，往我身上撞。”

伊兹跟着说：“我和奥利也遇到过类似的情形，有个酒店的客人跑来破坏我们在大堂里的演出。当时，他也说了同样的话：‘我都干了些什么啊？’”

奥利点了点头说：“当时我就想告诉他，你毁了我们的演出！这就是你做的好事，笨蛋！可惜这话当时我没来得及说。”

韦伦先生有些恍惚地看着非凡魔术团成员，好像刚才他听到的是魔术商店忽然出现却又被炸毁了一次。接着，他看了看魔厨韦伦先生，摇了摇头说：“不妙啊，有点儿不大对劲啊。”

“丹特，事情恐怕已经起了变化，这样下去孩子们可能会有危险啊！”魔厨韦伦先生忧心忡忡地说道，双手攥紧了拳头。

卡特脱口而出：“瑞德利觉得我们应该恢复见面，不能一味退让，藏头藏尾的。”瑞德利恨恨地用力拍打了一下轮椅的扶手，一股青烟顿时从她座椅下的某处喷涌了出来。

（每回瑞德利特别烦的时候，她就会忍不住像这样“气得冒烟”。毕竟，一个人烦闷至极的时候可能会词不达意，这样反而简单，不是吗？）

“抱歉，瑞德利。我不是有意泄露咱们的约定，只是……”卡特转向韦伦先生说道：“如果卡拉根压根儿就没离开过矿泉镇呢？”

“我们甚至连他长什么样儿都不知道。”莉娜说。

“我们知道啊！”奥利说，“他戴着顶礼帽，披着个斗篷！”

“莉娜说的是那家伙的脸！”瑞德利打断了奥利，“你能和我们说说他的样子吗，韦伦先生？我们都只是见过那张俱乐部的老照片。”

韦伦先生捋了捋眉毛，答道：“其实，我见过的只是小时候的基尔罗伊·卡拉根，即使是当年，他也总在不停地变换自己的容貌外表、头发颜色和穿衣风格。所以现在……就算他这会儿站在我面前，我也认不出来。”

“那现在……我们该怎么办，丹特？难道我们非凡魔术团还要继续忍气吞声？难道我们非凡魔术团真的再也不能见面？”卡特忍不住站了起来。

“依我看，现在不再只是非凡魔术团的事儿了。”魔厨韦伦先生说道。

“毫无疑问，”韦伦先生点了点头，“事态现在已经变得更加严重了。”

“跟我说的一样！”希奥有些沾沾自喜地说道，“卡拉根啊，他是想……”

咔嚓——哐啷——

客厅里的一扇窗玻璃突然碎裂开来，有样东西呼啸着穿过窗户飞了进来，重重地砸落在了客厅里的地板上。整个客厅顿时仿佛为之一震，大大小小的玻璃碎片在地毯上散落开来。莉娜和卡特大叫着跳上了沙发，希奥连忙靠在了离自己最近的墙上，奥利和伊兹捂着脑袋紧紧靠在了一起，韦伦先生把斗篷掀起来挡在了瑞德利的身前，而帕克利女士则站在门厅里目瞪口呆。

“都离窗户远点儿！”魔厨韦伦先生大声提醒道。

“大家都没事吧？”韦伦先生收拢了斗篷。

大伙儿各自浑身上下查看了一番，谢天谢地，没人受伤。

瑞德利转过身，来到那个突如其来的不明物体边上。她伸出手，有些吃力地拾起了一个沉重的包裹，那包裹用包肉纸包着，外面缠绕着棕色的麻线。“小心点儿，瑞德利！”韦伦先生发出了警告，但她已经解开了绳子，打开了包装纸。

纸里包着的，是块沙砾质地的红色块状物。瑞德利摩挲了一下那东西，捻了捻指尖上红色的粉末——是块砖头。

瑞德利把砖头放在膝盖上，然后将包肉纸翻转了过来。纸上写着一条信息，有人用黑色铅笔潦草地涂写了一句话。

瑞德利把它大声读了出来：“我……都……干了些什么啊？”念完之后她瞟了一眼众人，嘴唇开始不由自主地有些发抖。她转过头，疑惑地看了看那扇破碎的窗户。外面路灯的光芒，穿过那个锯齿状可怕的大洞直射了进来，仿佛一个怪物正朝着众人张开它的血盆大口，满口的獠牙寒光闪闪。屋子外面，一阵夜风吹过，路面上有落叶在翻滚，发出像是什么动物的爪子在地面上摩擦的凄厉声响。

“刚才那么吵是怎么回事儿？”拉森太太从楼上走了下来……当她看清客厅里的一片狼藉之后

顿时尖叫了起来。

韦伦先生赶紧扶住差点儿摔倒的拉森太太，一脸严肃地说道："对不起，夫人，我认为我们确实又要报警了。"

第9章

警察又来了，勘查了案发现场，问了更多的问题，取走了砖头和纸张……莉娜从沙发下面抱出了瑟瑟发抖的大礼帽……韦伦先生表示会将其他人全都安全送回家去，然后就带走了大伙儿。拉森太太、帕克利女士和瑞德利则一起动手把碎玻璃清理干净，并暂时用一块塑料布把破了的窗户给封好……当所有这些都完成之后，瑞德利终于穿过楼梯下面的走廊，沿着一条斜坡来到了几年前爸爸专门为她打造的迷你工作间。

瑞德利拨动了电灯的开关，工作台上方的电线上，几只老式的爱迪生灯泡顿时发出了明亮的光芒。

工作间的墙壁上刷着黑色的墙漆，整个房间就像一个大衣橱，瑞德利很为这间小房自豪，因为这可是她的专属空间。

屋里两边摆着些架子和柜子，桌子边上挂着几个可以伸缩的抓手，这样即使她坐着不动也可以够到角落里和高处的工具和容器。一想起爸爸管这间小屋叫作实验室，她就总是很开心。因为拥有一间实验室让她觉得自己是一个疯狂的科学家，与众不同而且异常强大。当然，她知道自己并不疯狂。她很清楚，在这里捣鼓一些新奇的东西不但有助于思考，而且能让自己平静。

如果说有什么时候瑞德利需要冷静一下的话，那么其实就是现在。

屋里正中间桌子旁边的地板上放着一个硕大的黑色箱子，箱子的下面附着几个轮子，这是瑞德利夏天快结束时一个想法的结晶。她拿起桌上黑箱最初的设计稿，寻思着有哪些地方需要做些改进和调整。

咚咚咚——忽然有人敲门。

“老妈，我正忙着呢！”瑞德利不耐烦地大声喊道。她这会儿只想独自清净一下，不愿意被人打扰，但门还是开了。“咦？帕克利女士……”虽然她想一个人待着，但是奇怪，她心里竟然有些失落，因为来人竟然不是妈妈。“我还以为你已经走了。”

“还没呢！”帕克利女士指了指工作室，笑着说道，“你介意我进来看看吗？”瑞德利不情愿地点了点头。

四下里打量了半天，帕克利女士也没能找到椅子坐下来，于是便准备坐在瑞德利的工作台上。然而她刚靠近工作台，脚

下就绊到了一捆文件，差点儿摔了一跤。她一边稳住身形，一边咯咯地笑着说道：“我真是笨手笨脚呢！”

“有什么事儿吗？”瑞德利翻着手里的图纸没好气地问道。

“我就是想看看你还好吧。”

“我想是的，”瑞德利举起双臂，“没被碎玻璃割到，皮儿都没破，完好无损。”

“呃，那个，我说的不是那个意思。”

“我老妈呢？”瑞德利心里一动，紧紧地盯着老师的眼睛细看，想看看她的脑子里到底在想些什么。

“她在打电话找人明天来换玻璃，我本来跟她说我晚上留下来陪你，但她说不需要。”说着话，帕克利女士瞟了一眼地上的大黑箱。瑞德利滚动轮椅，来到帕克利女士面前，挡住了她的视线。大黑箱本来就是她的一个秘密，而她的老师很是可疑，瑞德利绝对不能让她窥探到什么。

“你想聊聊今天发生的事儿吗？”

“不想。”

“你……什么都不想谈吗？当人……心慌、沮丧，或者很是烦躁的时候，聊聊天会很有帮助的。”

这个女人到底想聊些什么呢？瑞德利觉得有些纳闷：聊自己的妈妈？聊图书管理员的攻击？聊卡特的滑叔？还是聊砖头？

“当我想不通某件事情时，我通常会试着从其他的角度再去想想。因为，要是我太过于执着某一个方案，万一它出了问题或者别人不愿意按我说的办，那就很容易抓狂，而且也很容易自我怀疑。”

“呃……”瑞德利不知道该怎么接帕克利女士的话。

身着羊毛裙的帕克利女士看了看瑞德利，双手随意地撑在工作台上，身体随意向后一靠。不幸的是，工作台上满是工具和螺丝之类的东西，她碰到了台上的一块木板，板子上有不少钉子的尖头露在外面。她忽然跳了起来，叫道：“天哪！还好，没破皮儿出血，不要紧不要紧。不管怎么说，我只是想说……好在你有自己的空间。我反正一直是通过转移注意力来帮助自己理清思路的。你是个聪明的女孩，瑞德利，你肯定能把所有事情都想透彻，你肯定能想出办法解决所有这些麻烦的。”

“谢谢你，帕克利女士。”瑞德利轻声回应道。虽然她并不怎么需要别人给她什么自信，但她不得不承认，忙活了一整天之后，能听到这些话确实让人感觉很是舒服。

但很快，瑞德利就又想起了滑叔傍晚时的所作所为——起先他又是道歉又是做出各种承诺，可后来很快便撕破脸追赶他们……她也想起了以前桑德拉·桑托斯对非凡魔术团说过的谎话，以及米克和艾米莉·墨里迪让当初如何糊弄操纵希奥……她甚至还想起了韦伦先生每每言及秘密时欲言又止的神情……

帕克利女士的目光在工作台上来回扫视，台上正放着瑞德利秘密项目的设计图纸。

瑞德利脑中对她老师的好感顿时烟消云散。自己怎么可以这么愚蠢？她一把抓过台子上的文件，收在胸前。她只觉得浑身的气血往上一涌，大脑一热，紧接着，一句话不受控制地脱口而出："你在为卡拉根做事吗？"

"卡拉根？"帕克利女士一怔，继而有些紧张地咯咯笑了起来。

瑞德利知道自己并不想这么直接，但她还是没忍住，说道："是的，卡拉根。你是在为他干活儿吗？"

"我不知道你在说什么。"帕克利女士微微摇了摇头，一缕微红的金发随着发间的静电飘了起来。

"请你出去。"瑞德利说。

"但我——"

"我说了，出去！"

瑞德利的老师紧紧地抿着嘴唇，点了点头说道："抱歉打扰你了，那我明早再来。"

老师走了，瑞德利长舒了一口气。她很吃惊自己竟然因为一些甜言蜜语便放松了警惕，可同时，也对自己赶走帕克利女士时的语气感到不可思议。但很快，她便拿起螺丝刀，重新投入到了她的秘密项目之中……一步一步地，她按照原先的设计将盖子成功地安装到了那个大黑箱上。而当她忙完的时候，此前心里的不悦也差不多烟消云散了。

魔术秘籍
皮筋变橡皮！

如果你家的楼梯下面也有间实验室，我相信你会很容易就能找到橡皮筋和橡皮擦。没有？也没有实验室？好吧，那我就在这里等你一会儿，你可以问问家里的大人在哪儿可以找到这两样儿东西……快去快回哟！待会儿只要稍加练习，我们就可以轻松做到——橡皮筋变橡皮！

所需材料：

一根橡皮筋

一小块橡皮

一件长袖衬衣或者长袖外套

前期准备：

将橡皮筋套在你的右手手腕上，藏在袖子里面。拉伸腕上的橡皮筋，用右手拇指和食指捏住橡皮筋拉伸出来的那部分；将小块橡皮藏在右手掌心，用无名指内侧将其控制好。

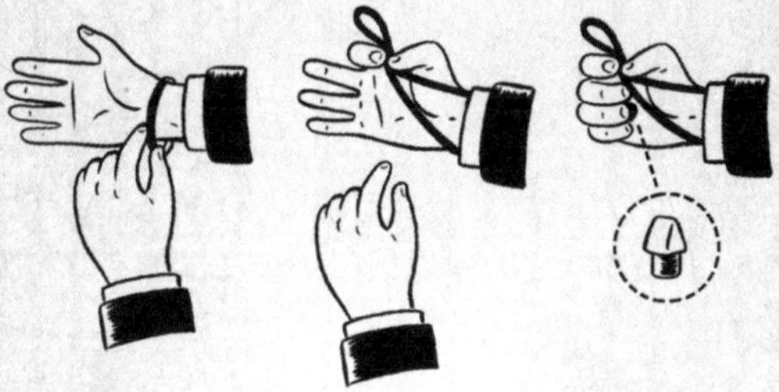

注意事项：

魔术表演过程中避免让观众看见右手内侧。

攻略步骤：

1. 伸出左手，拉伸右手拇指和食指所捏住的橡皮筋，并向观众展示。

2. 松开左手，右手继续捏牢橡皮筋，让橡皮筋看起来像是捏在右手的指尖上。

3. 在观众面前慢慢晃动右手，在空中画圈。与此同时，渐渐减轻指尖给予橡皮筋的压力，让它看上去像是在慢慢变短。

4. 当橡皮筋短到快要消失的时候，完全松开拇指和食指，任其弹回袖子里。

5. 对着观众慢慢摊开右手，露出被另外三根手指遮住的橡皮。在观众看来，就是你手中的橡皮筋忽然变成了橡皮。

6. 向观众鞠躬致谢。

第10章

那天晚上，瑞德利睡得很不安稳。在她的内心深处，有些东西在悄然转变。在某种说不清的焦虑之中，她忽醒忽眠，辗转反侧。

早上睁开眼睛的时候，瑞德利只觉着头昏脑涨，浑身不自在。做完运动、洗好澡、吃过早饭之后，她隐隐有些内疚，后悔自己昨晚不该那么刻薄地对待帕克利女士。所以，当帕克利女士按响门铃时，瑞德利很是尴尬，不大好意思再次面对她的老师。

像往常一样，帕克利女士在走进门厅时又差点儿摔了一跤。像往常一样，她站定后同样转着眼珠朝瑞德利咯咯地傻笑……像往常一样，她俩来到阳光房，帕克利女士微笑着打开了她带来的书本……她好像根本不记得前一天晚上瑞德利对她说过了什么。然而，越是这样，瑞德利的心里反而越发地内疚起来。

一开始，她们先是学习了美国铁路和北美水牛捕猎的历史；接着，帕克利女士让瑞德利读了一些关于沙尘暴研究的文章；然后，瑞德利又写了一篇评论罗斯福联邦政府植树项目的文章。她们的学习一直持续到下午，最后用一段关于代数实用性的讨论结束了学习。

修补客厅玻璃的人来了以后，帕克利女士才下课离去。而这时，瑞德利早已急不可耐了。因为非凡魔术团约会的时间差不多到了，她得悄悄赶去镇政府园林管理处后面的库房，看看她的朋友们是否会如约出现。

三点之后没过多久，瑞德利悄悄来到了前门，楼上书房里隐约传出妈妈打字的声音——咔嗒咔嗒……咔嗒咔嗒……

“正好，老妈一旦开始写作，没几个小时她是不会停的。”瑞德利一边想着，一边溜出了家门，沿着门廊前面嘎吱作响的斜坡小心翼翼地来到了街上。

天空中乌云密布，看不见太阳，瑞德利有点儿后悔没穿一件足够暖和的外套。但当她滚动轮椅不断前行，身上慢慢变得热了起来，没过多久脸颊上就泛起了红晕。正是放学时分，成群结队的孩子纷纷搭乘公共汽车或者步行回家。看着眼前的学生们，有那么一刻，瑞德利的心里不禁浮出了一个念头——如果自己也能上学，有一帮真正的同学，而不是只有非凡魔术团的几个朋友，生活会不会不一样呢？

她一边前行，一边悄悄留心着周围的动静，连路边停着的汽车的风挡玻璃都不放过，以确保自己没被监视或者跟踪。行过几个街区，她就来到了镇中心。穿过中央大街和公园的绿地时，她尽力不去看韦伦魔术商店曾经矗立的地方，但最终她还是没忍住。眼前空荡荡的情形让她的心里一阵难过，于是，她赶紧收回了目光。

没过多久，瑞德利就抵达了镇政府大楼。绕过大楼前门的台阶，她来到了大楼后面的停车场。穿过停车场，就能见到一片空地，而镇政府园林管理处的库房就在空地尽头处的木栅栏边上。瑞德利深深吸了一口气，有些忐忑地继续向前。说实话，大伙儿今天会不会如约而至……她心里没底。

卡特和莉娜上的是公立学校，比希奥的私立学校早二十分钟放学。而奥利和伊兹则在巨橡园酒店的一位家庭教师的指导下上课，他们徒步下山也要花些时间。

瑞德利继续穿过宽阔的停车场，避开了停在那里的几辆车子。暴露在空旷的地方让她觉得不太自在，很快，她就躲到了那座生锈的铁皮仓库后面。不一会儿，库房的另一边忽然传来了一阵脚步声。随着那脚步声穿过停车场，越来越近，瑞德利不禁有些紧张，她把手指放在了轮椅某处的控制按钮上面，那个按钮能让她的轮椅快速自动掉转方向。

呼啦啦——呼啦啦——瑞德利的头顶上有什么东西划破了空中的平静。紧接着，屋顶上传来了一阵阵细微的刮擦声响。

瑞德利抬头一看，便看见了一个粉红色的小嘴和一双乌黑的眼珠……紧接着，一个又一个白色小脑袋自屋脊上窥看了下来。

是希奥的鸽子！一定是他带它们出来散步了……呃，应该是出来散心来着。

脚步声停在了库房的一角，希奥看见了瑞德利。他警惕地环顾了一下四周，开口问候道：“哦，谢天谢地！你真的来了，你还好吗，瑞德利？”

瑞德利长舒了一口气，微微有些颤抖着答道：“谢天谢地，你也来了。”

“我一整天脑子都是乱的，总是回想起卡拉根、卡特的叔叔……还有那块砖头。”

“我也一直在想那些被催了眠的人，”瑞德利打了个寒噤说，“还有在展会上毁了我发明的那把铲子。”

这时，远处传来了有人一路小跑的脚步声。很快，卡特和莉娜便出现在库房的拐角处。

“嗨！各位！”莉娜说，“抱歉，路上耽搁了一会儿。”

“刚才我们故意走了远路，”卡特说，“为了不让人看见。”

正说话间，忽然有个东西飞过木栅栏，滚落在瑞德利轮椅前面的地上。大家一看，是个黄绿色格子行李包。大家再抬眼看时，栅栏后面露出了两张笑嘻嘻的面孔。

“诸位好啊！”说着话，伊兹爬上了栅栏，跨了一条腿过来。

奥利紧随其后，也麻利地翻过栅栏，敏捷地跳落在碎石子地上，抓耳挠腮地抱怨道：“你又抢了我的台词！”

“这台词分明是我先说的好吗！”伊兹回嘴道。

看着双胞胎斗嘴，瑞德利的心里忽然一阵轻松。其实，让她日夜焦虑的不只是来自未知的威胁，更是担心非凡魔术团能否再度携手，东山再起。“包里装的是什么？”她问道。

“当然是咱们的行动装备啰。”说着话，伊兹拉开了包上的拉链，露出了一大堆宝贝，全是些衣服、帽子和各种闪闪发光的饰物，“我们以前的那些行头都不幸毁在魔术商店里了，所以我们把酒店剧场道具间翻了个底儿朝天。这不，找到了我爷爷在‘古登家讽刺剧’里的不少服装，这里面有些饰品还是纯金的呢！”

“不是我吹，这些宝贝足够装备一场大秀！”奥利得意地说。

“是吗？我们要演一场大秀？”瑞德利有些迫不及待，“但愿结束的时候会有掌声。”

“至少开始的时候可以来点儿掌声。”伊兹一边鼓掌一边笑着说。

瑞德利摇动轮椅飞快地来到伊兹面前，差点儿压着了伊兹的脚指头。她一边伸出手去捂伊兹的嘴，一边沉声说道：“低调！别那么大动静！”

“哦，确实！抱歉……”伊兹自觉地捂住了自己的嘴。

众人分别取出了一些衣物饰品，然后轮流进库房换了装。卡特出来的时候一身黑白条纹修身西装，脚上的鞋子擦得铮亮。一头金发拿鞋油染成了黑的，梳成了个大背头；一副大大的黑色圆框墨镜几乎遮住了半张脸，脖子上系了一条棕色的羊绒围巾，蓬松地披在肩上……活脱脱一副花花公子的模样。莉娜身着一条长长的白色工装围裙，围裙上有着不少粉色的斑渍。一只胳膊下夹着两个牛皮纸袋，袋子上面渗出了一些殷红的液体。她伸手将白色头巾下的头发撩了起来，说道：“我是肉店的伙计！”她咧嘴一笑，仿佛很为自己的职业骄傲。看着吃惊的众人，她不无得意地说道：“库房里有些红漆……既然

要换装，咱们索性就要装得像一点儿！”

希奥穿着工作服，戴着一顶火车机修工的条纹帽，彬彬有礼地说道：“怎么样，我像不像一直在铁路上工作？”

“万岁！万万岁！”奥利和伊兹齐声唱着跳出了库房，他们看起来根本没有换装，还是原来的模样。

“你们俩的服装呢？”瑞德利问道。

“我们不是穿上了嘛！”奥利说，“我扮成她。”

“他扮成我！”伊兹跟着说。

“呃……你们两个穿得一模一样，别人一眼就能认出还是你们，再去换些别的衣裳试试吧。”瑞德利建议道。

双胞胎垂头丧气地返回了库房，几分钟后又一起跳了出来。这一次，他俩变成了两个观鸟者，身上穿着有好几个口袋的背心，戴着户外软呢窄檐帽。他们两人都把大大的望远镜举在眼前，装着往四下里探看。

“嘿，快看！”伊兹指着库房的屋顶说，“那儿有鸽子！”

轮到瑞德利的时候，她从库房一个满是灰尘的角落里找了个旧麻袋，把它罩在椅背上，将所有可能暴露她身份的特征都包裹了起来。接着，她又从双胞胎的行李包里取出了一块丝巾，把头发包裹了起来，从后面扎住，看上去像是裹了厚厚的一层头巾。她的鼻梁上还戴着夸张的粗边框眼镜，活像一副放大镜。戴着这副眼镜让她的眼睛很不舒服，但为了行动，她心甘情愿受这份儿罪。最后，她还找了件外套，一件桑德拉·桑托斯可能穿过的外套，上面缀满了星星和流苏。

一群人聚集在库房的后面彼此打量。“我们看起来还真怪。”瑞德利说。

“没关系啦！”希奥笑着说，“最重要的是，不像我们就行！”

第11章

“咱们分批从停车场撤退，”瑞德利说，“走不同的路线，而且还得记住，我们要看起来像是并不认识彼此。”

“好，我看都不看你一眼。”伊兹说。

“好，我闭着眼睛走路！”奥利说。

“呃……当心被车撞到！”瑞德利说，“大家都小心点儿，十分钟以后，我们在图书馆大厅会合。”她瞥了一眼手表。

“好，十分钟以后见。”其他人纷纷表示赞同。紧接着，大伙儿便一个接一个地离开了停车场，一点儿也看不出他们来时的模样。瑞德利一直留意任何可能监视他们的人，一直等到全部人马都混进了中央大街上的人流之中。

矿泉镇公共图书馆距离镇政府大楼只有几个街区，是一座宏伟的单层砖砌建筑，屋顶高耸。整个建筑物有着许多明亮宽大的落地玻璃窗，窗外长满了常绿灌木。

（朋友们，千万不要小看那些看似随意生长的树叶。要是你不介意到处晃悠观察一下的话，你会发现那片常绿灌木丛特别茂盛，到处都是绝佳的藏身之处！）

按照瑞德利的安排，在十分钟倒计时结束的时候，非凡魔术团全员抵达了图书馆大厅。

“有人看见你们了吗？”瑞德利问道。

“我确信很多人都看到了我们，”希奥笑着说，“但我也确信没谁注意到我们。”

“太好了！”莉娜说，“那么，下一步我们该怎么行动？”

“现在，我去找一下那个图书管理员的办公室，”瑞德利说，“你们别跟我跟得太近，但要做好随时支援的准备。”

“那我就站在办公室的门口，”希奥说，“我们谁都不能孤身犯险。”

包裹得严严实实的瑞德利点了点头，然后行过了前台，往书架深处进发。希奥紧随其后，默契地充当着她的搭档。其他人也积极行动了起来，穿过不同的过道，不动声色地进行策应。瑞德利的心脏怦怦直跳，她不知道接下来将会发生什么。那个毁了她发明的女人再次见到自己会有何反应？在她的办公桌底下，会不会也藏着一把吓人的铲子？她会不会已经被再次催眠了呢？……

在一间办公室的门前，瑞德利停了下来。正门的磨砂玻璃上镶着一片金色的叶子，叶子上镌刻着“图书管理员艾瑞丝·马洛尼”的字样。

当她敲门时，瑞德利瞥了希奥一眼，希奥冲她点了点头。知道其他人也都在她身后，藏身在不远处的书架后面，瑞德利慢慢平静了下来。

“谁啊？”办公室里传来一个声音，“请进。”

瑞德利有些忐忑地推开了门……办公桌后面的图书管理员放下了手里的一本簿册，看了过来。“瑞德利?!”图书管理员深吸了一口气，吃惊地说道，好像见到了鬼一样。很显然，瑞德利的伪装根本不起作用。“你来这里干什么？”

“马洛尼太太，你好，”瑞德利有些紧张地把鼻梁上的眼镜架在了头上，说道，“我来是想问你一些问题，可以吗？”

“当然可以啊，亲爱的。”马洛尼太太站起身，说道，“进来啊，我对先前发生的事情感到非常抱歉……你能原谅我吗？”

“我想了解一下，昨天在出事之前，到底发生了什么。”

马洛尼太太的猫眼形镜框后面闪过了一丝忧虑。

“你昨天为什么会出现在那里呢？”

“我本来是去看望我孙女劳伦的，”马洛尼太太立刻回答说，“她是那儿的大一新生，在那儿学美术。她当时提议要我去看看青少年发明展，说展会上的东西会很有趣。”说这些话的时候，她的眼睛不时飞快地向右上方转动。瑞德利捕捉到了这个细节，很显然，有人在撒谎。

还没等瑞德利出言继续询问，图书管理员接着又说：“那天早上我一直头疼，当我们到达展会的时候，我感到头晕目眩。我不记得我是怎么走到你跟前的，我也不记得……我对你做过那些……可怕的事情。”

“现在看起来你的头已经完全不晕了啊。”听了马洛尼太太的一番话，瑞德利决定继续看她演戏。听瑞德利这么一说，马洛尼太太的脸颊顿时变红了。

“你还记得你攻击我之前所说的话吗？”

“警察告诉我，我当时好像说了句：‘我这是在干什么啊？’”说着话，图书管理员的眼睛里又闪现出骗子说话时特有的眼神。

“我都干了些什么啊？”瑞德利说，“这才是你当时的原话。”图书管理员的眼神把瑞德利气得不轻。

“呃……对……确实。”

“是不是有人叫你对我这么说的？是不是有人叫你拿铲子毁了我的发明？”

马洛尼太太摇了摇头。“我……我觉得并没有，”她说着眼睛又不自觉地转向了右边，“是因为当时我头昏脑涨。”

瑞德利咬了咬牙，忍住怒火问道：“你被催眠过吗？”

“你说什么？”

“催眠，意念被人控制了。你是不是很容易受到别人想法的影响？”

图书管理员抬起头来说："我不明白你的意思。"

瑞德利再也忍不下去了，大声问道："基尔罗伊·卡拉根让你攻击我，是不是？"

"谁？你说什么？"马洛尼太太的声音因为激动而变得有些发颤。

"卡拉根！一个穿着黑色斗篷戴着顶大礼帽的男人。他在展会上接近过你吗？"

"没有啊，要是有这么个人我会记得的。"

"那有没有一个穿着亚盖尔毛背心和羊毛长裙的女人呢？"

马洛尼太太依旧摇了摇头。

"那你认不认识海伦娜·帕克利？"

"好像……镇子上好像是有这么个人。我记得在最近几个月里，确实给一个叫这个名字的人办过一张新的借书证。"怔了一怔，图书管理员又接着说，"她不是你的老师吗？"

瑞德利闷哼了一声，她觉得这样的对话毫无意义。她很想扯下她的头巾扔到图书管理员的脸上，然后把这个骗子兼恶棍大骂一通。

可是，她想到希奥就站在门口，想到前一天晚上帕克利女士的建议——用另一种方式看待问题，最后，她还想到了她妈妈……昨天妈妈冲着奶酪商大喊大叫，抱怨对方把她预订的货品搞砸了……

冷静下来的瑞德利清了清嗓子，把轮椅向前挪了挪。"马洛尼太太，您可能也知道，这个夏天，我和我的朋友们遇到了不少麻烦。韦伦魔术商店出事儿的那天晚上，您也在公园里……您什么都看见了。您知道，那件事情确实很伤人。”瑞德利看着那女人的眼睛，说道，“您能不能……告诉我真相？”

“我不能。”马洛尼太太发颤的声音很低沉，像一架断了弦的钢琴弹出了些破音。

“您是不能告诉我您知道些什么，”瑞德利继续追问道，“还是您不能告诉我真相？”

“我不能……”马洛尼太太颤抖着用手捂住喉咙，“对不起，拉森小姐，失陪一下好吗？我……我感觉非常不舒服。”

不管是真是假，图书管理员的“头痛病”又要发作了。瑞德利于是赶紧说道：“要是您发现您忽然感觉好些了，请给我打个电话好吗？”一边说着，她一边从桌子上抓起一支铅笔，把自己的电话号码草草地写在了马洛尼太太的备忘录上。

图书管理员满脸通红，颤巍巍地连连点头跟瑞德利道别。

★ ★ ★

重返图书馆前台时，瑞德利问她的朋友们：“刚才你们听到我们的对话了吗？”

大家纷纷点头。

“这个人非常可疑。”卡特说。

“这个人说的没什么帮助。”莉娜说。

“这个人太不会搞笑了。”奥利假装生气地摊开双手，愤愤地说，“她在抖包袱的时机把握上简直糟糕透了。”

“不是每个人都是喜剧天才，”伊兹看着她的弟弟说，“连你都还差得远呢。”奥利听了做了个鬼脸，然后假装晕倒在地。

瑞德利没管搞怪的奥利，而是对大伙儿说道：“她在撒谎！她的眼神一直游移不定。我本来还想再狠狠逼她一下的，”说着话，她看了希奥一眼，“但后来……嗯……我觉得没啥用。也许，说不定她什么时候会回心转意的。”

“你这么做非常明智。”希奥表示赞同。

“那么接下来，咱们去调查哪个袭击者？”卡特问道。

“杂货店离这儿不远，”莉娜说，“我们先去调查那个把东西扔在地上的收银员。”

“就这么定了！”瑞德利迅速地拿定了主意。

★ ★ ★

几分钟后，沿不同路线分头行动的大伙儿在松树大道上的温特超惠杂货店会合了。这一次，瑞德利和希奥、奥利、伊兹作为后援团，而卡特和莉娜则走上了第一线。瑞德利他们躲在店里拐角摆放面包的货架边上，将柜台附近的情形尽收眼底。

“布拉德利。”莉娜开口说道。

“有什么我能帮你的吗？”收银台后面的年轻人回答道。他穿着衬衫打着领带，围着一条深绿色的围裙，戴着一副黑边框眼镜，看上去活像个书呆子。

（书呆子虽然不好，但爱读书却不是什么坏事儿。）

“还记得我们吗？”卡特问道。布拉德利眯着眼打量了一下眼前的两人，然后摇了摇头。卡特取下围巾，继续问道：“你再看看，现在记起来了吗？”

“你们想干吗？”布拉德利听上去很恼火，他的表情说明他其实很清楚来者是何人。

“关于前几天这里所发生的事情，我们有些问题想问一下你。”莉娜说，“当时，你把我们要买的东西统统扔到了地上。”

布拉德利笑了笑，然后竭力忍住笑意说：“呃……我很抱歉。”

“是有人让你那么干的吗？”卡特问道。布拉德利听了顿时显得很生气，回答说：“当然不是。”

“那是为什么？”莉娜大声问道，“你为什么要那样做？”

“我不记得了。”

卡特说：“上周的事情，现在怎么可能就已经不记得了呢？”布拉德利抻了抻自己的领带，不耐烦地说：“难道你们觉得我是在撒谎？”

听了三人的对话，不远处的瑞德利心里一沉，很想亲自出马帮着莉娜和卡特一起对付那个布拉德利。

“你被催眠过吗？”莉娜追问道。

“我想我该干我的活儿了。”

“是卡拉根让你那么干的吗？” 卡特微微提高了嗓门儿，试探着质问道。

收银员的眼睛忽然瞪得老大，两片薄薄的嘴唇忽然变得煞白。

“求你了，”莉娜恳求道，“我们遇到了大麻烦！不仅仅是我们的家人，如果卡拉根继续在矿泉镇搞破坏，你的家人迟早也会跟着遭殃。”

布拉德利像是吃了一惊，轻声且迅速地回应道：“别再问我什么问题了。”

卡特和莉娜目不转睛地盯着布拉德利，他俩都发现了对方

有些不太对劲儿。“你说什么？”卡特问道。

“不安全。”布拉德利补充道，然后迅速恢复了他此前的表情，露出了一副愉快的笑容，就像卡特戴上那副大墨镜一样轻松。

“谢谢惠顾，欢迎下次光临！”

“什么不安全？”莉娜低声问。

“谢谢惠顾，欢迎下次光临！”布拉德利大声地重复着刚才的话，听起来像是极其严厉的警告。

一出店门，瑞德利挥手示意大家跟着她到垃圾箱后面集合，以避开路人的视线。

“太诡异了！”卡特说。

“他说不安全。”莉娜说，“他什么意思？”

“大家都听到了。”瑞德利回答，“他有一个秘密，但他害怕跟别人说。”

“现在我也开始害怕了。”伊兹颤抖着小声说。

“我看你是冷吧。”奥利说道。

伊兹觉得奥利说得有道理，而瑞德利接着说道：“他听起来不像是被人催了眠。但他肯定知道一些事情，也许甚至知道卡拉根长什么样儿！”她朝杂货店的门廊瞥了一眼，“我真希望能有办法让收银员继续开口。”

“那个图书管理员也有所隐瞒。”卡特说。

“好吧，”希奥说，“我们继续查！”

“艺术中心剧场现在开门吗？”莉娜问道。

“没呢。”希奥说，“我今晚晚些时候可以给他们打个电话，问问那个引座员的情况。”

“那我们现在出发去巨橡园。”瑞德利说。

“我们去询问一下奎恩，那个前台接待员，”莉娜说，“看看她是否知道那个骚扰双胞胎的客人，问问那人的名字和他的房间号码。”

“那么待会儿就在巨橡园大堂见。”瑞德利说道。

“大伙儿到了那儿一定要融入人群。”伊兹建议道。

“但不要融入太多，”奥利打趣地说，“否则，别人可能会认为你是在做奶昔。”说着说着，他的双眼开始放光，“嗯……奶昔！莉娜，你觉得你的魔厨老爸会给咱们做些奶昔吗？”

“别在这儿浪费时间！”说着话，瑞德利一马当先地从垃圾箱后面行了出去。

大伙儿开始分头行动……卡特、希奥和莉娜三人一小队步行前往目的地，瑞德利、奥利和伊兹则乘坐巨橡园游客电车上山。

一坐进车里，瑞德利就用手遮住了一部分脸颊，警惕地望向窗外。奥利和伊兹则坐在车的后面，假装不认识彼此。好巧不巧的是，车里只有他们三个乘客。电车在大街上缓慢地向前行驶，瑞德利忽然听到双胞胎轻声惊呼了起来。

奥利低声说：“那个人是不是……？”

伊兹回答说：“我想是的！”

瑞德利也看见了他们嘴里的“那个人”——他那油腻的头发表明了他的身份。卡特的滑叔此刻正站在一家店面的窗户边上朝里面窥看，店里空荡荡的，正是曾经的墨里迪让乐器店。

“嘘，”瑞德利提醒道，“都别动。”但令瑞德利感到惊恐的是，电车司机突然按响了电铃，滑叔闻声将头转向了电车。没等瑞德利遮住自己的脸或者移开视线，滑叔却似乎已经注意到了她，咧嘴笑了。

滑叔的嘴唇张着，露出了两排发灰的牙齿。当电车拐过街角时，他举起手来，朝着瑞德利行了个致意礼。

第12章

在巨橡园酒店的入口处，老门童迪恩为瑞德利和双胞胎拉开了大门。

在瑞德利的记忆里，迪恩一直都在巨橡园里干活儿。他满脸皱纹，眼袋很深，头发差不多已经全白了。他对来往的客人总是礼貌有加，而在过去的几个月里，他甚至还帮了非凡魔术团不少忙。“下午好，拉森小姐。”说着话，他碰了碰自己的帽檐，直了直已经有些变形的脊柱，向瑞德利点头致意。同时，他也微笑着问候双胞胎说：“奥利、伊兹，你们好啊。”

“迪恩，你不应该认出我们啊！”伊兹走进酒店大堂，有些不解地说。

“怎么就不应该呢？”迪恩一脸困惑地问道。

“我们乔装打扮过了呀！”奥利说。瑞德利飞快地滚动轮椅，踏脚板一下子撞到了奥利的小腿上。可怜的奥利大叫一声，然后意识到自己说漏了嘴，连忙掩饰道：“我是说……我们穿了特别的服装！”

“现在你知道了，我们确实特别喜欢奇装异服，迪恩。”伊兹说着，把弟弟从老行李员身边拉了开来。

瑞德利解下了头上的头巾。如果迪恩轻易就能够认出她来，那么其他人肯定也是一样。在这一点上，她所能想到最保险的办法就是远离双胞胎，假装和他俩没有任何关系。

“今天是什么风把你们吹到巨橡园来的？”迪恩问道。

“做些调查，”瑞德利毫不犹豫地回答道，“我正在和我的新老师研究一个地方经济方面的项目。既然巨橡园是本地最大的企业之一，我想我应该从这里着手。你看见经理了吗？我想采访采访他。”

“哦，这样啊，阿诺德先生总是到处晃悠。”迪恩说，“我会留意的，看到他的话我就告诉你。”

“那就谢了啊！”瑞德利回答，装出一副不太在乎的样子。

路过双胞胎坐着的沙发时，瑞德利注意到他俩正在和一男一女说话。这对男女都穿着巨橡园酒店的员工制服，但她以前从没见过他们。瑞德利无意中还听到那个男的问道：“你们俩怎么打扮成这副模样？是要去观鸟吗？”

瑞德利一边听着他们说话，一边朝远处墙壁上嵌着的大壁炉行去。她把轮椅椅背上的麻袋扯了下来，折好放在膝盖上，然后又摘下眼镜，将其塞到了麻袋的下面。

瑞德利试图提醒伊兹，示意他俩办正事要紧，但伊兹聊得兴起，并没注意到她的眼神。

过了一会儿，一身伪装的卡特从门口走了进来，后面跟着系着白色围裙的莉娜。瑞德利一面装着漫不经心地绕过壁炉的一角，竭力避开酒店员工和客人们的视线，一面紧紧地盯住大伙儿看，希望能够吸引大家的目光。几分钟之后，大伙儿终于在一盆蕨类植物后面的阴影里发现了她。她朝卡特和莉娜低声说："谢天谢地，你俩没事儿。"

"我俩会有什么事儿？"莉娜问道。

"卡特，刚才我们看见你那个叔叔在墨里迪让乐器店外面，我们担心他会撞上你俩。"

"滑叔在乐器店？"希奥带着忧虑的神情问道，"他在那儿干什么？想闯进去偷东西吗？"

"当时他正在鬼鬼祟祟地往窗户里面窥看。"伊兹说。

"也许他只是想买把口琴。"奥利说。听了他的话，大伙儿都瞪了他一眼。他的脸唰的一下子红了，接着说："呃，或者他是想买把低音号！他会什么乐器我还真不大清楚。"

"我们没事儿，没撞上他。"卡特说。

后怕的莉娜此时也松了一口气，吹了声口哨说道："谢天谢地！"

"可惜我们的伪装毫无意义。"瑞德利说。

“你说什么？”希奥问道。

“我想滑叔当时就认出了我们。还有那个迪恩，也是一样。老实说，我觉得咱们的奇装异服可能会弄巧成拙，甚至会引起更多的注意。咱们得想出些新点子来瞒天过海。”

“我一直都想试试化装术！”卡特有些兴奋地接话道。

“化妆？”伊兹轻声道，“你们男生也喜欢化妆？”

卡特窃笑道：“我是说，比如戴个假鼻子或者粘个假疤痕。丹特在魔术商店里卖过一些入门级的装备。”

“我已经好几年没戴过假鼻子了，”瑞德利说，“也许是时候弄个新的了。”

“我会让我老爸帮你预订一个，”莉娜说，“他最近一直在计划重建魔术商店，从鼻子开始，也是一个不错的起点。”

莉娜取下白色的头巾，解开腰上的白色围裙，把装假肉的纸袋放在了盆栽的后面。

卡特没法擦掉头发上的黑色鞋油，但他摘下墨镜塞进口袋，然后又从脖子上解下了围巾。

双胞胎也脱掉了身上的背心，把它们整个里朝外翻了过来。让瑞德利惊讶的是，背心竟然是两面都可以穿的，现在变成了两件绿紫格子相间的背心。瑞德利不确定他俩现在跟之前比是好是坏，但不管怎样说，这身打扮让他俩恢复了本来的模样。这样的好处就是，酒店的员工们估计不会再跑来问他俩为什么要乔装打扮了。

卡特说：“我在前台好像没看到奎恩。”

“格雷戈和塔拉说他们也好几个小时没看见她了。”伊兹回答说。

“格雷戈和塔拉是谁？”瑞德利话音刚落，便想起了不久前和双胞胎说话的那对男女。

“格雷戈是我老妈的舞蹈课助理。”奥利说着话，轻快地踢踏了一个舞步。

“塔拉是我的歌唱教练——”伊兹故意在最后一个字上加了个颤音。

“很好！”卡特有些急切地插话道，“现在奎恩不在，怎么才能找到之前破坏你们演出的那个家伙？”

透过绿植疏疏落落的枝叶，瑞德利的目光在酒店大堂里游移……并最终落在了那个老行李员的身上。这个时候，他正弓着腰站在前门附近。“有个我们都认识的人，我想他可能会愿意帮忙。”

当瑞德利再次穿过大堂时，非凡魔术团的其他人则留在原地待命。不用回头，她也能感觉到椅背后面他们期待的眼神。“嘿，迪恩，”她开口说道，“我有个问题想问问你。”

“我还没见到阿诺德先生呢。”老行李员摇着头回答。

“我问的不是这个。”瑞德利清了清嗓子，“前几天有个客人在大堂里闹事，当时你在附近吗？”

“我在的啊。”迪恩的脸色忽然变得有些苍白。

“你会不会碰巧知道那个客人住哪间房呢？”

“走了很久了，他当天下午晚些时候就退了房，晚上都没过夜。”

瑞德利笑着点了一下头，说道：“这是好事儿啊！我肯定阿诺德先生不愿意见到那样的家伙在这里晃悠。”

“没人欢迎那样的。”

“嘿，你不会碰巧也知道那个家伙的名字吧？”

迪恩摇了摇头说：“我只记得当时他的行李是从412号房里拿出来的。”说完之后，他忽然乐了，有些滑稽地看着瑞德利，好像刚刚想起什么事来。

“你问的这些,和你前面提到的那个研究项目有关系吗？”

“呃……对，是的，的确如此。”

迪恩扬了扬眉毛，说道：“我想，你是想让我帮你查一下他的情况？”

“这可是为了我的研究项目呀。”瑞德利咧嘴一笑。

迪恩扫了一眼大堂，嘟囔了一声，然后拖着脚步走向奎恩通常坐着的桌子。“在这儿等着。”他头也不回地说。在前台后面的一个抽屉里翻找了一番之后，他在一张纸头上面潦草地写了些东西。然后，他把纸头拿过来塞到了瑞德利的手里。

“弗雷德·什一（Fred Tithe）。”她念了出来。

“记录本上还有他的中间名，不知道你需不需要，但我觉得那个中间名很是奇怪。”

“说来听听呗。”瑞德利回应道。她的手在轮椅扶手边上一挥，一支笔便出现在了她的手上。

迪恩俯身靠近瑞德利，低声说道：“弱（Punier）。”

“弱？”瑞德利惊讶地重复道，“哪有人用‘弱’起名字的？”

“我也觉得奇怪呢！”说话间迪恩忽地哧哧笑了起来，笑声像是猫头鹰在叫，“弱，弱不禁风的弱！”说罢，他便哈哈大笑。

“谢了！”瑞德利一边说着话，一边往后退了退，“我……呃……回头我再和你聊我的项目。”

迪恩慢慢止住了笑声，招了招手示意瑞德利靠近点儿。“我知道你这可不是在弄什么研究项目。”

“怎么不是？”说着话，瑞德利装出了一副很诧异的表情。

“看见你们几个又待在一起，这很好啊。”迪恩神秘兮兮地说。

“我不太明白你的意思。”瑞德利的脸红了。

“你的那些变魔术的朋友……”他低声说道，“你们今天都乔装打扮了一番，你们肯定又在排练什么节目！看双胞胎穿成那样就知道了，难道不是吗？”

瑞德利觉得自己装不下去了……如果迪恩到处和别人说那可就糟了。“这是个秘密，”她平静地说，“谁都没告诉，因为时候还没到，我们确实得做些准备。”

迪恩做了个给自己嘴巴上锁的动作，说道：“放心吧，你们的秘密在我这儿很安全。”说着话，他点了点帽檐，向瑞德利致意。然后，回到了他靠近大堂门口的岗位。

第 13 章

我们真的要经历 13 岁这个年龄吗？唉！这样的一个数字，这样的一个章节，怎么让人幸运得起来呢？但既然非凡魔术团现在非常需要运气，那就让我们尽可能罗列出能带来好运的东西吧。

说干就干，能带来好运的有：

1. 硬币

2. 彩虹

3. 婴儿的笑声

4. 四叶草

5. 铃铛的响声

6. 生日愿望

7．掌心上的假睫毛

8．黑猫（是的，我知道有人说它们会带来坏运气，但那是胡说八道。事实上，它们本身非常幸运。）

9．青鸟

10．你肩上的一小撮盐

11．数字 11

12．鼓手的鼓声

13．韦伦先生的扑克黑桃 A

哦，不！我现在只能想到十三样儿！这样岂不是更糟？快点儿，再想出一样儿能带来好运的东西吧！这一章真是让人抓狂，还是抓紧继续我们的故事吧。

14．____________________________

第14章

“弗雷德·弱·什一（Fred Punier Tithe）？”莉娜接过瑞德利递来的纸头读了出来。

大伙儿这会儿已经溜进了一片隐蔽的休息区，那儿摆满了盆栽植物。这地方在大堂后面，紧挨着莉娜魔厨老爸工作的厨房。

卡特补充说：“这听起来可不像是个真名。”

“英雄所见略同。”瑞德利说。

“什一？”希奥疑惑地问道，“好像是个专有名词，你们谁知道是什么意思？”

“什一是一种税，”瑞德利说，“是需要缴纳的一种钱款。它在名字里出现说不大通啊，对不对？”

莉娜猜测道：“也许……那个什一先生的名字是卡拉根留给咱们的口信儿？我们都知道他是个混蛋，是个骗子。难道他是想让我们付他钱不成？只有付了钱，他和他的那些被催了眠的爪牙才会放过我们？”

“他为什么不直接出来告诉我们呢？”卡特说，“如果他想得到报酬，让人知道他想要什么样的报酬才说得通啊！”

“他就是喜欢玩游戏，”莉娜说，“他就是想让我们自己解开他的谜语，让我们怀疑自己是否真的知道自以为知道的东西。”

希奥看了一眼瑞德利，说道：“看起来你好像有个想法要出炉了吧。”

“哦！”伊兹说，“我喜欢瑞德利即将出炉的想法，它闻起来很香。”

“关于这个名字，我们的思路可能跑偏了。”瑞德利说道，“迪恩他说了，‘弱’算是个什么名字呢？”

“我不知道啊，”奥利瞪大了眼睛，充满期待地说道，“算是什么名字呢？”他希望瑞德利可以用一句妙语来揭晓谜底。

莉娜吸了一口凉气，说道：“难道是一个同字母异序词？”

“同什么异什么？”奥利一头雾水地问道。

伊兹拍了拍奥利的肩膀，说道：“他们说那个粗鲁的客人留给酒店的是个化名。”

“不仅如此，”希奥说，“这个虚构的化名可能是三个异序词，每个单词里的字母可以重新排列，拼写成其他东西。”

“就像一条秘密的信息，”奥利说，“这个名字就是个异序词组成的谜题！上回腹语表演剧场海报上就出现过秘密留言——解散非凡魔术团！大家还记得吗？”

“确实如此！”说着话，瑞德利把手中的笔像剑一样举了起来，“我们越早开始解码，就能越快查出那个客人到底是谁。”

于是，大伙儿分成了两人一组，瑞德利给每个人都提供了铅笔和纸片。

瑞德利和希奥一起搭配，他们试着把弗雷德名字中所有的字母全部拆散，打乱顺序之后再重新组合，拼凑成了：吓坏了的猎人（PETRIFIED HUNTER）、净化过的租金（THE PURIFIED RENT）和喂他们萝卜（FEED THEIR TURNIP）。

瑞德利正要建议大家去问问魔厨韦伦先生，他是否把萝卜放在厨房里的一个什么特别的地方，在那儿他们可能会找到其他的线索——这时，卡特和莉娜发出了惊呼。

“怎么了？”瑞德利问他们，“你们拼出什么了？”

卡特举起了他和莉娜拼出的一些异序词。在纸头的末尾，瑞德利看见了这么一行字：在灰坑下面（UNDER THE FIRE PIT）。

看见这行字，奥利和伊兹顿时也兴奋地嗷嗷叫了起来。

“这句密语，肯定是有意义的。”希奥问，“巨橡园有灰坑吗？”

“在酒店配楼的后面，”莉娜说，“树林里有一片空地，空地中间有一圈供人休憩用的木墩。木墩围着的地方就是——”

“灰坑！”瑞德利说，“在夏天里，酒店工作人员每晚都会在那儿生一大堆篝火。”

“到那儿去我们可能需要找一把铲子。”卡特说。

这时，瑞德利的脑海里猛地闪过一个场面——一个图书管理员举起铲子，把她的发明砸得粉碎。

“铲子在酒店工棚附近应该找得到。”莉娜回答说，“但首先，我们是不是应该去跟两个老爸说一声啊，告诉他们我们的发现。”

“我们在这里开会已经违反了他们的规定，如果他们把我们都遣送回家怎么办？”瑞德利摇了摇头。

希奥说：“但是从夏天结束以来，我们一直都在违反规定。”

“我们那是用合理的方式违反规定，”卡特说，“而现在我们违反的方式可能不太合理。瑞德利说得对，两个韦伦先生可能真的会生气。”

“他们也是为了保护我们的安全，谁会怪他们因此而生气呢？”莉娜不再像平时那么兴高采烈，眼神里颇有些黯然。

“但他们那么做并不能保护我们的安全，”瑞德利说，“所以，我们现在陷入了两难的境地。”

“这么说不公平！”莉娜反驳道。

“我不在乎！”瑞德利不自觉地提高了声调。希奥见两人有些铆上了劲儿，连忙咳嗽了两声。瑞德利深吸了一口气，说道：“对不起，莉娜，我其实非常在乎。可我们都已经走到了这一步，而且已经发现了些端倪，一旦弄清楚是什么，我们就告诉两个韦伦先生。但在那之前……我觉得，我们还是先自己深挖一下吧。”

★ ★ ★

非凡魔术团成员来到酒店外面，沿着建筑物之间的小路朝前行进。前不久，度假区的客人们还会花上几个小时参加各种晚间活动，现在白天越来越短，夜晚也逐渐变凉，客人们就都迷上了在山间徒步。所以裙楼外面原本开展夜间活动的设施都被关停了，门上都落了锁，窗户上还加装了栅栏。

夜色渐浓，长短不一的阴影不时从建筑物的角落里悄悄探出头来……瑞德利心里发虚，感觉大家好像正在穿过一个鬼城。卡特从酒店工棚拿来了一把铲子，扛在肩上。瑞德利希望自己也能有把铲子，以防万一总是好的。走着走着，莉娜所说的那片林间空地便出现在了众人眼前。

这是一片长满了杂草的小丘，小丘上摆放着一大圈供游人休憩的松木木墩。木墩围着的区域正中有一个砖块垒砌而成的环形凹坑——灰坑。这很可能就是那个化名弗雷德·弱·什一的游客暗指的神秘之地。

瑞德利打开了轮椅上的小灯，把灯光照向了砖砌的灰坑。

与此同时，她也仔细地留心着周遭的声响，聆听周围树林里的细枝噼啪折断声，聆听干枯树叶被什么拂动所发出的沙沙声，聆听突然间的一片寂静……她也留心着任何可能预示危险的东西。那些不受欢迎的人——被催了眠的家伙、卡特的滑叔甚至卡拉根本人——随时都有可能出现在外面。但她只是听到大风在林间的高枝上盘旋，听到疾风在松林里穿行，听到树枝上的松针被风拨弄得不断相互摩擦，簌簌着低响。

“里面都是些灰和土。”卡特瞄了瞄砖砌的灰坑里面说。说着话，他便开始拿铲子清理了起来。几分钟之后，坑底便被清理干净了。他朝大家招了招手，于是大伙儿便过来一起动手把坑底的砖块取出来，露出了砖下面的土壤。希奥拿起一块砖块，将其放在瑞德利轮椅投射过来的灯光之下。

“这块砖看起来是不是很眼熟？”

哗啦！瑞德利仿佛又听到了玻璃破碎的声音，前天晚上发生的一切猛然又在她眼前呼啸而来。“你想说不管是谁打破了我家窗户，他用的就是这里的砖头？”她问道。

“这样的推理完全说得通！”希奥回答，“反正我们是在冒险，跟砖头打交道时大胆一些也没啥。”

“不，希奥，”伊兹严肃地说，“跟砖头打交道还是小心些为妙。”

“我试过表演杂耍的时候抛耍砖头，结果……弄得一团糟。”奥利补充道，“所以，还是小心些为妙。”

瑞德利转向奥利问道：“你为什么要……抛耍砖头？”话

音刚落，她便叹了口气，“还是别说了。听着各位，此地不宜久留。”她朝靠在坑沿上的铲子歪了歪头，“卡特，想看看下面有什么吗？”

“有不想看的吗？”卡特一边大声说着，一边拿起铲子，然后便开始在坑底挖掘了起来。他憋足了劲儿，挖起了一铲又一铲的泥土，并将其抛扔到坑外的草地上。瑞德利给他照着亮，以便他能看清手里的活儿。

当卡特往下挖了至少两英尺的时候，伊兹忽然大声嚷嚷了起来：“那是什么？”

在卡特挖开的凹坑里，散落着泥土和碎石子，还有几只扭动着的蚯蚓。而在这些东西之中，有个东西在众人眼前反射出了光亮。

希奥把手伸了过去，拂去了掩在上面的泥土和碎石，掏出了一个栗色的油纸袋。不管袋子里面装的是什么，那东西都不轻。它沉沉地坠在袋子的底部，在希奥的手里晃悠。

非凡魔术团的成员们个个都瞪大了眼睛，没人愿意打破沉默。

最后还是瑞德利忍不住了，近乎吼叫着对希奥说道：“怎么还不把袋子打开啊？”

“哇哦！”瑞德利的音量吓了伊兹一跳。

“你没事吧，瑞德利？”奥利问道。

瑞德利不禁屏住了呼吸——如果连双胞胎都被她的吼声吓到的话，那么她确实应该把声音降低一两个量级。希奥瞪了她

一眼，然后把袋子扔给了她。她伸出手，在袋子落在腿上之前抓住了它。她回瞪了希奥一眼，说道：“你就不怕里面有什么危险的东西吗？”

“怎么还不把袋子打开啊？”希奥故意用瑞德利说的话回答了她，瑞德利顿时觉得脸上发烫。

“来吧，咱俩一起来打开它。”莉娜给瑞德利和希奥打了个圆场。

“谢谢，莉娜。”瑞德利红着脸说道。两个女孩一起拉开了系在袋口上的皮绳。卡特、希奥、奥利和伊兹坐在砖圈边上，热切地围了过来。莉娜把袋子往瑞德利轮椅的扶手边上凑了凑，让轮椅上小灯的光线照进了袋口，接着，她伸手进去，取出了两个长方形的小木盒。

一看到眼前有些熟悉的小木盒，瑞德利感到一阵惊愕。

此前夏天里的两段回忆顿时浮现在了她的脑海中，一段回忆是那天波索的手下偷走了她和朋友们的贴身物品；另一段是那天非凡魔术团发现了桑德拉·桑托斯留在巨橡园配楼地下室里的秘密。这两段回忆中都有个这样的小木盒，一个是卡特父亲的，另一个是桑德拉的。这里怎么也会埋着两个呢？

“拼图盒子。”奥利一边说着话，一边弯了腰细细地查看两个木盒。

“跟我们的那个很像啊。”伊兹说。瑞德利一听有些蒙，更纳闷儿了。

“等一下，”莉娜说，“你们俩也有个像这样的盒子？”

奥利说："几个月前我们在酒店发现了一个。我们想把它打开，但不知道怎么弄。"

"真是怪了，"卡特说，"我爸爸的那个还在我这儿，盒子侧面嵌着他名字的首字母，我也从来没打开过。"

"桑德拉的木盒在我这儿，"莉娜说，"就是那天在配楼地下室绿宝石戒指俱乐部找到的那个，它也还没被打开过呢。"

瑞德利心头一跳，开口问道："你们是说，这两个木盒跟你们手里的是一样的？"

卡特和莉娜摇了摇头。"你们看，"卡特从莉娜手里接过两个盒子，"我爸爸那个盒子上的首字母是LWL，桑德拉的那个是AIS。"他一边指着两个盒子的侧面给大家看，一边说道："这两个盒子上面的字母也不一样。"

希奥摸了摸额头，有些不好意思地说："其实这样的盒子，我也有一个。"

"你也有一个？你怎么也会有一个？"瑞德利听了希奥的话，几乎要跳了起来。

"夏天结束的时候，我收到一封艾米莉·墨里迪让的来信。她寄给我一把她爸爸商店的钥匙。后来我就在米克的工作室里发现了一个包裹，包装得很严实，上面写着：安全存放。盒子上有MXM的首字母，应该是米克·泽维尔·墨里迪让的缩写。"

"绿宝石戒指俱乐部的每一个成员都有个这样的盒子。"说着话，瑞德利向卡特伸出了手，卡特于是把袋子里取出的盒子放在了她的膝上。“韦伦先生魔术俱乐部成员都有一个刻着自己名字首字母的盒子。”她翻动刚发现的两个盒子，知道盒子上肯定也会刻着字母。“看！这个上面刻着VDV——”

“维吉尔·丹特·韦伦，”莉娜低声说，“是我老爸名字的缩写。”

“你老爸的名字叫维吉尔？”奥利和伊兹一起问道。

瑞德利手里另一个盒子上的首字母显露了出来：KAK。轰……瑞德利的脑袋忽然像炸裂了开来，紧接着，从头顶到肩膀，再到手臂，一阵战栗传遍了她的全身。“基尔罗伊·A.卡拉根。”与此同时，轮椅上的灯忽明忽暗地闪了一下。“下面……还有别的什么吗？”她朝着灰坑看了看，问道。

卡特又翻找了一番，答道："看起来没别的了。"

"好吧，那我们还是赶紧走吧，这地方让我心惊肉跳。"

一群人回到了主楼，在工棚附近停了下来，归还了卡特借的铲子。巨橡园酒店侧门门廊的灯光照在他们身上，这让瑞德利感到安全了许多，在林间空地那儿实在是让她忐忑不安。

"这一切究竟意味着什么呢？"希奥问道，手里的油纸袋被他捏成了一团，"迪恩给我们的名字让我们找到了新的拼图盒子。那个粗鲁的客人……还有他的异序词假名，这条线索是卡拉根提供给我们的吗？还是另有其人？"

瑞德利用手指抚摸着膝盖上的盒子，感受着上面纷繁弯曲的线条纹饰。"你们能把你们的拼图盒子都拿出来吗？我想好好地研究一下它们。"

"我的在家里。"希奥说。

"没关系，"瑞德利说，"你的那个我们晚点儿再说。"

卡特、莉娜、奥利和伊兹各自回到自己的房间去取盒子，而希奥和瑞德利则藏在休息区的几棵大海芋盆栽后面等着。不一会儿，他们就都拿着拼图盒子回来了。

"它们就像玩偶丹尼尔的脑袋一样，"瑞德利轻轻拍着它们说，"里面都是空的。也许咱们应该把它们全都砸开。"

"要是里面有什么比较脆弱的东西呢？"希奥问道，"又或者是什么危险的东西……比如化学制品？会让我们生病的粉末？"

"我会穿上防护装备的，"瑞德利说，"我的实验室里有不少东西。”

“我觉得希奥说得有道理，”莉娜说，“不能硬开，一定有别的办法。”

“确实，”卡特也表态说，“它们毕竟是拼图盒。另外，我不想让任何人打碎属于我爸爸的东西。”

瑞德利感到一阵烦躁，很想发火，但很快她的无名火又消散了。毕竟她最近刚刚经历过心爱的东西被人砸毁，所以她很能理解卡特的感受。思忖了一会儿，她说：“好吧，我也同意希奥的想法。”

“真的假的？”伊兹问道。

“假的真的？”奥利重复道，只是表达顺序略有不同。

“你真这么想？”希奥问道，对瑞德利的让步很是震惊。

“真的，”瑞德利接着说，“刚才你问‘这一切究竟意味着什么呢？’，我们需要找出答案。我们下一个最好的选择就是去和迪恩谈谈，也许他能从弗雷德·弱·什一的酒店记录中发现更多线索，找到一种付款方式，或者一个地址、一个电话号码。即使什一是个虚构的名字，也必须有个实实在在的人来编造，是不是？”

其他人都表示同意。

瑞德利笑着补充道：“然后，我可以把盒子都拿回家，看看能不能解开它们里面隐藏的谜团。”

令瑞德利吃惊的是，大家都同意她这么做。

当瑞德利扫视大堂时，却没看见迪恩的身影。现在，奎恩已经回到了前台，所以瑞德利只好来到她跟前。奎恩的脸上有些雀斑，这让她看上去显得很容易亲近。于是，她便被指派来做前台接待员的工作，帮糊涂的客人叫出租车，指路，预订晚餐，预订镇上各种活动的门票。她金色的头发向后梳成了马尾辫，从酒店制服帽子的下面露了出来。

“瑞德利·拉森！”她打招呼道，“好久没见啊！”

“嗨，奎恩，你还好吗？”

“一切都非常顺利呢。”

瑞德利又环顾了一下大堂，说道：“呃，你有没有注意到迪恩去哪儿了呢？”

奎恩皱了皱眉答道：“没有呀，你有什么需要帮忙的吗？”

“我想可能真需要你帮帮忙。”瑞德利答道。她的脑子飞快地运转，想着怎样才能在不泄露秘密的前提下打探到她想要的信息。“刚才迪恩帮我找到了一个住在 412 房间的客人的名字：弗雷德·什一。我现在手头上在做一个研究项目，有一个问题想问问什一先生。你能不能告诉我怎么联系他，或者你可以帮我找到他。我要问的问题其实还真不少……这很重要。”

听了瑞德利的话，奎恩显得很是困惑，然后说道：“稍微等一下。”接着，她便快步走到前台后面。

瑞德利紧随其后。奎恩在一个看起来像是一盒收据的盒子里到处翻找，然后又从桌子底下拿出了一个大笔记本，仔细把它翻看了一遍。

几秒钟之后，她摇了摇头。“你刚才说的那个名字是‘什一’？”奎恩问道。瑞德利点了点头，她的身体忽然没来由地开始有些发冷。“抱歉，瑞德利，412 号房里应该从来没有入住过什么什一先生。”

“哦，好吧，也许我弄错了房间号。”

“不，亲爱的，我刚才可能没说清楚。在巨橡园酒店里，从来没有入住过叫这个名字的客人。”

第15章

瑞德利身体一颤，强迫自己不要回头看向朋友们藏身的地方。

“可这是迪恩提供给我的名字——弗雷德·弱·什一。”

“我不知道该怎么跟你说，”奎恩无奈地笑了笑，“也许他在逗你玩儿。按道理，我们不应该把客人的信息告诉别人。我不是说你是什么别人，但瑞德利……你应该明白我的意思。”

“了解。”瑞德利答道，尽量让自己看起来自然，并不像对方认为的那样困惑或者尴尬。当她朝壁炉走去的时候，她的情绪开始慢慢失控，当她和她的朋友们再度会合时，她已经怒不可遏了。“我们被人要了！”她大声说。

“被谁要了？”希奥问道。

“我不确定，”瑞德利回应道，“是迪恩？奎恩？或者另有其人？”她很快便向朋友们转述了奎恩说给她听的话。于是，大伙儿的脸色瞬间也都变得凝重起来。

“我看今天就先到这儿吧，”莉娜有些坐立不安，“已经不早了，两个老爸可能会想知道我们在哪儿。虽然他们一直忙着重建魔术商店的事情，但最近他们也很紧张我们的安危。”

在约定好第二天下午到瑞德利家进一步研究拼图盒之后，大家便向彼此道了别。

瑞德利打电话叫妈妈来接她和希奥。“你都没跟我说一声就出门了，瑞德利！”拉森太太气鼓鼓地说，“我刚好写到倒数第二章，现在又被你给打断了……咦，我的钥匙呢？我发誓，我——哦，钥匙在这儿……你晚饭吃了吗？我在家随便吃了一点儿……你要是早些跟我说你今天的安排，我还可以……”

最后，拉森太太挂断了电话。几分钟后，开着那辆浅绿色普利茅斯汽车到达了酒店。她看上去疲惫极了，黑眼圈很重，头发乱蓬蓬的。瑞德利觉得她可能一整天都没照镜子打理自己。“这都是些什么东西？”看着瑞德利膝盖上面装满拼图盒子的油纸袋，拉森太太问道。

“我的……一些研究。”瑞德利回答。拉森太太耸了耸肩，松了一口气。坐在汽车后座上，瑞德利小声对希奥说：“待会儿我们到你家时，你能把米克的拼图盒子拿出来吗？”

“要不明天再拿给你吧？天黑后我还往外跑的话，我爸妈可能会很不高兴。”

瑞德利暗暗压制住了心里升腾起来的不悦，然后意识到自己其实不该为此生气。

“理解万岁。今晚我先看看我能做点儿什么，等你把米克的盒子拿来以后，我们看看能不能彻底解密。”

“这样安排挺好的。”希奥笑着说道。当他俩安静地坐着时，瑞德利很想知道刚才他是在评论她的解密计划，还是在评论她。但不管怎样，能和最好的朋友重归于好真是太好了。

一进家门，瑞德利便径直行向门厅楼梯下面的小屋。“厨房里有水果。”妈妈在去楼上的办公室之前说，“我得继续写我的书了。”

“没事儿，”瑞德利回应道，“反正还不饿。”

（啊，我真希望瑞德利能先吃点儿水果再干活。苹果、梨、香蕉对咱们都很有好处。我们都休息一下，找点儿吃的，好吗？我现在还真想来上一块火龙果。）

在实验室里，瑞德利把拼图盒子摆放在屋子正中间的桌子上。仔细查看之下，她注意到了一些先前忽略的东西——几只木盒上面都有些闪着亮光的标记。这些标记看上去很是奇怪，但极有可能有助于她取出盒子里面的东西。

瑞德利瞥了一眼架子上的工具盒，很有点儿想动用她的那把小手锯。但她想起了自己在酒店里对朋友们许下的诺言——她不会暴力破坏这些盒子。如果自己小心点儿，不损坏太多呢……不行，现在非凡魔术团的朋友们才是最重要的，不能让他们失望。也许这些盒子所指向的线索和里面的东西无关？也许它们其实有着完全不同的作用？现在只有天知道！在明天下午希奥把最后一个盒子拿来之前，一切对她而言都只是个未知数。

于是，她转眼瞥向了从夏末开始就一直在做的秘密项目——那个躺在工作台旁边地板上的大黑箱。

她伸手去拿她的工具，给箱子的底部又装上了一个轮子。这时，她忽然意识到自己一直在造的其实也是一个“拼图盒子”。

她有一种感觉，很快，自己的这个箱子极有可能会派上大用场。

★ ★ ★

第二天很快就到了。瑞德利几乎无法集中精力学习帕克利女士为她准备的课程，她一直在想，帕克利女士很可能也是让这些盒子忽然现身的幕后推手之一。她得确保自己不说漏嘴，绝不能向帕克利女士透露他们之前的发现。

三点钟过了没多久，门铃响了。瑞德利还在做一些帕克利女士布置的阅读作业，所以她的老师起身去开了门。

“快进来吧，希奥。”瑞德利听到她说。门铃后来又响了两次，一次是莉娜和卡特来了，另一次是奥利和伊兹驾到。瑞德利把大伙儿都带进了里屋。

“是谁一直在按门铃？”拉森太太的吼声从楼梯上传了下来。

在厨房里，非凡魔术团的成员们顿时都安静了下来。瑞德利的心里咯噔一下，生怕妈妈发现她又和朋友们聚在一起，然后会把所有人都遣送回家。帕克利女士一定是看出了瑞德利的担心，因为帕克利女士在拉森太太走下楼梯之前就跑到门厅去拦下了她。瑞德利心里一动，难道帕克利女士是在暗中帮助大家？

“很抱歉，”帕克利女士那极有特色的咯咯笑声传了过来，“瑞德利和我刚刚结束今天的学习，关于……呃……关于声音的一课！”

“是的！”瑞德利在客厅里大声喊道，身体绷得紧紧的。她瞥了一眼厨房的门，向同伴们招手，悄悄地示意他们靠墙站好，远离她妈妈的视线。

“哦，对了，拉森太太！”帕克利女士突然发话说，“有件事我想请教您。这事儿需要私下里聊，您能和我出去一下吗？”

看到妈妈跟着老师出了门，瑞德利差点儿欢呼起来。帕克利女士也懂得“误导”这个魔术概念吗？

“快点儿！”瑞德利低声说，“跟我来。”几秒钟之内，非凡魔术团就聚集在瑞德利安全又隐蔽的实验室里了。她对朋友们说：“很抱歉咱们得偷偷摸摸。如果我妈妈发现家里有一群人，她很可能会抓狂。”

“幸亏你的老师分散了她的注意力，”卡特说道，“帕克利女士这么做是为了给我们打掩护吗？”

“是的，但我还是不信任她，”瑞德利回答说，“现在我们不能相信任何人。”

大伙儿一边纷纷点头表示赞同，一边围到了屋里中间摆放着拼图盒子的桌边。

“我可是说到做到了啊。”希奥拿出了最后一个拼图盒子。

“谢谢。昨天半夜里，我在研究这些盒子的时候突然意识到了一件事，”瑞德利伸手把每个盒子都侧翻了过来，“当它们像这样按特定的顺序排列时，盒子上镶嵌的装饰物就会排列成一幅图案。”

“这个图案是……”莉娜吃惊地捂住了嘴巴。

“天哪！”卡特低声惊呼了起来。

“看起来就像是个戒指。”希奥说。

“戒指上面镶嵌着一块宝石。”伊兹说。

“是一块绿宝石。”瑞德利笑着补充道，“注意到那些图案是绿色的了吗？”

“太厉害了！”奥利惊呼道。

“没错，但拼图还是少了一块。”瑞德利非常兴奋，激动之情溢于言表。她举起希奥带来的那个刻着 MXM 标记的盒子问道：“各位准备好了吗？”

“当然！”卡特说。

“我有点儿担心。”莉娜说。

“我们应该捂着头吗？”伊兹问道。“我一咳嗽就会捂头。”奥利补充道。

瑞德利伸出手来，把最后一个盒子放在几个盒子的中间。六个旧盒子上面镶嵌的装饰画最终拼凑成了一幅完整的图案——一个镶嵌着绿宝石的戒指。很快，盒子里面传出了一阵奇怪的齿轮咬合转动声，紧接着，又接连传出了六次咔嗒咔嗒的轻响。但在那之后，就什么动静也没有了。

“怎么回事？”希奥问道。

“没什么，”卡特抱着双臂说，“也许这些动静都只是在误导开盒子的人。”说着话，他紧张地环顾四周。“等一下……我们难道遗漏了什么？”

“你们看！”瑞德利一边说着话，一边伸出手，把离她最近的那个盒子的顶部纵向拉了拉。盒子的盖子便顺着精心制作的凹槽滑开，一个隔间慢慢显露了出来。大伙儿纷纷深吸了一口气。“想要打开任何一个盒子，这些盒子首先得摆放在一起。可能盒子采用了某种磁性系统？”她俯下身，一一滑开了盒子的顶盖，然后把拼在一起的盒子重新分开。“来吧，”她对大家说，“每人拿一个。”

希奥、莉娜、卡特、奥利和伊兹走上前去，每人抓起了一块有着绿宝石戒指图案的盒盖。

“里面是什么？”莉娜问道。

“想知道答案，只有一个办法。”卡特说道。

瑞德利感到有点儿紧张，好像此刻她正要把手伸进一只野兽的嘴巴里。但令她极度失望的是，盒子里好像什么也没有。

“是空的？”

“并不是。”希奥回答道。他的食指和拇指之间夹着一张发黄的纸头。那纸头看起来很是老旧，风化得厉害。纸上面似乎有些用墨水书写的字迹，墨色已褪去了不少。“这张纸卡在盒子的内壁上，大家都找找看。”

于是，其他人按照他的提示行动了起来。不一会儿，每个人的手里都多出了一张相似的纸头。“这是些什么东西？”莉娜一边问着，一边把纸头拿到灯光下面端详。很快，她的嘴唇动了起来。“这上面写的是——‘你真诚的，丹特·韦伦。’”

“这是一封信。”瑞德利说。

“信是我老爸写的。”莉娜说。

“这封信被人撕成了六片。”卡特说。

“写给谁的？”希奥问道。

“我们把这些纸头拼在一起吧，”伊兹说，“就像玩个拼图游戏。”

“伊兹，现在可不是玩什么游戏的时间！”奥利皱了皱眉。

“我可不是在玩游戏，呆子。”伊兹回应道。她想了想又接着说：“嗯，可以是个游戏。也可以不是。不管那么多了，快点儿，拼拼看吧！”

很快，非凡魔术团成员们手里的纸头都被放在了桌子上。就像瑞德利匹配盒子上的纹饰一样，大伙儿摸索着根据纸上墨迹的特点拼凑了起来。没过多久，信拼好了。

莉娜向前倾了倾身，开始大声朗读这封信：“亲爱的基尔罗伊……”她深吸了一口气，吃惊地说道，“这封信是写给卡拉根的！”

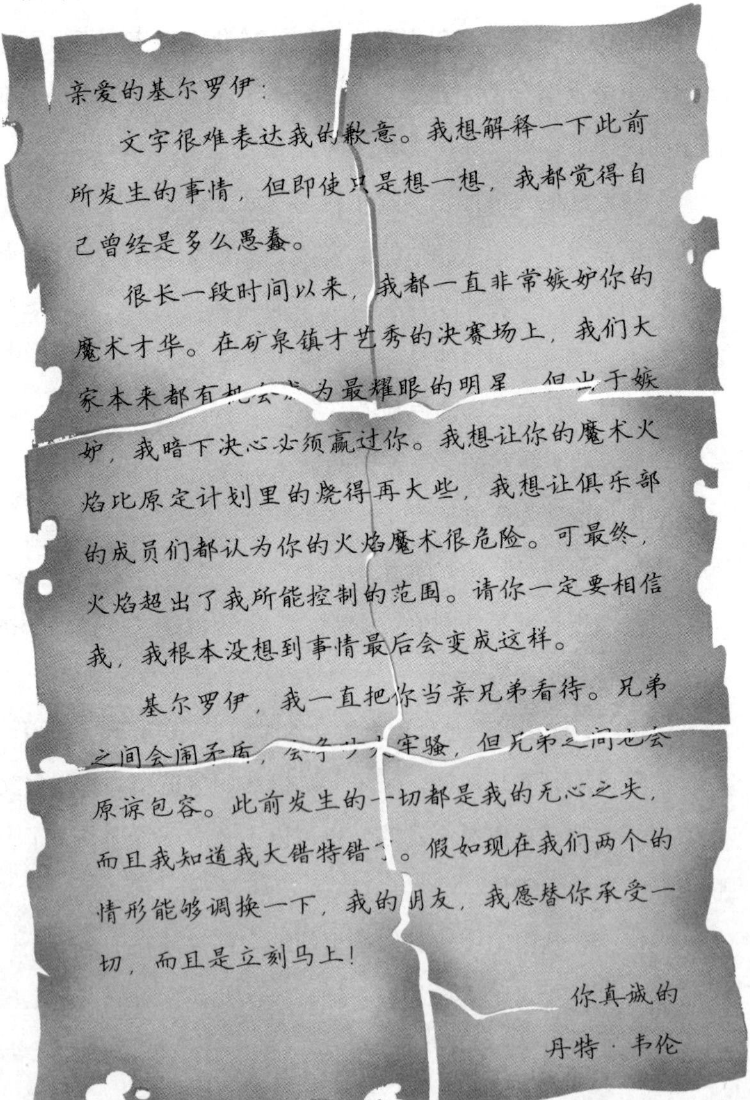

亲爱的基尔罗伊：

文字很难表达我的歉意。我想解释一下此前所发生的事情，但即使只是想一想，我都觉得自己曾经是多么愚蠢。

很长一段时间以来，我都一直非常嫉妒你的魔术才华。在矿泉镇才艺秀的决赛场上，我们大家本来都有机会成为最耀眼的明星，但出于嫉妒，我暗下决心必须赢过你。我想让你的魔术火焰比原定计划里的烧得再大些，我想让俱乐部的成员们都认为你的火焰魔术很危险。可最终，火焰超出了我所能控制的范围。请你一定要相信我，我根本没想到事情最后会变成这样。

基尔罗伊，我一直把你当亲兄弟看待。兄弟之间会闹矛盾，会争吵发牢骚，但兄弟之间也会原谅包容。此前发生的一切都是我的无心之失，而且我知道我大错特错了。假如现在我们两个的情形能够调换一下，我的朋友，我愿替你承受一切，而且是立刻马上！

你真诚的

丹特·韦伦

“我不明白，”莉娜盯着手中的纸头说，“这封信绝对不是我老爸写的！他是绝对不会那么做的！他怎么会在巨橡园里放火烧死那么多人？”

“这封信一定是伪造的！”卡特也愤愤地说道。

“但这封信上的笔迹……”

“笔迹是最容易伪造的东西之一。”希奥说。

奥利和伊兹没有说话，只是忧心忡忡地看了彼此一眼。

瑞德利深吸了一口气，说道：“我们暂时忘掉这信里的内容吧。”

“怎么忘得掉呢？”莉娜的声音有些发颤。

“我们需要仔细琢磨一下这封信的来历。为了确保它能到我们手上，有人用心良苦，运用了极其复杂的手段。显然，这是卡拉根干的。这无疑是他妄想伤害我们的又一个伎俩，伤害韦伦先生，离间我们。”

“万一这封信是真的呢？”卡特问道，“万一韦伦先生真是个恶棍呢？”

“卡特!!!”莉娜满眼通红，大声喊了起来。

“如果真是那样我们到时候会处理的。”说着话，瑞德利伸手拉住了莉娜的手，“现在，我们得找到问题的根源所在。六个拼图盒子，只有放置在一起，它们才会打开。不管当初这封信出自谁手，不管是谁把它撕成了六片，他都曾经拥有过所有这些盒子。只有这样，这些纸头才能最终留在里面。”

“那是很久很久之前的事儿了。”希奥说道。

卡特点了点头说："我爸爸的这个盒子从小就跟着我了。"

"我们再来说说这些盒子究竟是怎么跑到我们手上的。"瑞德利说道。

"桑德拉的这个盒子是在酒店配楼地下室里找到的。"莉娜说。

"波索的盒子是我和伊兹在酒店里发现的。"奥利说。

"是的，那是有人引导我们发现的。"伊兹补充道，"还记得那个寻宝游戏吗？"

"不太记得了。"奥利耸了耸肩答道。

"米克·墨里迪让的盒子是在他那个空荡荡的乐器店里发现的。"希奥说。

"对了，"瑞德利说，"不是艾米莉给你寄了钥匙让你去那里的吗？"

希奥慢慢点了点头，眉宇间颇有些怀疑地问道："信会不会是卡拉根伪造的，而且是他要了手段确保我能拿到商店的钥匙？"

"确实，"双胞胎姐弟说，"有可能就是他伪造的。"

"那就剩下最后两个盒子了，"瑞德利说，"韦伦先生和基尔罗伊·卡拉根的盒子。大家都知道，是昨天晚上被我们找到的。是不是有人算好了时间，故意让我们现在发现这封信？"

"不管这封信是怎么来的，"莉娜说，"我们是不是应该把它给我老爸看看呢？"

"你真想和他当面对质吗？"瑞德利问道，"要是他说的话是你不想听的，那你该怎么办？”

“他真的放火了？他肯定会告诉我们这封信根本就是假的！”

“我们怎么知道他不会撒谎呢？”瑞德利问道。

“我老爸不是骗子！”

瑞德利深吸了一口气，继续说道：“我并不是说他是，这一切我也根本不愿意相信。”一想到他们亲爱的导师有可能做出这么可怕的事，她就觉得难受。她知道，如果她再让莉娜心烦的话，非凡魔术团很可能就此分崩离析。也许，这恰恰正是卡拉根一直所希望看到的。“我是说……我们需要小心。也许，在掉进一个可能的陷阱之前，我们最好多了解一下卡拉根的意图。”

“我们至少应该试着先去找迪恩谈谈吧，”希奥说道，“是他给了我们那个名字，把我们引向了酒店外面的灰坑。”

“这确实是一个很好的调查切入点。”瑞德利回答。

“他今天在不在酒店上班，你俩知道吗？”卡特问双胞胎。

“呃，”奥利说，“我们俩可都不是什么灵媒哟。”

伊兹耸了耸肩说：“我们可以打电话到酒店问问看。”

“或者……呃，确实，我们可以找人问问看。”奥利点了点头。

第16章

瑞德利给酒店打了电话，得知迪恩晚上不上班。在查到他的电话号码之后，瑞德利又打电话到他家，但没有人接。在电话簿上查到他家的地址后，非凡魔术团的成员们溜出了瑞德利家的房子，往迪恩家进发。在路上，莉娜忍不住哭了好几回。卡特一直在旁边安慰说一切都会好起来的。瑞德利的心里却并不太确定，她觉得卡拉根的影响已经开始渗透到了自己的思想里，让她沿着荆棘丛中的隧道走向没有回头路的悬崖。她所能做的只是扫视街道，确保没有人跟踪。到目前为止，她注意到三辆车停在不同的角落里，几个形迹可疑的人就坐在方向盘的后面，目不转睛地盯着前方。

在埃默里街，他们来到了一座白色科德角风格的小房子前。房子有着黑色的百叶窗，门口邮箱上的电话号码与电话簿上的相符。与街区里其他房屋不同的是，迪恩房子前面没怎么打理，草坪上凌乱不堪，杂草丛生。看着眼前的景象，瑞德利心里渐渐生出了一种奇怪的感觉。

“我们要敲门吗？”希奥问道。

卡特说：“我们打电话的时候他没接。”

“也许当时他在浴室里。”奥利猜测道。

“这么说的话，我老爸还能在里面待上几个小时呢。”瑞德利翻了翻眼睛，“我们还是至少按一下门铃吧。”

希奥走上台阶，按下了门铃。门铃声从房子深处传来，他们等了一阵子，屋里没人应门。

“莉娜，你带了开锁器吗？”瑞德利问道。

“真的要用开锁器？就在这里？当着全镇人的面？”莉娜扬起了眉毛，“也许屋后面有个后门？”在后门处，手里拿着工具的莉娜忽然停了下来。“这种感觉不大好，”她说，“这里毕竟是迪恩的家，他可是我们的朋友。”

“我们中的任何人都不会认为闯入别人的房子是最好的选择，” 瑞德利说，“但如果房子着火了，消防队员们会站在这里考虑砸开房门的做法是否正确吗？”

“迪恩的房子并没有着火，瑞德利。”希奥说。

“即便如此，”瑞德利接着说，“现在也是紧急情况。谁知道呢？也许迪恩就在里面，而且他正需要我们的帮助。”

莉娜叹了一口气……几秒钟之后，后门被她打开了，非凡魔术团的成员们一个接着一个轻手轻脚地进入了房子。

“有人吗？”瑞德利喊道，“迪恩？”她这么做似乎是想让他知道他们来了，这样感觉就不像是非法闯入了。他们走进一间灯光昏暗的厨房，地板上铺着的油毡翘着，一股潮湿的气味让瑞德利不禁皱起了鼻子。她打开水槽下面的柜子，发现里面几乎是空的。几个抽屉里只有一套银餐具和几个有裂纹的盘子。随着探索的不断深入，瑞德利对这幢房子的感觉变得越发奇怪。

前屋有一张破旧的绿色天鹅绒沙发和两张折叠小桌，靠墙的立柜上放着个大型的台式收音机。再穿过一个门口，另一间屋里有张单人床，床上铺着军队样式的蓝色迷彩床单，床上的毯子整整齐齐地叠放着。墙上什么也没有，没挂任何艺术品、镜子或者照片，也没有任何东西能显示出迪恩在这里生活的细节。看着眼前的一切，瑞德利意识到自己对迪恩其实根本就是一无所知。

“走吧，”卡特说，“我们还是走吧，待在这里也没什么意义。”瑞德利正要转身走向厨房，书架后面墙上一块突出的东西引起了她的注意。她指了指书架，奥利和伊兹小心地把书架移开——一扇小门显露了出来。

“哇，”瑞德利小声说道，“这里面一定有他不想让任何人看到的东西。”

莉娜试着转动门把手，结果发现门是锁着的，但很快，锁就被她打开了。她推开了门，屋里一片漆黑。瑞德利打开了轮

椅上的灯，灯光照进了一个看起来很狭小的房间，或者也可以说是个大衣橱。屋里的地板上堆满了机器和一盘又一盘的录音带，一张小桌子上面摆放着一些收音机的零部件。

卡特喘着气说道：“你们知道我在想什么吗？”

“我可是跟你说过的啊，我又不是什么灵媒。”奥利说。

“你们觉得这些东西会是什么？”卡特走到一边，让队友们能看得更清楚。

“我可说不准，”伊兹说，“这都是些什么玩意儿呢？”

“这是些无线电接收器和录音设备，”希奥说，“如果有人提前把无线电发射器分散到整个镇子里，藏在腹语表演者玩偶的脑袋里，那么在这里就可以接收到信息。”

莉娜叹息了一声，说道：“我们知道酒店里有人策划了这一切，难道那个人就是迪恩吗？”

“看起来确实如此。”瑞德利说道，脑子里面嗡嗡作响。

“有人能给我解释一下究竟是怎么回事吗？”卡特问道，“事情现在变得超级复杂了。”

（我觉得卡特说得没错，你呢？超级复杂！确实，许多最棒的魔术也跟这一样——复杂。要想表演这类魔术，你必须做好万全的准备。你必须得知道之前发生了什么，这样你才能采取下一步行动。不过还好，希奥现在会给大家做出解释。）

希奥这时发了话：“大家应该都记得，夏末的时候，韦斯珀斯先生来到了酒店，对吧？”非凡魔术团的成员们纷纷点了点头。“当然，我们也还记得镇上开始出现的玩偶，就是酒店决定用来宣传韦斯珀斯先生腹语表演的玩偶。”大家又点了点头。“它们看起来就像腹语表演者的玩偶达令·丹尼尔。”

“当我设法打开玩偶脑袋的时候，”瑞德利补充道，“发现有人在它们身上都安装了无线电发射器。”

“后来我们质问文德尔·韦斯珀斯，发现他对此一无所知。他当时心烦意乱，收拾行李离开了矿泉镇。”

“可是有人一直在试图监听矿泉镇居民们的谈话，”瑞德利朝密室里奇怪的机器努了努嘴，继续道，“为了窃听，那个人需要一个无线电接收器，就像现在我们眼前的这个东西。”说着话，她拉开了门口边上一个文件柜的抽屉，里面装满了一盘盘的磁带。她拿起了其中的一盘，磁带侧面有个用黑色记号笔书写的名字：希拉·菲尔兹。“这个人我认识。”

“她是我父母的朋友。”瑞德利接着拿起了一盘又一盘磁带，每一盘上面都标着个名字。有些名字非凡魔术团的成员们特别感兴趣，比如，图书管理员艾瑞丝·马洛尼和收银员布拉德利·尼克尔。然而，大多数人的名字他们都不熟悉。

“现在各位明白了吧。”希奥问道。

卡特依然有些疑虑地点了点头，说：“我们问过原本想分发玩偶的酒店经理阿诺德先生，他当时说那是酒店员工委员会牵头组织的。”

“迪恩很可能就是其中一员。”莉娜遗憾地摇了摇头。

“这些录音带呢？”卡特继续问道，“为什么要随机录一些人的音呢？”

“桑德拉·桑托斯说过，卡拉根善于让人们替他做他想做的事。”瑞德利说，“如果他的力量并不是来自催眠呢？他的力量是不是来自操纵别人呢？如果他有各种人士的录音，他就根本不需要催眠他们去执行他的命令，他只需要威胁说要公开他们所有的秘密就可以恐吓他们就范。”

“说到点子上了，我亲爱的华生。”伊兹感激地说。

“华生？”奥利问道，“瑞德利什么时候改名字了？”

卡特补充道：“真是太可怕了。”

“那么，骚扰我们的人……”莉娜分析道，“一定是卡拉根恐吓他们必须那么去做，否则他将会公布他对他们的录音。”

“那些被录了音的人一定是说了不可告人的话，或是做了非常龌龊的事！”伊兹说。

“也不一定，”希奥说，“也许他们只是还没准备好将有些东西公之于众。”

“我们要不要放一盘磁带听听，”奥利问道，“看看情况到底有多糟。”

“当然不行啊！”莉娜厉声说道，“这是对他人隐私的侵犯。”

奥利讪讪地说：“卡拉根可不会这么想。”

“迪恩也是一样。”瑞德利说。

“我还是不敢相信，”伊兹说，“他可是我们的朋友啊。”

“我们应该销毁这些录音带吗？”卡特问道。

“我认为我们绝不能让迪恩知道我们来过这里。我们需要找他谈谈，立刻马上。”瑞德利坚定地说。

“有什么办法能不让迪恩从我们身边溜走呢？”莉娜问道，“他可能会跑去告诉卡拉根，说他已经暴露了。而卡拉根则会派出所有受他操纵的人来抓我们！”

瑞德利顿了顿，然后说道：“我一直在研制一个装置，可以防止迪恩逃跑。事实上，这个装置已经完工了，差不多也该派上用场了。”

“你说的是绳索类的装置？”莉娜问道。

瑞德利摇了摇头。

“能让他消失的东西？”卡特问道。

“也不是。”

“你的装置应该和悬浮术无关吧。”希奥说。

“你是想让他笑得无法自拔，笑得动弹不得？”奥利问道。

“我一直在研究的东西更像是我们手中拼图盒子的放大版，”瑞德利回答说，“我希望迪恩能自投罗网。”

这时，房子外面忽然有一辆汽车急速驶过，非凡魔术团的成员们顿时个个都悚然一惊。“我们还是赶紧离开这里吧。”卡特严肃地说。于是，大伙儿赶紧走出密室，还原书架，回到厨房。在确定并未留下任何痕迹之后，他们依次悄悄地走出了屋子的后门。莉娜迅速地重置了门锁，然后跟着其他人一起安全撤离。

第17章

冰洞离度假区的灰坑不远，就在非凡魔术团发现拼图盒子的那片树林附近。花了好几天的时间，非凡魔术团把瑞德利的大黑箱拆分以后带进了冰洞，然后又花了好几个小时将其在洞内重新组装好。正如瑞德利计划的那样，黑箱下面的轮子正好卡在了洞穴入口附近的轨道上。

在最近一段日子里，每当双胞胎在巨橡园大堂里遇上迪恩时，他们总会有意无意地谈论起非凡魔术团的魔术重聚秀，而且声音的大小刚好能让他听见。周五的晚上，双胞胎路过大堂时跟迪恩打了个招呼，问他是否愿意第二天早上去冰洞给他们最难的那个演出节目提点儿建议。作为非凡魔术团的忠实粉丝，迪恩愉快地答应了。

周六早上醒来，瑞德利有些犹豫。有关今天她和朋友们的计划，她对妈妈只字未提，这让她的心里不是很好受。如果他们在冰洞里遇上了什么非常棘手的麻烦，拉森太太难道不应该知道女儿即将面对的危险吗？韦伦一家、斯坦因·迈尔一家和古登一家是不是也应该有知情权呢？

父母是要保护孩子安全的，但当孩子们觉得他们有责任拯救自己的家庭时，这意味着什么呢？

在妈妈的帮助下，瑞德利做了些拉伸运动和早锻炼。接着，她们一起吃了早饭。在那之后，瑞德利宣布她要和希奥去练习一些新的魔术技巧。她这么说，其实也不算是撒谎。

“小心点儿，”拉森太太说，“警察告诉我，他们暂时还没有抓到打碎咱家玻璃的混蛋……你要知道，我这几天可不想再为什么事儿操心了……呃，看看这裤子的裤脚……竟然在地上拖来拖去……我的针线盒呢？等等，瑞德利你先别走，你的作业做得怎么样了？我还得和帕克利女士谈谈要对你要求再高一些，她怎么还没来呢？”

“今天她休息，妈妈。我没事儿的，”瑞德利回答，“我和希奥能照顾好自己。”

上楼去她的办公室之前，拉森太太停了一下，说：“我知道你能。你哪一次不是这么说？”

对于妈妈的话，瑞德利很感慨。“爱你。”远远地目送妈妈上了楼，瑞德利轻轻地说了一句，并随手关上了身后的大门。

★ ★ ★

按照约定，非凡魔术团的成员们在冰洞的洞口碰了头。冷冰冰的凉气直从洞穴深处往外喷涌，即使穿着羊绒外套，瑞德利依然感到一阵寒意扑面而来。

很久以前，酒店的工作人员修了一条碎石小径，小径的尽头正好和私酒贩子的秘密通道相距不远。

在崎岖不平的路面上行进很是不便，但瑞德利把地点设在这里是不无原因的。“大家动作都快点儿，”她说，“迪恩随时都可能出现。”

双胞胎从酒店的储藏室里带来了彩旗、挂三角旗的绳子和其他一些装饰品。大伙儿一起动手布置起了表演空间……莉娜前一天说过，“重要的是一定要他相信我们正在准备一场重聚秀”，而大伙儿也正是这么干的。

一切准备就绪，冰洞的洞口模样大变，活像个遍布星条旗和格子、条纹及波点装饰的节日秀现场。抬头看着眼前的景象，瑞德利又惊又喜。她的大黑箱竖立在舞台中央，宛然一个浑然天成的魔术柜。四周林木的暗影和凸出的锯齿状石棱都指向它，仿佛经人精心设计布置过。她行了过去，绕着箱子仔细检查各个隔间、铰链、开关和轮子。这时候，其他人则忙着整理他们为“魔术表演彩排”带来的道具。

这时，碎石路上响起了嘎吱作响的脚步声——迪恩出现了。瑞德利听到了这个声音，心里顿时一紧。

（我的心里也紧张得不行，你呢？事情就是从这里开始变得危险……）

“嘿，各位！哇哦！这里看起来棒极了！”

“嗨，迪恩！”莉娜紧张地回应道，“我们非常高兴你能来。”

“这可是我的荣幸！”迪恩回答，“你们看看我需要做些什么呢？”

莉娜指着小路尽头的一个石墩，说道：“现在呢，请先坐在这儿看着就可以了。”她瞥了一眼队友们，说：“大家都准备好了吗？”其他人迅速点头，然后按照先前的计划在黑箱前集合。

阳光从岩洞口上的罅隙处照射进来，光柱将瑞德利笼罩其中，让她好像此刻正站在剧场里的聚光灯之下。她平复了一下心情，努力把内心的忐忑转化为兴奋，开口说道：“惊喜！惊喜！非凡魔术团又回来了！”说完，她还特意顿了顿……等迪恩鼓完掌之后，她又继续道：“我们为各位准备了一场精彩无比的演出！您会兴高采烈！您会热血沸腾！准备好了吗！欢迎进入非凡魔术团为您奉上的神奇魔术之旅！”

在各自完成一个潇洒的致意动作之后，魔术团的成员们纷纷散开，像昨天预演过的那样，他们去了洞穴里的不同角落。而瑞德利一直留心着迪恩，看他是否举止如常。

为了不让迪恩起疑心，让他按原计划那样乖乖地就范，大

伙儿必须给他来一场以假乱真的演出。

首先上场的是莉娜。她表演了绳技魔术，也就是上周末在奥菲姆影剧院向瑞德利展示过的那套戏法，赢得了那位唯一在场观众的热烈掌声。

接下来是卡特。他一边往前走，一边将双手里的三副扑克牌呈扇形展开又收拢。“我有个秘密，”他沉声说道，声音在洞穴中回响，“隐瞒了各位很久，其实我有一个孪生兄弟！”其他人听了纷纷假装惊讶地张大了嘴巴。卡特咧嘴一笑，然后向他身边的空地点了点头，伸出了他的手，好像在介绍一个不在场的人。“瞧，现在他就在这儿呢！来吧，卡尔，跟观众挥挥手打个招呼吧。”

过了一会儿，卡特接着说道：“你可能已经注意到我弟弟能隐身，不过没有关系。准备好了吗，卡尔？”卡特又看了看那个空旷的地方，咧嘴一笑。“奥利，伊兹，有劳二位。”古登家的双胞胎于是拿过来一块大大的粉色绸布，展开来举到卡特所指示的那片空地。

卡特朝着与绸布相反的方向走开了几步，一边走还一边调侃着绸布后面他的“兄弟”。“跟所有的兄弟一样，我和卡尔也喜欢较劲儿。有时候我们还会吵架，就像今天早上吧，我跟卡尔打了个赌，我说我把手里的 162 张扑克牌全都扔给他，而他绝不可能把它们全都接住。好吧，卡尔，你的机会来了，看看你到底能不能证明我是错的！”

朝着双胞胎举起的绸布方向，卡特举起双手，手中的扑克牌不停地展开合拢。忽然，他手里的纸牌一张张连绵不断地飞了出去，迅速射向绸布的后面。当所有纸牌发射完毕，他说道："好了，卡尔！让我们看看你接得如何！"说着话，他朝奥利和伊兹点了点头，于是他们俩举着绸布走到了一边。

令迪恩震惊的是，刚才绸布遮挡的那片地上空空如也，连一张牌的影子也没看见。

"哦……"卡特咕哝着，看上去很是尴尬，"看来你还真的把牌都接住了。对不起，卡尔。我错了。你赢了。"他伸出一只手放在耳朵边上，一边倾听一边说："什么？现在你想让我也来接牌试试？好吧，这样也算公平。"

卡特的话音刚落，从双胞胎举着的绸布后面，扑克牌一张接着一张骤然飞向卡特。它们来势极快极猛，卡特只得捂着脑袋左闪右避。很快，扑克牌破空而至的声音便消散不见。卡特假装愤怒地看着他隐身的孪生兄弟，大声抗议道："不算不算，刚才我还没准备好呢！"停了一会儿，他又补充道："那好吧。等散场后你得帮我把所有的牌都捡起来！"

古登家的双胞胎收拢了绸布，绸布后面的地上依旧空空如也。卡特咧嘴一笑，然后假装牵起了那个隐身男孩的手，将那只"手"举过头顶，然后向着观众深深地鞠了一躬。

迪恩看得很开心，还大声地吹了一声口哨。看着迪恩的反应，想着大伙儿即将对他做的事情，瑞德利的心里忽然有些不忍。但很快，瑞德利就又想起了他此前对大伙儿的欺骗和伤害。

接下来是希奥的表演。“我也必须请求我亲爱的朋友奥利和伊兹伸出援手，我需要借用的是他们祖父母不可思议的神奇绸布，或者该叫它绸布披肩？它太大了，我不知道到底该叫它什么。”

“帐篷！”伊兹说。

“比帐篷还大！叫巨篷！”奥利反驳道。

“什么是巨篷？”莉娜问道。

“不管它叫什么，”希奥赶紧把大家拉回正题，“你俩介意再帮我举一下这片大绸布吗？”说着话，他也把曾在奥菲姆影剧院表演的魔术重新展示了出来。

随着小提琴声响起，他在双胞胎举起的绸布后面慢慢悬浮起来……当最后一个音符演奏结束，他的琴声却并未消失，依然忽远忽近地在洞穴里回荡。迪恩听呆了，继而兴奋地鼓掌，差点儿从他坐着的石墩上摔了下来。

现在轮到瑞德利了，她推着轮椅朝她的魔术箱行去。那个大黑箱竖立着，箱子底部的轮子正好卡在旧铁轨上。“谢谢你的表演，希奥，”她说，“我的魔术需要邀请一位观众志愿者。”

迪恩“咦”了一声，然后环顾四周，好像酒店的其他员工都在和他一起观看似的。当意识到现场只有自己一名观众时，他把手按在胸前问道：“我？志愿者？”

“如果你不介意的话。”瑞德利说，脸上露出了她有史以来最夸张的笑容。与此同时，她打开了大黑箱侧面的一个门闩，箱子的正面于是嘎吱嘎吱地打开，活像一口棺材上面的盖子打开了。迪恩走进山洞入口的时候，瑞德利的心顿时剧烈地跳动起来。

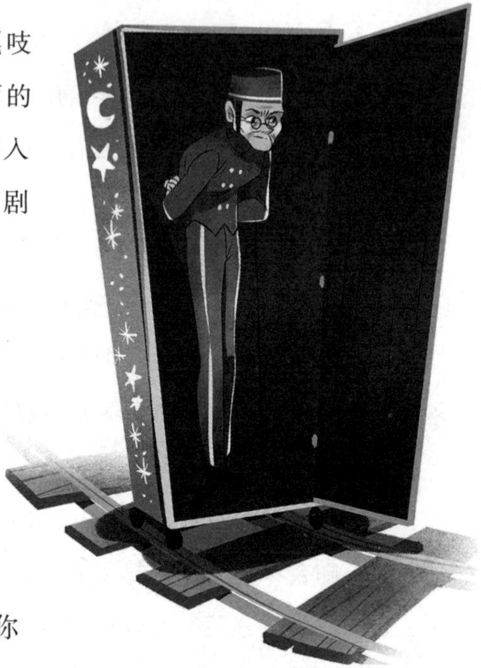

“进到里面去？”他问道，有些不太放心地打量着眼前的大黑箱，“你接下来打算干什么呢？”

“哦，也没什么，”瑞德利开玩笑地说，“我要把你变成一头大灰熊！”

迪恩扬了扬眉毛，耸了耸肩，走进了大黑箱，然后在箱子里转过身来。

“里面舒服吗？”瑞德利问道。迪恩笑了笑，然后点了点头。

瑞德利抓住大黑箱盖子的边缘，把它牢牢关上。紧接着，她拨动了开关，几个螺栓于是滑落到位，把黑箱锁了个严严实实。

瑞德利终于沉下了脸来。

迪恩现在哪儿也别想去。

除非瑞德利同意。

第18章

希奥和莉娜冲到了瑞德利的身边，卡特、奥利和伊兹则围拢在黑箱的另一边。“他现在出得来吗？”莉娜问道。

瑞德利摇了摇头，说：“箱子和螺栓都非常牢固，我在实验室里测试过了。”

卡特伸手想要摸摸黑箱，但很快又把手缩了回来。“我们现在该怎么办？”

瑞德利把手伸向她早些时候在箱盖上特地设计的小门。“我们要得到一些答案。”说着话，她拨开了一个小搭扣，拉起箱盖上一个很隐蔽的短桩，打开了小门。

迪恩的脑袋就在小门的里面，他一脸苦笑。“嘿，各位！”他的目光转向瑞德利，“我得告诉你我不太确定你的戏法成功没有，瑞德利，我觉得我没能变成一头熊。”说着话，他又笑了起来。但当他注意到非凡魔术团的成员们个个都一脸严肃的时候，他开始有些紧张起来。“怎么了，我演砸了吗？先让我出去，下次我会好好演。”

“我不能放你出来，迪恩。”

“别开玩笑了！”迪恩开始使劲儿从里面往外推挤，弄得整个箱子不停地震动颤抖，“赶紧啊，你这个小姑娘。我一点儿也不喜欢待在里面，赶紧把老迪恩放出来。”

“我们会放你出来的，”瑞德利说，“但你得先回答我们一些问题。”

“哦，”迪恩叹了口气说，“这是你们表演的一部分吗？”

瑞德利想了想，觉得自己应该再严肃强硬点儿。“不，”她说，“并不是。”

透过箱子上的小门，大家看到迪恩的脸色开始变得苍白。“让我出去！”他大喊大叫了起来，“救命！救命啊！”在彻底意识到自己的处境之后，他开始在箱子里拼命地拍打。

“瑞德利，”莉娜有些难过地说，“我不喜欢这样。”

“我们谁都不想这样，”瑞德利说，竭力保持着她在制造这个装置时的那种自信，“但他让我们别无选择。”

“我当年可是受够了被困在狭小空间里的滋味，”莉娜接着说，“没有别的办法了吗？”

“救救我！”迪恩又大声叫嚷了起来，他的声音在山洞里回荡了一阵之后向外传去。

“迪恩！”瑞德利竭力用平静的语气说道，“很快就会放你出来的，你只需要回答我们几个问题，好吗？”

迪恩身上开始颤抖起来，似乎放弃了无谓的抵抗。“你们……你们到底想知道什么？”

瑞德利转头看了看身边的朋友们，问道：“大家都想知道什么呢？”

于是，非凡魔术团的成员们纷纷开始提问，问得又多又急，问得迪恩应接不暇。他们问他几天前提供给他们的那个名字：弗雷德·弱·什一；他们问同字母异序词和灰坑的事儿；他们问他对拼图盒里的信都知道些什么；他们告诉他在他家里找到了无线电接收器和贴着镇上居民名字的录音带；他们告诉他已经发现了往玩偶丹尼尔身上偷装发射器的人是他……他们想知道为什么。

“跟我们说说卡拉根。”卡特说。

“他在哪儿？”莉娜问道。

“他长什么样儿？”希奥也发了问。

瑞德利继续盘问道：“我们怎样才能阻止他？”

迪恩眨了眨眼睛，点了点头，一脸不得不接受现实的沮丧表情。“我可以先说声对不起吗？”

“你想怎么开始都行，”瑞德利回答说，“但如何收场却取决于你接下来说了些什么。”这话听起来很像是她妈妈在小说故事里写的人物对话，她很有点儿喜欢这么说话。

迪恩的眼睛里噙满了泪水。“我无意伤害任何人。我也是受害者，就像两个韦伦先生一样，就像你们这些孩子一样。”瑞德利很想让他少来这一套，但又怕打断了他的思路。“夏初的时候，有人开始往我家前门下面偷偷地塞小卡片。这些卡片很神秘，上面写着些威胁人的话。每张卡片的落款签名都是一个字母K。上面说了些：我都知道……我在看着你……瞧你都干了些什么！”迪恩吞了吞口水继续说道，“卡片上的那些话……它们开始慢慢进入我的脑袋。我原本也想拿着这些卡片去警察局，后来我又怕警察与此事也有关联，所以就耽搁了。我怀疑写这些信息的人是想从我这里搞些钱，考虑到我可怜的经济状况，我觉得他们这么做是白费心机。”

“有天晚上，巨橡园钻石抢劫案案发后不久，我上了回家的电车。一开始，我并没有注意到坐在我后面的那个人，直到我的脖子后面被什么尖锐的东西给顶住。他附在我的耳边，低声警告我不要转身。我当时吓坏了，只好听命于他的摆布。他告诉我他的名字叫卡拉根，他还把一个信封放到了我旁边的座位上，叫我打开。里面有几封信——我非常后悔写过它们——都是我年少无知时写的。我不想说信里的内容是什么，但我当时就知道，无论电车上那个神秘人叫我做什么，我都得按他说的做。”说着话，迪恩啜泣了一声。

“用他提供的设备，我把无线电接收器安装在了我家的旧壁橱里。后来，我又装了录音设备。在卡拉根的指导下，我设法说服酒店经理安排腹语演出，联系到了米克·墨里迪让，按照卡拉根所说的规格制作了那些玩偶，并把发射器藏在它们的脑袋里，然后确保更多的居民能够得到它们。这些你们都已经看到了，也都弄明白了。卡拉根告诉我，在腹语表演者的宣传海报送到印刷厂之前，该给海报加些什么词。那个威胁你们的异序词——解散非凡魔术团……相信我，我并不愿意那么做。在韦伦魔术商店出事之后，我本来想就此离开镇子，改名换姓，到别的地方从新开始，改变我的一切。但是……这么做需要钱。于是，我被困住了，哪儿也去不成。

“他知道你们会来打听上周那个捣乱奥利和伊兹表演的客人。当你来打听的时候，他让我告诉你们那个假名。他还让我事先把那些盒子埋在灰坑底下，而且他也知道你们能找出盒子里的秘密，然后……”

“你一直说他让你这么做，他让你这么做，”瑞德利觉得终于可以安全地插句话了，“你见过他的脸吗？”

迪恩摇了摇头，说道：“他总是躲在阴影里。他的帽檐向下拉得很低，他的衣领竖得很高，看不清楚他的模样。”

“那他究竟想要什么？”卡特问道，“他为什么要费尽心思地恐吓镇上几乎所有的人，只为了搞定我们一群孩子？！”

“你们让他生气了！”迪恩回答，“总是跑去破坏他的计划！你们同时也是他达成目的的工具——搞定丹特·韦伦。这就是卡拉根让我录下镇上所有那些对话的原因。虽然没人帮韦伦，但你们这些孩子总是跑来碍事儿，所以卡拉根需要一支新的队伍。卡拉根说丹特·韦伦才是真正的恶棍。丹特戴着伪善的面具，面具后面隐藏着嫉妒、愤怒和自私！”

“我老爸绝不是你说的那样！”莉娜顿时喊了起来。

迪恩眨了眨眼睛说道：“我……我不知道该相信什么。卡拉根先生说我们对你父亲一无所知。而根据韦伦先生写的信来看，我可能不得不赞同卡拉根。”

非凡魔术团的成员们顿时都沉默了起来，连瑞德利也没有出言反驳迪恩。

这时，迪恩的声音渐渐变得轻柔。他继续说道：“他想要的是让韦伦的追随者们，还有他的那些魔术圈的成员看到真相，包括你们这些孩子。你们可能认为卡拉根先生恨你们，你们错了，他只想帮你们摆脱韦伦的谎言。”

说到这里，迪恩的语气变了，他的声音让瑞德利感觉自己的皮肤好像被什么尖锐的东西猛地扎了一下。他的眼神变了，散发着异样的神采，仿佛要一步一步高举拳头朝她走来，边走边喊：“我都干了些什么啊？我都干了些什么啊？我都干了些什么啊？”

希奥一定也注意到了迪恩眼神里的狂热，他出言问道：“你怎么知道卡拉根的想法？你怎么知道他想要的所有这些东西？”迪恩有些迷惑地摇了摇头，看上去没听明白希奥的意思。“我是说，如果像我们一样，你确实也是个受害者，为什么听起来你像是站在卡拉根那边？”

“他……他告诉了我所有这些事情，他说的听起来好像全是真的！”迪恩有些结巴地说着，同时还绝望地看了一眼瑞德利，“现在你们能放我出去吗？我感觉不太好……我答应你们，我现在站在韦伦先生这边，正确的一边。”

直觉告诉瑞德利不要理睬迪恩，而是应该让卡特和莉娜去酒店，把两个韦伦先生请到这儿来。她不信任迪恩，她不确定他的故事里哪一部分是真，哪一部分是假。但还没等她做出决定，冰洞外面忽然传来嘎吱嘎吱的声响。

声响来自临时搭建的圆形剧场入口处，碎石子路的尽头。瑞德利一瞥之下，那儿现出了三个人的侧影。最左边站着一个身材高大的魁梧男人，他的脑袋硕大，胳膊粗壮，身上的卡其布裤子被细皮革吊带拉得高高的。瑞德利记得在镇上某个地方见过他，当时他可能正和他的家人一道在公园里闲逛。最右边是一个粗壮的矮个子女人，肩膀宽阔，看起来活像一堵砖墙。

她穿着工装牛仔裤，上身白色衬衫的袖子卷了起来，手臂上的肌肉很是发达。而另一个人的面孔则看不大清楚，瑞德利不太确定他是不是镇上的人。

那两个壮硕的家伙表情阴沉，瑞德利一看就知道他俩准是被卡拉根催了眠的帮凶。之所以这么说，是因为站在他们二人中间的那个家伙。尽管他的脸隐匿在暗影之中，但她心里很清楚他到底是谁。

黑色礼帽和高领斗篷说明了一切。

第19章

“卡拉根！”莉娜尖叫了起来。

“别过来！”奥利喊道，“我们会空手道！”

“谁会空手道？”伊兹问道，声音有点儿大。她的弟弟顿时愤愤地瞪了她一眼，她于是连忙接着说道：“哦！是的，我们……确实会……会那个……”边说边抬起手比画了起来，好像谁胆敢靠近就会狠狠地给他来上一下子。

卡特也摆好了迎敌作战的姿势，手掌上亮出了两副扑克牌，准备随时动手，让来犯者好好尝尝扑克利刃的急速轰击。

希奥亮出了他的琴弓，仿佛握着一把剑，或者一根魔杖。

莉娜高举双手，在头顶击掌，而当她的双手分开放下的时候，手里多出了一根白色的绳子。

瑞德利挡在那些不请自来的闯入者前面，她的双手也已就位，随时可以触发轮椅扶手上的几处机关按钮。

非凡魔术团做好了战斗准备！

头戴礼帽的人朝旁边略微横跨了一步，张开双手，示意身边的那对男女停下脚步。看着他那流畅又蔑视对手的动作，瑞德利的心里不禁燃起了一阵怒火。“别紧张嘛。”他的声音低沉阴郁，不知怎的听上去有些耳熟。

以前在哪里听到过这个声音呢？瑞德利的脑海里又浮现出了才艺秀和那晚的爆炸，当时卡拉根现身过。在教堂后面漆黑一片的停车场里，他模仿并戏弄过在场的所有人。他甚至发出过韦伦先生的声音，但转瞬之间就又变了声。

“我说，瑞德利，你们为什么不放了那个老头儿呢？”那个声音又响起来了，语气很是轻松自在，“人家都是快入土的人了，竟然还要把他一直关着，似乎太残忍了吧，是不是？”

瑞德利迅速回头瞥了一眼身后的黑箱，迪恩依旧在箱上的开口处不停地哀求。一阵内疚感顿时涌上了心头，让她的脸上有些发烫。不过与此同时，她也觉得很是惊讶，卡拉根的提议竟然这么快就让自己准备心甘情愿地予以配合，也许他真有催眠的本事。一边想着，她一边把轮椅掉转过头来，拨动了插销，打开了黑箱上的开关，然后让到了一旁。

黑箱的盖子弹开，迪恩扑了出来，倒在地上，双手和两膝着地。接着，在一阵呻吟声中，他慢慢站起了身来，用尽全力想要拉直他那佝偻的脊背。与此同时，他长舒了一口气，说道：“我非常抱歉。”

瑞德利不知道这话是说给谁听的，是说给非凡魔术团，还是卡拉根？

非凡魔术团的成员们纷纷让开道路，迪恩慢慢向洞口走去……每走几步，他都会回头看一眼，像是在犹豫该不该离开身后的年轻人们，又像是在考虑卡拉根会不会允许他就此离开。很显然，卡拉根现在感兴趣的是非凡魔术团。迪恩的身影终于在洞口处消失不见，瑞德利觉得喉咙里有些发干。

“我们聊聊吧，怎么样？”卡拉根说，“我听说你们有不少问题想问我。”

“别来烦我们，你这个混蛋！”卡特大声回应道。

“没必要抓狂啊，卡特。我还以为你有多强呢。”

瑞德利看了一眼卡特，发现他的脸涨得通红。看得出来，卡拉根的话也触动了卡特的某处神经。

“我们跟你没什么好说的。”莉娜一边说着，一边握紧了拳头，把手上的白绳对折了起来。

“是吗？但我认为……你们会想和我聊聊，你们必须要和我聊聊！我知道你们最终还是收到我的礼物了。我已经等了很久很久，我很想跟在乎这份礼物的人一起分享它。”

“什么礼物？”瑞德利不耐烦地问道。话一出口，她就意识到了——那封韦伦先生的信，忏悔信。

卡拉根肆无忌惮地大笑了起来，说道：“我猜想，那封信肯定让你们都大吃一惊了吧。看看你们亲爱的丹特·韦伦多年前都干了些什么，看看嫉妒、愤怒和自私是如何把他变成了人们常说的……怪物。”

莉娜愤怒地瞪大了眼睛喊道：“我老爸不是——”

“他是，他就是！”卡拉根挥手打断了莉娜，“我们已经知道你不想承认你老爸是那样的人，我今天来就是想让你知道他到底是什么样的人。我的问题很简单：你准备好听了吗？或者你会继续装聋，像某些知名插画里的小猴子那样捂住耳朵吗？”

“不允许你这么说猴子！”奥利抗议道。

“确实，”伊兹补充道，“多多可是我们的朋友。”

卡拉根歪了歪他脑袋上的礼帽，瞥了伊兹和奥利一眼。“真好笑，”他的话有些含糊不清，“我喜欢你们两个，烦人是有些烦人，但烦得有模有样。”

“我们可不烦人。”伊兹反驳道，一副不服气的样子。

“我是说你俩像模像样来着，亲爱的，”卡拉根补充道，“可别曲解了我的意思。”

这人说话的方式让瑞德利很不适应，头晕目眩。他的话像是箭镞，他说话就像是在自信满满、狂野不羁地开弓射箭。如果听者愿意听的话，那些箭很可能都会正中靶心。

“你们所有人都有为彼此服务的本领：卡特的耐心、莉娜的热情、希奥的理性、瑞德利的坚韧。我能理解你们六个为什么在过去的几个月里能如此的坚定，如此的团结。你们是一个很棒的团队，这确实值得珍惜。我渴望我的老搭档们也能像你们一样重新团结起来，重组我的绿宝石戒指俱乐部。但即使是在他承认谋杀了我的父母之后，丹特·韦伦依然一直费尽心机地从中作梗，他想让俱乐部永远不能重见天日。”

瑞德利咬了咬牙关。“我对你父母的遭遇感到非常抱歉，”她说，“但是，看看你在矿泉镇上的所作所为，我们凭什么相信你？我们怎么知道那封信不是你伪造的呢？”

“那就把信给丹特看呗，看看他的反应。我觉得你们已经对他产生了怀疑，他是个有自己秘密的人，不是吗？”

卡特和莉娜忧心忡忡，看了彼此一眼。瑞德利想起了此前夏天里的种种经历，莉娜当时多么希望她老爸能够开诚布公，但他始终对大伙儿多有保留。难道卡拉根说的都是真的？有些事情韦伦先生确实不想让别人知道，因为那些事情确实见不得人？太可怕？太骇人听闻？

“我知道，我所说的已经在你们心中产生了共鸣，就像希奥的小提琴琴弓神奇地掠过琴弦。我不是什么坏人，跟你们亲爱的导师比，我算好的。我只是想告诉你们什么是事实，什么是把戏。”

“你想从我们身上得到什么？”希奥问道。

“我想要你们说服丹特·韦伦加入我的新……俱乐部。如果他能到我这边来，他圈子里的那些人才也会跟着一起过来。”

“就是账簿里那份名单上的人吧，你曾经让桑德拉·桑托斯帮你偷取的那份名单。”莉娜说道。

卡拉根耸了耸肩，好像那起盗窃未遂并没什么大不了的。

“我们将一起创造奇迹，我们都会按照自己的意愿生活。你们，丹特，我，还有每个愿意加入我们的魔术师，我们将势不可挡。”

瑞德利瞥了一眼她的朋友们，他们每个人看起来都在苦苦地撑着。投降的想法似乎变得越来越可以接受。不是吗？加入一个团体，不再成天担惊受怕；跟随一个有魅力的领导者，他清楚地知道做什么能保证每个人的利益最大化……在卡拉根的言论中，瑞德利隐约看到了自己的影子。她也总认为自己是对的，希望她的朋友们听从自己的指挥。

但是……

她也知道这一点是自己最想改变的地方之一，没有人喜欢一直被告知该做什么，更别说发号施令的人声音还那么大。

“不！”瑞德利听到自己不由自主地说出了口。

“你说什么？”卡拉根问，举起了他的手，碰了碰帽檐。

“不！”这次传来了莉娜的回答。

“不！”卡特、希奥、奥利和伊兹也都异口同声地答道。

“不？”卡拉根重复着非凡魔术团的答案，他的声音在洞穴里慢慢变得扭曲模糊。他缓缓地点了点头，手指从礼帽上挪开……一根两端白中间黑的魔术棒出现在了他的手上。他朝非凡魔术团挥了挥，一闪之间，魔术棒忽然变成了一柄利刃。但很快，利刃又变回了魔术棒。“非凡魔术团的诸位，我必须承认，我很失望。但我现在也算是知道了——这完全是因为韦伦先我一步找到了你们。他早就钻进了你们的大脑，迷惑你们顺从他。”

“那是你的把戏，卡拉根，”瑞德利截口说道，“不是韦伦先生。”

“好吧，你们愿意这么想也行。” 卡拉根低声说，听起来很是失望。他将魔术棒举过帽檐，然后轻轻地朝非凡魔术团一挥，陪同他从林间小路走来的那对壮硕男女便走到了他的身前。“谢天谢地，我还准备了一个后备计划，你们现在都得跟我待在一起。如果丹特想把你们要回去，不管他愿不愿意，他都得拿那份魔术圈的名单来交换。”卡拉根将魔术棒指向非凡魔术团，沉声发出了指令：“抓住他们。”

“救命！”莉娜喊了起来，“老爸！魔厨老爸！救命！”

坏蛋们一步一步逼了过来，将洞口堵了个严实。瑞德利心里清楚对方三个人显然没办法将他们一群人一下子全都抓住，但如果非凡魔术团中有任何一个落到他们手里，那就麻烦了。

瑞德利快速朝大黑箱退去，其他人则举起他们手里的魔术武器稳住了阵形。她转动了箱子底部某处的一个曲柄，于是箱子开始迅速往后倾斜，朝着地面上的轨道倾斜……很快，箱子砰的一声完全倾倒了下来，箱底的轮子和铁轨紧紧地卡在了一起。

卡特冲到卡拉根面前，手里的那些滑溜溜的纸牌不断地激射而出，但卡拉根很轻易地便避了开去。莉娜抛出的套索飞向了那个壮汉，也被他矮身躲开了。

瑞德利扯动了大黑箱边上的一根绳子，箱子的盖子哗啦一声往两边滑落而下。顿时，黑色的魔术箱看起来像极了一节无盖的火车车厢或者矿车，车里的空间恰好能容纳整个非凡魔术团。

“快拦住她！”卡拉根大吼道。

此刻，非凡魔术团的成员们也都注意到了瑞德利的举动，魔术箱的忽然变形让他们大感意外。

“小心！”瑞德利大声喊道。这时，卡拉根的两个手下正想从奥利和伊兹的两侧包抄过来。听到警告的双胞胎顿时向后急退，闪过一块大石头，赶到了瑞德利的轮椅两旁。“赶紧上车！”瑞德利催促道。紧接着，收到指令的双胞胎便手脚麻利地推着轮椅从侧面爬进了黑箱。

这时，两个坏蛋又把目光投向了莉娜，朝她扑来。很快，莉娜便被围堵到了洞壁的边上。敌人逼近时，背靠着岩洞内壁的莉娜猛地一弯腰，灵巧地从他俩中间溜了过去。而当对方两人转过身去抓她时，却发现彼此的鞋带竟然不知何时被系在了一起……刚迈开脚步的两个家伙顿时人仰马翻。而与此同时，莉娜则已经向黑箱跑去，并最终跳了进去，坐在了奥利和伊兹的身后。

“快给我站起来，你们这两个笨蛋！”看着那两个在地上打滚儿，想把鞋子扯下来的家伙，卡拉根气急败坏地大喊大叫。

瑞德利拉动了一个拉杆，放下了魔术箱后壁上的一小块挡板。她滚动轮椅往后一靠，坐直了身子，咔嗒一声将轮椅的轮子扣在了两边的金属搭扣上，把车轮固定在了黑箱之内。

希奥这时已经冲出了洞口，接近了通往度假区的碎石小路。可当他转身回头看时，却发现卡拉根此时正一撩斗篷，伸手朝卡特抓去。希奥于是连忙把琴弓在小提琴的琴弦上猛地一拉，琴弓顿时发出了一声刺耳的啸叫。那尖锐的声音响彻整个岩洞，震得每个人的耳朵嗡嗡直响。趁着卡拉根一愣神的工夫，卡特猛地一蹲，躲过了卡拉根合拢过来的双臂。但还没来得及冲向安全地带，他就被脚下的乱石绊倒在地。仰躺在地上的他睁大了眼睛，在他的眼前，戴着大礼帽的人慢慢俯下身来……

“啊，不！”莉娜大叫了起来，想要跳下车去救他。

“别急，莉娜！”希奥喊道。他把小提琴和琴弓收进了外套中，然后迅速从一块大石头上跳到了另一块上。等距离卡拉根的身体足够近的时候，希奥一把抓住了卡特的手，把他从地上拽了起来。趁着卡拉根一愣神的当儿，卡特扔出了一个小小的弹丸，弹丸迅速爆发出一大团浓烟。在浓烟的掩护下，两个男孩飞快地朝魔术箱奔去。

很快，卡拉根和他的手下便被浓烟吞没于其中。

“这是……什么……东西？”希奥跳进了箱子，上气不接下气地问。箱子里剩余的空间不大，但正好可以坐下他和卡特。

“我们的逃生利器。”说着话，瑞德利伸手推动了箱子护栏附近的一根拉杆。黑箱一颤，下面的轮子开始滚动，慢慢往山洞深处进发。

“我们这是要去哪儿？”莉娜大叫。

“韦伦先生说过，一个好的魔术师总会给自己留一条退路，”瑞德利回答道，“而这就是我们的退路！”说话间，黑箱便开始加速，而众人身后洞口的光亮则开始不断收缩后退。

“卡拉根呢？”卡特问道。瑞德利环顾四周，但卡特释放出的烟雾遮住了众人的视线。

就在这时，他们耳中忽然响起了山上传来的呼喊声。一瞥之下，瑞德利看见阳光下有四道人影正快速朝洞口赶来。他们沿着碎石子小路一路冲了下来，好像要赶在非凡魔术团逃出生天之前抓住他们。瑞德利认出了他们中的几个，其中一个竟然是奎恩，也就是巨橡园大堂前台的那个接待员。当她跑动时，她身后的金色马尾辫不断地左右摇晃。而在她的身后，紧跟着一对穿着酒店制服的男女，赫然就是那晚和双胞胎说话的人——古登太太的舞蹈助理和伊兹的歌唱老师。而跟在他们身后的则是一个瑞德利从未见过的老妇人。当大黑箱渐渐驶入山洞深处的时候，瑞德利的脑海里一片翻腾——竟然到处都是被卡拉根催眠的人！到底有多少人已经被他控制住了呢？

忽然，一道身影骤然从黑箱后面的阴影中跳了出来。一双藏在白色手套里面的手抓住了瑞德利轮椅的踏脚板。她顿时尖叫了起来——卡拉根跟上来了！而与此同时，那一对壮硕的男女竟然也出现在了卡拉根的两旁。卡拉根的礼帽上下簸动着，竭力想要跟上黑箱前进的节奏。那对男女也猛地加速向前，紧

紧抓住了黑箱的两侧。他们使劲儿把脚在地上撑着，身体拼尽全力往后倾斜。黑箱的前进速度顿时骤减下来，非凡魔术团的成员们纷纷惊呼了起来。

（哦，亲爱的读者！现在各位应该明白了吧，为什么我会在本次冒险之初特别焦虑！这下子，我们的非凡魔术团会不会覆没于此呢？）

好在瑞德利还有一张底牌。

她把手向后一伸，手掌对准黑箱上的一个大红色按钮猛地拍去，触发了原本是为上周末展览会设计的那套弹簧加载装置。

阵阵刺耳的摩擦声随之响起，黑箱小车的轮子猛地开始在铁轨上加速旋转。陡然提升的车速使得车两旁的男女尽皆脱手，卡拉根也不得不放开了瑞德利的踏脚板……因为载着非凡魔术团的小车猛地一沉，倾斜着向下冲入了冰洞深处。

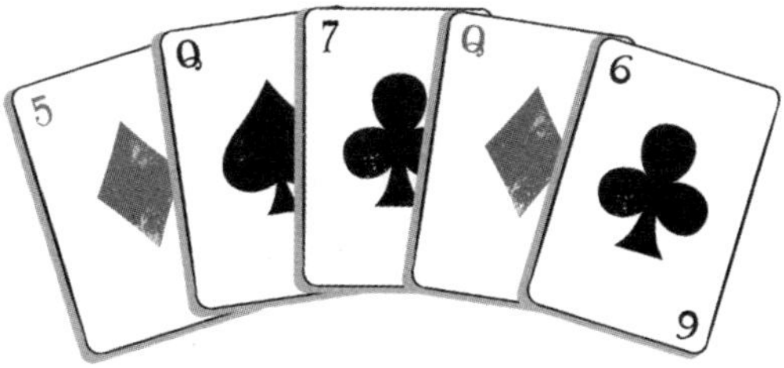

第20章

黑暗一下子扑面而来，将非凡魔术团的所有成员尽数吞入其中。瑞德利直感觉铁轨不断往下倾斜，小车不断加速。风吹乱了她的一头卷发，在眼前狂舞。车轮碾过老旧生锈的铁轨，不时发出咔嚓的声响。每次小车颠簸，瑞德利都会咬紧牙关，祈祷铁轨和车轮千万千万别出什么状况。

此时，她的朋友们也是尖叫连连……铁轨不断往下延伸，非凡魔术团火箭一般向下俯冲……在重力吞噬他们之前，小车忽然一阵摇晃，继而昂着头猛地冲上了一座斜坡。

“我们这是往哪儿去啊？”希奥喊道。

“太黑了，前面什么都看不见！”莉娜大叫着回答。

卡特出奇的安静，瑞德利觉得他并非不怕，只是他处理恐惧的方式与众不同。

“啊——啊——！”双胞胎叫个不停。

黑箱小车速度不减，不断往地下深处驶入。瑞德利拨动了轮椅上的电灯开关，一道细细的光束从他们身处的地方照射在前方的轨道上——忽然一个急转弯，车上所有人都被猛地甩到一边。

瑞德利一惊，觉得小车倾斜得太过厉害。“靠过去！”她大喊道，“身体赶紧往那边靠！”

终于，车轮重新回到了铁轨之上，瑞德利顿时如释重负，长舒了一口气。但很快，轨道又开始往下倾斜，小车前进的速

度比此前更加迅猛。什么时候是个头呢？瑞德利原以为他们很快就会找到一个出口，然而眼前的黑暗却似乎没有尽头。瑞德利轮椅上的微光急速闪过幽深的冰洞，刺骨的空气不断地扑面而来，众人仿佛穿行于一头冰冷的巨兽口中。

（好吧，我知道你在想什么。这似乎有点儿不可思议，但非凡魔术团的成员们确实没有飞出轨道，撞入冰洞里的裂缝之中。也就是说，我们的黑箱之旅的确很棒，不是吗？所以别胡思乱想了，坐稳了，咱们继续！）

不知何时起，前方忽然传来了水流的声响，而且随着铁轨快速往下延伸，那声响越来越大，隧道里慢慢开始变得明亮。

看见那道突如其来的奇异光亮，浑身发冷、情绪低落的瑞德利伸长了脖子，望向眼前他们要去的未知之处。冰洞中雾气弥漫，在她的睫毛和眉毛上凝结成霜，那道朦胧的光线在她眼前的斜坡底部急速扩大。巨大的水流声响惊天动地，彻底掩盖住了非凡魔术团所有人的惊呼。

瑞德利紧咬着嘴唇，后悔自己不该把大伙儿带到了如此绝境。她想大声向他们道歉，告诉他们她爱他们。但是这时黑箱小车猛地腾空而起，瞬间失重的她无法张嘴说话，整个人向前向上飞了起来。而整个黑箱此刻也已经完全脱离了轨道，在铁轨骤然结束处射入了隧道尽头的巨大水帘之中……

一阵冰寒包裹住了瑞德利的身体，打湿了的头发紧紧地贴在脸上。水灌进了嘴里……鼻子里……与此同时，她只觉得自己浑身轻飘飘的，一时间竟然分不清楚自己是在往上翱翔还是在往下坠落。紧接着，毫无征兆地，黑箱小车一震，瑞德利身躯猛地一颤，下巴几乎快要撞到了胸口——黑箱小车落在了一片湖面之上。在黑箱小车后面大概一百多米的地方，一条瀑布自峭壁上喷涌而下，激起的水雾四下里不断弥散。

过了好一会儿，瑞德利才感觉自己重新回到了自己的身体里，回过神来的她大口大口地喘着气……头顶上的天很蓝，令人目眩。抖开遮在脸上的头发，她向朋友们喊道："大家都还好吗？"

"我觉得……应该还好吧……"莉娜在瑞德利身后呻吟道。

“我也算还好吧。”希奥回答。

“真是太棒了！”伊兹叽叽喳喳地应声道。

“我们能再来一次吗？”奥利补充道。

“你怎么样，卡特？”瑞德利问道。

“还好吧。”他说得如此勉强，大家都知道此前他可是一点儿也不好。

瑞德利向脚下看了一眼，发现湖水已经快要漫到她轮椅踏脚板下面了……黑箱小车正在下沉！

不过谢天谢地，瑞德利早就有备用的计划……她抓住箱子底部另一个拉杆的把手，猛地一拽……箱子的四个侧面顿时往外脱落——黑箱变成了一个木筏。“别让这些木板漂走，”她对她的朋友们喊道，“我们可以拿它们当桨，划到岸边去。”

其他人闻言皆是一怔，惊讶地看着瑞德利。“伙计们！赶紧！抓住那些木板往前面划！”瑞德利催促道，“这玩意儿马上要沉下去了啊！”

奥利和伊兹闻言赶紧抓起木板，开始划水……幸运的是，由于此前黑箱冲出冰洞的势头很是迅猛，他们现在离岸边已经不远了。

“瑞德利·拉森！”莉娜大叫道，“这么棒的东西你是怎么造出来的？”

瑞德利深吸了一口气……说实话，她也很惊讶，所有的按钮、拉杆和形态转换竟然都运转得如此良好。回望雾气缭绕的瀑布，她犹自不太相信刚才他们真的飞过了瀑布下面参差不齐的岩石，幸存了下来。这感觉就像刚刚顺利完成了一个魔术，一个或许是有史以来最了不起的魔术！

“非常认真地造出来的。”瑞德利回答。

听到瑞德利的回答，奥利一边用木板划水，一边笑得前俯后仰。

“我这可不是开玩笑。我非常仔细地计划了一切，然后非常仔细地把它组合起来，这东西可是花了我好几个星期的时间。”

“毫无疑问，这是你最伟大的发明！”希奥赞叹道。

“我真不敢相信你竟然预见到了我们可能遇到的每一个问题。”莉娜惊讶地摇着头说。

“哇，”伊兹一边用另一块木板把船划向湖边的一片房子，一边说道，“你真是个天才，瑞德利。”

瑞德利的身上涌出了些许暖意，她本能地想说一些什么来转移话题，好让大家不再把注意力都聚焦在她身上。“谢谢你这么说，伊兹！”她笑了笑，“谢谢大家，我很高兴它竟然派上用场了。”

就在这时，大伙儿最终抵达了一片铺满五颜六色鹅卵石的空旷浅滩。（请允许我补充一句，抵达的时机恰到好处。）大家跌跌撞撞地走下木筏，瑞德利也将轮椅和木筏连接的搭扣解开。她注意到卡特没有动，只是坐在木筏上，垂着头。

“卡特？”瑞德利出声问道，“你还好吧？”

“刚才在冰洞入口那儿，”卡特回应道，“我看到了些东西。”

“我们都看到了不少东西，”莉娜说，“但是我们成功了，我们现在安全了。”

“我们现在还不安全，”卡特说，“我们永远都不会安全。”其他人于是都安静了下来，不知道该怎么安慰他。瑞德利也是一怔，她从未见过卡特如此沮丧。“我看到了他的脸，”卡特低声补充道，“我现在知道他是谁了。”

“你是说你看到卡拉根了吗？”伊兹问道。

“我们都已经知道他是谁了，”奥利说，“他就是卡拉根！”

卡特打了个寒战，把湿漉漉的衬衫和夹克从身上扯了下来。“山洞里的那个……那个披着斗篷戴着礼帽的人……那个威胁我们的人……那个这几个月一直在折磨我们的人……我看清了他的脸……他是……他是滑叔。”

“等等，”莉娜问，“你说什么？”

当种种孤立的事件和巧合拼凑在一起时，瑞德利的心里开始剧烈翻腾。她慢慢地把轮椅从浅滩滚到了陆地上，陷入了沉思。

“当时在冰洞里我摔倒在地，那个戴礼帽的人朝我扑过来，他竖起的高领侧到一边去了。我看见了他的眼睛，那双眼睛无论在任何地方我都能认出来。小时候我做不到或者不愿意做滑叔要求我做的事儿时，那双眼睛就会出现。每当我提出在哪里住、吃什么东西或者如何生活时，那双眼睛就变得呆滞茫然。而当看到我洗牌的速度有多快时，那双眼睛又会放出光彩。那双眼睛，那张脸……我怎么能忘得掉呢？”卡特的肩膀开始耸动，他一边流泪一边捂住了自己的脸庞。

“唉，卡特，”莉娜劝慰说，“这里面一定有些原因。”

“如果说长久以来，卡拉根就是一直在故意伪装成卡特的亲人呢？”瑞德利说。莉娜瞪大了眼睛，在心里默默恳求瑞德利照顾一下卡特的感受。可是，虽然人都难免会有情感，但有时候却又不得不保持清醒。“我这么说其实并不牵强，我们和卡拉根之间的所有麻烦……都是从卡特来到矿泉镇之后开始的。”

卡特拼命地摇头，脸上有一道道手勒的印痕。“这不是我的错！”

“我不是这个意思，”瑞德利回应道，“我们知道卡拉根的计划集中在韦伦先生身上，当然他的目标还有韦伦先生的那份魔术俱乐部的名单。我要说的是……我们都知道卡拉根善于操控人心。如果……卡特，那天晚上你从他身边逃脱……如果那是他故意让你那么做的呢？”卡特不相信地摇了摇头。“如果当时在火车站停车场里，他是故意紧追不舍，逼着你最终跳上某列火车呢？而那列火车的目的地本来就是矿泉镇呢？”听完瑞德利的这番发问，卡特的目光有些凝滞下来，好像他在用力回忆着当时的场景。“如果是卡拉根施展了手段，让你一定能找到韦伦先生、魔术商店，还有我们呢？”

“那他是怎么办到的？”莉娜问道，“卡拉根一个人怎么可能做到所有的这一切？”

瑞德利耸了耸肩。“几个月以来，人们一直在告诉我们他的力量是多么可怕。如果之前我们所见，只是他计划之中的冰山一角呢？”

“冰山？”奥利说着，看了一眼他们刚刚蹚过的湖水，“在哪里？”

“别打岔，奥利。”伊兹轻声责骂道。

“他能弄到你爸爸的拼图盒子，卡特。当你们还在一起的时候，他可以随时把韦伦先生的致歉信塞到盒子里面，然后把其他的盒子分别放置在矿泉镇各处，这样我们就会按照他的计划在适当的时候找到它们。”

“那为什么他要等到现在才动手呢？”希奥问道。

“因为他已经彻底布好了局，”瑞德利说，“他需要我们和波索、桑德拉以及韦伦先生一起经历此前的一切，这样我们就能知道他的来历。他想要我们看到韦伦先生也像他一样狡猾，一样善于伪装，一样善于操控人心。”

莉娜皱着眉头反驳道：“我老爸他不是那种——”

瑞德利打断了莉娜，说道：“不管你老爸是不是那种人，莉娜，卡拉根的计划都已经起作用了。”说着话，她吞咽了一口口水，想要润湿一下她那有些干涩的喉咙。“至少对我起作用了……我不知道你们怎么想，但我有了怀疑。在内心深处，我想知道韦伦先生故意隐瞒我们那么多事情的真正意图。”瑞德利说话的当儿，黑箱变成的木筏沿着鹅卵石湖滩漂了开去，但没有人去管它。

“你怀疑你的，”莉娜颤声说道，“但我不，我永远也不会怀疑我老爸。”

希奥站了起来，说道：“好了，各位，现在我们得继续前进了。我觉得我们就这副样子到处去晃悠可不是什么好主意，瑞德利你们家离这儿最近，我们能去你那儿把身上弄弄干吗？”

“我的两个老爸需要知道之前发生了什么，”莉娜说，“我们早就该告诉他们了。”说完便满脸怒容地看着瑞德利。

瑞德利很想就当什么事儿也没发生过，但显然没用。

（当你像瑞德利刚才那样说出一个确凿的事实时，你必须做好准备，迎接别人反馈回来的情绪。那情绪会浸透你的衣服，然后是你的皮肤，再然后则是你的骨头。）

他们把黑箱木筏留在了湖滩，向岸边林立的树木走去。在经历了此前的一切之后，大伙儿穿过高低参差、盘根错节的树林迷宫时颇费了些工夫，但最终，这群人还是抵达了瑞德利家附近的街区。他们朝大路上走去，并随时保持着警惕，提防着那些被卡拉根操控的打手，提防着那些随时可能会从树篱或者汽车后面跳出来抓住他们的家伙。莉娜和希奥牵着卡特的手走在最前面，后面跟着瑞德利，而奥利和伊兹则保护在瑞德利的两边。

“我就是想不明白，我那滑叔怎么可能同时出现在那么多地方。”卡特边走边念叨说，“我是说，确实，有好些个晚上他不会回到我们落脚的地方，但那种情况其实也只是偶尔出现。如果他真是在忙活那些不可告人的计划，他就没什么时间来教我魔术，也没那么多时间把自己伪装成一个街头骗子。我感觉……这对他而言是不可能完成的任务，除非……”说着话，他忽然停下了脚步，跟在后面的瑞德利差点儿撞上他。“除非……他会魔法？”他沉声补充道。

“哎，卡特，”莉娜说，“那家伙跟魔法根本沾不上边。”

“他有同伙，”瑞德利说，“显然就是这样。”

“确实，”奥利说，“比如波索、桑德拉，还有他的那些哭丧脸小丑朋友。”

“哎——哎——”伊兹急切地举起手来，好像这会儿她是在教室里，急着想被老师点到名来回答问题，“还有……奎恩，还有我妈妈的舞蹈助理和我的歌唱教练。卡拉根现身之后，他们也跑到冰洞洞口去了，分明就是想帮着他逮住我们。”

这时，瑞德利不禁也想到了她的老师，不知道她在那些被操控的打手里面究竟扮演着什么角色。

“待会儿到了瑞德利家之后，我们就打电话给我两个老爸。”莉娜说道。

“也许我们应该晚点儿再打。”瑞德利说，话里显然依旧带着此前的怀疑。

“你真这么想？”莉娜听了气得不轻。卡特一言不发，只是继续往前走。

令瑞德利惊讶的是，这时候希奥竟然为她说话了。“我们现在所需要的只是一个藏身之处。等我们安安稳稳之后，我们一定能想出对策。”

安安稳稳。这话听上去很是美好，像是个玻璃杯悬在空中，闪闪发光——但忽然——咔嚓，它摔落到了地上。当朋友们建议去她家暂避时，瑞德利没做任何表示。毕竟此前经历了那么多，她妈妈拉森太太还会让她的这帮朋友进门吗？

当一群人走到街角时，瑞德利家的房子出现在了他们眼前。瑞德利注意到那辆浅绿色的普利茅斯汽车并没有停在停车道上。对了！瑞德利想起妈妈说过今天下午要去赴个约会。

长舒了一口气之后，瑞德利赶紧过去给朋友们开门。可还没等大伙儿都走进门厅，一个声音忽然在瑞德利的身后响了起来：“瑞德利，等一下！”紧接着，门廊上传来了啪嗒啪嗒的脚步声。

瑞德利猛地把轮椅掉转过头去，准备用水、声音甚至是电来对付来人。看见瑞德利的手指蓄势待发，帕克利女士先是一怔，然后连忙举起了双手。瑞德利也是一愣，继而顿时觉得头皮发麻。今天是周六，她们并没有安排任何课程，为什么帕克利女士会出现在这里？

“前面发生了什么我都听说了，”老师一边说着话，一边迅速回头看了一眼身后，“快，赶紧进去。”

“你什么意思？”瑞德利紧紧地抓住轮椅的轮子，“怎么了？”

“瑞德利，没时间解释了。他们要来对付我们了，大家进屋！立刻马上！”

魔术秘籍

滴水成冰！

此刻，不知道各位感觉如何，自从非凡魔术团穿越瀑布冲进湖里之后，我到现在身上都还有些发抖。或者，这种感觉跟我们马上要进行的魔术课程也有些关系——我们要当着观众的面，把一杯水变成冰块。嘶——好冷！变这个魔术你可能需要穿件毛衣。

所需材料：

一个塑料杯（确保杯子不透明，否则就会露馅儿），一个装有少量水的玻璃杯，一块海绵，三到四个冰块

前期准备：

把海绵塞进不透明杯子的底部，把冰块放在杯子里的海绵上面。

魔术注意事项：

不要倾斜不透明的塑料杯，不能让观众看见杯子里面的情况。你可不想前功尽弃！

攻略步骤：

1. 向观众展示装了水的透明玻璃杯，告诉他们你将要改变水的颜色。（这句话并不是真的，不过没关系，这么说只是为了让后面的魔术效果更加令人惊讶。）

2. 把玻璃杯里的水倒进不透明的杯子里。（海绵会把倒进去的水吸收掉。）

3. 用你的手在不透明的杯子上方挥舞，同时说一些密语。（我相信你现在肯定能说不少密语了。）

4. 然后把“水”倒回玻璃杯里。

5. 当冰块咣啷一声落进玻璃杯时，要像观众一样惊讶。试着说声："咦？"这样通常会引来笑声。开个带有双关语的玩笑也管用。比如："这个魔术好冷啊！是不是？"或者，"伙计，这个魔术是不是非常冷……酷？"

6. 朝观众眨眨眼，鞠躬致意！

第21章

听了帕克利女士的话，瑞德利纹丝不动。“先告诉我怎么回事。”她对她的老师说道。这时，她感到身后的门口有动静，非凡魔术团其他成员纷纷聚拢了过来。

帕克利女士摇了摇头，此刻她似乎站得更直了些，也更自信了些。她那极其严肃的声音里既没有咯咯的笑声，也不带任何戏谑的口吻。“我是来帮忙的。”

瑞德利抓紧了轮椅的扶手，一字一顿地问道：“这到底——是怎么——回事儿？”

“先进去再说！”但当瑞德利仍然拒绝让路时，帕克利女士的回答总算是脱口而出：“我知道在冰洞里发生了什么。迪恩和那个黑箱，还有卡拉根、奎恩……格雷戈和塔拉看见你们沿着铁轨冲进了洞里。你们可真傻，竟然没有征求丹特的意见就做这种事情！你们到底在想什么？我们都快担心死了，生怕你们已经……不过还好，你们挺过来了，你必须让我进去！我们属于同一个阵营！”

看见瑞德利依然继续瞪着自己，帕克利女士叹了口气。她伸出手，从拉森家门廊旁的一株杜鹃上采下片叶子。接着，她把叶子捧在合拢起来的手掌里，朝瑞德利递了过去。“来，拿着。”瑞德利的戒备终于褪去，伸手去接老师递过来的叶子，可不知怎的，接过来的那片“叶子”竟然不再是一片叶子——瑞德利指尖拈起的竟然是一朵亮粉色的花儿。

瑞德利的眉毛不由自主地扬了起来，她身后的门厅里顿时传出一片惊呼声。她忍不住问道：“你怎么会……”

帕克利女士瞥了瑞德利一眼。“唉，天哪，你真非要让我说出来不可吗？好吧。瑞德利·拉森，我是韦伦先生魔术俱乐部中的一员。从夏天开始，应他的请求，我就一直在照看你。”说着话，她回头看了一眼四下里安静的街道，“我们在门口站得越久，那些心智被操控的家伙就越有可能发现我们。如果你让我进去，我会把一切都解释清楚的，我保证。”

“我为什么要相信你？今天发生了那么多事情。”

“你说得很对。”说着话，帕克利女士把目光从瑞德利身上转移到其他人身上。“莉娜，我知道你总是带着一副拇指手铐，把它们扔过来，我会把自己铐上。”

莉娜闻言一惊，然后把手伸进裤子口袋，拿出了那副拇指手铐。手铐很小，正好能够卡在两个拇指的第一和第二关节之间。她把它们扔给了瑞德利的老师，老师立刻把它们铐在了恰当的位置，并在大家眼前举起了双手，说道：“这样可以了吗？”

瑞德利看了看她的朋友们，她知道他们的意见并不总是一致。而现在，他们的神情却如出一辙，都同意让帕克利女士进屋。“那好吧，不过我们都盯着你呢。”

“没问题。”帕克利女士回答。说着话，她走进了门厅，腿脚非常利索，毫无以前的笨拙模样。

几分钟之后，大伙儿围坐在了瑞德利家的客厅里。身下都铺垫了不少干净的毛巾，这样大家的湿衣服就不会弄脏拉森太太珍爱的家具。帕克利女士坐在沙发中间，而其他人则都在聆听着她的解释。“我知道丹特可能不太乐意多说什么，虽然被蒙在鼓里一定很让人沮丧，可他有他的理由。他八月份离开矿泉镇，不仅仅是因为当时魔术俱乐部出现了重大状况，同时也是为了带着俱乐部里最值得信赖的一些成员跟他一起回来。这些成员分头隐藏在你们的生活之中，照看你们六个，以确保你们不受伤害。因为，我们怀疑卡拉根会继续以你们为目标。事实证明，他是对的。”

希奥摇了摇头，不太相信地问道：“你是说……我们每个人都有个秘密守护者？”

帕克利女士点了点头，说：“你能猜出来他们都是谁吗？”

伊兹喘着气猜道：“格雷戈和塔拉？”

“一个照看你，一个照看奥利。”帕克利女士说。

“他们当时出现在洞口……是为了帮助我们？”奥利问道。

“不止他们俩，”莉娜说，“当时前台的奎恩也和他们在一起，还有另外一个人，那人我不认识。”

“长期以来，奎恩一直都是丹特俱乐部的秘密成员。既然她一直在镇上，她就答应照看卡特。”

“奎恩？”卡特脱口而出，“她在守护我？我还真从来都没有注意到呢，我平时还算是挺注意留心身边的人。”

“还有呢？”莉娜问道，“那个守护我的人是谁？”

帕克利女士说：“她作为客人住在酒店里，一直很低调。”

“那守护我的人呢？”希奥问道。

“你知道你多久去一趟宠物店给你的鸽子买鸽粮吧？”帕克利女士笑了。

“当然，”希奥说，“经常。”

“卖鸽粮给你的店员是我们中的一员。”

希奥慢慢地点了点头，脑海里好像有些东西在慢慢浮现。“怪不得呢，他总是特别关心我家的鸽子。”

说到这里，帕克利女士抬起了下巴。“你们谁都没有意识到以前见过我，是吗？”

瑞德利一怔，忍不住问道：“在哪里见过你？什么时候？”

“在夏初，我在为丹特做一些工作，调查波·波·波索在矿泉镇的那些不法勾当。当时，我用了另外一个名字。”

紧盯着帕克利女士的卡特忽然张大了嘴巴，猛地喊出了一个名字：“海尔加夫人？”

“如假包换。”帕克利女士轻笑了起来，完全不是瑞德利习以为常的那种夸张高亢的笑声。

“等等，谁？”奥利问道。

“当时你和伊兹不在那儿，”莉娜说，“海尔加夫人给了我们几句处世箴言：单枪匹马，你们就软弱如散沙；聚在一起，你们就很强大。”她停顿了一下，继而问道：“你并不是真正的通灵者，对吗？”

“我是和桑德拉·桑托斯一样的通灵者。”帕克利女士回答说，“有一点你们现在需要知道——丹特·韦伦非常关心你们所有人。今天在冰洞发生的事儿是几次行动失误的结果。对此，我深表歉意。”

瑞德利眯了眯眼睛，盯着她的老师看。她想问他们是真失误了呢，还是故意失误的呢。

这时候，窗户上忽然传来了敲击声。瑞德利凝神看去，新换好的玻璃窗外，一只亮绿色的鹦鹉正注视着屋里。“佩莱斯托！”莉娜惊呼一声，跳了起来。鹦鹉朝着屋内的大伙儿眨了眨眼睛，然后又用喙轻轻敲了敲窗玻璃。莉娜拨开插销，打开了窗户。佩莱斯托飞了进去，落在了她的肩膀上。“你来这儿干吗？”

“和催眠师谈谈。太大了。太巨大了。教条是现象崇拜。”鹦鹉说个不停，“和催眠师谈谈。太大了。太巨大了。教条是

现象崇拜。”

“它又开始胡言乱语了。”伊兹低声对奥利说。

“别让它听见你说它胡言乱语，”奥利小声说，“鸟儿都很敏感。”

帕克利女士侧身往沙发旁边的桌子靠去，伸手要去打开抽屉。注意到瑞德利一脸古怪地盯着她看，她解释道：“我需要纸和笔，肯定是丹特派佩莱斯托来给我们送口信来了。”

卡特怔了怔，不解地问道：“和催眠师谈谈。太大了。太巨大了。教条是现象崇拜……这是什么口信？”

“一个加了密的口信，”帕克利女士说，“这需要破译的密语。”

“等一下，”莉娜说，“我的鹦鹉一直都在用密语说话，而我……从来都不知道？”

帕克利女士微笑着点了点头，好像很是为这只小鸟感到骄傲。

瑞德利转了转眼珠，叹了口气道：“他一直瞒着我们的事情里又多了一桩。”说着话，她打开轮椅扶手上的盖板，拿出了一张纸和笔，递给了她的老师。

“丹特这么做是对的，”帕克利女士说，“一个秘密社团确实需要保守一些秘密。嗯……刚才鹦鹉重复了两遍的内容是什么？”

“和催眠师谈谈。太大了。太巨大了。教条是现象崇拜。”希奥回答说。

佩莱斯托愉快地瞥了希奥一眼。

帕克利女士在纸上写下了这条信息，并把它展示给大伙儿看：Talking to mesmerist. Too big. Too mega. Dogma is phenomena worship。然后，她把每个单词的最后一个字母圈了起来。最后，当她把每一个画了圈的字母组合成一句话时，韦伦先生通过佩莱斯托捎来的秘密信息就被解密了：

Go to GOA ASAP。

“GOA？”伊兹问道，“GOA 是什么？”

“什么是 ASAP？”奥利问道，“这是另一层暗语吗？”

“GOA……是巨橡园剧场？”卡特猜测道。

“而 ASAP 表示尽快（as soon as possible）。”希奥补充道。

“和催眠师谈谈。太大了。太巨大了。教条是现象崇拜。”佩莱斯托再次说道。

帕克利女士接着说：“这种传信有个窍门。你得先说一句：‘多么神奇的鸟儿啊！’在那之后，它就会重复你接下来说的话。传信结束时，你再说一遍：‘多么神奇的鸟儿啊！’它就会停下来。”果然，佩莱斯托盯着老师，不再说话了。“看到了吗？搞定了！”

佩莱斯托探出头来说道：“看到了吗？搞定了！”

“多么神奇的鸟儿啊！”帕克利女士笑了。

“我以前肯定听我老爸说过这些话。”莉娜说道。佩莱斯托用鼻子碰了碰莉娜的鼻子。“要是想摆脱眼下的困境，我们确实就得这么联络。”莉娜继续对鹦鹉说道。

“韦伦先生为什么不直接给我们打电话呢？”伊兹问道。

“你不知道是不是有人在监听，卡拉根很可能安排了不少人，而监听的人可能会把他们听到的任何东西都汇报给他。”

“我老爸想让我们一起去酒店找他，”莉娜说，“我们该动身了。”卡特听了便站起身来。

“等一下！”瑞德利不由自主地出言阻拦。大伙儿听了都盯着她看，这让她顿时浑身发烫。“大家确定这么做没问题吗？”

“当然没问题啊，”莉娜说，“我的两个老爸会保护我们。”

瑞德利想起了那封忏悔信，想起了卡拉根的话，那些关于韦伦先生所作所为的话。是的，基尔罗伊·卡拉根是个大混蛋，但这并不意味着韦伦先生一点儿问题也没有，每个人都不得不承认，他犯了一些非常非常严重的错误。

希奥站在瑞德利身旁，把手轻轻放在她的肩上。他的表情告诉她，他站在她这边。但是瑞德利很清楚，选边站的想法一旦出现，就意味着团队出现了裂痕。帕克利女士——当时的海尔加夫人——曾经告诉过他们团结使他们强大。她给出的建议很棒，曾让非凡魔术团战胜了那么多的艰难险阻。在这一点上，对于大伙儿而言，团结已经成了一个神圣的字眼。

瑞德利和朋友们不会在每件事情上都能完全达成一致，这很正常。然而，韦伦先生是否可靠，这个问题所带来的分歧足以让非凡魔术团彻底分崩离析，而这正是卡拉根想看到的结果。

人们经常说要么同意要么反对，但是这一次，瑞德利既不同意却又不能反对……她是不是还有别的什么选择？把自己锁在自己的实验室里，祈祷一切都会自己变好？不，如果此时此刻瑞德利必须做出选择，她要选择的是——她的朋友们。

她要选择的是她的守护者。

她要选择的是丹特·韦伦。

瑞德利抬起头来，握了握搭在她肩上希奥的手，点了点头说："我们和他们一起去，我们所有人，一个都不能少。"

第22章

帕克利女士带领着大家来到了镇上的电车站，那儿有电车开往巨橡园。尽管这么做有可能会被卡拉根的眼线发现，但乘坐电车是他们同时前往巨橡园的唯一方案，大伙儿一致认为最为保险的方案就是不要各自为战。

当一行人到达巨橡园时，已是傍晚时分。透过山间的树丛，闪耀的夕阳洒在酒店正前方宽阔的草坪上，留下了斑驳的暗影。入口处没什么人，他们自己打开了门，蹑手蹑脚地穿过前台，走进大堂，辗转朝酒店的剧场行去。

这一天很是漫长，瑞德利向前滚动着轮椅，不仅胳膊酸胀，心里也同样疲累。发生了那么多事情，还有许多事情要去面对。瑞德利知道，即使非凡魔术团能够彻底搞定眼前的局面，她也需要在实验室里待上一个星期，才能让自己彻底平静下来。好在现在她不是一个人，有朋友陪着她。

当一行人走进空荡荡的剧场门厅的时候，帕克利女士低声说了句："在这儿等一下。"说完，她走近剧场的一扇大门，用特有的节奏敲了几下。瑞德利知道这准是一种韦伦魔术俱乐部成员之间使用的联络密码，因为紧接着，门里响起了锁扣被打开的咔嗒声，然后门吱吱作响地打开了。剧场里一片漆黑，只有舞台上亮着一抹魅影灯的灯光。瑞德利远远地看去，灯光下有人影闪动。

然后，她听到了一个熟悉的声音："朋友们！"韦伦先生走到了门厅口，他的脸庞自暗影中浮现了出来。

"老爸！"莉娜大喊了起来。

"丹特！"卡特也跟着喊道。

叫喊声中，他们两个都跑了过去，紧紧拥抱住了那个留着一头白色卷发的高个子男人。像往常一样，他穿着那件黑色的长款礼服，身披红内衬斗篷。

瑞德利知道，眼前的这位，就是自己多年来一直崇拜的那个人。但不知怎么的，他现在看起来有些不一样。她真希望卡拉根没有给自己看那封愚蠢的、可怕的信。

（复仇就是这样的，它的爆炸半径很大，通常而言，它的杀伤范围比预期的要广得多。所以我给各位的建议是：复仇，还是交给西部片和武士电影里的角色们去完成吧。复仇，应该只属于那儿！）

这时候，瑞德利感觉希奥和双胞胎动了，他们这时侧了侧身，站在了自己的身后。韦伦先生看了过来，他的双臂高高举起，好像他有魔力能用胳膊把大伙儿拉近。而且，他的动作似乎奏效了，因为很快，非凡魔术团的所有成员都围到了魔术师的身边。“都在这儿了，看见大家都很安全，我太开心了。大家都没事儿吧？你们是怎么来这里的？”他问道。很快，大家就打开了话匣子，告诉他们的老朋友他们之前是多么坚强、勇敢，而且运气爆棚。此时此刻，在瑞德利的心里面，冒出的却是另一种想法：确实如此，但我们毕竟还是一群孩子。有些事情，其实还不应该让我们去面对，至少不是现在。

“魔厨老爸呢？”莉娜问道，看了看韦伦先生身后的黑暗。

“我来了，亲爱的。”黑暗之中传来了一个温暖的声音。魔厨韦伦先生朝大家挥了挥手。莉娜跑了上去，伸出胳膊紧紧搂住了他的腰，他也伸出臂膀紧紧抱住了女儿。“你们都进来吧，”魔厨韦伦先生说，“快点儿，海伦娜，请把门关好。”帕克利女士按他的要求做了，然后跟着大家一起走进了剧场。

沿着过道一直往前，瑞德利慢慢行过一排排的座位，离舞台越来越近，也离一片漆黑之中舞台上的那盏魅影灯越来越近。当大家都到了前排，便聚拢在了一起，像是围着团篝火。

魔厨韦伦先生拿出一个托盘，把满满一托盘刚出炉的巧克力碎饼干分发给大家。瑞德利抓起两大块饼干，这才意识到自己其实早已饥肠辘辘。这会儿她妈妈大概已经结束约会回了家，可能已经开始做饭了。瑞德利的心里有些后悔，自己出门前本该留张字条的。因为，不管妈妈看没看到，或者压根儿忘了看，任何一个正常的孩子都应该那么做。

韦伦先生站在大家面前说道："现在，我想帕克利女士可能已经告诉过你们有关守护者的事儿了。"非凡魔术团的成员们低声说"是"。"我很抱歉又一次瞒住了大家，但我想越是不知情，你们反而会越安全。"

"我们也很抱歉，"莉娜说，"我们也没告诉你全部真相。所以，卡拉根最后差点儿在冰洞里抓住了我们。"

韦伦先生和蔼地说道："现在你们可以说给我听了。"魔厨韦伦先生放下了手里的托盘，轻轻拍了拍韦伦先生的肩膀。

"我们……确实有好多东西想跟您说。"瑞德利的意思很明显，尽管她有过质疑，但现在她已经选择了信任大家的导师，"要不，卡特你先说？"

卡特打了个寒噤，然后向两个韦伦先生揭露了卡拉根的另一重身份——他的叔叔西尔维斯特·比顿……

当然，两个韦伦先生又问了不少问题，大伙儿也都聊了各自想说的。这时，瑞德利知道差不多该进入正题了。她从轮椅扶手里取出了那封卷束着的忏悔信，顾不上心里的一阵紧张，大声说了出来："韦伦先生，我们需要给您看样东西。"韦伦先生闻言一愣，疑惑地看着她手里的那卷纸。

"这是什么，瑞德利？"

"一封信，你很久以前写的，写给你老朋友基尔罗伊·卡拉根的。”说着话，她注意到韦伦先生的脸色开始渐渐变得苍白。她瞥了一眼其他人，大家连忙回避她的眼神，也不敢去看韦伦先生。她原本想大声把信读出来，又想到也许没有必要让魔厨韦伦先生听到信里的内容，所以还是把信直接递了过去。

用胶带粘贴起来的信在韦伦先生的手里窸窣作响，他眯着眼睛看着信上自己的笔迹。当视线扫到信的落款处时，他的眼睛不禁瞪大了，然后摇了摇头。他环顾了一眼非凡魔术团的成员们，沉声说道："让我猜猜看，卡拉根想尽了一切办法，确保这信最终落到你们手里。"

"他确实费了不少劲，"瑞德利点了点头说，"我们所有人都拿到了一个绿宝石戒指俱乐部的拼图盒子，他把这封信分成了六张碎片，每个盒子里放了一片。我们前几天晚上打开了盒子，拼凑成了这封信。当时我们不确定是否应该马上给您看，就想从迪恩那儿得到更多的信息。"

"你们当时的决定不是很明智啊，瑞德利。"韦伦先生关切地说。他看了看非凡魔术团的全体成员，继续说道："你们很可能会因为这封信受到伤害，看了信以后你们是怎么想的呢？"

"看了信之后……我们觉得不应该再信任您！"瑞德利的声音在剧场里回荡，就像早些时候在冰洞里一样。

韦伦先生怔了怔，好像被瑞德利的话刺痛了。沉默了一会儿，他接着问道："那么你们现在还这么想吗？"

瑞德利伸出手，紧张地指了指那封信，说道："您希望我们怎么想呢？我们希望信任您，我们也确实信任您。可您似乎总是对我们有所隐瞒，而这封信则是迄今为止您对我们最大的隐瞒。”

这时，魔厨韦伦先生忍不住插话说：“谁能和我说说究竟是怎么回事吗？”韦伦先生轻轻地把那封信放在他的手上，魔厨韦伦先生于是接过信看了起来。

韦伦先生继续对瑞德利说道：“这是一封道歉信。”

“为导致某人父母的死亡而道歉，”瑞德利接话说道，她的声音几乎快要崩溃了，“为导致你朋友米克被严重烧伤而道歉。”

“那么，这信确实是你写的，老爸？”莉娜轻声地问。

“是的，当时我是诚心诚意地去道歉。”韦伦先生长吁了一口气，“我本来希望……但一切都出乎意料。真希望时光能够倒流，我能做出一个完全不同的决定，但不该发生的还是发生了。”

魔厨韦伦先生把信折叠了起来，放在他身后的舞台上。帕克利女士侧了侧身子，抱着双臂站在一旁，看上去不大自在。瑞德利猜不到他们两个此刻在想些什么，他们的沉默让她觉得眼前的情况不是很妙。难道卡拉根成功了？他成功地揭穿了丹特·韦伦隐藏起来的真实嘴脸？而且这一切还是借助瑞德利之手完成的？

“抱歉，我从来没有告诉过你们这些，”韦伦先生说，“我真的很抱歉。有些事情确实会让我们感到羞愧、恐惧和愤怒，很难开口和身边的人倾诉。”他看了看眼前的魔厨韦伦先生，继续说道：“我犯了两个可怕的错误，一个是错误本身，而另一个则是没有告诉你们这些。”

“其实你并没有隐瞒什么，丹特，”魔厨韦伦先生摇了摇头说，“你直接向你伤害的人道了歉，他才是你应该面对的人，而且你也确实那么做了。他如何回应不由你决定，老实说，他的回应很可怕。”说着话，他伸出双臂，给了韦伦先生一个紧紧的拥抱。接着，他又说：“我一直认为，一个人的品格可以在他面对逆境时显露出来。在我看来，你的品格很不一般。你是个慈爱的父亲，你是个知心的搭档，你是个战士，你是个魔术师，你想和全世界分享神奇。你的品格很了不起，很纯净！我绝不会允许心怀叵测的人把这些优秀的品质从你身上夺走，从我身边夺走。”他朝坐在前排的孩子们点了点头，“我爱你。这些孩子也爱你。”

韦伦先生低声在魔厨韦伦先生的耳边说道：“谢谢你，詹姆斯。我很抱歉。”

听了魔厨韦伦先生的一番话，瑞德利的脸上顿时一阵发烫，很是尴尬。她瞥了一眼莉娜和卡特，只见他俩正悄悄地抹着眼泪。希奥双唇紧闭，咬着嘴边的指甲。而奥利和伊兹则静静地坐着，安静得出奇。

忽然，有人敲门。那敲门声的节奏很耳熟，跟之前帕克利女士到来时敲的节奏一模一样。韦伦先生说："我过去一下。"然后他穿过过道，去门口让敲门的人进来。

瑞德利的脑子里嗡嗡作响，一阵眩晕。她知道自己必须把信交给韦伦先生，但现在她觉得自己像个混蛋。不管卡拉根想利用这封信达到什么目的，他的企图都破灭了。她试着想象自己的父母像两个韦伦先生那样推心置腹，想着想着，她差点儿要笑了起来——有些人能和别人分享那样的东西，也有些人……并不擅长。

也许，擅不擅长其实都没有关系。

有几个人沿着过道朝舞台走了过来，借着那抹不是很亮的灯光，瑞德利认出了他们——奎恩、格雷戈和塔拉，还有一个在宠物店里工作的店员，希奥常在那家店里买鸽粮，瑞德利见过他。

来人中有个女人走在最后面，瑞德利没认出是谁。她身穿一条深色的长裙，头上的白发一缕缕地垂在面前，拄着拐杖一瘸一拐慢慢地走着。这应该就是帕克利女士提到过的那个秘密守护者，住在酒店里，负责保护莉娜。

一群人走了过来，走在最前面的韦伦先生面容有些疲惫，开口说道：“非凡魔术团，来见见你们的守护者吧。守护者们，跟非凡魔术团的孩子们打个招呼吧。”

来人于是散开，纷纷走向他们各自守护的孩子。海伦娜·帕克利走到瑞德利跟前问道：“你还好吗？最近可真是难为你了。”

瑞德利摇了摇头。她很希望像往常那样坚强、勇敢、咄咄逼人，但她也希望自己坦诚。最后，她还是诚实地说道：“确实很难。”说着话，眼泪终于还是流了下来。她擦了擦眼泪继续说：“有时候真是让人愤怒，我身边的大人们跟我预想的总是不一样。”

“这种感觉确实不太好。但请记住，卡拉根就是希望你这样，”帕克利女士说，“这是他计划之中的一部分。他就像一个专门以负面情绪为食物的吸血鬼，不信任、痛苦、愤怒和恐惧都是他的食物，都能使他强大。”

“我知道，我知道他是个坏蛋，但是……我觉得我自己也不是什么好人。”

“有时候确实如此，”帕克利女士说，“成长很大程度上也意味着学会如何原谅自己。基尔罗伊·卡拉根拒绝接受任何形式的道歉，丹特也毫无办法。”

莉娜忽然发出了一声尖叫，瑞德利闻声连忙转动轮椅，准备战斗。但莉娜并没有遇到任何麻烦，她只是紧紧地盯着她的守护者。扮作酒店住客的那位女士拿开了手上的一顶白色的假发，露出了满头乌黑的长发，长发塞在一顶紧绷的黑帽里。接

着，她丢掉了拐杖，身材忽然变得挺拔，整个人似乎一下子年轻了几十岁。瑞德利注意到了那位女士棕色的大眼睛。“桑德拉。”她忍不住低声说道。

帕克利女士站在瑞德利的身旁，出言说道：“说到原谅……她来到丹特的魔术俱乐部请求大家原谅，他们于是决定再给她一次机会。所以，现在你看，她就成了莉娜的守护者。”

“我不知道该说些什么，”瑞德利回应道，“她背叛过我们，她曾经想伤害我们。”

“你可以有你自己的想法，瑞德利，但现在她是在帮助我们。”

“谢谢你，帕克利女士。”瑞德利微微一笑，她已经习惯于别人教训她说愤怒或沮丧的感觉是错误的。她又看向莉娜和桑德拉，看着她的朋友拥抱着他们曾经的敌人。

瑞德利的脑海里忽然咔嗒一声，这感觉就像她实验室里的一项新发明上的机关和齿轮忽然被激活了。桑德拉·桑托斯提出了请求，韦伦先生选择继续信任她。尽管她曾经欺骗了他，但既然她道了歉，他就原谅了她。而现在，莉娜也在做着同样的事情。原谅一个人，难道可以这么简单吗？

这时，又有人敲响了剧场的大门。紧接着，在瑞德利惊愕的目光中，几十个人穿过大门，走进了剧场。她认出了其中的不少人，在过去的几个星期里她在镇上见过他们。令她吃惊的是，他们一边走，一边摘掉头上的假发，取下粗边框眼镜甚至是假牙。

他们也都像桑德拉一样，像非凡魔术团做过的那样，进行了一番精心的乔装打扮。

“他们是谁？”瑞德利问帕克利女士。

“都是我们魔术俱乐部的成员，”她回答道，眼睛里满是自豪之情，“魔术圈里的朋友。韦伦先生请他们来帮忙，我们需要人手来确保大家的安全。”

瑞德利想到了佩莱斯托，这只小鹦鹉能够在矿泉镇里飞来飞去，秘密地传递韦伦先生发出的聚会信息。

而说到韦伦先生，他此刻像是忽然恢复了往日的神采，他和刚刚到来的人们一一握手，并向身边的他们介绍魔厨韦伦先生和非凡魔术团。

可就在这时，一阵杂乱无章的敲门声骤然响起，门厅的正门和后台服务专用门都被拍得震天响。敲门声砰砰地响个不停，门在铰链上摇晃不止。非凡魔术团的成员们不禁心惊肉跳，面面相觑。

很快，瑞德利猜到了想要破门而入者的身份，他们绝不是韦伦魔术俱乐部的成员。

卡拉根操控的暴徒们来了。

第23章

通往门厅的正门砰的一声爆裂开来，门外好像挤满了恐怖片里的怪物。怪物们的手从裂缝里争先恐后地伸了进来，把碎裂开来的门板撕扯下来扔到一边。瑞德利退到了舞台正前方乐池的边上，她的朋友们聚拢在她的身旁，而守护者们则站在他们身前，形成了一道屏障，将那些吵闹着破门而入的家伙拦在了屏障之外。

瑞德利认出了其中的许多矿泉镇居民，他们的眼神似乎都有些呆滞，嘴里念叨着：“我到底干了些什么啊？”这其中，有几张面孔特别引人注目——上个周末砸了她发明的图书管理员、卡特和莉娜在杂货店里遇到的那个收银员，还有那两个早上出现在冰洞里卡拉根身边的壮硕打手。

有人沿着过道冲了过来，也有人踩着一排排座椅围了过来……在他们越来越大的呼喊声中，舞台后面传来了砰砰砰的一阵爆裂声。

瑞德利转头看去，后台的门也被撞开了，金属的门板皱巴巴地落在了地上。更多被卡拉根操控的追随者拥了过来，挤到了舞台上。瑞德利心里满是惊骇，甚至忘记了开启轮椅上的防御措施，她伸出双手，分别握住了希奥和莉娜的手。

“怎么回事？”莉娜问道，“他们这是想要干吗？”

“这就是卡拉根一直盼望的大结局，”希奥回答道，“他想毁掉韦伦先生所珍视的一切，他想要整个魔术圈为他一个人服务。”

“我好……害怕。”伊兹带着哭腔说道。

“害怕……我也……”奥利随即附和道。伊兹笑了笑，然后紧紧地握住了奥利的手。

韦伦先生把手里的魔术棒举过头顶，大喝一声，喊出了他最拿手的咒语：“信姆……萨拉……拜姆！”他冲着不停涌来的人群，挥动了手腕，一道白色的火花从魔术棒尖上喷涌出来，像国庆节时绽放的烟火。他猛地向前一跃，像剑客一样屈膝前刺，火花顿时冲着逼近的来袭者脸上喷射而去。

魔术圈里的其他成员们也纷纷高声喝道：“信姆……萨拉……拜姆!！”

瑞德利知道这句话只不过是一种误导，但它还是让人觉得平添了许多力量，仿佛能把那些被操控的人从他们所受的魔咒中解救出来。

六位守护者紧紧围绕着非凡魔术团，每个人都举起拳头、手提包或是一串饰品当作武器。其余的人则冲向来犯的矿泉镇居民，冲着他们点燃闪光纸，扔出烟幕弹，高高地挥舞着发光套索，甩出闪光弹，自领结处喷出水箭，在斗篷下隐身，从大礼帽里掏出短棒，亮出一束束纸花，悬浮在空中，打着响指飞快地换装……瑞德利知道，这一切都是为了分散闯入者的注意力，把他们阻挡在安全距离之外，从而保护身后孩子们的安全。

两个韦伦先生护在非凡魔术团的身前，韦伦先生说道："跟紧我们。"六个孩子和六个守护者朝着漆黑的侧台跑去，

那儿有一条通往舞台的旋转坡道。

战斗的声音此起彼伏，在四下里回荡。当大伙儿冲到舞台中央魅影灯灯架边上时，瑞德利顺手从台子上抓过一个麦克风，麦克风上拖着条长长的话筒线。

“这边走！”说着话，魔厨韦伦先生转身带领大家往侧台冲去。但眨眼之间，众人面前的侧门也被涌来的人给挡住了，他们嘴里大声地喊着：“我到底干了些什么啊？我到底干了些什么啊？”

无路可走了——除非大家硬闯过去，但那样的话恐怕会有人受伤，甚至遇到更糟糕的事情。这时，瑞德利不禁又后悔自己没有给妈妈留下只言片语。这时的她浑身发冷，不知是因为夜晚的凉风从外面吹了进来，还是因为身体里的某种东西忽然涌上心头。那些人气势汹汹，挡在侧台，逼近剧场前排。他们是瑞德利的邻居和熟人，是她妈妈在街上自顾自经过时擦肩而过的人，是矿泉镇土生土长的人。如果瑞德利不做点儿什么，如果只是挤开他们，只顾自己逃出生天，她就会变得跟她妈妈一模一样……她必须停止眼前的这一切。

忽然间，她知道了自己该如何去做。

她打开麦克风的电源开关，舞台前方的扬声器顿时有了反应。她轻轻敲了敲麦克风，回声开始在剧场里回荡。一时间，所有人都是一怔，暂停了手头的各种举动，但很快，战斗又继续了起来。

“朋友们！”瑞德利大声喊了起来，“拜托！”四下里顿时一片寂静，所有人都朝她看了过来。“请都停手，我求诸位都停手。我们知道真相——一个可怕的家伙录了你们的音，录了好几个月。他知道你们所有的秘密，知道你们最尴尬的过去和最害怕的痛处。如果你们不按他说的做，他就会把一切公之于众，但那些秘密根本不值得你们这么做！”

滋滋——就在这时，一阵电弧声忽然响起。魅影灯灯架上唯一的灯泡忽然猛地一亮，继而又迅速变暗，然后熄灭了。

黑暗之中嘈杂又起，混乱继续。

嘭——忽然一声巨响，舞台上骤然灯火通明。瑞德利眯了眯眼，举起手，遮在眼前。让她惊骇的是，有几个家伙此刻已经突破了守护者的防线，摸到了非凡魔术团的跟前。

瑞德利和她的朋友们慢慢被逼到了舞台边缘，再往前的话，他们全都会跌进舞台前的乐池里面。与他们对峙的家伙们手里拿着各式各样的武器——干草叉、园艺剪、沾着泥迹生锈的铁锹……当这些从绿化工棚里弄出来的武器指向两个韦伦先生和守护者们时，他们别无选择地举起了双手。

形势急转直下，魔术技法抵挡不住气势汹汹的暴民了。

就在这时，瑞德利眼睛的余光中有一道影子缓缓浮现了出来。她转过身去，看见一个男人站在魅影灯旁。他歪戴着大礼帽，身上的黑色斗篷很长，下摆拖到了地板上。他高高的衣领照旧遮住了脸，但这里的每个人都知道他是谁。战斗戛然而止，所有被操控的居民都看向奴役他们的主人……

卡拉根咯咯地笑了笑，然后慢慢解开了系在下巴处的蝴蝶结。当他摘下帽子，斗篷滑落在地时，一个身着皱巴巴米色亚麻衬衫和牛仔裤的普通人显露了出来。瑞德利认识那张脸，这周早些时候，她在那个废弃的影剧院后面的小巷里见到过。

真是卡特的滑叔。

滑叔就是卡拉根。

卡拉根和滑叔是同一个人！

卡拉根的脸慢慢凑近了灯光，他仿佛几十年来第一次见到了光……接着，他向人群举起双手道："欢迎，欢迎大家，终于，来到了我们大结局的现场！"瑞德利以为被操控的人群之中会爆发出掌声，但在卡拉根的开场白之后却是一片尴尬的沉默。朋友们簇拥在她的轮椅周围，瑞德利从未感到过如此无助。卡拉根低了低头，像是敷衍地鞠了个躬。"今晚我为诸位邀请到了矿泉镇的幸运儿，"他向韦伦先生伸出了手，"来吧，丹特，给大家鞠个躬呗！"

卡拉根的一个打手拿着把铁锹走向两个韦伦先生，把他俩分开。丹特被"请"了出来，带到了卡拉根所在的聚光灯下。他没有鞠躬，相反，他只是望着非凡魔术团，眼圈发红。这让瑞德利心惊肉跳。如果连韦伦先生都失去了希望，那么其他人该如何是好？

"我说——鞠躬！"卡拉根咆哮道。

韦伦先生只是看着卡拉根，开口问道："你想干什么，基尔罗伊？"

"哈哈哈哈——"卡拉根怪笑道，"问得好啊！不如你先问问你的那群小家伙吧？”他瞥了一眼非凡魔术团，“他们一直在忙活，而且很显然，他们知道我想干什么，知道我为什么要这么干。”

“我想听你的回答。”韦伦先生平静地坚持道。

韦伦先生的反应似乎让卡拉根很不悦，他自言自语地咕哝了几句，很快恢复了镇静，转身对着所有人说道：“丹特，我想要的，就是得到我想要的，得到我应得的。我想让你的魔术圈成员们看清你的真面目，你就是……一个意志薄弱、奸诈虚伪、哭哭啼啼的恶棍，你撒谎、欺骗、一路玩弄心术，直到变成了今天这副模样。”

“你最近照过镜子吗，基尔罗伊？”韦伦先生回应道，“因为，听上去你好像是在谈论你自己。”

“你的魔术圈成员会为我所用的，”卡拉根面露不屑地说道，“我有的是办法让他们听命于我。”

“听上去很不错。”韦伦先生微微一笑。他的语气听上去很像莉娜，很像她调皮捣蛋的时候。瑞德利明白他在做什么。韦伦先生在试图分散卡拉根的注意力，免得他把注意力放在非凡魔术团的身上。

（允许我再啰唆一遍：这是典型的魔术误导！）

这时，一个身材魁梧的男人和一个瘦小女人走了过来，堵在了非凡魔术团成员们的面前。男的穿着紧身西装，女的戴着珍珠项链，一身红裙。瑞德利回头瞥了一眼下方，心里很是沮丧——如果她的轮椅从舞台上掉到乐池里……她肯定撑不住。

“我们已经浪费了太多时间啦！”卡拉根喊道，“你要让你那魔术圈里的人把他们的名字告诉我。丹特，为了感谢你在过去几个月里一直陪着我兜圈子，我将允许由你来表演今晚大结局的最后一个节目。就像当年我们小时候那样，就像那天晚上，你迫不及待要放火烧毁这里的建筑那样。”四下里顿时响起了一片窃窃私语声。

魔术圈的成员们试图冲上舞台，但被拦住了。一片混战之中，瑞德利听到了尖叫和怒吼声！然后，四下里骤然平静下来。卡拉根朝着站在后台上的几个人挥了挥手，有人推过来一个大家伙。推车嘎吱作响，那东西慢慢被推到了聚光灯下。这时，瑞德利耳朵里嗡一下子轰鸣了起来。眼前的东西她认识，是她的发明——魔术箱。

看着镇上的人把那个魔术箱子竖了起来，韦伦先生脸上并没有什么表情，瑞德利的呼吸则开始变得沉重起来，她身边的朋友们也是一样。看上去，这个魔术箱活像口棺材，瑞德利不止一次这么想过。

魔术箱曾经多次被撞，到处都是划痕。几个小时前，卡拉根和他的手下在湖里找到了它，而且对它进行了一些简易的改装。瑞德利在冰洞里舍弃的箱盖被补了上去，被奥利和伊兹做桨用的侧板也被复原了。另外，箱子侧面还加装了几个金属环，这是以前没有的。

卡拉根走到魔术箱跟前，打开了盖子。在铰链发出的嘎吱声中，瑞德利想起了迪恩，想起了他们曾经对他干了些什么。

把他锁在了里面。

瑞德利心里一阵内疚，身上忍不住微微颤抖。

迪恩呢？他人现在何处？瑞德利不禁一阵疑惑。环顾四周，没他的人影儿。难道此刻那个老行李员正躲在阴影里，准备报仇雪恨？又或者，他认为虽然有把柄落在卡拉根手里，但不值得他跑到这里来闹事？

想着想着，瑞德利的心头忽然一动，似乎生出了一些新的想法。慢慢地，她紧紧抓住了手里的麦克风。

“给我进去。”说着话，卡拉根抓住了韦伦先生的胳膊，往魔术箱里拽，但韦伦先生甩开了他的手。舞台下的黑暗之中战斗在继续，声势不小。让瑞德利感到欣慰的是，魔术圈的成员们仍在努力往非凡魔术团成员们身边靠拢，即使有些寡不敌众。

“别碰他！”魔厨韦伦先生冲着卡拉根喊道。

“别担心，我没事儿，”韦伦先生安慰道，“他拿我没办法。”

“这只是你以为。”说着话，卡拉根把目光投向了舞台边缘，看了看把非凡魔术团困住的那个穿西装的男人和戴珍珠项链的女人，“我知道你的弱点，丹特，我已经观察你很多年了，我知道什么对你重要。”他朝莉娜和卡特侧了侧头。“为了你的家人，你会做任何事儿。”

“别碰孩子们。”韦伦先生回应道，声音低沉，语气严厉。

“我也不想，”卡拉根说，“前提是你得听话。”说着话，他把魔术箱的盖子开得更大了。“进去，”他重复道，“我不会再说第三遍了。”

“别听他的，老爸！”莉娜大喊了起来。

韦伦先生愣了一下。“别担心，”卡拉根皮笑肉不笑地说，“我会给你时间逃脱的，我可不是什么怪物。如果你能来得及逃出生天，就算你赢。我会放过你和你的家人，以及所有这些好心的人。”他朝被他操控的人们挥了挥手，“他们也都可以回归正常的生活。”

“不要，丹特！别相信他！”卡特大声喊道。

韦伦先生盯着非凡魔术团的成员们看了片刻，然后叹了口气道：“我爱你们所有人。”说完，他走进了魔术箱。卡拉根砰的一声盖上了盖子，接着放声大笑了起来。

第24章

忽然，卡拉根的手中凭空出现了一条铁链。紧接着，他把铁链紧紧地缠绕在了魔术箱两侧的金属环上。在箱盖的中央，大概在韦伦先生心脏所在的位置，卡拉根给铁链挂上了一把粗大的黄铜锁。他招了招手，他的一些手下便走了过来，怀里都抱着些粗细不一的柴火。他们一边将柴火堆放在魔术箱的底部，一边喃喃低语道：“我都干了些什么啊？我都干了些什么啊？”

“放了他！”莉娜尖叫了起来。她试图冲过去，但被卡拉根的一个手下粗暴地推了回去。

卡拉根把脸凑近魔术箱，大声说道：“我会给你一个逃脱的机会，就像多年前你给我父母的那样。那天晚上，他们在你放的火中撒手西去了。”他瞥了一眼莉娜和非凡魔术团的其他成员们，“孩子们，别担心。如果丹特·韦伦真是个了不起的魔术师，像他自己相信的那样，那么他很快就会重获自由！”说完，他打了个响指，一团火焰顿时出现在他的指尖。他弯下腰，点燃了柴火。很快，柴火上冒起了白烟，烟气升腾，慢慢在聚光灯下弥漫开来。

瑞德利坚信韦伦先生是个了不起的魔术师，和任何一个了不起的魔术师一样，他会很好地完成自己的魔术。但今天他的胜算却不大，因为卡拉根不可能不做手脚，所以韦伦先生这次可能会失败。她朝舞台下面望去，镇上的那些家伙并没有停手的迹象，依然把韦伦魔术圈的成员们紧紧包围着。她能看到他们中的几个人在奋力搏斗，想要登上舞台，但他们实在是寡不敌众。眼看着魔术圈再也抵挡不住，瑞德利举起了手中的麦克风，说道：“你们是好人，我知道你们确实是。我们是邻居，我知道对你们而言，什么才是真正重要的事情。我们不能再继续这样下去了。”

“你在干什么，瑞德利？”希奥在她耳边低语道。

“你们谁去让她闭嘴！”卡拉根朝着镇上的人们喊道。一个搬来柴火的人听了便顺着麦克风线的方向跑向了舞台。

瑞德利能听到韦伦先生在魔术箱里动来动去的声响，而此时，烟味儿越来越浓，韦伦先生要没时间了。

“这个人没有权力凌驾于你们之上！”瑞德利指着卡拉根说道。卡拉根闻言瞪着瑞德利，满眼都是灼热。“他不是催眠师，不是巫师，他只不过是个操控你们言行的可怜虫。你们可以阻止他！你们可以分享各自的秘密，大声把秘密说出来，破除他强行施加给你们的魔咒吧！”

让瑞德利吃惊的是，她发现所有人都在听她说话，而且听得很认真。

“我有个秘密，”瑞德利接着说，“我有个日夜担心的事儿，我曾经以为要是我把它告诉别人的话，我会死。但我不会死，你们也不会。为了破除卡拉根的魔咒，我愿意说出我的秘密。问题是，你们也愿意吗？”

低沉的议论声慢慢在剧场里传开。

“我的秘密是……”瑞德利深吸了一口气，接着说，“我害怕我妈妈不爱我，我害怕她更爱她的工作。”她的话一说出去，就像是泼出去的水，再也无法收回。“我也害怕我太像她了，我老是咄咄逼人，把人逼得太狠，我害怕自己不受欢迎，我还害怕……”

麦克风忽然不响了，瑞德利心里一沉——她的计划可能不能奏效了。可这时，她忽然感到一双温暖的手臂搭在了她的肩上。她转过头，看见了希奥的脸庞。

“我也有个秘密，”希奥大声喊道，声音无比坚定，“夏天的时候……我的一只宠物鸽子被我弄丢了，它就那样飞走了。我害怕那是因为我在某种程度上忽视了它，我觉得自己太不负责任了。我从没告诉过任何人，但我一直在想着它，甚至梦见它在无尽的晚霞之中翱翔。”

瑞德利握住了希奥的胳膊，拍了拍。她回头朝魔术箱看过去，火苗已经爬上了箱子四周围堆的柴火。而再看看箱子旁边的那些居民，他们的眼神仍然呆滞漠然。

“我的秘密是……”卡特深深地吸了一口气，“我总是跟人说我从不偷窃……”他打了个寒噤，“但是当我和滑叔在一起的时候……”他把目光从站在箱子旁边的那个人身上移开，“我一直饿着肚子上床睡觉。所以……有时候，当我们经过市场时，我会悄悄偷拿一块水果藏在口袋里，以防下顿饭又要挨饿。”瑞德利伸手握住了卡特的手，他低头看了她一眼，一脸

的苦笑。

“够了！”卡拉根吼叫道。

“也让我说说我的秘密吧！”莉娜大声说道，好像不吐不快，“我曾经帮助过一个很亲近的人从警察眼皮子底下逃走。”

“让他们闭嘴！”

但是镇上的居民们却都没动，他们选择了继续聆听。

奥利发话了：“我总是担心我的表演其实一点儿都不好笑。”

伊兹羞怯地举起了手，说道：“我也总是担心，担心我弟弟的表演不太好笑。”

听了伊兹的坦白，人群中有几个人忍不住扑哧笑出了声。这其中，就有那个穿西装的男人和戴珍珠项链的女人。他俩站在舞台边缘，拦在非凡魔术团的身前。瑞德利看着那个男人，问道：“你呢，先生，也把你不太想让别人知道的事情和我们说说？”男人瞪了瞪瑞德利，然后深吸了一口气。他看了看魔术箱，这时围堆着的柴火很多都已经烧着了。瑞德利知道，一旦柴火彻底燃烧起来，用不了多久，她的发明和韦伦先生就都会灰飞烟灭。

“你会后悔的。”卡拉根警告那人。

“不，我不会！”那人反驳道，“我的事儿确实见不得光……我的秘密是我欠了一大笔赌债！”他对着众人大声说道，“这事儿我从没告诉过家人，我很抱歉。我原本打算悄悄地把钱都还上，只是……现在拖得时间太长了。”

听众们交头接耳了起来，议论声越来越响。

卡拉根怒视着众人，慢慢走到了舞台前面，说道：“你们的录音带在我手上，我会把你们的秘密公之于众，到处传播。那样的话，你们的生活就会彻底改变。”

四下里顿时安静了下来……一片寂静之中，柴火的噼啪声在剧场里回荡。韦伦先生在魔术箱里砰砰地拍打着箱壁，魔术箱不停地抖动，箱子上的铁链发出了刺耳的声响。

瑞德利再也受不了了。“求求你们快停手！”她大声喊道。她已经不知道该说什么好了，喊得喉咙灼热胀痛。

莉娜也尖叫了起来，满脸都是泪水。“你们这是在杀人！”说着话，她瘫坐在地板上。卡特连忙俯下身来，紧紧地搂住了她。

前几排座位上传来了嘈杂的低语声：“我们做得是不是太过了啊？”

“这样做肯定会出大事儿的。”

“看样子韦伦没办法逃脱了啊！”

“我们得帮帮他！”

就在这时，一个声音在观众席中响了起来，说出了另一个秘密。“我在教堂停车场撞了一辆车，当时撞完我就溜了！”

然后又有人爆出了一个秘密：“我在考试成绩上撒了谎，骗了我妈妈！”

紧跟着，又一个秘密被坦白了出来：“小时候我家小弟被我摔到了地上，摔得头破血流，但我从没告诉过父母是我干的。”

更多的声音响起，更多的秘密被坦白了出来。

“我在别的镇上还有另外一个家庭！”

“我偷拿了我老板的钱！”

“我爱上了我家邻居！”

“我的为人和我说的不一样！”

秘密接二连三，瑞德利惊呆了。

但她知道这些秘密已经不重要了，重要的是卡拉根的魔咒正在被打破。

火越烧越大，橙色的余烬逐渐从柴火上剥落，散落在了舞台之上。

“你们都给我听好了！”卡拉根忽然尖叫了起来，“我要毁了你们！我要摧毁一切！”

卡拉根的话引发了人群的不安。“赶紧把韦伦放出来！”有人喊道。

“快去拿灭火器！”

“快给消防队打电话！”

穿西装的男人和戴着珍珠项链的女人睁大了眼睛，面面相觑，最终让到了一边。非凡魔术团冲向了燃烧的箱子……

与此同时，守护者们也从拿着园艺工具的人群中挣脱了出来，冲向了卡拉根。

卡拉根站在舞台的正前方，被突如其来的混乱搞蒙了，他开始害怕，他知道——他输了。他朝乐池里瞥了一眼，犹豫着是不是该从那儿跳下去开溜。可就在他一愣神的工夫，桑德拉·桑托斯把他拽倒在了地板上。紧接着，其他的守护者们一拥而上，将挣扎怒吼的他牢牢地控制了起来。

魔术箱的底部冒着浓烟，即将燃烧起来。

瑞德利喊道："快救人啊！"

魔厨韦伦先生从一脸茫然的居民手上抢过园艺工具，将一把铁锹和一把鹤嘴锄递给了莉娜和卡特。接到工具，两人连忙动手把魔术箱底部围堆的柴火拨到一旁。余烬四散，卡特和莉娜跑来跑去，竭力把火踩熄。

瑞德利快速来到依旧在冒烟的魔术箱旁，喊道："奥利！伊兹！我们得把这箱子放倒，赶紧帮忙！"她让双胞胎推箱子的上半部分，而她则用轮椅的踏脚板控制住箱子的底部。他们的力气不够大，这时魔厨韦伦先生也奔了过来帮忙。箱子快要被放倒时，瑞德利挪开了踏脚板。

"当心，韦伦先生！"在箱子慢慢被放倒时，瑞德利大声喊道。在她的喊声中，箱子终于被放倒在了漆黑的舞台之上。铁链依然紧紧地缠在箱盖上，铜锁的构造异常复杂，连莉娜一时也打不开。于是，瑞德利从箱子底部的面板上打开了一个被烟灰覆盖着的栓扣。栓扣滚烫，差点儿烫伤了她的手指……箱子的底板终于脱落到了烧焦的舞台地板上，一双脚显露了出来。与此同时，箱子里面也传出了韦伦先生的呻吟声。魔厨韦伦先生连忙伸出手臂，半跪着抓住箱口的那双脚往外拉。

很快，浑身上下冒着烟的魔术师被魔厨韦伦先生紧紧地抱在了怀里。一阵剧烈的咳嗽过后，韦伦先生呻吟道："哎哟，哎哟。"他的声音很是虚弱，"里面可真是暖和哟。"说罢，又是一阵咳嗽。

★ ★ ★

当救护车和消防车赶到时，大多数居民已经散去，消失在了夜色之中。

当警察把基尔罗伊·卡拉根铐上手铐带走时，韦伦魔术圈的许多成员早已隐匿在了巨橡园剧场周围。站在舞台的两侧，守护者们往舞台下面看去，仿佛刚刚发生的一切都只是一场舞台剧。而他们，则正在准备为观众献上最后一次谢幕。

救护车将韦伦先生送去了医院，魔厨韦伦先生跟在他身旁照料。而当一切尘埃落定之后，奎恩也载着非凡魔术团成员去了医院。医生们告诉大家，韦伦先生的肺部吸入了一些烟雾，还有些轻微烧伤。

"我真的非常抱歉，韦伦先生。"站在丹特的床边，瑞德利一脸难过。他的脸上戴着氧气面罩，鼻子和胡须都被罩在其中。"要是我能早一点儿打破卡拉根的魔咒就好了。"

"你做得已经够好了，"魔厨韦伦先生说，"要不是你脑子转得快，我们现在都不会站在这里了，我们所有人都已经完蛋了。"

非凡魔术团聚集在病床边，吃惊地看着韦伦先生伸手取下了氧气面罩。“就一会儿，亲爱的，”他向魔厨韦伦先生保证道，“我必须告诉这些孩子我是多么抱歉……不，瑞德利，我必须为那些我不该保守的秘密道歉，然后……就让过去的过去吧。我非常感谢你们每一个人在我的生命中出现，我保证从此以后坦诚以待。今晚你们都非常勇敢，你们说出了秘密，战胜了恐惧。”

一席话说完，韦伦先生把面罩放回了脸上，慢慢地深呼吸了几下。魔厨韦伦先生看起来很是担心，但他还是微微笑了笑。深呼吸了几下之后，韦伦先生又拿开面罩继续说道：“卡特，你承受的要比任何年轻人承受的都要多，我们不会因为你偷拿过一口吃的而看不起你。你给别人的帮助早就弥补了你过去的无心之失。” 听了韦伦先生的话，卡特不由自主地低下了头，但瑞德利还是看到了他脸上释然的笑意。

“莉娜，我的好孩子，我们谁也不会评判你过去所做的决定。你的那些决定也是为了对别人施以援手。你是如此正直善良，我知道你永远都会这样。”莉娜伸手握住了韦伦先生的手，任由泪水打湿脸庞。

“希奥，你善于思考，又善解人意。卡拉根的言论根本不值一提，我们不会相信你压根儿没把你的鸽子放在心上。相反，我们都会把那只鸟儿珍藏在心间，相信它此刻正在某片天空翱翔，独自在探险。”

“而瑞德利，你说出了自己深藏的秘密，用敏捷的头脑和不屈的意志拯救了大家。我知道我没办法让你明白你妈妈是多么爱你，但我敢说她对你的爱要比你感受到的强烈得多。而且我确定这个房间里的每个人也都深爱着你。”他松开了握着莉娜的手掌，握住瑞德利的手，紧紧地握着。

瑞德利被这番话深深地打动了，说不出任何话的她只能使劲儿点头，擦掉脸颊上滚落的泪滴。事实上，此刻的两个韦伦先生和整个非凡魔术团都在一边抽泣，一边微笑。他们幸福又欣慰地望着彼此——宽容战胜了一切，大家也终于彻底安全了。

（看到眼前的这一幕,连我也忍不住用掉了不少纸巾……）

“嘿，那我们呢？”奥利说。

“对啊，我们也说出了秘密呢。”伊兹附和道。

韦伦先生从氧气面罩上深吸了一口气，然后发出了一阵剧烈的咳嗽。魔厨韦伦先生打电话叫护士时，莉娜连忙搓了搓韦伦先生的双手。

“对不起，韦伦先生！”奥利说。

“没关系！”伊兹紧跟着附和道。

“不要……不要……”韦伦先生一边咳嗽一边回答，“不……不要紧……”

“看在上帝的分上，丹特，别再说话了。”魔厨韦伦先生连忙阻止道。

韦伦先生的身体忽然蜷缩了起来，他忍不住放声大笑道：“哈！哈哈！抱歉，各位。一想到他们俩的秘密，我就……竟然说奥利和伊兹不好笑……从来没人能像你们两个这样让我笑到肚子疼。”

伊兹和奥利的表情顿时灿烂了起来。

“非常感谢，韦伦先生，”瑞德利说，脸上也满是笑容，“有了你的评价，从现在起，全世界都阻止不了这两个活宝了。”

★ ★ ★

当瑞德利离开病房给妈妈打电话时，她忽然注意到自己的手掌上不知何时出现了一个黑色的记号。细看之下，她才意识到那是韦伦先生留给她的标记——象征王牌的黑桃A。一瞬间，她想笑又想哭……即使身体状况堪忧，韦伦先生依然在努力地创造奇迹。

（咱们一开始好像确实说过：这个世界永远需要更多的魔术！）

拉森太太在第一声铃响之后就接了电话：“瑞德利？”她的话语里满是关切。

“嗨，妈妈。”瑞德利回应道，试图把声音里的颤抖平复下去。

“你在哪儿呢？”

“刚才在酒店，出了点儿……状况。现在一切都还好，只是韦伦先生现在在医院里，我和我的朋友们要陪他会儿。”

拉森太太毫不犹豫地回答说：“好吧，我马上过来。”

“谢谢，妈妈，待会儿见。”

瑞德利挂断了电话。在返回韦伦先生病房的路上，她忽然意识到妈妈从来没有像别人那样在电话里跟人闲聊，一次也没有过。

魔术秘籍

巧猜扑克牌

在经历过一次情感洗礼之后，相信各位应该已经准备好再来一堂魔术课了吧。反正我是准备好了！这个小魔术可是我的最爱，因为一旦把它练习到完美，你就能用它演变出很多不同的花样。你的朋友、家人，甚至是路人都会对你刮目相看。这就像任何运动或者其他技能一样，掌握了最基本的动作之后，你就能举一反三地掌握更加具有挑战性、更加酷炫的动作。好了，闲话少叙，现在让我们来学习如何猜中观众所选取的某张扑克牌吧。

所需材料：

一副扑克牌

一截胶带

一个志愿者观众

前期准备：

1. 要完成这个魔术，需要提前制作一张双面扑克牌。只需要从一副扑克牌中随意取出两张，用胶带将它们粘在一起，两张牌都正面朝里，背面朝外，牌面注意黏合齐整。

2. 记住整副牌最上面那一张牌的花色点数。（假设这张牌是红桃K。）

3. 把最上面的这张牌翻过来，让它正面朝上。

4. 将制作好的双面扑克牌放在红桃K的上面。

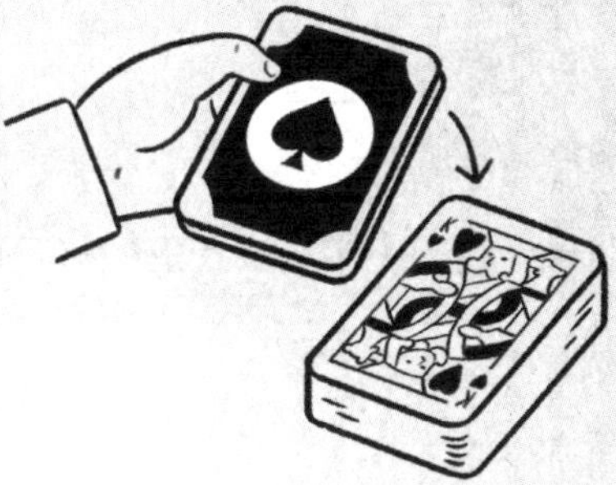

攻略步骤：

1. 向你的志愿者观众解释你将试着猜出他选取的扑克牌。

2. 向志愿者观众简单地展示整副牌，然后用拇指快速在扑克牌上划过。

3. 在志愿者观众喊停的时候，此时指尖所指的牌即是对方所选之牌。

4. 把扑克牌分成两摞。指出他“挑选”的牌在第二摞牌的最上面。

5. 把第一摞牌整体翻转过来，正面朝上，放在第二摞牌的上面，向观众说明这是你“标记”那张被选中牌的方法。

隐秘魔术动作：

翻转第一摞牌，就意味着会翻转整副牌的前两张：特制的双面牌和你记住的那张红桃K。于是，除了这两张之外，第一摞中的所有牌牌面都将朝上。

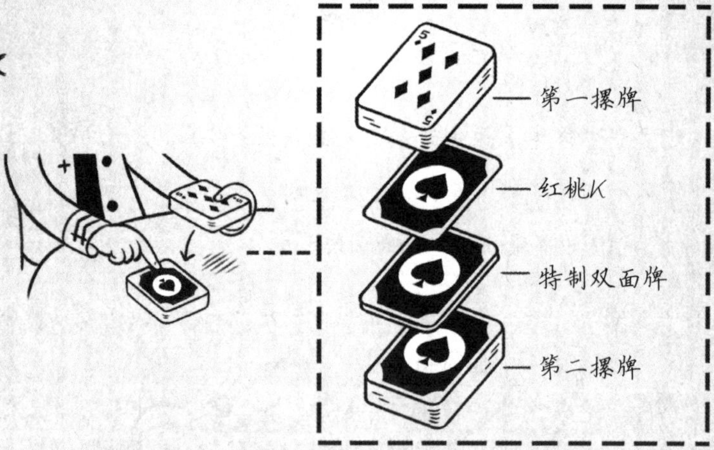

6. 在正面朝上的扑克牌中洗牌，直至洗到第一张正面朝下的那张。志愿者观众会认为这张就是他刚才选中的那一张。

7. 集中精力“猜”牌（假戏要真做！），然后告诉你的志愿者观众你确定他选择的是红桃K。

8. 在观众惊讶的表情中把红桃K的正面翻转过来。

9. 自豪地向观众鞠躬！

第25章

几天之后，莉娜和卡特邀请瑞德利去参观韦伦先生重建魔术商店的选址。瑞德利对此很感兴趣，所以她请求帕克利女士在课后带她去看看。

一辆出租车载着她们上了路……车子先是驶过巨橡园酒店，然后在山峦之间行驶了一段路程，最后停在一条长长的停车道上。停车道的尽头是一个斜坡，斜坡上矗立着一幢有些杂乱的房子。房子有着数个圆锥状的穹顶，尖尖的塔楼下面是长长的门廊，门廊上满是木制的卷纹装饰。

（有关建筑的词汇谁不喜欢呢？当你大声念叨那些建筑词汇的时候——门廊，尖阁，雕花卷纹——听起来真像是在念魔法咒语，是不是？）

瑞德利从来没拥有过玩具屋，如果能拥有的话，她觉得应该就是眼前这种。车道上杂草丛生，间或还有些灌木，路面上薄薄地落着一层各色的树叶。瑞德利和帕克利女士一路前行，眼前的景象越来越清晰。她们看得出来这栋房子有些年头了，跟许多漂亮的老房子一样，它需要拾掇修整。

车道转弯处停了几辆车，瑞德利认出来其中一辆是魔厨韦伦先生的旅行车，其他车却不知道是谁的。

瑞德利沿着斜坡来到了房子的正门口，敲了敲门，帕克利女士跟在她的身后。

过了一会儿，莉娜和卡特开门迎接她们。卡特笑嘻嘻地招呼道：“快进来！”

“这房子很棒吧？”莉娜一边说着话，一边带着瑞德利走进门厅。门厅里的木地板嘎吱作响，天花板上还有几处塌陷。“这房子以前是我老爸的姑妈住的。几年前她把它留给了他，但两个老爸都说这地方派不上什么用场。”

“我俩最后还是说服了他俩，这可是一个完美的地方，可以打造出一个全新的魔术商店。”卡特补充道，“厨房足够大，魔厨韦伦先生可以在这儿尝试一堆新的食谱。房子不在镇中心也不怕，等我们把这儿修整一新，所有人都会喜欢来这儿的。”

“我肯定是愿意来的。”瑞德利说。

“这地方很有潜力！”帕克利女士也跟着说道。

“大伙儿现在都在客厅里等着呢。”莉娜说着挥了挥手，示意瑞德利跟上。

“谁在等着？”瑞德利问道。

卡特推开两扇双开门，屋里坐在折叠椅上的一群人于是都转过身，看了过来。韦伦先生、希奥、古登家的双胞胎，以及守护者格雷戈、塔拉、奎恩、宠物店店员彼得，还有桑德拉·桑托斯，耳朵上一如既往地戴着她那明亮的星形耳环。

“瑞德利！”韦伦先生说着话，挣扎着站起身来，魔厨韦伦先生连忙又让他坐下。在他身下轮椅的边上绑着个绿色的罐子，罐口上有根透明的塑料管子通向韦伦先生的鼻孔。看见瑞德利一怔，韦伦先生举起手来解释道：“这里面是氧气，医生说我这几天还离不开它，但没什么好担心的。”说话间，随着他的手指捻动，指尖上露出了另一根透明的塑料管。“要不要也来点儿氧气尝尝？”大家闻言不禁都乐了。

“这把戏他刚才对我们每个人都秀了一遍。”希奥笑着站了起来，领着瑞德利来到了靠近客厅窗户的亮处。

“怎么说呢，”韦伦先生继续说道，“我已经感觉好多了。”

“我想大家都一样。”瑞德利应声道。

“这就太好了！”韦伦先生说。

“是不是说我们非凡魔术团可以重新聚会了？”卡特问道。

“你们早就该重新聚会了，”韦伦先生说道，“因为我的缘故，让你们好久没能钻研魔术，对此我深表歉意。”

“我们一直都练习着呢，老爸，”莉娜说，“您别担心。”

魔厨韦伦先生这时也说道：“我真希望能给你们弄些美食，只是现在这个地方连自来水都还没有。”

大伙儿随即就聊开了……守护者们聊起了他们各自的故事，讲述了他们是如何找到韦伦先生的魔术圈的，而桑德拉·桑托斯也再次向非凡魔术团的成员们为以前的错误道歉。

“我有个问题，”希奥问道，“在巨橡园剧场里，莉娜说她帮助过一个人从警察的手里逃离。她说的是你吗，桑德拉？”

“我想要透露的秘密之中可不包括这个。”桑德拉笑了。

大伙儿听了不禁都看向了莉娜，只见她脸色发红，然后耸了耸肩膀说道：“该说的我前面都说过了，但有些秘密就是秘密。”

大伙儿聊了很多，包括过去几天里那些被操控的居民的遭遇。现在，镇上的一切似乎都已经恢复了正常。瑞德利其实并不这么看，但她知道现在不是争论的时候，也许晚些时候可以再讨论，现在是大伙儿重聚的好时光。

莉娜和卡特提出要带着大家在房子里参观一下，可就在这个时候，突然有人敲门。

“还有谁知道我们在这儿？”韦伦先生疑惑地低声向魔厨韦伦先生问道。

魔厨韦伦先生摇了摇头，然后起身去了门口。很快，瑞德利听到门口有人喊了起来。“请你走开！”魔厨韦伦先生的声音传了过来，“我们对你要说的不感兴趣。”

瑞德利跟着其他人来到了门厅，看见门口站着一个弯着腰的男人——行李员迪恩。

“没关系，”韦伦先生推着绑着氧气罐的轮椅从屋里行了出来，轻声说道，“让他进来吧。”

瑞德利抱起了双臂……韦伦先生的提议是个好主意吗？毕竟迪恩曾经背叛过他们。

还没等大家出言阻止，迪恩就一脚跨进了门槛，关上了大门。“谢谢你，韦伦先生。”他瓮声瓮气地说道。他身上的行李员制服又脏又破，像是在荒郊野外风餐露宿过许久，又像是在山洞里躲藏了很长时间。“很抱歉打扰你们，但我有话要说。我希望你们能听听我的啰唆，各位或许能……帮我解决一下我的问题。”

魔厨韦伦先生走到韦伦先生身旁，伸出一只胳膊搂住他的腰，帮他坐直了身体。然后，大家就听到韦伦先生说：“乐意为你效劳，迪恩。”

“非常感谢。”迪恩点了点头，摘下帽子，用手摸了摸头皮。不知怎的，他那稀疏的头发似乎忽然变得浓密了起来，黑了起来。紧接着，他从外套口袋里掏出一块手帕，轻轻地擦了擦额头。

瑞德利觉得有点儿不对劲。

迪恩的目光在非凡魔术团成员们的脸上扫过，他开口说道：“你们都知道我曾经帮过那个你们称为卡拉根的人。”

“我们都记得。”瑞德利说，语气并不友好。

迪恩的目光看向了瑞德利。“在冰洞里的时候，我跟你说过一些关于他的事情，但就像大多数故事里写的一样，”他顿了顿，“我当时说的只是一部分事实，要想知道真相，我们还得从很久以前说起。”

瑞德利瞥了一眼聚在门厅周围的朋友们，大伙儿看起来都跟她一样，有点儿疑惑，有点儿忐忑。但她很高兴，这会儿他们的守护者就在身边不远。

“实际上，这事儿得从几十年前说起，”迪恩接着说道，“那时候还没有绿宝石戒指俱乐部。”

韦伦先生怔了怔，脸上掠过一丝疑惑。“抱歉，迪恩，你为什么说这些？卡拉根现在已经在监狱里了啊。”

“别急，韦伦先生，听我慢慢说。”迪恩回应道，“各位都知道我在巨橡园工作了很久，而故事要从巨橡园里的两个房管员说起。奥古斯都·卡拉根和戴安娜·卡拉根，他们是一对夫妇。”

“基尔罗伊的父母？”希奥低声问道。

“没错。”迪恩点了点头，说话间又用手帕擦了擦脸。而随着手帕挥动，他的肤色似乎变得亮了起来，眼睛下面灰黑的眼圈也开始变淡。“奥古斯都和戴安娜住在矿泉镇上，他俩有些不为人知的秘密。尽管两人都有工作，是度假胜地的员工，但他们还是会通过其他途径挣外快。而那些途径，卡特可能清楚是怎么回事儿。”

“等等，”卡特的脸色有些苍白，“你说什么？”

但迪恩自顾自地接着说道：“他们是骗子。在沿海一带的城镇里坑蒙拐骗了好些年之后，他们在矿泉镇安顿了下来。他俩很有野心，尤其是奥古斯都。当他的妻子生下一对双胞胎儿子基尔罗伊和基恩凯德之后，他便着手策划一个计划，希望能完成有史以来最大的骗局。”迪恩清了清嗓子……弯曲的脊背慢慢伸直了起来。

他的身材怎么突然开始变高？这怎么可能？迪恩的变化让瑞德利大惑不解，浑身上下都不禁为之一震。

“奥古斯都费了不少口舌，最终说服了他的妻子，伪造了双胞胎中的其中一个不幸夭折的假象。随后，他和戴安娜在当地的公墓里埋了一口小棺材，甚至还给孩子买了一块墓碑，上面孩子的年龄不满周岁。接下来的事情……就很不堪了。”

房间里一片寂静，只有老鼠在天花板里面窸窸窣窣地窜来窜去。

“很明显，奥古斯都觉得，如果他能让世人以为他们只有一个儿子，那么他和他的妻子就能捞到不少好处。每回当一个儿子从酒店员工那儿偷东西时，奥古斯都就会故意设局，让人同时在别的地方看见他的另一个儿子，这样人们就没办法指控他儿子的盗窃行为。

“这家人最喜欢的伎俩就是让他们的一个儿子在某个拐角处消失，而让另一个猛地从酒店客人身后冒出来，大声地向人问好。客人们常常都会被吓一大跳，以为自己亲眼目睹了某种神奇的瞬间移动。当客人想搞清楚基尔罗伊是怎么做到的时候，他们就分心了，根本不会注意到基恩凯德的手伸进了他们的口袋。”

听到这里，瑞德利觉得自己快要喘不过气来。迪恩的故事太过离奇，大伙儿都听得入神。而当看见迪恩最后终于站得笔直，再无衰老之态，大伙儿全都目瞪口呆。

“基尔罗伊和基恩凯德，是卡拉根家的两个双胞胎儿子。但奥古斯都把他俩变成了一个，而且让所有人都信以为真。奥古斯都和戴安娜把自己会的东西统统都教给了他们的两个儿子。当兄弟俩在镇上和一群小魔术师交上朋友之后，他们学到了更多的魔术技巧。而且，他们开始痴迷于催眠术。由于被当作一个人抚养长大，这对双胞胎觉得他们无法控制自己的生活。于是，操控别人的生活对他们来说才是真正的魔术。当然，和新朋友们在一起，也让他们觉得如同身在魔术之中。”

瑞德利看了韦伦先生一眼，此刻的他看上去已经彻底蒙了。迪恩结束了手上擦嘴的动作，举起了擦嘴的手帕给大家看，像是在展示某个魔术动作。“手帕上的那层污渍应该是些化妆品。”瑞德利暗自猜道。

“但魔术——在酒店配楼失火那天——死了。”说着话，迪恩开始摆弄他的鼻翼，眼神在非凡魔术团成员们的脸庞上游移，然后看向两个韦伦先生，再然后又重新返回到了非凡魔术团身上，像是要确保大家注意观看他手上的动作。“父母没了之后，基尔罗伊和基恩凯德决定继续玩那个游戏。但是住在玛格丽特孤儿院很困难，因为在任何时候都只能有一个人可以露脸。所以，另一个不得不露宿街头。不管天热天冷，不管是阴是晴，也不管刮风下雨。每天晚上，他们两个都会互换一下身份，这样每个人都能有东西吃，能睡床，能洗漱。接下来的好几年他们就是这样度过的。撒谎、骗人、作弊……糊弄着过活。兄弟俩总是记得父母教给他们的，总是尝试着学以致用，而且做得比奥古斯都和戴安娜更加得心应手。”

说着话，迪恩突然开始撕开自己脸上的一大块皮肤。随后，整个鼻子甚至也随着皮肤的拉伸被撕扯了下来！这个动作看得瑞德利心惊肉跳，很快，她就意识到这是易容术……迪恩

一直在用着假鼻子、假脸，以及一个看上去比实际年龄大得多的假躯体。

迪恩把手里的假鼻子扔到了地上，迅速地解开外套上的扣子，把它也脱了，露出了一件白色的短衫。随后，他伸手捋过头发——彻底变成了另一个人。

一眼看上去，他就是卡特的滑叔。

一眼看上去，他就是卡拉根。

瑞德利差点儿尖叫起来，卡特和莉娜的手紧紧地攥在了一起，奥利和伊兹吓得跳了起来，连蹦带跳地跑到了他们的守护者身旁。这时，瑞德利忽然感到帕克利女士的手伸了过来，搭

在了她的肩膀上。魔厨韦伦先生连忙伸手扶住了韦伦先生的身体，后者在听完迪恩的故事后显然神情有些恍惚。

老行李员迪恩原来是个伪装者，演技精湛，连巨橡园剧场里的演员在他面前都黯然失色。瑞德利只觉得眼前所见真像是场梦，一场噩梦。

迪恩的眼睛直勾勾地盯着卡特，他的嘴巴慢慢张开，说道："你好啊，小家伙。"听到这沙哑刺耳的声音，卡特顿时忍不住踉跄后退，整个人差点儿撞到了墙上。"现在认出我来了？你不是想知道滑叔怎么可能同时分身几处吗？卡拉根家的两兄弟就是一个人，分身两处对我们而言不过轻而易举。"

“你是基恩凯德？”韦伦先生轻声问，好像声音再大点儿就会引爆一箱烈性炸药似的。

曾经的“迪恩”点了点头，答道：“是我，丹特。”

“刚才你提到……要我们帮你。你想我们怎么帮？”

“我要你们把基尔罗伊从矿泉镇监狱里弄出来。”

“你知道，这事儿我们办不到。”魔厨韦伦先生小心翼翼地说道。

“我知道你们可以。夏天的时候，莉娜把那枚钥匙给了桑德拉·桑托斯，”说话间，他的那双黑色的眼睛看向了桑德拉，“钥匙一定还在你手上。”

“我……钥匙不在我手上，”桑德拉有些结巴地回应道，“钥匙不在这儿，我手上没有钥匙。”

瑞德利判断不出桑德拉是否在撒谎，毕竟，忽悠人曾经是她的工作。

迪恩忽然动了，举步往前。

或者说是基恩凯德动了。

不……应该是卡拉根动了。

我们还是叫他卡拉根吧。

卡拉根继续往前走，双手插在裤子口袋里。里面难道藏着他的武器吗？瑞德利离他的距离太远，此刻没法利用轮椅和他搏斗。“你们得把我哥哥从监狱里弄出来，”卡拉根大声说道，“我跟他从来没有分开过这么久。我……没有他，我不知道该怎么办。”

“我们能帮什么忙呢？你自己就能想到办法，”韦伦先生说，“你那么足智多谋，基恩凯德。”

“不，你们得帮我想办法，”卡拉根吼道，声音越来越大，“你们总是能想到办法。你们都可以帮得上忙！你们要用你们的魔术分散警察的注意力，你们要偷偷地把钥匙从门廊拿到牢房，你们要——”

卡特跺了跺脚，两颊通红着说：“你真以为我们会去帮你和你那个疯子双胞胎哥哥？”

卡拉根摇了摇头，朝卡特吼道：“要是你们不肯帮忙，我就会一直缠着你们！”

在卡拉根说话的时候，瑞德利忽然从他的眼神中看到了些什么，她觉得她似乎可以利用她看见的那样东西。但是她敢吗？她能操控一个操控专家吗？这样她是不是就和他一样不堪了呢？

“当时你并不在场，”瑞德利很快下定了决心，开口问道，“是吗？”

“你说什么？”卡拉根抬眼看了看瑞德利。

“你没去剧场，你不在舞台上。只是基尔罗伊去了那儿。”

“那又怎样？”

“剧场里发生的一切都只是他的计划，不是你的。你做事绝不会像他那样毫无底线。”

卡拉根张了张嘴，想开口反驳，但什么也没说出来。

“你并不想伤害我们，”瑞德利说，“你从来都没打算伤害我们，这一点从你的眼神里我能看出来。想那么干的是基尔罗伊。”说完她看了看身边的其他人，大家纷纷点头。

莉娜插话说：“你只是太爱你的哥哥，你不得不顺着他的意思来，对吗？”

卡拉根陷入了沉默，而这沉默充分说明了一切的问题。

“你们两个还是可以继续在一起的。”瑞德利缓缓地说道。

“但你们不肯帮我。”卡拉根的声音听起来很是沧桑，又有些孩子气。

“我会帮助你的。”瑞德利说。

“我们都会。”希奥这时也发话了。

“我们一起去警局，”瑞德利接着说，“但不是去把基尔罗伊从监狱里弄出来，而是陪你去自首。”

“你说什么？这绝对不可能！”卡拉根脸色一变。

“绝对可以。”瑞德利继续说道，“我难以想象以前你的生活是多么艰难，一直活在谎言里，一直活在一个把戏里。”

“一直要和基尔罗伊分开，”奥利插话说，“人们从来不能看见你们两个同时出现在一起。”

“你告诉了我们你的秘密，基恩凯德，”希奥补充道，“你打破了魔咒，那个糟糕的把戏彻底结束了。”

“你再也不需要撒谎了。”卡特皱了皱鼻子，擦了擦眼角。

“你可以和你最好的朋友在一起了，”伊兹抓住奥利的手说道，“可以和你的孪生兄弟在一起了。”

“人是会改变的，”莉娜说着，看了一眼韦伦先生，“自从小时候寄给你们那封道歉信之后，我老爸就彻底改变了。”

“基尔罗伊把那封信撕碎了，”卡拉根回答道，“是我把那些碎片保存了起来。”

“你现在也正在改变，”瑞德利接着说，“就在我们的眼前，你正在脱胎换骨。”

四下里安静了下来，卡拉根一言不发地低头盯着地板。他有可能听进去刚才大家说的话吗？他心里有可能认可这些话吗？“曾经有人，”瑞德利看着帕克利女士说，“对我们非凡魔术团说过一句话：聚在一起，我们就很强大。”帕克利女士点了点头，头上微红的金色发卷尽皆随之一颤。“他们跟你和你哥哥说力量来自权力。”

“来自迷惑别人。”希奥说。

“来自操纵别人。”卡特说。

“来自坑蒙拐骗。”伊兹说。

“来自你以为你能掌控多少东西。”奥利补充道。

“但这些东西是虚假的，”莉娜说，“它们是幻觉。”

“我相信让我们所有人真正强大的其实是家庭，是在一起。”瑞德利看着大家继续说道。在她的面前，魔厨韦伦先生正扶着韦伦先生，莉娜和卡特肩并肩站着，希奥把手放在瑞德利的肩膀上。奥利和伊兹的手紧握在一起。瑞德利想起了妈妈，此刻她在家里勤勤恳恳地打字写作，而她的爸爸正在外面辛苦地工作……想着想着，她似乎看见了他们一家人其乐融融待在一起的场景。

“诚实才是力量。”帕克利女士说。

“宽恕才是力量。”桑德拉说。

“他们说的是对的，”看着眼前的宿敌，韦伦先生缓缓说道，“这些才是使我们变得更强大的东西，是使我们变得更强大的内在力量。”

（如果要我说的话，我觉得这些可是这世上最为强大的力量。）

其他的守护者们慢慢向卡拉根走去，围成一圈。瑞德利慢慢地把手伸进轮椅扶手上的夹层，那儿通常放着笔和纸，而现在她握住的却是莉娜的那副拇指手铐，莉娜几天前把它落在了她家。“我知道你现在还有些后手拿来对付我们，”瑞德利说道，“虽然你能折腾几下，最终还是会被我们制服的。”

“这不是你来这儿的目的，不是吗？”希奥问道。

“你不是来打架的。”莉娜说。

“该结束了。”卡特说。

瑞德利向站在她身边的人做了个手势，说道：“这些都是我的朋友，我的家人。在过去的几年里，他们帮了我很多忙，尤其是在最近几个月里。我变了，因为我接纳了他们。他们也看到了真实的我，看到了我内心里的好和坏。聚在一起，我们无比强大。而你，也可以改变，你和你的哥哥都可以改变。”

卡拉根低下了头。他的嘴唇似乎在颤抖。瑞德利的话难道真的起作用了吗?

瑞德利行到了卡拉根的身边，轻轻地把拇指手铐铐在了他的手指上。“别人只能帮你这么多，”她说道，“剩下的，你得自己去完成。”

第 26 章

接下来所发生的事情，你应该可以猜到了。

不！卡拉根没有攻击任何人，也没有炸毁韦伦先生的新家！

他把非凡魔术团成员们的话听进了心里，他接受了瑞德利的建议。

那天晚些时候，基恩凯德·卡拉根走进了矿泉镇中心警局的牢房，坐在了他的双胞胎哥哥身旁。

兄弟俩终于……肩并肩地坐在了一起。

但是，基尔罗伊对于基恩凯德的到来恼怒无比。

后来听人说，他俩在监狱里一直争吵个不停。再后来，他俩就被转押到贝尔兰町更大的监狱去了。

自那以后，很多年都再没人听到过他俩的消息。

★ ★ ★

周末的时候，大多数的守护者们都离开了矿泉镇。帮助丹特·韦伦渡过危机之后，像非凡魔术团一样，他们也都重新回归了各自的正常生活。

帕克利女士的离开让拉森太太颇有些措手不及，但她并没有再聘请新的家庭教师，而是表示她自己将承担起女儿的教学任务。在之后的几周里，瑞德利经常会想起帕克利女士，想起她给自己上的那些讨论课、她假装出来的笨拙，甚至想起她那古怪的咯咯笑声。与此同时，她也非常享受妈妈在课程学习上给予她的出乎意料的关心。

除此之外，当妈妈问起是否能读些自己的作品给她听的时候，瑞德利更是大吃一惊。于是，瑞德利对妈妈的作品提出了不少中肯的建议。而妈妈听到建议之后，丝毫没有不悦或者大发雷霆，竟然按照建议做出了不少修改和调整。（你也知道我对于动不动就大发雷霆很不屑。）这一切，对瑞德利而言，简直就是奇迹。

这简直就是魔术。

就像瑞德利最喜欢的那种魔术……

转变术。

大约一个月之后的某天早晨，天气很不错。

拉森太太敲了敲瑞德利的门，轻轻把门推开了一条缝。“你的拉伸锻炼需要搭把手吗？”

“需要呀，谢谢，妈妈。”

拉森太太把一把椅子搬到床边，但她并没有坐下来，而是站在那儿，低头看着女儿。

“怎么了？”瑞德利问道。

“我要向你道歉，”妈妈回答，声音听起来有点儿奇怪，“我听说……我是说，我想说……也就是说，我看到了一切。那天在剧场，当时我……我也在那儿。”

“你……你说什么？”

“我当时也在酒店里，瑞德利。那天我赴完约回到家，发现你没回家……我很生气，因为你又偷偷溜出去不告诉我……我就去找你……因为我知道你肯定又去了酒店。”妈妈的声音有些颤抖。

“你是说当时你也在剧场里？”瑞德利吃了一惊。

“我看到一大群人冲了进去……我很担心，怕出什么事儿……我就跟着他们跑了进去……然后你就在那儿……但我挤不过去……然后，然后，我就听到你说的那些话……”

瑞德利妈妈的脸变得通红，而瑞德利则是目瞪口呆。太多的情绪一下子涌上了她的心头，听完妈妈说出她当时在场的原因，让她既有些后怕又不禁松了一口气。“我……当时我并不是想……”瑞德利坐直了身体说道，“我想我当时说的是心里话。我真的很抱歉，妈妈。”

“我知道，”拉森太太深吸了一口气回应道，“我只是……你怎么会那么想呢？”

瑞德利咬了咬牙，抑制住了身上那股经常莫名升起的逆反情绪。与此同时，她注意到了妈妈眼神中的难过之意。她在脑海里重复着妈妈的问题：你怎么会那么想呢？

难道自己想错了？

“我不知道，”瑞德利温和地答道，“我只是……有时候会胡思乱想。”

“我有很多事情要做，瑞德利……很多事情。要买日用的东西，要做饭，要搞卫生，当然，我还得工作……因为必须有人……来赚钱养家。但有一件事我需要让你知道——你不是我生活的一部分，你，是我生活的全部。你是我做所有这些事情的原因。我这么努力工作……因为我爱你。而你，你永远都在这儿。”说着话，她把手按在了胸口。

“无形的爱，很难看得见。”瑞德利的声音比她想象的要平静得多。她和妈妈终于开口谈心了，她不想自己的脾气毁了这种感觉。

拉森太太轻轻点了点瑞德利的鼻尖，说道：“你说得对……我很抱歉。我知道我经常会把写作和交稿的最后期限放在第一位……嗯，通常交稿催得急，然后写作就又得继续……至少最近……主人公的动机设定上很是烧脑，你看……哦，天哪，我又在想着工作了，真是的。关键是……工作和生活的平衡点真是不太好把握。”

“你说的这些东西对你确实很重要。”

“是的，但我想让你知道，你更重要。”

瑞德利想起了过去几个月和朋友们所经历的一切，想起了和大伙儿的争论，而且每次她都希望自己是对的……她有太多太多想和妈妈好好聊聊。聊她俩有同样的脾气，聊她已经学会了什么时候该战斗，什么时候该让步……

于是，瑞德利听到自己说道：“你对我也很重要，妈妈。”

改变，往往在你顺其自然的时候，悄然而至。

有时候，爱就是这么简单。

在瑞德利做完运动，洗完澡，吃好早饭之后，她问妈妈是否愿意跟她一起去看看她的实验室。

“我们来这儿干什么？”拉森太太很好奇。

“帮我重建参加发明展览会的发明啊，”瑞德利说，“就是上回被人砸坏的那个。”

“这事儿……我喜欢，”她的妈妈一边回应，一边把手在自己刚熨好的裤子上擦了擦，“我还没见过你早先的那个发明呢。”瑞德利从架子上取下了工具箱，放在工作台上。“呃，”拉森太太随口又说道，“等我们这儿的活儿忙好了，你可以邀请你的魔术团朋友们来家里坐坐吧？我觉得好久都没见到他们了。”

“这事儿……我喜欢。”瑞德利笑了。

大结局

好吧，朋友们，现在是时候了。

你可能会问是时候干什么了？

是时候结束我们的故事了。

就像所有的故事都会结束一样。

但首先，请允许我做个最后的告白。

你有没有想过到底是谁在和你分享这些非凡魔术团的故事呢？愿意猜一猜吗？

我敢打赌你猜对了。

我们现在都老了不少。

发生在我们身上的事，其实是很久以前的事了。

就像我说的，所有的故事都结束了。之所以决定跟你分享我们的故事，是因为我们希望你也会有属于你自己的故事。故事其实往往都是一个大大的圆，结局往往也是开始。所以，在我们的故事结束之际，我们也期待见证新的开始。

韦伦先生的魔术圈需要新鲜血液来延续下去，而我们相信你就可以。毕竟，你已经学会不少魔术技法了，不是吗？

从一开始，我就提到希望你能一直练习我分享给你的所有魔术。（即使你练得不多，现在开始用功也不晚哟。）

加入我们，好吗？这个世界总是需要更多神奇的魔术。

而此刻，我们在这里要专门向你发出正式的邀请（让我们看一眼过去，然后，一起迈向未来吧）：

我们诚挚地邀请诸位

共同见证

韦伦魔术之家

今晚开幕

就在日落之后

请牵起我的手

让我们从巨橡园酒店出发，也就是你下榻的地方。我们沿着路一直往上走，远离城镇，步入山林。也许上完慢跑、游泳和骑马课，你有些累了，但你还是把自己打扮得整整齐齐，穿上了你最棒的衣服，也许是晚礼服，也许是长裙，也许是一身明亮耀眼的绿色长袍。不管你穿的是什么，当我们从路灯下经过时，你的衣裳都会闪闪发亮。

夜色渐浓，天空中泛着紫蓝色的美丽光辉，整个世界都沉醉于对未来的期待之中。树林里忽然一片静谧，仿佛在树影之中那些隐藏了踪迹的，听见了我们走近的声响。

在停车道的尽头，一抬头，我们便能看见一栋大房子。这房子的外墙颜色灰白，很是质朴。但房子的每扇窗户都净洁闪亮，窗户折射出的琥珀色光影在小山的高处闪耀夺目。房子的前面，停了不少汽车。我们慢慢走上前去，跟上次我们看到的不同，大门已经被漆成了铮亮的古铜色，黑色的边框泛着闪亮的光泽。等我们再一走近，大门像是注意到了我们的到来，自己就这样打开了。

我们走进门厅，脚下的地板干净明亮。枝形的吊灯在深色墙纸的映衬下洒下柔和的光。仔细看的话，你会发现门厅里的光影巧妙地展现出了一副扑克牌的模样。再往前走，就会听到大厅那边传来阵阵的低语声。循声前行，我们就会来到一个宽敞的大厅，来到一个已经举办过盛大聚会的地方，而这种聚会现在即将再次上演。此刻，显然此处的演出已经准备妥当。这里的地板漆成了黑色，而墙壁和天花板则呈深红色。一排排的座椅环绕着舞台，红色的天鹅绒幕布垂在高高的舞台前面。

这时，人们慢慢聚拢过来。人群之中有不少面孔你以前见过，虽然你们还不算正式的朋友。你也许想跟谁打个招呼，但以后再说吧。大家都已经开始就座了，赶紧坐到前排的位置上去吧，动作可得快点儿！

那个放置了“已预订”指示牌的座位，就是专门为你预留的。

灯光闪烁，你有些吃惊地环顾四周。然后，灯光忽然开始变暗，四下里响起观众阵阵的低语。而当灯光彻底暗下去时，低语声则慢慢消隐。最后，观众们都安静了下来。这时，你会感觉到你的心脏在胸口怦怦地跳动，就像火车头在隧道里疾驰……

幕布上出现了一个像太阳般洁白明亮的光圈。光圈的中央处站着一个人，浑身散发着你熟悉的温暖。他摘下他的大礼帽，撩开斗篷的前襟。斗篷的里衬闪烁着红色的光彩。就像你想象中的那样，这个男人微微一笑，而他唇上黑色的、整齐的小胡子顿时也随之一动。

“女士们，先生们，所有的观众朋友们！”这个男人开口说道，“欢迎来到我们的新家，来到这个真真切切的大家庭。我们努力创造一个让各位最受欢迎的地方。在这里，你会感受奇迹；在这里，你可以找到家人、朋友和愉快的交谈。所有这些，不正是只有在家里才能够体会到的吗？今晚，我们欢迎各位，当然，请各位放心，只要我们的这个新家在，这里就会永远欢迎你！今晚是我们盛大的开幕式！为了庆祝新家落成，我特意为你们召集了六位才华横溢的表演者。他们的表演将会让人兴奋、惊叹。虽然他们都很年轻，但我在他们身上看到了年轻时的自己。在过去的几年里，他们教会了我很多东西，让我觉得自己也焕然一新。今晚，愿你也会有耳目一新的感觉。

“好了，接下来就让我们进入正题吧。朋友们，掌声有请——非凡魔术团！”随着聚光灯闪烁，大幕拉开，那人一边退场一边鼓掌。

漆黑的舞台上，一层蓝色的背景光幕笼罩之中，六道身影缓缓现出了身形。随着灯光再度亮起，观众席上爆发出了阵阵喝彩之声。卡特眨了眨眼睛，蓝色的眼眸逐渐适应了舞台上的光芒。他的金发梳向一侧，一身酷酷的黑色西装。他的嘴角上扬，满含笑意。在他的身旁，站着莉娜，她穿着缀满虹彩亮片的裙子和一件红色的夹克衫，夹克衫上的肩章有着银色的镶边，闪闪发亮。我们都希望她的那件魔术约束衣很快也会亮相。莉娜的身旁是奥利和伊兹，他俩手牵着手，笑容灿烂。姐弟俩的黑发相得益彰，身上粉、黄、橙色格纹的三件套也是如此。希奥个子最高，一脸自信，身穿一套白色的燕尾礼服。礼服不是他平时常穿的那件，但我们也喜欢看他穿这一件。最边上的那位是瑞德利，她一身粉色的连衣裙，轻盈得像一朵花儿。这可不是她一贯的穿衣风格，但我们知道她为什么要这样穿。因为，她想做一些让人意想不到的事儿。而这，恰恰正是她的行为方式。但她那狂野的卷发和明亮的眼睛却告诉我们——无论外表如何变化，在内心深处，她还是那个女孩。

卡特上前一步，挥舞双手，感谢观众们的热情掌声。“谢谢你，丹特！”他朝着舞台一侧大声说道，“能够站在这里，我们非常荣幸！”转过头来，他整理了一下身上的外套。可就在这时，一张张的扑克牌忽然不断地从他的衣服里往下掉落。

纸牌不停掉落在舞台上，怎么也止不住，卡特好像忽然变成了一个巨大的人形牌盒。他朝观众眨了眨眼，俏皮地说道：“别担心，待会儿我一定把这儿打扫干净。”

莉娜原地旋转了一圈，然后向观众伸出了空空如也的双手。紧接着，她双掌一合，无数五颜六色的彩带便从她的袖子里激射而出，飞散开来，将前几排的观众笼罩其中。其中有一条彩带，正好贴着你的脸颊飘落下来。

双胞胎异口同声地喊道：“一！二！三！”话音刚落，伊兹先是一蹲，然后一跃，便站在了奥利的肩膀上，叠起了罗汉。

希奥伸出舌头，弹出了一声脆响。于是，舞台上顿时传来了鸟儿拍打翅膀的声音。一群鸽子忽然飞了出来，簇拥着一把悬浮在空中的小提琴和琴弓绕着观众回旋了起来。我们都抬起头来观看，紧张又兴奋，直到鸟儿和乐器最后都安全抵达了希奥的身边。他彬彬有礼地鞠了一躬，然后和非凡魔术团的成员们含笑对视了一眼。

瑞德利把轮椅旋转了一圈，当她再度面对观众的时候，她那蓬松轻盈的粉色连衣裙竟然已经变成了一件闪闪发亮的绿色长袍，而她脸上的表情也瞬间变得神秘莫测。但这种神秘是充满善意的神秘，是让你想要一探究竟，让你激动不已，让你希望不断翻看下一页，然后再重新翻看回来继续揣摩的神秘。而就在这时，瑞德利忽然出声喊道：“想看我们为你准备的节目吗？”

你知道瑞德利猜中了你的心思，你已经迫不及待了。谁不想看看他们最近一直在练习的魔术究竟是什么呢？现在，他们终于有时间做自己喜欢做的事情了。有这么一群孩子，他们喜欢琢磨事情的运作规律，喜欢和大家分享他们学到的东西，喜欢让人们开心地微笑。

你意识到自己正在微笑……他们的魔术，确实非凡。

那么你准备好加入他们了吗？准备好加入我们了吗？

很简单，你只需要跟着我重复一遍：

信姆……萨拉……拜姆！

致谢

衷心感谢帮助这个系列第四部成功面世的朋友们。正如任何一个魔术师都会告诉你的那样，一个成功的表演者离不开专业的后台工作人员。所以，在此我要衷心地感谢许多比我更有才华的人。正因为有了他们，本书的人物和故事才能鲜活生动。

这其中，尤其需要感谢的是：来自利特·布朗图书集团青少部的迪尔德尔·琼斯，是她让这辆快速行进的故事列车没有偏离轨道；丹·波布洛基，我们团队的终极代言人；丽茜·玛琳，她的精彩插画吸引了无数眼球；凯尔·希尔顿，了不起的魔术教程插画家；劳拉·诺兰，她是个优雅的督促者；乔纳森·贝米，是我的幕后英雄，不管我在写书还是在做其他事情；提摩西·梅奥拉，我杰出的助手，是我的右臂。他帮我处理了那么多事情，所以也是我的左膀。但没有了双臂我可就没手打字了，所以还是称呼他为我的右臂吧。

同时，我还要感谢所有读完《非凡魔术团》系列作品的读者。诸位学到了魔术课程，破译了密码，练习了表演技巧，养成了练习魔术的好习惯……好吧，诸位做得真是太棒了。我的文字竟然能帮助大家收获这么多东西，这可是我从来都没有想到过的。能看到你们这么快就跟魔术交上朋友，我由衷地感到无比的荣幸。

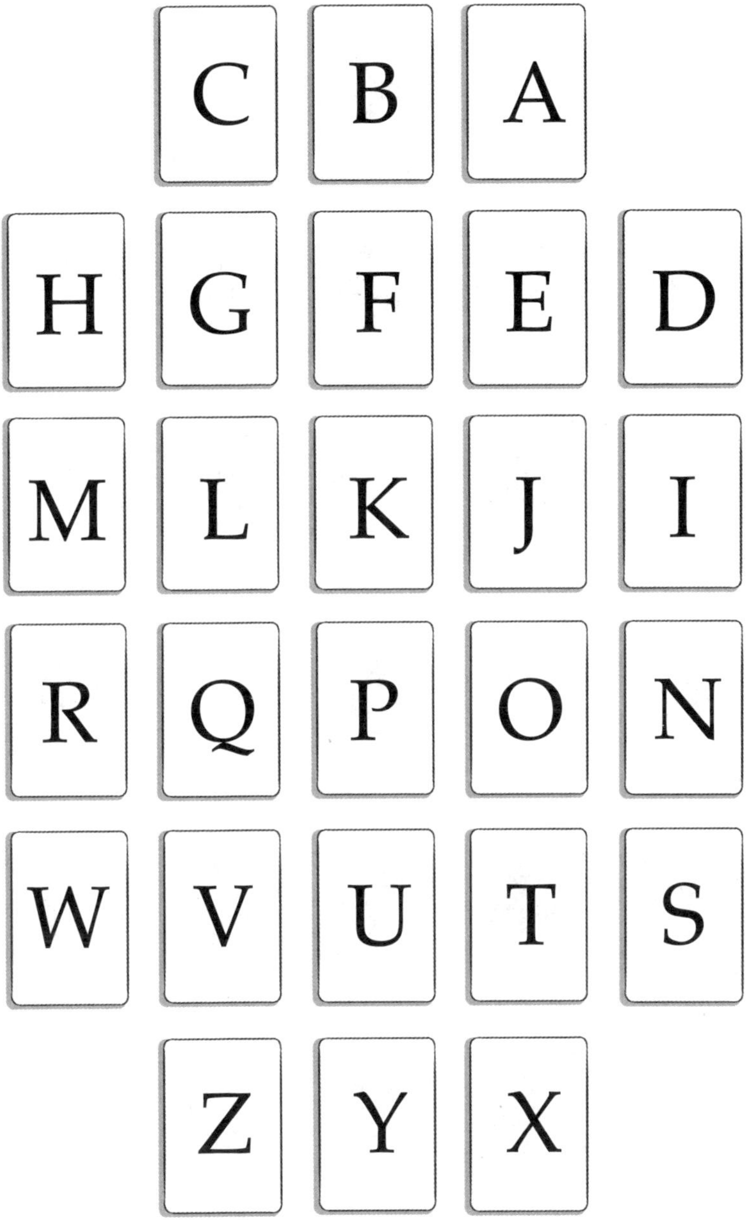
C B A
H G F E D
M L K J I
R Q P O N
W V U T S
Z Y X

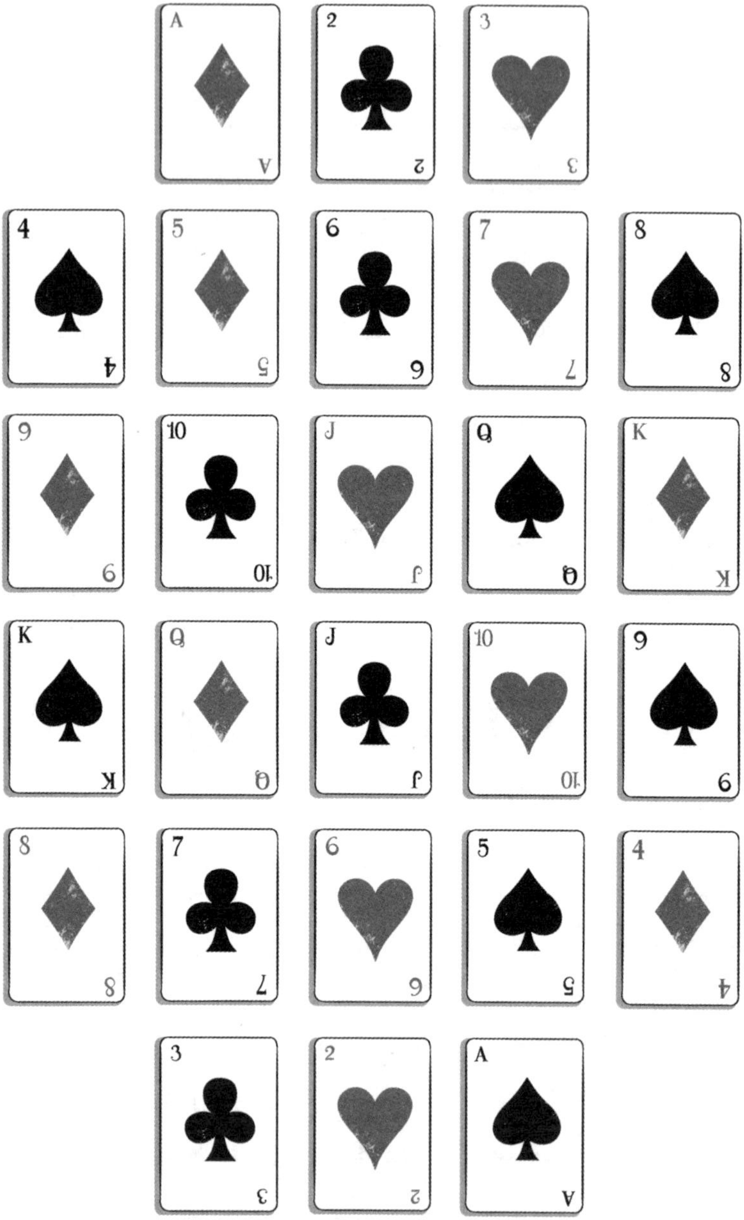

中华现代学术名著丛书

《中华现代学术名著丛书》

【第一辑　四十种】	
马氏文通	马建忠
国故论衡	章太炎
王国维文学论著三种	王国维
吴梅词曲论著四种	吴　梅
中国中古文学史 汉魏六朝专家文研究	刘师培
中国文学批评史（上、下）	郭绍虞
甲骨文字释林	于省吾
中国俗文学史	郑振铎
汉语语音史	王　力
红楼梦辨	俞平伯
中国韵文史	龙榆生
汉魏六朝诗论丛	余冠英
台湾通史（上、下）	连　横
秦汉史	吕思勉
中国史学史	金毓黻
史学要论	李守常
中国通史简编（上、下）	范文澜
国史大纲（上、下）	钱　穆
中国史纲（一、二卷）	翦伯赞
春秋史	童书业
魏晋南北朝史论丛	唐长孺
明清社会经济史论文集	傅衣凌
西夏史稿	吴天墀
中国伦理学史（外一种）	蔡元培
新唯识论	熊十力
东西文化及其哲学	梁漱溟
科学与玄学	罗志希
中国艺术精神	徐复观
论逻辑经验主义	洪　谦
九朝律考	程树德
比较宪法	王世杰　钱端升
中国法律与中国社会	瞿同祖
中国民治论	鲍明钤
中国官僚政治研究	王亚南
通货新论	马寅初
中国经济思想史	唐庆增

《中华现代学术名著丛书》

中国厘金史	罗玉东
北平生活费之分析	陶孟和
论社会学中国化	吴文藻
第四种国家的出路	吴景超

【第二辑　三十种】

目录学发微 古书通例	余嘉锡
积微居小学金石论丛	杨树达
现代中国文学史（外一种:明代文学）	钱基博
等韵源流	赵荫棠
诗言志辨 经典常谈	朱自清
话本小说概论（上、下）	胡士莹
司马迁之人格与风格 道教徒的诗人李白及其痛苦	李长之
明清史讲义（上、下）	孟　森
国史要义	柳诒徵
中国南洋交通史	冯承钧
通史新义	何炳松
魏晋清谈思想初论	贺昌群
中国救荒史	邓云特
认识论	张东荪
科学方法论 科学概论	王星拱
中国哲学史大纲	胡　适
知识论（上、下）	金岳霖
法相唯识学	太　虚
陈康：论希腊哲学	陈　康
康德的知识学	齐良骥
中国文化的展望	殷海光
中国道教史	傅勤家
监狱学	孙　雄
中国法制史概要	陈顾远
新政治学大纲	邓初民
财政学	何　廉　李　锐
中国之棉纺织业	方显廷
中国田制史	万国鼎
南洋华侨与闽粤社会	陈　达
文化人类学	林惠祥

《中华现代学术名著丛书》

【第三辑　三十五种】	
中国小说史略（外一种：汉文学史纲要）	鲁　迅
现代吴语的研究	赵元任
古典新义	闻一多
谈艺录	钱锺书
唐诗综论	林　庚
中古文学史论	王　瑶
中国近三百年学术史（新校本）	梁启超
通鉴胡注表微	陈　垣
隋唐制度渊源略论稿 唐代政治史述论稿	陈寅恪
中国古代社会研究	郭沫若
古史辨自序（上、下）	顾颉刚
安阳	李　济
绿营兵志	罗尔纲
东汉的豪族	杨联陞
佛道散论	蒙文通
中国哲学史（上、下）	冯友兰
艺境	宗白华
西方美学史（上、下）	朱光潜
近代唯心论简释	贺　麟
康德学述	郑　昕
历代刑法考（上、下）	沈家本
中国商事法	刘朗泉
中国近百年政治史	李剑农
中国政治思想史（上、下）	萧公权
中国国民所得（一九三三年）（外一种：国民所得概论）	巫宝三
中国棉纺织史稿	严中平
当代中国社会学	孙本文
乡土中国　生育制度　乡土重建	费孝通
滕固美术史论著三种	滕　固
中国古代服饰研究	沈从文
A GRAMMAR OF SPOKEN CHINESE 中国话的文法	Yuen Ren Chao 赵元任
MODERN DEMOCRACY IN CHINA 中国民治主义	Mingchien Joshua Bau 鲍明钤
THE GOVERNMENT AND POLITICS OF CHINA 中国的政府与政治	Ch'ien Tuan-sheng 钱端升

中华现代学术名著丛书

《中华现代学术名著丛书》

THE POST-WAR INDUSTRIALIZATION OF CHINA, INDUSTRIAL CAPITAL IN CHINA 战后中国之工业化 中国之工业资本	H. D. Fong 方显廷
LAW AND SOCIETY IN TRADITIONAL CHINA 中国法律与中国社会	T'ung-Tsu Ch'ü 瞿同祖

【第四辑　三十种】

中国旧小说考证	胡　适
文心雕龙札记	黄　侃
卢前曲学论著三种	卢　前
孟姜女故事研究及其他	顾颉刚
中国目录学史	姚名达
校雠学	向宗鲁
唐五代西北方音	罗常培
中国文法要略	吕叔湘
清史探微	郑天挺
中国文化史（上、下）	陈登原
中国文化与中国的兵	雷海宗
佛学研究十八篇（校点本）	梁启超
中国景教	朱谦之
德国古典美学	蒋孔阳
神学四讲	赵紫宸
法律哲学导论	居　正
民国司法志	汪楫宝
国际法大纲	周鲠生
罗马法原论（上、下）	周　枏
马克思的政治思想	吴恩裕
欧美各国现行宪法析要	龚　钺
经济史：历史观与方法论	吴承明
从古典经济学派到马克思	陈岱孙
中国历史上的基本经济区	冀朝鼎
中国教育改造	陶行知
平民教育与乡村建设运动	晏阳初
中国教育制度沿革史	郭秉文
COTTON INDUSTRY AND TRADE IN CHINA 中国之棉纺织业	H. D. Fong 方显廷
KEY ECONOMIC AREAS IN CHINESE HISTORY 中国历史上的基本经济区	Ch'ao-Ting Chi 冀朝鼎
THE CHINESE SYSTEM OF PUBLIC EDUCATION 中国教育制度沿革史	Ping Wen Kuo 郭秉文

商務印書館
创于1897 The Commercial Press

陈 岱 孙

(1900—1997)

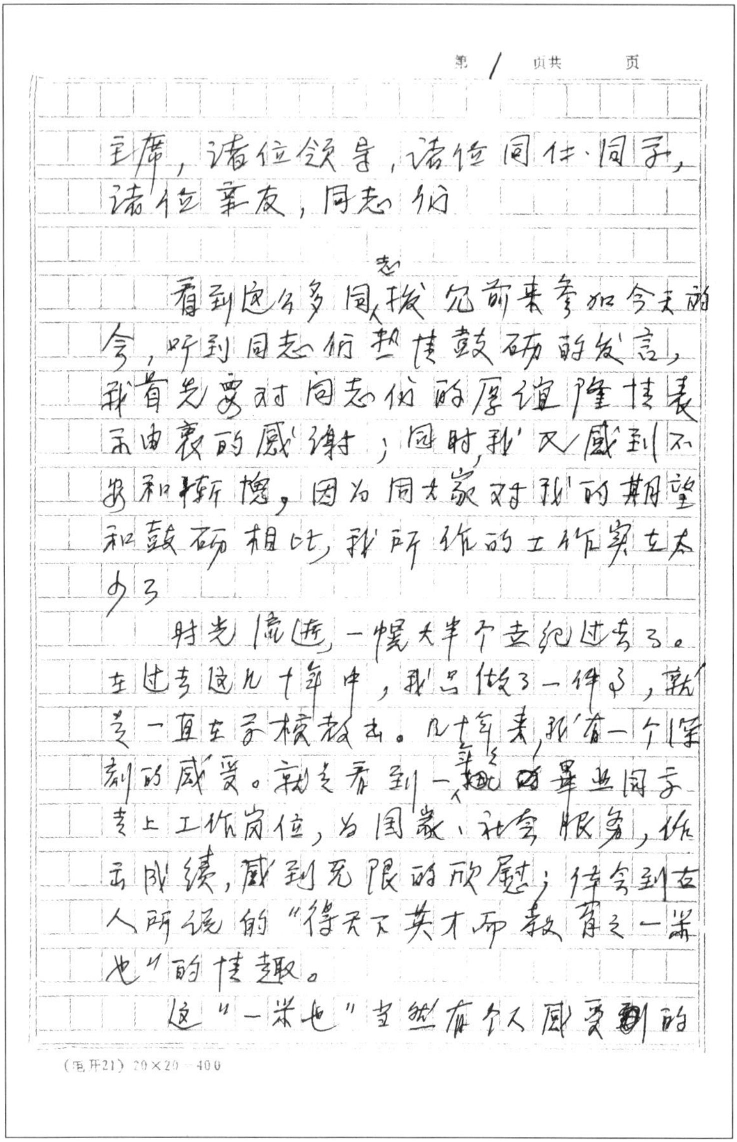
第 1 页共 页

主席，诸位领导，诸位同仁、同学，
诸位亲友，同志们：

看到这么多同志拨冗前来参加今天的会，听到同志们热情鼓励的发言，我首先要对同志们的厚谊隆情表示由衷的感谢；同时我又感到不安和惭愧，因为同大家对我的期望和鼓励相比，我所作的工作实在太少了。

时光流逝，一幌大半个世纪过去了。在过去这几十年中，我只做了一件事，就是一直在学校教书。几十年来我有一个深刻的感受，就是看到一批批的毕业同学走上工作岗位，为国家、社会服务，作出成绩，感到无限的欣慰；体会到古人所说的“得天下英才而教育之一乐也”的情趣。

这“一乐也”当然在个人感受到的

(电开21) 20×20=400

作者手迹

出版说明

百年前，张之洞尝劝学曰："世运之明晦，人才之盛衰，其表在政，其里在学。"是时，国势颓危，列强环伺，传统频遭质疑，西学新知亟亟而入。一时间，中西学并立，文史哲分家，经济、政治、社会等新学科勃兴，令国人乱花迷眼。然而，淆乱之中，自有元气淋漓之象。中华现代学术之转型正是完成于这一混沌时期，于切磋琢磨、交锋碰撞中不断前行，涌现了一大批学术名家与经典之作。而学术与思想之新变，亦带动了社会各领域的全面转型，为中华复兴奠定了坚实基础。

时至今日，中华现代学术已走过百余年，其间百家林立、论辩蜂起，沉浮消长瞬息万变，情势之复杂自不待言。温故而知新，述往事而思来者。"中华现代学术名著丛书"之编纂，其意正在于此，冀辨章学术，考镜源流，收纳各学科学派名家名作，以展现中华传统文化之新变，探求中华现代学术之根基。

"中华现代学术名著丛书"收录上自晚清下至20世纪80年代末中国大陆及港澳台地区、海外华人学者的原创学术名著（包括外文著作），以人文社会科学为主体兼及其他，涵盖文学、历史、哲学、政治、经济、法律和社会学等众多学科。

出版“中华现代学术名著丛书”，为本馆一大夙愿。自1897年始创起，本馆以“昌明教育，开启民智”为己任，有幸首刊了中华现代学术史上诸多开山之著、扛鼎之作；于中华现代学术之建立与变迁而言，既为参与者，也是见证者。作为对前人出版成绩与文化理念的承续，本馆倾力谋划，经学界通人擘画，并得国家出版基金支持，终以此丛书呈现于读者面前。唯望无论多少年，皆能傲立于书架，并希冀其能与“汉译世界学术名著丛书”共相辉映。如此宏愿，难免汲深绠短之忧，诚盼专家学者和广大读者共襄助之。

商务印书馆编辑部

2010年12月

凡　　例

一、“中华现代学术名著丛书”收录晚清以迄20世纪80年代末，为中华学人所著，成就斐然、泽被学林之学术著作。入选著作以名著为主，酌量选录名篇合集。

二、入选著作内容、编次一仍其旧，唯各书卷首冠以作者照片、手迹等。卷末附作者学术年表和题解文章，诚邀专家学者撰写而成，意在介绍作者学术成就，著作成书背景、学术价值及版本流变等情况。

三、入选著作率以原刊或作者修订、校阅本为底本，参校他本，正其讹误。前人引书，时有省略更改，倘不失原意，则不以原书文字改动引文；如确需校改，则出脚注说明版本依据，以“编者注”或“校者注”形式说明。

四、作者自有其文字风格，各时代均有其语言习惯，故不按现行用法、写法及表现手法改动原文；原书专名（人名、地名、术语）及译名与今不统一者，亦不作改动。如确系作者笔误、排印舛误、数据计算与外文拼写错误等，则予径改。

五、原书为直（横）排繁体者，除个别特殊情况，均改作横排简体。其中原书无标点或仅有简单断句者，一律改为新式标点，专名号从略。

六、除特殊情况外，原书篇后注移作脚注，双行夹注改为单行夹注。文献著录则从其原貌，稍加统一。

七、原书因年代久远而字迹模糊或纸页残缺者，据所缺字数用“□”表示；字数难以确定者，则用“（下缺）”表示。

目　　录

前　　言

这本书是在1975—1977年间为北京大学经济系同学作的经济学说史专题讲座的基础上编写的。

在编写过程中，对讲座的内容作了一些增改，但仍残留着讲座格局的若干痕迹。书中的各章原为讲座的几个专题。作为专题，它们带有一定的独立性；一些论点在各题中有关处，不免有些重复。在编写时，虽然也适当地考虑到各章间的联系，但前后仍未能一贯。讲座的对象是当时正在学习《资本论》的同学。他们对政治经济学一般原理都已熟悉，对《资本论》的主要内容也基本上了解。因此，讲座有意地对一般教材中详处略之，略处则详之；有时还涉及一些有争辩的论点。编写时仍为这思想所囿，各章中若干论述仍有畸轻畸重之处。

本书初稿写成后，曾经北京大学经济系胡代光、范家骧、厉以宁、商德文、靳兰征、晏智杰等同志分别审阅，提出宝贵意见，给定稿以极大的帮助。对此，作者特表诚挚的感谢。但书中一切观点的文责仍应由作者自负。

陈岱孙

北京·1979年3月15日

序　论

马克思写道:“政治经济学作为一门独立的科学,是在工场手工业时期才产生的。”[①]人类有文字记载的历史上不同的社会形态都有其经济思想。开始于十七世纪中叶的近代政治经济学,是以资本主义生产方式确立后的资产阶级的意识形态出现的。

近代政治经济学开始时期的古典学派以研究资本主义生产方式的生产和交换的规律为任务。“它从批判封建的生产形式和交换形式的残余开始,证明它们必然要被资本主义形式所代替,然后把资本主义生产方式和相应的交换形式二者的规律从正面,即从促进一般的社会目的的方面来加以阐述。”[②]但是古典经济学家的研究到此为止了。由于阶级的局限性,他们把资本主义看作自然和永恒的社会制度,从而既不能在正面的阐述中对资本主义的经济规律予以辩证的、历史的评析,又不能对资本主义生产方式进行批判,“从反面来叙述它的规律,证明这种生产方式由于它本身的发展,已达到使它自己不可能再存在下去的地步”[③]。而在十九世纪三十年代,英法两国资产阶级夺取了政权,阶级斗争在实践和理论上采取了日益鲜明的和带有威胁性的形式之后,资产阶级“政治

① 马克思:《资本论》第1卷,《马克思恩格斯全集》第23卷,第404页。

② 恩格斯:《反杜林论》,《马克思恩格斯全集》第20卷,第164页。

③ 同上。

经济学作为科学已走完了它的道路”①。此后，辩解的意图代替了科学的探讨，庸俗经济学代替了古典经济学而成为资产阶级经济学的统治思想。时代的要求为近代政治经济学的变革和发展提出了任务。

马克思主义政治经济学的建立标识着经济科学的革命变革。它批判地继承了古典学派的研究成果，创立了和资产阶级经济学相对立的无产阶级政治经济学。它“一方面说明资本主义生产方式的历史联系和它对一定历史时期的必然性，从而说明它灭亡的必然性，另一方面揭露这种生产方式内部的一直还隐蔽着的性质”②，从而揭破资本主义生产的秘密。它是近代工人运动的科学理论基础，是无产阶级为推翻资本主义，建成共产主义而进行革命斗争的强大思想武器。

（一）

古典政治经济学产生于十七世纪中叶，完成于十九世纪初。它是资本主义制度确立和上升时期的资产阶级经济理论体系。但它还不是对资本主义经济理论研究的开端。对资本主义作最初理论研究的是从十五世纪末到十七世纪下半叶的重商主义。重商主义是这一时代的商业资本要求的反映。商业资本是近代产业资本的直接前提。但商业资本本身不能创造一个新时代和一个新的生

① 马克思：《剩余价值理论》第三册，《马克思恩格斯全集》第26卷Ⅲ，第558页。

② 恩格斯：《反杜林论》，《马克思恩格斯全集》第20卷，第30页。

产方式。前提的作用取决于当时一定的历史条件。马克思说过："商人资本的发展就它本身来说，还不足以促成和说明一个生产方式到另一个生产方式的过渡"①；如果这个时期"商业的突然扩大和新世界市场的形成，对旧生产方式的衰落和资本主义生产方式的勃兴，产生过非常重大的影响，那末，相反地，这种情况是在已经形成的资本主义生产方式的基础上发生的"②。由于在欧洲封建制度末期，资本主义生产力和生产关系的萌芽已孕育在封建制度的内部，商业资本才成为资本主义生产方式产生的准备条件。但所不可忽视的是商业资本，作为谋求一个国家物质利益的力量，取得了逐渐压倒一切的地位，而利润，作为首先以让渡收入的国际贸易利润出现的资本收入和其派生的利息，取得了公开的确认，打破了从古代一直遗留下来的对于商人资本和高利贷的偏见。

古典经济学是产业资本要求的反映。产业资本是"借交换直接的、活的劳动力而保存下来并增殖起来"的"一种属于社会一部分的力量"③，是资本主义雇佣劳动制的特殊历史条件下的新范畴。它既不同于古代或中古的高利贷资本和商业资本，也不同于作为它的直接前提的封建末期的商业资本。

古典经济学以反对封建主义为基本任务。但在十八世纪末以前，它却同时又强烈地反对反映商业资本要求的重商主义。一方面，在特权、垄断、国家干涉等问题上，重商主义和封建主义有其共性，而经济自由主义为追求经济剥削自由的产业资本的时代要求，另一方面，重商主义虽然在本质上和封建主义对立，但在政策推行

---

① 马克思：《资本论》第3卷，《马克思恩格斯全集》第25卷，第366页。

② 同上书，第372页。

③ 马克思：《雇佣劳动与资本》，《马克思恩格斯全集》第6卷，第488页。

上,又和封建王朝有密切的关系。在英国,重商主义政策是由商业资本家发动的,但却要求并得到王权的大力支持。在法国,作为结合国库利益、巩固专制制度的措施,它几乎完全由政府发动、执行。所以,在这个时期,反对封建主义必然反对重商主义,而反对重商主义也意味着反对封建主义。

古典经济学者所考察的是资本主义社会。他们所探讨的是资本主义生产方式的经济规律。但由于他们缺乏历史观点,他们把资本主义看作自然的、永恒的制度,从而把资本主义的特殊经济规律当作适用于一切生产方式的普遍规律,这是古典经济学派的一个主要缺点。这个缺点是他们许多理论错误的根本原因。他们这种超历史观点说明了,为什么他们不能进一步从对资本主义经济规律的反面叙述来完成恩格斯所称的,“只限于资本主义生产方式的发生和发展”①的狭义政治经济学。

威廉·配第(William Petty,1623—1687年)和皮埃尔·布阿吉尔贝尔(1646—1714年)是英法两国早期资产阶级古典政治经济学派的代表②。马克思写道:“古典政治经济学在英国从威廉·配第开始,到李嘉图结束,在法国从布阿吉尔贝尔开始,到西斯蒙第结束”③。

配第和布阿吉尔贝尔都没有一套完整的经济理论体系。马克思说过:“十七世纪的经济学家总是从生动的整体,从人口、民族、

① 恩格斯:《反杜林论》,《马克思恩格斯全集》第20卷,第164页。

② 配第的主要著作为《赋税论》(1662年),《政治算术》(1690年),《爱尔兰政治解剖》(1691年),《货币略论》(1695年)。布阿吉尔贝尔的主要著作为《法兰西详情》(1695年),《谷物论》,《货币缺乏的原因》,《论财富、货币、租税的性质》等(约在1697—1707年)。

③ 马克思:《政治经济学批判》,《马克思恩格斯全集》第13卷,第41页。

国家、若干国家等等开始;但是他们最后总是从分析中找出一些有决定意义的抽象的一般的关系,如分工、货币、价值等等”。[①] 他们都是在对当时英、法社会上出现的一些具体经济问题所作的分析和建议中,提出了片断的经济理论的。其中最重要的,如他们所分别提出的劳动价值理论的一些最根本命题,和配第的实际上是剩余价值理论表述形式的地租论和利息论等,都为古典政治经济学的主要理论奠定了基础。

马克思说:“真正的现代经济科学,只是当理论研究从流通过程转向生产过程的时候才开始。”[②]以配第和布阿吉尔贝尔为代表的早期古典学派的理论标识着这个过渡的开端。在这以前的重商主义者站在商人立场上考察商业资本运动。商业资本虽然剥削劳动但不组织劳动。所以他们所研究的只是流通领域,所注意的只是在流通领域中商品间和商品所有者间的交换关系。随着资本主义的发展,逐渐取代商业资本的产业资本不但剥削劳动还组织劳动,而且恰恰是通过组织劳动而剥削劳动。反映产业资本要求的古典学派的理论分析必然要从流通领域过渡到生产领域。他们所注意的必然要透过事物外表的交换关系,发现反映事物本质的生产关系。理论研究从流通领域向生产领域的过渡也就以研究对象从交换关系向生产关系的过渡为特征。

诚然,马克思在论述商品拜物教时,曾经提出:由于劳动产品采取了商品形式,生产者私人劳动的社会关系,就“不是表现为人们在自己劳动中的直接的社会关系,而是表现为人们之间的物的

① 马克思:《〈政治经济学批判〉导言》,《马克思恩格斯全集》第 12 卷,第 750—751 页。

② 马克思:《资本论》第 3 卷,《马克思恩格斯全集》第 25 卷,第 376 页。

关系和物之间的社会关系”[①]。他又说：“后来科学发现，劳动产品作为价值，只是生产它们时所耗费的人类劳动的物的表现，这一发现在人类发展史上划了一个时代，但它决没有消除劳动的社会性质的物的外观。”[②]

但是，不能把劳动价值论的发现还没有消除商品拜物教外观一事解释为古典学派发现价值决定于劳动，把理论研究从流通领域转向生产领域时，还没有透过对交换关系的表象考察进入到生产关系的研究。实际上，马克思在《资本论》第一卷第一篇的另一个地方明白地写道：“我断然指出，我所说的古典政治经济学，是指从威·配第以来的一切这样的经济学，这种经济学与庸俗经济学相反，研究了资产阶级生产关系的内部联系”[③]。马克思还说过：李嘉图曾指出，商品价值决定于劳动时间的规律“也支配着似乎同它矛盾最大的资产阶级生产关系”[④]。

配第要在“政治价格”后面找出“自然价格”，布阿吉尔贝尔则要在“市场价格”后面找出“真正价值”。对他们来说，“政治价格”或“市场价格”只是交换关系，是表象，而作为市场交换关系的基础的“自然价格”或“真正价值”的探讨则把理论带入了生产领域，涉及人作为生产者，劳动作为生产因素间的关系。布阿吉尔贝尔对价值由劳动时间决定的解释最清楚地表达了这一点。“他用个人劳动时间在各个特殊产业部门间分配时所依据的正确比例来决定‘真正价值’，并且把自由竞争说成是造成这种正确比例的社

① 马克思：《资本论》第1卷，《马克思恩格斯全集》第23卷，第90页。
② 同上书，第91页。
③ 同上书，第98页注(32)。
④ 马克思：《政治经济学批判》，《马克思恩格斯全集》第13卷，第50页。

会过程”①。这意味着在存在着灵活市场价格和行业间劳动和资本的自由转移条件下，资本能在不同的产业部门间，依照市场对于不同商品的需求，自由调配劳动，以取得其最有效的利用，从而不但保证在全部生产范围内工资和利润的平均化，而且保证市场中商品交换的比例符合于它们所包含的劳动量的比例。因此，交换的关系反映了生产的关系，前者受后者的制约。古典学派的其他关于资产阶级生产关系的内部联系的研究都是以这一基本认识为起点的。

我们应当肯定古典学派突破重商主义者囿于交换关系考察的局限，进入了资产阶级生产关系内部研究的科学意义。这个转变开了此后确认生产关系为政治经济学对象的先河。但是古典学派没完成这个转变过程。首先，他们仍然不能摆脱物的外观的迷惑。在研究资产阶级社会内部联系时，他们只注意于各经济范畴之间量的关系的分析，而忽略了它们之间的质的关系。其次，他们忽视了资本主义生产关系中最主要的关系，即无产阶级和资产阶级之间的阶级关系。虽然他们的论述涉及了资产阶级社会各阶级利益的对立，但他们却把这种阶级关系看作自然决定的关系。其三，虽然他们所涉及的是资本主义的生产关系，但他们却把资本主义生产关系当作一般的生产关系，从而他们的研究不能揭示资本主义生产方式运动的本质和发展规律。这就取消了他们对于资产阶级生产关系内部联系研究的灵魂。

必须指出，古典学派之后的资产阶级庸俗经济学家背离了古典学派在研究方向上所实现的转变。李嘉图之后的庸俗经济学的

① 马克思:《政治经济学批判》,《马克思恩格斯全集》第13卷,第43—44页。

全部倾向是放弃对资本主义生产关系的探讨，或者说，把政治经济学的范围又恢复或缩小到抽象于一定社会生产方式的交换关系。这个庸俗化的过程，到了十九世纪四、五十年代已臻完成。而十九世纪下半叶的庸俗经济学在这问题上只是起了推波助澜的深化作用。因此，在十九世纪四十——六十年代，这也成为对古典学派批判继承的经济学科学变革的一个关键。

以弗朗斯瓦·魁奈（Francois Quesnay，1694—1774 年）和罗伯特·杜尔哥（Anne-Robert-Jacgues Turgot，1727—1781 年）为代表①的法国重农学派出现于十八世纪五十到七十年代，比布阿吉尔贝尔约晚半个世纪。重农主义体系是法国大革命前夕资产阶级要求的反映。

马克思揭露了重农主义的阶级本质。马克思写道："重农主义体系是对资本主义生产的第一个系统的理解"②。它"实质上是宣告在封建废墟上建立资产阶级生产制度的体系"③。但是马克思又指出，重农主义者，尤其是魁奈的"经济学家"派的理论带有浓厚的封建外观；"这个体系宁可说是封建制度即土地所有权统治的资产阶级式的再现"，"封建主义是从资产阶级生产的角度来加以表述和说明的，……这样，封建主义就具有了资产阶级的性质，资产阶级社会获得了封建主义的外观"④。这个外观不但欺骗了别人也迷惑了他们自己。他们所刻划的实际上是一个新的资本主义的生产

① 魁奈的主要经济著作为《租地农场主论》（1756 年），《谷物论》（1757 年），《经济表》（1758 年）。杜尔哥的主要经济著作为《关于财富的形成和分配的考察》（1766 年）。

② 马克思：《资本论》第 2 卷，《马克思恩格斯全集》第 24 卷，第 399 页。

③ 马克思：《剩余价值理论》第一册，《马克思恩格斯全集》第 26 卷Ⅰ，第 28 页。

④ 同上书，第 23、24 页。

方式,但他们却认为他们只是要求对旧的封建主义生产方式作些改良。

自然秩序是重农主义的整个经济思想体系的基础。它是在当时法国启蒙学派思想影响下形成的。启蒙学派所企求的理性和永恒正义的王国是资产阶级社会制度。重农主义者的自然秩序,同样地也只是理想化的资本主义社会秩序,但它却以封建的外观出现。首先,他们认为自然秩序是上帝为了人类的幸福而安排的秩序,是神的意志的体现。其次,他们把认识自然秩序和根据自然秩序来制定人为秩序的责任寄托在"开明君主"身上。甚至如杜尔哥这样一个在其理论体系中似乎消除了封建外观的人物,也未能摆脱一般重农主义者的这种幻想,而把中国皇帝理想化为体现自然秩序的"开明君主"的典型化身。①

封建外观掩盖但没有抹煞自然秩序学说体现资产阶级要求的本质。重农主义者把自然秩序和他们所认为的违反自然秩序的、处于疾病状态的法国当时社会的人为秩序对立起来,就是把理想化的资本主义社会和封建主义社会对立起来,把批判的矛头指向后者。这样,他们就在当时剧烈的阶级斗争中,为资产阶级反对封建制度的经济理论提供了哲学基础。

---

① 杜尔哥的《关于财富的形成和分配的考察》一书本来是他在 1766 年底为两个在法国留学行将回国的中国学生写的。当时一般重农主义者都认为中国是开明统治的故乡,中国的"天子"是"开明君子"的典型。这两个学生被委托于回国后,将中国国内情况向法国的师友提出报告,以印证他们这种幻想。杜尔哥草拟了一系列的问题,让他们在报告中作答。为了使他们明了这些问题的目的和意义,他在问题前写了一篇分析性的引言。1769 年,由于杜邦·德·奈穆尔的劝说,杜尔哥将这篇文章投稿于奈穆尔主编的重农学派的刊物《公民历书》,分期登载于 1769 年的 11、12 月号和 1770 年的 4 月号。

自然秩序学说第一次明显地确认了在人类社会中存在着不以人们意志为转移的客观规律,从而为经济学提出了认识客观规律的任务。这是重农主义者的科学功绩。以后的古典经济学家都是沿着这条道路前进的。亚当·斯密的"一只看不见的手",实际上只是丢掉封建外观的自然秩序。李嘉图摒弃了自然秩序而以功利主义为出发点,但他的体系也完全建立在确认自然规律的存在的基础上。这个认识已成为古典经济学的传统。

这一传统的重要性在于它创立了把社会经济看作是一个可测定的制度的概念。这个概念意味着社会经济受着一定客观规律的制约,范畴之间有其相互的内在联系,事物的发展存在着理论上的可预测性。资产阶级古典政治经济学的全部理论和经济政策就是建立在这个概念上面的。

重农学派的错误,同时也是一切古典经济学家的错误在于他们把资本主义生产方式看作自然的永恒的生产方式。因此,他们也就把仅仅支配资本主义生产方式的特殊规律当作支配一切社会形态的永恒不变的规律。马克思指出:"重农学派的巨大功绩是,他们把这些形式看成社会的生理形式,即从生产本身的自然必然性产生的,不以意志、政策等等为转移的形式。这是物质规律,错误只在于,他们把社会的一个特定历史阶段的物质规律看成同样支配着一切社会形式的抽象规律。"①

重视农业是法国古典经济学的特点和民族传统。布阿吉尔贝尔自称为农业辩护人。重农主义者则把这一观点加以系统化和理论化,以"纯产品"学说为这一观点的理论支柱。在表面上,重农主

① 马克思:《剩余价值理论》第一册,《马克思恩格斯全集》第26卷Ⅰ,第15页。

义者重视农业的主张似乎只是为了巩固封建制度而提出的对改良农业地位的呼吁。他们以重农反对重商，猛烈地批评重商主义。在表面上，他们又似乎只是维护一般农业的立场而反对商业。但在这个外观下面，不难看到重农主义者所说的农业并不是当时还基本上存在于法国各地区的封建农业，而是在法国北部某些地区刚刚露出苗头的、和封建农业相对立的资本主义农业。魁奈的《经济表》所描绘的农业，既不是农奴制的或者仍处于半农奴制形态的封建农业，也不是自耕农，甚至贫小佃农的小农业，而是以雇佣劳动为基础的租地经营大农场的大农业。这种大农业就是魁奈的社会阶级分析的出发点，就是他的"纯产品"学说的基础。而他的社会资本再生产和流通的分析又是以这种大农业的存在为既定条件的。还可以进一步说，重农主义者为农业呼吁也还只是一个形式。他们的体系实质上反映着资产阶级以资本主义生产取代封建主义生产的要求。由于在"柯尔培尔主义"①扶植下，法国工商业靠牺牲农业而发展，在当时经济生活和人们意识中，农业是和工商业对立的；由于农民的贫困和农村破产所引起的农村中阶级分化和资本主义农业在北部地区的开始滋长，又给人们以对于农业的错觉；"经济学家"们就臆想以新农业来改造封建制度。这个新途径，实际上是通过发展农业来发展资本主义，以农业资本主义来概括资本主义生产。所以马克思说：重农主义体系是对资本主义生产的

① 柯尔培尔（一译柯尔柏，1619—1683 年），1615 年起任法国财政大臣，并逐渐成为宫廷内外政策的实际决策人。任内奉行重商主义政策，通称柯尔培尔主义。主要内容为发展工业，扩大输出，减少输入，争取贸易顺差，增加国库收入。还兴办"王家"手工工场，发展商业和运输业，创立专利特权公司，加强掠夺殖民地。柯尔培尔主义促进了法国资本主义的发展，但不能根本改变其封建主义的基础。

第一个系统的理解,“产业资本的代表——租地农场主阶级——指导着全部经济运动。农业按资本主义方式经营,就是说,作为大规模的资本主义租地农场主的企业经营;土地的直接耕作者是雇佣工人。生产不仅创造使用物品,而且也创造它们的价值;而生产的动机是获得剩余价值”①。

以农业资本主义来概括资本主义生产充分表现在以农业资本来概括资本。魁奈在《经济表》中,就曾分析了资本在劳动过程中借以存在并分解成的物质组成部分(工具、原料等);研究了资本在流通中所采取的形式(固定资本和流动资本);并一般地确定了资本的流通过程和再生产过程的联系。

范畴式的分析并不妨碍魁奈等人采取一些独特的形式以阐明资本的地位和作用。大农和小农,大耕作和小耕作的划分是他们阐明资本作用的出发点。在《经济表》中,大耕作已经是一个假设。二者的划分首见于魁奈发表于《百科全书》的两篇论文(《租地农场主论》和《谷物论》)中。在这两篇论文中,他区别了三种耕作技术:只用人力的耕种技术,牛拉犁耕作技术,马拉犁耕作技术。他立即把人力耕作技术排除出去,认为这种耕作技术产量最低,农民终年劳苦所得仅足糊口,不生产任何“纯产品”,从而也不提供地租。后两种耕作技术产量较大。农民除了维持生活并进行再生产外,还有剩余产品能够提供地租。魁奈对这两种耕作技术的效果作了详细的比较分析。他认为牛耕技术所生产的“纯产品”,从而所能提供的地租量,约为年预付的30%而强,而马耕技术所生产的“纯产品”,亦即所能提供的地租量,约为年预付的100%而弱。魁

① 马克思:《资本论》第2卷,《马克思恩格斯全集》第24卷,第399页。

奈称牛耕为小耕作而称马耕为大耕作。从为地主利益着想的角度出发,魁奈认为最有利于地主的做法是把土地租给能提供大量资金,采用马耕经营的农民,亦即租地农场主。只有在找不到租地农场主时,地主才采用分益佃农制,把土地交给分益佃农耕种,由地主提供牛耕的投资。魁奈的基本的《经济表》(见于1758—1759年的一二三版,1766年的《经济表解释》等版本)以比例于年预付的100%"纯产品"为假设,也就是以租地农场主的资本主义大农业为对象。所以,《经济表》所描述的只能是资本主义农业。虽然它以生产阶级、不生产阶级和土地所有者阶级作为以流通为媒介的社会再生产过程承担者的三个社会阶级,但它实际上已把"'生产'劳动的直接剥削者,剩余价值的生产者,资本主义的租地农场主,和那些剩余价值的单纯占有者区别开来了"①。

值得注意的是,魁奈的三种农业耕作技术的分析,实际上把以地租形式出现的剩余价值和投资于农业的资本联系起来了。一般说来,重农主义者都不大着意于解答为什么只有农业才产生"纯产品"的问题。魁奈的《经济表》,在对比农业和工商业时,也是以之为假定的。他们总认为这是一个不言而喻的现实。但在许多重农主义者著作中,仍然不难列举诸如"土地是一切产品的源泉","除用于土地者外,任何其他劳动都是不生产的,因为人不是创造者","'纯产品'是土地给与耕作者的纯礼物",甚至于"土地的产力来自造物主的权能"等一类说法。所以,如果重农主义者被要求对"纯产品"的来源作出一个直截了当的答案,他们只能把它归结为土地自然力的赐予。但实际上,"自然赐予"的观点还是一个

① 马克思:《资本论》第2卷,《马克思恩格斯全集》第24卷,第399页。

外观。它是以“纯产品”源于土地的自然产力、以地主为土地的所有者两个前提，为“纯产品”应以地租的形式归于地主的论证服务的。从魁奈的上述论文所作的农业耕作技术分析中，就会发觉农业的增产不依存于土地的自然产力，而依存于技术上的集约投资，“纯产品”不是“自然的赐予”，而是农业资本的收益。因为，只用人力的耕作是没有投资或投资极少的农业；它不生产“纯产品”。牛耕或小耕作是投资较少的农业；它生产较少量的“纯产品”。马耕或大耕作是投资大的资本主义农业；它生产较大量的“纯产品”。土地的自然产力是一个恒量，但“纯产品”却由于投资的有无和集约程度不同，而有极大的差别。因此，“纯产品”的有无和多寡并不系于土地生产力，而系于在同一土地上投资的有无和大小。

在一定意义上，魁奈对于以地租为代表的剩余产品的解释比后来的李嘉图更重视资本在其形成过程中的作用。侧重于说明级差地租的李嘉图，强调耕作良地、次地的农民总是以等量于耕作劣地者的资本，分别获得较大量的产物，而却认为“用铁锹工作，在农场工作中不再使用马和牛”①可能只减少1/10的农产物量。魁奈则认为这种只用人力的锹耕将会完全消灭任何维持最低生活以上的剩余产物。为了论证投资的关键性，魁奈排除了级差分析，把土地肥瘠的区别都抽象掉了。在上述的两篇论文中，他还明确地认为土地和劳动的缺少不构成对农业生产的障碍。他在多处指出在当时农业凋敝的法国，存在着没有充分利用的荒地和得不到工作

① 大卫·李嘉图：《李嘉图著作和通信集》第2卷，商务印书馆1979年版，第235页。

的农业劳动者。问题的关键在于没有足够的资本来引用大耕作技术。魁奈既以资本主义农业概括资本主义生产，以租地农场主代表资产阶级，也就很自然地不知不觉地把“纯产品”或剩余价值归结为投资的收益。

魁奈没有追究租地农场主的原始资本从何而来的问题，但却对在连续生产过程中，农业资本的补偿和积累的形成进行了详细的分析。如果在生产过程中，租地农场主起了指导经济运动的作用，则在社会资本的再生产运动的范围内，土地所有者却起了左右生产本身的作用。在《经济表》中，土地所有者不仅仅是消极的剩余价值的占有者和享受者，而实负有左右资本积累，促进社会生产和再生产的任务。独特的是，这个任务的完成不是通过储蓄而是通过土地所有者的消费。为了消费，土地所有者以一部分的地租收入向生产阶级购买农产品，以余下那一部分的地租收入向不生产阶级购买工业品。生产阶级和不生产阶级都从土地所有者的支付中得到补偿其上一年度的年预付的损耗。但由于只有农业是生产部门，只有农业的年预付才产生“纯产品”，所有只有用于购买农业产品的支出，才构成了下一年度的社会投资。可以说，魁奈认为把地租收入用于购买农产品那一部分的支出是“生产消费”，而用于购买工业品那一部分的支出是“不生产消费”。只有前者才导致新的收入再生产。

魁奈在分析土地所有者对于这两类支出不同比例的抉择时，论证了地主在增进资本积累和促进社会再生产中的作用。魁奈先假定一个中间的情况作为出发点。在“纯产品”（收入再生产）率为“年预付”的100%的前提下，魁奈假定以土地所有者为首的社会各阶级用收入的50%来购买农产品，用收入的另一个50%来购买工业品;则翌年农工业的再投资将和上一年度相同;再生产只能在原有规模上进行;社会收入(“纯产品”)的再生产规模也和上年一样。简言之,对两类支出的比例作这样的抉择的结果是简单再生产。

但是魁奈认为这种生产性支出和不生产性支出的比例是可以改变的。如果以土地所有者为首的社会各阶级以大于50%的收入购买工业品,而以小于50%的收入购买农产品,则翌年的工业投资将增加,而农业投资将会减少。相反地,如果他们决定以大于50%的收入购买农产品,而以小于50%的收入购买工业品,则翌年的农业投资将会增加而工业投资将会减少。由于只有农业才生产“纯产品”,翌年农业投资的减少将会相应地减少翌年的“纯产品”。而翌年农业投资的增加将会相应地增加翌年的“纯产品”。换言之,前者缩小社会再生产,后者扩大社会再生产。当然,在讲到生产性和不生产性支出增减的抉择时,魁奈是把三个阶级相提并论的。但由于土地所有者阶级占有全部“纯产品”,而其他两个阶级对于两类支出消长的规模又以土地所有者创始的改变为条件,土地所有者的抉择起着主要的作用。因此,社会资本的形成,收入再生产的规模,社会总生产的消长也主要地系于土地所有者的“生产消费”和“不生产消费”倾向的变动。在这个意义上,正如马克思所指出的,“这个土地所有者实质上是资本家”①。所以,虽然租地农场主作为产业资本的代表,指导着资本主义农业的经营活动,但土地所有者却是以促进资本积累,左右生产投资的真正资本家的职能凌驾于他们之上。

---

① 马克思:《剩余价值理论》第一册,《马克思恩格斯全集》第26卷Ⅰ,第25页。

虽然“重农学派的重大功绩在于，他们在资产阶级视野以内对资本进行了分析”①，但他们并不真正了解资本的本质，并不认识资本的借交换直接的、活的劳动而保存下来并增殖起来的一种属于社会一部分的力量。魁奈的《经济表》是在还没有弄清资本主义生产方式下资本的概念前，便企图对资本运动过程进行分析的尝试。而使他赋予土地所有者以资本家所固有的积累的职能的封建外观，既无助于确立资本家的地位，也无助于认识利润作为一个独立范畴的重要性。

亚当·斯密（Adam Smith，1723—1790 年）是产业革命前夕工场手工业时期的英国古典经济学家。在他的主要经济著作《国民财富的性质和原因的研究》（1776 年）中，把资产阶级政治经济学发展为一个完整的体系。马克思指出，在这一著作中，“政治经济学已发展为某种整体，它所包括的范围在一定程度上已经形成”②。斯密是英国古典政治经济学成熟阶段的代表人物之一。

斯密是产业资本的代言人。在当时的英国，产业资本已开始跃居首位，但它所控制的大生产的主导形式还是工场手工业。小生产的比重还非常大；工场手工业是不能把小生产完全排除掉的。商业资本从属于产业资本的过程不断地加速进行，但它还有强大的影响，还控制着小生产。作为产业资本代言人的斯密，为了全力支持大工业的发展和产业资本的完全统治，不得不和仍然横梗在大资本发展道路上的、发源于封建行会和同业公会的残余制度以及在国际贸易上仍然具有一定影响的干涉主义政策进行斗争。斗

① 马克思：《剩余价值理论》第一册，《马克思恩格斯全集》第 26 卷 Ⅰ，第 15 页。
② 马克思：《剩余价值理论》第二册，《马克思恩格斯全集》第 26 卷 Ⅱ，第 181 页。

争的主要思想武器就是经济自由主义。当然,如上面已说过的,斯密的经济自由主义是完全摆脱了重农主义自然秩序封建外观的经济自由主义。

《国民财富的性质和原因的研究》以国家的财富为研究的对象,而以探讨如何增进国富为政治经济学的任务。全书的研究顺序是首先树立正面的理论体系,然后对历史经验和过去各种错误的经济学说和政策进行评论和批判;它以对私人经济的讨论分析为主而兼及于国家经济。斯密所称的国富,实际上,是由商品构成的资本主义社会财富。不同于前人的是斯密不以某种特殊的劳动,而以劳动一般为财富的源泉从而更直接而全面地把政治经济学的研究从流通领域转入生产领域。

这本书共分为五篇,理论部分集中于第一和第二篇。在这个理论体系中,一个主要的问题是在增进国富的生产中劳动和资本的地位及其相互关系。斯密认为国富的增长系于两个条件:劳动的生产力和从事于生产劳动的人数。

在第一篇中,斯密考察了劳动作为财富生产的因素的问题。他认为“劳动生产力最大的增进,以及运用劳动时所表现的更大的熟练、技巧和判断力,似乎都是分工的结果”①。所以国富的增加系于分工的发展。斯密又认为分工之能成为财富增加的因素,是以社会成员能依照“自然价格”进行交换其劳动产品为前提的。而“自然价格”问题本身又包含着收入的分配问题。因此,成为财富增加因素的分工问题,也包含着“自然价格”和收入分配问题。

① 亚当·斯密:《国民财富的性质和原因的研究》上卷,商务印书馆1972年版,第5页。

在第二篇中，斯密进而讨论资本作为财富增加因素的地位。他说："有用的生产性劳动者人数，无论在什么场合，都和推动劳动的资本量的大小及资本用途成比例。"①虽然在该书的序言中，斯密说，国富的增加似乎在较大的程度上取决于劳动生产力的提高。但在这篇阐述资本的作用时，他反过来，以资本积累的大小作为生产性劳动的使用和发展的条件。不但劳动人数的多少取决于资本的多寡，而且劳动生产力的增加也取决于资本的数量、质量和其使用方式。他写道："按照事物的本性，资本的蓄积，必须在分工以前。预蓄的资财愈丰裕，分工就能按比例地愈细密，而分工越细密，同一数量工人所能加工的材料，就能按更大的比例增加。"②因此，资本全面地推动劳动成为增富的决定性因素，而劳动反而退居于次要地位。固然，在他说明生产性劳动时，他曾举出两个标志，一为物质即使用价值的生产，一为资本的生产，似乎把劳动当作生产资本的前提。但在说明资本积累时，他所强调的又不是作为资本生产前提的劳动，而是节约在积累形成中的作用。他说："资本增加的直接原因，是节俭，不是勤劳。诚然，未有节俭以前，须先有勤劳，节俭所积累之物，都由勤劳得来。但是若只有勤劳，无节俭，有所得而无所贮，资本决不能增大。"③于是，资本家的节俭又成为资本积累的决定因素，而勤劳又退居于间接地位。斯密在增富的分析中，对于资本作用的强调显示了他的资产阶级的立场。

① 亚当·斯密:《国民财富的性质和原因的研究》上卷，商务印书馆 1972 年版，第 2 页。

② 同上书，第 252—253 页。

③ 同上书，第 310 页。

在斯密的价值论和分配论中所出现的二元论就是这一观点的反映。虽然在原则上，他认为价值决定于劳动，地租和利润为对劳动产物的扣除，但在资本发达的社会，价值就不取决于劳动而取决于收入，而地租和利润又似乎是具有某种生产要素职能的土地和资本的收入。

资本作用的强调必然涉及资本家作为社会成员的地位。斯密在《国民财富的性质和原因的研究》中，明确地把社会分为地主、工人和资本家三个阶级，而地租、工资和利润成为三个本源收入。在斯密之前，资本家作为一个独立的社会阶级的地位并未得到确认。它或者被忽略掉，或者被包含在别的范畴里。确认资本家作为斯密所称的“构成文明社会的三大主要和基本阶级”①之一的地位，有其重大意义。首先，说明这第三阶级对资本积累和最大利润追求的强烈意愿是斯密所乐于称道的“一只看不见的手”所借以发生作用的动力。其次，为近代资本主义本质提供关键性的解释，显示了在资本主义社会，一切事物商品化的特点。

如果市场提供各类商品的生产者的关系成为资本主义社会关系的出发点，则商品的交换实质上只是社会不同劳动量的交换。这就是劳动价值论的前提，而劳动价值论本身又成为对资本主义经济分析的理论基础。但是，如果在商品生产者劳动已成为雇佣劳动的新的资本主义条件下，“商品不只是当作商品来交换，而是当作资本的产品来交换”②，则人们的关系就不仅仅是单纯的不同

① 亚当·斯密：《国民财富的性质和原因的研究》上卷，商务印书馆 1972 年版，第 240 页。

② 马克思：《资本论》第 3 卷，《马克思恩格斯全集》第 25 卷，第 196 页。

商品生产者不同劳动量交换的关系，而是在资本产品的生产、交换、分配过程中阶级矛盾的关系。问题的关键是在于对利润这一范畴的起源和本质如何作出明确的解释。

在斯密以前的古典经济学者的体系中，资本的作用，从而资本家的地位并未确立，利润作为一个独立和重要的范畴也没有得到确认。或者，例如在配第的体系中，它只是地租的派生收入。资本的收益只是在利息的形式上得到承认，而这又只能以资本所有者有机会投资于土地以得到地租为其存在的理由。利息是货币的租金。或者，例如在重农学派体系中，它只是农场主和企业主的工资。土地所有者是雇主，而农场主、企业主和一切经济部门的工人一样，都是工资所得者。斯密把资本家作为一个社会基本阶级，把利润作为一个本源收入，不但肯定了资本家的重要地位，而且肯定了利润范畴的独立性。社会阶级矛盾就以利润和其他社会收入之间的矛盾的形式出现。于是，解释利润的起源和本质便成为此后的政治经济学所面临的主要课题。斯密以其对资本家和利润的重要性和独立性的确认提出了这一课题。但包括斯密在内的古典经济学家被他们的资产阶级立场所局限，不能科学地解答这个课题。是马克思，以其剩余价值学说的发现才揭破了资本主义社会生产的秘密。

还值得注意的是，在阶级矛盾表现为利润和其他社会收入之间的矛盾的问题上，斯密表现了其学说所特有的阶级调和性和妥协性。一方面，虽然斯密承认利润是对劳动生产物的一个扣除，商人和企业主的利益往往和公众利益不一致，但他却鼓吹在物质进步的社会里，社会各阶级是社会财富增加的共同受益者。另一方面，也许是更突出的方面，它表现为对地租存在的容忍。虽然斯密提出了地租是劳动生产物的第一个扣除，从而显露了地租的剥削性。但他立即提出了第二个地租论，认为和工资是劳动的自然价格，利润是资本的自然报酬一样，地租是土地的自然报酬。虽然他有时挖苦地主阶级，说他们经常想不用播种而得到收获，但他又说："地主阶级的利益，是和社会一般利益密切相关，不可分离的。……地主在关于商业及政治问题的公众集议上，为本阶级的利益打算，决不会贻误国家。"①虽然他也说地租显然是租地农场主在支付工资、补偿垫付的资本和保留一般利润之余的剩额，但他却又认为"这一数额，仍可视为土地的自然地租，而所谓自然地租，当然是大部分出租土地应得的地租"②。斯密似乎把利润和社会利益对立起来，但却没有把利润和工资对立起来。他既没有把地租和社会利益对立起来，也没有把地租和利润对立起来。斯密这一立场是和英国当时的经济发展和阶级关系的特殊情况分不开的。一方面，处在工场手工业和向机器大生产过渡的时期的斯密坚信，只有提高生产力、扩大生产才能缓和攫取利润的资产阶级利益和一般社会利益的矛盾。另一方面，英国十七世纪的资产阶级革命是资产阶级和新兴的贵族结成联盟的革命。革命后的政权实际上落在上层资产阶级和资产阶级化的新贵族阶级手里。革命的不彻底性必然表现为在经济利益关系上的妥协性。斯密对于地租的容忍只是这种妥协性的流露。

大卫·李嘉图（David Ricardo，1772—1823 年）是英国资产阶级古典经济学的完成者。古典经济学到了李嘉图，达到了其可能

① 亚当·斯密：《国民财富的性质和原因的研究》上卷，商务印书馆 1972 年版，第 241 页。

② 同上书，第 137 页。

发展的最高阶段。

李嘉图的经济学说是产业革命时期产业资本的意识形态。英国的产业革命以十八世纪下半叶机器操作代替手工劳动的生产技术革命为开端,而以十九世纪上半叶机器制造业的建立告一段落。产业革命导致了资本主义生产的第二阶段(即工场手工业阶段)向第三阶段(即机器大工业阶段)的过渡。资本主义生产方式在机器大工业中得到了适合于自己的物质技术基础。产业革命奠定了资本主义生产方式的完全统治,使产业资本不仅在城市而且在农村,不仅在工业而且在农业,逐渐地排挤旧式小生产而占领了各个生产部门。它促进了商业资本从属于工业资本的转变。在资本主义以前的生产方式中,"商人资本表现为资本的真正职能"①。但在资本主义生产方式确立之后,"商人资本只是表现为执行一种特殊职能的资本"②。它又完成了劳动隶属于资本的过程。这个过程开始于为自己劳动或为行会师傅帮工的手工业者,变为受资本家支配的雇佣工人的劳动对资本的形式隶属。而在"劳动的技术过程和社会组织发生根本的革命"后,"劳动对资本的这种形式上的隶属,又让位于劳动对资本的实际上的隶属"③,从而巩固了资本对劳动的绝对统治。

作为产业革命时期的资产阶级经济学家,李嘉图对于由斯密提出的社会三个阶级和三种基本收入,有了更明确的概念。斯密还不能把雇佣工人和小商品生产者严加区别,而往往把这两种人统称为"劳动者"。李嘉图已经没有"劳动者"这个模糊概念,而把

① 马克思:《资本论》第3卷,《马克思恩格斯全集》第25卷,第365页。
② 同上。
③ 马克思:《资本论》第1卷,《马克思恩格斯全集》第23卷,第557页。

雇佣工人看作一个特殊阶级。斯密和李嘉图都突出了资本家的社会地位和作用，但李嘉图所描述的资产阶级关系是纯粹的资产阶级关系，而这种关系的纯粹代表是产业资本家。

更重要的是，李嘉图进一步发展了阶级的经济学原则，从资产阶级立场出发，公开地揭露了以社会收入矛盾形式为表现的资本主义社会的阶级矛盾。

李嘉图的主要著作是《政治经济学及赋税原理》（1817 年）。这本书的核心是分配问题。斯密和李嘉图都强调资本积累对社会财富增加的作用。但处于产业革命前夕的斯密首先注意于生产力的提高。因此，《国民财富的性质和原因的研究》以分工开始，而在讲到资本时，虽然强调资本在增加雇佣工人人数和促进分工的技术中的作用，但他却把资本积累的形成只归结于资本家的节俭。产业革命促进了英国社会经济的巨大发展。斯密著作中所抨击的封建和重商主义残余阻力已经消除，经济自由主义已经得到确认，而通过加强分工以达到提高生产力的要求，已由于生产技术的种种改良和发明而得到了实现。不断扩大资本主义资本积累的问题，突出地成为进一步发展资本主义经济的关键。因此，处于产业革命后期的李嘉图，便进一步从资本的开源方面来考察资本积累形成和扩大的最大可能性。李嘉图的《政治经济学及赋税原理》侧重于分析在价值分割为社会三收入的条件下，三阶级所得份额的消长怎样影响资本积累从而影响扩大再生产。理论的重点从财富的生产转向财富的分配，但分配的分析又以生产为目的。所以，马克思说，李嘉图并没有割裂分配和生产，他仍然是一个生产经济学家。

李嘉图分配论的主题，实质上是剩余价值如何分割为利润和地租的问题。当然，李嘉图并没有剩余价值这一独立的范畴。正如马克思所说过的，“李嘉图从来没有考虑到剩余价值的起源”，“他在谈到劳动生产率的时候，不是在其中寻找剩余价值存在的原因，而只是寻找决定剩余价值量的原因”①。在分割剩余价值时，利润和地租各自份额的大小对于资本积累的形成起着不同的作用。李嘉图认为资本家是热心于生产的，利润转化为新资本是资本积累的来源。积累固然一方面依靠资本家的节约，但另一方面又有赖于可供节约的收入的开源。因此，在分割剩余价值时，利润所获得份额的大小比例就成为资本积累增减的关键。相反地，他认为地主基本上是一个消费阶级；地租的增长无助于资本积累的增加。李嘉图所引以为虑的是：如果由于某种自然规律的作用，地租在分割剩余价值时，将有不断增大其相对份额的趋势，这就会对资本积累的开源形成极大的威胁。

李嘉图的分配论就以阐明这种趋势为目的。在叙述顺序的形式上，他的分析以地租为第一扣除，扣除后的余数再由工资、利润分润。但在实质上，工资是出发点。他认为工资取决于工人的最低生活费用，所以是一个既定数。地租是对资本家在支付工资后的余数的扣除，利润是最后的余数。于是，分配的实际内容可归结为地租和利润份额的消长。而在二者的消长中，地租是自变数，利润是因变数。地租是关键。他以二者的消长来论证其对于资本积累的影响，从而在英国资产阶级和土地贵族间的一度妥协又让位于尖锐的斗争时，维护资产阶级的利益。

李嘉图所研究的只是级差地租。他详细地分析了级差地租的

① 马克思：《资本论》第 1 卷，《马克思恩格斯全集》第 23 卷，第 563—564 页。

产生、涨落和性质。这一学说的基本论点已见于安特生、马尔萨斯等人的著作。李嘉图的贡献在于他把地租论建立在劳动价值论上;地租的存在和涨落都是价值规律作用的结果。依据劳动价值论,商品的价值决定于生产这一商品的社会必要劳动。由于土地有优劣的差别,在面积相同而质量或位置不同的土地上,使用同量劳动却产生不同量的产品。换言之,不同质的土地所产生的同量产品有着不同量劳动。这样,究竟哪一块土地上耗费的劳动构成决定产品价值的必要劳动呢?李嘉图认为,由于市场竞争,无论优劣等土地的产品都只能以同一价格出售。如果社会对农产品需求的增加要求耕种劣等土地,则这同一价格必须是以补偿耕种劣地的耗费。因此,农产品的价值不取决于优地所耗费的劳动,而取决于劣地所耗费的劳动。后者是社会农产品的必要劳动。而这同一价格和不同质土地上的实际耗费的差额就成为地租。

李嘉图认为,历史的经验证明,随着社会的不断发展,人们不得不利用越来越次的土地。差额不断扩大,地租不断上涨。在分配中,地主越来越占有更大的利益。他写道:“地主获得双重的利益。第一,他所得的份额加大了;第二,付给他的商品的价值也增加了。”[①]社会农产品,在一定时间内是个定量。在这一定量中,如果地主所占有的部分既在份额上又在价值上都增加了,则余下可供资本和劳动分润的部分必然减少了。李嘉图首先以之论证地主利益和劳动与资本的共同利益是对立的;在这个意义上,劳动和资本的利益是一致的。其次,在扣除地租之后,余额由工资利润分润。但由于工资是一个定数,地租的不断增长只能不断地侵蚀利

① 大卫・李嘉图:《政治经济学及赋税原理》,商务印书馆 1962 年版,第 69 页。

润。既然资本积累只能来自利润，为了发展社会生产，更多的社会纯收入应当归于“节约”的资产阶级，而不应当归于浪费的、寄生的地主阶级。地租既和利润相对立，也就和全社会利益相对立。于是资本家和地主的矛盾成为社会的主要矛盾。

就是在分析利润和地租的对立时，李嘉图发现了资本主义平均利润率的下降的规律。这是李嘉图利润论中值得一提的发现。但是他不能正确地解释这一规律；他既不能以之论证利润作为剩余价值的质的规定性，也不能理解它在经济危机形成中的重要作用。由于李嘉图把资本主义生产关系永恒化，他不懂得平均利润率下降趋势反映了资本主义基本矛盾的激化和资本主义制度的历史过渡性，而只把这一规律的存在归罪于地租的不断增加。虽然，如上面已说过的，在斯密肯定了资本家作为一个社会基本阶级和利润作为一个独立本源收入之后，解释利润的起源和本质，便成为政治经济学所面临的主要课题，但是，李嘉图和其他的古典经济学者一样，都不能解决这一课题。他只注意利润的量的规定性，而忽略它的质的规定性。而对于前者，他又只满足于论证其为社会分配中的最后余额的解释。

这也许是不足为怪的。利润来源和其本质的探讨必然涉及资本主义的剥削关系。马克思说过：李嘉图学派倒是公开地宣称劳动生产力是利润产生的原因，“不过对这个问题，李嘉图学派也只是回避，而没有解决。这些资产阶级经济学家实际上具有正确的本能，懂得过于深入地研究剩余价值的起源这个爆炸性问题是非常危险的”①。但是，对李嘉图来说，他对于利润来源和本质的忽视

① 马克思：《资本论》第1卷，《马克思恩格斯全集》第23卷，第564页。

还不是一个回避的问题。他把利润看作资本主义固有的东西，而把资本主义看成是社会生产的自然形式。他并不讳言利润和工资在分配中的矛盾，但他认为它只是从属于利润和地租之间的矛盾的矛盾。他的学说的斗争矛头是指向土地贵族阶级的。

让·西蒙特·德·西斯蒙第（Jean Charles Leonard Simonde de Sismondi，1773—1842年）是法国古典经济学的完成者。在资产阶级古典经济学中，西斯蒙第处于一个特殊的地位。西斯蒙第和李嘉图为同时代的人，又分别为英、法古典经济学的完成者。但由于他们从不同的阶级立场观察资本主义社会，他们以截然不同的方式来完成这个任务。

马克思写道："如果说在李嘉图那里，政治经济学无情地作出了自己的最后结论并以此结束，那末，西斯蒙第则表现了政治经济学对自身的怀疑，从而对这个结束作了补充。"[①]李嘉图深信资产阶级关系是一种自然关系，然而他并不抹煞它们的阶级性质和阶级矛盾。西斯蒙第更敏锐地注视了这些矛盾，从而对进一步分析提出了任务。但他却把小资产阶级关系和这些矛盾对立起来，以其对资本主义的严厉批判和其独创的见解为小资产阶级社会主义的经济浪漫主义奠定了基础。

西斯蒙第经济思想的发展经历了两个阶段。在其早期的《商业财富论》（1803年）一书里，他表现为英国古典学派、经济自由主义的信徒。但在发表于1819年的《政治经济学新原理》这一著作里，他却成为英国古典学派和经济自由主义的批判者。马克思所说的对政治经济学自身的怀疑就是指后一书而言的。西斯蒙第在

① 马克思：《政治经济学批判》，《马克思恩格斯全集》第13卷，第51页。

经济学发展中的重要地位也是建立在这一著作之上的。但无论作为英国古典学派的拥护者或怀疑者，西斯蒙第都是从小资产阶级的立场立说的。在他写作《商业财富论》一书时，法国革命潮流席卷西欧，而发源于英国的产业革命，随着政治革命的浪潮，开始冲击了西欧的旧生产方式。西斯蒙第从小生产者的利益出发，鼓吹英国古典学派所主张的经济自由，以之和封建制度所加于国民经济的桎梏相对立。但在他写作《政治经济新原理》时，广大的西欧的小生产者发现资本主义对于封建制度的胜利，同时也是对小生产的胜利。他们面临着覆灭的威胁。于是，西斯蒙第又从小资产阶级的利益出发，转而成为英国古典学派和经济自由主义的反对者，呼吁停止资本主义的破坏。

西斯蒙第所非难的是大工业资本。他指责英国古典学派以财富作为经济学对象而忘记了人，错误地以手段代替目的。他反对英国古典学派的为生产而生产，认为这种无限追求财富的理论和由之而引导出的政策，在英国已经造成了贫富两极分化；国家财富急剧增加而人民却更加贫困。他所反对的恰是大工业资本发展的准则。

既然生产是为了人，那么财富之所以成为财富就在于它能满足人们的物质需要。西斯蒙第由此作出下述一系列论断：消费应当成为生产的前提，并且决定生产；消费既是生产的动机，又是生产的目的；生产应当服从于消费等。他认为，这些是一切正常社会的原则，而在资本主义社会，却受到了破坏。古典学派所鼓吹的为生产而生产，必然造成了生产超过消费的结果，形成了资本主义社会生产和消费的不可调和的矛盾。西斯蒙第错误地认为生产和消费之间的矛盾是资本主义的基本矛盾，是资本主义一切祸害的根源，而经济危机就是这一切祸害的最集中的表现。

西斯蒙第以生产和消费的矛盾论证资本主义社会的阶级关系，作出了对资本主义制度的严厉批判。他认为资本主义生产和消费的矛盾以雇佣劳动和资本的存在为前提，而雇佣劳动和资本的存在和发展又意味着社会阶级的两极分化。西斯蒙第是有力地提出资本主义发展过程中社会阶级两极分化和无产阶级形成的第一个人。他指出，工业化的结果是“中产阶级完全消灭了。社会中，除了大资本家和其雇佣外，没有其他阶级存在的余地。我们看到一个前所未有的阶级——完全没有财产的阶级——的迅速成长”①。社会上一个根本的改变就是“在人类的行列中，出现了无产阶级——这个，作为借用古罗马的名称是如此古老的，但作为它自己又是如此新颖的阶级”②。

西斯蒙第对资本主义制度的批判集中于分配方面，而以利润和工资的关系为焦点。上面已经说过，在分配问题上，斯密和李嘉图对利润的分析，没有突破他们的偏见所设置的局限。斯密承认利润是对劳动产品的“第二个扣除”。李嘉图没有提出“扣除”的概念，而只把它当作为一个余额。他们都没有进一步说明它的根源和本质。西斯蒙第似乎比他们进了一步，认为它是对工人阶级的掠夺。他写道，“一个企业家的利润有时无非来自对他所雇佣的工人的掠夺。他的获利不仅由于他的企业的产值大大超过成本，而由于他没有对工人的劳动支付以足够的报酬”③。所以“罗马的无产者几乎完全靠社会过活……而几乎可以说现代社会靠无产者过

① 西斯蒙第：《政治经济学论丛》第2卷，巴黎1838年版，第124页。

② 西斯蒙第：《政治经济学论丛》第1卷，巴黎1838年版，第34页。

③ 西斯蒙第：《政治经济学新原理》，法文版第一卷，第92页。

活，靠夺取无产者的那一部分报酬过活”①。

承认利润来自掠夺，这一表述出自资产阶级经济学者的笔下，是难能的。西斯蒙第对于掠夺的批判也是严厉的。但他只看到资本主义阶级矛盾在分配领域的表现形式，而“不理解分配关系只不过是从另一个角度来看的生产关系”②。他没有把资本主义的分配关系和资本主义的生产关系联系起来。他认为利润的存在只由于劳动者没得到其应得的工资。而由于机器的采用和资本的集中，工资率有不断下降的趋势；这就加强了掠夺，加剧了无产阶级的贫困。这样，对资本主义的剥削就不是以经济规律而以“暴力”来解释。实际上，这就是1848年革命前一时期所谓社会主义者对于利润亦即剩余价值来源的解释。

正由于这些对资本主义分配的严厉批判，西斯蒙第虽然公开地声称反对十九世纪初期的空想社会主义者，却为自己博得一个社会主义者的称号。但正如马克思所指出的，西斯蒙第的社会主义是小资产阶级社会主义。西斯蒙第认为他的目的在于要求消灭社会分配的不均。这是和空想社会主义者一致的。但和他们不同的是，他不主张消灭商品生产。他主张限制个人利益，但他的限制是针对大资本的。他反对他称之为“合作制度”的欧文、傅立叶等人的社会主义，因为后者的理想是消灭商品生产，不但要消灭大资本，而且也要消灭小生产者。这当然和小资产阶级利益不相容的。

西斯蒙第在对资本主义制度进行批判时，表示无限同情工人

① 西斯蒙第：《政治经济学论丛》第1卷，巴黎1838年版，第24页。

② 马克思：《剩余价值理论》第三册，《马克思恩格斯全集》第26卷Ⅲ，第55页。

阶级的贫困处境。但他实际上并没有站在工人阶级的立场上立说。他认为造成劳动群众在资本主义下受掠夺的条件，也就是小生产者受排挤的条件。在这一意义上，劳动群众的利益和小生产者的利益是一致的。马克思指出："不应该狭隘地认为，似乎小资产阶级原则上只是力求实现其自私的阶级利益。相反，它相信，保证它自身获得解放的那些特殊条件，同时也就是唯一能使现代社会得到挽救并使阶级斗争消除的一般条件"，"使他们成为小资产阶级代表人物的是下面这样一种情况：他们的思想不能越出小资产者的生活所越不出的界限，因此他们在理论上得出的任务和作出的决定，也就是他们的物质利益和社会地位在实际生活上引导他们得出的任务和作出的决定"①。西斯蒙第就是在这个利益一致的认识下，才表示对劳动群众的同情并企求创造改革资本主义社会的"一般条件"的。因此，"西斯蒙第反对大资本，也就是反对商品经济的一种最发展的形式，陷入了空想，而把小生产者（特别是农民）捧上了天，也就是把商品经济的另一种的、仅仅是萌芽的形式捧上了天"②。

所以，虽然西斯蒙第以其对经济学的怀疑提出了进一步分析的任务，"但是他的一切独立见解都是不科学的，肤浅的，是反映他的反动的小资产阶级观点的"③。他虽然指出了资本主义的矛盾，但是，这是一种从小资产者的观点出发的，对资本主义进行伤感主义的批判，企图在现代条件下保存旧的所有制，是不科学的、反动

① 马克思：《路易·波拿巴的雾月十八日》，《马克思恩格斯全集》第8卷，第152页。

② 列宁：《评经济浪漫主义》，《列宁全集》第2卷，第164—165页。

③ 同上。

的。不能从反面来叙述它的规律，证明这种生产方式由于它本身的发展，已达到使它自己不可能再存在下去的地步。

（二）

马克思（Karl Marx，1818—1883 年）的政治经济学是在批判地继承古典政治经济学的基础上建立起来的。但马克思主义政治经济学在根本上却不同于古典政治经济学。它不仅仅以对资本主义生产方式的社会主义批判，完成了近代经济学对于资本主义生产方式的发生和发展的全面分析；而且以完全不同的立场、观点、方法研究人类社会中支配物质生活资料生产和交换的规律，论证了人类历史发展趋势。它是政治经济学史上的革命转变。

马克思主义政治经济学的创立，是欧洲十九世纪上半叶历史进展的表现。一方面，随着大工业的发展，资本主义生产方式在英法等国已达到完全成熟的阶段。另一方面，随着英法两国资产阶级在政治上完全统治的建立，无产阶级和资产阶级的阶级斗争上升到首要地位。科学地解释这一斗争的起源、本质和任务，指出无产阶级的使命和前途便成为当时历史的要求。马克思主义政治经济学的产生是和革命运动的需要直接联系着的，是符合由"自在阶级"成为"自为阶级"的无产阶级在政治上已经成熟的革命要求的。

在阶级社会里，社会意识是一种阶级意识。经济学说是这种阶级意识的一个组成部分。随着生产方式的发展和更替，在不同历史时期内，就有代表着不同阶级利益的经济学说。经济学说总带有阶级性和党性。经济学说本身也有着一个发展和更替的过程。在一定的历史时期内,统治阶级的思想总是当时的统治思想。但随着统治阶级从兴盛到衰退的发展,代表新起的、进步的阶级利益的经济学说就向代表旧的、退化的阶级的统治思想提出挑战。新旧学说间的斗争反映着新旧阶级的斗争。在这场斗争中,新的、进步的阶级必然取得胜利,成为新的统治阶级;新的经济学说也必然更替旧的经济学说,成为新的统治思想。

古典政治经济学是资产阶级的意识形态。在十九世纪初期,随着资本主义在西欧国家中的确立和巩固,古典政治经济学达到它的发展的顶峰。但古典经济学家却否认自己的学说的阶级性。固然李嘉图不讳言在地主、资本家和工人之间存在着利益的冲突。西斯蒙第更进一步承认资产阶级和无产阶级之间存在着剥削关系。但他们都否认他们的学说代表着任何阶级的利益。相反地,他们都以为他们是代表着全社会的利益立说的。在他们看来,如果他们的学说对于某一阶级有所偏袒,那只是由于这个阶级的利益和全社会的利益相一致。

马克思主义政治经济学产生于十九世纪四十年代,马克思主义政治经济学是对以往一切资产阶级政治经济学的彻底否定。但正如恩格斯所说的,否定并不是简单说个“不”字,否定的本身包括有继承性,就是吸收人类思想历史上已达到的所有一切前进和进步的东西,加以批判的改造,并统一为更高的综合。政治经济学阶级性和党性的确认,是批判改造的一个主要方面。阶级性的党性,就是“要求在对事变做任何估计时都必须直率而公开地站到一定社会集团的立场上”①。马克思揭示了政治经济学的阶级性;在政

① 列宁:《民粹主义的经济内容》,《列宁全集》第1卷,第379页。

治经济学各派学说之间，看出了阶级斗争的特殊形式。同时，他又公开而鲜明地宣告他所建立的政治经济学是具有无产阶级的阶级性和党性的科学。它从一开始就树立起无产阶级的旗帜，站在无产阶级的立场上，对资本主义生产方式和代表资产阶级利益的政治经济学进行批判，论证资本主义必然为社会主义所更替的历史必然性，为无产阶级在阶级斗争中锻造了锐利的理论武器。

马克思的政治经济学和他的哲学思想是分不开的。他的政治经济学建立在他的哲学的原理上面，而他的哲学，在他的政治经济学中，又获得了进一步的发展与完成。他对于每一个经济问题是既当作政治经济学中某一特殊问题，又当作整个哲学问题来解决的。

马克思把他所创立的历史唯物主义应用于政治经济学。马克思在政治经济学所引起的变革的全部内容，都是与世界的物质性和物质运动的辩证关系的原理相联系的。历史唯物主义得出结论说，人类社会的历史首先是生产发展史，是若干世纪以来彼此更替的生产方式史。因此，人们生存所必需的生活资料的谋得方法，即物质资料生产方式，是社会物质生活许多条件中的主要力量。这个力量决定社会制度的性质，决定社会制度的变革发展。在马克思以前，政治经济学只局限于资本主义生产方式的范围。古典经济学家把资本主义生产方式当作自然的、永恒的生产方式。这种非历史的观点必然不能发现资本主义生产方式的特殊性，不能揭示这种生产方式的运动和发展的规律。因此，他们只能停留在他们所发现而不能解决的矛盾前面，停留在对资本主义时期经济的不全面理解上。马克思坚决地批判了资产阶级政治经济学的体系，研究了不同时期的社会形态，着重地指出了资本主义生产方式的历史暂时性，把政治经济学变成为一门历史的科学。

历史唯物主义以物质生产作为说明历史的基础。在进行物质生产的人们的社会关系中，马克思突出了取决于生产力发展情况的生产关系的作用。古典经济学者的论述也涉及生产关系。但由于他们有着把资本主义生产关系当作一般的生产关系的非历史观点，他们不能从中发现资本主义生产方式的特殊性，而认为政治经济学作为一门“新的科学不是他们那个时代的关系和需要的表现，而是永恒的理性的表现”①。马克思从不断发展的生产力和其制约的不同生产关系两者的关系出发，对于生产关系一定要适合生产力性质的规律作出经典式的说明，并由此指出在社会发展的每一个历史阶段，人类的生产只能在一定的生产关系下实现，从而第一次确认生产关系对于政治经济学的全部意义。

经济范畴是现实的社会生产关系在理论上的表现。马克思以前的经济学家把经济范畴看作“自然秩序”、“理性”、“人类本性”等等的表现。马克思则指出：由于社会生产关系的性质及其在历史过程中所发生的变化，经济范畴如同它所表现的生产关系一样，也不是永久存在的，而同样地具有历史性。例如，“分工”、“价值”、“资本”、“利润”、“地租”等等决不是什么“理性”或“人性”的表现，而只是某一生产方式的现实生产关系在理论上的表现。这就彻底摧毁了资产阶级经济学家把经济范畴看成为永恒观念的表现而得出资本主义制度永恒性的结论。

生产关系的历史性还表现为社会经济的发展是一个前进和上升的运动，是一个由旧形态到新形态，由简单到复杂，由低级到高级的过程。只有马克思才对不同的历史社会形态——原始公社制

① 恩格斯：《反杜林论》，《马克思恩格斯全集》第20卷，第165页。

度、奴隶制度、封建制度、资本主义制度、社会主义制度等——的真正历史地位提出了明确的概念。其中每一形态都比前一形态高级。从低级向高级发展的概念揭示了资本主义必然被社会主义所代替的规律。

马克思不但以从低级到高级发展的概念来考察社会经济的发展,并且指出这一发展怎样必然以对立斗争的形式进行,从而强调了阶级斗争在促进社会经济发展中的作用。人类以往的有文字记载的一切社会的历史都是阶级斗争的历史,阶级和阶级斗争是生产关系的产物,生产关系的历史的发展必然表现为阶级斗争的发展,而阶级斗争的发展又必然表现为生产方式的改变和社会经济的发展。这个观点贯穿于马克思的全部经济学说之中。正是这个观点才是了解无产阶级必然用革命和专政的手段消灭旧的、过时的资本主义制度,建立新的社会主义制度的关键。

历史的观点为科学的抽象研究方法提供了前提。科学的抽象法要求把一切掩盖着生产关系内在联系的东西抽掉,以突出显示范畴的本质。古典学派,从配第开始,在探讨资产阶级生产关系的内在联系时,也曾普遍地使用抽象法,而李嘉图更是使用抽象法的典型。但由于他们以非历史的观点把一般的生产关系来偷换资本主义生产关系,他们的抽象法不但抽掉了掩盖资本主义生产关系内在联系的东西,而且抽掉了他们所研究的资本主义生产方式这个特定的社会形态的本质与特征。在他们的著作中,抽象性和历史性互相排斥,抽象性抹煞了生产方式的历史确定性和制约性。一切范畴都成为自然的永恒的。对价值、资本、工资、利润等等的量的分析排斥了对它们的质的分析。资本主义生产关系以及和其相适应的范畴在资本主义制度发展中就没有变态和复杂化的余地。李嘉图从来不由简单范畴上升到复杂的具体的范畴，而跳过中间环节使几个范畴直接相等（生产价格和价值直接相等，利润和剩余价值直接相等，利润率和剩余价值率直接相等，等等）；他的分析典型地表现了这个缺点。

马克思的抽象法排除了古典经济学者的上述缺点。它在复杂的现实社会整体中，抽象出后者所特有的各种基本范畴。马克思的抽象法所抽掉的只是掩盖事物的一切非本质的表面现象，但却紧紧地抓住了事物的本质。这种抽象法具有高度的逻辑严密性。我们更要注意到的是这一方法的逻辑性和历史性的统一、抽象性和具体性的统一。

首先，正如恩格斯在简述马克思的价值学说时所说的，"这里所涉及的，不仅是纯粹的逻辑过程，而且是历史过程和对这个过程加以说明的思想反映，是对这个过程的内部联系的逻辑研究"①。和意识是存在的反映一样，经济范畴的逻辑发展是现实发展的历史过程的反映。研究政治经济学各个范畴的逻辑方法不外是现实的历史形态的再现。恩格斯又写道：逻辑的研究方式"无非是历史的研究方式，不过摆脱了历史的形式以及起扰乱作用的偶然性而已。历史从哪里开始，思想进程也应当从哪里开始，而思想进程的进一步发展不过是历史过程在抽象的、理论上前后一贯的形式上的反映；这种反映是经过修正的，然而是按照现实的历史过程本身的规律修正的，这时，每一个要素可以在它完全成熟而具有典范形式的发展点上加以考察"②。

① 恩格斯：《〈资本论〉第3卷增补》，《马克思恩格斯全集》第25卷，第1013页。

② 恩格斯：《卡尔·马克思〈政治经济学批判〉》，《马克思恩格斯全集》第13卷，第532—533页。

其次，从另一个意义上说，逻辑的过程又只是思维从现实的具体上升到抽象的过程。当然，这样的逻辑抽象只是具体的近似，是现实事物不完全的描述。但思维从具体上升到抽象并不离开真实，而是更接近于真实。科学的、正确的抽象应当更深刻地更全面地反映具体事物的存在和本质。同时，对事物本质的抽象只是研究的起点。它要为进一步的从简单到复杂，从低级到高级，从经济细胞到成熟经济形态，简言之，从抽象又回到具体的分析，提供理论的出发点。在《资本论》一至三卷中，从同质的简单劳动到异质的复杂劳动，从同样的资本有机构成到不同的资本有机构成，从价值到生产价格，从剩余价值到利润、地租等等范畴的转化，都是这个从抽象又回到具体的过程。这些转化过程曾引起了资产阶级经济学家的肆意攻击。但这恰恰是马克思的辩证的抽象法对政治经济学所做出的伟大贡献。

通过剩余价值揭露资本主义生产的秘密，是马克思的另一个伟大的发现。剩余价值学说是马克思政治经济学的基石。它说明了资本主义生产和资本生产的过程。剩余价值既是在资本主义雇佣劳动制下，资本占有无偿劳动的特殊形式，又构成了有产阶级手中日益增加的资本量所由积累而成的价值总量。

剩余价值是资本价值的增殖。明确何者为资本是了解剩余价值的前提。马克思是在揭露商品与货币的实质，表述价值规律之后，揭露了资本的实质和货币转化为资本的条件，从而揭露了资本是如何自行增殖的。

马克思批判了资产阶级经济学家把生产资料混同于资本，把作为进行新生产的手段所积起来的劳动直接等同于资本。马克思指出：如同黑人只有在一定的关系下才成为黑奴一样，生产资料也只有在一定的关系下才成为资本。因此,资本是资产阶级社会的生产关系。这个关系以积累起来的、过去的、物化的劳动支配直接的、活的劳动为其突出的表现。只有在这一定的条件下,构成进行新生产手段的生产资料才成为资本。所以,除劳动力以外一无所有的阶级的存在是资本的必要前提。“资本的实质并不在于积累起来的劳动是替活劳动充当进行新生产的手段。它的实质在于活劳动是替积累起来的劳动充当保存自己并增加其交换价值的手段。”①

马克思进一步论证了资本和雇佣劳动的辩证关系。他指出:“资本以雇佣劳动为前提,而雇佣劳动又以资本为前提。”②资本只有同雇佣劳动交换,才能增殖,而雇佣劳动只有在能使资本增殖,亦即能使资本对劳动统治力量增加时,才能和资本交换。这就揭露了资本主义社会阶级矛盾的本质。

价值的增殖是资本积累的基础。马克思以资本主义积累的普遍规律为其对资本的生产过程研究的终点。积累的不断增加又不断地为扩大资本的增殖提供条件。这种相互促进必然表现为社会生产力的不断加强。古典经济学者也曾对资本主义社会生产力不断加强的持续性发生过疑虑。他们为利润率下降的趋势发生苦恼,甚至于认为它可能成为资本主义的持续发展的限制,导致资本主义社会生产的停滞。马克思阐述了利润率下降的规律,并承认其为造成资本主义生产过剩危机的一个因素,但认为利润率的下降不等于资本增殖率的下降。资本主义的灭亡不是由于利润率的

① 马克思:《雇佣劳动与资本》,《马克思恩格斯全集》第6卷,第488—489页。
② 同上书,第490页。

下降，也不是由于经济危机本身的存在和加剧，而是由于资本主义基本矛盾所造成的生产关系对生产力发展的桎梏。无产阶级的历史任务就是要解放全人类从而解放他们自己，剥夺剥夺者，以使资本主义生产方式内部所造成的大量生产力为“有计划地合作而组织起来的社会去占有，以便保证而且是以不断增长的规模来保证全体社会成员都有生存和自由发展其才能的手段”①。资本主义生产秘密的揭露又恰恰论证了历史唯物主义所宣示的资本主义必将为社会主义所代替的结论。

① 恩格斯：《反杜林论》，《马克思恩格斯全集》第 20 卷，第 164 页。

第一章　价值学说

价值是一个商品经济范畴。恩格斯曾指出:“经济学所知道的唯一的价值就是商品的价值。”①

商品是通过交换进入社会消费以满足人们需要的劳动产品。产品成为商品是以交换为前提的。商品是各种不同的具体的人的劳动产品,又为一般的人的劳动产品。因此,在交换过程中,人们可以按其为劳动产品的共性,以其所含劳动量的大小的相互比较所表现的相等或不相等程度,以定其交换比率。

商品生产不是社会生产的唯一形式;商品是一个历史范畴。价值,作为一个商品经济范畴,其历史性就是由商品的历史性所决定的。在商品生产以前的自给自足的自然经济下,社会的生产和分配排除了交换,从而排除了产品向商品的转化和随之而来的产品向价值的转化。在将来的共产主义生产方式下,社会的生产和分配也排除了交换,从而也排除了产品向商品的转化和随之而来的产品向价值的转化;价值作为一个历史的经济范畴也将随商品的消亡而不再存在。资本主义不构成商品经济的全部历史,但却是其最发达的阶段。在资本主义生产方式下,商品生产取得了统治地位;“社会的财富,表现为‘庞大的商

① 恩格斯:《反杜林论》,《马克思恩格斯全集》第20卷,第331页。

品堆积'"①。于是,价值和价值规律便在生产、交换、分配等领域中,有了广泛的意义和作用。同时,还需要指出,资本主义生产方式下的商品和价值,从范畴的一般意义上说,同于其他商品经济,但又有其建立在雇佣劳动制度基础的特点的不同意义。

由于商品是劳动的产品,商品的交换,在一开始就很自然地,要以其所包含的劳动量为基础。但是这种计量和比较又不能直接或绝对地用劳动或工作时来表达。它只能通过交换,"迂回地、相对地通过另外一个代表等量的社会劳动时间的商品把它表现出来"②。换言之,价值只能以交换价值为其具体的表达形式。货币缩短了这个迂回的途径。于是,价值的表达取得了货币形态——价格。

在商品经济发展的历史过程中,人们对于价值的认识也出现了错综复杂的情况。首先,由于价值只能通过交换价值,即商品和商品的交换比例的形式来表达,价值的实质往往被模糊了。什么是价值,为什么有价值,什么决定价值等等都成为不易辨识的问题,于是产生了各种的价值理论。在商品生产的早期,各种价值理论,如劳动、生产费用、供求、效用等等都已有其萌芽,而且常混淆在一起。而到了商品经济充分发展之后,这些理论便分别发展成为各派的特殊价值学说。其次,也是更重要的,这些学说都有其经济基础。它们反映着当时社会经济和阶级斗争的情况,成为在斗争中一个阶级反对另一个阶级的理论武器。

① 马克思:《资本论》第1卷,《马克思恩格斯全集》第23卷,第47页。

② 恩格斯:《反杜林论》,《马克思恩格斯全集》第20卷,第332页。

第一节　古典政治经济学前思想家对价值和劳动关系的认识历程

资产阶级古典政治经济学派是近代劳动价值学说的开拓者。从十七世纪中叶到十九世纪初,他们通过辛勤的理论研究,从日常实践中发现和发展了劳动时间为形成价值的唯一因素的原理,为此后科学的价值理论奠定了基础。劳动价值学说是古典政治经济学的一个主要理论贡献。但商品价值和劳动关系的认识不始于古典学派。古典学派的功绩在于在这种认识为层层掩蔽因素长期湮没之后,重新予以发现和发展。因此,简述古典学派前的思想家们对价值和劳动关系的原始见解,对于了解和评价古典学派的劳动价值学说,有其重要意义。

认识的历程和时代的社会经济　恩格斯曾指出,价值问题研究所涉及的,“不仅是纯粹的逻辑过程,而且是历史过程和对这个过程加以说明的思想反映,是对这个过程的内部联系的逻辑研究”①。

价值是商品经济范畴,有了商品交换才产生了价值的问题。价值的认识和研究过程也就是商品经济发展过程的反映。

人类历史经历过一个完全自给自足的自然经济时期。在这个时期,社会经济组织是一个多少依照共产主义生产方式的共同体;产品由生产者自己消费;有产品而无商品。完全自给自足的自然经济逐渐发展,产生了在几个共同体间进行多余产品的集体交换

① 恩格斯:《〈资本论〉第3卷增补》,《马克思恩格斯全集》第25卷,第1013页。

的商品经济的萌芽。“这种交换起先只是发生在各个不同的氏族公社之间，但后来在公社内部也实行起来。”①它“在有文字记载的历史之前就开始了。在埃及，至少可以追溯到公元前三千五百年，也许是五千年；在巴比伦，可以追溯到公元前四千年，也许是六千年”②。

从商品萌芽的产生，经过扩大和发展，直至后来最发达的商品经济——资本主义生产——的全部过程可分为简单商品生产和资本主义商品生产两个阶段。二者的共同特征为自由交换，自由竞争，等价交换等等。但二者又有其不同的本质差异。在简单商品生产阶段，商品只是单纯作为商品来交换的。互换的共同体，或者后来的私人，占有其自己的生产资料和其全部产品；剩余劳动的产品归于共同体或私人的劳动者。在资本主义生产阶段，商品就“不只是当作商品来交换，而是当作资本的产品来交换”③。资本占有了生产资料，得到全部劳动产品，直接的生产者只得到相等于他们必要劳动部分的产品；剩余劳动的产品以剩余价值的形式归于资本。

在商品生产的全部历史过程中，价值规律起着支配商品生产和流通运动的作用。但在商品经济的不同时期，作用的大小和形式不尽相同。只有在最发达的商品经济——资本主义生产时期，它的作用才起了压倒一切的影响，而且采取了转化的形式。

商品当作资本的产品来交换，全部剩余产品以剩余价值的形式归于资本。“剩余价值，作为全部预付资本的这样一种观念上的

---

① 恩格斯：《〈资本论〉第3卷增补》，《马克思恩格斯全集》第25卷，第1015页。

② 同上书，第1019页。

③ 马克思：《资本论》第3卷，《马克思恩格斯全集》第25卷，第196页。

产物，取得了利润这个转化形式。”[①]由于各部分资本要求在剩余价值总量的分配中，得到与它们的量相比例的份额，就出现了同量资本取得同量利润的规律。利润转化为平均利润。于是，价值也就转化为生产价格，而价值规律，在商品生产的两个阶段中的作用也有了不同的形式。在简单商品生产阶段，商品直接依照其价值，或近似于其价值，进行交换。而在资本主义商品生产阶段，商品不依照其价值而依照其生产价格进行交换。平均利润，在其充分发展的情形下，是资本主义生产的最后结果之一，但在其简单形式上——商人资本利润的平均化——却表明为资本主义的历史的出发点之一。因此，价值转化为生产价格，虽然开始于商人利润的平均化，却完成于一切资本——在大工业发展之后，包括工、商业资本在内——的利润平均化为一个一般的利润率，并在转化的过程中，保证工业取得其应有的支配地位。生产价格成为价值的普遍转化形式。

对于价值的认识和研究的过程反映了商品经济和商品价值本身的发展过程。但在后一过程中，若干因素却掩盖了、模糊了价值本身的本质和作用，从而复杂化了正确认识的进展。

在商品发展的初期，自然经济仍占统治或主导地位。商品所包含的劳动量是准确地知道的，也是唯一的、公认的交换尺度。对于早期的共同体间和嗣后发展的共同体内部的交换，以劳动为交换物的价值标准固然是最初的常识。即在中世纪农民间的相互交换和集市中，农民产品和城市手工业者产品间的交换，劳动也是自然的、适当的尺度。当然，由于高利贷和苛捐杂税的干扰，由于有

① 马克思：《资本论》第3卷，《马克思恩格斯全集》第25卷，第44页。

些商品需要长的生产时间，由于劳动经常为不规则的间歇所间断，由于劳动产量的不确定，所以这个符合于各自劳动量的交换比例计算要通过一个长期的摸索和曲折过程，才能逐渐接近。持久的讨价还价，反映了这个摸索的过程。

但是，复杂的因素的掺入掩盖了本来是最初的常识和准则。

第一，阶级和等级的偏见以及对社会制度的辩解是首要因素。一切劳动的相等是价值表现的秘密，而劳动相等本身又系于人类平等概念的确立。奴隶制度，封建制度却缺乏这个概念。而在奴隶制和封建制下所产生的哲理、道德、伦理观念，更进一步歪曲了价值所表现的社会上人与人的关系。价值不是一个经济范畴而更多地成为哲学、伦理范畴。当然，到了后来商品经济最发达的阶段，剥削的方式从非经济形式变为经济形式，从剩余产品的直接掠夺变为剩余价值的占有，价值和劳动的关系成为问题的关键，有意识的掩盖和歪曲便成为辩解的必需手段。

第二，货币，作为交换中介的掺入是另一复杂化的因素。商品的交换从直接的物物交换变成以间接的以货币为中介的、以价格形态出现的买卖。买和卖分开了。生产者之间的关系变为间接的了。价值由劳动时间决定的这一事实，不再明显地在商品交换的表面上表现出来。“由于习惯于用货币进行计算，关于劳动是价值尺度这种属性的意识已经变得十分模糊；货币在人民大众的观念中开始代表绝对价值了。”[①]价格混淆了价值，代替了价值。

第三，商人和商人资本的出现进一步掩盖了价值的本质。首先，商人和商人资本的介入进一步破坏了社会上人与人的直接关

① 恩格斯：《〈资本论〉第3卷增补》，《马克思恩格斯全集》第25卷，第1018页。

系。只有货币的介入,买卖双方——货币所有者和商品所有者——的关系还是消费者和生产者的直接关系。商人和商人资本的介入使消费者和生产者的关系也成为间接的了。商人、商人资本并不创造交换。他们是在已经产生的交换的基础上,即商品生产进一步发展的基础上产生的。劳动产品转化为商品,商品转化为货币是商人资本的前提。但商人资本又反过来,以越来越大的规模再生产这个前提——扩大交换,使交换超出原有的区域限制,并使越来越多的劳动产品加入商品的行列。作为商品交换的中介人,商人把商品的买者和卖者完全分开了。其结果是买者对于生产各种商品的必需劳动时间的认识越来越隔膜。劳动时间,在一般人的心目中,完全失去了它对于交换的制约性。市场越广,商品越是来自远方,情况越是如此。商人和商人资本在人类有文字记载的历史中,早已出现。他们掩蔽价值的作用,随着他们的发展而加强。到了中世纪的晚期——十五世纪末至十七世纪中叶,商人资本就有了压倒一切的影响。价格成为买卖的焦点,终于完全代替了价值。

其次,随着商人和商人资本的出现,出现了利润这一范畴,从利润的来源说,"商人资本至少在开始的时候只能从本国产品的外国购买者那里,或者从外国产品的本国购买者那里赚取利润",后来,"外国的竞争和销路的困难才迫使制造出口商品的手工业生产者把商品低于价值卖给出口商人"[①],商人从原占有剩余劳动产品的侵夺者变为劳动的直接剥削者。利润的出现带来了利润率的问

① 恩格斯:《〈资本论〉第3卷增补》,《马克思恩格斯全集》第25卷,第1023、1024页。

题。作为资本历史出发点之一的最单纯形式的商人资本的平均利润率很快地也出现了。它首先形成于各个地区的商人结合体内部的协定作用；其次则形成于不同地区的商人结合体间的竞争作用。商人资本利润的出现为商品价值的决定增加一个假象，似乎在资本已经产生的社会，资本成为决定价值的新因素。而利润的平均化既造成了价格和价值的背离又以价值向生产价格的转化这一现象的显化加强了这个假象。

第四，产业资本的出现促进和加剧了上述的背离和转化。在中世纪末，产业资本的胚芽已经形成。随着生产力的发展，产业资本很快地从简单协作进到工场手工业，又进到大机器生产，创造了资本主义生产方式。产业资本征服了国内外市场使商业资本从属于它自己。“它还使不同商业部门和工业部门的利润率平均化为一个一般的利润率，最后，它在这个平均化过程中保证工业取得应有的支配地位。”①这样，“价值转化为生产价格的过程就大致完成了”②；生产价格会高于价值，也会低于价值，只有在很少的情况下，才和价值相符合。于是，在资本主义生产方式的条件下，商品的市场价格不再围绕着价值而围绕着生产价格而波动。在价值终于完成其转化为生产价格过程后，决定商品价值的因素就被完全掩盖了。

由于上述的层层的掩盖因素的作用，经过一个漫长的历史，到了社会生产过渡到商品经济最发达的阶段时，人们对于价值的科学认识——劳动为形成价值的唯一因素，价值规律作用的复杂形

① 恩格斯：《〈资本论〉第3卷增补》，《马克思恩格斯全集》第25卷，第1027页。
② 同上。

式等等——就只能由辛勤的理论研究才能从日常的实践中把它们发现。

上古奴隶社会哲学家的"值"的概念　有文字记载的历史的古代,如西方的古希腊、古罗马都是奴隶制的社会。奴隶制社会的经济基本上是自然经济。但是,在我们所知道的古希腊和古罗马的社会,虽然自然经济占绝对优势,可是商品交换,货币和一些商业,已普遍存在。以古希腊为例,在公元前八世纪至前六世纪间,希腊进入了从氏族贵族到奴隶制国家形成的时期。商品经济已相当发达;货币已普遍使用;商业,尤其是对外贸易,也有了很大的发展;商人资本和高利贷资本都已出现。这种情况不能不唤起当时奴隶主思想家的密切注意。他们考察了这些方面的问题,提出了一些见解。但是,他们总是从道德和伦理的观点出发,以寻求所谓公正和高贵生活为人们一切行为的准则和生活目的。经济从属于哲理。这又是和当时的社会阶级矛盾和他们的阶级立场分不开的。

对于商品价值,古希腊思想家有一个素朴的"值"的概念。所谓"值"就是从属于产品的一个客观品质或属性。他们经常以之和价格相对立,认为产品的价格应该和其"值"相符,而实际上二者经常有差异;这就违背了他们所说的公正标准。例如柏拉图(前427—前347年)就曾说过:"在一个人承做一种作品时,法律给他以和给卖者同样的警告,不要提高价格而只应索取其所值;因为一个工艺者当然知道他的作品所值几何。"①

亚里士多德(Aristole,前384—前322年)对于产品的所谓

① 柏拉图:《法律》第9书,第5卷,朱埃版,第308页。

“值”也有类似的概念。亚里士多德已有使用价值和交换价值概念的思想的萌芽,但却似乎混同了使用价值和“值”。他几乎完全从交换的角度来考察这个问题。他认为公正的原则要求在交换前和交换后,交换双方都没有赢余或损失,即其所保有的“值”仍然一样。但是交换者双方是不同职业的人,“我们没有理由认为一方的工作不比另一方的工作更为高级”①,因为交换的双方“不是两个医生,而是一个医生和一个农民”②。为了交换能够公正地进行,互换的一切,必须能依据某种方法互相比较,使职业不同的,不等的人的工作成为平等的。所以,交换的可能性,是以交换诸商品间的等一性为基础;不同的商品,在交换上,必须由同一物来衡量,并由此还原为相等的。

但是在回答什么是使各商品还原为相等的一个普遍的计量标准时,亚里士多德走入了歧途。他认为“这个标准是交换双方对彼此相互业务的需求”③,而这需求又以货币为其公认的表达物。货币是商品在交换中交换比例的计量尺度;所以货币使商品成为相等的,构成了商品的等同关系。

亚里士多德能在商品的价值表现中发现一种等同关系是他的一个卓见。但是由于他生活所在的社会的历史限制,他不能发现这个等同关系是由什么构成的。马克思指出:“价值表现的秘密,即一切劳动由于而且只是由于都是一般人类劳动而具有的等同性和同等意义,只有在人类平等概念已经成为国民的牢固的成见的时候,才能揭示出来。而这只有在这样的社会里才有可能,在那

① 亚里士多德:《伦理》第5书,第7章,维尔顿版,第142页。
② 同上书,第153页。
③ 同上。

里，商品形式成为劳动产品的一般形式，从而人们彼此作为商品所有者的关系成为占统治地位的社会关系。”①希腊社会是建立在奴隶劳动的基础上的，从而是以人们之间以及他们劳动间的不平等为自然基础的。因此，虽然亚里士多德发现了商品在其价值表现中的等同关系，认识到没有等同性，就不能交换，但他却不能再前进一步，对这等同性进行分析，反而在货币掩蔽了价值实体的情况下，以商品价值的货币形态作为商品交换的等同性的依据。

古罗马对价值的论述较为贫乏。和古希腊人不同，古罗马人的思想较少地考虑到伦理、道德的问题，而较多地研讨了人们间权利和义务的关系。法律是古罗马突出的社会上层建筑。古罗马经济权利和义务关系的思想常借法律而表达。古罗马法律几乎允许完全的契约自由，而买卖是契约的一种形式。法学家保留斯曾说过：“在买卖时，一个人有以低于实价的价格买进和高于实价的价格卖出，以巧取的方法对待对方的自然权利。”②但迪奥克勒田大帝的一条法令却说，应该准许一个卖者取得补偿，如果商品的卖价少于其“真实价格”的一半。二者间似乎存在着矛盾。但共同的是，在买卖的市场价格后面，他们承认有一种类似价值的“真实价格”。他们没有进一步说明后者的含义，但古希腊哲学家所称为“值”的概念也还隐约可见。

西欧封建社会早期和盛期神学家的“公平价格”论　西欧的封建社会经历了一个漫长的历史时期，即从公元五世纪到十七世纪中叶。这整个历史时期可分为三个阶段：从五世纪至十世纪为其

---

① 马克思：《资本论》第1卷，《马克思恩格斯全集》第23卷，第74—75页。

② 转引自阿什利：《英国经济史和学说史导论》第1卷，第132页。

早期；从十一世纪至十五世纪为其盛期；从十五世纪末至十七世纪中叶为其晚期。西欧封建制度是在西罗马帝国废墟上建立起来的。在西罗马帝国灭亡前，西欧各国的封建关系就已经开始产生。日耳曼等北方部落对罗马的征服加速了这个过程。日耳曼等北方部落在经济上是较落后的。在西欧封建社会的早期，曾发生过经济倒退的现象，原先罗马帝国的那些人口稠密和经济繁荣的城市几乎完全消失，手工业衰落，商业停滞，商品交换和货币流通也缩小到最低限度，经济生活基本上倒退到自然经济。在这情况下，价值概念的含义却有了一种素朴的劳动价值论的见解。这种见解开始即以“公平价格”的形式出现。“公平价格”的概念实不起源于中世纪。在古罗马法和古罗马法学家的著作中，已见其萌芽。但当时它所指的实际上只是和一个模糊的“值”的观念相符合的市场平均价格。在中世纪的早期，商品交换和货币流通大大地缩小了。但在这大大缩小的范围内，商品交换仍以货币为中介，价值仍以价格形式出现。“公平价格”作为商品交换的公平准则却正在这个时期开始得到进一步的注意。五世纪的著名神学家，奥古斯丁教士是首先提出这个问题的人，虽然他的论述是不十分充分的。奥古斯丁说：我说有这样的人，即当购买抄本时，看到卖主不知道抄本的价值，而却付给卖主以公平价格。奥古斯丁对“公平价格”和价值的关系与价值的实质等问题并没有进一步的阐明。但是早期基督教教义对于劳动的看法却为我们提供了奥古斯丁和其同时代的神学家们的“公平价格”和劳动的关系的背景。

基督教形成于古罗马的帝制时代。它是外族的宗教，是先在被古罗马所征服的民族中传播开的。在古罗马早期，基督教是被压迫者的宗教。只是到了古罗马的后期，它才成为罗马帝国统治阶级的宗教。早期的基督教义不鄙视劳动。奥古斯丁是表达这个早期教义传统思想的著名代表者。他在《创世记》的注释中说:“在上帝创造世界的时候,上帝就要人劳动”,“只从事精神活动而不从事体力劳动是懒惰的标识”。在《论僧侣的劳动》一文中,他说:“圣保罗已经说过,不劳动者不得食……靠自己双手劳动来养活自己是使徒留传下来的不能破坏的金科玉律。”各种劳动都是值得尊重的。因此,他所说的要“公平价格”与之相符合的价值就可能有以劳动的多寡为其依存的条件。

从十一世纪起,西欧封建制度进入了盛期。农业、手工业有了发展。手工业和农业分离,成为一部分人的专业。新兴的城市成为手工业和商业的中心。对外贸易开始活跃。到了十三世纪和十四世纪,欧洲形成了南北两个大贸易区——联系西欧、南欧和地中海的南贸易区与联系西欧、北欧和俄罗斯市场的北贸易区。贸易的发展又表现为欧洲各国货物集散点的集市的形成。虽然,在封建制度的盛期,自然经济仍处于统治的地位,但商品经济已成为社会经济生活的一个重要内容。随着对外贸易和集市贸易的发展,价格成为重要的经济问题,“公平价格”便更为这一时期的神学家所重视。同时,在发达的封建制度下,人们的一切行为都要受到权威的调节和制约。因此,价格也不能自发地由市场来决定而要求由权威机构加以规定。这就为“公平价格”加上一个权威的因素而同时为其规定提出了以何者为依据的问题。

在欧洲中世纪时期,教会既是大封建主又是文化领域的垄断者。僧侣是社会上唯一受过教育的人。僧侣学者称为经院学派。经院学派以圣书为知识的权威来源。学者的任务在于正确地述释圣书并以其原则来确立人们生活的规范。所以中世纪思想体系的一切形态都带有神学的性质。同时,从十三世纪起,古希腊哲学家尤其是亚里士多德的著作对于当时经院僧侣们的思想发生巨大的影响。因此,在价值问题上,神学家们把原始的基督教的自然、平等、公正等教义,早期教士的信条、教会的教律和亚里士多德的符合于公平交换的道德和伦理的"值"的见解结合起来,成为统治此后一时期的"公平价格"的理论基础。他们注意到,在商品和货币关系已经发达的情况下,价格是价值表现的通常形态,而价格又经常发生波动。为了防止商人买贱卖贵,他们争辩说一切商品都应有其真正价值,公平的交换要求互换的商品必须以其等同的真正价值为依据。"公平价格"是商品的真正价值的表达。他们主张由封建君主或地方当局和特定的公团规定使买卖双方都不吃亏的"公平价格"。

什么是商品的"公平价格"的基础,是当时神学家所要进一步解决的问题。亚尔贝达斯·马格努(约1206—1280年)在注释亚里士多德的《伦理》一书时,作了较早的说明。他认为"公平价格"是和生产上耗费的劳动相比例的价格。他说:"因为制造床的人,如果不能得到相当于他对于床所耗费的劳动的数量与品质,那末他在将来就不可能重新制造出一张床,从而制床业也就会消失。其他的职业也是如此。"①马格努,由之得出结论:农民和手工业者生产的继续存在,就是以"按比例的报偿"(即按劳动的等量交换)为基础的。马格努的见解,在当时商品交换仍然从属于占统治地位的自然经济,商品生产者能够相当精确地互相计算原料,辅助材料的生产成本,劳动时间的条件下,不过是以事实为依据的经验主

① 亚尔贝达斯·马格努:《〈尼科马赫伦理学〉注释》第5卷,第2篇,第7章。

义论断;仍然没有理论分析。

多玛斯·亚奎纳(Thomas Aguinas,1225—1274 年)是封建制度盛期最出名的和最有影响的神学家,他的《神学大全》是当时所谓经院哲学最有权威性的著作。亚奎纳认为商品的真正价值不一定能为其售价所表达,也不取决于买者或卖者对于它的主观估价。像当时其他神学家一样,亚奎纳不认为价值和价格是同义的,从而必然是相符合的。只有在价格等于价值时,这个价格才是价值的表达,才是公平的。在他的著作中,可以找到价值是商品本身的一种本质的特性,商品与货币之间的均等是以耗费的劳动量为依据,“公平价格”应归结为与劳动相符合的价格等说法。

但是,亚奎纳在上述的基本的观点上,又对“公平价格”作了较细致的分析,论证在一些特定的条件下,价格可以不完全符合于价值而仍然不失其为“公平价格”。就是在这些论证中,我们看到他的反映封建盛期新情况的阶级立场和他的理论的辩解性。

亚奎纳对于公平价格所作的分析涉及于两种基本情况。第一,卖者本身是生产者。第二,卖者是商人。对于第一种情况,价格必须符合于价值的要求是较为严格的。对于第二种情况,亚奎纳,一方面坚持他的基本观点,但另一方面,却作了一定的修正。在封建社会中,商人主要是靠买贱卖贵的不等价交换来获取利润的,尤其是当时商人出售的国外进口的商品,绝大部分是以封建和教会领主为对象的。商人利润的主要来源是以夺取自封建和教会领主直接从农奴身上剥削得来的一部分剩余劳动产物。亚奎纳从领主的利益出发,断言物品应按照与劳动量相符的“公平价格”进行交换,反对一切买贱卖贵。但是,亚奎纳在当时商业已有巨大发展的现实面前,不得不承认商业的存在理由,从而也不得不承认商业利润经常造成了价格和价值背离的现象。而且当时的封建和教会领主都在某种程度上被卷入商品货币关系;他们把从农奴身上榨取得来、而本身无法消费掉的大量剩余产物投入市场。所以他认为如果商人所取得只是仅足维持其家庭生活的微薄的利润,而且在买卖的过程中曾在某方面改进了商品的质量,支付了一些费用,冒受了一些风险,一个包括对这些因素的适当报酬的价格是公平的;任何超过这微薄利润的所谓纯利润都是不合理的。因此,价值的内含因素就扩大了。它不但包括生产时所耗费的劳动,而且包括商人的“劳动”、风险、费用等一切所谓成本。

亚奎纳对于他的基本观点的修正还掺入了等级的观点。这又和封建制度发展后,经院学派对于劳动态度的改变分不开的。上面讲过,封建早期神学家如奥古斯丁等人的平等对待劳动的观点是基督教原始教义的残遗。在封建制度发展和巩固之后,严格的等级制度确立了。后来的神学家们对劳动的态度改变了。劳动有了贵贱之分。体力劳动是受鄙视的,是不合于所谓自然人身份的,而脑力劳动则被认为高贵的。神学家开始从等级的观点来看待劳动。他们的不平等对待劳动的态度也就反过来为等级制度的辩护提供论证。亚奎纳从商人的利润不应高于符合其社会阶级地位的适当标准出发,进一步断言“公平价格”必须照顾到一切生产者的等级地位,必须保证卖者有和其等级地位相符合的生活条件。这样,亚奎纳的“公平价格”的论点在刚要正确反映价值规律时,却又立即歪曲了它。

亚奎纳的论点成为封建社会盛期“公平价格”的权威理论。我们可以看到,尽管这一时期的神学家们承认“公平价格”不外是价值的独特表现,而价值又以等量劳动交换为准则,但由于他们既不能摆脱以货币形态为价值表现的外观，又掺入了宗教、伦理思想和封建社会等级制度的偏见，他们从来没有一个抽象的价值概念，看不到劳动作为价值实体的本质。

中世纪社会晚期，反映商业资本的重商主义　十五世纪末，欧洲的封建制度开始瓦解。在封建社会内部，孕育、成长了资本主义关系的萌芽，出现了和土地财富相对立的商业资本。商业资本为资本主义生产方式的确立，创造了必要的前提。

在资本主义生产方式的形成和发展的过程中，从十五世纪末到十七世纪中叶迅速发展起来的商业资本起过重要的作用。在产业资本出现之前，商业资本曾经发生过压倒一切的影响。重商主义是这一时期商业资本利益在经济思想上的反映。重商主义者对于经济的研究始终没有超出经验主义的范围。而他们的经验主义是以当时商人资本的特点和作用所决定的商人经历和观点为基础的。这就不能不对于他们的理论，包括其价值观点，发生深刻的影响。

商业资本剥削劳动但不组织劳动。商人以中介人的地位，通过商品和货币的流通，获得剩余劳动的果实。如上面已说过的，中世纪的商业资本最先以侵蚀出口商品的国外购买者和进口商品的国内购买者所已经占有的剩余劳动产物的卖贵形式取得了让渡利润；后来才以强迫国内外小生产者在以低于价值下出售商品的买贱形式剥夺他们的剩余劳动。在其发展的后期，为了保证商品的供给，虽然商业资本还进一步通过各种手段控制了进行直接生产的手工业者，但它仍然和生产没有直接关系。由于商业资本不组织劳动，它对生产中的耗费劳动也没有直接兴趣。实际上，商业资本的发展反而进一步割断了不同商品生产者间不同劳动的交换关系。因此,商人们所注意的是价格,是商品买价和卖价的差价,而忽略作为价格基础的价值。他们甚至由于对价值的货币形态的过分热心,进一步偶像化了货币,把货币看作社会财富的基本的,即使不是唯一的形态,从而企图在国际贸易的流通领域中寻找社会财富的来源。

同时,又如上面已说过的,中世纪晚期的商业资本的利润率已经均衡化为一个近似平均率。利润的平均化开始了价值向生产价格转化的过程,复杂化了价值规律的表现和作用。价值向生产价格的转化使价格和价值的背离不但是一个暂时波动,而且成为一个持久的、正常的现象。于是,在本来就以注意力放在买卖差价的商人的眼光里,价格更成为他们全部关心的问题,而价值更被贬抑到无足轻重的遗忘地位。

因此,在重商主义者的著作中,对于曾为封建早期和盛期神学家们所注意的作为"公平价格"基础的"值"就不成为一个值得探讨的课题。虽然有时他们也提到了商品的"自然价值"或"内在价值",但他们所指的只是商品的有用性即其使用价值。而在另一方面,价值作为交换能力的概念却得到充分的发展,开始形成了此后流行的以交换价值当作价值的错觉。于是,商品价值就不是商品的内在属性,而只是商品间相互交换的比例关系;价格是这比例关系的表达形式。他们虽然承认商品的有用性是所谓市场价值——价格——的基础,但二者却并无必要的制约关系。价格,一方面,在货币量不变的假定下,取决于商品量的丰缺;另一方面,在商品量的不变的假定下,取决于货币量的多寡。

总而言之,重商主义者只注意价格,而忽略于对价值的探讨,更说不上在劳动价值论上有任何进展。因此,在经历了商业资本取得压倒一切影响的长期过程之后，到了十七世纪，重新在价格的表象后面寻求其形成的基础，用劳动时间来决定价值的企图才成为一种重要的贡献。而资产阶级古典政治经济学的一个重大科学功绩正在于此。

第二节 资产阶级古典政治经济学奠定了近代劳动价值学说的基础

资产阶级政治经济学产生于十七世纪中叶，完成于十九世纪初叶的英、法两国。这个时期是资本主义生产方式产生、发展和上升的阶段。产业资本的统治代替了商业资本的统治。二者之间的过渡以三个方式出现：(1)商人直接变为工业者；(2)商人用小工头来做自己的中间人；(3)工业者成为商人，直接为商业而生产。后一方式对商业资本统治的破坏起了决定性作用。古典政治经济学反映了这一阶段的新兴的产业资本的利益。

不同于商业资本，产业资本的特征为组织劳动，并通过组织劳动，在等价交换的原则下，以剩余价值的形式剥削雇佣劳动。由于产业资本组织劳动，生产成为产业资本统治的基础。流通，从其在商业资本统治时期的一个独立的经济现象，成为生产的从属因素。社会经济基础的变更引起了理论的变更。重商主义的财富观和货币观都被重新探讨。为了论证资本主义生产方式的优越性，代表产业资本利益的古典经济学家就认为有必要在重商主义者所描述的流通领域的现象的后面研讨资本主义生产的本质和其内在的规律。就价值问题而论，他们也就认为有必要透过市场价格这个流通表象，在生产领域中，寻求其形成的自然基础。于是，他们才发现作为一切社会财富源泉的劳动是决定价值的因素，而价值是价格的自然基础。劳动价值学说的出现也就标识着理论探讨从交换关系到生产关系的过渡。

十七世纪中叶到十九世纪初，英、法两国阶级斗争的特点是古典经济学劳动价值论创立和发展的另一个重要条件。这一时期英法两国资产阶级先后夺得了政权，但是社会的主要矛盾仍然是资产阶级和封建地主阶级的矛盾。资产阶级和无产阶级之间的阶级斗争还处于潜伏状态，或者只是在个别的现象上才表现出来。在古典经济学的体系中，劳动价值论是作为研究资产阶级和封建地主阶级的利益对立的出发点而被提出和肯定的，是为资产阶级和封建地主阶级的斗争服务的。这就说明了为什么这个在李嘉图后，为庸俗经济学家所认为的“危险”的学说会在古典经济学的时期得到了发展。马克思充分地评价了古典学派在这一问题上的开拓功绩。

但是，由于资产阶级的局限性，古典经济学的价值学说存在着许多重要的缺点和错误。它不能说明在资本主义生产方式下价值的实质和范畴的历史性；不能辨别价值和交换价值的关系，不能从后者抽象出前者，不能分析价值如何转化为生产价格和二者相背离对于价值规律作用的意义；更不能认识到等价交换的价值规律如何转化为资本主义占有规律，从而说明资本主义的剥削关系等等。

早期资产阶级古典政治经济学粗糙的劳动价值论　威廉·配第和皮埃尔·布阿吉尔贝尔分别为英法两国的资产阶级古典政治经济的创始人。在他们的有关经济的论著中，出现了以劳动时间决定商品价值的基本命题。他们对于这一命题的提出和分析尽管是粗糙的,但却为古典学派劳动价值理论的发展奠定了基础。

配第的价值理论主要见于他的《赋税论》一书。在配第的著作,尤其是他的早期著作中,我们还可以看到重商主义的残余影响,但正是这个劳动价值论的萌芽使他的体系基本上和重商主义截然不同。他的论证说明他一开始就企图透过流通领域的表象寻找它的最本质的因素和其内在的相互联系。

配第区别了"自然价格"、"政治价格"和"真正的市场价格"。他所说的"自然价格"实际上是指价值。他所谓"政治价格"是依照"自然价格"基础而计算出来的价格,而"如果将这种政治价格以人为的共同的标准银币来衡量,就可得到我们所寻求的价格,即真正的市场价格"①。

配第所着重研究的是价值,即他所说的"自然价格"。他"实际上用商品中包含的劳动的比较量来确定商品的价值"②。他曾举例说:假定生产一蒲式耳的谷物和生产一盎斯白银要用相等的劳动,"假如一个人在能够生产一蒲式耳谷物的时间内,将一盎斯白银从秘鲁的银矿中运来伦敦,那么,后者便是前者的自然价格"③。由此可见配第明确地认识到了"劳动被看作价值的源泉"④;商品的价值"决定于它所包含的劳动时间"⑤;而通过交换,实际上用商品中包含的劳动的比较量来确定商品的价值;以一个商品的等量劳动时

---

① 威廉·配第:《赋税论》,商务印书馆1963年版,第96页。
② 马克思:《剩余价值理论》第一册,《马克思恩格斯全集》第26卷Ⅰ,第386页。
③ 威廉·配第:《赋税论》,商务印书馆1963年版,第52页。
④ 马克思:《剩余价值理论》第一册,《马克思恩格斯全集》第26卷Ⅰ,第386页。
⑤ 同上书,第381页。

间确定另一商品的价值量。配第还认识到商品的价值量同生产该商品的劳动生产率有反比例的关系，而劳动分工会引起劳动生产率的相应变化。

配第在考察价值时，总不能离开商品和货币的交换和二者所包含的劳动比较量的形式。一方面，由于他没有劳动二重性的概念，不理解作为价值实体的劳动是抽象劳动，他就混同了价值和交换价值，不能从交换价值中抽象出价值来。另一方面，由于重商主义的残余影响他"把特种的实在劳动即采掘金银的劳动，叫做生产交换价值的劳动"①，又混同了交换价值和价格，不能从价格中抽象出交换价值来。其结果就是，"货币表现为价值的真正形式"②。

然而，在货币表现为价值的真正形式下，我们却看到了马克思所称的"作为社会劳动的形式的价值"③。配第所考察的价值是资本主义生产方式的范畴。资本主义生产方式下的劳动所生产的不是直接的使用价值，而是商品，而且是作为资本生产物的商品。而在交换的过程中，它已经通过自身的转移，表现为物化的一般劳动。配第对于作为社会劳动的形式价值的认识，为在资本主义这一特定社会形式下，对成为价值源泉的劳动性质的初步了解，开辟了道路。

由于配第没有劳动二重性的理解，他还混同了价值和使用价值，混同了作为交换价值源泉的劳动和作为使用价值源泉的劳动。他曾说劳动是财富之父，土地是财富之母。就使用价值而言这是正确的，但就价值而言这是错误的。为了使劳动和土地两者有个

① 马克思：《政治经济学批判》，《马克思恩格斯全集》第13卷，第43页。

② 马克思：《剩余价值理论》第一册，《马克思恩格斯全集》第26卷Ⅰ，第386页。

③ 同上。

等同关系以便比较，配第又把二者都折成为每人每日口粮的单一计量单位。实际上，他又从劳动决定价值陷入了工资决定价值的错误。

尽管配第对价值问题的论述是混乱的，但是他的基本观点仍然是价值决定于劳动的时间，而且这一理论还是他的其他经济理论的统一基础。

布阿吉尔贝尔在《法兰西详情》一书中，分析农业生产和生产费用时，提出了“真正价值”的问题。他想在经常变动的市场价格后面寻找出“真正价值”。他所谓的“真正价值”实指和这一商品相交换的另一商品，即其交换价值。马克思写道：布阿吉尔贝尔“虽然不是有意识地，但是事实上把商品的交换价值归结于劳动时间，因为他用个人劳动时间在各个特殊产业部门间分配时所依据的正确比例来决定‘真正价值’，并且把自由竞争说成是造成这种正确比例的社会过程”①。布阿吉尔贝尔认为自由竞争使劳动以正确的比例分配于各产业部门；而在这个条件下，商品就会按其各自所包含的劳动量进行等价交换；从而使商品的交换价值决定于生产商品的劳动时间。

布阿吉尔贝尔的劳动价值论的理解，和配第一样，当然是原始的，粗糙的。而其缺点和错误的许多方面也和配第相同。但是布阿吉尔贝尔的观点又有其突出之处。

首先，配第从来没有离开交换价值的货币形态来谈他的“自然价格”，而布阿吉尔贝尔却在保存商品、取消货币的观点下来谈“真正价值”。布阿吉尔贝尔认为货币破坏了按照“真正价值”

① 马克思：《政治经济学批判》，《马克思恩格斯全集》第13卷，第43—44页。

所进行的交换。因为,货币的存在使追求货币财富和成为货币财富代表者的商人能够买贱卖贵,既剥削买者又剥削卖者,从而破坏了交换的等价性。布阿吉尔贝尔不了解在商品生产条件下,商品的价值不能由其自身直接表现出来而只能通过交换价值来表现,而在货币经济已经发生的条件下,又只能通过货币的形态来表现。

布阿吉尔贝尔这个观点是和他的强烈的反重商主义立场分不开的。英法的古典经济学家,作为产业资产阶级的代表,都反对既代表商业资产阶级利益,又依附于封建王朝的重商主义。但是在英国,从重商主义到古典经济学的过渡是逐渐进行的,而法国的古典经济学却从一开始就和重商主义断然决裂。布阿吉尔贝尔的保存商品取消货币的"真正价值"观点,是这个斗争过程的反映。

其次,布阿吉尔贝尔懂得商品的生产是价值的生产。但是,由于他忽视了货币形态,他把商品——货币——商品这个公式还原为商品——商品的公式。于是,实际上,他就把商品生产还原为简单的使用价值的生产,"把劳动的资产阶级形式、使用价值作为商品来生产以及商品的交换过程,看成是个人劳动借以达到它的目的的合乎自然的社会形式"①,"把物化在商品交换价值中并用时间来衡量的劳动同个人直接的自然活动混为一谈"②。因此,在交换中,他只看到使用价值的互换而看不到商品的货币化意味着一般劳动的物化,看不到已经表现为社会劳动形式的价值的本质。他既不理解创造价值的劳动的本质,也就不理解作为特殊的社会财富形

① 马克思:《政治经济学批判》,《马克思恩格斯全集》第13卷,第44—45页。
② 同上书,第45页。

态的商品的本质。

在配第和布阿吉尔贝尔之后，美国的本杰明·富兰克林（Benjamin Franklin，1706—1790年），对于把交换价值归结为劳动时间的观点，作了进一步的分析。富兰克林的论点见于他的《试论纸币的性质和必要性》。

富兰克林认为在商品经济下，产品转化为交换价值是不言而喻的。问题只在于为其价值量发现一种规定性的因素。他认为必须撇开货币而另找一因素；这种因素就是劳动。他说，“既然贸易无非是一种劳动同另一种劳动的交换，所以一切物的价值用劳动来估计是最正确的”①。

富兰克林在说明论点时，所举的就是配第的例子——谷物和白银的比价。但配第说白银是谷物的“自然价格”，而富兰克林则认为二者相互为自然价格；白银只是商品而不是价值的绝对表现。他已不再混同价格和交换价值，而把后者从前者中抽象出来。但他所谓价值仍然是交换价值，他仍然不能离开交换价值而谈价值，不能从交换价值中抽象出价值来。

对于决定交换价值的劳动的理解，富兰克林也比前人进了一步。他认为决定价值的不是某一特种形态的劳动而是任何一种劳动，这样，他就实际上有了抽象化的劳动的见解。马克思指出：“富兰克林没有意识到，既然他‘用劳动’来估计一切物的价值，也就抽掉了各种互相交换的劳动的差别，这样就把这些劳动化为相同的人类劳动。他虽然没有意识到这一点，却把它说了出来。他先说

① 转引自马克思：《资本论》第1卷，《马克思恩格斯全集》第23卷，第65页注（17a）。

‘一种劳动’,然后说‘另一种劳动’,最后说的是没有任何限定的‘劳动’,也就是作为一切物的价值实体的劳动。”①

富兰克林舍弃了劳动的具体形式,把劳动抽象化了;但是他不懂得这种抽象化是一个客观过程,在这抽象化中就表现出了资本主义社会中劳动的社会性。由于他抹杀了创造价值的劳动的资本主义性质,他就不了解为什么以劳动为衡量标准的价值尺度要以货币为表现。马克思又写道:“因为他不是把交换价值中所包含的劳动当作抽象一般的、由个人劳动的全面转移而产生的社会劳动来阐明,他就必然看不到货币就是这种被转移了的劳动的直接存在形式。”②因此,他认为货币和创造交换价值的劳动并无任何内在联系;货币只是便利商品交换的一种工具——交换媒介。

亚当·斯密系统地论述了劳动价值论　斯密的价值学说见于他的《国民财富的性质和原因的研究》。

斯密,在经济学说史上,第一次宣称任何一个生产部门的劳动都是国民财富的源泉。他所研究的对象是资本主义生产,所以他的所谓国民财富实质上就是商品。他的研究以商品为出发点;而在一开始,他就把商品生产和劳动紧密地联系起来。他鲜明地站在产业资本利益的立场上,一方面批判了站在商业资本利益上的重商主义者所主张的只有对外贸易才是财富来源的错误观点,另一方面又矫正了重农主义者所持的只有农业劳动才创造财富的偏见。这是完全符合于当时英国产业资产阶级为增加利润而扩大商品生产的要求的。

---

① 马克思:《资本论》第1卷,《马克思恩格斯全集》第23卷,第65页注(17a)。

② 马克思:《政治经济学批判》,《马克思恩格斯全集》第13卷,第46页。

但是由于资产阶级局限性所造成的超历史观念，斯密不能把商品看作劳动产物的一种社会形式而把它看作为一般劳动产物。他从来没研究过为什么和在什么条件下，劳动产物必须表现为商品，以及生产商品的劳动必须表现为价值等这些根本问题。因此，就造成了他的价值论的不少矛盾和错误。

在提出商品价值问题时，斯密首先区分了使用价值和交换价值。他说："价值一词有两个不同的意义。它有时表示特定物品的效用，有时又表示由于占有某物而取得的对于他种货物的购买力。前者可叫作使用价值，后者可叫作交换价值。"①明确区分这两个概念是斯密的功绩。但由于他不了解商品的本质，不了解商品是使用价值和交换价值的对立统一体，不了解商品具有这种对立统一的原因，他简单地撇开使用价值而集中于探讨交换价值。

斯密比配第进一步而和富兰克林一样，能够从商品的价格中抽象出交换价值来。他认为货币只是充当流通工具的商品。商品与货币交换实际上只是商品和商品交换的一个形态。因此，作为价值的货币表现的价格也只是交换价值的一个形态。但是和他们一样，斯密也没能够从商品的交换价值中抽象出价值来。他不能提出价值作为一个独立范畴，不能把交换价值作为价值的表现形态，而混同了二者。他的劳动价值学说是在探讨商品和商品间交换的量的比例形式下，也就是说，在探讨交换价值的形式下展开的。

古典经济学者的劳动价值学说是在劳动的社会分工日益扩大的条件下发展的。但早期的古典经济学者没有明确地指出二者的

① 亚当·斯密：《国民财富的性质和原因的研究》上卷，商务印书馆 1972 年版，第 25 页。

联系。而斯密则明确地从交换引出分工再从分工引出交换价值。他认为分工意味着每个人都为别人工作;商品的交换可以归结为不同商品生产者的劳动的交换。于是,表现在交换领域中的物的交换关系便明确地从属于表现在生产领域中人的生产关系。

为了全面探讨支配商品交换价值的原则,斯密提出了三个问题:"第一,什么是交换价值的真实尺度,换言之,构成一切商品真实价格的,究竟是什么?第二,构成真实价格的各部分,究竟是什么?第三,什么情况使上述价格的某些部分或全部,有时高于其自然价格或普通价格,有时又低于其自然价格或普通价格?换言之,使商品市场价格或实际价格,有时不能与其自然价格恰相一致的原因何在?"①

斯密既然认识到劳动为商品价值的源泉,就应该很自然地以物化于商品的耗费劳动为决定价值的因素。但在他的分析中,为何又提出了"交换价值的真实尺度"的问题?对此,李嘉图就曾指出"亚当·斯密如此精确地说明了交换价值的原始源泉,他要使自己的说法前后一贯,就应该认为一切物品价值的大小和它们的生产过程中所投下的劳动量成比例:但他自己却又树立了另一种价值标准尺度,并说各种物品价值的大小和它们所能交换的这种标准尺度的量成比例"②。斯密的这个"不贯性",为后来庸俗经济学者,如马尔萨斯等人所利用来对决定价值的劳动作了歪曲的解释。而后来对斯密价值学说的评论者又由之而认为斯密在决定价值的劳动概念上有着二元论的观点。

---

① 亚当·斯密:《国民财富的性质和原因的研究》上卷,商务印书馆 1972 年版,第 25 页。

② 大卫·李嘉图:《政治经济学及赋税原理》,商务印书馆 1962 年版,第 9 页。

其实,斯密首先提出“交换价值的真实尺度”是可以理解的。斯密不能从交换价值中抽象出价值,总是以交换价值来概括价值。因此,他只能把价值定义为“由于占有某物而取得的对他种货物的购买力”①。而他的“交换价值的真实尺度”所意味的恰是商品的购买力。斯密对商品价值全部分析的逻辑顺序也恰是在提出这外在的尺度后,再进一步探索这外在尺度本身为什么为内在因素所制约。

当然,斯密在解答第一问题时,确曾在有些地方混淆了作为价值外在尺度的购买的劳动和作为价值决定因素的耗费劳动。斯密提出了“交换价值的真实尺度”和“商品的真实价格”两个概念。在《国民财富的性质和原因的研究》中,斯密曾实际上赋予二者以不同的含义。他说:“一个人占有某货物,但不愿自己消费,而愿用以交换他物,对他说来,这货物的价值,等于使他能购买或能支配的劳动量。因此,劳动是衡量一切商品交换价值的真实尺度。”②在这里,劳动一词指的是“购买或能支配的劳动”。而“交换价值的真实尺度”也就意味着“购买或能支配的劳动”。接着他又说:“任何一个物品的真实价格,即要取得这物品实际上所付出的代价,乃是获得它的辛苦和麻烦……劳动是第一价格,是最初用以购买一切货物的代价”③。在这里,劳动一词指的是“辛苦和麻烦”即生产时所耗费的必要劳动。而“商品的真实价格”实意味着耗费的劳动。这样,“交换价值的真实尺度”和“商品的真实价格”显然具有截然不同的含义。但在叙述的过程中,斯密却从等同进而混淆了二者。

① 亚当·斯密:《国民财富的性质和原因的研究》上卷,商务印书馆 1972 年版,第 25 页。

② 同上书,第 26 页。

③ 同上。

他先写道："以货币或货物购买物品，就是用劳动购买"，"它们含有一定劳动量的价值，我们用以交换其他当时被认为有同量劳动价值的物品"①。然后，他笔锋一转，结论说："所以，对于占有财富并愿用以交换一些新产品的人来说，它的价值，恰恰等于它使他们能够购买或支配的劳动量"②，从而把二者混为一谈了。更有甚者，在另一个地方，他还居然把构成一切"商品真实价格"和构成"交换价值的真实尺度"两个实际上不同命题相提并论了。

但是，如果我们完整地考察斯密对商品价值的全部分析，我们就不能只以指出这两个概念在某些地方存在着混淆为满足。在这问题上，马克思就做过深刻的评价。马克思在指出斯密时而混淆了生产商品所必需的劳动量和可能买到的劳动量对价值的规定性，时而以后者顶替前者后，接着说："亚·斯密著作中的上述矛盾以及他从一种解释方法到另一种解释方法的转变，是有更深刻的基础的。（李嘉图发现了斯密的矛盾，但没有觉察到这个更深刻的基础，没有对他所发现的矛盾做出正确的评价，因此也没有解决这个矛盾。）"③

斯密对于历史现实较为敏感。他面临的是一个资本主义社会。他觉察到价值规律在资本主义社会和在前资本主义社会的作用方式有所不同。这就是他在价值的认识上所存在的更深刻的基础。他对于商品价值的全部分析的要点在于阐明在商品经济发展的不同阶段，价值的决定如何经历了一个变革。第一个问题所提出的"交换价值的真实尺度"只是这个阐明的前提。尺度只是衡量

① 亚当·斯密：《国民财富的性质和原因的研究》上卷，商务印书馆1972年版，第26页。

② 同上。

③ 马克思：《剩余价值理论》第一册，《马克思恩格斯全集》第26卷Ⅰ，第48页。

商品价值大小的标准而不是决定价值大小的因素。固然，斯密以劳动为一切财富源泉，以社会分工说明商品交换实际是劳动交换，从而认识到商品之所以有价值是由于它是劳动的产品。但他不能离开交换关系来考察价值。因此，他必须在交换关系中寻找一个衡量价值的尺度。在提出购买得的劳动作为这一尺度后他才进一步探索什么因素决定某一商品可以购得这一数量的劳动。斯密是先把价值尺度和价值的决定区别开，再从尺度出发进入价值决定的探讨的。在探讨价值的决定时，他才全面地分析在不同的社会形态中决定价值的因素有所不同的问题。这样，他的考察就从第一个问题进入第二个问题。无可否认，在说明尺度时，斯密混淆了属于两个范畴的概念。但在论"真实价格"由什么构成时，他确把作为前提的"交换价值的真实尺度"和作为决定因素的"商品真实价格"区别开了，从而也把在某一社会形态中构成"真实价格"的耗费劳动和作为"真实尺度"内容的"购买劳动"区别开了。

在斯密解答他所提出的第二个问题时，他认为购买得的劳动是一切商品生产社会的交换价值的共同"真实尺度"。但是，在这一社会的不同时期中，尺度本身受到了不同因素的制约。这不同的因素就是他所称之为"商品真实价格"的各组成部分。斯密首先举了所谓"资本积累和土地私有尚未发生以前的初期野蛮社会"。他说："在这种社会状态下，劳动的全部生产物都属于劳动者自己。一种物品通常应可购换或支配的劳动量，只由取得或生产这物品一般所需要的劳动量来决定。"①前者是"交换价值的真实尺度"，

① 亚当·斯密：《国民财富的性质和原因的研究》上卷，商务印书馆 1972 年版，第 42 页。

后者是这一时期的“商品真实价格”。前者是价值的外在衡量标准,后者是价值的内在决定因素。后者决定前者。从量上说,二者是一致的,但从作用上说,二者还是两个不同的范畴。因此,应该说斯密在实际上,澄清了作为“真实尺度”的购买得的劳动和作为“真实价格”的耗费劳动的混淆。

斯密继而指出,在资本积累和土地私有已发生的社会,亦即资本主义社会,劳动产品不再全部属于劳动者,而要与资本和土地所有者共分。在这种社会,“一般用于取得或生产任何一种商品的劳动量,也不能单独决定这种商品一般所应交换、支配或购买的劳动量”①。购买的劳动量仍然是商品的“交换价值的真实尺度”,“交换价值的真实尺度”仍然取决于“商品的真实价格”。但现在的“商品真实价格”就不只由生产本商品的所需要的劳动单独构成,而由工资、利润、地租三者共同构成。他说:“无论在什么社会,商品价格归根结底都分解成为那三个部分或其中之一。在进步社会,这三者都或多或少地成为绝大部分商品价格的组成部分。”②这样,斯密的收入构成“真实价格”的论点就否定了他的耗费劳动构成“真实价格”的论点,而成为他的价值学说中真正的互相矛盾的二元论。

斯密这个错误的根源在于他根本不知道在他所谓的进步社会,价值已经转化为生产价格;这个问题也是整个古典学派所不能理解的。斯密看到,在资本主义社会,劳动所生产的价值已不是全部属于劳动而分解为三收入,从而感觉到价值的决定应经历一个

① 亚当·斯密:《国民财富的性质和原因的研究》上卷,商务印书馆1972年版,第44页。

② 同上书,第45页。

变革。他从这个分解的现象出发，反过来认为变革就是价值不再决定于劳动而决定于收入。在不同的社会中，价值作用方式的不同的觉察，是他的价值学说矛盾的基础。应该承认，他的这个认识基础有其积极意义，但他的分析结果却以庸俗的论点代替了科学的理论。

在斯密的价值学说中，科学和庸俗的成份和平共处，成为后来资产阶级经济学在价值理论上分歧的根源。李嘉图吸取了其科学成份并把它发展为资产阶级经济学对价值的最好的分析。而“购买的劳动论”和“收入构成论”则成为后来庸俗经济学反对劳动价值论的依据。前者为马尔萨斯等人所接受；后者成为萨伊等人生产费用论的出发点。

在转入第三个问题时，斯密把和生产时的工资、利润、地租的自然率之和相符的价格称为自然价格，而称在买卖过程中所形成的实际价格为市场价格。他所说的“自然价格”实际上就是上述在资本主义社会中，由收入构成的“真实价格”。他认为自然价格是中心价格。市场价格决定于商品实际上的上市量和其有效需求之间的比例。由于比例的变更，市场价格有时高于有时低于自然价格，但前者受后者的制约，时时刻刻都向着这个中心。斯密在这里正确地论述了价格和价值的关系，但他的关于市场价格波动的分析却成为此后庸俗的供求价值论的基础。

综上所述，可以看到斯密虽然对于价值问题做了一个系统的论述，却没有建立一个前后一贯的、科学的劳动价值理论。但是，他确认生产所需要的劳动量与商品价值间的直接关系，在科学上是有意义的。同时，正如马克思所说的“斯密的这种摇摆不定以及把完全不同的规定混为一谈，并不妨碍他对剩余价值的性质和来源的探讨”,因为斯密“实际上甚至不自觉地坚持了商品交换价值的正确规定”。而且“许多例子证明,亚当·斯密在他的整部著作中,凡是说明真正事实的地方,往往把产品中包含的劳动量理解为价值和决定价值的因素”①。例如,在涉及地租和利润的本质时,他把地租作为商品价值的第一个扣除,把利润作为商品价值的第二个扣除,这就是他的不自觉的理解的明证。因此,还应该肯定在古典政治经济学劳动价值理论的发展方面,他做出了重要的贡献。

大卫·李嘉图终结了古典经济学劳动价值理论的发展　李嘉图是英国古典政治经济学的完成者。他的价值学说是资产阶级经济学在其不可逾越的发展界限内的虽不充分但是最好的分析。李嘉图以“论价值”为其《政治经济学及赋税原理》(第三版,1821年)的首章内容并以之贯穿其全部经济理论体系。

李嘉图的价值学说是以探讨斯密的价值论的形式开始的。李嘉图接受斯密所作的使用价值和交换价值的区分。斯密为了强调交换价值不决定于使用价值,曾断言,交换价值很大的东西,往往具有极小的或者没有使用价值。李嘉图正确地指出使用价值,虽然不是决定交换价值的因素,却是交换价值的前提,“一种商品如果全然没有用处……总不会具有交换价值”②。这样,他实际上把使用价值看为交换价值的物质承担者。在这点上,李嘉图超过了斯密。但和斯密一样,李嘉图也只是提一下使用价值,随即把它撇开而致力于交换价值的探讨。李嘉图也不理解二者的对立统一的关系。

---

① 马克思:《剩余价值理论》第一册,《马克思恩格斯全集》第26卷Ⅰ,第48页。

② 大卫·李嘉图:《政治经济学及赋税原理》,商务印书馆1962年版,第7页。

李嘉图说，“具有效用的商品，其交换价值从两个泉源得来的，——一个是它们的稀少性，另一个是获取时所必需的劳动量”①。接着，他又说有些商品，如古董、名画、善本书等，其价值只由其稀少性和人们对它的占有愿望和财力的大小来决定而和其原来生产必要劳动无关。因此在讲到商品的交换价值时，“我们总是指数量可以由人类劳动来增加、生产可以不受限制地进行竞争的商品”②。李嘉图这个对于商品交换价值问题的界说也较斯密为明确。马克思指出：李嘉图实际上认识到了“价值规律的充分发展，要以大工业生产和自由竞争的社会，即现代资产阶级社会为前提”③。

古典经济学者的价值学说的一个共同缺点是不能明确地区别价值和交换价值。上面说过，配第不能从价格，即价值的货币表现中抽象出交换价值，当然更不能从交换价值中抽象出价值。斯密比配第进一步，能够从价格中抽象出交换价值。但他也还不能从交换价值中抽象出价值。李嘉图明确地区别了耗费劳动和购买得的劳动。所以，从逻辑推理上说，他本应可能区别价值和交换价值。但实际上他仍然混淆了这两个概念，没有从交换价值中抽象出价值来。在《政治经济学及赋税原理》中，相当于交换价值的“相对价值”，“比较价值”和相当于价值的“价值”，“绝对价值”，“真实价值”等名词的界说是不清楚的、不一贯的。而他的“交换价值”一词的内容有时意味着交换价值，有时又意味着价值。所以，和一切古典经济学家一样，李嘉图仍然是在交换价值的形态下探讨商品

① 大卫·李嘉图：《政治经济学及赋税原理》，商务印书馆 1962 年版，第 7 页。

② 同上书，第 8 页。

③ 马克思：《政治经济学批判》，《马克思恩格斯全集》第 13 卷，第 50 页。

的价值问题,从而阐明其劳动价值理论的。马克思曾经认为这个缺点是古典政治经济学的资产阶级本质和资产阶级的阶级局限性的最明显的表现。古典经济学家没有看到生产价值的劳动的特征,不知道这些特征是只有商品生产者的劳动才具有的,是以交换,从而以交换价值为前提的;也不了解价值本身已预先假设了交换价值的存在而必须以交换价值为其表现形式。他们"始终不能从商品的分析,而特别是商品价值的分析中,发现那种正是使价值成为交换价值的价值形式","这不仅仅因为价值量的分析把他们的注意力完全吸引住了。还有更深刻的原因。劳动产品的价值形式是资产阶级生产方式的最抽象的、但也是最一般的形式,这就使资产阶级生产方式成为一种特殊的社会生产类型,因而同时具有历史的特征。因此,如果把资产阶级生产方式误认为是社会生产的永恒的自然形式,那就必然忽略价值形式的特殊性"①。古典经济学家恰是把资产阶级生产方式看作社会的永恒的自然形式的。

李嘉图的价值学说的主要科学功绩在于他坚持了劳动时间决定商品价值的原理。他排除了斯密在商品价值规定性的问题上的二元论。

首先,如上面已经说过的,李嘉图批判了斯密在肯定了生产时所耗费的劳动为商品价值的源泉后又提出了购买得的劳动为价值尺度的不一贯性。李嘉图认为耗费劳动和购买得的劳动是不能混同的;前者是一个不变的而后者是一个常变的标准。他自己则坚持地认为交换价值决定于生产时所耗费的劳动。李嘉图确定一条规律:商品交换价值和其生产时所耗费劳动量成正比,和劳动的生

① 马克思:《资本论》第1卷,《马克思恩格斯全集》第23卷,第98页注(32)。

产率成反比。

其次，李嘉图又批判了斯密的交换价值在近代社会决定于社会三收入的观点。李嘉图同意斯密的说法，认为在资本主义生产下的近代社会，交换价值已分解为社会三收入；但不同意斯密倒转过来的说法，即交换价值是由各种收入构成的。李嘉图认为，已经生产出的价值，无论如何分割，都不能变更其本身的量。价值是第一因素，收入是派生因素。价值可分割为工资、利润、地租，但不能倒过来说价值是由这三收入决定的。在这问题上，李嘉图和斯密的观点却互有短长。对历史现实较敏感的斯密觉察到价值规律作用的方式，在资本主义社会和在前资本主义社会是不相同的。这个前提是正确的。但他却从这个正确的前提出发，得出一个错误的结论，认为在资本主义社会，价值不再决定于劳动而决定于收入。李嘉图则抹杀了资本主义社会和前资本主义社会的区别，认为价值规律作用的方式，在不同社会里，没有改变。这个前提是错误的。但他却从这个错误的前提出发，得出一个正确的结论，认为在资本主义社会中，价值仍然决定于耗费的劳动。问题的关键在于李嘉图和斯密都不知道在资本主义条件下，价值已转化为生产价格，他们都没有生产价格这一范畴，从而都不能解释价值规律作用的不同方式所造成的复杂情况。

李嘉图还把不同种类的劳动间质的差别归结为量的差别，认为简单劳动和复杂劳动的差别并不否定他的价值决定于劳动时间的基本原理。他说他并没有忽视斯密提出的不同劳动的难易和巧拙的不精确估计所造成的同量劳动时间的不同职业劳动相互比较的困难。但是“为了实际目的，各种不同性质的劳动的估价很快会在市场上得到十分准确的调整，……估价的尺度一经形成，就很少发生变动"①。因此,李嘉图实际上承认复杂的劳动等于倍加的简单劳动。但是,由于李嘉图对创造价值的劳动的性质缺乏分析,不了解"各种劳动化为当作它们的计量单位的简单劳动的不同比例,是在生产者背后由社会过程决定的"②,所以他的说明实际上并没有超过斯密所认为的这种比例是由市场的讲价和谈判所决定的,换言之,只是由习惯决定的观点。

李嘉图从他的原始社会猎人手中的工具就是资本的错误观点出发,企图论证活劳动和物化劳动在生产过程中的作用和其与交换价值决定的关系。他正确地指出,影响商品交换价值大小的,"不仅是指投在商品的直接生产过程中的劳动,而且也包括投在实现该种劳动所需要的一切器具或机器上的劳动"③。在发挥这个论点时,李嘉图又指出,假定制造二种工具所需的劳动量相等,"但它们的耐久性极不相等,则较为耐用的工具只有一小部分价值转移到商品中去,而较不耐用的工具却有更大的一部分价值实现在它所协助生产出来的商品之中"④。可见,李嘉图认识到在生产过程中,物化在生产资料中的劳动通过转移和直接生产耗费劳动一起决定商品的价值。但是由于李嘉图没有劳动二重性的概念,不能区别抽象和具体劳动,他不能说明工人在生产过程中,如何既用活劳动创造价值,又把物化在生产资料中的劳动转移到商品中去。只有马克思才全部解决了这个问题。马克思确定,抽象劳动创造价值,具体劳动则将资本的价值转移于新商品。

---

① 大卫·李嘉图:《政治经济学及赋税原理》,商务印书馆1962年版,第15页。

② 马克思:《资本论》第1卷,《马克思恩格斯全集》第23卷,第58页。

③ 大卫·李嘉图:《政治经济学及赋税原理》,商务印书馆1962年版,第19页。

④ 同上书,第18页。

最后,李嘉图也知道商品的价值不是由生产某商品的实际耗费掉的劳动量而是由其必要的劳动量来决定的。他没有在论价值时特别论述这个问题而只是在论地租中顺便提到。他说一切商品的交换价值不决定于最有利的生产条件下的生产者的较小的劳动,而决定于在最不利的生产条件下的生产者较大量的劳动。他这个理论为他的地租论提供了理论的出发点。但他却错误地把这一理论推广到工业中去。他忽视了在农业中生产受到土地经营垄断的限制。因而农产品的价值是由最差生产条件下的劳动耗费量决定的。而在工业中,劳动生产率的提高和竞争,使生产条件差的生产单位被排挤掉。因而,工业品的价值是由中等生产条件下的劳动耗费量决定的。

李嘉图坚持了价值决定于劳动时间的理论并在价值量的问题上,作出了比前人更为详细的分析,尽管在他的分析中,存在着若干缺点。这是他作为最杰出的古典经济学者的一个主要贡献。但是李嘉图的劳动价值理论有一个根本的缺陷。这个缺陷就是对于资本主义生产方式和其各经济范畴的超历史观念。他从来不认识到在什么条件下产品会表现为商品,创造商品的劳动会表现为价值。他把资本主义生产方式看为自然的、永恒的。于是,产品成为商品,劳动创造价值,表现为价值也成为自然的、永恒的。更甚者他不认识在商品经济最发达阶段——资本主义阶段——劳动力已成为商品;从而不认识在资本主义阶段,商品所有者的劳动已转化为雇佣劳动者的劳动,商品不只是当作商品来交换而是当作资本的产品来交换。

李嘉图这个根本缺陷为他的理论的进一步发展设置了不可逾越的界限;使他的价值学说在涉及利润问题时,遇到了两个不能克服的困难。这两个困难终于导致了他的体系的解体。第一个困难是,资本和劳动的交换如何同价值规律相符合。第二个困难是,等量资本,无论它们的有机构成如何,都提供相等的利润,或者说,提供一般利润率。实际上这是一个没有被意识到的问题:价值如何转化为生产价格。简单地说,第一个矛盾是价值规律和利润存在的矛盾;第二个矛盾是价值规律和同量资本得到同量利润规律的矛盾。

关于第一个矛盾,李嘉图和其他古典派人物一样,都断言雇佣劳动者出卖的是劳动(不是劳动力,他们没发现这个范畴),工资是劳动价值的货币表现。价值规律要求的是等价交换。于是,如果资本家雇佣工人时,的确以资本(预付为工资的资本)和劳动相交换,则二者必居其一;或者,这种交换按等价交换的价值规律进行,则雇佣劳动者所出卖的活劳动应等于物化于工资中的物化劳动;这样,利润便无从产生。或者,雇佣劳动者出卖的活劳动大于工资所包含的物化劳动,则利润,作为二者的差额,可得到解释,但价值规律却受到了破坏。李嘉图的论敌抓住这个矛盾,企图推翻他的劳动价值理论。李嘉图和他的徒众都不能解决这个矛盾。

关于第二个矛盾,李嘉图在探讨工资的涨落对于商品交换价值的影响时,注意到等量的资本,由于其有机构成的不同,耐久性的不同,和周转速度的不同,但都能推动着不等量的直接劳动。工资的升降会对于利润发生影响。在资本主义条件下,如果,商品仍然按价值出售,则同量资本显然得不到同量利润;反之,如果同量资本得到同量利润,则价值规律似乎又被破坏了。他感到了在资本主义条件下,由于资本有机构成、耐久性、周转速度的不同与同量资本得到同量利润的规律必然会造成商品平均价格和价值的背离现象。他不得不承认这种背离造成了对于价值决定于劳动的理论的一个修改；尽管他还坚持说这个修改是次要的，背离是例外的。后一论断特别为李嘉图的论敌所攻击。他们很容易地指出价格和价值的背离不是例外而是通例。李嘉图自己也不满意于自己的解释。因此，在他后来给麦克洛克的一封信中，曾一度发生动摇，说如果他改写关于价值的一章，他要承认价值有两种原因，一是劳动，一是利润。但是他没有这样做；这样做就会否定劳动价值论——他的全部理论体系的基础。

李嘉图的错误在于他混同了价值和生产价格，或者更准确地说，他不知道在资本主义条件下，价值已转化为生产价格（他根本没有生产价格这一范畴，虽然事实上他的探讨涉及这一范畴）。他把资本主义看为社会生产的唯一形式，不了解商品生产在其发展中，经历了简单商品生产和资本主义商品生产的阶段，从而也就不了解价值规律在这两个不同阶段的作用有其不同的形式。李嘉图所研究的社会是商品生产最发达的资本主义社会。在资本主义条件下，由于各部门的相互竞争，剩余价值已转化为利润，利润又转化为平均利润；价值则转化为生产价格。商品再也不直接依据由劳动时间决定的价格出售而依据生产价格出售，生产价格和价值的背离已成为正常的现象。李嘉图抹煞了两个阶段的区别，看不到这些转化过程，跳过了一系列的中间环节，把价值和生产价格直接等同起来。所以他终于不能解决这个矛盾。

但是，还应该指出，在当时英国的阶段矛盾和阶级斗争的历史条件下，站在资产阶级立场的李嘉图不可能为自己提出真正解决这些矛盾的任务。这些矛盾的解决必然导致对于剩余价值形成和剥削的探讨。而剩余价值，从资产阶级看来是一个非常危险的“爆炸性问题"[1]。在李嘉图时期,英国的主要社会阶级矛盾仍然是资产阶级和土地贵族之间的矛盾,而在若干经济问题上,资产阶级和土地贵族间的阶级斗争正在激烈地进行。李嘉图的《政治经济学及赋税原理》以分配论为核心,而贯穿着他的分配论的一根线索是维护资产阶级的利益,反对土地贵族的利益的思想。价值理论是李嘉图的分配论的理论基础,他以劳动价值论论证地租、工资、利润的形成和其相互关系,揭露了当时的阶级矛盾。他的结论是,随着社会的进步,"真正得到利益的只有地主"[2];工资仅仅可以维持于劳动价值的水平;而利润则将会不断地下降。他承认资产阶级和工人阶级间矛盾的存在但认定这仅是次要的、从属的,而资产阶级,甚至全社会的利益,和土地贵族的利益的矛盾是主要的。李嘉图的劳动价值学说,虽然在表面上,和当时阶级斗争所涉及的具体问题似乎没有直接关系,但它却是锻造资产阶级在这一斗争中所要求的理论武器的坚实基础。这是劳动价值学说在当时阶级斗争中的现实意义。这也是李嘉图为自己提出的历史任务。

第三节　马克思在劳动价值学说上的科学变革

马克思在批判继承资产阶级古典政治经济学的基础上,彻底改造了古典经济学的劳动价值学说,建成了科学的和完整的劳动价值学说,为马克思经济理论的基石——剩余价值学说——奠定了

---

① 马克思:《资本论》第1卷,《马克思恩格斯全集》第23卷,第564页。
② 大卫·李嘉图:《政治经济学及赋税原理》,商务印书馆1962年版,第106页。

理论基础。

马克思系统的劳动价值学说首见于1859年出版的《政治经济学批判》。它的内容在1867年出版的《资本论》第一卷商品章中作了概述。但是如马克思在《资本论》第一卷初版序中指出的："这样做不仅是为了联贯和完整，叙述方式也改进了。在情况许可的范围内，前书只是略略提到的许多论点，这里都做了进一步的阐述；相反地，前书已经详细阐述的论点，这里只略略提到。"①

马克思主义是在无产阶级和资产阶级的阶级斗争，在欧洲资本主义最发达的国家里，已经上升到首位时形成的，是和当时的阶级斗争和革命运动的需要直接联系着的，是符合由"自在阶级"变为"自为阶级"的无产阶级的已经成熟的革命要求的。而劳动价值学说，作为揭破资本主义生产的秘密的剩余价值学说的基础的确立，在锻造当时阶级斗争的理论武器方面具有极大的意义。在经过1820—1830年大论战后古典经济学庸俗化的过程中，资产阶级经济学家终于抛弃了他们认为是"危险学说"的古典派的劳动价值学说。因此，在1848年革命失败之后，经过了五十年代革命低潮和六十年代国际工人运动重新高涨的时期，批判改造古典派的劳动价值学说就成为马克思建立无产阶级政治经济学的首要课题。

马克思在《资本论》第一卷商品章的末尾，概要地提到了关于商品分析的历史，以唯物主义的观点说明了劳动价值理论的产生、发展和其在李嘉图的资产阶级眼界内的完成，并提出为什么资产阶级经济学家不能够接触到事物的实质。马克思写道："诚然，政

① 马克思：《〈资本论〉第1卷第一版序言》，《马克思恩格斯全集》第23卷，第7页。

治经济学曾经分析了价值和价值量(虽然不充分),揭示了这些形式所掩盖的内容。但它甚至从来也没有提出过这样的问题:为什么这一内容要采取这种形式呢?为什么劳动表现为价值,用劳动时间计算的劳动量表现为劳动产品的价值量呢?”①只有马克思,从无产阶级的立场出发以辩证唯物主义的观点和方法,对前人的学说进行彻底的批判,才使劳动价值的理论摆脱了资产阶级眼界的局限性,进而完成了政治经济学的伟大革命。

价值,作为商品经济的范畴的确立 马克思从商品是资本主义最简单、最基本的关系入手,来阐明资本主义经济的实质和其运动规律并在商品的关系上探讨它们的共性,从而提出了价值作为商品经济的 ·个最重要、最根本的范畴。

马克思分析商品从区分使用价值和交换价值开始。古典经济学家也曾揭示了商品的这种二重性,但他们没有弄清二者间的真正关系。他们不了解在使用价值和交换价值间存在着对立和统一的关系。马克思首先指出二者是商品的二要素;它们彼此对立,同时又构成一个统一物,即体现商品生产矛盾的对立的统一物。资产阶级经济学者认为商品及其二重性都是自然的现象,因此把问题简单化为商品价值量是如何决定的问题。马克思则以商品为资本主义社会的经济细胞形式,其中包含着资本主义社会一切矛盾的萌芽。而这些矛盾又起源于使用价值和交换价值的对立。

在考察交换价值时,马克思第一次把价值从交换价值中抽象出来,从而确立了这个重要的理论范畴。在《政治经济学批判》中,马克思实际已经划分了价值和价值形式。他既从内容上(抽象劳

① 马克思:《资本论》第1卷,《马克思恩格斯全集》第23卷,第97—98页。

动的表现）来考察价值，又从形式上（一商品的价值在另一商品中的表现）来考察交换价值。但在当时他仍然把它们都称为交换价值。在《资本论》中，他明确区分了这两个范畴，指出价值和交换价值的区别和二者的相互关系。

在《评阿·瓦格纳的〈政治经济学教科书〉》一文中，马克思把这个考察过程说得十分清楚。他写道："我不是从'概念'出发，因而也不是从'价值概念'出发，……我的出发点是劳动产品在现代社会所表现的最简单的社会形式，这就是'商品'。我分析商品，并且最先是在它所表现的形式上加以分析。在这里我发现，一方面，商品按其自然形式是使用物，或使用价值，另一方面，是交换价值的承担者，从这个观点来看，它本身就是'交换价值'。对后者的进一步分析向我表明，交换价值只是包含在商品中的价值的'表现形式'，独立的表达方式，而后我就来分析价值。……我们曾经依照通常的说法，说商品是使用价值和交换价值，严格说来，这是不对的。……'商品'，一方面是使用价值，另一方面是'价值'——不是交换价值，因为单是表现形式不构成其本身的内容。"①

古典经济学家只注意交换价值的量，而忽略了不同物的量只有化为同一单位后，才能在量上互相比较。马克思恰是从他们所忽略的地方开始，首先探索为交换价值所掩盖的价值。他从交换比例的表象进入难以理解的相等的实质；从交换价值进入劳动，从劳动进入到价值。在明确了价值是人类劳动的物化，劳动是价值的实体后，他才进一步考察价值量的测量。这样，就区分了价值、

① 马克思：《评阿·瓦格纳的〈政治经济学教科书〉》，《马克思恩格斯全集》第19卷，第412页。

交换价值和价格,明确了它们间的关系。价值是交换价值的基础;交换价值是价值的表现形态;价格是价值的货币表现形态。从交换价值中抽象出价值来,作为一个独立的范畴是马克思劳动价值学说的一个重要理论成果。

劳动二重性理论的首创 商品的二重性导引出包含在商品中的劳动的二重性。商品所含的劳动一方面是个人的、具体的劳动;另一方面是社会的、抽象的劳动。个人的、具体的劳动创造使用价值;社会的、抽象的劳动创造价值。

具体劳动的不同性质是商品生产的基础。只有品种不同的商品才需要彼此交换;也只有品种不同的具体劳动才使其所创造的使用价值彼此对立起来。但由于劳动以自然力为工作的先决条件,具体劳动,虽然创造使用价值,但不是使用价值的唯一源泉。所以马克思说:“劳动并不是它所生产的使用价值即物质财富的唯一源泉。正像威廉·配第所说,劳动是财富之父,土地是财富之母。”①相反地,抽象劳动是不因自身的特殊形式,也不因产物的特殊品种而有所区分的、一致的、无差别的劳动。它是商品价值的唯一源泉。

抽象劳动概念的确立明显地说明了,在商品发展的过程中,劳动逐步发展为创造价值的劳动。劳动的抽象化并不是脱离实际的、单纯思维的过程,而是商品生产本身客观实现的过程。马克思写道:劳动这个范畴的抽象,“这个被现代经济学提到首位的、表现出一种古老而适用于一切社会形式的关系的最简单的抽象,只有作为最现代的社会的范畴,才在这种抽象性上表现为实

① 马克思:《资本论》第1卷,《马克思恩格斯全集》第23卷,第57页。

际真实的东西"，"就这个抽象的规定性本身来说，同样是历史关系的产物，而且只有对于这些关系并在这些关系之内才具有充分的意义"①。

劳动二重性理论还解决了在商品生产中价值的创造和价值的转移的问题。古典经济学家没有劳动二重性的理论。所以，尽管李嘉图认识到商品的价值不仅决定于直接耗费在商品生产上的活劳动，而且也决定于包含在生产资料和原料中的劳动，但当需要说明新价值的创造和原有价值的转移如何进行时，他就束手无策了。马克思的劳动二重性，在理论上完全解答了这一问题。它说明了新的价值是由抽象劳动创造的，而由资本转移到新商品上的价值则由具体劳动来实现的。这就彻底批判了资产阶级经济学家把资本说成是和劳动一起创造价值的因素的一切辩解企图。

抽象劳动概念的确立又导引出关于简单劳动和复杂劳动的关系和必要劳动的决定性作用的问题。

简单劳动和复杂劳动的关系说明了抽象劳动的质的问题。马克思的解答是："复杂的劳动只是自乘的或不如说多倍的简单劳动，因此，少量的复杂劳动等于多量的简单劳动。"②更重要的是他接着指出："各种劳动化为当作它们的计量单位的简单劳动的不同比例，是在生产者背后由社会过程决定的。"③这个论断就指出了古典经济学家如李嘉图等对于这问题的错误解释。李嘉图虽然也把复杂劳动简化为简单劳动，但在他看来二者的比例似乎只是由习惯决定的。而马克思却指出，这里所说的是在一个特定社会形态

① 马克思：《〈政治经济学批判〉导言》，《马克思恩格斯全集》第12卷，第755页。
② 马克思：《资本论》第1卷，《马克思恩格斯全集》第23卷，第58页。
③ 同上。

中通行的价值的构成问题;这种简化也是一个客观过程,而这个过程是由生产者背后的社会过程决定和完成的。

马克思认为价值量决定于社会必要劳动。李嘉图,如上面已讲过的,也知道必要劳动这个概念。但是他错误地以最劣条件下所必需的劳动作为必要劳动,混淆了农业生产和工业生产的区别。马克思则认为决定工业产品价值的社会必要劳动不是在最劣生产条件下所必要的劳动,而是在现有社会的生产技术下,以社会平均的劳动熟练程度和劳动强度生产出某种使用价值所需要的劳动。更深刻的是,马克思的价值决定于社会必要劳动的论断是从他确定价值是抽象劳动的表现这一点所得出的结论;具体劳动归结为抽象劳动,表现为私人劳动归结为社会劳动,而个人劳动归结为社会的必要劳动。李嘉图没把商品生产的社会作为某种特定历史社会形态;不了解价值是一个历史地被制约的范畴;从而把劳动生产价值看为是自然的。他只是从事物的实际状态出发,认为价值不是由个人实际消耗的劳动决定的,而是由必要劳动决定的。这既使他不能提出抽象劳动这一范畴,也使他所说的必要劳动,在本质上,不同于马克思的社会必要劳动。

价值形式理论的全面论述　马克思的价值形式的论述是在从交换价值中已经抽象出价值这一范畴的基础上进行的。关于研究的次序,马克思先从商品交换中,抽去了它的货币表现,它的价格,于是商品呈现出直接的相互关系,表现为交换价值。马克思又从交换价值中抽出撇开交换价值的价值。在探索了价值之后,马克思再从价值回到交换价值,引出了关于价值形式的全面论述。价值形式理论是马克思价值学说的重要组成部分。“商品只有作为同一的社会单位即人类劳动的表现才具有价值对象性,因而它们的价值对象性纯粹是社会的，那末不用说，价值对象性只能在商品同商品的社会关系中表现出来。”①这是价值和交换价值的内在联系。而在形式上，商品的价值就只能在交换中，以其他商品为表现。

马克思确定在一个统一的商品价值形式中，存在着两种形式即相对价值形式和等价形式。一种表现商品自己的价值，另一种只是别的商品的价值的表现。在交换中，它们处于对立的位置，成为马克思所称的“价值表现的两极”。相对价值形式和等价形式既互相排斥，又互为前提。

马克思研讨了价值形式，由其简单形式到其扩大形式，到其一般形式，最后到其货币形式的抽象分析和其历史发展过程。价值形式的发展，不仅是价值外部形式的发展过程，同时也是价值本身的发展，即劳动产品变为商品，生产产品的劳动变为创造价值的劳动的逐步深化，终达于完成的过程。它表现了商品经济的发展，表现了从简单商品生产到资本主义商品生产的逐步过渡。

价值形式以价值获得价格形式——货币形式——才彻底完成。这个转化论证了货币的产生和其本质，解决了古典派所不能解决的，商品如何和为何变成为货币的问题。资产阶级经济学者从未对货币的起源和本质做过正确的分析。他们或者把货币作为人们协商的、有意识发明的或法定的产物，或者看作金属本身具有的自然属性的表现。马克思阐明了货币成为一般的等价物是相对价值形式发展的最后表现；货币的发展是商品经济发展的结果，而随着货币形式的出现，商品经济又获得了巩固的基础。

① 马克思：《资本论》第1卷，《马克思恩格斯全集》第23卷，第61页。

价值形式的理论还附带地解决了为什么商品的价值不能直接地由耗费在它上面的劳动来衡量，从而第一次科学地摧毁了一切“劳动货币”的理论基础。一切“劳动货币”论者都以古典经济学的价值论为依据。虽然古典派自己没持有这种幻想，而李嘉图还坚持说价值不由个人的具体劳动量而由必要的劳动量决定。但由于他们不能说明为什么劳动会表现为价值，价值又为什么必须以价值的形式来表现，这就为“劳动货币”的幻想提供了可能的论据。马克思揭示了价值的本质和其对价值形式的依存性，彻底地破除了这一类小资产阶级的幻想。

价值和商品拜物教 商品拜物教理论是马克思价值论的最深刻的概括。商品拜物教理论论证了，在资本主义生产方式下，人们的生产关系的偶像化。马克思把价值看作社会劳动的表现，发现了价值是互相依赖的商品生产者的生产关系。古典经济学家把劳动创造价值作为劳动的自然属性；认为，不受不同生产方式的历史制约的一切劳动都能创造价值。因此，他们没有解决什么是价值这一问题，而只着意于探讨价值量的问题。马克思则认为创造价值的劳动已经从一般的劳动转化为被历史制约的社会劳动。价值是商品经济的范畴。它只是在商品生产的历史条件下，才能被创造出来，而且表现为仅仅与这种生产条件相适应的商品生产者的生产关系。

但是，在商品经济下，这种生产关系不是直接地而是间接地，在一种东西交换另一种东西时才表现出来的。因此，它采取了一种物的形式，把人和人之间的关系表现为物与物之间的关系。于是，在生产者面前，他们的私人劳动的社会关系，“不是表现为人们在自己劳动中的直接的社会关系，而是表现为人们之间的物的关系和物之间的社会关系”①。马克思这样考察了价值,回答了古典经济学家所不能解答的、甚至没有提出的问题,即什么是价值和为什么生产商品的劳动具有价值的形式。

在资本主义生产方式下,商品经济,作为价值存在的一定历史社会条件,发展到了最高点。一切劳动产品都成为商品。一切生产者的社会关系都要通过价值而表现。社会生产关系更进一步完全为物的关系的假象所隐蔽。由于劳动已变为雇佣劳动,在物的隐蔽下的生产关系就不是商品生产者在他们劳动上的直接的社会关系,而是资产阶级和工人阶级的剥削和被剥削的社会关系。

价值的转化形式的理论　资本主义生产的特征是,由于上述生产关系的转化,商品不只是当作商品来交换,而是当作资本的产品来交换。这就赋予价值,作为商品生产者的生产关系的表现,以复杂的情况和现代的意义。马克思以价值转化的理论进一步探讨了这个问题,为揭露资本主义生产秘密的剩余价值学说提供论证,从而完成了马克思主义的劳动价值学说。

首先,马克思发现了劳动力这一范畴,解决了资本主义的剥削是怎样在价值规律的基础上进行的。

作为前提,马克思指出,在资本主义这个特定的历史社会条件下,劳动成为雇佣劳动。马克思认为在一切商品生产的条件下,劳动都创造价值,但只有被剥夺了生产资料的劳动者的劳动才成为雇佣劳动。资本主义生产以雇佣劳动为前提。雇佣劳动把资本主义生产和简单商品生产分开了。在资本主义以前的生产方式中,既没有这种特殊时代意义的资本,也没有雇佣劳动。

① 马克思:《资本论》第1卷,《马克思恩格斯全集》第23卷,第90页。

雇佣劳动的特点是一无所有的劳动者出卖他们的劳动力;劳动力成为商品。古典经济学家没有劳动力这一范畴;他们认为劳动者出卖的是劳动。这就产生了他们所不能解决的价值规律和利润存在的矛盾。马克思确定了劳动力和劳动间的差别,得出结论:“劳动是价值的实体和内在尺度,但是它本身没有价值。”[①]而劳动力则应“理解为人的身体即活的人体中存在的、每当人生产某种使用价值时就运用的体力和智力的总和”[②],“对工人本身来说,劳动力是归他所有的一种商品的形式”[③]。劳动力是一种特殊的商品。既是商品,它也就具有价值。同任何其他商品价值一样,劳动力的价值也是由生产从而再生产这种特殊物品所必需的劳动时间决定的。劳动力价值的最低限度就是维持工人本身和其家庭所不可少的生活资料的价值。工人出卖的是劳动力不是劳动。

马克思进一步指出,在劳动市场里,劳动力的价值转化为工资。这种转化形式掩盖了现实关系,把劳动力价值反过来转化为劳动价值。它似乎证明被支付的不是劳动力的价值,而是它的职能即劳动本身的价值。马克思写道:“工资的形式消灭了工作日分为必要劳动和剩余劳动、分为有酬劳动和无酬劳动的一切痕迹。全部劳动都表现为有酬劳动。”[④]劳动者,在出卖劳动力之后,似乎认为他的全部劳动都让出去了;工资构成了他应该完成的工作的全部报酬。而资本家则认为他以工资买到的是他所支配的全部劳动。货币关系掩盖了雇佣工人的无酬劳动。实际上,资本家所关

---

① 马克思:《资本论》第1卷,《马克思恩格斯全集》第23卷,第587页。

② 同上书,第190页。

③ 同上书,第193页注(41)。

④ 同上书,第590页。

心的是劳动力的价值和劳动在执行职能时所创造的价值之间的差额。这个差额就是剩余价值。

马克思论证了在资本主义下，一方面劳动力转化为商品，另一方面，劳动力的价值转化为工资，使它更具有劳动价值的形式，从而揭露了在资本生产方式下，货币所以“产生”货币的秘密。

其次，马克思提出了价值转化为生产价格的理论，论证了在资本主义生产方式下，价值规律怎样以生产价格的形态发生作用。

价值和生产价格间存在着表面的矛盾。古典经济学者没有生产价格这一范畴，更谈不上知道它是价值的转化形式。但他们却看到这个矛盾所表现的具体形式，即在资本主义生产条件下价值规律和等量资本取得等量利润的矛盾。斯密承认价值和生产价格的不相符合，从而放弃了劳动价值论，认为在资本主义下，价值不再决定于劳动而决定于收入。李嘉图坚持劳动价值论，把在资本主义现实生活中价值和生产价格不符合的现象宣布为例外。

马克思在分析剩余价值和剩余价值率到利润和利润率的转化之后，进而分析利润到平均利润的转化，发现了在资本主义生产方式下，价值转化为生产价格，市场价格的波动不再围绕着价值而围绕着生产价格进行，生产价格的出现掩蔽了价值决定价格的基础。但生产价格却以价值为前提；在质量上，生产价格表现着转化了的价值；而在数量上，全部商品总额的生产价格等于全部商品总额的价值。生产价格的规律就是价值的规律，只不过是它的变形规律，即有了另一种表现形式的规律而已。

马克思还进一步论证了价值不但在理论上而且在历史上，都先于生产价格。马克思写道：“商品按照它们的价值或接近于它们的价值进行的交换，比那种按照它们的生产价格进行的交换，所要求的发展阶段要低得多。而按照它们的生产价格进行的交换，则需要资本主义的发展达到一定的高度。”①

马克思的价值转化为生产价格的理论不但解决了前此劳动价值论所未能解决的矛盾，完成了他的劳动价值学说的全部理论体系，而且对于阐明劳动和资本间的矛盾还具有深刻的意义。生产价格由于利润转化为平均利润而形成；而平均利润则在资本家间尖锐的竞争中形成。它说明了剩余价值在资本家间再分配的问题。但从全部商品总额的生产价格等于全部商品总额的价值这一点来看，它却反映了资本家作为整个资产阶级的利益的统一性，和他们在共同剥削工人阶级立场上的一致性。尽管由于他们间的竞争使不同有机构成的资本的商品的生产价格或高或低于价值，但作为一个阶级，他们都关心商品总价值和剩余价值的不断增加。

价值转化的理论论证了价值规律既是简单商品生产的规律，也是资本主义商品生产的规律。但在商品生产的历史过程中，价值规律的作用起了变态。变态没有否定规律，相反地，却更进一步论证了规律。这就突破了前此劳动价值论所不能逾越的界限，完成了科学的劳动价值学说。

价值转化的理论还论证了在简单产品交换转化为资本产品交换的条件下，以等价交换为特征的价值规律，怎样从商品生产所有权的规律转化为资本主义占有的规律，为揭破资本主义生产方式内部一直还隐蔽着的秘密的剩余价值学说奠定了理论基础。

综上所述，可见马克思在批判继承古典经济学派的基础上，发展并完成了根本不同于古典学派理论的劳动价值学说。古典经济

① 马克思：《资本论》第3卷，《马克思恩格斯全集》第25卷，第197—198页。

学，作为当时产业资本同封建制度和商业资本的斗争的反映，为了阐明资本主义生产的内在联系，发现了劳动价值论。到了李嘉图，它就明确地成为反对土地贵族利益的理论基础。但由于古典经济学家的资产阶级局限性，他们在“可怕的现实”，即资本主义的现实面前，不能再前进一步了。马克思则恰是针对着这“可怕的现实”进行深入的研究，阐明了雇佣劳动对资本的关系，工人的奴役地位，资本家的统治，把劳动价值学说变为无产阶级反对资产阶级的理论武器。

第二章　剩余价值学说

剩余价值来自剩余劳动，是雇佣工人的超额劳动时间所创造的超过原预付资本的价值增殖。资本的增殖是资本主义一切剥削收入的来源，而又正是这个增殖运动使价值转化为资本。但是马克思说过："资本并没有发明剩余劳动。凡是社会上一部分人享有生产资料垄断权的地方，劳动者，无论是自由的或不自由的，都必须在维持自身生活所必需的劳动时间以外，追加超额的劳动时间来为生产资料的所有者生产生活资料。"①剩余劳动的成果为生产资料所有者所无偿占有是一切阶级社会的共同现象。

在前资本主义社会，由于自然经济占统治地位，生产资料所有者通过超经济的剥削形式直接攫取劳动者的剩余劳动产品。同时，在自然经济占统治地位的社会里，"占优势的不是产品的交换价值，而是产品的使用价值，剩余劳动就受到或大或小的需求范围的限制"②。在资本主义社会，劳动产品成为商品，转化为价值；生产资料所有者在自由交换、价值规律的作用下，为了生产商品，对自由劳动者的剥削改取了经济形式。只有在这时候，剩余劳动的产品才采取了剩余价值的形式。同时，由于资本家的目的不是获

① 马克思：《资本论》第1卷，《马克思恩格斯全集》第23卷，第263页。

② 同上。

得使用价值而是攫取单纯的价值增殖，他们对于剩余劳动的贪欲就不受上述的对使用价值需求范围的限制。对榨取剩余价值的无限性也是资本主义剥削区别于前资本主义剥削特点之一。所以，剩余劳动是一切阶级社会的共同范畴，而剩余价值则是资本主义社会的特有范畴。

剩余价值是资本主义的范畴，但却以利润、利息、地租等具体形式出现。具体形式的表象掩盖了范畴的本质。理论的任务就是要从其具体形式中抽象出范畴本身；分析其本质和其产生与发展；论证其与各种具体形式的相互关系，揭露其剥削的秘密，显示其历史的意义。

剩余价值既然是资本主义的经济范畴，那么对于这个范畴的理论考察也就只能开始于生产资料成为资本，劳动成为雇佣劳动的时期。随着资本主义生产方式的发展，剩余价值就成为社会的基本剥削形式和社会各个剥削集团剥削收入的总源泉。

科学的剩余价值理论的建立是马克思的功绩。但在马克思以前，剩余劳动已经采取了剩余价值的形式。马克思的先驱者看到了这一存在事实，也试图加以解释。但资产阶级古典经济学者们只看到剩余价值所表现的具体形式——利润、利息、地租等——而不能从这些具体形式中把它抽象出来作为一个一般的经济范畴。更重要的是，由于他们认为资本主义生产方式是社会生产的自然形式，他们从不考虑剩余价值的起源而只努力于寻找剩余价值量的变化的原因，从而根本不触及剩余价值的本质问题。这个缺点是和他们的阶级立场分不开的。只是由于他们在利润等等具体形式下所考察的确是剩余价值，而且他们的分析也是沿着剩余劳动产物的占有和分割的路子进行的，所以我们才说他们的理论是剩余价值学说的初期形态,是剩余价值学说发展史的一部分。

透过资本主义社会的种种假象,揭露其剥削本质,是马克思的剩余价值学说的划时代的贡献。马克思的剩余价值学说使全部政治经济学发生了革命,成为“马克思经济理论的基石”①。

第一节　前古典时期重商主义者对剩余价值的最早见解

严格地说,近代政治经济学中的剩余价值理论只能开端于反映已确立的资本主义生产方式的古典政治经济学。但在资本主义生产方式确立以前,资本的作用和其增殖现象已经存在。而在封建末期产生过压倒一切的影响的商业资本的利润又经历了一个复杂的发展过程。在一定意义上,这个特定历史时期的商业资本的统治是一个从封建主义生产方式到资本主义生产方式的过渡时期。在同一意义上,反映商业资本利益的重商主义有关商业利润的论述,对于古典政治经济学剩余价值理论的创立,也起着先驱者的作用。

商业资本和商业利润　从十五世纪末到十七世纪中叶的欧洲封建末期,商业资本对于封建主义生产方式的逐渐解体和资本主义生产方式的开始形成起着重要的促进作用。

商业资本“实际上它是资本在历史上更为古老的自由的存在方式”②。它的存在——撇开直接由物物交换的不发达的形式不

① 列宁:《马克思主义的三个来源和三个组成部分》,《列宁全集》第19卷,第6页。

② 马克思:《资本论》第3卷,《马克思恩格斯全集》第25卷,第363页。

说——只以简单商品流通和货币流通为必要条件。商业资本经历了一个漫长的历史过程。它的发展到处都使生产朝着交换价值的方向发展。因此，商业对各种已有的，以不同形式生产使用价值的生产组织，都或多或少地起着解体作用。但商业资本的发展就它本身来说，并不能创造出某种新的生产方式，也还不足以说明一个生产方式到另一个生产方式的过渡。它对旧生产方式究竟在多大程度上起着解体作用，这个解体过程会导向以什么样的新的生产方式代替旧生产方式，取决于旧生产方式本身的性质和其内含的新物质因素的存在和发展。因此，在古代世界，商业和商业资本的发展总是以奴隶经济为其结果。只有在近代的经济条件下，它才导致了资本主义生产方式。

商业资本不组织劳动。因此，它不直接剥夺剩余劳动；它本身不直接占有剩余产物或剩余价值。但商业利润却来自剩余劳动，是社会总剩余产物或剩余价值的构成部分。在不同的生产方式中，商业资本以不同的间接方式，从社会的剩余产物或剩余价值中，获得归属于它的利润。在前资本主义的各种生产方式下，奴隶主、封建主、国家是社会剩余产物的主要占有者。他们是商人交易的主要对手。商业利润是商业资本家从这些直接剩余劳动剥削者所占有的剩余产物中分得到的侵夺。在资本主义生产方式下，商业资本已从其独立发展的形式变为从属于产业资本的形式。商业资本仍然不参加剩余价值的直接生产，但商业利润却参加了剩余价值从利润到平均利润的平均化的过程。商业利润成为对于产业资本所占有的全部剩余价值的一种扣除。

商业资本是在中世纪封建末期的历史条件下，才成为资本主义生产方式的前提的。在这个特定的历史时期，若干孕育于旧生产方式中的新因素促进了剩余劳动的无偿占有，从直接的、封建的超经济剥削形式向资本主义的剩余价值形式转化的过程。封建地租转向资本主义地租，高利贷和商业利润转向资本主义利息和利润的过渡就是这个过程的具体形式。

首先，商业利润本身来源和性质的变化就是一个例证。如果说，前此的，作为古老的自由资本形式存在的商业资本的利润是单纯的让渡收入，那末，这一时期的商业利润已经开始了从单纯让渡收入到占有小生产者剩余产物价值的转变。国际贸易资本是这一时期商业资本的最重要形式。国际贸易资本，在这个时期之初，只能以高价的形式从本国产品的外国购买者或外国产品的本国购买者那里取得让渡利润。当然，由这个买卖差价所构成的让渡利润的来源也是剩余劳动的产物。但它不是直接剥夺自生产者的剩余价值，而是转取自地主贵族以超经济剥削贡物形式所得到的剩余产品。到了这时期之末，国外竞争和销路的困难开始迫使制造出口商品的手工业生产者把商品以低于价值的价格卖给出口商人。商业利润逐渐从由单纯让渡收入过渡到由剥夺自国内制造出口商品的手工业生产者的剩余产品的价值所构成。

其次，出现了产业资本。产业资本的胚芽也形成于中世纪末期。一方面，在航运业、开矿业，出现了雇佣劳动者；在纺织业，出现了定货人。在这里，如恩格斯所指出的："我们看到了资本主义剩余价值形成的开端。"[①]部分商人开始直接支配生产，虽然单纯的、只涉及流通的商业资本仍然处于主导地位。另一方面，生产者变为商人和资本家，与自然经济的农业和受行会束缚的手工业相

① 恩格斯：《〈资本论〉第3卷增补》，《马克思恩格斯全集》第25卷，第1024页。

对立。随着此后生产的发展，随着商人和产业资本家职能的进一步的统一，社会经济更从商业支配工业转化为工业支配商业。在此之后，工场手工业的形成，继以机器大工业的发展，终于完成了产业资本的完全统治。于是剩余价值就成为新的生产方式的剥削形式；产业资本利润，商业利润，利息和地租都成为剩余价值的不同转化形式。

货币膜拜和“让渡利润” 重商主义是中世纪末期西欧、南欧国家从封建制度转向资本主义制度过渡时期的资产阶级最初的经济学说。但它还不是研究资本主义生产方式的真正科学。它只是处于产业资本统治以前的一个特定时期的商业资本的意识形态。

重商主义学说以对货币的强烈膜拜为特征。货币是一般等价物。商品经济的发展也就是货币经济的发展，而货币经济的发展使货币成为社会财富的一般代表。在中世纪末期，自然经济仍占统治地位，但随着生产的发展，商品经济日益扩大。而地理的新发现，金银的大量输入，商业关系的扩大和世界市场的形成使货币的获得和货币资本的积累具有前所未有的重大意义。重商主义者把获得货币当作人们从事一切经济活动的目的和动机；进而认为货币是财富的最主要的、即使不是唯一的形式；把国家经济政策和一切经济活动的目的通通归结为攫取金银。他们这种观念反映了当时流行于欧洲的追求金银的狂热，反映了新兴的资产阶级对于积累货币资本的渴望。

重商主义者认为商业利润，或者更准确地说国际贸易利润，是一国家获取货币增加国富的来源。他们也是在利润的形式上考察剩余价值的。当然，资产阶级经济学者都没有提出剩余价值作为一个独立的范畴，而都只在它的各具体形式上，如利润、利息、地租等等，来考察剩余价值。重商主义者更是如此。在当时流通支配着生产的历史条件下，利润被看作是流通的结果；它只是在买卖中产生的剩余价值。马克思指出："重商主义体系只看到，这个价值表现为货币（金和银），因此剩余价值表现为用货币结算的贸易差额。"①简单地说，重商主义者所说的利润只是商业资本的"让渡收入"。严格地说，重商主义的"让渡利润"还不是指一般所谓买贱卖贵的结果，而只是由于商品的价格高于商品的实际价值的卖贵的结果。重商主义者不能承认利润来自买贱。因为，如果商品按价值出卖而利润是用商品买价低于其实际价值来解释，则在任何场合，让渡利润都不能成为增加国富的来源。所以，即在上面讲过的，国际商业利润的性质已开始转变，产业资本胚芽已逐渐成长的情况下，重商主义者还只能以"让渡利润"的形式来表现剩余价值。也就是在这个前提下，重商主义者区别了国内贸易和国际贸易。在国内贸易中，商人的所得即买者的所失。从整个国家来说，双方的得失相互抵销；不存在任何剩余。只有在代表一种掠夺制度的国际贸易中，利润才形成为剩余价值，才造成了财富的增加。

以"让渡利润"来解释剩余价值的狭隘看法是重商主义者——不论是早期或晚期——的共同特点。甚至于十八世纪下半叶的重商主义最后一个的重要代表詹姆斯·斯图亚特（1712—1780年），也没摆脱这个观点。斯图亚特区别了绝对利润和相对利润。他说，"绝对利润对谁都不意味着亏损；它是劳动、勤勉或技能的增进的结果，它能引起社会财富的扩大或增加……相对利润对有的人

① 马克思：《剩余价值理论》第一册，《马克思恩格斯全集》第26卷Ⅰ，第13页注①。

意味着亏损；它表示财富的天平在有关双方之间的摆动，但并不意味着总基金的任何增加”[①]。斯图亚特所指的绝对利润和以交换价值的增加为前提的资本家的利润不同，也和他的重商者前辈所着意说明的由货币结算的贸易差额构成的商业利润无关。他所说的相对利润就是他和他的前辈所指的“让渡利润”。它是相对的，因为一方的赢利相当于另一方的亏损；它不会造成社会财富的增加。所以，他一方面，抛弃了他的重商主义前辈所认为的商业利润形成的剩余价值会造成财富增加的幻想，但另一方面，却仍然维护他们的单个资本家的利润无非是价格超过价值的余额的观点。所以马克思说：“斯图亚特科学地复制了”[②]其前辈的完全用商品售价高于价值的差额来解释利润的看法；他是重商主义的“合理的表达者”[③]。马克思还指出，斯图亚特关于财富的天平在有关双方之间的摆动的理论，虽然没有丝毫触及剩余价值本身的性质和来源问题，但是对于考察剩余价值在不同阶级之间按利润、利息、地租这些不同项目进行的分配，有重要的意义。

重商主义对于利润，或者说利润形式的剩余价值的狭隘和肤浅的解释，是和作为产业资本前驱的商业资本家只能在流通领域中对于现代生产方式作最初理论研究的历史局限性分不开的。它丝毫没有触及剩余价值的性质和起源的问题，更说不上能对之做出初步的明确的研讨。一方面，它说明了跟发达的资本主义生产方式相适应的各种经济关系还没有发展。另一方面，它也说明了

① 转引自马克思：《剩余价值理论》第一册，《马克思恩格斯全集》第 26 卷 Ⅰ，第 11 页。

② 同上。

③ 同上书，第 13 页。

在旧有的关系已经开始崩溃时，一种为新跃居重要地位的资本的作用提出了有力论证的理论如何促进了这个崩溃的过程。

在封建生产关系处于统治地位的中世纪，尤其是在中世纪的早期和盛期，商业利润和利息（以高利贷的名称出现的），都由于它们侵夺封建地主贵族直接剥削自生产者的剩余产物而受到反对。旧秩序的维护者，中世纪的经院哲学家们，站在封建地主贵族利益的立场上，以宗教伦理的外衣为掩护，极力抨击商业和高利贷。代表着新兴资本利益的重商主义者则以世俗的物质利益和宗教伦理观点相对抗，以商品经济和自然经济相对抗。他们偶像化了货币，以鼓吹对外贸易的形式促进商品经济的发展，论证在国民经济发展中，逐渐取得压倒一切影响地位的商业资本和已居于整个第三等级的首要地位的商业资产阶级的重要作用。他们用货币结算的贸易差额作为利润形式的剩余价值表现的理论，实际上，是企图在富国的口号下，论证只有商业资本才能产生一种剩余，而这种剩余是社会新财富的创造的表现。在当时新兴商业资产阶级和封建土地贵族阶级的阶级斗争中，他们这个理论以肯定利润的办法肯定了货币的资本机能，肯定了资本。

第二节　古典政治经济学把剩余价值的理论考察从流通领域转入生产领域

资产阶级古典政治经济学产生于十七世纪中叶。古典政治经济学是产业资本的意识形态。它的产生标识着产业资本取代了商业资本的统治，同时也意味着作为商业资本意识形态的重商主义的解体。古典学派在经济科学上主要功绩之一是在不同程度上研究了剩余价值的各种表现形式。他们把关于剩余价值的理论考察从流通领域转入生产领域,从而为分析资本主义生产奠定了基础。

产业资本取代商业资本的统治　从十七世纪中叶起,西欧各国的资本主义关系逐渐成熟。以当时资本主义最发达的英国为例,英国的资本主义生产已进入其发展的第二阶段,即工场手工业的阶段;出现了最初的现代无产阶级队伍——资本主义工场手工业的雇佣工人。产业资本逐渐夺取了商业资本的阵地并为完全占有全部社会生产铺平了道路。英国资本主义发展特点之一,是它同时在工业和农业获得了发展。在工业出现了工业资本家;在农业出现了资本主义租地农业家。同时,一部分的土地贵族也资产阶级化了;他们按照资本主义发展所开辟的新道路从事农业经营。当然,在农业中除了资本主义成分外,还存在着封建和半封建成分。大领主贵族的土地仍由佃农耕种。佃农根据封建和半封建关系使用土地,交纳各种前资本主义地租。

1648 年,英国爆发了资产阶级革命。关于这次革命,马克思写道,“在 1648 年,资产阶级和新贵族结成了同盟反对君主制度,反对封建贵族和反对占统治的教会”①。马克思所指的新贵族就是这一部分资产阶级化了的、中等的、有领地的贵族。

1648 年革命的胜利标识着资本主义生产方式取代了封建主义生产方式,而这种生产方式的更替又以产业资本终于夺取了前此仍然依附于封建制度的商业资本的统治地位为其重要特征。

---

① 马克思:《资产阶级和反革命》,《马克思恩格斯全集》第 6 卷,第 124 页。

产业资本取代商业资本的统治意味着:(1)社会资本运动从流通领域转入生产领域;(2)资本不但控制劳动而且组织劳动,确立了雇佣劳动从属于资本的统治;(3)对于剩余劳动的占有,从超经济的剥削形式转化为资本主义的剥削形式,剥削阶级的收入都从封建的性质转化为资本主义性质;(4)剩余价值成为各剥削阶级收入的总源泉,产业资本和利润成为剩余价值的基本转化形式,商业资本和借贷资本从独立形式转化为产业资本的从属形式,商业利润和利息成为资本的第二个剩余价值量的部分转化形式,地租成为由农业资本超额利润所构成的第二个剩余价值量的另一部分的转化形式。

从十七世纪中叶到十九世纪初是资本主义生产方式的确立、成长和巩固的时期。古典经济学是这一时期的统治经济思想,对确立与巩固这一生产方式起过积极的作用。它的历史任务是从理论上说明在资本主义制度下财富的生产流通和分配,并论证资本主义生产较封建主义生产的优越性。古典经济学家主要功绩之一是在劳动价值学说的基础上,探讨价值的分割,把剩余价值的起源问题从流通领域转到生产领域。当然,古典经济学家都没有剩余价值这一范畴。他们都只是在剩余价值各种具体的转化形式上,如利润、利息、地租等,进行不同程度的研究。

对于资产阶级,剩余价值是一个富有爆炸性的问题。但由于在十七世纪中叶到十九世纪初的这一时期里,无产阶级和资产阶级的阶级斗争还处于潜伏状态,社会的主要矛盾还是资产阶级同封建地主阶级及其残余势力之间的矛盾。古典经济学家,在探讨剩余价值问题时,虽然不讳言无产阶级和资产阶级的矛盾,却着重于针对封建地主的利益为资产阶级进行辩护。甚至于像古典经济学的最杰出的代表李嘉图,还企图在剩余价值的分割上,论证无产阶级的利益和资产阶级的利益有一定的一致性,把斗争的矛头指向地主阶级。

威廉·配第以地租为剩余价值的真正形式　配第在劳动价值论的基础上,提出了古典经济学派最初的关于剩余价值的见解。当然,配第并不认识剩余价值是一个总的范畴。甚至于利润,作为一个独立范畴,他也是不了解的。他只能在地租和其派生形式——利息这个具体的转化形式上,论述剩余价值。马克思写道:"在配第看来,剩余价值只有两种形式:土地的租金和货币的租金(利息)。他是从前者推出后者的。前者,在他看来,正如后来在重农学派看来一样,是剩余价值的真正的形式。"①

值得注意的是,首先配第企图在农业这个生产领域内,寻找剩余产物的来源,从而摆脱了重商主义派企图在流通领域内解释剩余的错误,把对剩余价值的探讨从流通领域转入生产领域,成为古典学派剩余价值理论的开端。

其次,上述引语提出了三方面的问题。

第一,地租怎样是"剩余价值的真正的形式"?关于剩余价值的起源和计算,配第的叙述有点杂乱。但在散见于他的《赋税论》一书中的见解,构成了某种有联系的整体。配第从他的劳动价值论出发,认为谷物的价值决定于劳动时间,而剩余价值的规定取决于价值的规定。他说,"假定一个人能够用自己的双手在一块土地上面栽培谷物……我认为,这个人从他的收获之中,扣除了自己的种子,并扣除了自己食用及为换取衣服和其他必需品而给予别人

---

①　马克思:《剩余价值理论》第一册,《马克思恩格斯全集》第26卷Ⅰ,第381页。

的部分之后,剩下的谷物就是这块土地一年的自然的真正的地租"[①]。所以,地租,作为全部农业剩余价值的表现,不是从土地,而是从劳动中引出来的。地租是劳动所创造的价值的一部分,而创造农业产品的劳动的价值又决定于维持农业工人生活所必需的生活资料的价值。地租等于农业总产品减去工资和种子。所以,地租是生产者超出他的工资和其垫支的资本的补偿之上的余额。配第又认为在一定土地上所需要的种子(实际上指生产资料)是一个既定量,于是地租的多少就决定于工资的高低。配第,虽然他自己还不十分明确,却实际上,已把工人的劳动日划分为必要劳动时间和剩余劳动时间。地租是农业剩余劳动借以体现的剩余产品,是剩余劳动的真正的形式。配第把地租和剩余价值等同起来是错误的。马克思指出,地租是剩余价值超过平均利润的余额,是剩余价值的特殊的转化形态。

应该指出,在资产阶级经济学家中,配第通过地租和工资和变量的相互关系,第一次揭露了,在资本主义生产方式下,剩余价值和工资的对立和阶级利益的矛盾。但他并不着意地论述这个矛盾。而且由于他的剩余价值是以地租的形式出现的,他的剩余价值理论反而抹杀了工人阶级和资产阶级的矛盾;把资本主义的矛盾似乎归结为工人阶级和地主阶级的矛盾,从而表现出他的学说的时代局限性和资产阶级的本质。

第二,如何解释利润?在配第的体系中,利润,作为一个独立的资本主义经济范畴,是不存在的。配第认为地租等于农业总产品减去工资和种子(实指生产资料)。工资和生产资料构成了全部

---

① 威廉·配第:《赋税论》,商务印书馆1963年版,第43页。

的生产费用。地租，作为产品中扣除了生产费用后的全部剩余，就是包括利润在内的全部剩余价值。所以马克思指出："这里，地租包括利润；利润还没有同地租分开。"①但利润是实际存在的。对于作为剩余价值一般形式的地租的内含的利润又如何解释呢？配第显然没有排除当时流行的错觉，认为资本的收入分裂为企业家的利润和借贷资本的利息；利润是企业资本家劳动的报酬，是一种特殊的工资。

第三，利息如何是派生的剩余价值形式？配第认为利息和地租一样，是一种租金，是货币的租金。"因为配第是从作为包括利润在内的剩余价值一般形式的地租出发的，所以他不能把资本的利息作为既定的东西，反而必须把利息当作地租的特殊形式从地租中推出来。"②他认为每个货币所有者都可以在出贷货币和以货币购买土地间作出抉择。每个货币所有者都是可能的土地所有人。土地的购买会为货币的所有者带来地租，货币的借贷也应为他带来收入，否则，没有人在这抉择中会愿意出贷货币。因此，利息是从地租派生的。利息至少应等于用同量货币所能买到的土地获取的地租，而在风险较大的情况下，由于适当的"保险费"的加入，可以高于地租。配第这个解释是错误的。我们知道，在资本主义生产方式下，借贷资本是一种从属于职能资本的资本形态；利息是职能资本家从其获得的平均利润中分出一部分交给借贷资本家，作为使用对方资本的报酬。它是平均利润的一部分，从而也是剩余价值的一部分。它不是从地租而是从利润派生的。配第没有

① 马克思：《剩余价值理论》第一册，《马克思恩格斯全集》第26卷Ⅰ，第381页。
② 同上书，第383页。

一个正确的利润理论，因此，也不可能有一个正确的利息理论。但他的这个解释又确实企图把利息纳入剩余价值的一个尝试。

配第为利息寻找自然基础除了一般地为资产阶级利益辩解之外，还显然带有反封建的意味。在前资本主义时期，地租的合理性和公平性从未引起任何怀疑，而利息则被谴责为高利贷，是以货币谋求货币，是不自然的和罪恶的。配第把利息作为一种租金，同土地的租金并列。土地产生地租既然是自然的，那末货币产生利息也是自然的。辩解的针锋是对准地主阶级的。

法国重农学派的"纯产品"学说 重农是法国政治经济学的传统。法国古典政治经济学的创始人，皮埃尔·布阿吉尔贝尔就自认为农业的辩护人。他提出了和重商主义直接对立的观点，宣称农业生产为社会财富的来源。但他这个论点缺乏理论基础。重农主义者弥补了这一缺点，以"纯产品"学说从理论上论证了这个论点。"纯产品"学说是重农学派经济理论和经济纲领的基石。

重农主义者认为财富是物质产品，是使用价值，所以其来源不是流通而是生产。以此为出发点，重农主义者便把理论研究从流通领域转入生产领域。虽然魁奈曾经说过必须把有用的物品和财富区别开来，而这个区别意味着前者是单纯具有使用价值的物品而后者是同时具有交换价值的所谓"商业物品"。但魁奈和其他重农主义者都没有严格区别使用价值和交换价值，而实际上把交换价值还原为使用价值。他们以为交换价值和物质是分不开的。因此，交换价值和使用价值也是分不开的。所以在他们的分析中，他们总是把一种商品的一个定量（如一石小麦）的交换价值作为已知数，而把它忽略掉。这样，财富就不以交换价值为表现而以使用价值为表现。

重农主义者进一步认为财富的生产意味着物质本身的创造和其量的增加。在各经济部门中，他们认为只有农业才能创造物质，才能使物质财富的数量增加。农产物的增长是物质创造的表现，而在农业中生产出来的产品，减去补偿生产过程中耗费的生产资料、工人和农业资本家生活资料后的余额就是物质财富数量增加的表现。因此，只有农业才是生产的。工业不创造物质更不增加物质的数量。工业仅仅使已有的物质发生形态的变化，或者把几种使用价值结合为一种新的使用价值。商业则更不创造任何物质。它只是组织商品流通的经济部门。工商业都是不生产的。魁奈等人的这个观点本身是错误的，因为自然的物质不论在任何场合都不会被创造或增加。工商业固然不创造和增加物质，农业产品又何尝不也只是自然物质的变化形式。撇开这不讲，魁奈等人的这个观点只是在他们缺乏一个科学价值论的理论弱点上，企图以一个在生产中产出的使用价值多于投入的使用价值的实例，说明剩余产品（即剩余价值）的来源。他们称这剩余产品为“纯产品”。他们的“纯产品”学说，实质上就是他们的剩余价值学说。

尽管在农业上，“纯产品”似乎只能从生产中投入和产出的使用价值的差额来理解。但就是在农业上，进一步的分析也不能不涉及价值问题。因此在论证“纯产品”时，他们固然可以以有否新的物质财富的增长来理解，但在计算“纯产品”时，他们就不能从物质的形式上来确定。种子以及农业劳动者和租地农场主的口粮都可以从收获的谷子中直接扣除。但在农业中，除了这些消耗外，还有其他物质消耗，如农具、肥料等等。这些物质消耗都不能在自然形式上从收获的谷物中扣除。当然，可以把这类物质消耗都折合为谷子。但是，把收获物同农业开支都折合为一共同单位就已经是从价值上,而不是从物质上来理解“纯产品”了。所以,实际上,在他们的“纯产品”的计算中,新创造出的产品和投入的农业开支,从一开始,就以价值的形式出现,而“纯产品”也从一开始,就以价值的形式出现。但魁奈等人没有提出这个问题。他们似乎把种子以外的其他生产资料折合为一共同单位的问题忽略掉了。

由于重农主义者只能以生产时投入和产出的使用价值的差额来说明“纯产品”,农业便自然地成为唯一的生产部门,而这个差额的产生也就只能以土地参加农业生产为解释。因此,“纯产品”就必然是“纯粹的自然赐予”。但是,我们在上面已经注意到,魁奈在其所作的农耕技术的分析中已经背离了这个论断,不把“纯产品”当作土地自然产力的结果,而把它和农业上投放的资本的有无和大小联系起来。魁奈显然没有觉察这个分析和“自然赐予”的论断是互相矛盾的。而仍然把“纯产品”描绘为“纯粹自然赐予”的杜尔哥,却比其侪辈前进了一步,把“纯产品”和劳动联系起来,认为它是土地给劳动的礼物,表现为用在土地上的劳动的生产力。只是在土地这个劳动条件和劳动者分离之后,在农业中出现了雇佣关系之后,这个余额才不再表现为自然对劳动的赐予而表现为土地所有者对于别人劳动的——不给等价物的——占有。马克思指出:“这个‘纯粹的自然赐予’在他那里,不知不觉地变成……土地耕种者的剩余劳动”[①],虽然对于这种劳动本身,他还是从它表现为使用价值的具体形式来考察的。

重农主义者以“纯产品”理论为划分社会阶级的基础。(1)既然只有农业才生产“纯产品”,从事农业者就自然而然地成为唯一

① 马克思:《剩余价值理论》第一册,《马克思恩格斯全集》第26卷Ⅰ,第29页。

的生产阶级。(2)工商业不生产“纯产品”,故从事工商业者成为不生产阶级。(3)土地所有者,其中包括地主、国王、官吏、教会等及其从属人员占有全部“纯产品”,成为超然于生产阶级和不生产阶级之上的一个阶级。

重农主义者在叙述社会总产品的流通过程时,论证了“纯产品”如何以地租的转化形式归属于土地所有者阶级。“纯产品”既然实质上是剩余价值,而且全属于土地所有者,地租便成为剩余价值的唯一和一般形式。在重农主义者看来,利润不是一个独立的范畴。工农业利润是对工农业资本家高度熟练劳动的报酬。他们认为在社会三阶级中,生产阶级和不生产阶级都从属于土地所有者,都以他们的劳动从土地所有者那里取得工资。而商业利润是不等价交换和投机的结果,是应被否定的。因此,利润不是剩余价值。至于利息,魁奈承认作为原预付资本折旧补偿的利息的必要性;而一些重农主义者如老米拉波等人则把利息称为违反自然的高利贷。但杜尔哥却和配第一样,从地租中引出利息来,认为货币资本家应当可以得到如果他选择把这笔资本变为地产时所能得到的收入;利息是正当的,但不是新创造的价值的构成部分。利润和利息都只是由于某种理由从土地所有者手里的地租转到其他阶级手里的项目。

以地租为剩余价值的唯一和一般形式当然是错误的。重农主义者分析的对象实际上是资本主义社会。他们的地租实际上是资本主义地租。在资本主义社会,产业利润是剩余价值的最初的一般形式,而利息和地租只是产业资本家分配给剩余价值共同分润者各阶级的产业利润的分支。

这个错误产生自资本主义初期的矛盾。马克思指出:在当时的法国,“资本主义生产正从封建社会内部挣脱出来,暂时还只能给这个封建社会本身以资产阶级的解释,还没有找到它本身的形式”①。“这样,封建主义就具有了资产阶级的性质,资产阶级社会获得了封建主义的外观”②。因此,农业被解释为唯一进行资本主义生产即剩余价值的生产部门,而资本最先得到独立发展的工业部门却是“不生产的”,是农业的附庸。也因此,一方面,他们中虽然有人试图用对于别人的劳动的占有来探讨剩余价值的来源,脱去地租的封建外壳,把它归结为超出工资之上的纯粹的剩余价值,另一方面,又只能按封建主义的精神,从自然而不是从社会,从土地的自然关系而不是从社会关系,从物质或使用价值的增量而不是从价值或其增量,引申出剩余价值的形式。

这里仍然留下的问题是,为什么“纯产品”,无论作为“自然赐予”或作为投资收益,不归于租地农场主而归于地主?为自己封建外观所迷惑的重农主义者不能臆想一个没有地主的社会。他们根本没有提出上述问题。对他们来说,土地所有权和土地所有者对地租的获得,都是天经地义、理所当然的制度。他们从拥护私有制的一般立场出发,认为土地所有者不是荒地开拓者本人,就是开拓者的后代,从而应享受土地所提供的果实。但这仍然是一个外观。

重农主义者对于地租的确认是建立在他们对于土地所有者阶级的特殊地位的推崇上面的,但他们对于土地所有者阶级的特殊地位的推崇却暴露了他们的资产阶级立场的实质。魁奈等人把土地所有者划为一个单独阶级,给它在生产和不生产两个阶级之上

① 马克思:《剩余价值理论》第一册,《马克思恩格斯全集》第26卷Ⅰ,第26页。
② 同上书,第24页。

的一个中心地位。这个外观的推崇却在实质上，一方面，赋予土地所有者以和本身不相称的职能；另一方面，又使他们承担了和其利益相悖的义务。首先，如上面已说过的，魁奈赋予土地所有者以资本家的积累资本职能，从而实际上改变了土地所有者的地位。在《经济表》的分析中，土地所有者不只是消极地占有和享用剩余价值，而是积极地通过他们的支出左右价值增殖和资本积累的形成。土地所有者，在支配他们所获得的，由“纯产品”构成的地租收入时，会通过他们对生产部门支出和非生产部门支出间比例增减的抉择，引起了下年度“纯产品”生产的扩大或缩小，从而对财富的增减起了作用。魁奈认为把地租收入用于购买农业品是生产消费，用于购买工业品是不生产消费。社会总生产的增长和萎缩主要地决定于生产消费和不生产消费比例的变动。因此，社会资本积累的形成和生产的促进成为土地所有者的职能。固然，在讲到生产性和非生产性支出的增减抉择时，他把三个阶级都包括在内。但由于土地所有者占有全部“纯产品”，而“纯产品”是积累的主要来源，他们的抉择起了主要的作用。

其次，重农主义“纯产品”学说的资产阶级本质更充分地暴露在他们的赋税政策的主张上。重农主义者，在“纯产品”学说的基础上提出了废除一切其他赋税而只征收一种单一的地租税的主张。

他们认为赋税的来源只能是社会所生产的剩余价值。地租既是唯一的剩余价值，所以地租是赋税的唯一来源。如果对农业征税，其结果必定侵蚀农业的再生产基金，使农业投资减少，从而导致社会财富（“纯产品”）的减少和地租的减少；土地所有者阶级终成为赋税的实际负担者。如果对工商业课税，由于它们不能创造超于它们的投入资本以上的任何新财富，赋税将会提高商品的价格。其结果将是一方面当土地所有者购买这类商品时，赋税的负担将直接地转嫁到他们身上。另一方面，当生产阶级购买这类商品时，商品高价又会侵蚀农业的生产基金，产生和对农业征税的同样的减少地租的结果；税的负担又间接地转嫁到土地所有者身上。所以一切其他形式的税，只不过是对土地所有权采取间接的课税办法。倒不如简化税制，取消一切其他形式的税而直接向地主征收单一的地租税。而且由于单一税消除了转嫁过程，而简化的税制又减低了征收费用，土地所有者的负担反而减轻了。马克思指出重农学派所主张的单一地租税，实际上，是使赋税的负担不落在工农业者身上，但在表面上却似乎都是为了土地所有权的利益。所以，重农主义者“对土地所有权的表面上的推崇，也就变成了对土地所有权的经济上的否定和对资本主义生产的肯定”①。

单一地租税，在理论上是不正确的，因为它是建立在不正确的“纯产品”学说的基础上的。但它却一方面暴露了在封建外观下重农主义的阶级本质。另一方面，在当时资产阶级反对封建制度的阶级斗争中，它为产业资产阶级锻造一个反封建的思想武器。实际上，杜尔哥在他担任财政大臣时，所推行的部分赋税改革就是以这理论为依据的。而在法国大革命后，革命政府的土地税政策更进一步表示了这一武器在当时资产阶级反地主的斗争中所起的作用。

其三，重农主义者还在其狭隘的认识范围内，为后来的资本积累应归功于资本家个人的节俭和节欲的观点，提供最初的论据。

① 马克思：《剩余价值理论》第一册，《马克思恩格斯全集》第26卷Ⅰ，第26页。

重农主义者既然认定地租为剩余价值的唯一形式，那末“只有地租才是真正的、经济的、可以说是合法的积累源泉”①。利润和利息只是供资本家消费的收入。但如果资本家把他们收入的一部分储蓄起来，这种储蓄当然也成为社会资本积累的一部分；这一部分的资本积累是依靠他们节俭和节欲来实现的。当然，由于重农主义者在划分阶级时，把资本家看成和雇佣工人一样，都只是受雇于土地所有者的劳动者，利润不过是一种工资。他们上述的论点也包括工人阶级通过节俭和节欲造成积累的可能性。但其实质却是一方面为资本的增殖提供辩解，另一方面，又为资本家的积累比土地所有者的积累更为难能可贵提供了论证。马克思指出，亚当·斯密和追随他的经济学家的资本的积累应归功于资本家个人的节俭、节约和节欲的理论“是建立在这个重农主义基础上的”②。

重农主义者以地租为剩余价值的唯一和一般形式，当然有许多根本性错误，但其贡献在于他们以自己的片面观点反驳重商主义者另一片面观点时，已从流通领域转入生产领域来探讨剩余价值的生产和来源，为后来进一步分析资本主义生产奠定了基础，指明了方向。

亚当·斯密以利润和地租为剩余价值的基本形式　亚当·斯密对剩余价值的认识，比他的前辈，大大前进了一步。配第和重农学派都是在地租形式上认识剩余价值的，都还不理解利润这一范畴。斯密在政治经济学理论发展上的功绩之一，就是他不仅提出了利润这个范畴，而且在劳动价值论的基础上指出了剩余劳动是

① 马克思：《剩余价值理论》第一册，《马克思恩格斯全集》第26卷Ⅰ，第37页。

② 同上书，第40页。

包括利润和地租在内的剩余价值的源泉。

从配第到斯密期间，英国的经济思想有一定的进展。在剩余价值问题上，值得一提的尚有约·马西（？—1784年）和大卫·休谟（1711—1776年）等人的关于利息的论述。他们的观点反映了十八世纪中叶英国资本主义生产方式较发展条件下的资产阶级的要求。在工业资本已发展到更高水平的英国，利息已成为平均利润的一部分；资产阶级也要求把利息限制在平均利润之内。马克思指出："在资本主义生产方式的初期，利息对利润来说是独立的，生息资本对产业资本来说是独立的，……直到十八世纪中叶，利息只是总利润的一部分这个事实，才（被马西，在他之后又被休谟）发现，而且竟然需要有这样一种发现。"①马西对利润作了最初的研究，第一次提出利润作为一个独立范畴，并认为利息是从利润派生的。他写道："既然借债人为所借货币支付的利息，是所借货币能够带来的利润的一部分，那末，这个利息总是要由这个利润决定。"②利润和利息有因果关系，前者为因，后者为果。休谟也有类似的看法，认为利息和利润存在着相互的促进关系。但二人都没有说明利润的来源。他们的目的都只在于说明利息而不在于说明利润。所以他们都还说不上在利润的形式上探讨剩余价值。但是他们的著作都彻底地否定了中世纪以来反对高利贷的偏见，并抛弃了配第和重农学派以利息派生自地租以肯定其存在的合理性的论点，从而反映了在工业资本已发展到更高水平时期的资产阶级对扩大资本来源的要求。

---

① 马克思：《资本论》第3卷，《马克思恩格斯全集》第25卷，第422—423页。

② 转引自马克思：《剩余价值理论》第一册，《马克思恩格斯全集》第26卷Ⅰ，第403页。

斯密较其前辈进步之处在于他把剩余价值的概念推广到社会劳动的一切领域。在他的前辈的著作中,创造价值的,仅仅是一种特定的实在劳动,只是劳动的使用价值,而不是劳动时间,不是作为价值源泉的一般社会劳动。由此,剩余价值就只能被理解为在具体劳动中所生产出来的物质超过消费了的物质的余额。在斯密的著作中,“创造价值的,是一般社会劳动(不管它表现为哪一种使用价值),仅仅是必要劳动的量。剩余价值,无论它表现为利润、地租的形式,还是表现为派生的利息形式,都不过是劳动的物质条件的所有者在同活劳动交换过程中占有的这种必要劳动的一部分”①。

斯密认为利息(还包括税收和靠税收生活的人的收入)是一种派生收入。除了来自工资的一部分外,它都只是利润和地租的分成。所以,在他从假定生产只作为商品出卖者和商品所有者互相对立的关系,转向劳动条件所有者和单纯的劳动能力所有者之间进行交换的关系的论述中,提出剩余价值的一般见解时,他只把利润和地租作为剩余价值的基本形式。他认为在前一种关系中,亦即在土地所有制和资本积累产生前的时期,全部劳动产品属于劳动者。在这里,不存在着剩余劳动成为剩余价值而为劳动条件所有者所占有的问题。在后一种关系中,即在土地所有制和资本积累产生之后的时期,劳动和劳动条件分离了,工人就不能全部占有其所生产的产品或价值,而是被迫同地主和资本家分享这个产品或价值。于是斯密直截了当地把地租和资本的利润称为纯粹是工

① 转引自马克思:《剩余价值理论》第一册,《马克思恩格斯全集》第26卷Ⅰ,第64页。

人产品中的"扣除"部分。他认为在土地私有制和资本积累产生之后,地租是对耕种土地的劳动所生产的产品的第一个扣除;农场主的利润是对耕种土地的劳动所生产的产品的第二个扣除;而所有手工业和制造业也都要作这样的扣除来支付利润。斯密论证说,这个"扣除"部分只能由工人加到原料上,超过只支付他的工资或只能提供他的工资等价物的劳动量的那部分劳动构成;因而这个"扣除"部分是由工人的剩余劳动,即工人劳动的无偿部分构成的。

值得注意的是,斯密这个"扣除"的分析,不但第一次地把利润看作剩余价值的形式,从而扩大了剩余价值的概念,而且,在他的分析中,他实际上,把利润这个剩余价值的形式,提高到首要地位,从而为此后的经济学家的进一步的分析提供了一个重要的开端。斯密的分析是从"资本一经在个别人手中积聚起来"[①]开始的。他实际上是以资本的积累作为资本主义生产的前提。在资本成为私人积累之后,资本家就能够利用其积累的资本雇佣工人,以便从工人的"劳动对原材料增加的价值上得到一种利润"[②];利润是无偿的劳动。斯密在把剩余价值的一种形式,利润形式,表述为工人超出他补偿自己工资之上的剩余劳动之后,才对于剩余价值的另一种形式,地租,作了同样的表述;地租也是工人无偿地给予土地所有者的剩余劳动。当然,斯密并不理解决定地租的规律和决定利润的规律是不相同的(事实上,斯密也并不理解什么是决定利润的规律),不理解地租是超过平均利润以上的超额利润。因此,在表面上,他似乎把利润和地租并列为剩余价值的两个基本形式。但是,

---

① 亚当·斯密:《国民财富的性质和原因的研究》上卷,商务印书馆 1972 年版,第 43 页。

② 同上。

他已经意识到，在资本主义条件下（而这是他所考察的实际对象），利润和地租间，存在着一个先后、依附的关系。在《国民财富的性质和原因的研究》的地租章里，他写道："就几乎任何位置的土地说，其所产食物，除足够维持它上市所需的劳动外，还有剩余。而这剩余，又不仅仅足够补偿雇用劳动所垫付的资本及其利润，还留有作为地主地租的余额。"①在这里，他不但指出地租是剩余劳动的产物，而且明显地指出地租是支付利润之后的超额剩余。从他的分析的逻辑说，利润应该是首要的"扣除"。斯密的地租论的一个错误就是虽然他的分析的实际是资本主义地租，但他又经常把它混淆于前资本主义地租。因此，在他把他的"扣除"的观点加以总结时，他却从这混淆的观点出发，把地租放在前面，作为对劳动产品的"第一个扣除"。马克思在斯密的混淆的见解中，看到斯密把利润这个剩余价值的形式提高到首先地位的重要性，指出从亚当·斯密开始的后来的政治经济学家"正确地把工业利润看成剩余价值最初为资本占有的形式，从而看成剩余价值的最初的一般形式，而把利息和地租仅仅解释为由工业资本家分配给剩余价值共同占有者各阶级的工业利润的分枝"②。

但是，虽然在斯密著作中，创造价值的是一般社会劳动；剩余价值，无论它表现为利润、为地租或为利息，都不过是劳动的物质条件的所有者在同活劳动交换过程中占有的这种劳动的一部分。因此，利润、地租、利息都不过是剩余价值的不同形式，他却从来没有把剩余价值本身作为一个专门范畴，和它所具有的利润、地租、

① 亚当·斯密：《国民财富的性质和原因的研究》上卷，商务印书馆 1972 年版，第 139 页。

② 马克思：《剩余价值理论》第一册，《马克思恩格斯全集》第 26 卷 I，第 21 页。

利息的特殊形式区别开来。斯密之后的其他资产阶级古典经济学家也没有这样做。他们在研究中所产生的矛盾和错误，都是由此而来的。

由于斯密从来没有提出剩余价值作为一个专门范畴，他只能用剩余价值的一个特定形式来阐明剩余价值，直接地把剩余价值和这个特定的形式即利润混淆起来。这样，他也就推翻了他自己原先所提出的剩余价值起源的正确见解。当他说："劳动者对原材料增加的价值，在这情况下，就分为两个部分，其中一部分支付劳动者的工资，另一部分支付雇主的利润"[①]时，剩余价值（利润）完全是从工人提供的超出构成他的工资等价物的那一部分劳动之上的追加劳动量产生的，因而剩余价值只是直接由企业主花费在工资上的那一部分资本产生的。这是论证的始点，是正确的。但他接着把这一利润说成为"来报酬他垫付原材料和工资的那全部资本"[②]。他并且解释说："假若劳动生产物的售卖所得，不能多于他所垫付的资本，他便不会有雇用工人的兴趣；而且，如果他所得的利润不能和他所垫付的资本额保持相当的比例，他就不会进行大投资而只进行小投资。"[③]这样，他就不是用剩余价值的本质，而是用资本家的"兴趣"来说明利润了。他这个庸俗的结论事实上反映着资本家的习惯看法。其结果是，在理论上论证的终点却把论证的始点否定了。

更重要的是，由于斯密的价值学说存在着相互矛盾的二元论

① 亚当·斯密：《国民财富的性质和原因的研究》上卷，商务印书馆 1972 年版，第43页。

② 同上。

③ 同上。

观点，他的利润学说、地租学说也存在着矛盾的见解。从劳动决定价值的认识出发，他得出了利润、地租是劳动产品的“扣除”部分，利润、地租都源于工人的无偿劳动从而是剩余价值的形式的正确见解。这是他的第一个利润论和第一个地租论。但他又从价值决定于社会三收入——利润、地租、工资，工资是劳动价格的观点出发，得出了利润和地租是资本和土地的某种自然报酬，是生产费用的一部分，是价值的两个源泉的错误结论。这是他的第二个利润论和第二个地租论。他的庸俗的第二个利润论、地租论否定了他的第一个利润论、地租论，完全取消了他把利润、地租作为剩余价值形式的正确观点。他的第二个利润论、地租论又为此后的庸俗利润论和地租论开了端。无论是后来的主张生产三要素的萨伊，或者“节欲”论的西尼耳，或者“服务”论的巴斯夏都以此为依据。

斯密的庸俗的第二个利润论和第二个地租论既暴露了他的学说的阶级本质，又反映了当时英国阶级斗争的情况。斯密所处的时代是资本主义发展的第二阶段，即工场手工业阶段。由工人、资本家和地主组成的资本主义社会阶级结构已经形成，虽然每一个阶级的明确而完整的面貌和地位还有待于产业革命为之确定。英国十七世纪中叶的资产阶级革命是英国新兴资产阶级对封建制度的革命。但是英国这次的资产阶级革命是不彻底的。在革命的过程中，英国的资产阶级和封建贵族，尤其是和开始资产阶级化了的贵族进行了妥协。时至十八世纪中叶，这个妥协的基础，在某种程度上仍然存在。斯密是资产阶级的经济学家，他当然是拥护资产阶级的利益的，但由于妥协的基础依然存在，斯密的理论体系不可避免地在某些部分打上了这个妥协的烙印。所以当他极力拥护工业的发展时,他对于土地占有制度可以不加以触犯。他强调指出,随着资本积累和土地所有权的产生,因而随着同劳动本身相对立的劳动条件的独立化,经济范畴似乎发生了本质的转变。价值规律似乎变成了它的对立面;利润和地租从对劳动产品的“扣除”的特殊剩余价值形式变为作为价值源泉的资本和土地的某种自然报酬。利润和地租,作为无偿劳动产物的剥削本质不见了。他强调了资本和土地作为和劳动相分离的劳动条件的共性,为了替利润辩护,他也就承认了地租的存在的合理性。

然而,在他分析利润和地租的存在和二者对于剩余价值的分配的关系时,斯密仍然流露出了对利润的偏袒。一方面,他驳斥了那种说利润是所谓“监督的劳动”的工资的错误意见;另一方面,他却坚持说它是资本家投资的报酬。他甚至于有时比拟利润于工资,把利润说成为资本家的正当生活资料的资源。他写道:“他的利润就是他的收入,也就是他生活资料的正当资源。他在制造商品、把它送往市场去的过程中,要垫付劳动者的工资或生活资料,也要垫付他自身的生活资料。他自身的生活资料,大体上说与他可以出卖商品指望的利润相当。”①这完全是一种对利润的辩解,和他前此所说的利润是对劳动产品的一个“扣除”毫不相干。他明明知道利润的使命并不在于为企业主获得生活资料,资本家活动的主要动机并不在此。至于地租,虽然斯密也把它当作一种生产费用来处理,他却没有为它提出其正当存在的理由。土地所有者,在他看来,和资本家不同,既不参加生产和流通,又不冒任何风险;他

① 亚当·斯密:《国民财富的性质和原因的研究》上卷,商务印书馆1972年版,第50页。

们单纯以劳动条件占有者的身份取得劳动所生产的剩余价值的一部分。他说“作为使用土地的代价的地租，当然是一种垄断价格”①。他甚至以讽刺的口吻指出：地主“像一切其他人一样，都想不劳而获，甚至对土地的自然生产物也要求地租”②。在利润和地租之间，斯密显然是有所偏袒的。同时，在分析利润和地租的关系时，他指出，地租是产品价格超过工资和利润的余额，而在订立租约的时候，地主总是企图留给租地农业家以不超过于仅足以代置其固定资本、支付工资和取得全部资本的正常利润的份额。地租的高低是产品价格高低的结果；地租囊括了在扣除平均利润之后，农业资本的剩余价值的全部余额。这个论断已经预示了后来的李嘉图地租学说的关键论点。

但是，斯密并没有从上述分析和论断中明确地引申出，在分割产品的剩余价值时，资本家和地主的利益是对立的，地租是地主阶级不劳而获的寄生性收入的结论。斯密承认正常利润率的高低会对于地租发生影响；地租是产品价格超过代置资本，支付工资和利润的余额。较低的正常利润率是地租的产生和存在的基本条件；而“最高的普通利润率，……它在大部分商品价格中占去应当归作地租那一部分的全部”③。但他又认为利润的高低“取决于社会财富的增减”④。在一个财富增进的社会，资本的积累加多了，资本家间投资的竞争增强了，利润率就减少了。相反地，在一个财富衰退

① 亚当·斯密：《国民财富的性质和原因的研究》上卷，商务印书馆 1972 年版，第 138 页。

② 同上书，第 44、89 页。

③ 同上书，第 89 页。

④ 同上书，第 80 页。

的社会，资本的积累少了，投资的竞争也少了，利润就提高了。这样，就冲淡了资本家和地主的矛盾，也冲淡了地租作为地主阶级不劳而获的收入和全社会利益的矛盾。而这些矛盾是后来的李嘉图在地租论中所特别强调的。这又是当时英国资产阶级和土地贵族在革命后相互妥协的基础尚在资产阶级经济学家斯密的著作中留下的烙印。

大卫·李嘉图明确地把工业利润看成为剩余价值最初的一般形式 李嘉图以分配问题作为其理论体系的中心。作为工业资产阶级经济学派，斯密和李嘉图他们都认为资本积累是社会财富增加的最终原因。但斯密所处的时期是工场手工业阶段，工业资产阶级集中注意力于怎样提高生产。所以斯密在《国民财富的性质和原因的研究》中，着重分析资本积累和资本的不同使用和社会财富增加的关系。在李嘉图所处的机器大工业的阶段，英国经济已有巨大的发展，社会财富也已大量增加。当时英国工业资产阶级就进一步集中注意力于怎样从新创造出来的社会财富中，增强资本积累。在资本主义生产方式下，财富是在社会三个阶级间，以工资、利润、地租的收入形式进行分配的。在工业资产阶级看来，资本积累的规模的大小依存于利润的多寡，已成为越来越明显的事实。于是，分配问题就成为当时英国阶级矛盾和斗争的焦点。李嘉图的以分配问题为中心的思想是这个矛盾和斗争的反映。

李嘉图所论述的分配问题的核心，实际上是剩余价值如何分割的问题。和斯密一样，李嘉图自己也没有提出剩余价值作为一个特定的、一般的范畴。马克思说：“李嘉图在任何地方都没有离开剩余价值的特殊形式——利润（利息）和地租——来单独考察剩余价值。”①从具体形式中抽象出来剩余价值的问题，对于李嘉图也是不存在的。

在这些剩余价值的形式中，李嘉图比斯密更明确地把产业利润看为剩余价值的最初的一般形式，而利息、地租仅是产业利润的分支。在考察利润时，李嘉图总是把作为超额利润的地租撇开。在讲到工业产品时，他撇开土地作为一个生产的因素。在讲到农业产品时，他认为农业产品的价值决定于最劣地的产品的必要劳动而最劣地不付地租。于是农工业商品的价值就都只简单地分解为两个部分，一部分是工资，另一部分是利润。利润是价值中支付工资之后的余额。

李嘉图又和斯密一样，由于他不能从剩余价值的具体形式中抽象出剩余价值来，也不通过任何中介环节，直接把剩余价值和其发展的形式即利润混淆起来。这个错误产生的一系列不一贯的说法和没能解决的矛盾，在李嘉图著作中，比斯密更为突出，因为李嘉图是更坚定而一贯地坚持了劳动价值论的。

虽然李嘉图混淆了利润和剩余价值，但我们仍然可以说他有一个剩余价值的理论，因为他在分析利润时，没有考虑不变资本的因素，而全部预付资本和用在工资上的资本是等同的，从而利润和剩余价值也是等同的。正是在这个意义上，他对于利润的分析，实际上，就是对于剩余价值的分析。马克思曾经指出：“李嘉图在论述利润和工资时，也就把不是花费在工资上的资本的不变部分撇开不谈。他是这样考察问题的：似乎全部资本都直接花费在工资上了。因此，就这一点说，他考察的是剩余价值，而不是利润，因而

① 马克思：《剩余价值理论》第二册，《马克思恩格斯全集》第26卷Ⅱ，第423页。

才可以说他有剩余价值理论。”①当然，在李嘉图的著作中，我们觉察到他有时讲的是和剩余价值有区别的利润本身而不是和剩余价值相混淆的利润。但这些场合只是个别的，或者是次要的。而他的主要的利润理论是他从剩余价值前提出发的观点，把利润直接当作剩余价值，把利润规律直接当作剩余价值规律。而且由于他既然撇开了地租，又把全部资本看作可变资本从而撇开了不变资本，他就明确地把利润看成为资本占有的剩余价值的最初形式，从而看成为剩余价值的一般形式。因此，当我们谈他的利润理论时，我们谈的就是他的剩余价值理论。

但由于李嘉图撇开地租和不变资本，他认为商品的价值（实际上是指劳动新创造的价值）仅仅分解为工资和利润。因此，他作出结论说：利润或者工资的变化，不会使商品价值发生变化，然而它们之中有一个发生变化就会使另一个发生反方向的变化；“利润的高低就会与工资的高低成反比”②。他还认为，利润和工资相反变化的最终原因，是生活必需品生产的劳动生产率的变动。生产率提高，生活必需品的价值下降，工资就会下降，于是利润就增高；反之，生产率降低，生活必需品的价值上升，工资就会上升，于是利润就减低。因为生产率的变动先影响工资，然后再影响利润，所以工资的变化是因，而利润的变化是果。这样，李嘉图就得出了他的剩余价值和工资（他错误地说成利润和工资）只能按反比例增加或减少的规律。他的这个规律，一方面，突出地指出了利润是一个余额，论证了它的剩余价值的本质，但另一方面，却暴露了他的剩余

① 马克思：《剩余价值理论》第二册，《马克思恩格斯全集》第26卷Ⅱ，第424页。

② 大卫·李嘉图：《政治经济学及赋税原理》，商务印书馆1962年版，第92页。

价值理论的主要的缺点和错误。

李嘉图的剩余价值理论的主要的缺点和错误就是他只考虑剩余价值的量而忽略了剩余价值的质和起源。固然，不着意地阐述、论证剩余价值的质和起源是古典学派的共同缺点，但在这个问题上，李嘉图较斯密还严重。斯密，在指出利润是工人劳动产品中第二个“扣除”时，已措辞明确地，“指出了正确的公式。把剩余价值归结为剩余劳动”①。李嘉图从资本主义生产的现实出发，假定工人一天的必要的生活资料所包含的劳动时间等于他每天为再生产这些必要生活资料的价值而必须劳动的劳动时间，而工人每天的劳动时间总是大于其必要生活资料所包含的劳动时间。但他并没有把每一个工人的工作日的一部分直接表现为用于再生产工人自己劳动能力的价值的时间，而其另一部分直接表现为生产利润（剩余价值）的劳动时间。他是从产出的商品价值大于投入的工资价值这个现实出发的，但没有说明这个现实究竟如何产生。马克思写道：李嘉图“把剩余价值看作资本主义生产方式固有的东西，而资本主义生产方式在他看来是社会生产的自然形式。他在谈到劳动生产率的时候，不是在其中寻找剩余价值存在的原因，而只是寻找决定剩余价值量的原因”②。这样，他就不了解在资本强迫进行剩余劳动时，资本所固有的缩短必要劳动时间的渴望。

其实，问题的关键就在于资本对于雇佣劳动的强迫性。剩余价值是剩余劳动的表现。剩余劳动的存在是以社会劳动生产率的一定发展水平为前提的。社会劳动生产率必须有了相当的发展，

① 马克思：《剩余价值理论》第二册，《马克思恩格斯全集》第26卷Ⅱ，第461页。
② 马克思：《资本论》第1卷，《马克思恩格斯全集》第23卷，第563—564页。

使工人每一工作日的劳动,除了再生产工资所必要的劳动时间以外,尚有一个余额。但这仅仅提供了剩余价值存在的可能性,它是剩余价值存在的必要条件,而还不是其充分条件。为了使这一可能性变为现实性,就“必须事先强迫工人进行超过上述限度的劳动,而强迫工人这样做的就是资本”①。李嘉图的错误就在于“不理解资本的生产性,不理解资本强迫进行剩余劳动”②。这又是和李嘉图的资产阶级局限性分不开的。

由于李嘉图没有研究剩余价值的质和起源问题,他只论证了相对剩余价值而根本抹杀了绝对剩余价值。李嘉图错误地假定工人工作日的长短是一个既定量。在这个假定下,他当然只能用生产必要生活资料的社会劳动生产率的提高或降低来说明剩余价值的增加或减少;利润只能在工资减低的情况下,才能提高。但是,如果工作日的长短是一个变量,情况就不会是这样。如果工作日加长了,即使劳动生产率不变,利润也会增多,反之,利润就会减少。换句话说,在工作日长度既定情况下,剩余价值的大小系于劳动生产率的高低,而在劳动生产率既定情况下,剩余价值的大小则系于工作日的长短。前者构成相对剩余价值;后者构成绝对剩余价值。而资本对雇佣劳动的强迫性,一方面表现为,在一定的工作日长度内,以提高生产率的办法,进行相对剩余价值的生产;另一方面表现为,在一定的生产率条件下,以延长工作日的办法,进行绝对剩余价值的生产。在后一情况下,工资和剩余价值,就其价值而言,能够同时增长,而且在一定条件下,还可以有同一程度的增

① 马克思:《剩余价值理论》第二册,《马克思恩格斯全集》第26卷Ⅱ,第462页。
② 同上书,第461页。

长。而就其使用价值而言,甚至在劳动力价值减少的情况下,两部分的使用价值也可能都增加。因此,由于李嘉图没有绝对剩余价值这个范畴,他的利润和工资只能按反比例变动的规律是错误的。固然,他这一规律的重要性在于它揭露了工人阶级和资产阶级的矛盾,但是他不理解资本对工人的强迫进行剩余劳动首先表现为延长工作日的绝对剩余价值生产,其次才表现为力图缩短必要劳动的相对剩余价值的生产。

在李嘉图的理论体系中,利息和地租是职能资本家从剩余价值分润给货币资本家和地主的份额。利息是从利润直接派生的。实际上,在论述利润时,他总是把利息包括在内来考虑的。在《政治经济学及赋税原理》中,他没有对利息作详细的说明,而只是在谈到利息率和利润率的关系时,才阐明了利息的派生性质。斯密也认为利息派生于利润。但由于斯密认为什么是正常的利润率极难决定,曾拟用反证的办法——一时期利息率的高低来推测当时利润率——来论证利息的派生性质。李嘉图同意利息是派生的,但对斯密的这个反证的办法表示怀疑。他宁可同意萨伊的说法,认为利息率直接依存于利润率,利息率"最后和长期地说来由利润率规定"①。

至于地租,李嘉图也认为是从利润中分离、分割出来的部分,但他以其独特形式说明这个分离、分割部分的形成。

李嘉图从坚持他的劳动价值论出发,阐述他的地租学说。这就为他的地租是剩余价值的分支的立场提供了坚实的基础。他确

① 大卫·李嘉图:《政治经济学及赋税原理》,商务印书馆1962年版,第253页。

认地租不是如他的前辈所说的，参加农业生产的自然力的产物，而是农业劳动者所创造的价值的一部分。在李嘉图的分析中，地租实际上是超额利润。作为超额剩余利润，分析的逻辑顺序应该是劳动创造了全部新价值。资本家从这新创的价值中，支付了工资；工资所占的份额，在社会的新创的价值的分配中，起着决定性的作用。支付工资之后的余额是剩余价值。在这剩余价值中，资本家只能取得一种平均利润。在平均利润之外的余额是超额利润，超额利润由资本家以地租的形式交给地主。但是李嘉图不是以这个逻辑顺序来阐述三种收入的关系的。他颠倒了这个顺序，首先提出了地租。他把地租作为分配论的出发点，实际上是因袭了斯密的地租是社会产品中第一个“扣除”的见解。扣除后的余额由劳动和资本来分割。在分割这个余额时，他把工资作为一个定额；于是利润就成为余额。李嘉图这种独特的处理手法反映着当时英国资产阶级在反对土地贵族的斗争中的要求，显示了他在这个阶级斗争中的资产阶级立场。但必须指出，李嘉图的地租在本质上，仍然是超额利润，是剩余价值。

李嘉图所研讨的是资本主义的级差地租；他否认绝对地租的存在。李嘉图考察了资本主义级差地租的两种形式。级差地租的第一种形式是由于不同土地质量和位置优劣不同所造成的，是在不同土地上，劳动生产率的差别所造成的。他认为在优质土地，相对于人口而言很丰富，只需要耕种第一等土地的条件下，租地农场主将得到支付工资之后的全部余额作为利润；这里没有地租。由于自然的吝啬，优质土地是有限的。当人口增加，社会对农产品的需要增加使农产品的价格提高时，人们就要扩大耕种面积，在原已利用的优质土地之外，不得不利用质量和位置越来越次的土地。

这样，在面积相等而质量和位置优劣不同的土地上，使用同量的资本和劳动所产生的产物就有差额。这个差额就为质量和位置较好的土地提供了地租。级差地租的第二种形式是同一块土地上，追加和前此用在这块地上的等量资本和劳动的不同生产率所造成的产量差别而产生的地租。他说，在同一块土地上追加和前此所投入的等量的资本和劳动，产量总是以递减的比例增长。[①] 他认为在这个情况下，虽然没有耕种次等地，优等地也会提供地租。地租将等于在同一块土地上追加资本和劳动的产量和原投入的资本和劳动的产量的差额。所以他总结说："地租总是由于使用两份等量资本和劳动而获得的产品之间的差额。"[②]

李嘉图的地租理论是以他对于平均利润的见解为基础的。他对地租产生的分析是以平均利润的存在为出发点的。但李嘉图并没有说明新创造的剩余价值怎样转化为利润，利润又怎样转化为平均利润，他把利润直接地等同于剩余价值，而提出一个"一般利润率"的概念。他所谓的一般利润率就是平均利润率。他认为利润率有下降的趋势，但在一定的时期，存在着一个通行的"一般利润率"。在这一定的时期一切资本的利润，总是一致地决定于这"一般利润率"。他的地租理论就以之为出发点。租地农场主的资本和其他资本一样都提供利润。但在农业这个特殊的生产部门，投在优地上的资本所提供的利润大于由资本的一般利润率决定的

① 李嘉图的第二种形式的级差地租是和所谓"土地收益递减律"联系在一起的。按照这个"规律"对同一土地的追加资本和劳动会增加产物的产量但总量的增加不是同比例的而是递减的。列宁在《土地问题》一书中，对这所谓"规律"做了最详尽的批判。

② 大卫·李嘉图：《政治经济学及赋税原理》，商务印书馆 1962 年版，第59 页。

平均利润。这个超额,和在比较有利条件下生产出来的工业品所提供的暂时的超额利润一样,也是“第二个剩余价值量”①。但是在工业部门中,这个“第二个剩余价值量”,在其平均化之前,以超额利润的形式,归于资本,而在其平均化的过程中,趋于消失。在农业部门中,这个“第二个剩余价值量”没有一个平均化的过程,而以地租的形式,由租地农场主交纳给地主。由此可见,虽然李嘉图在论述社会的分配的顺序中,不先从工资的分析出发,而先提出地租为对劳动产品的第一个扣除,从而在表面上,似乎不承认地租为剩余价值的特殊形式。但他的地租,实质上还是超额利润,是农业资本所提供的“第二个剩余价值量”,是剩余价值的一个分枝。应该附带地指出,由于李嘉图没有生产价格这一范畴,他不了解这个由超额利润构成的地租取决于社会生产价格与个别生产价格之间的差额,而不是如他所说的取决于社会价值与个别价值之间的差额。

李嘉图在论述剩余价值理论时,真正的兴趣实在于剩余价值如何分割为利润和地租。在阐述社会分配中地租、工资、利润三者变量的关系时,他不讳言利润和工资的矛盾,但他的理论的重心却在于论证地租和利润之间的矛盾。

李嘉图习惯地接受资产阶级的观点,确认资本家在社会中的主导地位和他们在社会产品的分配中的枢纽作用。他认为资本家是社会经济的中心人物。他们的资本组织了生产,支付了一切生产费用,然后获取了劳动所创造的全部价值。工资和地租只是他们所支付的生产费用。劳动所创造的全部价值减除生产费用后的余额构成了他们的利润。因此,在利润和工资与利润和地租间的

① 马克思:《剩余价值理论》第二册,《马克思恩格斯全集》第26卷Ⅱ,第28页。

消长中，都存在着对立关系。

在利润和工资的消长关系中，固然，由于资产阶级的局限性，李嘉图不是把这个对立看作资本主义制度的历史规律而把它看为永恒的自然规律，只注意到二份额量的比例而看不到其资本主义剥削关系的实质；但事实上，李嘉图的分析仍然充分地揭露了资产阶级和工人阶级的矛盾。李嘉图这个立场和十九世纪初叶英国工人阶级和资产阶级的斗争实况又是分不开的。一方面，由于在产业革命后，英国工人阶级对资产阶级的矛盾加剧了，李嘉图不能像斯密一样，认为工人阶级的经济情况会随国民财富的增长而不断改善，从而工人和资本家的利益是一致的。而另一方面，在 1830 年以前，加剧了的工人阶级和资产阶级的斗争仍然处于幕后。因此，李嘉图还不怕揭露这个矛盾，公开地承认利润是价值减除了工资之后的余额，但企图把这个矛盾作为次要矛盾，从属于资产阶级和地主阶级的矛盾。

在分析剩余价值的分割时，李嘉图的攻击矛头是指向地租的。李嘉图的地租论以平均利润的存在为基础。这就意味着地租是超额利润。他认为在人口增长和社会对农产品需求增加的压力下，农产品的价格不断增长，超额利润不断加多，于是地租也就不断提高。他写道，“生产困难便显然会使地主获得双重的利益。第一，他获得的份额加大了；第二，付给他的商品的价值也增加了”①。李嘉图以此论证——虽然他的论证是迂回的——在分割一定量剩余价值时，如果地租的份额大了，利润的份额必然小了；如果地租的

① 大卫·李嘉图：《政治经济学及赋税原理》，商务印书馆 1962 年版，第 69 页。

份额不断地提高，则利润的份额将不断下降。坚决站在资产阶级立场的李嘉图痛心疾首地指出，在社会不断发展的情况下，最吃亏的是资产阶级。既然他认为社会生产的发展依存于资本积累，资本的积累依存于利润，利润率不断下降的趋势，对于社会生产的不断提高是不利的。所以地主阶级不但是社会发展的果实的窃取者，而且是社会生产的阻碍者；地主阶级的利益不但和资产阶级的利益相对立而且和全社会的利益相对立。

李嘉图还进一步分析地主分割越来越多的剩余价值份额的情况对工资的影响。李嘉图认为工资受工人最低生活费规律的制约。在社会发展，农产品价格提高的情况下，货币工资会相应地提高，以保证工人获取同量的，包括粮食和其他生活必需品和享用品在内的全部实物工资。但假定其他必需品和享用品的价值不变，工人的全部实物工资折合为谷物的量，实际上会少了；而折合为谷物的价值，虽然由于实物工资中的粮食的内含价值提高会绝对地有所增加，但由于总实物工资中的其他生活产品价值不变，却会比例于谷物价值的提高而相对地减少。工人的情况不是改善了而是更坏了。

李嘉图对于资产阶级和地主阶级分割剩余价值的分析，反映了当时英国阶级斗争的情况。具体地说，就是把当时英国工业资产阶级力图联合工人阶级反对谷物法的实际斗争提升为理论，论证在英国这样一个经济发达的社会中，作为“第二个剩余价值量”的地租，会在总剩余价值中，占有越来越大的份额。虽然利润是价值减除工资后的余额，从而事实上承认其为“基本的剩余价值量”，但这个份额是不断下降的。因此，工人阶级和资产阶级的矛盾是次要的，是从属于地主阶级和资产阶级以及全社会其他各阶级的矛盾的。

李嘉图这一分析的最大缺点就是，对于构成剩余价值的利润和地租的关系，他只注意到它们之间量的消长而无视了它们的质的一致。他没有清楚地看到二者是剩余价值的两个具体的特殊形式，都是资本主义生产关系的表现。他既没有指出利润和工资在量上的消长，实际上，反映了工人阶级和资产阶级间阶级关系的质的对立性，也没有指出利润和地租，虽然在表面上表现为量的对立，却存在着同为剥削收入的质的同一性。这个缺点是由于李嘉图的资产阶级立场所决定的。

第三节　马克思创立作为无产阶级政治经济学基石的剩余价值学说

马克思的剩余价值学说也和他的劳动价值学说一样，是在批判、继承古典政治经济学的有关理论的基础上建立起来的。关于马克思和他的先驱者的关系，恩格斯在《资本论》第 2 卷的“序言”中写道：“在马克思以前很久，人们就已经确定我们现在称为剩余价值的那部分产品价值的存在；同样也有人已经多少明确地说过，这部分价值是由什么构成的，也就是说，是由占有者不付等价物的那种劳动的产品构成的。但是到这里人们就止步不前了。其中有些人，即资产阶级古典经济学家，至多只研究了劳动产品在工人和生产资料所有者之间分配的数量比例。另一些人，即社会主义者，则发现这种分配不公平，并寻求乌托邦的手段来消除这种不公平现象。这两种人都为既有的经济范畴所束缚。于是，马克思发表意见了,他的意见是和所有他的前人直接对立的。在前人认为已有答案的地方,他却认为只是问题所在。……这里的问题不是在于要简单地确认一种经济事实,也不是在于这种事实与永恒公平和真正道德相冲突,而是在于这样一种事实,这种事实必定要使全部经济学发生革命,并且把理解全部资本主义生产的钥匙交给那个知道怎样使用它的人。"①

马克思的剩余价值学说的创立过程 马克思的剩余价值学说萌芽于十九世纪的四十年代。当时在马克思的若干著作中阐述劳动和资本的对立时,结合着对资产阶级和小资产阶级政治经济学的批判,分析了"劳动商品"的买卖和雇佣劳动的形成,揭示了资本的实质和剩余价值的起源。在《哲学的贫困》(1847 年)和《雇佣劳动与资本》(1849 年)两书中,我们可以看出马克思在当时,已经不仅极明白地知道了剩余价值从哪里产生,而且也知道了它是怎样产生的。在《哲学的贫困》中,马克思揭示了劳动(指劳动力)作为特殊商品的意义;看到了资产阶级所视为资本主义生产方式的"可怕的现实"②。他以不能把劳动所创造的价值和劳动(劳动力)本身的价值混为一谈的论断,指出了"劳动的剩余"的存在,而"要获得这种生产力的发展和这种劳动剩余,就必须有阶级存在,其中一些阶级日益富裕,另一些则死于贫困"③。在《雇佣劳动与资本》中,马克思考察了什么是资本和它如何增殖的问题。他把资本作为分离了的劳动,作为与工人相对立的敌人和剥削他们的力量来考察。他指出:资本"是资产阶级社会

① 恩格斯:《〈资本论〉第 2 卷序言》,《马克思恩格斯全集》第 24 卷,第 21 页。

② 马克思:《哲学的贫困》,《马克思恩格斯全集》第 4 卷,第 100 页。

③ 同上书,第 135 页。

的生产关系”[①]。所以资本是一个历史范畴。商品生产是资本的基础。没有商品就没有资本,但商品本身还不是资本。“它成为资本,是由于它作为一种独立的社会力量,即作为一种属于社会一部分的力量,借交换直接的、活的劳动而保存下来并增殖起来。除劳动能力以外一无所有的阶级的存在是资本的必要前提。”[②]在资本和活劳动的交换中,存在着劳动所创造的价值和劳动力本身的价值之间的差额;差额形成了资本的增殖。马克思这里关于资本“增殖”的分析揭开了他的剩余价值学说的序幕。

在五十年代(1857—1858 年)所写的《政治经济学批判》的手稿中,马克思第一次系统地论述了自己关于资本和剩余价值的基本要点。在这手稿中,他分析了货币转化为资本的过程,开始严格地把劳动与劳动力区分开,揭示了劳动力这一商品的交换价值和使用价值。他还明确地把剩余价值作为独立范畴,从它的各种具体形式里抽象出来,从而解决了古典派所不能解决的关于剩余价值的本质和其表现形式的关系的问题。同时,他又指出了资本主义生产的目的和实质,初步地考察了资本的有机构成以及平均利润的形成。由此可见,马克思的剩余价值学说在五十年代末已基本上形成。但在 1859 年出版的《政治经济学批判》(第一分册)一书中,马克思尚未来得及论述到这个问题。恩格斯后来说过:“马克思在五十年代一个人埋头制定了剩余价值理论,在他没有完全弄清这一理论的所有结论以前,他坚决拒绝发表关于这一理论的任何材料。”[③]

---

① 马克思:《雇佣劳动与资本》,《马克思恩格斯全集》第 6 卷,第 487 页。

② 同上书,第 488 页。

③ 恩格斯:《致弗拉基米尔·雅柯夫列维奇·施穆伊洛夫(1893 年 2 月 7 日)》,《马克思恩格斯全集》第 39 卷,第 25 页。

马克思的剩余价值学说是在十九世纪六十年代的著作中公开发表的；是在《资本论》第1卷（1867年）中得到系统的论述，而在后来的各卷中彻底完成的。

1865年6月，在第一国际总委员会第一次会议上做的，题为《工资、价格和利润》的报告中，马克思在批判那种认为提高工资一定会提高物价的谬论时，以通俗的形式第一次公开地阐明了剩余价值学说的基本要点。他证明了工人出卖的不是劳动而是劳动力；劳动所创造的价值大于劳动力本身的价值，这就是剩余价值的源泉；而资本家对剩余价值的无偿占有正是以资本和劳动力间的等价交换为基础的。他还进一步考察了剩余价值的分割。虽然他还没详细论述这分割如何在剥削阶级内部进行，但已指出："地租、利息和产业利润不过是商品的剩余价值或商品中所含无偿劳动不同部分的不同名称罢了"，"直接向工人榨取这剩余价值的正是企业资本家，不论最终他能把这剩余价值中哪一部分留归自己。所以，整个雇佣劳动制度，整个现代生产制度，正是建立在企业资本家和雇佣工人间的这种关系上面"①。从而证明了无产阶级和资产阶级的矛盾是资本主义社会的主要矛盾，工人阶级的主要任务是进行消灭资本主义制度的革命。

但是马克思的剩余价值学说的全面而系统的论述是在《资本论》中完成的。剩余价值学说在3卷的《资本论》中构成一个整体。第1卷研究了剩余价值的产生、实质、后果和历史趋势，从而揭示了资本主义基本经济规律。第2卷研究了剩余价值如何实现为利润。第3卷研究了剩余价值在实现为利润后如何转化为平均利

---

① 马克思：《工资、价格和利润》，《马克思恩格斯全集》第16卷，第152页。

润,又最后如何分割为产业利润、商业利润、利息和地租。从研究的方法上说,马克思在这一巨著中,先从具体提升到抽象,然后又从抽象回到具体。第1卷研究的出发点是G—W—G′公式所表现的G′超过于G的现象,即作为剩余价值具体形式的利润。第1卷从这出发,探索在这具体形式后面的抽象形式,把利润归结为剩余价值。第2、3卷则从抽象回到具体,阐明剩余价值怎样实现为利润,转化为平均利润又怎样分割为利息、地租等形式。

剩余价值范畴的确立。剩余价值的产生和其本质 马克思的先驱者从来只在剩余价值的特殊形式——利润、利息、地租——上论析剩余价值。他们都没有从这些具体的特殊形式中抽象出剩余价值这一独立的范畴。而马克思却先撇开剩余价值的形式,研究在劳动所生产的价值中,原预付价值的超过额的生产和实质,确立了剩余价值作为这超过额的一般形式和独立范畴,从而揭露了以剥削劳动为基础的资本主义生产方式的对抗性的实质。

马克思在论述货币如何转化为资本时,区别了简单商品流通的公式,W—G—W,和作为资本的货币流通公式,G—W—G。马克思指出:这个G—W—G“过程的完整形式是G—W—G′。其中的G′=G+△G,即等于原预付货币额加上一个增殖额”①。这个公式适用于商业资本、产业资本、生息资本等一切资本,是直接在流通领域中的资本总公式。马克思继续写道:“我把这个增殖额或超过原价值的余额叫作剩余价值。可见,原预付价值不仅在流通中保

① 马克思:《资本论》第1卷,《马克思恩格斯全集》第23卷,第172页。

存下来,而且在流通中改变了自己的价值量,加上了一个剩余价值,或者说增殖了。正是这种运动使价值转化为资本。”①

马克思在这里所研究的作为原价值的超过额的剩余价值不只是资本的利润、利息,而是包括地租在内的全部非劳动收入的源泉。资本家所以能取得利润并付给借贷资本家以利息,付给土地所有者以地租,是由于投入到企业里的价值增长了,提供了一个在原价值以上的超过额。马克思从 G—W—G 开始研究,只是为了追踪各具体形式所掩盖的剩余价值,从而确立这个一般的形式作为一个独立的范畴。

作为原价值的超过额的剩余价值,马克思着重指出,首先是价值,即物化劳动,其次是物化的剩余劳动即剩余价值。这就显示价值和剩余价值的内在联系:如果消耗的劳动不采取价值的形式,不生产商品,那末剩余劳动也就不可能表现为剩余价值。剩余价值和价值既然有上述的内在联系,它的产生或如马克思所指出的:“货币转化为资本,必须根据商品交换的内在规律来加以说明,因此等价物的交换应该是起点。我们那位还只是资本家幼虫的货币所有者,必须按商品的价值购买商品,按商品的价值出卖商品,但他在过程终了时必须取出比他投入的价值更大的价值。”②但在这里都在表面上产生了剩余价值存在和价值规律的矛盾。马克思不止一次地指出这个矛盾是造成李嘉图体系崩溃的两个主要矛盾之一。李嘉图和古典经济学其他代表人物一样,断言劳动者出卖的是劳动,工资是劳动的价值。果然如此,则在资本和劳动交换时,

① 马克思:《资本论》第1卷,《马克思恩格斯全集》第23卷,第172页。

② 同上书,第188—189页。

二者必居其一:如果劳动者出让的活劳动等于物化于工资中的劳动,则交换是按规律进行的,但利润便无从产生;如果活劳动大于物化于工资中的劳动,则利润产生的事实是顾全了,但价值规律却被破坏了。

马克思以其劳动力这一范畴的发现解决了这个古典经济学所不能解决的矛盾,论证了剩余价值是怎样在价值规律的基础上产生出来的。马克思指出工人出卖的不是劳动而是劳动力;用资本交换劳动,实际上是用资本交换劳动力。劳动力像一切商品一样,具有价值和使用价值。资本家在依据等价交换的价值规律支付了劳动力价值之后,也像任何商品的买主一样,取得了使用它的使用价值的权利。但劳动力是一种特殊的商品。“它的使用价值本身具有成为价值源泉的特殊属性,因此,它的实际使用本身就是劳动的物化,从而是价值的创造。”①劳动力使用价值的使用不是在流通领域中,而是在生产领域中进行的。资本家在购得劳动力之后,就把它带进生产场所进行商品的生产。而在出卖这些商品时,他仍按等价交换的价值规律索价。但是劳动力使用价值的使用所产生的价值,大于他的劳动力本身的价值。这个差额构成了原价值的超过额,成为剩余价值;而这剩余价值又转化为资本。马克思说:“货币转化为资本的这整个过程,既在流通领域中进行,又不在流通领域中进行。它是以流通为媒介,因为它以在商品市场上购买劳动力为条件。它不在流通中进行,因为流通只是为价值增殖过程作准备,而这个过程是在生产领域中进行的。”②所以,剩余价值

① 马克思:《资本论》第1卷,《马克思恩格斯全集》第23卷,第190页。

② 同上书,第220页。

的产生与存在和价值规律没有任何矛盾。

剩余价值是由雇佣工人的剩余劳动所创造而被资本家等剥削者所无偿占有的超过劳动力价值的价值。但如马克思所指出的："资本并没有发明剩余劳动。"①剩余劳动和剩余劳动产物之为剥削阶级所无偿地占有，同样地，存在于奴隶经济和封建经济。但在奴隶社会和封建社会剩余劳动并不形成剩余价值。只有到了以劳动力成为商品为标识的商品经济达到其最发达时期的资本主义社会，剩余劳动才采取了剩余价值形式。所以，剩余价值是资本主义生产方式的独特范畴，剩余价值的无偿占有是资本主义的独特的剥削形式。

不变资本和可变资本　马克思从价值的增殖，亦即剩余价值的来源的角度，把资本划分为不变资本和可变资本，区别了资本的不同组成部分，在价值增殖过程中，所执行的两种不同职能，从而阐明了资本所表现的社会生产关系，在这些不同的资本组成部分中的不同表现。

资产阶级古典经济学派都把资本看为物。亚当·斯密就曾把资本说成是为了继续生产而积累起来的储存品，把它分为流动资本和固定资本（斯密在用词上也称之为不变资本）。前者，由原料、半制品和成品的储存、在工商业者手里的粮食储存、作为流动资本流通工具的货币等组成；后者，由机器和工具、生产用的建筑物、土地上的各项改良等组成。斯密的这个分类，实际上，只是重农学派把投资于农业的资本分为"年预付"和"原预付"的变相和引申。虽然斯密看到资本的出现是使劳动产物的分配发生变化的一个因

① 马克思：《资本论》第1卷，《马克思恩格斯全集》第23卷，第263页。

素，并曾指出资本是能为资本家提供收入的储存品，但是他这一分类却和他也已认识到的资本的收入是对他人剩余劳动的占有的情况没有任何联系。当然，也应该说，由于斯密说过劳动者对原材料增加的价值可分为两部分，其中一部分支付劳动者的工资，另一部分支付雇主利润，来报酬他垫付原材料和工资的那全部资本。他意识到作为资本总额的“报酬”的全部企业利润仅仅是由“工人加到材料上的新劳动”（可变资本）产生的；新创造的剩余价值本身和花费在材料和工具上的那一部分资本（不变资本）是毫不相干的。但斯密并没有以这个差别来作为资本分类的标准。李嘉图在他论述利润和工资的关系时，把花费在工资以外的资本（不变资本）撇开，使全部资本等于工资支出（可变资本）。马克思曾指出：“就这一点说，他考察的是剩余价值，而不是利润，因而才可以说他有剩余价值理论。”[①]也是就这一点上说，我们才认为李嘉图也意识到只有可变资本才产生剩余价值。但和斯密一样，李嘉图也没有认识到这是认识资本作为价值增殖来源的关键，也没有以之为划分资本的标准。同时，由于他们都混淆了剩余价值和利润，他们就不能摆脱资产阶级的习惯看法，认为利润应和总资本成比例而不是同所使用的劳动量成比例，这样，似乎利润是由全部资本产生的。

马克思认为资本虽然在现象上表现为物，但在本质上却不是物，而是在物的掩盖下的一种特定历史条件下的人与人的生产关系，具体地说，就是无产阶级和资产阶级间的剥削和被剥削的关系。在这个前提下，马克思把资本划分为不变资本和可变资本，论证了这两种资本在价值构成和价值增殖中的不同作用，阐明了剩

---

① 马克思：《剩余价值理论》第二册，《马克思恩格斯全集》第26卷Ⅱ，第424页。

余价值的真正来源。不变资本构成生产资料，在生产过程中，不改变自己的价值量，不创造新价值；转移到新产品中去的只是其本身原有的价值。可变资本变为劳动力，在生产过程中，再生产自身的等价物和一个超过这个等价物的余额，即剩余价值。所以，马克思写道："资本的这两个组成部分，从劳动过程的角度看，是作为客观因素和主观因素，作为生产资料和劳动力相区别的；从价值增殖过程的角度看，则是作为不变资本和可变资本相区别的。"①把资本划分为不变资本和可变资本，是马克思的一个伟大功绩。它对于揭露剩余价值的真正来源和论证资产阶级和无产阶级间的剥削和被剥削的关系具有重大意义。它证明了剩余价值不是由资本家垫支的全部资本带来的，而只是由其中的可变资本部分带来的，也就是由雇佣工人的劳动创造的。无偿占有工人的剩余劳动是资本增殖的唯一来源。

不变资本和可变资本的划分不但区别了剩余价值和利润，并且区别了剩余价值率和利润率。剩余价值率是剩余价值和可变资本的比率，利润是剩余价值和全部资本的比率。资本对工人剥削的程度不等于利润率的高低而系于剩余价值率的高低。马克思指出："剩余价值率是劳动力受资本剥削的程度或工人受资本家剥削的程度的准确表现"，虽然它"并不是剥削的绝对量的表现"②。

绝对剩余价值和相对剩余价值　马克思全面和系统地研究了剩余价值生产的两种方法，从而进一步揭露了资本主义生产的剥削实质和剩余价值规律的作用。

---

① 马克思：《资本论》第 1 卷，《马克思恩格斯全集》第 23 卷，第 236 页。

② 同上书，第 244 页及注(30a)。

资产阶级古典经济学家只研究了马克思所称的相对剩余价值;相对剩余价值,实际上,是他们在利润名义下研究的剩余价值的唯一形式。他们都是从总工作日的长度既定这一前提出发的。斯密在其著作中,虽然提过在不同的劳动部门中工作日长短有差别,但在这里,他所注意的只是部门间的差别,而这种差别已由这不同部门劳动的强弱度、难易、爱恶等的不同所抵销;而经此调整后的标准工作日是相同的而且是既定的。李嘉图也从这个前提出发。他只能用生产必要生活资料的社会劳动生产率的提高或降低来说明剩余价值的增加或减少。

马克思以其绝对剩余价值和相对剩余价值的分析,从理论上和历史上,全面地论证了剩余价值的生产。他把通过延长工作日而产生的剩余价值,称为绝对剩余价值,把通过缩短必要劳动时间、相应地改变工作日的两个组成部分的量的比例而生产的剩余价值,称为相对剩余价值。马克思分析了二者之间的辩证关系。不论绝对剩余价值,还是相对剩余价值,都是劳动分为必要劳动和剩余劳动的表现,因此,都以剩余劳动时间,即全部所有的劳动时间和它的必要的部分之间的差额的存在为前提。从历史的过程上说,这一前提又同样地以提高劳动生产率为前提的社会生产力的发展为条件。这就是绝对剩余价值和相对剩余价值的统一性。然而在资本主义生产方式已经确立,并且确立在已有可能把劳动时间分为必要劳动时间和剩余劳动时间的生产力发展的一定水平上时,进一步增大剩余价值就要通过两个截然不同的途径:一是延长劳动日;一是缩短必要劳动时间。这就成为二者的区别。

马克思又指出:“绝对剩余价值的生产构成资本主义体系的一

般基础，并且是相对剩余价值生产的起点。”①马克思认为绝对剩余价值的生产只是以劳动在形式上隶属资本为前提。资本主义的剥削方式不同于以前的奴隶制度或封建制度的剥削方式只在于后者以直接的强制手段占有剩余劳动，而前者则通过劳动力的“自愿”出卖而占有剩余劳动。劳动对资本的形式的隶属是在购买劳动力的行为中形成的；同时也就是资本主义生产的必要的和充分的前提。然而相对剩余价值的生产则以劳动对资本实际上的隶属为前提，以特殊的资本主义生产方式为前提。这种生产方式连同它的方法、手段和条件本身是在劳动对资本的形式上隶属的基础上发生和发展的。马克思研究了在资本主义发展的各个历史阶段中，劳动在资本支配下日益社会化的过程，即从社会化最简单的简单协作形式到其最高的机器生产形式的过程。为了缩短必要劳动，就要提高劳动生产率；为了提高劳动生产率，就要使劳动的技术过程和社会组织发生根本的革命。这样，“劳动对资本的这种形式上的隶属，又让位于劳动对资本的实际上的隶属”②。相对剩余价值的生产是资本主义制度的更隐蔽的、更具特征的剥削方法。马克思还认为劳动在资本支配下日益社会化，和劳动生产率的提高意味着剥削程度的提高；以资本主义生产的社会化和私人占有间的矛盾的越来越尖锐化的事实，论证了资本主义生产关系由促进生产力的发展的动力一变成为生产力的桎梏，从而得到了资本主义必然灭亡，必然为共产主义所代替的革命结论。

剩余价值的实现、转化和分割　马克思在《资本论》第1卷中，

① 马克思：《资本论》第1卷，《马克思恩格斯全集》第23卷，第557页。

② 同上。

分析了作为一般范畴的剩余价值之后，在同书的第2、第3卷中，再从抽象回到具体，论述了剩余价值怎样实现为利润，怎样转化为平均利润，又怎样分割为资本主义下各种剥削收入的形式。

资产阶级古典经济学家们没有剩余价值的范畴，混淆了剩余价值和利润。因此，他们一方面，虽然事实上把利润归结为剩余价值，又不能摆脱利润的大小取决于全部资本大小的资产阶级偏见；另一方面，虽然把利息和地租归结为利润的分枝，利润是资本主义剥削收入的统一形式，又不能论证这个统一形式怎样通过一系列的转化环节，终于分割为其他具体的剥削收入形式。

马克思以他的剩余价值的实现和转化的分析既澄清了剩余价值和利润的异同，又揭露了资本主义各种剥削收入和其概括形式，即利润间的内在的血统关系。

剩余价值的实现，实际上，是剩余价值转化为利润的过程。剩余价值向利润的转化是剩余价值转化运动的第一阶段。这个过程受资本循环的制约，是资本循环的产物。资本全部的循环包括一个生产阶段…P…，和在其一前一后的两个流通阶段，即流通公式中的 $G—W < \begin{matrix} A \\ pm \end{matrix}$ 和 W′—G′的阶段。剩余价值的生产发生于循环中的生产阶段，但其实现则发生于 W′—G′的后一个流通阶段。只有在资本全部循环终了时，剩余价值才采取了利润的形式。

马克思既揭示了利润和剩余价值的同一又揭示了它们的区别。他发现剩余价值是一个特殊的资本主义的范畴，它只能在利润的形式上表现出来。和一切现象的本质和其表现形式既相同又有区别一样，二者不单是同义语而是两个范畴。在本质上，利润的源泉是剩余劳动。因此，利润和剩余价值是同一的。但在形式上，利润不直接表现为剩余劳动的产物而直接表现为全部垫支资本的产物。这又造成了它们的区别。

马克思阐述了造成这个区别的因素。首先,虽然剩余价值只是由可变资本产生的,但是它的生产却以拥有一定数量的不变资本为条件。其次,剩余价值的物质承担者是商品 W′,在其中包括了全部预付资本的价值。而剩余价值的实现是和预付资本的实现密切联系的。只有在资本家实现了包括全部预付资本在内的商品的价值时,剩余价值才能实现。这就说明了如何在资本的循环中,作为全部预付资本产物形式的利润掩盖和歪曲了作为剩余劳动占有物的剩余价值的本质。

从上述因素出发,马克思先考察了剩余价值怎样转化为利润。在这个考察过程中,马克思假定商品按价值出售;资本的有机构成相同;每个资本家所生产的全部剩余价值和其获得的利润是一致的;流通不脱离生产而独立,即还没有商业资本及其他各种资本等等。在这些假定下,马克思研究了劳动消耗转化为资本消耗,剩余劳动的占有转化为资本的自行增殖,剥削程度转化为资本增长程度,从而说明了剩余价值到利润的转化。

马克思进一步研究了剩余价值转化为利润的第二阶段,即一般利润如何转化为平均利润。在这里,马克思从个别资本的研究进入社会资本的研究。社会资本是不同的有机构成的个别资本的总和。由于同量资本要得到同量利润规律的作用,资本,在有机构成和流通速度各异的各生产部门间所实际生产的剩余价值,经过资本间不断和尖锐的竞争,在各生产部门间进行分配和再分配,利润便转化为平均利润。平均利润的形成造成了价值和生产价格的背离和不同生产部门或个别资本家的资本的剩余价值和利润的背离。古典经济学家也以平均利润为假定,他们讲的利润,实际上都是指平均利润。他们是从利润总是比例于总资本大小的资本主义现实,认识到同量资本应得同量利润的规律的。但由于他们没有从利润转化为平均利润的过程中,发现生产价格这一范畴,他们不知道当利润采取了平均利润的形式时,价值就采取了生产价格的形式。因此,他们不能解决他们所看到的同量资本应得同量利润的规律和价值规律的矛盾,更不能解决他们所没认识到的,存在于他们体系中的利润作为剩余劳动产物和作为总资本产物的矛盾。马克思关于上述两个背离的分析解决了这两个矛盾。

马克思在分析利润转化为平均利润时还指出,在这一转化过程中,资本主义的生产关系已由于资本家间的竞争而趋于复杂化。资本家间的剧烈竞争和平均利润的形成掩盖了工人阶级和资产阶级间的阶级斗争。同时,从价值和生产价格虽然背离而总价值和总生产价格却又相等,以及从个别部门资本家的剩余价值和利润虽然背离而总剩余价值和总利润又是一致的情况下说,马克思又论证了整个工人阶级的剩余劳动被资产阶级所共同占有:“资本家在他们的竞争中表现出彼此都是虚伪的兄弟,但面对着整个工人阶级却结合成真正的共济会团体”①。

剩余价值转化为商业利润是剩余价值转化的第三阶段。在论述剩余价值转化为利润,利润又转化为平均利润时,马克思以产业资本家来代表整个资产阶级。产业资本家使整个社会资本人格化,而他们取得了全部价值。在此之后,马克思进一步考察剩余价值怎样在资产阶级内部,即产业资本家和商人之间,产业资本家和借贷资本家之间进行再分配。

① 马克思:《资本论》第3卷,《马克思恩格斯全集》第25卷,第221页。

马克思对剩余价值转化为商业利润的分析是以在资本主义制度下,商业资本已成为特殊资本的形式的理论为基础的。古典经济学既不认识前资本主义的商业资本和资本主义生产方式下的商业资本是两个不同的范畴,又把资本主义生产方式下的商业资本和产业资本混为一谈,忽视了商业资本的特性。因此,他们不能说明商业资本怎样是资本的一种派生形式,不能说明商业利润怎样是利润的一种派生形式,从而也不能解决剩余价值怎么会转化为商业利润。马克思第一个判明了前资本主义商业资本和资本主义方式下的商业资本的区别。马克思写道:在资本主义生产方式中,“商人资本只是表现为执行一种特殊职能的资本。在以前的一切生产方式中,商人资本表现为资本的真正职能”①。只有分析资本主义生产和分析作为产业资本,执行着一种特殊职能的商业资本时,才会把商业利润归结为剩余价值的特殊转化形式。

商业资本本身不生产剩余价值,但作为社会总资本的一个构成部分,它要求分享利润而且会按它在总资本中的比例参加平均利润率的决定。马克思着重地研究了商业资本怎样通过流通达到了分润生产资本在生产过程中所增殖的一部分剩余价值。实际上,马克思的在不同生产部门间利润平均化的理论已经提供了解决商业利润的存在的问题的可能性。这个理论已提出了剩余价值的生产和剩余价值的分配之间的区别。如果资本有机构成高的企业,在分配中,由于利润平均化的结果,获得超过于其所生产的剩余价值的利润,这个超额就不是该企业自已所生产的,而是通过流通,由于产业资本间的相互竞争而获得的。商业利润只是这情况

① 马克思:《资本论》第3卷,《马克思恩格斯全集》第25卷,第365页。

的极限实例；它全部都是通过流通，由于商业资本和产业资本间的相互竞争而获得的剩余价值分配额。

余下的问题就只是这个剩余价值的再分配的途径了。马克思以进一步给生产价格以一个更确切的新定义说明了这个途径。前此，生产价格等于生产费用加产业平均利润，而现在，生产价格则等于生产费用加产业和商业的平均利润。在形式上，商人通过买卖获得利润；利润等于买价和卖价的差额。但由于资本主义商业利润不能是在商品价值上的单纯加价，这个差额就不能不是一种让渡收入。马克思认为产业资本家将全部商品出卖给商人所得的生产价格的总额，现在已不等于而小于全部商品的价值，而商人将全部商品出卖给最后消费者的生产价格的总额则等于全部商品的价值。可见，在商业资本成为执行一种特殊职能的资本时，生产价格本身就有了新的变态。产业资本家所依据为其商品售价的生产价格还不是真正的生产价格，而商人所据以出售的，既包括产业平均利润又包括商业平均利润在内的生产价格才是真正的生产价格。这两个生产价格的差额构成了商人买价和卖价的差额，才解释了一部分剩余价值怎样转变为商业利润。古典经济学家既然根本上没有生产价格的范畴，更不可能了解这个生产价格的变态的问题；因此，也就没有可能说明剩余价值怎样会转化为商业利润。

马克思还研究了商业职工被剥削的性质和特点。商业利润是在流通中借助于从事商业的雇佣劳动而被取得的。它既表现为对产业工人的剥削，也表现为对商业中的劳动的剥削。但商业中的劳动并不创造剩余价值。所以，剥削的实质在于商人依靠商业职工的无偿劳动，来获得产业资本家分润给他的那一部分剩余价值。

平均工商业利润分解为利息和企业主收入，是转化的第四阶段。随着资本家分化为借贷资本家和职能资本家,已使剩余价值转化形式的平均利润又进一步转化并分割为利息和企业利润。和商业资本一样,借贷资本存在于资本主义生产方式之前;在奴隶制社会和封建主义社会利息以高利贷的形式出现。只有在资本主义生产方式下,借贷资本才和商业资本一样,被改造,转化为产业资本的派生形式,利息才成为产业资本家和商业资本家让给借贷资本家的一部分剩余价值的转化形式。古典学派没有区别前资本主义的借贷资本和资本主义生产方式下的借贷资本。因此,虽然他们能正确地认识到产业利润是剩余价值最初为资本占有的形式,而利息是产业利润的分枝,是随着利润而运动的派生收入,但他们不能说明究竟剩余价值怎样会转化为利息。马克思第一次判明了前资本主义和资本主义下的借贷资本的区别。马克思论证说,由于在资本主义生产方式下,借贷资本是产业资本和商业资本的派生资本,利息才通过从产业资本和商业资本的平均利润中的直接扣除,而成为剩余价值的转化形式。利息是已经采取平均利润形式的剩余价值的一部分,是借贷资本从产业资本和商业资本那里争得这种平均利润的一部分。利息是平均利润的一部分,但不是全部平均利润:全部平均利润扣除利息的余额构成了产业和商业资本家(企业主)的收入。就其形式来说,利息和企业主收入可区别为“资本所有权”和“资本机能”的收入,似乎表现为货币资本家和职能资本家间的对立。但就其本质说,二者已经是以平均利润形式出现的剩余价值的两个部分,都表现为被掩盖着的资产阶级和工人阶级的剥削和被剥削关系。

超额利润转化为地租是转化的第五阶段。马克思在分析了剩余价值在资本家内部的分配之后,才上升到地租。这个分析表明了剩余价值的具体形式如何一步步地和剩余价值的生产相脱离。这种脱离在地租中达到顶点。地租和其他剩余价值的转化形式不同。它不表现为资本的产物,而表现为土地的产物。古典学派已把地租作为产业利润的分枝。李嘉图还把地租同价值联系起来,并说明了在优等和中等土地上,农业资本家取得的超额利润,通过他们之间竞争归于地主,转化为地租。但古典学派没有明确地区分前资本主义和资本主义地租,没有揭露成为地租的优、中等土地所取得的超额利润的来源和本质。而且由于他们等同了价值和生产价格,他们只有级差地租的理论而否认绝对地租的存在。

马克思明确地区别了前资本主义和资本主义地租。前者是封建主靠超经济强制办法占有农业剩余劳动的结果;后者是地主从资本所得的利润中的分肥。资本主义地租是剩余价值的一种特殊形式,在数量上,只有剩余劳动所创造的剩余价值的一部分。

马克思提出级差地租和绝对地租两个范畴。级差地租是农业超额利润转化为地租的第一个形式。资本主义土地经营的垄断是级差地租产生的原因,而农产品的个别生产价格和其社会生产价格间差额的存在是其产生的条件。土地是一种特殊生产资料。它不能如工业的先进设备一样,可以随意增添。因为土地,尤其是优质地的数量是有限的,租种优质地的农业资本家就取得对这种土地的经营垄断权。这种土地经营的垄断,使租种优质地的农业资本家能长期保持生产条件的优势。再则,在优质地上劳动生产率较高,因而必要劳动时间减少了,剩余劳动时间增加了,这样才创造出转化为地租的超额利润。最后,在仍然以农产品按生产价格出售的假定下,农产品的社会生产价格决定于劣等地的生产条件。于是就造成了租种优、中等地的个别生产价格和社会生产价格的差额。这个差额决定了超额利润的大小。土地经营垄断使这种超额利润不能在农业资本家间均化。但农业资本家的相互竞争却使这种超额利润归于地主而成为级差地租。级差地租表现为农业中个别生产价格和农业中社会生产价格的差额,证明在农业这一生产部门中,投资于优劣不同的土地上的资本有不同的生产率。它是生产效能较高的土地所创造的超额剩余价值转化为超额利润终归于地主所占有的结果。

绝对地租的存在和这个范畴的确认是马克思在考察了当时工农业资本有机构成和经济效果的差别后,所做出的一个科学论断,也是马克思地租论的一个新发现。绝对地租是农业超额利润转化为地租的第二个形式。土地私有权的垄断是形成绝对地租的原因;而农业资本的有机构成低于社会平均资本有机构成则是形成绝对地租的条件。土地私有权的垄断为资本在工农业之间的自由转移和竞争设置了障碍,使农业作为资本主义生产的一个部门,不参加一般利润率的平均化。同时,由于资本主义农业在生产力的发展上和劳动生产率上落后于工业,农业中的资本有机构成较低于工业。这就意味着同量资本投在农业里,会比投在工业里带来较多的剩余价值。由于农业资本不参加一般利润率的平均化,农产品就按它们的价值而不按照其生产价格出售。二者的差额形成了农业资本的超额利润。由于租地农业家间的相互竞争,这个超额利润就转化为绝对地租归于地主所有。绝对地租表现为农产品价值和社会生产价格的差额,证明在社会各生产部门中,农业资本比同量的非农业资本更能把大量劳动带入生产运动。和工业比较起来,它是相对少有成效的农业部门所创造的超额剩余价值转化为超额利润终归于地主所占有的结果。

在剩余价值问题上，正如恩格斯所说过的，马克思在前人认为已有答案的地方，却认为只是问题所在，看到怎样通过对于剩余价值的分析，为整个资本主义的理解提供了一把钥匙。马克思的剩余价值学说透过掩盖着资本主义剥削的种种假象，分析了剩余价值的起源和本质，阐明了剩余价值和其具体各转化形式的内在联系，确认了资本主义社会各剥削集团剥削收入的总源泉，揭露了资本主义社会阶级对抗关系的经济基础，论证了资本主义生产方式产生、发展和灭亡的规律，为无产阶级社会主义革命提供了锐利的理论武器。

第三章　社会总资本的再生产和流通学说

再生产在社会一切形态中都占有重要地位。但在前资本主义社会中,再生产表现为产品的再生产和只是单纯当作商品来交换的简单商品的再生产;它反映着自然经济和早期商品经济下的生产关系。而在资本主义社会中,由于它不但是商品经济最发达的社会,而且以雇佣劳动商品生产为特征,商品已不单是当作商品来交换,而是当作资本的产品来交换,再生产不仅表现为商品的再生产,还表现为反映着在物的掩盖下资本主义商品经济生产关系的资本再生产。资本再生产既在本质上表现为资本主义社会阶级关系的不断再现,又在形式上表现为资本在其循环周转过程中的价值补偿和实物更替的不断运动。

资本的再生产通过资本的流通得到实现。资本的再生产和流通是一个统一的过程。在资本主义社会,资本的再生产和流通,一方面,以单个资本的运动,即单个资本循环的相互交换的形式出现。另一方面,又以社会总资本的运动,即以各独立的单个资本运动的总和的形式出现。

无论是单个资本或社会总资本,资本主义资本的再生产和流通总是包括了一个直接的生产的过程(劳动过程和价值增殖过程)和真正的流通过程的两个阶段(劳动力和生产资料购买的阶段和商品售卖的阶段）。两个过程构成资本的全部循环。这个循环，作为周期性的过程，即经过一定期间不断重复的过程，形成资本的周转。资本在生产领域不断的生产过程，是资本在流通领域不断地完成各种转化的条件。反之，资本在流通领域的不断转化又是资本在生产领域的不断更新和其作为生产资本的不断再现的条件。

第一节　重农学派对社会总资本再生产和流通的分析的尝试

在马克思之前，资本再生产和流通问题曾经引起资产阶级经济学者的注意。试图对这一问题作出初步的探讨和分析是资产阶级古典政治经济学在经济科学理论发展上的另一个主要功绩。法国重农学派魁奈在《经济表》中所做的以"纯产品"在国民经济循环运动为核心的社会总财富的生产和流通的说明是对资本主义资本运动分析的天才尝试。

魁奈的《经济表》　法国重农学派的首要人物弗朗斯瓦·魁奈在他的《经济表》①中，第一次试图描述和分析资本主义社会总资本

① 《经济表》作于1758年末。但其初版的经过，在其后的二百多年中，一直为迷雾所笼罩。魁奈的门徒杜邦·德·奈穆尔，在其发表于《公民历书》(1769年)的叙述重农学派运动早期历史一文中说，在十八世纪五十年代末，魁奈曾以四开本的形式，在凡尔赛宫内印刷，发表了《经济表》的初版，并以之分赠给有限的少数人；这个版本包括一个《表》，一篇《解释》，一篇《絮理的〈王家经济准则〉选录》。这就是当时和在这以后的长期内被认为《经济表》的第一版。虽然当时一般学者都知道这一版本的存在，但都没见到这版本，而只是从米拉波的著作和魁奈以后的著作中见到原《表》的征引和其发展的形式的。甚至到了十八世纪的八十年代，翁肯还认为这一版本早已失传。人们更不会意识到杜邦所指的这一版，实际上并非第一版；在这版本前尚有两个版本。

再生产和流通的过程。马克思指出："重农学派的重大功绩在于，

十九世纪八十年代末，在法国巴黎国家档案馆中发现了一批米拉波的文件，其中有关于初版《经济表》的文献。文献中有两封魁奈致米拉波的信。第一封信说他曾试作一说明经济秩序的基本《表》；附寄给米拉波查阅。第二封信说，他附寄经过扩大和修改的《经济表》的第二版；在这一版中，原《表》的400利弗尔的收入基数已改为600利弗尔，这版只印成三份。

以此为线索，在对米拉波文件进行探索中，发现了和第一封信描述相符的一份以400利弗尔为收入基数的魁奈《经济表》手稿。这一手稿是否曾经付印，没有得到证实。但由于魁奈的第二封信说到附寄的以600利弗尔为收入基数的《表》是原以400利弗尔为基数的《表》的第二版，这份手稿从此便被认为是魁奈自己所说的写成于1758年末的《经济表》的真正的第一版的原稿。

1894年，不列颠经济协会发表了一批从法国国家档案中新发现的有关《经济表》的文献，其中包括(a)一张以600利弗尔为收入基数的镌版印的《表》，(b)一篇经魁奈手写校订的《〈经济表〉解释》，(c)一张以600利弗尔为收入基数的印刷的《表》，(d)一份印刷的《经济准则》。不列颠经济协会的报告认为这份文献构成了上面所说的魁奈给米拉波第二封信中所指的第二版。但学术界的意见并不完全一致。有人认为文献中的(c)和(d)合在一起构成了真正的第二版，而(a)和(b)可能是较为后期印成的。

1905年，舍勒在《政治经济学评论》期刊的一篇文章中声称他发现了一本杜邦称之为原《表》的四开本的版本。他把它说为第三版。舍勒对这一版的内容作了描述，但表述得不详细，没有把它和不列颠经济协会报告中的(a)和(b)资料联系起来。更重要的是，他没有说明他如何找到这个版本和这个版本的收藏地方。他的发现缺乏实物的旁证。

跟踪舍勒所提供的线索，库钦茨基夫人，通过和杜邦在美国后代的联系，终于在1965年，在美国的伊吕特里安·米尔斯历史图书馆收藏的资料中，发现舍勒所描述的，也就是杜邦所说的四开本的《经济表》第三版版本。这一发现证明了不列颠经济协会所发现的文献中的(c)和(d)是魁奈给米拉波第二封信中所说的"第二版"(法国国家图书馆收藏的这"第二版"的另一本可作旁证)，而文献中的(a)和(b)实是这个第三版的印刷底稿。1971年，贝卡格利在意大利佛罗伦萨旧书店中发现了和伊吕特里安·米尔斯历史图书馆收藏的第三版完全相同的版本，为库钦茨基夫人的发现提供了旁证。第二版和第三版都被认为发表于1759年。

以上是截到现在为止，我们所知道的关于1758至1759年《经济表》各初版经过的情况。以后《经济表》发表的经过较为明确。它以各种的模式见于米拉波的《人类之友》(1760年)；见于魁奈和米拉波合著的《农村哲学》(1763年)；见于魁奈的《经济表分析》(先发表于1766年6月的《农业、商业、金融杂志》，复以修正、扩大形式收入于杜邦于1767年编辑出版的魁奈文集《重农主义》)；见于魁奈的《第一个经济问题》(先以《经济问题》为题发表于1766年8月的《农业、商业、金融杂志》，复以补充和修正形式收入于杜邦的《重农主义》)；见于魁奈的《第二个经济问题》(第一次于1767年发表于杜邦的《重农主义》)。

他们在资产阶级视野以内对资本进行了分析。”①马克思又指出：“魁奈的《经济表》就是要通过图解来清楚地说明：一个国家（实际上就是法国）每年的总产品，怎样在这三个阶级之间流通，怎样为每年的再生产服务。”②魁奈的信徒们曾为《经济表》作了广泛的宣传，但没有从《经济表》对于年总产品流通的分析中，看出其对于资本再生产问题的重要意义。而后于重农学派的其他古典经济学者并没有继承和发展这个尝试，反而把《经济表》遗忘了。

以魁奈为首的重农学派促进了在政治经济学中把理论的研究从流通领域过渡到生产领域的变革，使政治经济学沿着真正的科学道路前进。他们认为生产才是社会财富的源泉，而流通只是对所生产的产品进行分配的必要条件。虽然后者又是不断的生产即再生产的必要条件。

“纯产品”学说是以魁奈为首的重农学派的经济理论和经济纲领的核心，也是他们的社会总资本的再生产和流通学说的基础。

重农学派认为财富只能是物质。商品的流通不可能生产任何物质，所以流通领域也就不可能是财富的源泉；财富的生产只能来自生产领域。在这基础上，重农主义者又进一步论证在工农业各部门中，只有农业才是真正的生产部门，因为不但只有农业才生产物质，而且只有农业才生产扩大的物质财富。他们由此提出了“纯产品”的概念。魁奈区别了财富的“扩大”和财富的“相加”。前者发生在农业中，后者则发生于其他经济部门中。在农业中，生产出的产物，除了补偿生产过程中所耗费的生产资料（如种子等以及劳

① 马克思：《剩余价值理论》第一册，《马克思恩格斯全集》第26卷Ⅰ，第15页。

② 恩格斯：《反杜林论》，《马克思恩格斯全集》第20卷，第269页。

动者和农业资本家的生活资料）以外，还有剩余产物。所以，农业可以造成财富的扩大。至于其他经济部门，它们只不过是把已有的物质资料，变更其形态，使之成为一种新的使用价值。这后一过程并没有使已有的物质总量有所增多；其产物只能补偿已经使用掉的生产资料和劳动者及资本家的生活资料。它们只造成了财富的“相加”，而没有创造任何新的财富。重农主义者称生产出的财富超过在生产过程中所耗费的财富的差额为“纯产品”。只有农业才生产“纯产品”，其他经济部门都不生产“纯产品”。

在魁奈的《经济表》中，“纯产品”的流通是商品的流通的关键。“纯产品”的流通导致商品在社会各阶级间的流通和分配，而商品在社会各阶级间的流通和分配又导致资本的往复循环，使社会的再生产成为可能。《经济表》的落足点在于说明一个社会的总资本怎样以每年社会总产品的流通运动形式，为不断进行的每年再生产服务。

简单再生产的分析　魁奈《经济表》的模式不是单一的或一成不变的；它经历了一个发展的过程。在形式上，《经济表》的第一、二、三版（1758—1759 年）和《人类之友》（1760 年）所采取的是曲折连接线的复杂图式（见附图一）。在《农村哲学》（1763 年）中，复杂的图式开始让位于一个简单化的提要图式。在《经济表分析》（1766 年）中，简化的提要图式最后发展为一个新的“算学范式”（见附图二）。在《第一个经济问题》（1766 年）和《第二个经济问题》（1767 年）中，各表都是在这个《算学范式表》的基础上构成的。在内容上，《经济表》的第一、二、三版和《经济表分析》中的各表所描绘的是一个处于简单再生产均衡状态的情况。而《人类之友》、《农村哲学》、《第一个经济问题》和《第二个经济问题》中的各表则

【附图一】 经 济 表*

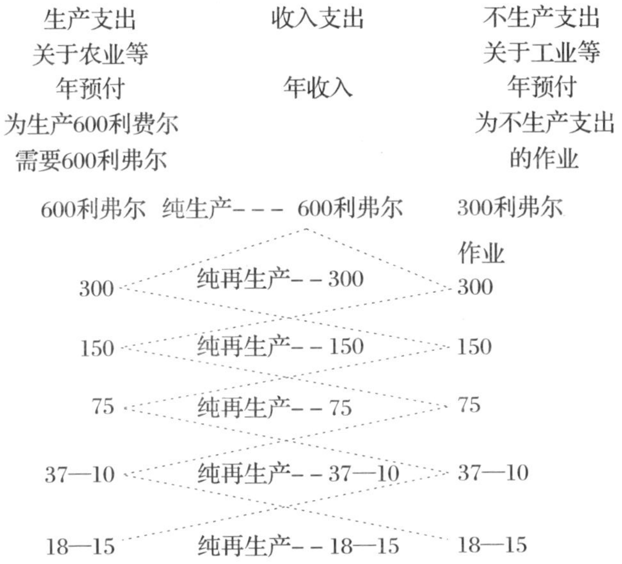

总再生产……600 利弗尔收入；加 600 利弗尔成本和 300 利弗尔原预付的利息。于是再生产为 1500 利弗尔包括构成计算基础的 600 利弗尔的收入。扣除的税和为其再生产的预付都抽象掉。

＊魁奈：《经济表》（第三版）

【附图二】 经 济 表*

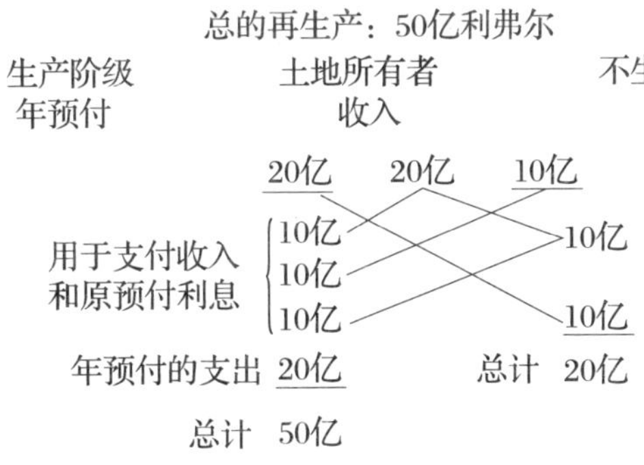

＊魁奈：《经济表算学范式分析》

着意于说明从这个简单再生产的均衡转化为均衡各变态的运动的原因。后者实际上意味着魁奈已经从简单再生产转向扩大和缩小再生产的考察。

以简单再生产为考察对象的《经济表分析》中的《算学范式表》是魁奈《经济表》的基本模式。马克思对魁奈《经济表》的述评就是以这个表为依据的。所以马克思说:“魁奈的《经济表》用几根粗线条表明,国民生产的具有一定价值的年产品怎样通过流通进行分配,才能在其他条件不变的情况下,使它的简单再生产即原有规模的再生产进行下去。”①这里“几根粗线条”指的是表面上描绘的社会三阶级间五个综合交换行为。“其他条件”指的是这个基本模式《经济表》中的一系列假设——以“纯产品”率为100%的租佃大农业;以50%对50%支配购买农工业产品的支出比例为基础的简单再生产;固定的商品价格;没有对外贸易的封闭式的国内市场经济;抽象掉每一阶级内部各部门的流通等等。这个表是在这些假设下进行社会资本再生产和流通的分析的。

《算学范式表》以农业在过去年度结束时总产品的收获为起点,即以“纯产品”的获得为起点。魁奈认为在过去年度开始前,生产阶级已经投入价值一百亿利弗尔的“原预付”(即固定资本),又投入了二十亿利弗尔的“年预付”(即流动资本)。魁奈假设“原预付”的资本可用十年;每年平均耗损为十亿。生产阶级在过去经济年度投下这些资本,创造出价值五十亿利弗尔的农业年总产品。从实物形式来说,五十亿年总产品中,粮食为四十亿,工业原料为十亿。从价值构成来说,五十亿中,十亿为“原预付”耗损的补偿,

① 马克思:《资本论》第2卷,《马克思恩格斯全集》第24卷,第398页。

二十亿为“年预付”的补偿，余下的二十亿为“纯产品”。这五十亿的全部农业总产品都掌握在生产阶级手中。在新经济年度开始时，生产阶级留下价值二十亿的产品。这一部分的产品不进入社会三阶级间的流通，而构成了“年预付”的直接补偿，成为再生产的条件之一，余下的价值三十亿的产品则进入社会三阶级间的流通。其中，价值二十亿的“纯产品”将以地租的形式付给土地所有者阶级。余下的十亿则成为生产阶级“原预付”的利息。但这利息只是经过流通把它转变为同等价值的工业品才得到实现。除了农业年总产品之外，在《经济表》所描述的运动开始以前，生产阶级手中还掌握了在旧经济年度流通过程中所收回的二十亿货币。

在同一经济年度，不生产阶级投入用于工业原料的“年预付”十亿利弗尔，又用于劳动报酬的粮食和其他生活资料的支付十亿利弗尔；创造了价值二十亿利弗尔的工业品。这里没有“纯产品”。由于魁奈以“纯产品”的有无为生产和不生产的标准，工业既不生产“纯产品”，就被认为是不生产的经济部门。这自然会引起若干误会和矛盾。例如，在这里，他就没有把工业的二十亿利弗尔年产品归入社会总产品中。而实际上，《算学范式表》中的社会总产品应当包括全部农工产品的七十亿利弗尔而不只是农业总产品的五十亿利弗尔。在这个《表》所描述的新年度开始以前，不生产阶级也掌握其所生产的全部价值二十亿利弗尔的产品。但这价值二十亿的工业产品必须全部进入流通，并且只有通过流通把它转变为同等价值的农业品，才能补偿其“年预付”和劳动报酬支付，使新年度的再生产得以进行。

至于土地所有者阶级，它在开始时，也只是拥有向生产阶级要求二十亿货币地租的权利。

着眼于社会资本的再生产,《经济表》的作用就是论证在一个新经济年度开始之后,如何通过旧经济年度已生产出来的总产品在社会三阶级间的流通,使旧经济年度所投入资本都得到补偿,使新经济年度的再生产能够以原来的规模继续进行。《经济表》所描绘的,在表面上,是社会商品再生产的整个过程,但实际上,社会商品再生产过程就是社会资本的再生产过程。

以上述三个阶级在流通运动前的情况为起点,这个《算学范式表》把无数个别的交换行为概括为具有社会性质的广泛运动,以五个交换行为所构成的三个流通,说明社会总产品在三阶级间的具体流通过程。魁奈把仅在两个阶级之间进行的流通称为不完全的流通,而把在所有三个阶级之间进行的流通称为完全的流通。

重农学派不把货币当作资本(这一点下面还要说明),但却承认货币为便利商品流通的重要工具。《经济表》虽然以"纯产品"的流通为出发点,却以货币的流通为"纯产品"流通的杠杆。在所有的阶级间交换行为中,货币都起着带动流通的作用。

第一个(不完全的)流通:生产阶级无偿地付给土地所有者阶级以其手中所掌握的二十亿利弗尔货币作为地租。这二十亿货币在随后的商品的流通中起着杠杆的作用。土地所有者阶级以二十亿中的十亿向生产阶级购买生活资料。这是第一个交换行为。于是十亿货币回到生产阶级手中,而十亿的农产品(生活资料)流入土地所有者阶级手中。通过这个交换行为,二十亿中第一个十亿的"纯产品"就以实物的形式归于土地所有者阶级。

第二个(完全的)流通:土地所有者阶级用其手里余下的十亿货币向不生产阶级购买工业品,而不生产阶级又用这样得到的十亿货币,向生产阶级购买生活资料。这是第二个和第三个交换行为。通过第二个交换行为,二十亿中的第二个十亿的“纯产品”就以实物更替的形式归于土地所有者阶级,完成了土地所有者阶级对于全部“纯产品”的占有。第三个交换行为,一方面,使十亿货币回到生产阶级手里,另一方面,又使不生产阶级从生产阶级那里得到在新经济年度里进行再生产时所必要的粮食和其他生活资料。实际上,这一个交换行为是不生产阶级间接地以它所生产的工业品换取了生产阶级所生产的农产品,作为进行再生产所必要的劳动报酬。

第三个(不完全的)流通:生产阶级用十亿货币向不生产阶级购买后者所生产的工业品,其中大部分是农业工具和农业所必需的其他生产资料。这是第四个交换行为。不生产阶级即以这十亿货币向生产阶级购买生产原料,以补偿自己的“年预付”资本。这是第五个交换行为。通过这两个交换行为,十亿货币最终又回到生产阶级手中,而实际上,生产阶级只是通过货币流通的迂回途径把自己的十亿的生产原料换取不生产阶级的十亿的生产资料。

运动于是完成。完成后的情况首先是,土地所有者阶级以二十亿货币地租换取了十亿农业品,十亿工业品,得到它所“应得”的“纯产品”。由于魁奈假定以土地所有者阶级为首的社会各阶级在分配其收入于农工业品的购买时,采取的是50%对50%的平均比例,而农业上所采用的资本主义大生产农耕技术又恰好每年获得100%的收益,它只能期待着在来年的简单再生产过程中,获得同量的“纯产品”。其次是,生产阶级把“纯产品”的一半,以生活资料的形式,向土地所有者阶级换回其在开始时所交纳的地租的一半的货币;又以“纯产品”的另一半,以生活资料的形式,通过向不生产阶级售卖的迂回途径,换回其所交纳的地租的另一半的货币。

这样二十亿的货币又回到它的手里，准备于下一经济年度开始时，再向土地所有者阶级交纳地租。此外，生产阶级现在掌握着从不生产阶级那里换来的价值十亿的农业工具和其生产资料的工业品；加上一开始就不进入流通的价值二十亿的种子和本阶级生活资料的农产品。旧经济年度所投入的全部“年预付”和“原预付”的耗损都得到补偿，原资本的再生产得到实现，新年度的简单再生产得以进行。其三，不生产阶级掌握了十亿的生活资料农产品，又掌握了十亿的工业原料。旧经济年度所投入的“年预付”和劳动报酬也都得到补偿，原资本的再生产也得到实现，为新年度的简单再生产也创造了条件。

扩大和缩小再生产　《算学范式表》的前提是简单再生产。但《算学范式表》只是魁奈《经济表》的一个模式。不能以这一模式所描绘的再生产规模例其余。诚然，马克思说过，再生产理论的主要的困难“不是发生在对积累的考察上，而是发生在对简单再生产的考察上。因此，亚当·斯密（第 2 篇）和他以前的魁奈（《经济表》），每当研究社会年产品的运动和它的以流通为媒介的再生产时，都是从简单再生产出发的”①。但必须指出，马克思在他的所有著作中，凡讲到魁奈的《经济表》时，都以《算学范式表》为对象；而简单再生产确是《算学范式表》的前提。把马克思上述的论点解释为魁奈的《经济表》只涉及于简单再生产的问题，那是对魁奈的误解，也是对马克思的误解。

魁奈等人也确是重视简单再生产的。《算学范式表》是《经济表》的基本模式。他们经常称这模式所描述的简单再生产情况为

① 马克思：《资本论》第 2 卷，《马克思恩格斯全集》第 24 卷，第 410 页。

“均衡情况”，“丰裕情况”甚至为“幸福情况”，而扩大或缩小再生产，至少在形式上，似乎是对这“均衡”等情况的偏离。但魁奈是把《经济表》当作一种分析方法，来分析法国当时的实际问题的。从分析法国实情出发，魁奈认为法国农业，由于宫廷贵族的奢侈浪费，错误的赋税政策和农产品价格政策的推行，正处于缩小再生产的凋敝情况；故视简单再生产为“丰裕”为“幸福”。以简单再生产为“均衡”，实只是把简单再生产看作介于缩小或扩大再生产之间的中性情况，而不是把它看作介于两个同为不良的、失常的缩小和扩大再生产之间的正常情况。

因此，《经济表》的不同模式，事实上具有不同再生产规模的内容。只要我们的考察不限于《算学范式表》，而全面地及于其他各模式，我们就会发现魁奈实以简单再生产为出发点，而以特殊的形式探讨了缩小或扩大再生产的问题。问题的关键在于“年预付”。《算学范式表》以“年预付”不变为前提。简单再生产会不会转化为缩小或扩大再生产，以“年预付”在资本的运动过程中，会不会减少或增加为条件。“年预付”的增加或减少实际上就是资本的积累或反积累问题。在《经济表》的若干不同模式中，魁奈以法国当时经济情况为背景，提出了“年预付”减少和增加的可能性，从而把再生产问题从简单再生产导入缩小和扩大再生产。

社会消费支出倾向是《经济表》不同模式中“年预付”增减的最重要原因，从而也是简单再生产变为缩小和扩大再生产最重要的一例。在米拉波文件中所发现的魁奈附寄第一版《经济表》的信札中，魁奈说，他绘构了一个描写经济秩序的《表》以显示“支出和生产的关系”，使可能对于政府政策会带来的“组织和无组织”做出明确的估计。如果这可以证明魁奈在开始绘构《经济表》时，已经显示社会支出倾向的变动对于再生产的影响为目的，则《经济表》的作用显然不限于只对简单再生产作出描述。简单再生产只是进一步对政府政策带来的对再生产影响的估计的基础而不是理论探讨的最终目的。

在第一、二、三版的《经济表》和《算学范式表》中，支出倾向的比例是50%对50%。在“纯产品”和“年预付”的比例为100%的假定下（第一、二、三版《经济表》和《算学范式表》都是这样假定的），这个支出倾向的比例所导致的必然是简单再生产。

但在《经济表》第三版所附载的《解释》和《絜理的经济准则》以及《农村哲学》的说明中，魁奈都提出了如果社会各阶级对于农业产品的消费支出比例从50%对50%变为小于或大于这个比例，在这个支出倾向变动的存在和持续期内，社会的再生产也将发生和持续加强缩小和扩大的变化。在《解释》中，他说，“我们这里所假定的是一个中间情况：再生产的支出年复一年地产生了同样的收入。但不难预测不生产性和生产性支出比例的改变，会对于年度的再生产发生什么样的变动……假定土地所有者阶级、不生产阶级和生产阶级，对于装潢类奢侈品的支出增加了1/6，收入的再生产将会从600利弗尔跌至500利弗尔。相反地，如果对于原产品的消费或出口的支出以同程度增加，收入的再生产将会从600利弗尔增加到700利弗尔”①。在第一种情况下，农产品对工业品消费的支出比例将从50%对50%变为$41\frac{2}{3}\%$对$58\frac{1}{3}\%$。在第二种情况下，农产品对工业品消费的支出比例将变为$58\frac{1}{3}\%$对$41\frac{2}{3}\%$。这里指的都是在支出倾向变动后第一年度的情况。

---

① 转引自马格丽特·库钦茨基、罗诺德·密克：《魁奈的经济表》，1972年伦敦版，第ii页。

如果这种支出倾向，在此后的几年，以同样的比例连续下去，则在第一种情况下，生产阶级的“年预付”将年复一年地连续减少。“年预付”的逐年连续减少意味着“纯产品”的逐年连续减少，地租的逐年连续减少，从而就意味着收入的逐年连续减少和社会再生产的连续缩小。至于不生产阶级，虽然在支出倾向改变后的短期内，“年预付”有所增加，年产量也有所增加，但由于不生产部门不生产“纯产品”，年产量的增加并不意味着社会收入的增加。而且由于地租的连续减少，虽然不生产阶级从土地所有者那里仍然得到了有利的支出比例，但它的绝对数字却逐年地减少了。因此，即使就不生产阶级而言，它的年产品的再生产规模也会连续地缩小。

在第二种情况下，生产阶级从土地所有者对本部门支出所提供的“年预付”将逐年连续增加。“年预付”的连续增加意味着“纯产品”的连续增加，地租的连续增加，从而意味着收入的连续增加和社会再生产的连续扩大。至于不生产阶级，在支出倾向改变后的短期内，其“年预付”将有所减少。但在这短期之后，同样支出倾向的连续，也会使其“年预付”和年产量先恢复到原来的水平，再提高到超于原来的水平。

因此，魁奈在《絜理的经济准则》第十六条注中写道：“从《表》上所描写的分配情况看，如果这个国家的支出更多地用于不生产支出一方，更少地用于生产支出一方，收入将要比例地下跌，而这种下跌将会年复一年地以同样的级数连续增加……如果，相反地，这个国家的支出更多地用于生产支出一方，收入将会上涨，而这种上涨也将会同样年复一年地连续增加。”[①]前者意味着缩小再生产，

---

① 转引自马格丽特·库钦茨基、罗诺德·密克：《魁奈的经济表》，1972 年伦敦版，第 12 页。

后者意味着扩大再生产。

此处，在魁奈对某项农业政策提出典型的重农学派主张时，他又涉及了再生产规模的问题。首先，在《农村哲学》和《第一个经济问题》中，魁奈论证，由于市场政策引起谷价变动所导致的生产阶级所得的盈亏如何影响到农业预付的增减和再生产的规模。在十八世纪中叶，法国国内谷物的自由流通是间歇性的，而谷物的出口只有在大丰产的年度才会为法令所许，其结果是国内谷价持续低下。魁奈认为这是法国农业凋敝的一个原因。因为低下的谷价必然减少租地农业家的投资收益。反之，一个完全自由贸易的政策将会提高谷价，增加租地农业家的投资收益。魁奈假定租地农业家和地主的土地租约期为九年。在旧租约满期另订新约后，这减价的损失或增价的增益才以减租或加租的形式影响地主的收入。但在旧约约期内，减价的损失或增价的增益都归于租地农业家，直接地影响他们的投资收益，而间接地造成了他们逐年的“年预付”和再生产的缩小或扩大。

其次，在《农村哲学》和《第二个经济问题》中，魁奈又论证了不同的赋税政策对租地农业家收益的影响所导致的再生产规模的变动。以简单再生产的均衡模式为出发点，如果，全部赋税都由地主的收入负担，只要假定国王、教会都以和地主习惯的同样支出倾向支配他们的税收，租地农业家的“年预付”将不会受影响，再生产的规模也不会发生变动。如果税制变了，只有一部分的赋税以直接对收入征税的方式征自地租，而余下的赋税负担改以间接税的形式由生产阶级和不生产阶级的产品来承担，则单就间接税中对租地农业家产品税一项的影响而论，租地农业家的“年预付”就会由之而相应地减少，从而造成了再生产的缩小。而在这新税制持续存在的期间，再生产还会以同样的比例连年连续缩小。这就是魁奈所认为的法国当时税制的一大缺点。相反地，如果政府取消了对农工业产品的间接税，恢复了对地租的单一直接税，则单就农产品免税的影响而论，租地农业家今后的“年预付”将不再由于纳税而减少。在社会消费支出倾向、“纯产品”生产率各条件仍然不变的情形下，再生产将恢复为一个简单再生产的均衡。

综上三例，可以看到魁奈已把分析的焦点集中到租地农业家再投资的规模和“纯产品”的再生产的关系上。这就为资本再生产的深入分析提出了命题，虽然魁奈自己还没有由之进一步确立资本主义积累和剩余价值资本化的关系。

对魁奈再生产学说的评价 马克思对魁奈的再生产学说曾给予很高的评价，指出：《经济表》是对于社会总资本的再生产和流通探讨的第一次天才尝试。它对于进一步科学地研究这个问题提供了若干独创的见解。但是重农学派理论的根本错误不能不反映到他们的再生产学说上来，而《经济表》本身也还有其自己的缺点。

首先，在资产阶级古典政治经济学家中，魁奈是第一个明确地不从单个资本而从社会总资本的角度来分析社会再生产的经济学家。马克思指出：在这个表里，“无数单个的流通行为，从一开始就被综合成为它们的具有社会特征的大量运动，——几个巨大的、职能上确定的、经济的社会阶级之间的流通”①。这个运动从一开始就表明是产业资本的总和运动。和重农学派同时的或时间前后相近的资产阶级经济学家，在讨论资本的再生产和流通时，虽然在某些场合不能不涉及社会资本，但基本上总是从单个资本的运动来

① 马克思：《资本论》第2卷，《马克思恩格斯全集》第24卷，第398页。

进行考虑和分析的。在这一点上,魁奈远远超过其侪辈。下面可以看到,马克思在考察资本再生产和流通时所提出的图式,和魁奈的《经济表》一样,也以社会资本为对象,把无数的单个资本的流通行为从一开始就联合为具有社会性质的广泛运动。在这个意义上,马克思的分析和魁奈的《经济表》的思想有一定的批判继承关系。

但是,魁奈对于社会资本的理解有许多错误和片面性。(1)魁奈没有把自然因素和受历史制约的因素区别出来。他所研究的,实质上应是资本主义再生产的规律,而他却企图为一切经济形态寻求其社会再生产的规律,这又是和他的在封建外衣下的阶级立场分不开的。他没有社会形态更替的概念。他所描述的社会生产是资本主义生产,但他却认为资本主义生产只是封建主义生产的改良。(2)社会资本的再生产和流通的正确分析应以商品、货币、积累、单个资本的流通的分析为基础。魁奈还没有关于商品、货币、积累、资本等等的明确概念,就企图描述整个社会再生产。他的社会资本的分析缺乏理论的根据。(3)魁奈所描绘的社会资本的再生产和流通,实际上只是指产业资本的部分形式即生产资本的,而不是产业资本整个的再生产和流通过程。我们知道,资本的再生产过程,既包括直接的生产过程,又包括真正的流通过程的两个阶段,也就是说,包括全部的资本循环。资本的直接生产过程,就是资本的劳动过程和价值增殖的过程。在生产过程中,资本所采取的是生产资本的形式。资本的流通过程的两个阶段就是生产过程前后的劳动力和生产资料的购买和商品的售卖。在这两个阶段中,资本所采取的是商品资本和货币资本的形式。在每个这样的过程和阶段中,资本都处在不同的特殊职能相适应的不同形式。

马克思曾经指出:产业资本就是“在总循环过程中采取而又抛弃这些形式并在每一个形式中执行相应职能的资本”①。古典经济学家都不明了资本主义流通的实质。他们不认为资本流通过程是资本价值和实物的补偿和更替的过程,而只把它当作产品的所有权由一个人转给另一个人的法律过程。因此,他们都没有发现生产和流通的统一问题,从而把产业资本仅仅归结为生产资本。和其他古典经济学家一样,魁奈也不知资本主义生产和流通的统一,也把他所考察的社会资本仅仅归结为生产资本。

把社会资本局限于生产资本是魁奈对于社会资本再生产和流通的一个片面性。但这个片面有其时代的意义。魁奈等以他们的这个片面性来反对重商主义的以货币资本作为唯一资本形态的另一个片面性,为当时的法国新兴产业资产阶级反对代表商业资产阶级的“柯尔培尔主义”提供当时阶级斗争所需要的武器。从理论上说,也应该承认在生产资本、商业资本、货币资本三种资本形式中,生产资本确是具有决定意义的基本形式。剩余价值是在这一环节中产生的。抓住生产资本就抓住了资本的基本作用。但是,同样不可否认的是,只把资本归结为生产资本,就不能对社会资本的再生产和流通做出一个完整的分析。

魁奈等人对于社会资本概念的另一个片面性就是把生产资本又归结为农业资本。“纯产品”学说就是这个片面性的理论基础。重农学派认为财富是指物质财富,生产则指物质财富的增加,即“纯产品”的生产。只有农业,由于自然的作用,才使农业品超过其生产的耗费而形成了“纯产品”。所以,只有农业才是生产部门,只

① 马克思:《资本论》第2卷,《马克思恩格斯全集》第24卷,第63页。

有从事农业生产的才是生产阶级，只有农业资本才是生产资本。工业，虽然也有“年预付”和劳动报酬的支付，但由于它不生产“纯产品”，所以不是生产部门，从事工业生产的都是不生产阶级，工业的“年预付”和劳动报酬的支付都不算作生产资本，从而实际上被排除在社会总资本之外。

魁奈等人又以他们的这个片面性来反对重商主义者的另一个片面性。后者只片面地确认投资在商业上的资本为生产的资本。但魁奈等人的这个片面性在理论上的实际意义，在于它有助于进一步认识到生产剩余价值是资本的职能。在实质上，重农学派所称的“纯产品”是剩余价值。在资本主义经济中，生产的动机是获得剩余价值。所以只有能生产剩余价值的资本才被确认为资本。依据他们的等价交换学说，工商业资本是不生产剩余价值的。他们这个观念的片面性使他们只能以农业生产来概括资本主义生产，只能以农业资本来概括生产资本。

其次，《经济表》以农业一年收获的终结作为资本运动的开始，实际上也就是以社会总商品的流通的形式为其分析社会资本再生产和流通的基础。马克思对之做了高度的评价。马克思写道：“W′…W′是魁奈《经济表》的基础。他选用这个形式，而不选用 P…P 形式，来和 G…G′(重商主义体系孤立地坚持的形式)相对立，这就显示出他的伟大的正确的见识。”[①]马克思还指出：W′…W′这个循环不但是考察一切单个资本共有的运动形式，而且是考察资本家阶级的社会总资本的运动形式。由于只有在 W′…W′这样一个循环中，

① 马克思：《资本论》第2卷，《马克思恩格斯全集》第24卷，第115页。

原来预付的资本价值只形成运动始极的一部分，这个运动才可能表明：产业资本的总运动既是补偿生产资本的那部分产品的运动，又是形成剩余价值那部分产品的运动。在 W′…W′中，商品形式的资本是生产的前提。所以商品的实现成为考察的主要命题。因为如果没有商品的实现，没有大宗商品的相互交换，从而没有它们之间相互适应的一定比例关系，再生产就不能完成。因此，W′…W′是研究社会资本再生产运动的必要形式。马克思自己也是以商品资本的循环——W′…W′——为其研究社会资本再生产和流通的基础的。但是，魁奈并没有把他所说的社会总产品的流通当做商品资本的流通。他没有那种区别于货币资本和生产资本的商品资本的概念。他的 W′…W′的形式只说明商品买卖的过程，而不是商品资本的流通过程。

在以社会总商品的流通为社会资本再生产的研究中，货币的地位和作用是一个重要的问题。古典经济学派都把资本确定为供生产消费之用的一部分社会财富，他们把货币仅归结为在交换中起媒介作用的流通手段。魁奈也是这样，他的社会资本不包括货币，他没有货币资本的概念。他既然把交换价值看作一种自然的和使用价值不相分离的东西，他就不会了解货币的实质。他完全不了解在社会资本的总运动中，货币不但是流通工具，而且是资本的一种形式，是货币资本。但是，货币的流通在《经济表》中，却又处于极为重要的地位。魁奈在说明商品的流通时，却把它分解为以货币为中介的一系列的买卖行为，而在这些行为中，货币总是起着发端和主导的作用。而且社会产品流通的总过程，是以农业资本家在年度开始之前，用其年度总产品之外的二十亿的储备货币的地租交纳为开始；这二十亿货币的流通起着带动社会总产品和总资本流通的重要作用。马克思在阐述资本的再生产过程时,也曾强调在再生产开始时已经有和商品交换相适应的货币储备。马克思说:“在任何情况下,资本家手中除了生产资本外,必须要有一定的货币储备——或者作为资本预付,或者作为收入花掉。”①换言之,同发挥机能的资本一起,永远应该有处于货币形式的潜在的资本;这个潜在资本的量以劳动时间和流通时间的长短为转移。但是,由于魁奈没有货币资本的概念,他虽然意识到和发挥机能的资本并存的货币储备的必要性,但不知道发端于资本预付或收入支付的货币支付所发挥的是货币资本的作用,而错误地认为它只起了流通的中介的作用。

再其次,魁奈又第一次地以“原预付”和“年预付”的形式来分析生产资本内部的区别;又以“预付”和“纯产品”的区别严格地把商品的价值划分为原有的价值和新创的价值,即准备投入再生产的资本和待分配的剩余价值(虽然这个分配只归结为地租)。这就使他在分析再生产时有了可靠的依据。在下面,我们可以看到,斯密把全部商品的价值分解为社会三收入。这就堵塞了他进行分析资本再生产的道路。

魁奈还没有关于固定资本和流动资本的概念(这些概念是后来斯密引进来的),但他把资本分为“原预付”和“年预付”,便已经是从资本的再生产的观点来划分不同形式的生产资本了。马克思对于这一点予以肯定。马克思写道:“在魁奈那里,固定资本和流动资本的区别表现为‘原预付’和‘年预付’。他正确地把这种区别说成是生产资本即并入直接生产过程的资本内部的区别。”②但是,

① 马克思:《资本论》第2卷,《马克思恩格斯全集》第24卷,第444页。

② 同上书,第211页。

我们知道,资本的运动首先表现为循环,其次表现为循环的周期反复,即资本的周转。由于魁奈只把生产资本片面地归结为农业的生产资本,这种区别也只是对于农业资本才是存在的,而农业资本的循环,对于说明资本的周转有很大的局限性。一方面,在农业上,固然很容易地觉察出只有一部分的资本即“年预付”才在一年内完成了资本的周转,而另一部分的资本即“原预付”在一年中只局部地进行周转,而其完整的周转要经过许多年。但另一方面,由于农业生产以年度为周期,流动资本就永远是“年预付”。虽然如马克思所指出的,重农学派在发展过程中,也曾偶然把这种区别应用于其他种类资本,应用于一般产业资本,但是由于工业资本的生产周期可以多于或少于一年,把流动资本永远说为“年预付”便格格不入了。

“预付”和“纯产品”的相关性意味着资本原价值和增值的区分,并为进一步探讨二者的关系和分析剩余价值的起源提供了前提。但魁奈没有向自己提出进一步的研究任务。一方面,魁奈只是把“预付”作为假定,作为历史存在的事实。他没有追究“原预付”和第一次“年预付”从何而来。他没有原始积累的概念。而且由于他把“纯产品”全部以地租的形式归于地主,归入消费基金,“预付”也就没有可能来自资本主义积累。当然,如上面所说过的,魁奈在第三版《经济表》的《解释》和《准则》等附录中,所作的地主以不同的生产消费和不生产消费的支出比例左右工农业“预付”量的分析,似乎为他提供了解决“纯产品”资本化和资本积累的一个独特的形式。但是,姑且不论这种独特的形式本身如何牵强,魁奈自己也没有利用这个独特的分析来进一步确立资本主义积累和剩余价值资本化的关系。另一方面,在《经济表》中,“纯产品”只伴随着农业的“预付”而出现。于是就产生了何以工业产品的价值不分解为原价值和新创价值,而只归结为“预付”原价值的补偿问题。由于魁奈和一切重农主义者对于农业的偏见,他们只能求释于“自然赐予”,认为由于土地自然力在农业中参加了作用,农产品的价值才不但补偿了“预付”,而且还产生了新创价值成为“纯产品”。这样,“纯产品”和“预付”就成为两不相涉的东西;剩余价值和资本的关系就被割断。尽管魁奈在分析三种农业耕作技术时,又以“纯产品”的有无和多寡系于不同农耕技术所要求的投资量。后一分析,实际上否定了“自然赐予”的论点。但魁奈并没有意识到这一矛盾的存在。

由于魁奈没有确立作为剩余价值的“纯产品”和作为资本的“预付”的关系,他就只能从资本循环的角度来划分“原预付”和“年预付”,而不能从资本增殖职能的角度来考察“原预付”和“年预付”的潜在不同性质。应该说,《经济表》中包括生产资料的“原预付”,实类似于我们所说的不变资本;包括生活资料的“年预付”类似于我们所说的可变资本。可变资本造成了资本的增殖,是剩余价值的真正来源。但是既然魁奈只从资本循环的角度来划分“原预付”和“年预付”,他就不能也没有提出在资本增殖中,这两种资本所发生的不同作用的问题。他的“原预付”和“年预付”也就没有不变资本和可变资本的应有含义。这就更加完全杜绝了科学地进一步分析剩余价值来源的道路。

最后,魁奈在《经济表》中,也以商品汇合为具有社会性质的几个大部类间的交换,作为在社会再生产中,实现各部类为了进行各自再生产所要求的价值补偿和实物更替的因素。在形式上,这种补偿和更替表现为社会三阶级间社会产品的流通,但在再生产的实质上，它可以只归结为农业和工业两大生产部类间商品的交换。在一定意义上，魁奈的这个交换两方的划分，也是以商品的使用价值的不同和具体劳动性质的差别为前提的。下面可以看到，马克思在分析社会资本再生产和流通时，也以两个生产大部类的商品流通为出发点。在这个意义上，马克思的图式和魁奈的《经济表》也有批判继承的关系。但是魁奈分析的对象是资本主义生产方式下的社会资本的再生产和流通。我们知道在资本主义生产方式下，产品是构成使用价值和价值的统一物的商品；而劳动不仅是创造使用价值的具体劳动，而且是创造价值的抽象劳动；由于它是雇佣劳动，它还创造剩余价值。因此，社会产品的划分就是商品资本的划分，而从再生产角度出发，一部分商品资本体现为构成社会资本的生产资料，另一部分体现为构成社会收入的消费资料。阐明两者的关系是说明再生产的关键。魁奈没有把社会生产划分为生产资料和消费资料二部类，而把它划分为农业生产和工业生产，这就不能说明资本主义商品资本转化为生产资本的价值补偿和实物更替的过程，也不能正确地说明社会职能资本和社会收入的关系，从而不可能在理论上解决社会资本再生产和流通的问题。魁奈这个缺点是和重农学派理论体系的特征分不开的。正如上面已经提过的，魁奈为自己提出的特殊任务就是：论证农业如何通过农产品的流通和再生产滋养着整个社会经济，以确认农业在国民经济中的主要地位。所以他既把农产品和农业生产与工业品和工业生产对立起来，又把农业资本的再生产和流通当作社会总资本的再生产和流通。

还应该附带指出，资本主义再生产是在矛盾的形式——包括生产和消费矛盾的形式——中进行的。只有在把社会生产划分为生产资料和消费资料的基础上，才能看到资本主义的矛盾怎样会使资本主义生产从在形式上正常进行的条件变为不能正常进行的条件。资本主义经济危机就是从这里产生的。魁奈《经济表》的农业生产和工业生产的划分当然更杜绝了对于资本主义再生产的破坏的分析。

第二节　斯密和其他后继的古典经济学者在再生产过程的分析上的退步

重农学派的社会总资本再生产和流通的学说是古典政治经济学的一个重大贡献。但和价值学说、剩余价值学说不一样，重农学派这一科学的初步尝试没得到其后继者的继承和发展。《经济表》或者成为后来经济学者所不能解释的谜或者为他们所遗忘。

理论发展的中断首先和魁奈与以后的古典经济学者从不同的观察途径分析社会经济有关。魁奈的《经济表》是以全社会经济综合运动为对象的宏观分析。而斯密和其后继者所侧重的是以个体经济单位活动为对象的微观分析。不同的途径切断了此后理论的发展和《经济表》的联系。其次，在具体分析上，“斯密的教条”——这个“教条”为以后整个资产阶级经济学所接受——也为社会总资本的再生产和流通理论的发展，设置了严重的障碍。

斯密对于资本的分析　斯密在资本的一些理论上，受到了重农学派的影响。在资本的概念上，斯密复述了他们的某些观点；在对资本的分析上，他做了一些加工。他把资本这一范畴普遍化，把“原预付”和“年预付”换成为“固定资本”和“流动资本”。与重农学派相比，这是斯密的一个进步。马克思指出："在他那里，这些范畴已经不仅涉及一种特殊形式的资本，即租地农场主的资本，而且涉及每一种形式的生产资本。因此，不言而喻：从农业中得出的年周转和多年周转的区别，被周转时间的不同这个一般的区别所代替，因而，固定资本的一次周转，总是包含流动资本一次以上的周转，而不管流动资本的周转期间是一年，是一年以上，还是不到一年。这样，在斯密那里，'年预付'就成为流动资本，'原预付'就成为固定资本了。"①马克思特别指出斯密这个进步只在于使资本概念普遍化，而"退步之处在于把'固定'和'流动'理解为决定性的区别，并且坚持不变"②。斯密和其后继者，和重农学派一样，把生产资料看作资本，因此，固定资本和流动资本的划分又是受资本的物质构成所制约的。他们也不理解固定资本和流动资本只是从属于生产资本的两个形式。同时，他们也和重农学派一样，实际上所阐述的只是生产资本的运动，而不是全面的资本运动。

但是，虽然重农学派对生产从而对生产资本保持着一种褊狭概念，他们还能在这褊狭的范围内，较正确地对待固定资本和流动资本（他们称之为"原预付"和"年预付"）的意义。二者都只在耕作的生产过程中才得到增殖，都严格地是生产资本，从而没有减少生产资本只存在于生产中（因为只有在生产中才创造"纯产品"）这一重要原理的意义。斯密把资本概念从重农学派的褊狭性中解放出来，把生产理解为整个社会一切的生产。于是，固定资本和流动资本也得到比"原预付"和"年预付"更为广泛的意义。但是由于

① 马克思：《资本论》第2卷，《马克思恩格斯全集》第24卷，第212页。

② 同上书，第401页。

斯密把流动资本和流通资本当作一回事,他时而把固定资本和流动资本视为同一生产资本的不同部分,时而又把它们视为资本的不同形态。在这里,斯密显然是比重农学派退步了。

在社会资本的概念上,从而在分析社会资本的再生产和流通问题的明确性上,斯密也不如重农学派。重农学派一开始就以社会资本为分析对象。魁奈的《经济表》把无数单个的流通行为,从一开始就综合成为它们的具有社会特征的大量运动。当然,他把社会资本只归结为生产资本,这是片面的、不正确的。但在这褊狭范围内,他很明确地把资本主义社会的生产和再生产作为一个总体来考察。《经济表》以社会总产品,实即全部产品的价值(c+v+m),在社会各阶级间的流通和分配来论证社会各部分的资本如何得到补偿,从而使再生产不断地得以进行。所以《经济表》所描述的商品生产和流通过程直接地表达了社会总资本的再生产和流通过程。斯密则不然。从其整个理论体系上说,斯密总是从个体企业单位的角度来考察资本主义社会生产。所以在再生产问题上,他也是着眼于单个资本,仅仅有时涉及社会资本。他从单个资本的分析转入社会资本的分析,只是为了解决他在单个资本的分析中所遇到的困难而已。

和重农学派一样,斯密所称的资本无论是单个的,或社会的,都不包括货币资本或商品资本。斯密曾经把货币比作流通社会财富的轮毂;轮毂不是其所协助流通的财富构成部分。所以他的所谓资本不包括货币资本。他又说:社会的总产品在其最初出现时,“就自然分成两个部分。一部分(往往是最大的一部分)是用来补偿资本,补充从资本取出来的食料、材料和制成品;另一部分,则或以利润形式作为资本所有者的收入,或以地租形式作为地主的收入"[①]。所以他的所谓资本还只是生产资本,不包括商品资本。斯密这样的说明反而为他自己造成了更多的困难。但是在分析单个资本时,资本和收入间的界线问题似乎还可以解决,因为对单个资本来说,在其资本的一般公式中 - G - W - G′(G + ΔG) - ,G 是垫付在生产资料和劳动力上面的资本;ΔG 是剩余价值,是收入。然而对社会资本来说,垫付在劳动力的那一部分 G,对资本家来说是资本,而对工人来说则是收入;垫付在生产资料的那一部分 G,对购买者来说是资本,而对卖者来说,如果这些生产资料只包括他的剩余价值,则是收入。于是,对一个人是资本的东西,对另一个人则是收入。因此,在从个体生产转入社会总生产的分析时,资本和收入的界线就不能划清,似乎没有什么社会资本,只有各种收入。

然而问题还不只于此。"斯密的教条"实际上使任何再生产成为不可能。

"斯密的教条" "斯密的教条"就是他的把商品价值分解为社会三种收入的论点。斯密认为无论个别商品或社会总商品的价值都分解为工资、利润和地租。我们知道,支付工资的那一部分资本是可变资本(v);利润和地租是工人在生产过程中所生产的剩余价值(m)。因此,认为商品价值分解为工资、利润和地租,就是把它只分解为可变资本和剩余价值(v + m)。斯密在这里把不变资本(c)丢掉了。这样,不但不能有扩大再生产,连简单再生产也成为不可能。

---

① 亚当·斯密:《国民财富的性质和原因的研究》上卷,商务印书馆 1972 年版,第 305 页。

列宁曾经指出:“亚当·斯密所以犯这个错误,是因为他把产品的价值和新创造的价值混同起来了:因为实际上,新创造的价值只分解成可变资本和额外价值,至于产品的价值,则除此而外还包括不变资本。”[①]在这点上,斯密又比重农学派退步。重农学派严格地区别开了“预付”和“纯产品”。这实际上就是把商品的价值分为原有的价值和新创造的价值。当然,重农学派没有进一步提出不变资本和可变资本的范畴,但他们还没有堵塞进一步分析的道路。而斯密把价值分解为收入的“教条”却使进一步的分析成为不可能。

斯密当然知道,为使再生产能够进行,生产资料的价值即不变资本(c)必须得到补偿。于是,正如马克思所指出的:“他还是不得不迂回曲折地把第四个要素,即资本的要素偷偷地塞了进来。”[②]这是以划分收入为“总收入”和“纯收入”的办法来达到的。斯密认为“总收入”是年总产品;纯收入是从年总产品中扣除了固定资本和流动资本之后的余额。“纯收入”等于年产品——不管是社会的或单个资本家的年产品——中归入“消费资金”的部分,但这个基金的数量不能侵占执行职能的资本。因此,个人的产品和社会的产品,都有一部分价值既不分解为工资,也不分解为利润和地租,而分解为资本。这样,不变资本就有了着落,再生产就可以进行了。在这里,我们也可以看到,从斯密提出的“纯收入”全部归入“消费基金”的观点上说,他所说的再生产是简单再生产,而不是扩大再生产。但是这个说法是否和价值只分解为收入的说法相互矛盾

① 列宁:《俄国资本主义的发展》,《列宁全集》第3卷,第28页。

② 马克思:《资本论》第2卷,《马克思恩格斯全集》第24卷,第402页。

呢？斯密借用“收入”这个名词的双重含义，企图模糊这个矛盾。他认为，单个资本家或整个资本家阶级从全部产品中得到的以补偿用掉的资本价值的收入，是资本收入；其余额，作为工资、利润、地租在社会各阶级中进行分配者，是我们日常生活中所说的收入。按这个说法，全部产品的价值都形成了收入；它或者是资本收入，或者是“消费基金”的收入，即所谓日常生活中所说的收入。“因此，在把商品价值分解为它的组成部分时除掉的东西，就又从后门——通过‘收入’这个名词的双重含义——引了进来。”①

但是，斯密并不由此而轻易放弃他的“教条”。他虽然把偷运进来的不变资本作为商品价值的第四个因素，从而实际上也把商品价值分解为 c + v + m，但他认为这只适用于单个资本，而对社会资本来说，总产品中应分解为不变资本的部分又没有了，商品价值仍然只分为工资、利润、地租等社会三收入。因为，从整个社会来说，一个企业的生产资料只是另一个或几个企业的产品。在后者场合，这些产品又只分解为社会三收入。如此层层地类推下去，每一个企业的不变资本，从而全部企业的不变资本都间接地分解为社会三收入。在分析单个资本时所引进的“第四个要素”，在全部商品的交换价值中也就不存在了；社会商品的全部价值仍分解为社会三收入。理解分析的终点又回到理论分析的起点——“斯密的教条”。

在这里，斯密又遇到了另一个困难。在年产品中，总有一部分如机器、原料等等，是个人无法消费的，不能分解为收入。斯密企图用区分以实物形式表现的收入和以价值形式表现的收入的办法来摆脱困难。生产生产资料部门的产品，从实物形式上说，不能归

① 马克思：《资本论》第 2 卷，《马克思恩格斯全集》第 24 卷，第 403 页。

入“社会纯收入”，但从价值形式上说，却能归入“社会纯收入”。至于生产消费资料部门的产品，则无论从实物形式或从价值形式来说，都能作为“社会纯收入”。

马克思从斯密这个见解做出了一个推论。马克思说：“亚·斯密在这里碰上了一种非常重要的区别，即生产生产资料的工人和直接生产消费资料的工人之间的区别。”①从这个区别出发，斯密是可以对社会资本的再生产和流通做出应有的分析。因为如果斯密把他在考察固定和流通资本的再生产时所涌现出的一些思想片断综合起来，他就应该会得出下列结论：（1）社会年产品是由两个部类构成的：第一部类包括生产资料，第二部类包括消费资料。二者必须分别加以论述。（2）第一部类产品的总价值分为三部分。第一部分是以更新形式再生产这种生产资料时所消费的资本的价值。这一部分，无论对单个资本家或对社会来说，都不是收入而是资本。第二部分是投在购买用于这个部类生产领域内的劳动力的资本的价值。第三部分是本部类产业资本家的利润和地租。这后两部分，一方面，形成一切参与这种生产的当事人的收入——工资、利润、地租。但另一方面，对社会来说，它们不形成收入而形成资本。这些产品，按其性质，只能作为生产资料执行职能。（3）这两部分的产品以交换第二部类所产生的消费品的方式转入第二部类的资本家手中，为他们补偿在生产消费资料时用掉的资本。从社会的观点看，第二部类的一部分的产品又成为第一部类的资本家和工人借以实现其收入的消费基金。

马克思进而指出：“如果亚·斯密的分析达到了这一步，那末，

① 马克思：《资本论》第2卷，《马克思恩格斯全集》第24卷，第405页。

离全部问题的解决也就相差无几了。他已经接近问题的实质，因为他已经指出，社会全部年产品由以构成的商品资本中的一种商品资本（生产资料）的某些价值部分，虽然形成从事这种生产的单个工人和资本家的收入，但并不形成社会收入的组成部分，而另一种商品资本（消费资料）的价值部分，虽然对它的单个所有者即在这个投资领域内活动的资本家来说，形成资本价值，但只形成社会收入的一部分。”①

但是，斯密没有从生产生产资料的工人和直接生产消费资料的工人之间的区别做出应得到的结论。他混淆了个人消费和生产消费。他没有按生产资料和消费资料生产的性质来提出两部类的标准，反而透过收入来观察他所说的社会生产的两个部类：一个部类的产品归入纯收入，另一部类的产品不归入纯收入。这就不能解决商品实现的问题，因为它不能说明生产不变资本的实物要素和生产收入的实物要素的两个部类间相互制约和相互依赖的关系。正是由于这种关系，它们才互为市场，社会总资本的运动的可能性才成为现实。

李嘉图和西斯蒙第　在斯密之后，资产阶级经济学者几乎全接受斯密的价值分解为收入的“教条”。李嘉图完全接受了斯密关于商品价值分解为工资和剩余价值的理论，虽然他和斯密存在着一些争论：（1）李嘉图把地租排斥在剩余价值的必要因素之外；（2）他认为价值量是前提，价值分解为若干组成部分，但组成部分不能反过来决定价值量。李嘉图极力主张发展资本主义生产力。为了扩大生产就要增加资本积累。积累的源泉只能是收入；积累就意味着一部分收入的资本化。李嘉图说：“一国的产品全部都是

① 马克思：《资本论》第2卷，《马克思恩格斯全集》第24卷，第409页。

要被消费的;但究竟由再生产另一种价值的人消费,还是由不再生产另一种价值的人消费,这里面的区别却是难以想象的。当我们说节约收入以增加资本时,意思就是说:所谓增加到资本中去的那一部分收入,是由生产性劳动者,而不是由非生产性劳动者消费的。"[①]把剩余价值资本化归结为收入"由生产性劳动者,而不是由非生产性劳动者消费"就是把资本化只归结为可变资本的追加。这实际上否认了再生产必须有一部分剩余价值转化为不变资本。因此,马克思指出:"认为资本积累是收入转化为工资,就是可变资本的积累,这种见解从一开始就是错误的,也就是片面的。这样,对整个积累问题就得出了错误的解释。"[②]

西斯蒙第企图说明资本和收入的关系。但在这问题上,西斯蒙第的见解仍然不能摆脱"斯密的教条"的影响。西斯蒙第称社会一部分财富为固定资本,其中包括开垦、水渠、工厂、工具和各种机器;另一部分为流动资本,其中包括种子、加工的原料和工资;第三部分为资本的收入,即超过生产时各项预付资本的剩余价值。如此,则在再生产时对于资本的补偿当然应该包括表现为工资的可变资本和表现为生产资料的不变资本。但西斯蒙第又从财富都是劳动产品,由这个共同根源产生的三收入——地租、利润和工资——是分享人类劳动果实的三种不同方式出发,认为"国民收入和年生产是相等的,是等量"[③],年生产的总量必须和年收入的总量相交换。为了把不变资本都转化为收入,他把对一切资本的补偿

① 大卫·李嘉图:《政治经济学及赋税原理》,商务印书馆 1962 年版,第 128 页注。

② 马克思:《剩余价值理论》第二册,《马克思恩格斯全集》第 26 卷Ⅱ,第 537 页。

③ 西斯蒙第:《政治经济学新原理》,商务印书馆 1964 年版,第 75 页。

都变为对劳动的补偿。他写道：关于固定资本（也包括流通资本中种子和生产原料等）的生产的"事前的准备工作，永远必须由劳动来完成，而这种劳动又永远是通过工资来实现的"①。西斯蒙第这个说明和斯密所说的从一个社会来说，一个企业的生产资料只是另一个或几个企业的产品，而在后者场合，产品的价值又只分解为收入是一致的。于是，在再生产中，不变资本又被排除掉了。

虽然有个别的资产阶级经济学家如拉姆赛、舍尔比利埃等，对斯密、李嘉图等人的忽视固定资本（实应指不变资本）的存在的观点，提出了质疑。但由于他们不能把不变资本价值和可变资本价值之间的区别，与固定资本和流通资本之间的区别截然分开，他们一开始提出的问题就是片面的，更不能做出任何进一步的分析。"斯密的教条"在斯密之后的大半个世纪，一直成为资产阶级政治经济学的正统思想。如上面已经看到的，"斯密的教条"杜绝了斯密自己对社会资本再生产做出科学分析的道路。它也杜绝了斯密的后继者在这一问题上有任何发展。而魁奈《经济表》所作的初步而有创见性的尝试，反而完全被遗忘和湮没了。恰是马克思才第一次真正地提出了这个问题。马克思在肯定和深刻地批判魁奈的贡献和缺点之后，创立了一个完整的社会资本再生产和流通学说。

第三节　马克思创立了一个完整的社会总资本再生产和流通学说

马克思的社会总资本再生产和流通学说是马克思经济理论体

① 西斯蒙第：《政治经济学新原理》，商务印书馆1964年版，第71页。

系的一个重要组成部分，是对资本主义生产和再生产内部相互制约、互相依赖的关系及其在商品流通和实现过程中的矛盾的全面分析。从价值补偿和实物更替的实际要求出发，这个学说所论述的是实现资本主义生产和再生产所必需具备的条件。但同时，它又论证了资本主义生产和再生产的实质是资本主义生产关系本身，亦即无产阶级和资产阶级关系的生产和再生产。作为资本主义生产周期性的物质前提的分析，这个学说又是马克思的资本主义经济危机学说的一个重要理论基础。马克思的这个学说虽然也是在批判地继承前人的有关理论的基础上建立起来的，但它却成为一个对资本主义全面运动的分析的最完整的理论。

马克思社会资本再生产和流通学说创立的过程　这个学说的创立，可以追溯到马克思的早期著述。在十九世纪四十年代，马克思在《雇佣劳动与资本》和《论自由贸易》中，提出了资本主义制度的生产和市场之间的矛盾问题。在五十年代，在 1858 年 3 月 5 日马克思致恩格斯的信中，他就提到了“在大工业直接的物质先决条件中找到一个决定再生产周期的因素”①的重要性；具体地探讨了机器更新的周期和流动资本的周转率的问题。在 1857—1858 年的手稿里，他初步地提出了资本主义再生产的比例关系问题。在后来成为《政治经济学批判导言》的那份手稿中，他又区分了生产消费和个人消费。这些思想，对于研究社会资本再生产中的实现问题，都具有重大的理论意义。

在《资本论》第 1 卷出版以前的十九世纪六十年代，马克思开始了较系统地批判古典政治经济学的再生产理论，初步地提出了

① 《马克思恩格斯全集》第 29 卷，第 284 页。

自己的再生产理论。在 1861—1862 年的手稿中，他已经提出了对于重农学派和斯密的再生产理论的批判，着重地指出“斯密的教条”使他和此后的资产阶级经济学者不能把社会生产分为两部类，从而无法解决商品的实现和资本的再生产问题。在 1863 年 7 月 6 日给恩格斯的一封信里，马克思第一次对自己的再生产理论做了系统的论述。在信中，他批判了“斯密的教条”，还指出“李嘉图也承袭了这种谬论，不过他把地租当作只是偶然的现象排除出去了，几乎所有的经济学家都接受了斯密的这种见解，而那些持不同见解的人，又陷入了另一种荒唐见解之中”①。他提出了一个包括全部再生产过程的“经济图表”来代替魁奈的《经济表》。在他的“经济图表”中，他把社会生产分为两大部类。但是在当时，他称生活资料生产为第Ⅰ部类而称生产资料生产为第Ⅱ部类。他考察了两大部类之间的交换，初步揭示了简单再生产的基本条件。同时，他也已明确地把商品价值分解为不变资本、可变资本和剩余价值（c + v + m）三部分。这样，马克思的关于社会资本再生产的最关键的问题，已经基本上解决了。在马克思的这个图表里，还列了一个第Ⅲ部类，但这只是第Ⅰ部类和第Ⅱ部类的综合和重述，而不是一个和第Ⅰ和第Ⅱ部类平行的部类。所以，在后来出版的《资本论》中，这个部类不再出现了。

马克思主义的一个完整的社会总资本再生产和流通学说，是在 1867 年起出版的《资本论》全书中，才最后完成的。

必须指出，社会总资本再生产和流通问题的主要阐述和分析，见于《资本论》第 2 卷。但是《资本论》第 1 和第 3 卷若干编章的内

---

① 《马克思恩格斯全集》第 30 卷，第 358 页。

容,实际上构成这个问题阐析的组成部分。完整的学说是各组成部分的综合。

资本运动的全过程的研究和再生产问题的提出　马克思主义的资本运动的全过程包括资本生产过程和资本流通过程二者。前于古典经济学派的重商主义者只注意流通;生产只是被看作流通的必要条件。古典学派的重农主义者只注意生产;流通只是被看作生产的必要条件。因此,对于前者,资本的运动只是货币资本的运动;对于后者,资本的运动只是生产资本的运动。而马克思则认为资本的运动是资本生产过程和资本流通过程的统一。以资本运动的 G－W…P…W－G′公式为说明,其中,第一阶段的 G－W 和第三阶段的 W′－G′是流通过程,第二阶段的 P 是生产过程。生产过程是资本运动的核心。但生产过程又要求有流通过程的前后两个阶段为其补充,以完成资本的整个运动。生产过程和流通过程的两个阶段共同构成资本运动的一个整体。

《资本论》第 1 卷所考察的是资本的生产过程,而以剩余价值的生产阐明资本主义生产的实质。但正如上面所说的,资本运动是以生产过程作为整个运动的核心,所以第 1 卷的分析,实际上是资本再生产的组成部分。马克思写道:“在本书第一卷,我们把资本主义生产过程,既作为孤立过程,又作为再生产过程来分析,我们分析了剩余价值的生产和资本本身的生产。资本在流通领域所经历的形式变换和物质变换被假定为前提,而没有进一步加以论述。……我们在那里需要考察的流通领域中的唯一行为,是作为资本主义生产的基本条件的劳动力的买和卖。”①这个分析论证了

① 马克思:《资本论》第 2 卷,《马克思恩格斯全集》第 24 卷,第 391 页。

资本如何在生产过程中，通过价值的增殖为其本身的生产和再生产提供了基础。在第1卷中，资本的生产和再生产，不但表现为物质的生产和再生产，而且表现为阶级关系的生产和再生产。这一卷所述的流通过程中的第一个阶段，即由货币到生产资料和劳动力的转化的运动中，工人和资本家的关系便开始了。在生产过程中，这种关系就在剩余价值形成时被实现了。这个实现，实质上就是资本主义生产关系，即无产阶级和资产阶级阶级关系本身的再生产。因为，既然工人生产出剩余价值，他就把自己当作雇佣工人再生产出来。如果说，从劳动力到商品的转化是剩余价值生产的出发点，那末，剩余价值的生产又变为劳动力生产的出发点。而这个当初作为出发点的事实，往后就依生产过程的不断再现，变成为自我更新的资本主义生产的特殊结果。

《资本论》第2卷所研究的对象是资本运动的流通过程，亦即商品实现的过程。我们知道，资本既是一种阶级关系，又是一种特殊的运动，如果说《资本论》第1卷的任务是在假定的存在着的运动条件下，揭露隐藏在运动后面的阶级关系，则第2卷的任务就是探讨用来掩盖阶级关系的运动本身。第2卷的对象就是资本在流通领域中所经过的价值形式和实物形式的不断补偿和更替的运动。它所研究的恰是第1卷所假定的东西。因此，虽然在叙述资本生产和再生产时，我们主要阐述第2卷的内容，但第1卷和第2卷的内容是互相补充的。

在《资本论》第2卷中，资本再生产和流通问题的研究似乎结束了，但实际上它没有真正结束。它只是在第2卷所采取的前提下，获得了解决。当理论的分析上升到最后一阶段时，第2卷所采取的前提被修改了，再生产和流通的解答也被修改了。这就是《资本论》第3卷中的分析，是对第2卷在资本再生产和流通问题的解答的应有补充。第2卷把资本作为循环过程来研究。在研究过程中，马克思把那些与循环过程中形式和物质变化本身无关的一切因素都抽象掉。他不但假定商品是按价值售卖的，而且还把循环过程中会发生的价值变动也抽象掉。这个假定又以下列的假定为前提：(1)各资本家的资本有机构成都一样；(2)资本周转速度也一样；(3)资本有机构成和周转速度在整个循环过程内不变。在第2卷中，剩余价值在产业资本家中分配的问题还没有被提出来，每个产业资本家所得的利润还假定等于他的资本所生产的剩余价值。《资本论》第3卷把理论的分析进一步上升到直接呈现出来的资本主义实际情况。作为第2卷前提的资本有机构成和周转速度相同和不变的假定被取消了。资本有机构成和周转速度的差别，使剩余价值转化为利润，再转化为平均利润，使价值转化为生产价格。于是这里已经不只是资本价值形式更替的问题，而是剩余价值在不同有机构成和不同周转速度的资本间的再分配问题。而社会总资本的运动，也就成为涉及社会总剩余价值的分配的问题。同时，资本，作为社会阶级关系的神秘化的问题，也在这里得到最后的解决。

从单个资本上升到社会总资本　马克思阐明了单个资本和社会资本的区别与联系，解决了古典学派所不能解答的问题，即什么是社会资本的问题。他明确地规定了社会总资本运动作为社会资本再生产问题的研究对象，从而阐明了社会总资本的统一运动怎样从个别的、彼此孤立的单个资本的无数混乱的运动中产生出来。

正如上面已经指出的，资本再生产的问题，在《资本论》第1卷中已经被提出。但是在那里，研究的焦点是资本再生产的实质，也就是说,资本的再生产是当作资本主义生产关系的再生产过程来研究的。而《资本论》第2卷则在明确了实质的基础上,对资本再生产的形式变化进行研究。资本再生产和流通是不能分割的。但在研究资本再生产的实质时,流通是作为假定的东西。而在研究其形式变化时,流通便成为研究的中心。通过资本在流通中所经过的形式变化及其相互之间的不断更替运动,资本再生产的过程才全面地被勾画出来。

马克思对本题研究的出发点是单个资本。马克思首先把单个资本的运动表现为形式的变化及其循环。他写道:“资本作为自行增殖的价值,不仅包含着阶级关系,……它是一种运动,是一个经过各个不同阶段的循环过程,这个过程本身又包含循环过程的三个不同的形式。”①这三个形式是货币资本形式、生产资本形式和商品资本形式。这三个形式并不是特种的资本而是产业资本的几种特殊的职能形式。产业资本在运动中,以更替的方式,依次采取所有这三种形式。和资本三种形式相适应,资本的循环也有三种:货币资本的循环,生产资本的循环和商品资本的循环。马克思在研究资本的三种形式及其循环时,揭露了重商主义者和古典经济学家的片面性。重商主义者把研究范围局限于货币资本的循环。古典经济学家们以另一片面性反对重商主义,把资本的循环归结为生产资本的循环,从而也抹煞了资本的其他形式和资本循环的其他形式。马克思继而分析资本的周转。马克思把资本的周转规定为资本循环的周期的过程。资本的运动首先表现为循环,其次表现为周期反复着的循环。后者就是资本的周转。马克思所考察的

① 马克思:《资本论》第2卷,《马克思恩格斯全集》第24卷,第122页。

是产业资本。产业资本的各个部分并不以同样速度进行周转，也不以同样时间间隔来完成自己的周转。马克思的资本周转的理论又揭露了重农学派关于资本周转认识的局限性。重农学派把资本局限于投资于农业的资本，所以资本的周转也局限于以一年为周期。

马克思在全面分析单个资本运动以后，才转入社会总资本的研究。马克思指出："正如每一单个资本家只是资本家阶级的一个分子一样，每一单个资本只是社会总资本中一个独立的、可以说赋有个体生命的部分。社会资本的运动，由社会资本的各个独立部分的运动的总和，即各个单个资本的周转的总和构成。"①但社会资本运动不是单个资本运动的简单总和，而是一个有机的整体。单个资本运动以社会资本运动为条件，而社会资本运动又假定了单个资本运动的存在。对于单个资本来说，它的运动的条件都是外来的。一个资本的循环中的 G－W 阶段之所以能够实现，正是由于另外的资本正在其自己的循环中完成着 W′－G′的阶段。换句话说，在单个资本运动中，使某一单个资本的循环成为可能的前提是其他资本循环的存在。因此，单个资本不是被看作一个单独的偶然的资本，而是被看作总起来构成社会总资本的无数众多的资本之一。而对社会资本来说，只就其运动本身的形式而论，它是靠本身的运动来创造这一运动的条件的。但它实际上以单个资本运动的存在为假定；社会资本的运动是在单个资本循环的错综交错中形成的。马克思和魁奈、斯密都不同，他是在明确商品、货币、资本、积累等概念后，从单个资本的流通的分析上升到社会资本的再

① 马克思：《资本论》第 2 卷，《马克思恩格斯全集》第 24 卷，第 390 页。

的生产才可以按原有的规模继续进行。两大部类之间的交换可以用图式表示如下：

$$\text{Ⅰ}.\ 4000c + \boxed{1000v + 1000m} = 6000$$

$$\text{Ⅱ}.\ \boxed{2000c} + 500v + 500m = 3000$$

由此可见，在资本主义简单再生产条件下，两大部类之间必须保持一定的比例关系，即第Ⅰ部类的可变资本加剩余价值和第Ⅱ部类的不变资本在价值量上必须相等，即Ⅰ$(v+m)=$Ⅱc。如果Ⅰ$(v+m)<$Ⅱc，则第Ⅱ部类上一年度所消耗掉的不变资本就有一部分不能得到补偿；同时，该部类所生产的消费资料也就有一部分不能实现。反之，如果Ⅰ$(v+m)>$Ⅱc，则第Ⅰ部类生产的生产资料就会有一部分不能实现；同时，该部类的工人和资本家对消费资料的需求也就不能得到充分的满足。

马克思把两大部类之间Ⅰ(1000v＋1000m)和Ⅱ2000c的大交换，分解为下列七个具有社会性质的广泛的流通行为；而以货币的流通作为实现这些流通的杠杆。(1)第Ⅰ部类资本家以相当于Ⅰ1000v的价值的1000货币单位支付给劳动者，作为工资。(2)劳动者用这1000货币单位，向第Ⅱ部类资本家购买等价的消费资料，从而把Ⅱ2000c的半数，转化为货币。(3)第Ⅱ部类资本家又用这1000货币单位，向第Ⅰ部类资本家购买价值1000货币单位的生产资料。这样，就完成了Ⅰ1000v和Ⅱ2000c的半数的实物的更替，而第Ⅰ部类资本家所原支付的1000货币单位的货币又回到他们手中，准备作为货币资本执行职能。

但是，第Ⅰ部类资本家，在上述三个流通行为进行的同时，不能延迟其个人消费；而第Ⅱ部类资本家，在没有把其全部 2000c 的消费资料卖掉前，也不能不进行生产过程的恢复。因此，第Ⅰ部类的 1000m 和第Ⅱ部类的 2000c 余下的半数还要同时进行交换。而这一交换又要通过货币作为杠杆来实现。马克思假定在第Ⅰ部类资本家那里，还有 500 货币单位可供垫付其个人消费支出之用；而在第Ⅱ部类资本家那里，还有 500 货币单位可供垫付其生产消费支出之用。于是，(4) 第Ⅰ部类资本家以他们可供垫付的 500 货币单位，向第Ⅱ部类资本家购买消费品；而(5) 第Ⅱ部类资本家即以这 500 货币单位，向第Ⅰ部类资本家购买生产资料。这两个对等价值交换的流通行为，完成了Ⅰ$\frac{1000}{2}$m 和Ⅱ$\frac{2000-1000}{2}$c 的实物更替；而第Ⅰ部类资本家所垫付的 500 货币单位又回到他们手里。(6) 第Ⅱ部类资本家以其可供垫付的 500 货币单位向第Ⅰ部类资本家购买生产资料；而(7) 第Ⅰ部类资本家即以这 500 货币单位向第Ⅱ部类资本家购买消费资料。这两个对等价值交换的流通行为，就完成了所余下来的Ⅰ$\frac{1000}{2}$m 和Ⅱ$\frac{2000-1000}{2}$c 的实物更替；而第Ⅱ都类资本家原所垫付的 500 货币单位也回到了他们手里。

这七个流通行为的总结果是第Ⅰ部类对消费资料的需求和第Ⅱ部类对生产资料的需求都充分地得到满足。原由生产资料构成的Ⅰ(1000v + 1000m) 都变为消费资料；原由消费资料构成的Ⅱ2000c也转变为生产资料。而第Ⅰ部类和第Ⅱ部类资本家原有的垫付货币也回到它们的原所有者手里。本年度社会资本再生产的循环完成了；下一年度的简单再生产也可以顺利地进行了。由此可见，在抽掉每一个部类内部的各个相互流通的前提下，Ⅰ(v + m) 和Ⅱc 保持着相等的价值比例关系是在资本主义简单再生产下社会总产品的实现的条件。Ⅰ(v + m) = Ⅱc 也就是资本主义简单再生产下社会总资本的再生产和流通的基本公式。

马克思还从这个基本公式推演出两个引申公式。这两个引申公式澄清了关于这两个部类的错觉，批判了以前的资产阶级古典学派在资本再生产问题上对于资本和收入认识的错误。

第一个引申公式是Ⅰ(c+v+m)=Ⅰc+Ⅱc，即第Ⅰ部类产品的价值等于两个部类的不变资本的价值总额。这个公式可以很容易地从基本公式，Ⅰ(v+m)=Ⅱc，引申出来。第Ⅰ部类产品的价值分解为Ⅰ(c+v+m)。Ⅰ(c+v+m)=Ⅰc+Ⅰ(v+m)。既然Ⅰ(v+m)=Ⅱc，把Ⅰc+Ⅰ(v+m)公式中的Ⅰ(v+m)代以相等数值的Ⅱc，Ⅰc+Ⅰ(v+m)亦即Ⅰ(c+v+m)便等于Ⅰc+Ⅱc。

第二个引申公式是Ⅱ(c+v+m)=Ⅰ(v+m)+Ⅱ(v+m)，即第Ⅱ部类的产品的价值等于两大部类的可变资本和剩余价值的总额。这个公式也是从基本公式Ⅰ(v+m)=Ⅱc引申出来的。第Ⅱ部类产品的价值分解为Ⅱ(c+v+m)。Ⅱ(c+v+m)=Ⅱc+Ⅱ(v+m)。既然Ⅰ(v+m)=Ⅱc，把Ⅱc+Ⅱ(v+m)公式中的Ⅱc代以相等数值的Ⅰ(v+m)，Ⅱc+Ⅱ(v+m)，亦即Ⅱ(c+v+m)，便等于Ⅰ(v+m)+Ⅱ(v+m)。

这两个公式造成一些错觉。在第一个公式的表象上，似乎生产资料的价值只分解为资本而并不包含任何收入。在第二个公式的表象上，似乎消费资料的价值只分解为收入而不包含任何资本。从单个资本家和其雇佣的工人观点来看，这种错觉是不会产生的。因为对每一个企业，不论它是生产生产资料或生产消费资料的，其产品价值总是分解为偿还资本家垫支的资本，垫支给工人的工资和提供给资本家的利润的三个部分，即既分解为资本，又分解为收入。但从社会的观点来看，第一个公式似乎意味着生产生产资料的第Ⅰ部类产生资本，全部社会资本由生产资料构成，从而资本等于生产资料。而第二个公式似乎意味着生产消费资料的第Ⅱ部类则产生收入，全部社会收入由消费资料构成，从而收入等于消费资料。

斯密和他以后的古典经济学者在论述资本和收入时，就在这两大部类间两个相等数值的实物更替的现象上，陷入迷途。一方面，从第一个现象出发，他们把资本归结为生产资料，把资本和生产资料混而为一；另一方面，从第二个现象出发，他们把一切商品的价值只分解为可变资本和剩余价值，抹煞了不变资本。

马克思澄清了这些问题。马克思的分析说明，不能把范畴本身和范畴的物质体现者混为一谈。在第Ⅰ部类，由于Ⅰ(v+m)和Ⅱc的交换，Ⅱc代置了Ⅰ(v+m)，Ⅰc+Ⅰ(v+m)=Ⅰc+Ⅱc。但是Ⅰ(v+m)是第Ⅰ部类年度劳动所创造的，构成其可变资本和剩余价值的收入本身，而Ⅱc只是这些收入的物质体现者。同样地，在第Ⅱ部类，由于Ⅰc和Ⅰ(v+m)的交换，Ⅰ(v+m)代置了Ⅱc，Ⅱc+Ⅱ(v+m)=Ⅰ(v+m)+Ⅱ(v+m)。但Ⅱc是原来资本转移到新产品上的价值，是资本范畴本身，而Ⅰ(v+m)只是其物质的体现者。Ⅰ(v+m)和Ⅱc的变换只是使第Ⅰ部类的收入取得与其相适应的实物形式，第Ⅱ部类的不变资本取得与其相适应的实物形式，以使社会资本的再生产能在原来的规模上进行。因此，既不能从第一个引申公式中得出社会资本可归结为生产资料的结论，也不能从第二个引申公式中得出社会总产品价值只分解为社会收入的结论。

社会资本积累和扩大再生产　马克思在分析社会资本的简单再生产后，进一步分析社会资本的扩大再生产。资本主义的典型特征不是简单再生产，而是扩大再生产，资本主义生产方式正是表现在扩大再生产上。从简单再生产到扩大再生产又是一个从抽象上升到具体的实例。马克思指出，对再生产分析的主要困难在于对于简单再生产的考察。但是，扩大再生产又确实是在其所包括的简单再生产条件的基础上，加进了若干复杂的因素。因此，马克思在以最纯粹的形式解决了简单再生产的条件后，就进一步研究扩大再生产的条件，从而为我们提供了一个更完备的资本主义社会总资本再生产和流通的现实图案。

在社会资本简单再生产运动的问题获得解决后，扩大再生产问题便可以归结为关于剩余价值向资本转化所带来的修正问题。扩大再生产的前提是资本的积累，而资本的积累的基本条件是剩余价值的资本化，换言之，即剩余价值不能如在简单再生产情况下那样，全部归于资本家消费，而必须以其一部分转化为资本。在《资本论》第 1 卷第 22 章和 23 章中，马克思已经提出了资本积累的问题。但在那里，他所着重研讨的是资本积累的阶级本质。而在《资本论》第 2 卷第 21 章中，马克思所研讨的是积累赖以形成的条件和过程。在这里，研究的中心是剩余价值资本化的条件，亦即一部分的剩余价值如何通过两大部类间的价值补偿和实物更替，从其原来商品资本的形式转化为生产资本的形式的条件。

除了剩余价值资本化这个具有决定性的新因素外，马克思对扩大再生产的分析仍然保留着上面已提过的在简单再生产情况下的各个假定。为了强调这一分析的对象是纯粹的资本主义，他还抽象掉国外市场和非资本主义的商品生产和一般说来资本主义前生产方式的一切残余。

社会生产分为两大部类仍然是分析的出发点。关键的问题仍然是两大部类间的价值补偿和物质更替，而两大部类内部各部门中的价值补偿和物质更替同样地被抽象掉了。但一部分的剩余价值的资本化却造成了两大部类间的价值补偿和实物更替的复杂性。

扩大再生产意味着，在下一年度的生产中，投入的资本要比本年投入的资本大，换言之，即在补偿本年的资本额外，还得有资本的追加。追加的资本当然也分解为不变资本和可变资本，前者用来增购扩大再生产所需要的机器、原料等生产资料，后者用来增雇工人。追加资本的来源只能是剩余价值。所以，"生产的扩大，要取决于剩余价值到追加资本的转化，也就是要取决于作为生产基础的资本的扩大"①。由于在扩大再生产中，生产资料的追加处于主导地位，而第Ⅰ部类是生产生产资料的部门，马克思就以第Ⅰ部类的扩大再生产为分析的出发点。马克思指出，为了进行资本主义扩大再生产，第Ⅰ部类的剩余价值就不可能像在简单再生产条件下那样，全部和第Ⅱ部类的、以消费资料形式构成的不变资本Ⅱc相交换，成为资本家的消费基金，而只能以其一部分进行这种交换，并以其另一部分转变为本部类的追加资本。这样，第Ⅰ部类的可变资本与剩余价值之和，就不可能像在简单再生产条件下那样，等于第Ⅱ部类的不变资本，而必须大于第Ⅱ部类的不变资本。这条件用公式来表达就是Ⅰ(v+m)>Ⅱc。这也就是资本主义扩大再生产的基本必要条件。

同时，由于第Ⅰ部类的剩余价值只能以其一部分作为资本家的消费基金，而其另一部分必须保留作为追加资本，第Ⅰ部类产品

① 马克思：《资本论》第2卷，《马克思恩格斯全集》第24卷，第565页。

的价值，Ⅰ(c+v+m)，必须重新组合为Ⅰc+Ⅰ$(v+\frac{m}{x})$+Ⅰ$(m-\frac{m}{x})$。在这个新的组合公式中，Ⅰ$\frac{m}{x}$代表剩余价值中作为资本家消费基金的部分，而Ⅰ$\left(m-\frac{m}{x}\right)$则代表其保留为追加资本的部分。在第Ⅰ部类和第二部类的交换的第一回合，只由Ⅰ$\left(v+\frac{m}{x}\right)$和Ⅱc相交换。

因此，在Ⅰ(v+m)>Ⅱc的基本条件下，就有三种可能的情况：(1)Ⅰ$\left(v+\frac{m}{x}\right)$=Ⅱc；(2)Ⅰ$\left(v+\frac{m}{x}\right)$>Ⅱc和(3)Ⅰ$\left(v+\frac{m}{x}\right)$<Ⅱc。马克思分析了在这三种情况下，怎样通过第Ⅰ部类和第Ⅱ部类之间的对等价值的交换，使每一部类的商品资本都有转化为生产资本的可能，从而使社会资本扩大再生产得以顺利进行。

(一)马克思以下列图式为例来说明Ⅰ$\left(v+\frac{m}{x}\right)$=Ⅱc的情况下的扩大再生产进程；假设本年度的社会总产品由下列各部分构成：

$$\left.\begin{array}{l}\text{Ⅰ}.\ 4000c+1000v+1000m=6000\\ \text{Ⅱ}.\ 1500c+750v+750m=3000\end{array}\right\}9000$$

马克思又假定第Ⅰ部类的资本家以其剩余价值的一半$\left(\text{Ⅰ}\frac{m}{x}=\text{Ⅰ}\frac{m}{2}\right)$，即Ⅰ500m作为消费基金。这样，第Ⅰ部类的Ⅰ(1000v+500m)的生产资料恰等于第Ⅱ部类的Ⅱ1500c的消费资料，符合于Ⅰ$\left(v+\frac{m}{x}\right)$=Ⅱc的情况。但这两项在两大部类间的流通只能保证简单再生产；而扩大再生产却有赖于第Ⅰ部类的剩余价值的另一半Ⅰ$\left(m-\frac{m}{2}\right)$，即Ⅰ500m的资本化和受这资本化所决定的两部类之间的追加交换。

第Ⅰ部类另一半的剩余价值Ⅰ500m的资本化,在有机构成仍为4∶1的假定下,分解为Ⅰ400c和Ⅰ100v;Ⅰ400c成为第Ⅰ部类的不变资本的追加资本ⅠΔc;Ⅰ100v成为第Ⅰ部类的可变资本的追加资本ⅠΔv。我们知道第Ⅰ部类的追加不变资本,ⅠΔc是用来添置本部类再生产所需要的生产资料的,而它的实物已经是生产资料,所以可以通过本部类的内部各部门间的交换而取得。但第Ⅰ部类的追加可变资本ⅠΔv,是用来支付增雇工人的工资的,用于工人消费,而它的实物形式却是生产资料。为了使这一部分的追加资本从其商品资本的实物形式转化为生产资本的实物形式,它必须和第Ⅱ部类进行交换。这个交换的结果就完成了第Ⅰ部类的半数剩余价值的全部资本化,为第Ⅰ部类的扩大再生产提供了条件。

这个交换不但为第Ⅰ部类扩大再生产提供了条件,也为第Ⅱ部类扩大再生产提供了条件。第Ⅱ部类资本家可以从其Ⅱ750m中取出Ⅱ100m来向第Ⅰ部类资本家换取生产资料,作为本部类的追加不变资本ⅡΔc。假定第Ⅱ部类的资本有机构成仍为2∶1,第Ⅱ部类资本家还必须从其剩余价值Ⅱ750m中,再取出Ⅱ50m来作为追加的可变资本ⅡΔv,用于支付增雇工人的工资。这样,第Ⅱ部类的剩余价值也一部分得到资本化;第Ⅱ部类的再生产也可以在扩大的基础上进行。

经过上述的两大部类各自的剩余价值的资本化,两大部类的产品价值重新组合为:

Ⅰ. $(4000c+400c)+\boxed{(1000v+100v)+500m}=6000$

↓ ——————— ↑

Ⅱ. $\boxed{(1500c+100c)}+(750v+50v)+600m=3000$

我们看到两大部类的资本都比上一年度预付的资本扩大了。第Ⅰ部类的资本由以前的Ⅰ4000c + Ⅰ1000v = Ⅰ5000 变为Ⅰ4400c + Ⅰ1100v = Ⅰ5500；第Ⅱ部类的资本由以前的Ⅱ1500c + Ⅱ750v = Ⅱ2250 变为Ⅱ1600c + Ⅱ800v = Ⅱ2400。此外，我们又看到，除了可以在此撇开不谈的每一大部类内部各部门间的内部交换外，两大部类间的交换，即Ⅰ(1000v + 100v + 500m)和Ⅱ(1500c + 100c)的对等数值的交换完成了每一部类资本的价值的补偿，和其从商品资本实物形式到生产资本实物形式的转化。在 $\text{Ⅰ}\left(v+\frac{m}{x}\right)=\text{Ⅱ}c$，这第一个情况下，$\text{Ⅰ}\left(v+\Delta v+\frac{m}{x}\right)=\text{Ⅱ}(c+\Delta c)$ 就是在下一年度内，两大部类的再生产都能在扩大规模的基础上进行的条件。因此，到了下一年度的结束时，假定剩余价值率仍为100%，两大部类全部产品价值的组成将为：

$$\left.\begin{aligned}&\text{Ⅰ}.\ 4400c+1100v+1100m=6600\\&\text{Ⅱ}.\ 1600c+800v+800m=3200\end{aligned}\right\}9800$$

马克思从这些情况出发，对以后连续四年的积累和再生产做了进一步的分析。在这分析中，我们注意到 $\text{Ⅰ}\left(v+\frac{m}{x}\right)=\text{Ⅱ}c$，实际上是一个不稳定的假设情况。在 $\text{Ⅰ}\left(v+\frac{m}{x}\right)=\text{Ⅱ}c$ 的第一年后的连续四年中，在其他条件不变的前提下，$\text{Ⅰ}\left(v+\frac{m}{x}\right)$ 都变为大于Ⅱc。

（二）马克思以另一个图式为例来说明 $\text{Ⅰ}\left(v+\frac{m}{x}\right)>\text{Ⅱ}c$ 的情况下的扩大再生产进程；假设本年度的社会总产品的价值由下列各部分构成：

$$\left.\begin{aligned}&\text{Ⅰ}.\ 5000c+1000v+1000m=7000\\&\text{Ⅱ}.\ 1430c+285v+285m=2000\end{aligned}\right\}9000$$

马克思还假定第Ⅰ部类的资本家以其剩余价值的一半，即Ⅰ500m作为消费基金，以其另一半作为追加资本。如此，则由生产资料构成的第Ⅰ部类的Ⅰ(1000v+500m)大于由消费资料构成的第Ⅱ部类的Ⅱ1430c。这就符合于Ⅰ$\left(v+\frac{m}{x}\right)>$Ⅱc的情况。在这种情况下，Ⅰ$\left(v+\frac{m}{x}\right)$和Ⅱc的交换只能保证Ⅱ1430c的消费资料能够全部获得对等的价值补偿和生产资料的实物更替，使第Ⅱ部类能够进行简单再生产，而不能满足仍然处于生产资料实物形式的Ⅰ500m中的Ⅰ70m获得价值补偿和消费资料实物更替的交换要求。这种情况既为第Ⅱ部类的扩大再生产提供了条件，又要求第Ⅱ部类资本家，为了利用这条件，要进行相应的资本积累。第Ⅱ部类资本家要从其Ⅱ285m中取出Ⅱ70m，追加于原来的Ⅱ1430c，成为Ⅱ(1430c+70c)。此外，为了把追加的Ⅱ70c的不变资本投入运动，第Ⅱ部类资本家还必须从其剩余价值中再取出Ⅱ14m追加于原来的Ⅱ285v，成为Ⅱ(285v+14v)。这样，第Ⅱ部类就有了一定程度扩大再生产的条件。但对第Ⅰ部类来说，Ⅰ1000v+Ⅰ500m的价值补偿和实物更替的实现还只意味着简单再生产，因为在这回合的交换中，还没有满足第Ⅰ部类的另一半剩余价值的资本化的条件。

第Ⅰ部类另一半剩余价值的资本化，在本例的有机构成为4:1假定下，意味着Ⅰ500m分解为追加了的Ⅰ417c不变资本和追加了的Ⅰ83v可变资本。第Ⅰ部类追加的Ⅰ417c不变资本的实物更替在本部类内部各部门间进行；在此可略而不论。但第Ⅰ部类追加的Ⅰ83v可变资本又要求把其原来的生产资料的实物形式转变为消费资料的实物形式。这个新情况又既为第Ⅱ部类的更进一步扩大再生产提供条件,又要求第Ⅱ部类资本家,为了利用这条件,必须进行更多的、相应的资本积累。于是,第Ⅱ部类资本家又得从其剩余价值中再取出Ⅱ83m作为追加不变资本,使其不变资本成为Ⅱ(1430c+70c+83c)。为了把追加的83c的不变资本投入运动,他们还需要从剩余价值中再取出Ⅱ17m$\left(\text{取整数,实际上为Ⅱ}16\frac{3}{5}\text{m}\right)$作为本部类的追加可变资本,于是,通过第Ⅰ部类的Ⅰ83v的追加可变资本和第Ⅱ部类的Ⅱ83c的追加不变资本的交换,第Ⅰ部类的另一半剩余价值的资本化终于完成,为第Ⅰ部类的扩大再生产提供了条件又促成了第Ⅱ部类再生产的进一步扩大。

经过上述两大部类各自的剩余价值资本化,两大部类的产品价值重新组合为:

$$\left.\begin{array}{l}\text{Ⅰ. }(5000c+417c)+(1000v+83v)+500m=7000\\ \text{Ⅱ. }(1430c+70c+83c)+(285v+14v+17v)+101m=2000\end{array}\right\}9000$$

我们看到两大部类的资本都比本年度原来预付的资本扩大了。第Ⅰ部类的资本由原来的Ⅰ5000c+Ⅰ1000v=Ⅰ6000变为Ⅰ5417c+Ⅰ1083v=Ⅰ6500,第Ⅱ部类的资本由原来的Ⅱ1430c+Ⅱ285v=Ⅱ1715变为Ⅱ1583c+Ⅱ316v=Ⅱ1899。我们又看到除了在此可撇开不论的每一部类内部各部门间的交换外,两大部类间的交换,即Ⅰ(1000v+83v)+Ⅰ500m和Ⅱ(1430c+70c+83c)的交换完成了每一部类资本的价值补偿和实物更替。

我们还注意到,(1)在这第二种情况下,Ⅰ$\left(v+\frac{m}{x}\right)>$Ⅱc,但

$\mathrm{I}\left(v+\frac{m}{x}\right)$不能大到$\mathrm{I}\left(v+\frac{m}{x}\right)=\mathrm{II}(c+m)$。因为，一方面，我们假定第Ⅱ部类资本家总要把一部分的剩余价值Ⅱm用于消费，而不能把其全部用作追加资本。而且如果全部的Ⅱm都变为本部类的不变资本，那么为推动这一部类新追加的不变资本所必需的本部类的追加可变资本便没有着落。另一方面，纵使暂且撇开第Ⅱ部类资本家的保留消费和必要的可变资本的追加不论，假定第Ⅱ部类的全部剩余价值都变为本部类的不变资本以完成和$\mathrm{I}\left(v+\frac{m}{x}\right)$的交换，则在第Ⅰ部类的另一半剩余价值转化为追加资本时，其中成为ⅠΔv的追加可变资本的那一部分虽然为第Ⅱ部类创造了扩大再生产的条件，但第Ⅱ部类资本家却没有多余的剩余价值来满足这个要求。而第Ⅰ部类也因为这一部分追加的可变资本不能获得其价值补偿和实物更替，不能进行扩大再生产。(2)$\mathrm{I}\left(v+\frac{m}{x}\right)>\mathrm{II}c$，但$\mathrm{I}\left(v+\frac{m}{x}\right)$更不能大到$\mathrm{I}\left(v+\frac{m}{x}\right)>\mathrm{II}(c+m)$，因为这样一来，则第Ⅱ部类的原来不变资本加上由本部类全部剩余价值转来成为的追加不变资本还不够交换第Ⅰ部类的$\mathrm{I}\left(v+\frac{m}{x}\right)$，更说不上如何来满足第Ⅰ部类在其剩余价值中成为追加可变资本的那一部分对第Ⅱ部类所提出的追加交换的要求了。(3)因此，$\mathrm{I}\left(v+\frac{m}{x}\right)>\mathrm{II}c$，但$\mathrm{I}\left(v+\frac{m}{x}\right)$必须小于$\mathrm{II}(c+m)$，而且得小到第Ⅱ部类资本家既能从其剩余价值中取出一部分以构成ⅡΔv，以补充其不变资本Ⅱc和$\mathrm{I}\left(v+\frac{m}{x}\right)$交换时的缺额；又能从其剩余价值中取出一部分以构成ⅡΔv即由ⅡΔc所引起的本部类的追加可变资本;还有一定的剩余价值的余额作为他们个人消费之用。因此,在Ⅰ$\left(v+\frac{m}{x}\right)>$Ⅱc的这第二种情况下,下一年度两大部类扩大再生产的条件也是Ⅰ$\left(v+\Delta v+\frac{m}{x}\right)=$Ⅱ$(c+\Delta c)$。

(三)马克思没有为第三种情况,即Ⅰ$\left(v+\frac{m}{x}\right)<$Ⅱc,提供例解的图式。但从上述两例可推出,在基本前提为Ⅰ$(v+m)>$Ⅱc,而Ⅰ$\left(v+\frac{m}{x}\right)<$Ⅱc的情况下,扩大再生产的必要条件。

在这一情况下,社会资本扩大再生产的要求和上述两例一样也是:一方面,第Ⅰ部类的可变资本加上第Ⅰ部类资本家必须保留为自己消费的那一部分剩余价值再加上其余下的剩余价值的资本化所追加的可变资本,Ⅰ$\left(v+\Delta v+\frac{m}{x}\right)$,能通过和第Ⅱ部类的交换和追加交换,完成其价值补偿和从生产资料实物形式到消费资料实物形式的更替;另一方面,第Ⅱ部类的不变资本加上由其剩余价值资本化所追加的不变资本,Ⅱ$(c+\Delta c)$,也能通过和第Ⅰ部类的交换和追加交换,完成其价值补偿和从消费资料实物形式到生产资料实物形式的更替。这两大部类扩大再生产要求得到同时满足的公式,就是Ⅰ$\left(v+\Delta v+\frac{m}{x}\right)=$Ⅱ$(c+\Delta c)$。

因此,在Ⅰ$\left(v+\frac{m}{x}\right)<$Ⅱc的情况下,Ⅰ$\left(v+\frac{m}{x}\right)$小于Ⅱc的程度又受某些条件进一步的制约。(1)Ⅰ$\left(v+\frac{m}{x}\right)$小于Ⅱc,但不能小到Ⅰ$\left(v+\Delta v+\frac{m}{x}\right)=$Ⅱc。因为如此,则虽然第Ⅰ部类能通过和Ⅱc

的交换，实现其全部 $\mathrm{I}\left(v+\Delta v+\frac{m}{x}\right)$的价值补偿和实物更替以进行扩大再生产，但由于它没有为第Ⅱ部类的追加不变资本的价值补偿和实物更替创造条件，第Ⅱ部类就只能进行简单再生产，而不能进行扩大再生产。（2）当然，$\mathrm{I}\left(v+\frac{m}{x}\right)$更不能小到 $\mathrm{I}\left(v+\Delta v+\frac{m}{x}\right)<\mathrm{II}c$。因为如果如此，则虽然第Ⅰ部类有了扩大再生产的条件，但由于第Ⅱ部类的不变资本，Ⅱc 的一部分不能获得其价值补偿和实物更替，第Ⅱ部类连简单再生产的条件都没有了。（3）只有当 $\mathrm{I}\left(v+\frac{m}{x}\right)<\mathrm{II}c$，但 $\mathrm{I}\left(v+\Delta v+\frac{m}{x}\right)$却大于Ⅱc 时；同时，由于假定第Ⅱ部类资本总要保留一部分剩余价值为消费之用，$\mathrm{I}\left(v+\Delta v+\frac{m}{x}\right)$又必须小于 $\mathrm{II}(c+m)$时；第Ⅰ部类的资本积累才能既为本部类的扩大再生产创造条件；又为第Ⅱ部类的扩大再生产创造条件，使第Ⅱ部类资本家能从其剩余价值中进行相应的资本积累以构成追加的不变资本 $\mathrm{II}\Delta c$。这样，$\mathrm{I}\left(v+\Delta v+\frac{m}{x}\right)=\mathrm{II}(c+\Delta c)$才成为在第三种情况下，两大部类各自能够进行扩大再生产的充分条件。

马克思以上述的分析，在理论上第一次解决了资本主义积累和扩大再生产的问题；说明了生产资料生产和消费资料生产两大部类的积累和扩大再生产的相互关系；详细地分析了在不同情况下，第Ⅱ部类资本积累和扩大再生产的可能程度，如何以第Ⅰ部类的资本积累的规模为转移，从而论证了在社会的再生产和流通中，生产资料生产的主导地位。

当然，应该注意到，上述的分析是在《资本论》第2卷所规定商品按价值出售，资本有机构成不变等等假定下进行的。但对资本主义生产方式再进一步上升到现实的考察，必须排除这些假定。于是社会资本再生产的问题又增加了一些复杂的因素，而问题的解答也有必要相应地做出一些修改。例如，考虑到在资本主义生产不断发展条件下，资本有机构成不断提高，不变资本比可变资本增长得快些，则在其他条件仍然不变的假定下，对于生产资料的需求就会比对于消费资料的需求增加得更快，从而要求第Ⅰ部类的生产有更快的发展。而且在技术进步的情况下，第Ⅰ部类的资本有机构成有可能比第Ⅱ部类的有机构成提高得快，从而第Ⅰ部类的不变资本部分也比第Ⅱ部类的不变资本部分有着更高的增长率。这就为第Ⅰ部类和第Ⅱ部类，在长期再生产发展进程中，通过相互交换不断完成双方的剩余价值资本化的实现增加了新的条件。又例如，资本有机构成的差别使价值转化为生产价格。商品就不按价值而按生产价格出售。于是两大部类之间的对等数值交换就不是按商品的价值，而是按商品的生产价格完成其相互补偿的问题。社会资本运动，在这前提下，又同时是社会总剩余价值在有机构成不同的各部类和各部门间的再分配问题了。但是这些假定的放弃，虽然在资本运动中增加了若干复杂因素，却并没有改变资本运动的原则；社会资本再生产和流通的主要难题已经在上述分析中得到了解决。

我们还必须注意到，上述分析指出了资本主义再生产所必须具备的条件。但这完全不等于说，在资本主义的现实中经常存在着这些条件。由于在资本主义社会，存在着生产资料和产品的资本家私有制，存在着竞争和生产无政府状态，社会生产两大部类之间，以及同一部类内部各部门之间所必须具备的均衡比例关系不能不经常遭到破坏，而这种均衡的破坏达到一定程度，就有可能成为经济危机爆发的一个重要条件。马克思就曾指出："商品生产是资本主义生产的一般形式这个事实，……又会产生这种生产方式所特有的、使交换从而也使再生产（或者是简单再生产，或者是扩大再生产）得以正常进行的某些条件，而这些条件转变为同样多的造成过程失常的条件，转变为同样多的危机的可能性；因为在这种生产的自发形式中，平衡本身就是一种偶然现象。"①

① 马克思：《资本论》第2卷，《马克思恩格斯全集》第24卷，第558页。

第四章　经济危机学说

资本主义经济危机的典型形式是周期性的、普遍的、商品生产过剩。危机随着资本统治的产生而产生。资本的统治，从根本上说，就是资本对劳动的统治。资本对劳动的完全统治意味着，如马克思所分析的，劳动不仅在形式上从属于资本，而且在实际上也从属于资本。劳动在实际上从属于资本，以生产技术基础的改变为前提。在资本主义工场手工业阶段，劳动和资本间的从属关系已经开始从形式从属向实际从属过渡；但只有到了生产技术进一步表现为资本主义所特有的工厂制的机器大生产，劳动对资本的实际从属才达到了完成阶段。故以产业革命为契机，以资本对劳动的完全统治为结果的近代资本主义机器大生产工厂制的形成和发展，就成为经济危机的条件。

产业革命首先发生于十八世纪末至十九世纪初的英国。产业革命改变了生产的技术基础，促进了资本主义机器大生产的发展。资本主义大生产的发展造成了下述成果：

（一）资本主义的基本矛盾——生产社会化和生产资料的资本主义私人占有形式之间的矛盾——发展到了一个新的阶段。这个基本矛盾的新发展，在阶级关系方面，表现为无产阶级和资产阶级对立的尖锐化；在生产方面，表现为各个工厂中的生产组织性和整个社会的生产的无政府状态之间的严重对立，表现为生产方式起来反对交换方式，生产力起来反对已经被它超过了的生产方式。

（二）机器工业使劳动生产率的增长达到人类历史上空前的规模，为大生产迅速扩大的能力提供了一个适当的物质基础；为资本主义积累普遍规律的作用，提供了充分广阔的场所，从而成为无限制的，为生产而生产的资本主义生产的前提。

（三）固定资本在资本主义生产中的作用的提高和由之而来的固定资本再生产的物质技术特点成为资本主义积累有效利用的周期性的物质基础。

上述的成果都在产业革命之后的十九世纪二十年代的英国臻于成熟。于是一个周期性的、普遍生产过剩危机在 1825 年爆发了。

1825 年的危机是第一次资本主义周期性的普遍生产过剩的经济危机。马克思在《资本论》第 1 卷“第 2 版跋”中，讲到大工业时，强调指出：“大工业只是从 1825 年的危机才开始它的现代生活的周期循环。”①从此之后，周期性的、普遍生产过剩经济危机便成为资本主义生产方式不可救治的痼疾。

马克思指出：“现代工业这种独特的生活过程，我们在人类过去的任何时代都是看不到的，即使在资本主义生产的幼年时期也不可能出现。”②但是，危机的抽象可能性，在简单商品生产时期已经存在。商业和货币、信用危机，在产业革命前，也偶然发生过。而在 1825 年危机之前约四十年的产业革命的过程中，也曾经有过

① 马克思：《〈资本论〉第 1 卷第 2 版跋》，《马克思恩格斯全集》第 23 卷，第 16—17 页。

② 马克思：《资本论》第 1 卷，《马克思恩格斯全集》第 23 卷，第 694 页。

几次的非周期性的、局部的工业生产过剩的危机。

远在产业革命前，西欧大经济中心已经发生过商业和货币、信用的危机，主要如：十七世纪初年投机倒把和伪造货币引起的卢卑克的危机；1637 年郁金香的疯狂投机造成的尼德兰的商业、货币危机；1719—1720 年间约翰·劳货币骗局引起的法国的货币和投资市场的危机；1763 年的汉堡商业危机；英国在十七世纪下半叶和十八世纪上半叶发生的一系列货币危机。这些危机也是由资本关系引起的。由于商业和信用领域中的资本主义大量积累在历史上先于工业领域的积累，偶然的危机的矛盾的形式和发展也出现得较早。但这些危机的最重要特点，在于它们是由生产以外的因素引起的，和当时基本上仍处于小商品生产情况下的社会再生产过程没有联系，对于社会生产节奏也没有太大影响。

在生产领域中出现的经济危机最初出现于十八世纪的末叶。它是产业革命的过程中的一种新的现象。不同于上述的单纯的商业危机和独立的货币、信用危机，它表现为工业商品生产的过剩。英国 1788 年的危机在历史上第一次清楚地暴露了这个新现象——生产过剩。在 1825 年以前，这种生产过剩的危机在英国频繁地重现于 1793 年、1797 年、1803 年、1810 年、1815 年和 1819 年。1788 年的危机只袭击了当时处于英国工厂工业前列地位的棉纺织工业。但在 1788 年到 1825 年的近四十年中，随着工厂工业的发展和它在英国经济所占比重的增长，危机发生作用的范围和触及国家经济的程度逐步扩大。在 1793 年，英国棉纺织工业也是受危机损害最重的部门，但危机的影响已经波及毛纺织工业等部门并带来了尖锐的货币、信用危机。而在十九世纪初期的几次危机中，危机的影响几乎波及英国所有的主要工业部门；货币、信用危机也非常严重。同时,这几次的英国危机已带有一定的国际性;它们给其他一些国家的工商业带来了轻重不一的危机震撼。随着生产过剩危机的出现,过去在产业革命前,由于生产以外的因素所引起的、带有偶然性和独立性的商业和货币、信用危机,开始逐渐变成了工业生产过剩危机的某种表现形式。

然而,产业革命前的商业和货币、信用危机是工业生产过剩的条件成熟之前的现象。它们的产生不是由于社会生产的因素,而对于完全以手工劳动为基础的,取决于小商品经济规律的社会再生产进程也不产生重大的影响。它们既带有独立性,又具有局部性和偶然性。和这些商业和货币、信用危机不同,1788 年至 1819 年的危机是发生于生产领域的工业生产过剩危机,但又只是和大机器工业的初期相适应的,不成熟的,局部的生产过剩危机。危机的重演相当频繁,但它们的重演的时间和演变形式的更替没有一定规律性。随着机器工业的成长,这种局部的生产过剩危机,才逐渐变为波及所有主要生产部门,严重地震撼整个社会经济的具有周期规律性的普遍生产过剩危机。

1825 年第一次周期性普遍生产过剩危机的爆发,完成了这种从量变到质变的过程。应该指出,说周期性普遍生产过剩危机是机器大生产统治的产物并不意味着在当时,机器大生产已经排除了一切小生产,也不意味着危机只震撼着机器大生产部门。即在 1825 年的英国,工厂制的机器大生产还没有真正地在整个社会生产中占有全面的优势。但它却在全国经济生活中起决定性和主导的作用,从而已经使绝大部分的小生产从属于它的动荡的节奏,把小生产卷入自己的危机。在这条件下,如马克思所指出的,“危机(因而,生产过剩也是一样)只要包括了主要交易品,就会成为普遍性的”[①]。危机的周期性不仅仅指危机的必然重复性，而且指其有规则的、按时的重复性和其在每一周期各阶段——危机、停滞、复苏、繁荣——有规律的顺序更替性。在1788年至1819年的频繁重演的局部生产过剩危机中，受到危机袭击的一些工业部门已有生产节奏猛然崩溃的现象。但是，只有当生产过剩危机具有普遍性、周期性时，它才成为整个资本主义再生产过程所特有的运动形式。1825年的危机是第一次典型的资本主义经济危机，正由于当时的生产过剩第一次具有这种运动形式。

从1825年起到马克思《资本论》问世的十九世纪六十年代，周期性的普遍生产过剩经济危机差不多每隔十年就爆发一次。——1837年、1847年、1857年、1866年。对于这些危机，恩格斯写道：“社会化生产和资本主义占有之间的矛盾达到剧烈爆发的地步。……经济的冲突达到了顶点：生产方式起来反对交换方式，生产力起来反对已经被它超过的生产方式。”[②]

经济危机的理论的发生和发展反映着上述的经济情况。在机器工业出现以前的十八世纪上半叶和八十年代以前，尽管地方性的商业危机和货币危机已经继续地发生，但还不存在着产生甚至局部性生产过剩危机的条件。当时的经济学家只能以商业的投机，信用和货币制度的失调等等属于流通领域的错误为这类危机作解释。在十八世纪八十年代后的产业革命过程中，生产过剩危机的条件逐渐成熟了，某些经济部门的局部生产过剩的现象再也不能予以否认了。但当时一部分的资产阶级经济学家仍企图以外

---

① 马克思：《剩余价值理论》第二册，《马克思恩格斯全集》第26卷Ⅱ，第577页。

② 恩格斯：《反杜林论》，《马克思恩格斯全集》第20卷，第301页。

在的因素，如战争、封锁、和平等等，作为引起危机的基本原因。到了1825年前后，危机的范围扩大的可能性显露了，危机的威胁增加到严重震撼整个经济的程度。于是理论的发展才集中于是否存在着一个普遍的、有规律性的经济危机的问题。当时大多数的资产阶级经济学家，虽不再否认局部生产过剩的可能性，但仍极力否认危机的普遍性和规律性。少数的资产阶级经济学家也提出了普遍经济危机的可能性，甚至不可避免的理论。但由于他们的阶级立场，他们的理论并不是正确的。只有后来的马克思主义奠基者才能从过去危机发展的历史中，得出了对于危机的正确认识，提出了一个完整的关于周期性普遍生产过剩危机的学说。

第一节　资产阶级古典经济学派否认普遍生产过剩危机的传统

否认普遍生产过剩危机是资产阶级古典政治经济学和此后自认为其祖述者的庸俗经济学家的传统。当然，由于在产业革命前，生产过剩危机的条件尚不存在，从十七世纪的早期古典经济学家到亚当·斯密，都还根本说不上有任何否认生产过剩经济危机的理论。就是亚当·斯密也“还不知道生产过剩以及从生产过剩产生危机的现象。他所知道的仅仅是同信用制度和银行制度一起自然发生的信用危机和货币危机”①。但是，他们却以他们所坚持的

① 马克思：《剩余价值理论》第二册，《马克思恩格斯全集》第26卷Ⅱ，第599—600页。

“产品以产品来购买”的论断，为无危机论提供了一个理论的出发点。

在英国古典政治经济学创始人配第的著作中，已经有着把货币看作仅仅是流通商品的工具的观点。但他还没有明确地提出“产品由产品来购买”的论断。法国古典政治经济学创始人，讴歌“无货币”商品生产的小资产阶级经济学家的先驱者布阿吉尔贝尔，则完全忽视价值的货币形态，抹杀了货币在交换中的作用。他把商品——货币——商品公式还原为商品——商品的公式；他把商品生产还原为简单的使用价值的生产，把商品通过货币中介的间接交换还原为商品的直接的相互交换，虽然他也承认使用价值已具有资产阶级的形式，即交换价值的形式。魁奈把商品——货币——商品公式分解为商品——货币和货币——商品两个分段。在任何一分段，从商品所有者这一极看，是卖；从货币所有者这另一极看，是买。或者说，卖就是买，商品——货币，同时就是货币——商品。由于魁奈不了解货币的实质，不了解货币作用之一就是使某一商品的卖出和另一商品购进相分离，他的“卖就是买”的公式，实际上，也就是把商品——货币——商品还原为商品——商品；从社会交换的总体上说，一切卖出同时成了一切的购进。斯密同样地低估了货币的作用，只把货币当作适于交换的工具。他形象化地说：“货币是流通的大轮毂，是商业上的大工具。”①

古典学派“产品以产品来购买”的论点的原先目的是为了反对重商主义。重商主义反映了在十五世纪到十七世纪欧洲的商业资

① 亚当·斯密：《国民财富性质和原因的研究》上卷，商务印书馆 1972 年版，第 267 页。

本的实践。重商主义者认为只有可以实现而且真正实现为货币的才是财富。因此,货币是财富的最高和真正形式;流通领域,即商品转化为货币的过程,是财富的直接源泉,而财富的增加则是商品买贱卖贵的结果。由此,产生了他们重视货币的偏见。古典经济学所反映的是在十七世纪开始夺取商业资本地位的新兴的工业资本的实践。在古典学派和重商主义者的斗争中,古典学派以对货币另一种偏见反对重商主义者的偏见。他们极力贬低货币的作用,认为货币只是流通的工具,其作用只在于为商品交换提供便利。在交换中,财富没有增加,买贱卖贵只是一种欺骗行为;而且完全可以忽视货币这个媒介而把卖者以商品换取货币再以货币换取商品两个行为简化为以前一种商品换取后一种商品的行为,换言之,即把商品——货币——商品还原为商品——商品。

然而,到了十九世纪初叶,这个原来只是为了反对重商主义的论点却转化成为否认生产过剩的可能性的理论出发点。

詹姆斯·穆勒和琼·萨伊从"产品以产品购买"引申为无生产过剩危机论 古典学派无危机论的代表为李嘉图。但从上述"产品以产品购买"的传统引申为生产过剩不可能的理论实开始于詹姆斯·穆勒和琼·萨伊。马克思指出李嘉图实则只是"接受了庸俗的萨伊的(其实是属于詹姆斯·穆勒的)观点……认为生产过剩,至少市场商品普遍充斥是不可能的。这种观点是以产品同产品交换这一论点为基础的,或者,正如穆勒所想象的那样,是以'卖者和买者之间的形而上学的平衡'为基础的,由此还进一步得出结论说,……需求和供给完全一致"①。

① 马克思:《剩余价值理论》第二册,《马克思恩格斯全集》第26卷Ⅱ,第563页。

由于萨伊曾在《政治经济学概论》中,以专章形式提出他的论点,而李嘉图在他的《政治经济学及赋税原理》“原序”中,又认为萨伊“以独创的、精确的而又深刻的若干议论丰富了它的内容(政治经济学的内容——引者)”,“特别在第15章第1节《论销路》中包含许多十分重要的原理,我相信这些原理都是由这位杰出的著作家首先加以解释的”①,资产阶级经济学家都把这理论的始创归功于萨伊并称之为萨伊的定律。但马克思指出,穆勒在1808年出版的《为商业辩护》的小册子中已经提出了这个原理的论据,而萨伊只是“把这一套妙论攫为己有”②。

萨伊的《政治经济学概论》第一版发表于1803年。但在这第一版里,几乎没有李嘉图所赞赏的“重要原理”。第一版中《论销路》的一章只有三页文字;其主要的论点是生产者,无论是个人或国家,只是以自己所不能消费的产品换取其他生产者的剩余产品。和他后来的无危机论有关的,只有几个独立的、带有萌芽性的句子,如“交换结束时他将发觉产品是用产品购买的”,“当一个国家一种产品有了过剩时,卖掉这产品的办法就是生产别的产品”等等。萨伊的《政治经济学概论》的第二版发表于1814年。和本题有关的最大变动就是第一版的《论销路》短章已经改写、扩大成为第15章,一个专章。在这一章中,第一版的带有萌芽性的简句才发展为一个整套的理论。

然而在萨伊修改、扩大再版这本书的前六年,穆勒已经明确地提出了商品的生产创造本身的市场的论点。当然穆勒这个论点只

① 大卫·李嘉图:《政治经济学及赋税原理》,商务印书馆1962年版,第4页。
② 马克思:《政治经济学批判》,《马克思恩格斯全集》第13卷,第87页注①。

是在他的《政治经济学纲要》(1821年)中,才得到充分的发挥。穆勒在书中说:“一切商品从来不会缺少买者。任何人拿出一种商品来卖,总是希望把它换回另一种商品,因此,单单由于他是卖者这个事实,他就是买者了。因此,由于一种形而上学的必然性,总起来看,一切商品的买者和卖者必然保持平衡。”[①]但是,正如马克思所指出的,穆勒这个论断已经在他于1808年发表的《为商业辩护》的小册子中得到表达。

穆勒的《为商业辩护》是和斯彭茨关于商业重要性问题进行论战的一本著作。斯彭茨于1807年发表《不依靠商业的不列颠》一书,其主要命题是农业,不是商业,构成了英国的经济基础,故拿破仑的封锁不足为害。但他附带地论及消费不足可能引起商品过剩的问题(下面还要谈到)。在《为商业辩护》一书中,和本题有关而值得注意的,不在于论战中关于商业作用的主题,而在于支持这个主题的,商品有否可能过剩的不同论点。穆勒说:在政治经济学中,没有一点是更为肯定的了。……商品的生产创造了本身的市场……一个国家很可能有一种商品的过剩但绝不会有普遍商品的过剩。李嘉图在1814年和萨伊会见前,曾在和马尔萨斯关于利润问题的辩论中,利用穆勒上述的生产受需求制约的论点来反驳马尔萨斯。他只是在后来读了萨伊《政治经济学概论》第二版后,才认为萨伊的论证比起穆勒的简要说明更为全面详尽,从而在他的《政治经济学及赋税原理》“原序”中把萨伊说成为这个理论的创作者。所以马克思说李嘉图所接受的其实是属于詹姆斯·穆勒的观点。

---

① 转引自马克思:《政治经济学批判》,《马克思恩格斯全集》第13卷,第87页。

马克思在《政治经济学批判》中对于穆勒这个观点做了分析和批判。马克思写道:“穆勒建立平衡的办法是把流通过程变成直接的物物交换,又把从流通过程中搬来的人物买者和卖者偷偷地塞到直接的物物交换中去。……买和卖之间的形而上学的平衡,不过是说每次买就是卖,每次卖就是买,这对那些不能卖出,因而也不能买进的商品监护人,并不是什么特别的安慰。”①

萨伊把穆勒这一套妙论攫为己有后,把它系统地加以发挥。他说:“在以产品换钱、钱换取产品的两道交换过程中,货币只一瞬间起作用。当交换最后结束时,我们将发觉交易总是以一种货物交换另一种货物。”②因此,卖就是买,卖者同时就是买者;社会总供给本身就是社会总需求。萨伊还针对一些主张鼓励消费的早期消费不足论的观点,发挥了人类物质欲望永远不能满足的原理。他认为在人们对一种产品的需求达到饱和点时,社会不断地产生对新的产品的需求。“困难不在于刺激消费的欲望,而在于供给消费的手段”③,而后者只是消费者手里所持有的可供交换别种产品的另一种产品。所以,生产者越多、商品越多样化,商品销售越容易,因为商品的供给自然会创造商品的需求。虽然由于资本分配的不当,可能造成局部的、暂时的某种商品的生产过剩,但普遍的商品生产过剩是不可能的,从而由普遍生产过剩引起经济危机也是不可能的。

针对这一套谬论,马克思写道:“有一种最愚蠢不过的教条:商品流通必然造成买和卖的平衡,因为每一次卖同时就是买,反过来

① 马克思:《政治经济学批判》,《马克思恩格斯全集》第13卷,第87—88页。

② 萨伊:《政治经济学概论》,商务印书馆1963年版,第144页。

③ 同上书,第149页。

也是一样。如果这是指实际完成的卖的次数等于买的次数，那是毫无意义的同义反复。但这种教条是要证明，卖者会把自己的买者带到市场上来。……但谁也不会因为自己已经卖出，就得马上买入。流通所以能够打破产品交换的时间、空间和个人的限制，正是因为它把这里存在的换出自己的劳动产品和换进别人的劳动产品这二者之间的直接的同一性，分裂成卖和买这二者之间的对立。"①这种对立就已经包含着经济危机的可能性。

商品的直接互换存在于商品产生的初期。在这条件下，买和卖确实是同一的。随着商品生产的发展，货币的出现，商品的交换就表现为商品流通的变形公式，即商品——货币——商品。在这变形的公式下，买和卖的同一性已为二者间的对立所代替。危机的可能性已经存在于这个商品流通的变形公式中。但买和卖的分裂只是危机的必要条件而不是其充分条件。所以，在简单商品生产下，危机的可能性还没有成为必然性和现实性。资本主义生产方式的整整一系列关系的存在才是危机的必然性和现实性的充分条件。资本主义生产的目的不是为了取得使用价值而是为了获得剩余价值。资本主义商品的交换已经不是生产者间各自劳动产品的交换而是资本产品的交换。萨伊等人从产品只是以产品交换出发，逻辑地推论出卖即是买，供给等于需求，供给还创造需求一系列的理论，不过是把包含着交换价值和使用价值的对立的商品变成了单纯的产品（使用价值），把商品交换变成了使用价值的物物交换。以此作为无危机的论证，就是"忘记或者否定资本主义生产的最初前提——产品作为商品的存在，商品分为商品和货币这种

① 马克思：《资本论》第1卷，《马克思恩格斯全集》第23卷，第132—133页。

二重化,由此产生的在商品交换中的分离因素,最后,货币或商品对雇佣劳动的关系"①。

李嘉图因袭穆勒和萨伊的理论,使否认普遍生产过剩经济危机的庸俗观点成为此后资产阶级经济学的传统　在论述经济危机问题上,以李嘉图为其最好代表的英国古典经济学派,没有作出科学的贡献。马克思指出:李嘉图接受了萨伊和穆勒的观点,认为生产过剩,至少市场商品普遍充斥是不可能的。在批判这个资产阶级庸俗观点时,马克思仍然以李嘉图的论述为这观点的典型和批判对象,同时,又指出李嘉图比其同辈和门徒们更为前后一贯。

资本主义第一次普遍生产过剩经济危机爆发于1825年。李嘉图的《政治经济学及赋税原理》出版于1817年,而在1823年,他去世了。所以,如马克思所指出的:"李嘉图自己对于危机,对于普遍的、由生产过程本身产生的世界市场危机,确实一无所知。"②对于1825年前的,逐渐频繁加剧的几次局部经济危机,李嘉图当然并不否认,但认为可以用战争和歉收引起谷物涨价,用货币贬值、殖民地商品跌价,用战争到和平的转变以及由此产生的"商业途径的突然变化",用个别资本家的计算错误等等来解释。对于普遍生产过剩经济危机的可能性,他是绝口否定的。他跟着萨伊说:"产品总是要用产品或劳务购买的,货币只是实现交换的媒介。某一种商品可能生产过多,在市场上过剩的程度可以使其不能偿还所用资本;但就全部商品来说,这种情形是不可能有的。"③

马克思指出,上述论证的辩解性就在于它伪造了最简单的经

① 马克思:《剩余价值理论》第二册,《马克思恩格斯全集》第26卷Ⅱ,第572页。
② 同上书,第567页。
③ 大卫·李嘉图:《政治经济学及赋税原理》,商务印书馆1962年版,第248页。

济关系，以否定资本主义作为社会生产的一个特殊发展的独特形式的复杂经济关系。首先，这个论证把资本主义商品的流通等同于产品的物物交换。这就不但把社会的经济关系退到资本主义生产以前，而且甚至退回到简单商品生产以前了。其次，买和卖，作为商品的形态变化运动，在本质上，既是两个阶段的统一又是两个阶段的对立。在资本主义生产方式下，它们的对立是在危机形成中作为具有破坏性的过程表现出来的，而它们的统一也正是在危机中作为对立性被强制消灭的过程表现出来的。产品总是以产品购买，或者卖即是买的说法无非是说它们的统一排除了它们的对立。

李嘉图又跟着萨伊认为生产总是为自己开辟市场，所以生产和消费总是一致的。因此，不可能出现普遍消费不足的现象。他写道："任何人从事生产都是为了消费或销售；销售则都是为了购买对于他直接有用或是有益于未来生产的某种其他商品。所以一个人从事生产时，他要不是成为自己商品的消费者，就必然会成为他人商品的购买者和消费者。"①

李嘉图这里又忘记了他所探讨的是资本主义的商品生产和消费关系。在资本主义生产方式下商品不只是当作商品来交换，而是当作资本的产品来交换。资本家既不是为了消费自己的产品，也不是简单地为了获取再生产所必需的资料而进行生产。"资本主义生产的目的首先不是'获得别的产品'，而是占有价值、货币、抽象财富"②，并企图通过商品和货币的不断循环转化实现剩余价

① 大卫·李嘉图：《政治经济学及赋税原理》，商务印书馆1962年版，第247页。
② 马克思：《剩余价值理论》第二册，《马克思恩格斯全集》第26卷Ⅱ，第574页。

值。再说,在资本主义生产条件下,已经生产出的商品是出卖或不出卖,资本家是没有选择余地的,他非出卖不可。在危机中出现的恰是资本家在低于成本的价格下,被迫出卖其商品。相反地,由于危机又恰是再生产被破坏和中断的时刻,被迫出卖而亏了本的资本家暂时还不会去考虑购买有助于未来生产的商品。

李嘉图还进一步论证,由于人类的消费欲望是永无限制的,超过需要的过度生产是不可能的。他写道:为了满足这永无限制的消费欲望,人们"所欠的只是资财;但是除了增加生产以外再没有其他方法可以提供这种资财"①,所以需要只受生产的限制。无限制的消费欲望要求一个无限的扩大生产。因此,不会有一个超过需要的过度生产。反之,倒是存在着一个无限扩大生产所不能满足的消费。

马克思指出,这是一个幼稚的论证:"生产过剩只同有支付能力的需要有关。这里涉及的不是绝对的生产过剩,不是同绝对需要或者占有商品的愿望有关系的生产过剩本身。……无论如何也不能用市场上的许多商品还有需要,还有未能满足的需要,就否定普遍的生产过剩。"②李嘉图认为需要只受生产的限制,而生产却受资本的限制。于是问题在于如何了解只受资本限制的生产怎样会成为需要限制的意义。从消极意义上说,它只意味着消费的东西不可能多于生产的东西。但从积极意义上说,它是否意味着在资本主义生产的基础上生产多少,就能够或者必须消费多少呢?后者恰是在危机中所出现的生产和消费失调问题的关键。只受资本

① 大卫·李嘉图:《政治经济学及赋税原理》,商务印书馆1962年版,第249页。

② 马克思:《剩余价值理论》第二册,《马克思恩格斯全集》第26卷Ⅱ,第578页。

本身限制的生产是不考虑消费的现有界限的。这恰是资本主义生产方式的特点。李嘉图忽视了这个特点。李嘉图的错误的根源在于他把资本主义生产的目的说成是为了满足消费,而又把资本主义下的消费等同于不考虑有支付能力的绝对需要。这样,他就无视了资本主义生产的无限发展同有限的购买力之间的矛盾,从而无视了作为资本主义基本矛盾表现形式的生产与消费的矛盾。

李嘉图的无危机论还有其特点。马克思多次指出李嘉图在他自己提出的那些论点上总是前后一贯的。其一,他没有像他的门徒们那样臆造出商品过剩和资本过剩的差别,对前者加以否认而对后者加以承认,并以后者来说明危机。在李嘉图的著作中,关于商品生产过剩不可能的论点同关于资本过剩不可能的论点是一回事。李嘉图总是把商品生产当作资本运用的结果。如果说商品生产不可能过剩,就不可能说运用的资本会发生过剩。因此,他说:"需求是无限的——资本的运用只要还能产生一些利润,便也是没有限制的。"①这里涉及的是资本运用的限制和利润率高低的问题。李嘉图和其门徒们都认为在发展的资本主义社会中,利润率有下降的趋势。但其门徒们认为利润率降低是由于资本太多了;因此利润下降就为资本的增加和运用造成了限制。李嘉图也承认利润的下降会对于资本积累发生不利的影响,但他认为利润的高低和资本的多少无关,"资本无论怎样多,除开工资上涨以外,就没有其他充分原因足以使利润降低"②。而使工资上涨的唯一原因就是工人维持生活的食物和必需品的涨价。所以利润率下降并不是资本

① 大卫·李嘉图:《政治经济学及赋税原理》,商务印书馆1962年版,第252页。
② 同上。

过剩的征兆。李嘉图当然不知道他的门徒们用资本过剩和商品生产过剩的差别的遁辞,来避免说明后来已成为有规律性的周期性的世界经济危机的困难。但他却已注意到在他的同辈和先辈如萨伊、斯密等人的著作中已经有了这种思想的端倪。而他自己则前后一贯地认为一个国家的全部资本,在这个国家里,可以有利地加以使用。对于李嘉图门徒的这个遁辞,马克思指出资本本身就是由商品组成的。因此,资本过剩只能意味着预定用来进行再生产的那些商品的生产过剩。这实际上同直截了当地说商品生产过剩是一个意思。但马克思又补充地说,这个从否认商品过剩的说法转到被确认的资本过剩的提法,如果还有一点积极的意义的话,只是"在于承认商品生产者不是作为单纯的商品所有者,而是作为资本家彼此相互对立"①。李嘉图把二者当成一回事的观点却忽略了这个差别。当然,马克思并不是就此而肯定李嘉图的门徒们这个臆造。而李嘉图观点的一贯性,除了忽略了上述差别的缺点外,还存在着多方面的理论本身的错误。

其次,在李嘉图的论证中,还存在着资本储蓄和投资一致性即储蓄会自动地全部转化为投资的原理。储蓄和投资一致性的观点在李嘉图的前辈古典经济学家论述中,也已见其端。亚当·斯密就曾经说过:"一个人节省了多少收入,就增加了多少资本。这个增多的资本,他可以亲自投下来雇佣更多的生产性劳动者,亦可以有利息地借给别人,使其能雇用更多的生产性劳动者。""每年节省的像每年花费的一样,经常被消费掉,而且,几乎是同时被消费掉。但消费的人不同。富人每年花费的收入部分,大都由游惰的客人

① 马克思:《剩余价值理论》第二册,《马克思恩格斯全集》第26卷Ⅱ,第569页。

和家用的婢仆消费掉,……至于因要图利而直接转为资本的每年节省下来的部分,也同样并几乎同时被人消费掉,但消费的人是劳动者、制造者、技工。”①斯密这个论断和商品生产是否会过剩的问题无关。他这个论断是针对着当时的重商主义的残余思想而发的。晚期的重商主义者力主把货币投入国际贸易以攫取利润。他们反对节约和储蓄。其实他们所反对的不是资本储蓄而是把货币从运用的流通中抽出的窖藏。斯密从工业资本家的观点出发,认为储蓄不等于窖藏而是把生活的消费变为生产的消费,把供养不生产劳动的花费变为供养生产劳动的花费。李嘉图更明确地提出了储蓄和投资一致的原理,并且把它和生产不可能过剩的论点联系起来。他从全部生产费用,一定直接或间接地用于产品的购买,从而供给创造自己的需求,这个根本假设出发,认为任何一个人节约消费的行为,必然导致把原来提供消费的劳动和商品投放于生产资料和原料的生产,因此,“积累的资本无论多少,都不会得不到有利的运用”②,储蓄和投资是统一的。既然全部生产形成的所得 = 消费 + 储蓄,而储蓄 = 投资,则商品的总需求必然等于商品的总供给。因此,生产无论如何增加,商品的销路不会有问题。从李嘉图起,这个储蓄和投资一致性的定理成为资产阶级经济学的正统信条。这个定理的错误在于它忽视了储蓄和投资是两个分离的行为的事实。在资本主义制度下,节制眼前消费的决定与动机和提供将来消费的决定与动机并没有必然的、直接的联系。由于资本主义生产方式所加于储蓄和投资之间的时间、空间和人身的限制,二

① 亚当·斯密:《国民财富的性质和原因的研究》上卷,商务印书馆 1972 年版,第 310—311 页。

② 大卫·李嘉图:《政治经济学及赋税原理》,商务印书馆 1962 年版,第 247 页。

者并不构成一个平行的活动。例如，如果一部分的储蓄在某种市场情况下，化为投资只会带来损失，它就会以贮藏货币或闲置在银行里的信用货币资本的形式出现；投资就会小于储蓄。

李嘉图观点的一贯性只能说明他是彻底的产业资产阶级的代表，他的观点反映着在产业革命鼓舞下，英国产业资产阶级的强烈要求和阶级偏见。在产业革命中，英国工业迅速发展，似乎资本主义生产力的发展只受资本积累的限制，不存在着一部分的储蓄不转化为投资的问题。

李嘉图否认生产过剩危机的可能性的根本错误在于他不了解资本主义的基本矛盾，即生产的社会性和资本主义占有性质的矛盾，并由这一基本矛盾所决定的个别企业生产的有计划性同社会生产的无政府状态的矛盾，以及生产的无限发展同有限的购买力之间的矛盾。这是他的资产阶级本性加于他的科学的局限性。

第二节　和传统对立的，承认普遍生产过剩可能性或必然性的消费不足论

在十八世纪末十九世纪初，频繁的局部危机开始向普遍生产过剩危机过渡。一方面，如上述的，作为资产阶级经济学传统的无危机论，在萨伊—李嘉图的理论中，取得了典型的形态。另一方面，一些资产阶级经济学家已经感觉到再也不能完全否认现实，或把事实解释为偶然现象。于是产生了和传统相对立的理论，承认普遍经济危机的可能性和必然性，并力图在理论分析的基础上，为治疗这一病症提出一个处方。在这些理论中，最典型的就是以不

同形式出现的消费不足论。这些消费不足论都只是从商品的需求本身出发，极力规避经济危机和资本主义生产的关系，把危机纳入消费或分配领域。西斯蒙第和马尔萨斯是这个为资产阶级经济学在危机问题上看为异端的理论的突出代表。但是，他们的分析和处方都大大地不同。在西斯蒙第的理论中，存在一定的积极因素，而在马尔萨斯的理论中，我们所能看到的只是极为反动的观点。①

消费不足论的先驱者　资产阶级经济学家曾经把消费不足的观点溯源于重农学派，甚至溯源于古典学派以前的经济学家。雅各贝·赫·霍兰德就说过和传统"相对立的资本供给过剩和商品生产过剩的开端可以追溯于重农学派，为了反对国内贸易的限制和禁止奢侈的法令，对消费的强调，和追溯于重商学派对金属进口的鼓励"②。凯恩斯也认为在重商主义者的著作中，可以发现关于消费倾向不足对于就业的影响，说什么："重商主义者又是创始人，认为'怕货'以及货币稀少乃失业之原因"③。但把消费不足论的开端追溯于重商主义未免过于牵强。固然，在重商主义者的著作中，可以有一些"消费对商业有好处"一类的词句。然而它们都是从国内消费的选择是否有利于对外贸易的角度立说，和生产过剩

① 消费不足危机论，在西斯蒙第和马尔萨斯之后的一百多年中，一直处于潜伏状态。但到了十九世纪末和二十世纪初，约·阿·霍布森，在其和阿·弗·曼马利的《工业生理学》(1889 年)和此后的一系列著作中，以资本主义分配缺点造成了储蓄过多，消费不足的理论，重申了消费不足危机论的观点。而在 1929—1933 年资本主义世界空前严重的经济危机背景下，约翰·姆·凯恩斯，在其《就业、利息和货币通论》(1936 年)中，提出储蓄和投资脱节为社会"有效需求"不足的主要因素的消费不足危机论的新论证。

② 雅各贝·赫·霍兰德和特·尔·格利果尔里合编：《李嘉图〈马尔萨斯政治经济学〉评注〈编者序〉》，纽约 1928 年版，第 79 页。

③ 凯恩斯：《就业、利息和货币通论》，商务印书馆 1977 年版，第 294 页。

没有关系。所谓“怕货”只是意味着对于影响国内手工业品销路的进口商品的厌恶。而“货币稀少”只是指由于金属的出口和货币窖藏所造成的商品流通的困难。二者和认为在资本主义下消费不足会造成消费和生产的失调现象毫无共同之处。

把消费不足论追溯于重农学派，在资产阶级经济学家的著作中有更多的论证。萨伊在其《政治经济学概论》中，詹姆斯·穆勒在其《为商业辩护》中，都曾引过麦西埃·德·拉·里维埃尔在其《政治社会的自然和本质秩序》（1707 年）一书中的一句话：“消费是再生产的尺度，因为没有消费基础的生产将会堕落为没有效用没有价值的过剩，文明就不会再前进。”萨伊接着解释说：“许多人看到，总的说来，生产总是等于消费（因为很明显的，消费的东西必须先生产出来）就认为鼓励消费就是有利于生产。为这观点所浸润的经济学家（当时对重农主义者的称呼——引者）把它变为他们学说的基本原理。他们说消费是生产的尺度，就是说更多的消费导致更多的生产。”①詹姆斯·穆勒更进一步，几乎认为重农学派已经有了一个较为完整的消费不足危机论。他写道：“经济学家（指重农主义者——引者）和他们的门徒们有一个很大的顾虑，也许资本会增加太快了，也许商品会生产太多了。他们说一个市场只有一定的商品容纳量，如果供给超过了这个容量，剩余商品将会卖不掉。”②萨伊和穆勒显然把自己的理解强加于重农学派。重农学派的主要兴趣在于国富最大限度的增加，而后者又主要地系于年收入在生产和不生产两部门间的分配。如果地主阶级以更大比例的

① 萨伊：《政治经济学概论》，巴黎 1803 年版，第 358 页。

② 詹姆斯·穆勒：《为商业辩护》，伦敦 1808 年版，第 80 页。

年收入投于生产部门，亦即农业部门产品的购买，其结果将会扩大再生产并由之而构成的下一生产年度的财富的增加。这实际上只是表达了资产阶级追求增加资本积累愿望的一个粗糙方式。所以，如果他们说消费是生产的尺度，他们着眼的并不是社会总消费和总生产的关系而是以更大比例的年收入用于购买农产品的经济效果。而且重农学派处在法国大革命前夕，这时期资本主义大工业在法国尚未萌芽，根本也就不存在资本主义生产和消费失调的物质条件。

因此，消费不足论，作为解释资本主义生产和消费失调的现象的理论，只能开端于局部生产过剩危机正导向普遍生产过剩危机过渡的十八世纪和十九世纪交替的时期。

亚当·斯密《国民财富的性质和原因的研究》的法文译者，哲曼·加尼厄可能是比较明确地提出消费不足可能造成市场中商品普遍生产过剩的最早的一个人。他说：像欧洲这样的国家里，资本已经有了几个世纪的积累，每年产品都有过剩，“这些过剩将会构成产品流通的阻碍，如果它不为相比例的消费所吸收”①，因此，虽然个人的财富会因储蓄而增加，但一个国家的财富只能通过扩大消费而增加。加尼厄的论断引起了萨伊的反对。萨伊在他的《政治经济学概论》中所制定的所谓“萨伊定律”首先是针对加尼厄而发的。在英国，劳德代尔勋爵，在略晚的时候，发表了类似的言论。他强烈地批判了斯密对节俭的强调，坚持说“资本的积累在任何时候都有个限制”②，超过这限制，资本积累就超过了实际的需要。加

① 加尼厄：《〈国民财富的性质和原因的研究〉的研究》第5卷，巴黎1802年版，第242页。

② 劳德代尔：《公共财富的性质和来源的研究》，伦敦1804年版，第265页。

尼厄和劳德代尔二人都强调消费的作用,认为过多的资本积累会造成对商品需求的不足,从而造成了生产的过剩。

威廉·斯彭茨提出了一个多少较为连贯的消费不足论观点。斯彭茨在《不依靠商业的不列颠》一书中,为其主要命题——商业是否国富的源泉——进行争辩时,提出了这个论点,而在后来的《政治经济学简论》(1822 年)中予以发挥。斯彭茨断言农业是英国富足的真正源泉。在评论斯密关于奢侈和节俭对国富的增加发生不同作用时,他提出了资本过剩一定造成商品过剩的论点。他说:"如果社会成员把其大部的收入都变为资本,运用新资本所生产的货物将会得不到买者。"[①]他举例说,假设地主阶级在其年收入中,节约十万英镑作为储蓄,则工业部门的人员很明显地将损失掉前此直接或间接地从地主阶级的消费中所得到的收入。这些人的消费将由之而减少了十万英镑。他不把节约和储蓄看作社会需求的转移而把它看作需求的减少是明显的错误。但值得注意的是他并不否认储蓄和投资的一致性。但纵使储蓄和投资是一致的,他仍然认为把消费变为储蓄还会减少社会对商品的有效需求,因为新资本的运用并不能补偿那些由于消费减少而失去的收入者的损失,而且在原有资本所生产的商品尚缺少销路的情况下,新资本不可能得到有利的运用。

上述先驱者们主要的共同点就是企图论证过多的节约不利于提供对社会总商品以足够的需求,而错误地把节俭所形成的资本积累不看作只是对商品的需求从生活消费品到生产消费品的转移,而看作需求的削减。

---

① 斯彭茨:《不依靠商业的不列颠》,伦敦 1807 年版,第 34 页。

西斯蒙第——以消费不足说明资本主义普遍生产过剩经济危机必然性的典型理论家 西斯蒙第是第一个确认普遍生产过剩经济危机为资本主义社会必然现象的资产阶级经济学家。西斯蒙第企图从资本主义生产方式的矛盾中寻找生产和消费失调的原因，以论证消费不足的不可避免性。他还企图以社会各阶级的关系和劳动群众的贫困化，作为资本主义生产和消费矛盾的基础，强烈地批判资本主义制度。尽管他的危机论有许多错误，但其意图和分析对此后关于资本主义普遍生产过剩经济危机学说的发展有着一定启发性的作用。

西斯蒙第是法国古典经济学的完成者。马克思写道："如果说在李嘉图那里，政治经济学无情地做出了自己的最后结论并以此结束，那末，西斯蒙第则表现了政治经济学对自身的怀疑，从而对这个结束做了补充。"①西斯蒙第的危机论是其全部经济学说的归结。马克思对于西斯蒙第这一总评也同样地适用于他的危机论。在分析危机时，西斯蒙第是从资本主义生产和消费失调出发提出了资本主义矛盾的问题的，从而他也就提出了对危机以及资本主义制度进一步分析的任务。这是西斯蒙第，作为法国古典政治经济学完成者的科学功绩。

西斯蒙第的主要经济著作是1819年出版的《政治经济学新原理》。这本书虽然出版于1825年普遍生产过剩危机爆发之前，但十八到十九世纪间频繁而一次比一次严重的局部经济危机，已使西斯蒙第认识到经济危机是一个不能以偶然性为解释的资本主义现象。危机的表现形式是生产和消费的失调。西斯蒙第以前的古

① 马克思：《政治经济学批判》，《马克思恩格斯全集》第13卷，第51页。

典经济学者都认为生产和消费的失调只能是临时的和局部的。他们相信平衡是绝对的,不平衡是相对的;从不平衡恢复到平衡的倾向是一种经济规律。西斯蒙第不否认这种倾向的存在,但认为在资本主义制度下,这种倾向几乎不可能成为现实而阻力来自资本主义制度内在的缺点。

西斯蒙第危机学说的理论基础是他的实现论,而他的实现论的核心是他的商品总是用收入来购买的理论。西斯蒙第认为政治经济学应以消费为出发点和对象,消费先于生产,又是生产的动力和目的。这里,他以理想和规范来代替现实。和他的前辈古典经济学家一样,他仍然没认识到,在资本主义社会里,生产的动力和目的不是消费而是剩余价值。从这个观点出发,西斯蒙第提出了两个论断:(1)生产应该服从于消费;(2)在"正常"社会中,不服从于消费的,无限度发展的生产必然造成生产和消费的脱节。他把这种生产和消费的矛盾称之为资本主义的基本矛盾。

西斯蒙第以生产和消费的矛盾为资本主义社会商品实现困难的原因。他认为在孤独的、完全自给自足的,所谓鲁宾逊式的经济中,不存在着生产和消费的矛盾。鲁宾逊的生产完全服从于他的消费。生产什么、生产多少、生产先后都直接地为他的消费所制约。西斯蒙第又认为在简单商品经济中,这个矛盾也不存在。他承认从自给自足经济过渡到商品经济,情形大有改变。商品经济以交换为前提;生产转化为供给,消费转化为需求。但在简单商品生产阶段,生产者和消费者间尚存在着自然联系。小生产者还能够而且总是依据消费者的直接需求或其所能掌握的小市场内的需求,进行生产。所以,供给仍然服从于需求。换句话说消费仍然先于生产,推动着生产;生产和消费也不存在着矛盾。

但是，西斯蒙第认为，从简单商品生产过渡到资本主义商品生产后，生产和消费的关系完全改变了。西斯蒙第接受斯密的教条，认为在资本主义社会，商品的价值分解为三种收入——地租、利润和工资。他发现在资本主义社会，社会的消费直接依存于人们在社会产品的分配中所得到的收入。因此，生产和消费的关系从供给和需求进一步转化为生产与收入的关系。他还把古典学派所坚持的"产品以产品来购买"的观点改变为"产品是以收入来购买的"新信条。于是原先只以交换为前提的供给与需求的关系，现在却一变为以雇佣劳动和资本的存在为前提的生产和分配的关系。而恰是在这个转化过程中，生产服从于消费、供给服从于需求的原则，不能进一步地顺利地转化为生产服从于收入。生产和收入的背离造成了资本主义商品实现的困难。

西斯蒙第以实现的困难论证在资本主义下，存在着生产和消费的矛盾，而这个矛盾又是经济危机的根源。矛盾的一方面是生产的无限扩大。在资本主义制度下，生产者和消费者的关系完全脱节了。生产者所面临的是一个无从掌握其需求情况的广阔市场。而且由于新技术的发明，大机器的应用，企业和资本的不断集中，尤其是自由竞争的日趋激化，为了争夺市场，生产者完全不顾市场需求的可能情况，盲目地努力扩大生产，形成为生产而生产的局面。

矛盾的另一方面，也是西斯蒙第所强调的矛盾的主要方面，是收入从而是消费，在生产不断扩大下的不足。西斯蒙第以收入的不足归罪于资本主义的分配制度。在分析资本主义分配制度时，他对资本主义做了严厉的批判，大量地揭露了无产阶级贫困化的过程和事实。他是最先强调资本主义分配造成社会贫富两极分化的一个人。他指出财产和劳动的分离使劳动者处于完全依附于资本的地位,使广大的、一无所有的劳动群众在社会总收入的份额中的比例不断减少。他承认,劳动群众收入的减少意味着资本家收入的增加。但这种收入份额比例的改变丝毫没有增加国民的总收入。而且这两种不同的收入分配法对市场反而产生不利的作用。九十九个不富裕但能维持温饱的家庭的消费和一个非常富裕的工厂主的消费是不相等的。"消费上的平等结果总是扩大生产者的市场;不平等,总是缩小市场。同样的收入,都是由穷人和富人很正当地用掉的,但是它们的用法却不一样。前者用来替换资本,而且比后者用来替换的劳动少得多","资本增加的结果,一般都是使劳动集中在大工厂里,而大量财富的结果却几乎完全排斥这些大工厂的产品和富人的消费","由此可见,由于财产集中到少数私有者手中,国内市场就必定要日益缩小"①。他还特别指出,大生产和两极分化的出现意味着小生产者的破产和生产者收入的消失。而在他看来,小生产者的收入和消费是国内市场的一个重要支柱。为了补救这一情况,资本主义工业就一定需要寻找国外市场,尤其是非资本主义国家或资本主义不发达国家的市场。但随着资本主义在更多国家的发展,国外市场的竞争越来越尖锐,世界市场也就越来越小。故无论就国内或国外市场来说,资本主义商品的销售,将成为不可克服的困难。生产不服从于收入就突出表现为消费不足的普遍生产过剩危机。

西斯蒙第认识到资本主义是一种矛盾制度,认为这个矛盾,一方面表现为生产力的无限制的发展和财富的增加,另一方面表现

① 西斯蒙第:《政治经济学新原理》,商务印书馆1977年版,第215、217页。

为作为前一方面的基础的生产者群众的消费却局限在生活必需品的范围内。他由此而认识到经济危机不像李嘉图等人所认为的那样只是偶然的或局部的生产和消费的失衡,而是资本主义内在矛盾的广泛的、定期的根本大爆发。这是他的功绩。马克思对于西斯蒙第这一初步认识,予以一定的评价。马克思写道:“他确实有这样一种模糊的猜测:对于在资本主义社会内部发展起来的生产力,对于创造财富的物质和社会条件,必须有占有这种财富的新形式与之适应;资产阶级形式只是暂时的、充满矛盾的形式,在这种形式中财富始终只是获得矛盾的存在,同时处处表现为它自己的对立面”,“西斯蒙第由于觉察到了这种矛盾而在政治经济学上开辟了一个时代”[①]。正是由于他是从资本主义的矛盾出发来分析经济危机的,所以他的危机理论和其先驱者或和其同时代的马尔萨斯大不相同。

但从理论本身来说,西斯蒙第的危机论是错误的。首先,虽然“他中肯地批判了资产阶级生产的矛盾,但他不理解这些矛盾”[②]。他把生产和消费的矛盾说成为危机的原因而且把这矛盾说成为资本主义的基本矛盾。他不了解生产和消费的矛盾只是生产的社会性和资本主义私人占有形式间矛盾的一个表现形式。后一矛盾才是资本主义的基本矛盾。西斯蒙第没有在资本主义制度下生产和消费失衡的现象中进一步追究其根源和实质。所以,虽然他知道危机是资本主义的现象,但他的分析却把危机的原因放在生产领域之外,从而实际上,把资本主义这一特定的社会生产方式,抽象

① 马克思:《剩余价值理论》第三册,《马克思恩格斯全集》第26卷Ⅲ,第55、285页。

② 同上书,第55页。

掉了,这就杜绝了对危机进行真正的科学分析的道路。

其次,西斯蒙第所强调的群众消费不足,是一切阶级社会所共有的现象;其本身不足以说明危机。恩格斯说过:“群众的消费水平低,是一切建立在剥削基础上的社会形式、从而也是资本主义社会形式的一个必然条件;……因此,群众的消费水平低,也是危机的一个先决条件,而且在危机中起着一种早已被承认的作用;但是它既没有向我们说明过去不存在危机的原因,也没有向我们说明现时存在危机的原因。”①

再其次,西斯蒙第的商品以收入购买的论点只是“斯密的教条”,即商品价值只分解为三收入的翻版。斯密忘掉了不变资本;而西斯蒙第则忘掉了生产资料。实现问题在于如何为资本主义每一部分的产品在价值上(不变资本、可变资本、剩余价值)和在实物形态上(生产资料、消费资料)在市场上找到补偿和更替它的其他部分产品。而在说明实现时,问题的困难在于说明不变资本的实现。如列宁所指出的:西斯蒙第“由于把收入同‘生产’(即所生产的一切东西)看作一样,也就把实现同个人消费看作一样”,“把实现同个人消费看作一样,自然就会产生出资本家不能实现额外价值的学说”②,从而得出消费不足导致了经济危机的结论。

最后,西斯蒙第认为商品是以收入购买的,而收入却随着生产的扩大而缩减。这就实际意味着在资本主义本身范围内,扩大再生产根本是不可能的;生产过剩危机不但是不可避免的而且是持续不断的。然而这两点显然和资本主义的发展和危机的现实不相

① 恩格斯:《反杜林论》,《马克思恩格斯全集》第20卷,第310页。

② 列宁:《评经济浪漫主义》,《列宁全集》第2卷,第115—116页。

符。西斯蒙第企图在资本主义本身范围之外寻找对这非难的答案。他把资本主义扩大再生产和生产过剩危机经常得到缓和的可能性寄托于国内小商品生产者和国外非资本主义或资本主义不发达国家的市场的存在。这实际上是一种"第三者"消费论。在这里,西斯蒙第和马尔萨斯却有其相类似之处。西斯蒙第的错误在于他把商品实现等同于个人消费而忽视生产消费。他不知道资本主义市场的增长,在一定程度上,不靠个人消费的增长而更多地靠生产消费的增长。通过资本的积累,资本主义会为自己创造和扩大市场,而不必依靠所谓"第三者"。商品的实现,从而危机的原因必须求诸资本主义的生产规律而不能求诸资本主义本身以外的外界因素。

西斯蒙第的危机论,和他的体系中一切独创的见解一样,是当时西欧资本主义逐渐取得统治地位而迅速发展中,受排挤濒于灭亡的小资产阶级和资产阶级斗争的反映,又是他本人小资产阶级立场的鲜明反映。小资产阶级并不要求消灭资本主义生产本身,而要求限制资本主义的发展使符合于小生产者的利益。西斯蒙第,一方面,把资本主义为生产而生产所造成的生产和消费的矛盾看作资本主义内在的、无法解决的矛盾,并以此向资产阶级提出了无限度的、过速的资本积累和扩大再生产不可避免地会导致危机灾难的警告。另一方面,他又指出,如果收入和生产总额的背离很轻微,新资本在增加必要劳动使用的情况下,就会产生一项相应的收入;这样明智而有制约的生产就可以持续进行。后者就是小资产阶级想保留商品生产又企图阻止其向其最发达形式——资本主义——过渡的理想。带有这种理想的西斯蒙第的危机学说不能科学地说明危机的必然性,但却充分地说明它是小资产阶级立场所派生的思想的必然性。

马尔萨斯的庸俗的“有效需求”不足论　托马斯·罗·马尔萨斯(1766—1834年)是十九世纪初期另一个突出的消费不足危机论的阐述者。马尔萨斯的危机论见于他的《政治经济学原理》(1820年)的最后一章。马尔萨斯的这本书是针对李嘉图的《政治经济学及赋税原理》中若干理论的一本论战性的著作。在篇幅上占全书三分之一,内容上属于全书结论性的这一章中,马尔萨斯所提出的存在着一个市场上商品普遍充斥的危险的理论,就是直接反对李嘉图的。他的观点引起了李嘉图的极大反感。在李嘉图的《〈马尔萨斯的政治经济学〉评注》①一书中,李嘉图曾着重地予以反驳。马尔萨斯和西斯蒙第都是消费不足危机论的阐述者,在他们的有关著作中有不少雷同的观点。马克思指出:马尔萨斯的《政治经济学原理》只是西斯蒙第的《政治经济学新原理》的拙劣仿制品,他“在西斯蒙第那里为自己的一本厚厚的经济学论著找到了理论支柱”,“利用西斯蒙第的观点来适应自己的目的”。但是“如果说马尔萨斯攻击李嘉图的是李嘉图著作中对旧社会说来是革命的资本主义生产倾向,那末他凭着永无谬误的牧师本能从西斯蒙第的著作中抄来的,却只是对资本主义生产,对现代资产阶级社会说来是反动的东西”②。因此,如果说西斯蒙第从确认资本主义矛盾出发,作出经济危机不可避免的论断,在对进一步分析这个问题提

① 李嘉图这一本书写成于1820年年底但没有发表。在他去世后,这个遗稿失踪了。直至1919年,它才在无意中被发现,并由雅各贝·赫·霍兰德和特·埃·格雷戈里编辑,于1928年出版。1951年,它又经彼罗·斯拉法修订收入《李嘉图著作和通信集》,作为第二卷发表。

② 马克思:《剩余价值理论》第三册,《马克思恩格斯全集》第26卷Ⅲ,第52页。

出任务方面，尚有其积极意义，那末马尔萨斯，为了向资本证明地主及其他不生产的消费者仍有其有用的社会功能的目的，而提出的“有效需求”不足可能造成普遍商品过剩的论点就完全是反动的了。

马尔萨斯也是从商品实现的问题出发来论证在资本主义下，存在着商品普遍充斥的可能性的。而他的实现论又以他的价值论为基础。

马尔萨斯认为商品的价值不决定于生产该商品时所耗费的必要劳动，而决定于它在市场上所能换取的劳动。他说斯密的价值论混淆了耗费劳动和换取劳动。他自己则把二者对立起来并把换取劳动这一庸俗因素从斯密的价值论中分离出来。他认为耗费劳动只包括积累劳动和直接劳动，而换取劳动“必然可以代表和衡量其中所包含的劳动量和利润”①。利润构成了二者的差额。如果价值只等于耗费劳动，就没有利润。而为了生产和再生产继续不断进行，这个差额是必要的，因为利润是资本主义生产的动力，没有利润则生产和再生产都要停止。马尔萨斯的换取劳动价值论实际上也就是他的另一说法的所谓生产费用价值论。他所说的生产费用，如以劳动为尺度，系由各种生产资料所代表的物化劳动，加劳动者的活劳动，再加平均利润所代表的劳动三者共同组成。所以换取劳动总是大于耗费劳动。而构成这个超过额的利润则是在流通过程中产生的。马尔萨斯的利润只是重商主义的、庸俗的“让渡利润”。

因此，在马尔萨斯那里，商品价值实现的问题就是社会所生产

① 马尔萨斯：《政治经济学定义》，商务印书馆1960年版，第92页。

出来的商品如何以“代表并计量生产时所耗费劳动量加利润”的价格，在市场上全部出售的问题。马尔萨斯认为商品价值的实现取决于市场有否充分的“有效需求”。什么是充分的“有效需求”？他认为“有效需求”是人们的购买愿望加上实现这愿望的购买能力；充分的“有效需求”是能以补偿资本家支付的生产资料的代价和工资加上平均利润的价格，购买生产出来的全部商品的需求。资本主义生产的顺利进行要求市场上有着这样一个充分的“有效需求”。如果“有效需求”不足，生产出来的商品就不能全部售出，社会商品的总价值就不能实现。这样就会出现他所谓市场上商品普遍充斥的情况，出现经济危机。

马尔萨斯认为资本家之间的相互买卖和工人工资的支出不足以构成一个充分的“有效需求”。只靠这两类人的需求，社会商品的总价值就不能实现。他论证说，在资本家间相互买卖中，每一个资本家一方面是卖者，另一方面必然又是买者。他在卖时取得了利润，在买时又把利润送出去。在充分自由竞争的前提下，买卖双方的利润都实现了平均利润；两者互相抵销。工资的支出只能买回来商品的一部分，是更为明显的，因为恰是由于工资只能买回生产出来商品的一部分，商品的剩余部分才构成资本家的利润。因此，除了资本家和工人阶级之外，必须有第三类的买者。这第三类的买者按照商品的价值购买多余的商品并把它消费掉，但他们自己不向任何人出卖商品。这类不卖只买的买者必须是不生产的消费者。他们在社会上代表为消费而消费，正像资产阶级代表为生产而生产一样；前者代表“支出的热情”，后者代表“积累的热情”①。这

① 马尔萨斯：《政治经济学原理》，商务印书馆 1964 年版，第 270 页。

些不生产的消费者都是只求不供的代表者，因此，就会抵销市场上供过于求的过剩。不生产消费者包括地主、国王、宫庭、教会、官吏、军队、年金领取者和其附属人员如仆役等等，而“在这个阶级中，地主无疑地居于显著的地位”①。为了使他们的需求成为“有效”的，就必须给予他们以充分的购买手段。首先和主要的当然是地租。地租还不够。于是就必须求助于赋税、国债等等。

马尔萨斯认为“有效需求”的不足是资本主义内在的缺点，是资本主义生产普遍过剩可能性的根源。而资产阶级所要求的，有损于不生产消费者利益的资本迅速积累和生产的无限扩大，都只能造成“有效需求”的不足，使危机的可能性变为现实性。因此，要保证资本主义的顺利发展，消除资本主义经济危机从可能性变为现实性的危险，这不生产的消费者的永远存在和扩大是十分必要的。他以“有效需求”不足的理论来威胁资产阶级，为一切资产阶级认为对资本积累有碍的不劳而获者，首先是地主阶级辩护，说明他们在资本主义下仍具有有用的社会功能。马克思深刻地揭露了马尔萨斯，作为当时英国土地贵族阶级代表的这一理论的阶级辩解性。他写道：马尔萨斯也愿意资本主义生产尽可能自由地发展，“但是，这种生产同时应该适应贵族及其在国家和教会中的分支的‘消费需要’，并且应该成为一种物质基础，以满足封建制度和君主专制制度遗留下来的利益的代表人物的过时要求。马尔萨斯愿意有资产阶级生产，只要这一生产不是革命的，只要这一生产不形成历史发展的因素，而只是为‘旧’社会造成更广阔、更方便的物质基础”②。

① 马尔萨斯：《政治经济学原理》，商务印书馆 1964 年版，第 328 页。

② 马克思：《剩余价值理论》第三册，《马克思恩格斯全集》第 26 卷Ⅲ，第 50 页。

马尔萨斯的“有效需求”论，在他死后一百多年，没有引起多大的注意，更说不上有何影响。但在近代，它却为凯恩斯之流从湮没中挖掘出来，成为他们的经济危机学说的重要组成部分。①

李嘉图、萨伊、西斯蒙第和马尔萨斯是同一时代的人。在经济危机问题上，他们分为以李嘉图和萨伊为一方，以西斯蒙第和马尔萨斯为另一方的对立派别。在十九世纪初，他们之间发生过一场大论战。论战并没有说服对立的任何一方。但在此之后的一个很长时期内，李嘉图、萨伊的观点却成为资产阶级经济学的正统理论。

第三节　马克思的经济危机学说

资本主义生产方式的发展趋向是马克思政治经济学理论分析的归结点。马克思的经济危机学说是这一分析的一个重要组成部分。马克思的经济危机学说说明了螺旋式地重复的、日趋严重的、普遍生产过剩经济危机是资本主义生产方式发展的不可避免的和

① 参阅约翰·姆·凯恩斯(1883—1946年)：《就业、利息和货币通论》。凯恩斯的经济危机论以“有效需求”为出发点。他承认“有效需求”的概念来自马尔萨斯，但他没有接受马尔萨斯对于“有效需求”不足的分析。马尔萨斯并不反对资本积累但反对过多的积累。他认为如果资本积累不侵蚀不生产消费者的收入，如果二者处于平行而比例的增加，“有效需求”的不足性就被消除。马尔萨斯仍然接受古典派传统的储蓄和投资一致的信条。凯恩斯不承认不生产消费者支付能力的缺乏为“有效需求”不足的理由。但相反地，他却彻底地否定了李嘉图和后来资产阶级经济学家所信奉的储蓄和投资一致的信务。他认为在资本主义社会，投资有小于储蓄的倾向，而在资本主义发达的国家，经常小于储蓄。储蓄和投资和脱节破坏了社会商品的总供给和总需求的平衡，造成了“有效需求”的不足。投资小于储蓄是经济危机发生的症结所在。凯恩斯主义成为当代资产阶级经济学的主流，而这个翻版的消费不足危机论也成为当代资产阶级危机论的正统学说。

特有的现象，论证了资本主义制度的内在的不稳定性和暂时性，从而预测了资本主义必然趋于灭亡的结局。

经济危机学说创立的过程 在十九世纪四十年代，马克思已经考察了资本主义周期性普遍生产过剩经济危机的现象，指出了它是私有制、竞争和生产无政府状态的必然结果，是资本主义的固有病症，是革命的征兆。在《哲学的贫困》中，马克思说：在交换中按供求正确比例进行“只有在生产资料有限、交换是在极狭隘的范围内进行的时候，才可能存在。随着大工业的产生，这种正确比例必然消失；由于自然规律的必然性，生产一定要经过繁荣、衰退、危机、停滞、新的繁荣等等周而复始的更替”①。在《雇佣劳动与资本》和《关于自由贸易的学说》(1848 年)中，马克思曾就资本主义盲目生产和商品需求的矛盾方面分析危机的发生、发展，提出了频繁而剧烈的危机既加速了资本的集中，又扩大了无产阶级队伍，还造成了大批工人的死亡。在《共产党宣言》(1847—1848 年)中，他和恩格斯明确地提出了资本主义生产力和生产关系的矛盾作为危机根源的命题：“生产力已经增长到这种关系所不能容纳的地步，资产阶级的关系已经阻碍生产力的发展；而当生产力一开始突破这种障碍的时候，就使整个资产阶级社会陷入混乱状态，就使资产阶级的所有制的存在受到威胁。”②

在十九世纪五十年代，马克思在总结 1848 年的革命经验时，分析了无产阶级革命和经济危机的关系，得出了这样的结论：“新的革命只有在新的危机之后才有可能。但是新的革命的来临像新的

① 马克思：《哲学的贫困》，《马克思恩格斯全集》第 4 卷，第 109 页。
② 马克思、恩格斯：《共产党宣言》，《马克思恩格斯全集》第 4 卷，第 472 页。

危机的来临一样是不可避免的。”[①]在1858年马克思和恩格斯的频繁通信中，马克思和恩格斯曾讨论了资本主义生产周期性的物质前提的问题。马克思指出机器的更新的平均年数是决定资本主义工业再生产的周期性的一个重要因素，从而初步地提出了经济危机和资本主义再生产周期的内在联系以及资本主义再生产内部各部类间的比例关系的问题。

但是，马克思的经济危机的学说只是在十九世纪六十年代之后，在《资本论》和《剩余价值理论》等著作中才臻于完成。在这些著作中，马克思没有把经济危机作为一个题目集中在某一专章中加以论述，而是把问题若干重要方面分别插入这些著作中不同的章节中。在这些著作中，危机学说，作为马克思关于资本主义生产方式总的理论的一个不可分割的部分，是同后者的展开一起展开的。危机学说的每一重要论点说明了危机理论的各个方面和阶段，而这些方面和阶段又是和马克思经济学说的各个方面和阶段的发展相适应的。但这些方面的综合仍然构成了一个系统的经济危机学说。危机学说的完成见于《资本论》第3卷的第十五章。但是，第1卷的资本积累的理论为危机学说提供了前提，而第2卷的社会资本再生产各章和《剩余价值理论》第十七章第六节的内容实为这学说的重要组成部分。

经济危机的表现和实质　马克思明确地指出经济危机是资本主义生产方式的产物。危机，作为生产和消费失调的现象，是随着商品生产的发展而来的。但简单商品生产只为危机提供了必要条

① 马克思：《1848年至1850年的法兰西阶级斗争》，《马克思恩格斯全集》第7卷，第114页。

件而不为之提供充分条件。只有作为最发达的商品经济的资本主义商品生产才为危机提供了充分条件。在这条件下，危机才从可能性变为必然性。马克思指出，在物物交换的形式下，买和卖是同一的，买者就是卖者，卖者就是买者。因此，不存在产生危机的因素。但是，在 W - W′转化为 W - G - W′的形式后，货币的中介便造成了危机可能性的两种形式。第一种形式是商品形态变化本身，即在货币只执行流通的职能时，买和卖的分离。由于商品必须转化为货币而货币却不立即必须转化为商品，买和卖的分离便造成商品转化为货币即出卖商品的困难的可能性。第二种形式是货币作为支付手段，在两个不同的、彼此分开的时刻，所执行的职能。货币在两个不同时刻分别起着价值尺度和价值实现的作用。如果商品价格在这两个时刻之间有了变动，如果商品在它出卖时刻的价格低于它以前在货币执行价值尺度的职能时的价格，那末，出卖商品的进款就不能清偿债务，因而再往上推，以这笔债务为转移的一系列交易都不能结算。马克思的危机学说就是“要就危机来自作为资本的资本所特有的，而不是仅仅在资本作为商品和货币的存在中包含的资本的各种形式规定，来彻底考察潜在的危机的进一步发展”①，从而论证在资本主义生产方式下潜在的危机如何变为现实。

马克思还指出，在资本主义制度下危机表现为生产过剩，而生产过剩是资本主义制度所固有的内含因素。在资本主义商品生产下，商品不是作为劳动产品而是作为资本产品进行交换，生产不是为了满足需要而是为了攫取利润。“资本主义生产竭力追求的只

① 马克思：《剩余价值理论》第二册，《马克思恩格斯全集》第 26 卷Ⅱ，第 585 页。

是攫取尽可能多的剩余劳动”,“在资本主义生产的本质中就包含着不顾市场的限制而生产”①。这里所涉及的不是绝对的生产过剩,不是和绝对需要或者和占有商品的愿望有关的生产过剩,而只是和有支付能力的需要有关的过剩。“所以,在立足于资本主义基础的有限的消费范围和不断地力图突破自己固有的这种限制的生产之间,必然会不断发生冲突。”②这就是危机从可能性变为必然性的基础。

马克思认为资本主义的经济危机是普遍的生产过剩危机。李嘉图等人不否认任何特殊生产领域有生产过剩的可能性,但否认这种现象可能在一切生产领域同时发生。他们认为如果生产过剩是普遍的,一切生产部门相互之间就会保持同样的比例;就是说,普遍的生产过剩等于按比例生产,而按比例生产是排除生产过剩的。萨伊等人还由此得出一个荒谬的结论说,一些部门的生产的不足倒是其他部门的生产过剩的原因。李嘉图以后的一些资产阶级经济学者又由此而引申出否认商品的生产过剩,却承认资本的生产过剩的观点。马克思驳斥了这些观点。针对第一个观点,马克思说,它的基础是撇开货币,否认买和卖彼此分离的存在。他指出对于商品流通来说,买和卖的分离具有重大的意义。而且,只要“为数不多但居主导地位的物品的生产过剩就会在整个市场上引起多少带普遍性的(相对的)生产过剩”③。针对第二个观点,马克思指出,资本本身就是由商品组成的;资本过剩就是预定用来生产

① 马克思:《剩余价值理论》第二册,《马克思恩格斯全集》第26卷Ⅱ,第596页。

② 马克思:《资本论》第3卷,《马克思恩格斯全集》第25卷,第286页。

③ 马克思:《剩余价值理论》第二册,《马克思恩格斯全集》第26卷Ⅱ,第597—598页。

剩余价值量的生产过剩，或者，从资本的物质内容来说，就是用来进行再生产那些商品的生产过剩。因此，否定商品生产不可能过剩，就不应当承认资本有可能过剩。另一个说法就是以上面说的商品品种生产比例的失调来说明生产过剩。这样，他们所说的资本生产过剩无非是说，比较于作为资本的商品的产量，作为收入被消费并且在既定条件下可能被消费的商品的产量太少了。这个说法，实质上是否定资本，是为了把资本家说成为完成 W－G－W 这个简单动作，并且为个人消费而进行生产的人，而不是把他看作以发财为目的、以把一部分剩余价值再转化为资本为目的而进行生产的资本家。

马克思继而提出了关于资本主义经济周期及其各阶段循环交替的理论。他认为经济的周期性是资本主义制度特有的性质。在不少著作中，马克思描述了周期的各阶段的循环交替的顺序①，说法虽有不同，但基本上，周期以经济上升和下降两个趋向组成而以

① 早在 1852 年所写的《贫困和贸易自由。——日益迫近的商业危机》中，马克思就说："现代工商业在其发展过程中产生历时五年到七年的周期性的循环，以经常的连续性经过各种不同的阶段——沉寂，然后是若干好转，信心渐增，活跃，繁荣，狂热发展，过度扩张，崩溃，压缩，停滞，衰竭，最后，又是沉寂。"（《马克思恩格斯全集》第 8 卷，第 416—417 页）在《工资、价格和利润》（1865 年）中，他说："资本主义的生产要经过一定的周期性的循环。它要经过消沉、逐渐活跃、繁荣、生产过剩、危机和停滞等阶段。"（《马克思恩格斯全集》第 16 卷，第 162 页）在《资本论》第 1 卷中，他说："工业的生命按照中常活跃、繁荣、生产过剩、危机、停滞这几个时期的顺序而不断地转换"，"现代工业特有的生活过程，由中等活跃、生产高度繁忙、危机和停滞这几个时期构成的、穿插着较小波动的十年一次的周期形式。"（《马克思恩格斯全集》第 23 卷，第 497、694 页）在《资本论》第 2 卷中，他说："在周期性的危机中，营业要依次通过松弛、中等活跃、急剧上升和危机这几个时期。"（《马克思恩格斯全集》第 24 卷，第 207 页）在《资本论》第 3 卷中，他说："如果我们考察一下现代工业在其中运动的周转周期，——沉寂状态，逐渐活跃、繁荣、生产过剩、崩溃、停滞、沉寂状态等等。"（《马克思恩格斯全集》第 25 卷，第 404 页）

危机为打破繁荣,导致停滞的转折阶段。马克思对于周期各阶段的分析几乎完全集中于危机。在马克思看来,对于危机的不可避免性的说明就是对于周期的说明。生产过剩所带来的破坏是危机的基本内容,是它的本质。在繁荣阶段,生产过剩已经出现但尚处于隐蔽状态。危机一开始,它就表现为破坏整个再生产过程的爆发形式。资本家发现他们不能出卖其全部的商品,商品资本的积累太多了。资本主义生产和再生产的顺利进行有赖于商品以符合其价值的价格全部出售。商品的滞销就意味着资本主义生产和再生产的破坏。于是随之而来的就是价格的下跌和生产的急剧下降等等。危机开始于流通领域,但生产下降却是危机的基本的和中心的表现。马克思还认为周期的各阶段"总是以一场普遍危机的爆发而告终"但"这场危机既是一个周期的终点,也是另一个新周期的起点"①。"危机总是大规模新投资的起点。因此,就整个社会考察,危机又或多或少地是下一个周转周期的新的物质基础。"②马克思由此进一步论证,正是危机使资本主义再生产具有跳跃性和周期性。危机的延续时间可能有长短,但危机不可能是持续不断的。马克思以此来批驳从西斯蒙第到洛贝尔图斯等人以生产和消费的矛盾来解释危机,把危机的原因归结为消费不足的观点。他们的所谓资本主义在本身范围内无法销售产品的基本论点,必然产生这样的结论,即在资本主义条件下,持续的生产过剩是不可避免的;而作为这个定律的推论,危机还会自动地导致资本主义制度的崩溃。马克思彻底批判这个观点。马克思指出资本主义经济危

① 马克思:《资本论》第1卷,《马克思恩格斯全集》第23卷,第695页注①。

② 马克思:《资本论》第2卷,《马克思恩格斯全集》第24卷,第207页。

机是资本主义一切矛盾的爆发，而具体表现为整个资本主义再生产过程的破坏。但危机的实质在于，它不仅意味着再生产过程的矛盾的暴力爆发，而且还意味着这些矛盾的暴力的、暂时的、局部的解决。作为矛盾的暴力的爆发，它表现为经济比例的严重失衡和社会生产力发展的急剧停滞。但作为暴力的解决，它又表现为使资本主义生产暂时恢复平衡，为生产力新发展扫清道路的手段。每一次危机都为克服它本身而创造着前提，开始于危机的破坏作用，通过停滞阶段又逐渐变为恢复的力量。生产的下降，在一定阶段上，超过需求的下降，减少了商品的库存；价格的下降为商品的需求的扩大打下基础；破产导致了资本进一步集中；新市场的开发展开了商品的销路；利润回升了；劳动就业量加多了；资本家又争取技术革新，更新固定资本，以创造超额利润。资本主义经济又从复苏趋向繁荣；周期以螺旋上升的形式进入新的循环。经济上升时期和下降时期就这样地以互相交替的形式继续进行。当然，马克思还提出通过使资本主义矛盾上升到一个新的更高的阶段所带来的新危机的日益严重性和危机的暴力爆发和暴力解决的辩证作用，即在资本主义发展的最后阶段也仍然是有效的。因此，危机持续性的理论和危机的辩证实质是矛盾的，而作为其伴随物的危机会自动地导致资本主义崩溃的推论也必然是反动的。

经济危机的根源和资本主义制度的矛盾 马克思认为资本主义的矛盾是危机的根源。西斯蒙第也曾从资本主义矛盾出发来解释危机。但，西斯蒙第并不真正理解资本主义制度的矛盾，把生产和消费的矛盾当作资本主义的基本矛盾。同时，和其他消费不足论者一样，他割裂了消费和生产。他把市场的需求看作独立于生产的因素，忽略了社会，作为具有集合的购买力的消费者，只是社会作为生产者的一方面。因此，他错误地既把危机看为只是流通领域的问题，又把产销失调看作由于分配的不当。他“企图通过别的调节收入和资本、分配和生产之间的关系的办法来制服矛盾，而不理解分配关系只不过是从另一个角度来看的生产关系”①。西斯蒙第这种由于分配不当造成消费不足的危机论，后来在德国的所谓社会主义者，如洛贝尔图斯、拉萨尔、杜林等人的著作中，以新的形式出现。他们都认为资本主义的剥削造成了社会有支付能力的消费的不足，消费不足是危机产生的原因，而这个祸害可以以提高工资的方法予以排除。他们以此来批判资本主义制度并论证只要消灭资本主义分配方式，而不必消灭资本主义生产方式，就可以改造资本主义制度。

和他们完全不同，马克思明确地提出生产力和生产关系的矛盾是资本主义矛盾的本质；资本主义的其他矛盾都不过是这个矛盾的各种表现形式。在《共产党宣言》中，马克思和恩格斯已经提出了“几十年来的工商业历史，只不过是现代生产力反抗现代生产关系的历史，即反抗那作为资产阶级及其统治的存在条件的所有制关系的历史”②的论断。在《资本论》第3卷中，马克思又提出“当一方面分配关系，因而与之相适应的生产关系的一定的历史形式，和另一方面生产力，生产能力及其要素的发展，这二者之间的矛盾和对立扩大和加深时，就表明这样的危机时刻已经到来。这时，在生产的物质发展和它的社会形式之间就发生冲突”③。生产力和生产关系的矛盾为任何一个社会所共有的矛盾。但在资本主

① 马克思：《剩余价值理论》第三册，《马克思恩格斯全集》第26卷Ⅲ，第55页。
② 马克思、恩格斯：《共产党宣言》，《马克思恩格斯全集》第4卷，第471页。
③ 马克思：《资本论》第3卷，《马克思恩格斯全集》第25卷，第999页。

义这个特定的生产方式下,这个矛盾就一方面表现为把分散的、小的生产资本加以集中和扩大,把小作坊变为工厂,把个人的生产行动变为一系列的集体协作的行动,从而大大地,不断地增强了生产力。另一方面,在雇佣劳动制下,资本家占有了生产资料和产品,而那些真正使用生产资料和真正生产这些产品的工人变为一无所有的,只能靠出卖自己劳动力以维持最低生活的无产者。因此,在这个历史条件下的生产力和生产关系的矛盾就实际上获得了后来恩格斯在《反杜林论》中,更为具体地提出的,生产的社会性和资本主义占有制之间的对抗性矛盾的形式。

马克思是以资本主义社会的生产力和生产关系的矛盾为经济危机的根源的。但在申述这个基本矛盾在形成危机的具体作用时,马克思又是通过作为这个基本矛盾的表现形式的生产和消费的矛盾的反复论证来阐明的。马克思指出,资本主义生产的目的在于攫取剩余价值和通过一部分剩余价值转化为新资本从而取得更多的剩余价值。为了达到这个目的,资本主义生产不但要求剩余价值的不断创造而且要求剩余价值的不断实现。剩余价值的创造有赖于无偿劳动的占有和利用,而剩余价值的实现则有赖于剩余产品以不低于生产价格的价格水平出售。如果商品出售停滞或者只能以低于生产价格水平出售,资本家就不能实现其剩余价值,甚至还有损失其原有资本的危险;剥削的过程就不能完成。剩余价值的创造的条件和其实现的条件是两回事。前者取决于社会的生产力,后者取决于社会的消费力。追求剩余价值的欲望迫使资本家盲目地、无限地扩大生产。扩大生产要求提高生产率,而后者又使资本的无限积累和生产技术的不断改进成为强制的法令。反之,社会消费力却受到不同的力量和规律的支配。“社会消费力既不是取决于绝对的生产力，也不是取决于绝对的消费力，而是取决于以对抗性的分配关系为基础的消费力；这种分配关系，使社会上大多数人的消费缩小到只能在相当狭小的界限以内变动的最低程度。这个消费力还受到追求积累的欲望的限制，受到扩大资本和扩大剩余价值生产规模的欲望的限制"，"生产力越发展，它就越和消费关系的狭隘基础发生冲突"。① 因此，和西斯蒙第等人不同，马克思并不认为生产和消费的矛盾是资本主义的基本矛盾。它只是资本主义基本矛盾的一种表现形式；它所表现的社会生产力和社会消费力的冲突本身只是危机的现象而不是危机的根源。

还必须指出，马克思在强调资本主义生产方式下发展的巨大生产力和这个巨大生产力为之服务的、与财富的增长相比变得越来越狭小的基础相矛盾时，也没有忽略工人阶级日益贫困化所造成的消费萎缩对危机的作用，后者恰是说明了资本主义社会阶级矛盾的本质；但他既没有把生产和消费的矛盾看作造成危机的基本矛盾，更没有把消费作为这一对矛盾的主导方面。但是，确有一些人对马克思的全面的、统一的分析加以片面的曲解。② 他们所提出的依据经常是下列的引文："一切真正的危机的最根本的原因，总不外乎群众的贫困和他们的有限的消费，资本主义生产却不顾这种情况而力图发展生产力，好象只有社会的绝对的消费能力才是生产力发展的界限。"③马克思是在批判有人由于看到在危机时

---

① 马克思：《资本论》第3卷，《马克思恩格斯全集》第25卷，第272—273页。

② 伊·瓦尔加，在《大危机和其政治结果》，尔·戈利，在《美国资本主义的衰落》中，都曾认为马克思单纯地把群众的贫困和他们的有限消费当作危机的根本原因。

③ 马克思：《资本论》第3卷，《马克思恩格斯全集》第25卷，第548页。

信用缺乏的情况，便认为危机导源于资本的不足时，写上这一句的。马克思指出，正好在信用缺乏的时候，生产资本是过剩了。但投在生产上的资本的补偿有赖于消费，而工人的消费既受工资规律的限制，又受他们只有在他们能够为资本家带来利润时才能被雇佣的限制。马克思这里所着重说明的恰是由于资本无限扩大生产力的趋势和限制工资于能够维持传统的平均利润水平的愿望的矛盾，资本积累的任何增加，一定连带地引起用于直接消费的收入的减少，所以可以把积累增加的结果归结为消费的不足。后者只是前者的反面。因此，相对于资产阶级无限追求发展生产力的趋势，群众的贫困和其有限消费才表现为形成危机的因素。如果不从二者相对的对立关系来理解，就必然会造成对于马克思危机学说基本命题的曲解。其实，马克思在《资本论》的另一地方，已经以驳斥洛贝尔图斯等消费不足论者的形式排除了对于他自己学说的曲解的可能性。马克思写道："认为危机是由于缺少有支付能力的消费或缺少有支付能力的消费者引起的，这纯粹是同义反复。……但是，如果有人想使这个同义反复具有更深刻的论据的假象，说什么工人阶级从他们自己的产品中得到的那一部分太小了，只要他们从中得到较大的部分，即提高他们的工资，弊端就可以消除，那末，我们只须指出，危机每一次都恰好有这样一个时期做准备，在这个时期，工资会普遍提高，工人阶级实际上也会从供消费用的那部分年产品中得到较大的一份。"①

经济危机和资本主义生产各部类的比例失调　在上述的资本主义经济危机根源的分析的基础上，马克思进一步讨论了经济危

① 马克思：《资本论》第2卷，《马克思恩格斯全集》第24卷，第456—457页。

机和作为资本运动的资本主义生产的两个重要方面的关系。

第一方面是在资本主义的再生产过程中,各部类交换的平衡和失衡。再生产是任何社会形态的生产的组成部分。资本主义生产当然包括资本主义的再生产。资本主义生产以剩余价值为目的。因此,资本主义再生产就意味着为了攫取剩余价值的资本要不断进行为达到这一目的的投资。马克思在《资本论》第2卷,分析资本主义社会总资本再生产时,从生产的结构上,论证了资本主义经济危机的可能性和必然性。他指出经济危机可以从两大部类生产的比例失调和再生产过程中资本家消费和资本积累的比例失调得到说明。这是马克思经济学说的一个重要方面。但必须指出,马克思的这一方面的理论和其危机学说的其他方面构成了一个有机的整体。绝不能把它孤立起来,更不能,如若干近代作家那样,把它当作马克思危机学说的唯一或者最主要的理论。[①]

先就简单再生产来说。马克思把生产分为两大部类。这两个部类的生产公式被表达为:

$$\mathrm{I}\,(c+v+m)$$

$$\mathrm{II}\,(c+v+m)$$

再生产的进行涉及部门间的产品交换。但每一部类内部各部门的交换被抽象掉了;交换只在这两大部类间进行。经济的稳定和再

---

① 例如,波夏,在其《〈资本论〉简释》中,就曾对马克思的危机学说作出了似乎它只是一个生产各部类比例失调的理论的论断,完全忽视了马克思危机学说的其他方面,尤其是关于利润率下降趋势所表现的生产扩大和价值增殖间的冲突的理论。弗·梅林的《卡尔·马克思》中,露莎·卢森堡写的关于危机论的一节,同样地,也只把马克思的危机学说和《资本论》第2卷,再生产各章联系起来,而忽略了第3卷中,也许更为重要的内容。弗雷德·戈特尔的《马克思经济预言》也把比例失调作为马克思对于真正危机的主要理论分析而把其他理论作为这个理论的次要的补充。

生产的顺利进行要求每一部类在补偿再生产所需要的本部类的实物外,其余全部产品都能通过和另一部类产品的交换得到相应实物的更替和对等价值的补偿。这就意味着第Ⅰ部类对第Ⅱ部类所能提供的供给必须等于第Ⅱ部类对本部类产品的需求,而第Ⅰ部类对于第Ⅱ部类产品的需求必须等于第Ⅱ部类对第Ⅰ部类所能提供的供给。就公式来说,Ⅰ(v+m)构成了第Ⅰ部类对第Ⅱ部类的需求所能提供的供给,又构成第Ⅰ部类对于第Ⅱ部类产品的需求。反之,Ⅱc构成了第Ⅱ部类对第Ⅰ部类的需求所能提供的供给,又构成了第Ⅱ部类对于第Ⅰ部类产品的需求。两大部类间交换平衡的条件是每一部类所能提供的供给恰等于另一部类对本部类产品的需求。表示这种平衡的公式就是:

$$\text{Ⅱ}c = \text{Ⅰ}(v+m)$$

但是,这种平衡的条件取决于两大部类生产的正确技术比例,而正确技术比例本身却只是一个偶然或暂时的现象。例如,假定由于某种原因,第Ⅱ部类的资本有机构成变低了,而第Ⅰ部类的资本有机构成不变,则第Ⅱ部类对于生产资料,Ⅱc的需求就会减少而第Ⅰ部类所准备提供的生产资料,Ⅰ(v+m)不变。于是Ⅱc<Ⅰ(v+m)。第Ⅰ部类就不能够把其全部所要提供的供给卖给第Ⅱ部类。因此,假定第Ⅰ部类的工资不受这个交换脱节的影响,第Ⅰ部类的一部分的剩余价值将以卖不掉的生产资料的形式滞留在第Ⅰ部类的资本家的手里,造成所谓不自愿的商品资本的积累。平衡的破坏就会导致危机。

再说扩大再生产。扩大再生产意味着第Ⅰ部类的剩余价值,Ⅰm,和第Ⅱ部类的剩余价值,Ⅱm都有一部分变为资本积累,而这两部类的追加资本,将以一定的资本有机构成的比例分别分配于其各自的不变资本，成为ⅠΔc 和ⅡΔc；和可变资本，成为ⅠΔv 和ⅡΔv。在其部分剩余价值经此资本化后，两大部类剩余价值中仍留作资本家消费基金部分将变为Ⅰ$\frac{m}{x}$和Ⅱ$\frac{m}{x}$。于是，两大部类的资本结构将以下列形式出现：

$$第Ⅰ部类\qquad Ⅰ(c+\Delta c)+Ⅰ(v+\Delta v)+Ⅰ\frac{m}{x}$$

$$第Ⅱ部类\qquad Ⅱ(c+\Delta c)+Ⅱ(v+\Delta v)+Ⅱ\frac{m}{x}$$

平衡的条件也就从Ⅱc = Ⅰ(v + m)变为

$$Ⅱ(c+\Delta c)=Ⅰ(v+\Delta v)+Ⅰ\frac{m}{x}$$

在资本主义整个社会生产的无政府状态下，这种平衡更是一种偶然的、暂时的现象。它不但取决于各部类生产的正确技术比例而且取决于资本家们的积累和消费的正确比例。而资本积累本身又经常引起生产的正确技术比例的破坏，从而成为提高资本有机构成的原因。因此，任何生产的正确技术比例和资本家们积累和消费的正确比例的较大变动，都会造成这个平衡的破坏，从而引起危机。

经济危机和生产扩大与价值自行增殖的冲突　利润率下降趋势和资本积累关系是资本主义再生产运动的第二方面。马克思在《资本论》第3卷中，在分析利润率下降趋势的规律时，提出了资本主义生产扩大和价值增殖间的冲突，把它和经济危机紧紧地联系起来，这是马克思危机学说的另一重要组成部分。

马克思在其著作中，不止一次地预言在资本主义制度下，生产技术不断革新的必要性和必然性。资本主义生产的动机是攫取最大的利润，而其手段则在于以不断的技术革新连续地提高劳动生产率。这是资本主义生产的一条规律。根据这一规律，资本积累既意味着资本技术构成的改变，新型的、复杂的工具和机器代替了陈旧的、简单的工具和机器；又意味着资本有机构成的改变，不变资本相对于可变资本的比例的提高。

假定剩余价值率不变，随着总资本的增加，平均利润率和有机构成形成了反比例关系。因此，资本的不断积累不可避免地导致平均利润率的不断下降。当然，马克思并没有忘记指出在生产的过程中，存在着一些起反作用的因素；这些因素，“阻挠和抵销这个一般规律的作用，使它只有趋势的性质”①。马克思列举了六个这样的因素：(1)劳动剥削程度的提高；(2)工资被压低到劳动力的价值以下；(3)不变资本各要素变得便宜；(4)相对过剩人口；(5)对外贸易；(6)股份资本的增加。但他认为从长期来说，这个下降趋势的规律起着支配的作用。

这个规律造成了资本主义生产的扩大和价值自行增殖的冲突，亦即资本主义生产的手段和其目的的冲突。资本家以不断增加资本积累，不断扩大生产的手段进行剩余价值的生产。但剩余价值的生产只是资本主义生产过程的第一个行为。为了占有剩余价值，剩余价值还必须加以实现。剩余价值生产的界限和其实现的界限，虽然互相制约，却各不相同。“前者只受社会生产力的限制，后者受不同生产部门的比例和社会消费力的限制。”②当然这种社会消费力是取决于以对抗性的分配关系为基础的消费力，这种消费力还受到追求积累的欲望的限制，受到扩大资本和扩大剩余价值生产规模的欲望的限制。由于剩余价值要转化为平均利润，

① 马克思：《资本论》第3卷，《马克思恩格斯全集》第25卷，第258页。

② 同上书，第272页。

平均利润下降的趋势就成为扩大资本和扩大剩余价值生产规模的欲望的限制。于是,价值自行增殖的实现的困难就和不顾一切的生产扩大发生冲突。马克思确认这个冲突为投资、生产和就业定期萎缩的重要原因,为周期性危机的重要因素。他写道:利润率“是资本主义生产的刺激”,“利润率的下降会延缓新的独立资本的形成,从而表现为对资本主义生产过程发展的威胁”。[①] 这就表现为资本的过剩;一部分应该形成投资的资本变为“闲置”的资本。在表面上,这“闲置”的资本以“闲置”的货币资本的形式出现,但它实际上意味着商品资本的过剩,一部分商品资本不能转化为生产资本。马克思指出,资本的过剩不是一般的绝对生产过剩,也不是生产资料的绝对生产过剩,而只是生产资料在不能作为资本执行职能,不能比例于自己的价值而产生应有的增殖的一种过剩。资本主义生产过剩只是意味着“要使劳动资料和生活资料作为按一定的利润率剥削工人的手段起作用,劳动资料和生活资料就周期地生产得太多了”。“不是财富生产得太多了。而是资本主义的、对抗性的形式上的财富,周期地生产得太多了”[②],“资本主义生产不是在需要的满足要求停顿时停顿,而是在利润的生产和实现要求停顿时停顿”[③]。停顿和伴随而来的市场商品的滞销、商品价格的下降、生产的萎缩、原有固定资本的贬值或其中一部分的毁灭、相对的人口过剩、工人阶级部分的“闲置”失业、工资的下降等等,使生产扩大和价值增殖之间的冲突达到顶点。危机就是这冲突达到顶点的表现。

① 马克思:《资本论》第3卷,《马克思恩格斯全集》第25卷,第270页。

② 同上书,第287页。

③ 同上书,第288页。

危机一方面是旧的生产平衡破坏的结果，但另一方面，又反过来成为解决这原来冲突的力量。危机是矛盾的暴力的解决。但危机既不是所谓资本主义正常生产的破坏也不是矛盾的彻底解决。它“永远只是现有矛盾的暂时的暴力的解决，永远只是使已经破坏的平衡得到瞬间恢复的暴力的爆发。”①它只能暂时地和强制地摆脱资本主义矛盾所造成的绝境，而它的强烈的破坏性却又成为下一周期的新物质基础。危机的“好转”给予周期循环以一个新的推动。所以它既是一个周期的终点又是另一周期的起点。

马克思还指出，在利润率下降促进资本过剩和危机的过程中，甚至如李嘉图这样的把资本主义生产方式看作绝对生产方式的经济学家，也感觉到，这种生产方式为自己造成了一种限制。但是他们不是把这种利润率下降趋势的限制归咎于生产，而是把它归咎于自然。实际上，“这种特有的限制证明了资本主义生产方式的局限性和它的仅仅历史的、过渡的性质；证明了它不是财富生产的绝对的生产方式，反而在一定阶段上同财富的进一步发展发生冲突”②。

信用在经济危机中的作用　上述有关于经济危机的理论可不涉及信用制度。从理论上说，信用不是危机的必要条件。没有信用，资本主义经济危机也可能发生。但在历史上，经济危机却是在信用制度已经渗入资本主义社会全部经济关系中，已经达到高度发展的条件下出现的。实际上，如上面已经说过的，在真正的资本

① 马克思：《资本论》第3卷，《马克思恩格斯全集》第25卷，第278页。

② 同上书，第270页。

主义经济危机发生前，英国和西欧都已经出现了单纯的货币—信用危机。只是在周期性普遍生产过剩危机出现后，货币—信用危机才成为经济危机的一个突出方面。

但是，由于经济危机是在信用已经高度发展下发生的，而信用又明显地对于危机的进程起着推进和强化的作用，一些资产阶级经济学家便企图从信用在危机前后的伸缩现象中，寻找周期各阶段更替的规律，从而把信用在资本主义生产和再生产中的作用归结为危机的原因。他们认为危机总是以信用的紧缩为前导而信用的紧缩是资本不足的表现。因此，他们主张以调节信用的种种措施来防止危机。

马克思批驳了这个观点。马克思认为危机的根源并不在于信用体系而在于资本主义的基本矛盾；信用伸缩本身只是资本主义再生产周期各阶段更替的征兆，对于危机只起着助动性的，尽管是破坏性的作用。他写道："政治经济学的肤浅性也表现在，它把信用的膨胀和收缩，把工业周期各个时期更替这种单纯的征兆，看作是造成这种更替的原因。"[①]资本不足的观点更是错误的。在信用紧缩时期，货币资本的缺乏只是一个表象。实际上，在这一时期，资本家不但拥有大量的，但不能出售的商品资本，而且拥有大量的"闲置"货币资本。资本的"闲置"正是再生产过程收缩的结果而不是收缩的原因。再生产过程的收缩并不是由于资本的不足。

马克思充分地强调了信用在资本主义生产和再生产过程中，在导致生产扩大和生产停滞两方面所起的加速和强化作用。他写

---

① 马克思：《资本论》第1卷，《马克思恩格斯全集》第23卷，第694页。

道:“如果说信用制度表现为生产过剩和商业过度投机的主要杠杆,那只是因为按性质来说可以伸缩的再生产过程,在这里被强化到了极限。”“这不过表明:建立在资本主义生产的对方性质基础上的资本增殖,只容许现实的自由的发展达到一定的限度,因而,它事实上为生产造成了一种内在的但不断被信用制度打破的束缚和限制。因此,信用制度加速了生产力的物质上的发展和世界市场的形成……同时,信用加速了这种矛盾的暴力的爆发,即危机,因而加强了旧生产方式解体的各种要素。”①

在经济上升阶段,信用在下列方面促进了生产的扩大:(1)信用扩大了私有制给资本积累所规定的界限。它集中了在数额上还不足以独立发生作用的小额资本;集中了固定资本折旧提成所积累起来的基金;还集中了暂时处于货币形式的流动资本。(2)信用对货币资本进行了再分配。它为资本家“提供在一定界限内绝对支配别人的资本,别人的财产,从而别人的劳动的权利”②,使一个资本家能以远超于个人资本所规定的界限的规模,扩大生产。(3)信用缩短了商品资本转化为货币资本的过程。期票贴现的办法“使货币形式上的回流不以实际回流的时间为转移”③。产业资本家和商人都利用这个方便的办法进行买卖。“二者都会赊卖;因此,他们的商品,是在这些商品对他们来说再转化为货币之前,也就是以货币形式流回到他们那里之前让渡的。另一方面,他们也会赊购;这样,他们的商品的价值,在实际转化为货币以前,在商品价格到期支付以前,对他们来说,已经再转化为生产资本或商

① 马克思:《资本论》第3卷,《马克思恩格斯全集》第25卷,第498—499页。
② 同上书,第496页。
③ 同上书,第506页。

品资本。”[①](4)信用还造成了一种虚假的需求,隐蔽了生产已经过剩的实况,促进了投机的活动。

信用的扩大和生产的扩大是相互为用的。信用的扩大本来以再生产过程本身的扩大为基础。只要再生产扩大能不断进行,从而资本的回流得到保证,信用是会持续扩大的。“生产过程的发展促使信用扩大,而信用又引起工商业活动的增长。”[②]二者造成了一个恶性的循环。

但是,马克思指出:“正是信用制度在繁荣时期的惊人发展,从而,正是对借贷资本的需求在繁荣时期的巨大增加,以及这种需求在繁荣时期的容易得到满足,造成了停滞时期的信用紧迫。”[③]不顾消费界限的生产扩大终于受到消费界限的限制。当商品的实现遇到了困难时,这一部分的资本就停滞在它的再生产的一个阶段上,不能完成它的形态变化;资本的回流出现了停滞。由于信用是相互的,一个人偿付的能力同时就取决于另一个人的偿付能力,因为在签发期票时,一个人不是指望他本人企业中的资本回流,就是指望在这期间要向他兑付期票的第三者企业中的资本回流。任何一环节的资本回流出现了停滞就可能破坏一系列的、有一定期限的偿付义务的连锁关系。如果资本回流的停滞是严重的,连锁反应就会扩大,使信用兑付契约的履行成为一种无力承受的负担。新信用的需求更为迫切了。

但是,恰是在这个时候,信用反而紧缩了。市场的变化使信用的提供者提高了警惕性,对于信用扩大进行了限制。期票贴现率

① 马克思:《资本论》第3卷,《马克思恩格斯全集》第25卷,第506—507页。
② 同上书,第544页。
③ 同上书,第509页。

提高了,新信用不易取得,而到期的信用贷款又被严格索偿。

在这种情况下,“货币将会突然作为唯一的支付手段和真正的价值存在,绝对地和商品相对立”①。为了偿付到期的信用,产业资本家和商人无不急于求售他们手里的商品以换取货币。货币的追求成为一个普遍的现象。作为信用危机转化形式的货币危机就在这个“一个接一个的支付的锁链和抵销支付的人为制度”②受到破坏时发生了。商品进一步跌价。随之而来的就是证券的跌价,一系列工商业的破产,银行的倒闭,工厂开工不足,生产下降,工人失业等等。经济危机就进入了一个全面爆发的阶段。

信用对于经济危机的进程有着巨大的影响。但信用不是危机的原因。它对于危机的发展只是起了促进和强化的作用。马克思着重地指出:“在货币市场上作为危机表现出来的,实际上不过是表现生产过程和再生产过程本身的失常。”③“汇票多数是代表现实买卖的,而这种现实买卖的扩大远远超过社会需要的限度这一事实,归根到底是整个危机的基础。”④

马克思的经济危机学说论证了资本主义的基本矛盾是危机的根源,危机又加速了作为这个基本矛盾表现形式的一切资本主义矛盾的发展,证明了资本主义毁灭时期的迫近。但必须指出,如果没有无产阶级革命,经济危机不会直接地、自动地导致资本主义制度的灭亡。如上面所已指出的,对于西斯蒙第等人所宣称的危机具有不断的持续性并会直接地、自动地导致资本主义灭亡的论点,

① 马克思:《资本论》第3卷,《马克思恩格斯全集》第25卷,第585页。
② 马克思:《资本论》第1卷,《马克思恩格斯全集》第23卷,第158页。
③ 马克思:《资本论》第2卷,《马克思恩格斯全集》第24卷,第354页。
④ 马克思:《资本论》第3卷,《马克思恩格斯全集》第25卷,第555页。

马克思已作过彻底的批判。但这不等于说危机没有加速资本主义制度崩溃的作用。马克思不止一次地强调危机是造成无产阶级和资产阶级之间阶级斗争极度尖锐化的强大因素。危机为加速无产阶级革命创造了条件。

陈岱孙先生学术年表*

1900 年(清光绪二十六年)

10 月 20 日,旧历闰八月二十七日,生于福建省闽县南台岛螺洲镇店前村(今属福州市仓山区)。

1906 年(清光绪三十二年)

入私塾就读,由塾师石卓斋传授经史诗文。

1915 年

秋,考取福州鹤龄英华学校(六年制中学),入三年级插班就读。

1918 年

年初,自英华学校毕业。

6 月,赴上海投考清华学校(八年制留美预备学校)高等科。考毕,于外滩公共花园见"华人与狗不得入内"标牌,深受震动。

9 月,入清华学校高等科文科三年级(即大学一年级)插班就读。

1919 年

6 月,"五四运动"期间,参加北京"全市学生爱国宣传周"游行。

1920 年

6 月,自清华学校毕业,经过甄别取得官费留美资格。

---

* 本年表由晏智杰、刘昀撰写。

9 月,入威斯康星大学麦迪逊分校文理学院经济系三年级插班就读。

1922 年

6 月,自威斯康星大学毕业,获学士学位,学位论文由约翰·康芒斯教授指导,题为《煤炭业的产业治理》(*Industrial Government in Anthracite Industry*)。被"ΟΔΓ 荣誉经济学兄弟会"(又称"Artus 骑士团",由威斯康星大学和哈佛大学两校经济学会于 1915 年合并而成)吸收入会,获颁象征会员资格的金钥匙。

9 月,入哈佛大学文理研究生院经济系就读。

1924 年

6 月,获硕士学位,并取得候补博士资格。

是年,选定财政学为专业,师从查尔斯·杰西·布洛克教授,为博士论文进行专题研究。

1926 年

3 月,通过论文答辩,获哈佛大学博士学位。学位论文题为《马萨诸塞州地方政府开支和人口密度的关系》(*The Relation Between Local Governmental Expenditures and Density of Population in Massachusetts*),由哈佛大学出版社收入《哈佛大学经济学丛书》并于当年出版。

6 月至 12 月,旅欧游学,主要于巴黎大学文法学院旁听货币金融学课程。

1927 年

9 月,受聘担任清华学校大学部经济学系教授,主讲经济学概论、财政学、经济学说史课程。

1928 年

8 月,国民政府改清华学校为国立清华大学。

9 月，任清华大学经济学系教授兼主任（至 1952 年 8 月）。

11 月，任清华大学评议会评议员（至 1949 年 5 月）。

1929 年

7 月，任清华大学法学院院长（至 1952 年 8 月）、校务委员（至 1949 年 5 月）。

1930 年

任清华大学研究院法科研究所经济学部导师，指导经济学理论、货币银行学、财政学专业研究生，兼任法科研究所所长①，为本科生主讲财政学、经济学说史课程。

1932 年

9 月，赴欧考察，为《比较预算制度》（其立志编写的财政学系列教材之第一部）查找文献资料以及采购参考书籍。

1933 年

5 月至 7 月，作为中国代表团专家，出席于伦敦召开的国际经济货币会议。

8 月，作为特邀嘉宾，出席于加拿大邦佛召开的太平洋国际学会双年会。

1934 年

6 月至 8 月，于《益世报》（天津）先后发表社论《欧美间之战债问题》（6 月 15 日）、《论遗产税法草案》（6 月 24 日）、《论整理旧

---

① 陈岱孙先生在清华大学的兼任职务尚有：聘任委员会委员，招考委员会委员，留美公费生考选委员会委员，出版委员会委员，《清华学报》编辑，《清华大学一览》委员会委员，图书馆委员会委员，特购图书（中外政府刊物及档案）委员会主席，校景设计委员会委员，学生生活指导委员会委员，八家村建设工作计划委员会委员，特种研究事业筹划委员会委员，特种研究事业建筑财务委员会主席。

债》(7 月 10 日)、《外债与建设》(7 月 15 日)、《美国宣布白银国有》(8 月 13 日)。

7 月、10 月,于《清华学报》先后发表《书籍评论:〈国际金融之幕后〉与〈金融与政治〉》(第九卷第 3 期)、《金汇本位与战后之欧洲金融》(第九卷第 4 期)。

1935 年

10 月,于清华大学《社会科学》第一卷第 1 期发表《“均衡”概念与动态经济》、《书籍评论:〈中国与银〉》。

1936 年

1 月至 11 月,于《大公报》(天津)“星期论文”专栏先后发表《我们的经济运命》(1 月 5 日)、《出超的分析》(3 月 29 日)、《关于大学毕业生职业问题一个建议》(7 月 20 日)、《经济侵略》(11 月 8 日)。

1 月、4 月,于清华大学《社会科学》先后发表《书籍评论:〈中国的铁路〉》(第一卷第 2 期)、《通货膨胀与岁计》(第一卷第 3 期)。

5 月至 9 月,于《独立评论》(北平)先后发表《所得遗承二税的举办与人民的负担》(第 201 号)、《谈经济建设》(第 203 号)、《中美卖银协定》(第 206 号)、《二十五年度国家总预算的分析》(第 209 号)、《币权统一》(第 217 号)、《交通发展与内地经济》(第 220 号)。

1937 年

1 月,于清华大学《社会科学》第二卷第 2 期发表《二十五年之所得税法则》。

5 月至 7 月,于《独立评论》先后发表《预算法之新修正》(第 232 号)、《一个应该消除的货币幻景》(第 238 号)、《二十六年度国家总预算》(第 242 号)。

7 月,“卢沟桥事变”爆发。受邀南下庐山,出席国民党中央政治委员会和国民政府行政院举办的国是谈话会。

8 月,受清华大学校务会议委托,同时由国民政府教育部任命为长沙临时大学筹备委员,赴长沙组织清华南迁,以及筹备与北京大学、南开大学合组临时大学事宜。《比较预算制度》文稿散失。

9 月,任长沙临时大学课程委员会委员、图书设计委员会召集人。任长沙临时大学经济学系教授会主席(即系主任),为本科生主讲财政学、经济学说史课程。

1938 年

4 月,长沙临时大学西迁昆明并更名西南联合大学。任西南联合大学经济学系主任(至 1945 年 11 月),为本科生主讲财政学、经济学说史课程。

5 月至 8 月,任西南联合大学蒙自分校(文学院、法商学院)校务委员兼教务主任。

11 月,于《新经济半月刊》(重庆)第一卷第 1 期发表《计划后方经济建设方针拟议》。

1939 年

1 月至 8 月,于《今日评论》(昆明)先后发表《培植我们的经济力》(第一卷第 1 期)、《战时经济建设的几个原则》(第一卷第 13 期)、《法币汇价问题》(第二卷第 1 期)、《抗战中的经济政策》(第二卷第 3 期)、《法币汇价问题申论》(第二卷第 8 期)。

是年,于《今日评论》“时评”专栏陆续发表《苏日摩擦》(第一卷第 1 期)、《推行兵役》(第一卷第 2 期)、《国际经济制日的端倪》(第一卷第 3 期)、《华北法币伪币问题》(第一卷第 10 期)、《英国贷款》(第一卷第 12 期)、《12 万万元建设及军需两项公债》(第一卷第18期)、《华北伪币狂跌》(第一卷第21期)、《日元在沪跌价》(第一卷第22期)。

1940年

1月、6月,于《今日评论》先后发表《政治经济化》(第三卷第1期)、《通货膨胀性质的一斑》(第三卷第22期),其间,于该刊"时评"专栏发表《农贷与合作》(第三卷第12期)、《英法新经济攻势》(第三卷第15期)。

10月,兼任西南联合大学商学系主任[①](至1945年11月)。

1941年

2月,于《新经济半月刊》第四卷第10期发表《物价、财政与建设》。

3月,于《今日评论》第五卷第11期发表《经济统制的礁石》。

1944年

5月,于财政学、经济学说史之外,又承担为本科生主讲经济学概论课程。

1945年

10月,发表联名通电《国立西南联合大学张奚若等十教授为国共商谈致蒋毛电文》("十教授公开信"),刊载于《民主周刊》(昆明)第二卷第12期。

11月,任清华大学(北平)校产保管委员会主席(至1946年10月),同时由国民政府教育部任命为清华大学接收委员。于西南联合大学辞去经济学系主任、商学系主任等本兼各职。飞返北平,接收并整理清华大学校产,遣送清华园内日本战俘。

---

① 陈岱孙先生在西南联合大学的兼任职务尚有:一年级学生课业指导委员会委员,毕业生成绩审查委员会委员,西南联大与北平图书馆合作委员会委员,代表西南联大参加西南经济调查合作委员会并担任召集人。

1946 年

1 月至 7 月，接收并整理清华大学校产，修复校园，扩充校舍，添置图书设备，筹备 35 周年校庆(4 月 28 日)。

3 月，发表联名意见书《北平名流对于东北问题的意见》，刊载于 3 月 7 日全国各大报章。

8 月，主持清华大学复员后的新学年招生考试及考卷评阅。

10 月，兼任清华大学政治学系主任(至 1948 年 6 月)。

1947 年

7 月，于《现代知识》(北平)第一卷第 6 期发表《经济自由与政治自由》。

8 月，发表联名意见书《我们对于"经济改革方案"之意见》，刊载于 8 月 28 日《大公报》(天津)。

1949 年

5 月，由北平市军事管制委员会文化接管委员会任命为改组后的清华大学校务委员会常务委员兼法学院院长。

是年，任华北高等教育委员会委员。

1950 年

3 月，由中央人民政府教育部任命为再次改组后的清华大学校务委员会委员兼法学院院长。

5 月，出席中国民主同盟文教委员会和光明日报社举办的高等教育问题座谈会。

6 月，出席教育部召开的第一次全国高等教育会议。

1951 年

任北京市人民代表(至 1952 年)。

1952 年

9 月，调任中央财政经济学院第一副院长（代理院长），主持学院筹建。

1953 年

8 月，调任北京大学经济系教授（至 1984 年 8 月），专授经济学说史课程。

1954 年

7 月，任北京大学经济系主任（至 1984 年 2 月）、校务委员会委员。

是年至 1997 年，历任全国政协第二、三、四、五、六、七、八届委员，第六、七届常务委员。

1956 年

任国务院科学规划委员会委员、经济学组副组长。

被评为一级教授（“高教 1 级”）。

1957 年

3 月，于全国政协第二届第三次会议联名提案，建议在高等学校开设人口学课程、设置人口学专业，以及在中国科学院成立人口问题调研机构。

1959 年

于《经济研究》1959 年第 10 期发表《从教学和研究工作谈谈经济科学的发展》。

是年，撰写完成《经济学说史》讲义（二十六章，三册），供北京大学经济系教学使用。

1960 年

撰写完成《十九世纪末二十世纪初资产阶级庸俗经济学》讲义（三章，一册），供北京大学经济系教学使用。

1961—1964 年

为《经济学说史》全国统编教材撰写“德国的旧历史学派”、“德国的新历史学派”、“美国的制度学派”、“奥地利的边际学派”、“美国的边际学派”、“马歇尔的经济学说”等六章内容。

1978 年

7 月，为厉以宁《论加尔布雷思的制度经济学说》作序。

1979 年

11 月，于北京大学经济系做学术报告《魁奈〈经济表〉中再生产规模的问题——从〈经济表〉的版本、模式讲起》，报告稿后刊载于北京大学经济系《经济资料》1980 年第 5 期（总第 19 期），1988 年 3 月由《马克思主义来源论丛》转载。

是年，任北京大学学术委员会委员、政治经济法律学术委员会分会主任委员、经济系学术委员会主任委员。

是年，北京大学经济系《经济科学》创刊，任主编，发表代发刊词《经济科学研究要为四个现代化服务》。

1981 年

1 月，《从古典经济学派到马克思》由上海人民出版社出版（1982 年 7 月作为高等学校教材重印，1996 年 10 月由北京大学出版社作为“北京大学名著系列”重印）。

3 月，中国经济学团体联合会成立，任顾问。

5 月，中华外国经济学说研究会成立，任会长。于四川大学及四川财经学院做学术报告《规范经济学、实证经济学和西方资产阶级经济学说的发展》，报告稿刊载于《经济科学》1981 年第 3 期。

9 月，于中国经济学团体联合会首届年会（大连）做题为《理论联系实际与经济科学的发展》的发言，发言稿刊载于《经济科学》

1981 年第 10 期。于《世界经济导报》(9 月 21 日)发表《在调整中作出补救》。

10 月,《政治经济学史》由吉林人民出版社出版,任主编,并撰写“重商主义的经济学说”、“法国资产阶级古典政治经济学的发展——重农学派”、“英国资产阶级古典政治经济学的完成者——李嘉图”、“法国资产阶级古典政治经济学的完成者——西斯蒙第”、“法国和英国资产阶级庸俗政治经济学的产生”、“十九世纪三十年代到一八四八年革命时期资产阶级政治经济学的进一步庸俗化”、“英国的李嘉图派社会主义者”、“法国空想社会主义的宗派发展”、“法国四十年代小资产阶级社会主义的发展”等九章内容。

11 月,由国务院学位委员会公布为我国首批经济学博士生导师。于《世界经济导报》(11 月 2 日)发表《经济学应是致用之学》。

1983 年

5 月,于《北京大学学报》(哲学社会科学版)1983 年第 3 期发表《现代西方经济学的研究和我国社会主义经济现代化》。

1984 年

1 月,于《经济学周报》(1 月 2 日)发表《坚持马列主义普遍真理与中国革命实践相结合》。于西南联合大学北京校友会成立会做题为《民主和科学的传统》的发言,发言稿刊载于西南联合大学北京校友会《简讯》(1984 年 1 月)。

8 月,以《西方经济学中经济自由主义和国家干预主义两思潮的消长》为题,于武汉向华中工学院经济研究所师生和中华外国经济学说研究会工作会议与会者做两次学术报告。

于《高教战线》1984 年第 8 期发表《“通才”与“专才”》。

是年,北京大学经济系改组为经济学院。任北京大学经济学院教授、博士生导师、校务委员会副主任。

是年,清华大学经济管理工程系改组为经济管理学院。任清华大学名誉教授、经济管理学院名誉院长。

1985 年

4 月,于《清华经济管理研究》创刊号发表《关于经济学学习问题的一次谈话》、《关于工科大学办经济管理院系的问题》。

5 月,于"中国社会主义经济理论的回顾与展望"学术讨论会发言,发言稿刊载于《经济学动态》1985 年第 7 期。

1986 年

6 月,于《人民日报》(6 月 6 日)发表《经济理论的探索、创新和"百家争鸣"》。为宋承先等《当代西方经济思潮》作序。

是年,《中国大百科全书·经济卷》由中国大百科全书出版社出版,任副主编、外国经济思想史分支学科副主编,并撰写"西方经济思想史"、"英国古典政治经济学"、"重农学派"、"魁奈"、"杜尔阁"、"劳动价值论"等条目。

1987 年

1 月,为晏智杰《经济学中的边际主义》作序。

3 月,于《红旗》杂志 1987 年第 6 期联名发表《关于当代西方经济学评价的几个问题》。

1988 年

5 月,为曹凤岐《货币金融学》作序。

10 月,以王宽诚教育基金会学术讲座学者名义,应邀访问香港中文大学,以《西方经济学中经济自由主义和国家干预主义两思潮的消长》为题,向经济系师生做学术报告。

1989 年

4 月,为范家骧、高天虹《当代西方经济学》作序。

11 月,《陈岱孙文集》由北京大学出版社出版。

1990 年

于《真理的追求》1990 年第 1 期发表《亚当·斯密思想体系中,同情心和利己主义矛盾的问题》。

10 月,为赵崇龄《外国经济思想通史》作序,为商德文《马克思主义经济思想史》作序。

1991 年

7 月,《国际金融学说史》由中国金融出版社出版,与厉以宁联合主编。

8 月,为晏智杰《近代西方经济学史》作序。

1992 年

2 月,《新帕尔格雷夫经济学大辞典》(中文版四卷本)由经济科学出版社出版,任主编并作序。

1994 年

12 月,《陈岱孙学术论著自选集》由首都师范大学出版社出版。

1995 年

于《高校理论战线》1995 年第 5 期发表《注意污染工业的转移,严防引进"赌博经济"》。

1997 年

7 月 27 日,于北京医院辞世,享年 97 岁。

弦歌不绝　道德文章*

厉以宁

一

岱孙先生是1953年调入北京大学经济系的。在这以前，他担任中央财经学院副院长之职约一年之久，再以前，他在清华大学经济系任教达25年。也就是说，他在美国哈佛大学获哲学博士学位后，就到清华大学，一直到1952年院系调整，清华大学撤销经济系才离开。岱孙先生来北京大学后，到现在已有44年，他在北大的教龄超过了在清华的教龄。无怪乎他时常对我们说："北大清华都是我的母校，我是清华人，也是北大人。"

岱孙先生1953年来北京大学经济系任教时，我是三年级学生。他担任经济学说史课程的教学。这是一学年的课程，他和他的学生徐毓楠教授共同任教。古代希腊、罗马经济思想、中世纪经济思想、重商主义部分由徐毓楠先生讲授；重农学派、古典学派以及从萨伊到马歇尔的各派经济学说，由岱孙先生讲授；凯恩斯学说则又

---

* 原载于《经济研究》1997年第9期，略有改动。

由徐毓楠先生讲授。徐毓楠教授是岱孙先生的高足，不幸于1958年病逝。此后，经济学说史就由岱孙先生一人长期主讲了。凡是听过岱孙先生讲课的学生们都有一个感觉：艰深难懂的西方经济学理论经过岱孙先生的讲授，变得易于被人们所理解，例如关于魁奈的《经济表》的来历与含义，经过岱孙先生的讲解，很快就被学生弄懂了。因此，在“文化大革命”以前的那些年内，岱孙先生讲授的经济学说史是北大经济系最受学生们欢迎的一门课程。

岱孙先生一直担任教学工作。临近90岁之际，他才不亲临讲坛，但仍在家中对博士生、硕士生、青年教师面授，解惑释疑。他把毕生精力献给了经济学的教学工作。他是一位受到人们尊敬的长者、教师。在1990年为他庆祝90岁生日时，我代表受过他多年教诲的学生们向他献上一首词，以表示我们的敬意。

秋 波 媚

贺陈岱孙先生九十寿辰

忧国少年越重洋，回首几沧桑。人间早换，武夷更秀，闽水流长。 弦歌不绝风骚在，道德并文章。最堪欣慰，三春桃李，辉映门墙。

二

岱孙先生早年留学美国，对西方经济学说有精湛的研究。以后在清华和北大又多年讲授西方经济学和经济学说史等课程，在教学中深切感受到西方经济学对我国学术界的影响以及我国学术界对西方经济学的看法的变化。在80年代，他曾多次撰文就现代西方经济学研究和我国现代化的关系进行阐述。他的不少见解是中肯的,也是深有启示的。

岱孙先生指出,社会主义现代化经济建设是一个没有完全解决的新课题,它既是一个社会实践的问题,又是一个学术理论问题。从50年代初开始,我国学术界同西方经济学几乎处于隔绝状态,而主观上当时我们采取自我封闭的态度,拒绝了对西方经济学说的任何注意,这样,到"文化大革命"结束时,我们对西方经济学的发展情况基本上是无知的。改革开放以后,情况变了,正如岱孙先生所说,"经过20多年的隔绝,外国经济学,对于一些人来说,变得十分陌生,陌生不免引起目眩;过去的自满也许变成自疑,由自疑而变为不加审别的推崇。"①目眩和不加审别的推崇,在岱孙先生看来,尽管只不过是一种不可避免的过渡现象,但对于我们自己的经济学的发展仍然是不利的,因此,有必要在这个问题上进行科学的分析。岱孙先生语重心长地写道:"我们既要承认外国经济学,在其近年的发展中,在其推理分析、测算技术、管理手段等等方面有若干值得参考借镜之处,又不要盲目推崇,全盘搬套。"②这是因为,"在经济学,或者可以说在整个社会科学范围里,社会经济制度是一个恒定的前提。……经济学作为一门科学,在考虑分析经济现象的时候,不能不关切到作为这些现象基础的人和社会,从而不能不受到存在于不同社会中的不同道德伦理观念的影响、制约。"③因此,经济学作为社会科学,同物理学、天文学等是有区别的,在研究自然现象时可以不需要社会价值判断,而在研究经济现象时则不可能真正超

① 《陈岱孙文集》下卷,北京大学出版社1989年版,第876页。

② 同上书,第876—877页。

③ 同上书,第877页。

脱于社会价值判断。这正是岱孙先生长期以来一直坚持的看法。

岱孙先生接着认为，尽管现代西方经济学作为一个完整的理论体系，不能成为我们研究、制定我们经济、社会发展的指导思想，却不等于说其中没有值得我们参考、借镜、利用的地方。他列举了五个方面的研究，认为它们对于促进我国现代化是有用的。这五个方面是：

1. 关于企业、事业的经营与管理的研究，包括企业组织、劳动管理、能源、原料的有效利用，工艺技术的改良、更新，产品品种、质量与市场的关系、成本计算、经济监督与审计等。

2. 国民经济的综合平衡分析，例如投入产出分析等。

3. 微观经济学中关于商品的需求和供给、价格和销售量、竞争和垄断等有关市场机制的分析。

4. 数学方法的应用。

5. 西方经济学中有关现实经济的缺陷和问题的研究，例如资源耗竭、工业化和环境污染、生态平衡、分配失调、社会危机的分析等。

应当指出，在 80 年代初，在长期与西方经济学隔绝之后重新接触到西方经济学之际，岱孙先生高瞻远瞩，科学地阐明了我们对现代西方经济学应当采取的态度，使得不少人（包括从事经济学教学的教师、经济研究工作者、高等学校学生、政府工作人员、新闻工作者）从中受益。直到今天，当我们重新阅读岱孙先生当时撰写的这些文章时，仍能得到许多启示。

三

岱孙先生从哈佛大学获得博士学位回国后，始终在教育岗位上工作，教书育人。但他决不是从书本到书本、脱离现实经济的人。他的一句名言在经济学界流传着，这就是：经济学是致用之学。①

关于“经济学是致用之学”这一提法，岱孙先生先后在不少场合作了阐发。他说道：“古往今来，与经济学有关的理论，或者经济学本身，应该说是一种致用之学，而不是纸上谈兵。它所要解决的问题来自实际，经过探讨，形成理论之后，又反过来指导实际。”②

岱孙先生所说的“致用”，决不是那种急功近利的、狭隘的“学以致用”。他是反对所谓“急用先学”、“立竿见影”的做法的。他认为这是把“经济学是致用之学”庸俗化的表现。在1981年撰写的《经济学是致用之学》一文中，他对“致用”二字作了十分精辟的解释。他写道：“从16世纪说起，迄于今日，古往今来的所有经济学家或学派的经济思想的产生、发展都离不开一‘用’字。先是，新的经济情况提出了待决的问题。然后经济学家就是针对这些经济现实所提出的问题进行了解、分析；对其有关事物的运动提出有论据的解说，形成了理论。这理论又反过来指导、促进、制控现实成为制定经济政策的依据和基础。”③可见，“致用之学”指的是：经济学产生于实际而又要用于指导实际、变革实际，经济学不能成为“不食人间烟火”的、一无用处的学问，那样一来，经济学就会失去“存在的理由”。④

岱孙先生的这些见解是在改革开放之初发表的。在当时的情况下，确有一些人依然迷恋于过去那种从书本到书本，甚至从经典

① 《陈岱孙文集》下卷，第860页。

② 同上。

③ 同上书，第864页。

④ 同上。

著作到经典著作的研究方式，而不了解近二十年来世界经济形势的变化，不了解党的十一届三中全会以后中国经济形势的变化；同时，也有少数人在接触到现代西方经济学说之后，对于数量分析方法十分倾心，以为可以通过纯粹的数学推导而使经济学跻入“真正的科学”行列。岱孙先生认为这两种倾向都是不对的。他指出，书本当然要读，经典著作当然需要钻研，数学分析也无疑相当有用，但最要紧的是理论联系实际，是学以致用。所以他写道：“总之，我们认为经济学应该是致用之学。我们反对不切实际的一切空谈。但另一方面，我们也反对在我们这一学科中，只谈技术、操作而取消一切学理的相反极端。”①

岱孙先生的这番话影响了许多人，特别是恢复高考制度之后在 70 年代末、80 年代初踏入经济类学科的大学生。

四

对“经济学是致用之学”的阐释必然涉及到西方经济学中规范经济学与实证经济学的划分问题。岱孙先生也在这个问题上发表了自己独到的见解。

规范经济学（normative economics）和实证经济学（positive economics）是最近若干年来在西方经济学界盛行的两个名词。两者的区别在于是否把社会价值判断考虑在内。实证经济学是不考虑社会价值判断的，它企图答复“是什么”或“不是什么”的问题。规范

① 《陈岱孙文集》下卷，第 873 页。

经济学则考虑社会价值判断，它企图答复“应当是什么”或“不应当是什么”的问题。尽管实证分析与规范分析在许多场合是不可分的，即两者往往结合在一起，但由于彼此的侧重点不同，试图解释的问题不同，所使用的方法也不同，所以规范经济学和实证经济学仍然存在着明显的区别。有些经济学家主要从事规范经济学研究，有些经济学家主要从事实证经济学研究，也有些经济学家兼而从事规范与实证两个方面的研究，这本是正常现象，并无高低上下之分。

然而，近年来在国外经济学界却存在这样一种偏见，即认为只有实证经济学才是真正的科学，而规范经济学则被排斥于科学的大门之外。这种偏见自80年代以来也对我国的经济学界发生某种影响，一些人误以为实证经济学不仅高于规范经济学，甚至只有实证分析才是经济学中唯一可以被使用的方法。岱孙先生认为这种偏见是有害的。他指出：“实证经济论者否定价值判断。但是，否定不等于它不存在。数学模型分析了各种变量之间关系，得到一个结果。但这结果是否符合社会实际，完全与社会判断无关吗？当然不是。”①既然任何实证分析都离不开它所设定的社会经济前提条件，也都不可能把研究成果置于社会经济环境之外，可见社会价值判断是始终无法回避的现实。

岱孙先生以经济学说史上各种经济学说的产生与发展为例，详细说明了规范分析与实证分析相结合是经济学的一贯原则。他指出，19世纪以前，大多数经济学家都以价值判断为出发点，古代希腊、罗马的经济思想家，中世纪的经济学家，古典学派的亚当·

① 《陈岱孙文集》下卷，第901页。

斯密、李嘉图等人,都有自己的价值判断,规范研究与实证研究当时是不分的。19 世纪后期,奥地利经济学家庞巴维克写了一本《资本实证论》,正式地提出了“实证论”这个字眼,但即使如此,书中还是采取逻辑分析而没有采取数学分析。直到 20 世纪 30 年代以后,随着经济计量学的发展,实证分析才得到较大的进展。然而与此同时,规范分析也在继续发展,对经济增长的价值判断,对生态经济的研究,对福利制度的分析等等,都表现规范经济学在研究中取得长足的进步。规范分析决没有消亡,也不会因为有人只推崇实证分析与排斥规范分析而销声匿迹。岱孙先生的结论十分清楚:规范分析与实证分析的结合,不仅是必要的,也是必然的;要使经济学成为致用之学,既离不开实证分析,更离不开规范分析。

五

作为经济学说史的长期研究者,岱孙先生对于西方经济学中的“正宗”与“异端”之间的关系的分析是十分精彩的。在他以前,我们还从来没有看到过如此深刻的论述,国外经济学文献中没有,国内经济学文献中也没有。

岱孙先生写道:“所谓‘经济学正宗’是指那种‘既定体系的’或‘已被确认的’经济学说。这种学说已被认为是‘权威’,代表着‘正统’的观点。……‘异端’或‘外道’,则指那些与‘正统’相悖而行的学说。它们虽然也是统治阶级的思想,也‘在思想形式下’表现了‘统治的物质关系’,但还不曾被公认为一种‘权威’,还不曾被看成是一种‘既定的’体系。它们被排斥于‘正统’观念之外。它们对‘经济学正宗’采取不同程度的‘批判’态度。”[①]这一段论述从总体上说明了西方经济学中“正宗”与“异端”在社会上的地位，以及它们与统治阶级的思想之间的关系。

但“正宗”与“异端”在社会上的地位也可能改变。岱孙先生接着分析道：“‘正宗’和‘异端’或‘外道’不是固定不变的。‘异端’或‘外道’以经济学‘正宗’的‘叛逆者’的姿态出现，经过一段时间的论战，有的‘异端’或‘外道’或者掺入原来的‘正宗’，终于与之合流，或者取代了原来的‘正宗’，成为新的‘正统观念’的代表。但有的‘异端’或‘外道’则始终处于原来的被排斥的地位。这是经济学说史上常见的现象。”[②]岱孙先生以丰富的经济学说史资料证实了这一论断。一个明显的例子就是凯恩斯经济学的兴起。

凯恩斯经济学产生于20世纪30年代。在这以前，西方经济学的‘正宗’是以马歇尔为代表的经济埋论。根据这一正统的西方经济理论，经济自动维持均衡被看成是天经地义的，因此政府不必对经济进行干预。凯恩斯关于政府干预的学说在其初出现时，是与马歇尔经济自由主义传统相悖的，因此它以“异端”或“外道”的姿态出现。但最终凯恩斯经济学取代了以马歇尔为代表的“新古典经济学”的“正宗”地位，而成为新的“经济学正宗”。岱孙先生就此写道：这一例子表明，“在一定的条件下，‘正宗’与‘异端’或‘外道’可以互相转化，绝对的‘正宗’是不存在的。”[③]

岱孙先生的上述分析对于我们理解西方经济学说的发展非常有用。既然“正宗”与“异端”可以相互转化，既然在西方经济

① 《陈岱孙文集》下卷，第998页。

② 同上书，第998—999页。

③ 同上书，第1001页。

学中无论“正宗”还是“异端”都表现为占统治地位的阶级的思想形式，那么西方经济学说发展的脉络就十分清楚了。在西欧，中世纪的“正宗”是经院派经济思想，中世纪晚期的重商主义学说则是一种“异端”，但随着历史的演进，重商主义终于从“异端”变成了“正宗”。重商主义学说大约盛行了200年。到了17世纪末和18世纪初，在重商主义仍然占着“正宗”地位的同时，古典经济学开始出现，这时，古典经济学也是以“异端”的姿态向重商主义这一“经济学正宗”挑战的。终于到了19世纪初，古典经济学又成为新的“正宗”。经济自由主义学说大约在经济学论坛上占据了100年稍多一些的“正宗”地位，此后，正如前面所说的，凯恩斯经济学以“异端”形式出现，并最后成了新的“正宗”。从经济学说史上的这些演变，我们可以对当代西方经济学中的各派论争的来龙去脉有清晰的了解。岱孙先生的论述无疑给了我们一把宝贵的钥匙。

六

四十多年前，当我在北京大学经济系三年级刚听他讲课时，我还只是20岁刚出头的青年学生。岱孙先生整整长我30岁，他那时也只是50岁刚过两三年。风风雨雨，岁月如梭。不平静的1957—1959年，动荡的“文化大革命”十年，改革开放以后的18年，我们都在一起。我的两个孩子，都曾受教于他。他送给他们两人的著作，他们都珍藏着。1979年春天，党的十一届三中全会闭幕后才三个多月，我陪他去杭州开会，为期一个月，同住在一个房间内，朝夕相处。他随身带的是《六朝诗选》,一有空,就翻开来阅读。他没有睡午觉的习惯,中午我睡了,他就读诗消遣。傍晚时,我们一起散步,边谈边笑,谁都不会料到他当时已经79岁了。

我有幸在1985—1987年间同岱孙先生合开过两门课程,一是“西方经济学名著选读”,另一是“国际金融学说专题”,选课的都是北京大学经济学院的研究生和中国人民银行总行研究生部的研究生。岱孙先生自己讲凯恩斯以前的部分,而把凯恩斯和凯恩斯以后的部分让给我来讲。我每次讲授时,他都同选课的学生一起听。他也在自己的笔记本上作些简要的记录,课后同我讨论,指出有哪些不足或在下一次讲授时应当注意的地方,那时他已八十多岁了。他那种一丝不苟的精神,令我非常感动。我常想,他老人家如此德高望重,而在对学生负责方面却仍同几十年前我做学生时那样,我们这些后辈还有什么理由不认真备课,不认真授课呢?

我同岱孙先生合作的一项科研成果,是“七五”时期国家哲学社会科学研究重点项目和国家教委文科博士点科学研究项目的产品《国际金融学说史》,全书共60余万字,分为36章。岱孙先生和我共同主编,1991年由中国金融出版社出版。定稿时,他对某些术语的译名反复推敲。校对清样时,他亲自过目,某些地方用铅笔打上记号,批道“以宁再斟酌”。一位90岁的老人这样细心、严谨、求实,怎不使我们肃然起敬?《国际金融学说史》一书被认为填补了国内外经济学说史研究领域中的一块空白,这也是岱孙先生晚年最高兴的事情之一。担任各章撰写的,包括我在内,全都是岱孙先生的弟子。正如该书前言的末尾所写:“本书自1987年拟定写作提纲开始,历时4年,于1990年全部定稿,适逢陈岱孙先生九十寿辰，本书的完成也可看作他的学生们对这位受尊敬的老师的祝贺。”

岱孙先生的身教言教，使他所有的学生受益无穷。丹心耿耿，春雨潇潇，天地宽阔，师道长存。

一部科学性和革命性相结合的专著：《从古典经济学派到马克思》*

晏智杰

由于抗战期间岱老的《比较预算制度》一书原稿毁于战火，而日后几十年间主客观各种原因的影响，以致直到史无前例的"文化大革命"结束，岱老没有专著问世；因而《从古典经济学派到马克思》就成为岱老迄今唯一的学术专著而倍受人们的关注和好评，1981年出版以来一再重印，成为人们研读西方经济学和马克思主义经济学的必读的重要著作。

这是很自然的。像本书这样以专题形式撰写的经济学说史论著，在新中国成立以来的中文文献中尚不多见。作者学识渊博、视野开阔、论断精辟，读来常给人高屋建瓴、融会贯通之感。准确和凝练的文字表述更增添了人们研读的兴趣。当然，本书的价值，最主要的还在于其高度的科学水平和深厚的学术底蕴。本书对从古典经济学派到马克思这一重要时期的主要学说的发展，作了马克思主义的说明，是一部科学性和革命性相结合的专著。作者在不

---

* 本文原载《马克思主义来源研究论丛》第3辑，商务印书馆1983年版。收入本书时做了个别文字改动。《从古典经济学派到马克思》，上海人民出版社1981年版；北京大学出版社1996年再版；还收入《陈岱孙文集》下卷和《陈岱孙学术论著自选集》（首都师范大学出版社1994年版）。

少问题上发表了具有创见性的见解,即使是人们比较了解的一些问题,作者的论述无论在广度和深度上也是与众不同的。

同构成全书主体部分的各章相比,绪论的篇幅不算很大,但是它在全书具有特别重要的意义。它以编年史的形式对该时期的经济学发展史作了一个总的鸟瞰,着重阐述了有关人物和学派的历史地位,因而对全书起着举纲张目的作用。

绪论伊始,作者对英法早期资产阶级经济学派代表人物的评述就显得与众不同。作者没有满足于指出配第和布阿吉尔贝尔在经济学理论方面的奠基人作用,而是着重强调了以他们的理论为开端,古典派在研究方向上所实现的历史性转变。而对这一转变所达到的成果也未限于指出从流通领域过渡到生产领域,而是更进一步地肯定,这一过渡必然以研究对象从交换关系过渡到生产关系为特征。这一特征既为作者所援引的上述二人探求交换关系背后的“真正价值”和“自然价格”这一事实所证明,又因排除了商品拜物教的存在所可能引起的误解而得到了充分的肯定。作者还指出,古典学派并未完成研究方向上的这个转变过程,后来的庸俗经济学则越来越远地背离了这个方向,因此,实现和完成这个转变就成为以后经济科学发展和变革的一个关键。

马克思曾经指出:“重农学派的重大功绩在于,他们在资产阶级视野以内对资本进行了分析”。读过作者对以魁奈为首的重农学派的论述,对马克思的这一论断定会有具体而深切的领会。透过魁奈独特的理论形式,作者提炼出了魁奈关于资本的地位和作用、社会资本的形成、收入再生产的规模、社会总生产的消长等观点。其中尤其令人感兴趣的有以下两点:第一,作者依据魁奈关于三种耕作技术的不同经济效率的比较分析,提醒读者注意,重农主义者虽然通常把“纯产品”归结为土地自然力的赐予，但这还只是一个外观，实际上他们不知不觉地把农业增产从而“纯产品”的有无和多寡，同农业的集约投资联系在一起，也就是说，“纯产品”不是自然赐予，而是农业资本收益。第二，作者依据对魁奈《经济表》的全面研究，在指出魁奈把土地所有者的消费抉择看作左右资本积累、决定再生产规模的力量时，特意说明，魁奈的分析没有限于人们通常所认为的简单再生产，而是涉及扩大的和缩小的社会再生产。指出这一点，在现有的中文文献中还是首次。第三章对此作了详尽的解说。

作者对亚当·斯密、李嘉图和西斯蒙第的评析也是富有新意、不落俗套的。通过对贯穿于斯密理论体系中的两根轴线及其对比关系的考察，作者把这一理论体系的资产阶级实质及其历史地位鲜明地呈现在读者面前。作者指出，斯密起先把劳动看作增加国民财富的首要因素，但在他进而考察资本时，又把推动劳动的资本看作决定性因素；斯密在说明生产性劳动时，曾把劳动看作产生资本的前提，但在说明资本积累时，又把资本家的节俭视为资本积累的决定性因素，勤劳又退居次要和间接的地位。作者又指出，斯密价值论和分配论上的二元论，正是在肯定劳动作用的同时，又强调资本作用这一观点的反映。这一观点还表现在，斯密首次把资本家作为一个社会基本阶级，肯定了资本家的重要地位；又把利润首次作为一个本源的收入，确认了利润范畴的独立性。斯密虽不可能对利润范畴做出完全科学的解释，但他为此后的经济学家提出了这个课题，这正是斯密作为一个资产阶级经济理论家的历史贡献及其地位之所在。然而，斯密理论又带有阶级利益调和性和与封建制度相妥协的一面，作者依据英国资产阶级革命不彻底性这一历史背景,对此作了说明。

李嘉图是古典经济学的完成者。他在科学上的主要贡献,在于以其收入分配理论,公开地揭露了资本主义社会的阶级矛盾。作者不仅对构成这一贡献的各个基本点作了阐述,而且着意于勾勒出这些理论之间的内在联系。此外,对于李嘉图的主要著作之所以要把分配问题置于中心这一事实的解释也是很有启发性的。作者指出,由于历史条件的不同,斯密先肯定劳动的作用,而后又强调资本家的节俭对资本积累的作用,李嘉图则进一步从资本的开源方面来考察资本积累形成和扩大的最大可能性。

西斯蒙第在资产阶级古典经济学中占有特殊的地位。他从小资产阶级立场出发,观察和批判资本主义社会,以对自身怀疑的方式结束了法国古典经济学,并为小资产阶级社会主义和经济浪漫主义奠定了基础。作者围绕着这个中心论点评介了西斯蒙第经济理论的各个主要方面。

作者在绪论第二部分概述马克思在政治经济学中所实现的革命转变时强调指出,同资产阶级古典经济学相比,马克思的经济学说是在新的历史条件下,以无产阶级立场、观点和方法,对资本主义生产方式所作的科学分析,它既是对前人思想的批判和继承,又是崭新的科学成果。

第一章考察劳动价值学说的历史,概括而又重点突出地从古希腊、罗马迄马克思时代为止,人类在认识商品经济的规律方面所经历的基本阶段以及获得的科学成果。

资产阶级古典政治经济学奠定了劳动价值学说的基础,这个学说是他们的一个主要贡献,然而,与一般的著作不同,作者在这里不是直接从古典学派谈起，而是追溯了古典学派以前的思想家对价值和劳动关系的认识过程。作者的研究表明，这个过程是漫长而曲折的，它不始于封建晚期的重商主义，甚至也不始于封建早期和盛期神学家的“公平价格”理论，而是应当追溯到上古奴隶社会哲学家的“值”的概念。两千多年间，它大体经历了以下几个阶段：提出问题并作了最初的分析尝试（如柏拉图和亚里士多德）；受到重视并且比较明确地肯定劳动与价值的关系（如奥古斯丁、马格努和亚奎纳）；被忽视而不被研究（重商主义）。

作者不但刻画了上述认识过程，而且着重指出了这一思想发展之“流”同社会经济发展之“流”的内在联系，从理论与实践的结合上讲清楚了认识历程之所以漫长而曲折的根由。作者指出：“对于价值的认识和研究的过程反映了商品经济和商品价值本身的发展过程。”价值规律作为商品经济的基本规律，在简单商品生产和资本主义生产中是普遍存在的，而且随着商品生产的发展，它的作用是愈益扩大了。然而，最初以劳动作为价值标准的常识，到后来反而要重新被发现出来，其原因在于有若干复杂的因素掩盖和模糊了价值自身的性质和作用。作者分析了这些复杂的政治和经济因素以后指出：“商品价值和劳动关系的认识不始于古典学派。古典学派的功绩在于这种认识为层层掩蔽因素长期湮没之后，重新予以发现和发展。”作者在这里提出问题的方式和对问题的解答都是很有启发性的。

在对古典学派价值学说的评述中，最引人注意的，莫过于对亚当·斯密价值论所作的独到而深刻的分析了。自从李嘉图指出亚当·斯密在价值源泉和价值尺度问题上存在着不一贯性的看法以来,认为在决定价值的劳动概念上有着二重性的观点似乎已经成为定论,而耗费劳动和购得劳动又确似一对相应的概念。然而,作者对斯密有关价值论的完整分析表明,这种传统的看法是不妥当的。问题的关键,首先在于理解斯密。这里的分析是在价值尺度和价值决定这两个层次上进行的,并且是在提出"交换价值的真实尺度"以后,再进一步探讨这尺度本身被什么因素所制约,即说明"商品的真实价格"由什么构成。其次,分析表明,斯密在说明尺度时,确曾把上述两个概念相混同,把耗费劳动也视为价值尺度,但在说明价值决定时,他又区别了这两者,从而区别了耗费劳动和购得劳动,不认为购得劳动决定价值。斯密认为,决定价值的因素,在"原始社会"是生产商品所需要的劳动,在"文明社会",则是工资利润和地租等收入。这说明在价值决定问题上,斯密的真正的二元论是耗费劳动论和收入决定论。作者还指出,斯密对价值规律在社会发展的不同阶段上作用形式变化的误解,有其深刻的阶级立场和世界观上的根源。

此外,作者对古典派在价值论上的发展所作的比较研究也是很有特色的。在读过本节以后,读者不难发现他们认识的历史进程。例如,配第在价格形式上探讨价值,富兰克林、斯密和李嘉图则进了一步,在交换价值的形式上研究价值,但他们都没有能抽象出独立的价值范畴。又例如,配第虽然未能区分价值和价格,然而他在货币形式上对价值的考察,却为进而认识价值及其源泉的社会性质开辟了道路。布阿吉尔贝尔抛开货币探讨"真正价值",固然较易发现价值与价格的关系,但却导致了价值与价格的混同,模糊了价值的社会性质。再如,斯密和李嘉图由于阶级的局限而造成的混同价值和生产价格的错误,使他们都不能科学地说明价值规律及其转化形式,结果导致富于历史感但在理论上不一贯的斯密提出了二元的价值论,又使理论上坚定的李嘉图宣布价值规律的变形为价值规律的例外,使其价值论在解释利润时必然陷入不可解脱的矛盾。

作者全面论述了马克思在劳动价值学说上所实现的革命变革,阐述了马克思如何在批判继承古典派的基础上,发展并完成了根本不同于古典派理论的劳动价值学说。同一般的说法不同,作者在这里没有局限于价值范畴的确立、劳动二重性理论的首创、价值形式理论以及商品拜物教等几个方面,而是把价值的转化形式理论也包括在内,视为马克思价值理论的发展和完成。这显然是从新的高度所作的新概括。作者认为,马克思的价值转化形式理论,首先体现在发现了劳动力商品这个范畴,为揭破资本主义剥削的秘密开辟了道路。其次体现在创立了生产价格理论,论证了价值规律在资本主义自由竞争条件下发生作用的形式,证明生产价格不过是价值规律的变态。“变态没有否定规律,相反地,却更进一步论证了规律。这就突破了此前劳动价值论所不能逾越的界限,完成了科学的劳动价值学说。”

第二章考察剩余价值学说史。作者首先指出:“科学的剩余价值理论的建立是马克思的功绩。”古典学派从未抽象出一般的剩余价值范畴,仅研究了它的具体形式;又局限于其数量方面,从未研究它的起源与本质。他们在某些具体形式下,“所考察的确是剩余价值,而且他们的分析也是沿着剩余劳动产物的占有和分割的路子进行的,所以我们才说他们的理论是剩余价值学说的初期形态,是剩余价值学说发展史的一部分”。在这样确立了古典派在剩余价值学说史上的先驱者地位之后,作者又指出,反映产业资本统治以前封建主义末期的特定历史条件下的商业资本利益的重商主义有关商业利润的论述,对古典派剩余价值理论的创立,也起着先驱者的作用。

作者说明了商业资本的历史地位与作用、商业利润的来源与性质所发生的历史性变化,指出重商主义者是在商业利润,更准确地说是在国际贸易利润形式上考察剩余价值的。"在当时流通支配着生产的历史条件下,利润被看作是流通的结果;它只是在买卖中产生的剩余价值……只是商业资本的'让渡收入'。"不过,作者提醒读者注意,不应将这里的让渡利润理解为一般所谓买贱卖贵的结果,"而只是由于商品的价格高于商品的实际价值的卖贵的结果"。因为在重商主义者看来,"买贱"所带来的利润无论在国内或国际贸易场合均不能增加财富,唯有价格超过价值即"卖贵"所带来的利润,才造成财富的增加。因此,重商主义才认为必须区分国内贸易和国际贸易,并认定只有后者才是财富的源泉。

作者认为:"古典学派在经济科学上主要功绩之一是在不同程度上研究了剩余价值的各种表现形式。他们把关于剩余价值的理论考察从流通领域转入生产领域,从而为分析资本主义生产奠定了基础。"在扼要论述了使古典派得以做出上述功绩的社会历史条件以后,作者依次考察了配第、魁奈、斯密和李嘉图等人的有关理论。这个考察着重从以下几方面进行。首先,指明了古典派学者究竟在哪些具体形式上研究剩余价值,显示了他们的认识发展的历程。其次,论述了古典派学者对他们所理解的剩余价值来源的说明,这个说明同各自的价值量直接有关。作者在论及李嘉图时特别指出,李嘉图虽以其利润与工资成反比例变动的规律,"突出地指出了利润是一个余额”，但却也暴露了“他只考虑剩余价值的量而忽略了剩余价值的质和起源”的缺点。他没有说明“产出”的商品何以会多于“投入”的工资价值，而只是确认了这一现实并从此出发。再次，作者强调指出，由于历史条件的变化，剩余价值的分割问题成为李嘉图理论体系的核心问题。作者通过对李嘉图地租理论的解析，使读者更清楚地理解了李嘉图何以以其分配论，论证了地主阶级利益同资产阶级和全社会利益的对立。

在上述分析中，作者既指出了古典派学者的历史功绩，又指出了他们的缺点和错误，同时，对产生其功与过的社会经济状况及阶级斗争条件都作了适当的说明。

作者对马克思所创立的剩余价值学说的论述具有两方面显著的特点。首先，不以马克思在《资本论》第一卷中所阐述的剩余价值的产生、实质、后果和历史趋势为限，而是把第二卷和第三卷的内容也包括在内，从而完整地分析了作为无产阶级政治经济学基石的剩余价值学说。这个分析不以详尽叙述这一学说为目标，而着意于提炼出构成剩余价值理论结构的骨骼和关节，即指明这一理论的基本点及其内在联系。在这个分析中，作者以“剩余价值的实现、转化和分割”来概括这里所涉及的《资本论》后两卷的有关内容，又依据马克思的论述，把它们明确地概括为关于剩余价值的五个阶段的转化运动。这五个阶段依次是：剩余价值转化为利润，一般利润转化为平均利润，剩余价值转化为商业利润，工商业平均利润转化为利息和企业主收入，以及超额利润转化为地租。

其次，作者很注意把马克思的剩余价值学说同古典派有关的论述加以比较和对照，从而有力地说明了马克思的学说是怎样在批评和继承前人有关理论的基础上建立起来的。例如，同古典派从来只在剩余价值的特殊形式上论析剩余价值相比,马克思的一大贡献就在于“确立了剩余价值作为这(指原预付价值的——编者注)超过额的一般形式和独立范畴,从而揭露了以剥削劳动为基础的资本主义生产方式的对抗性的实质”。又如,古典派由于未能区别劳动和劳动力,视工资为劳动的价值,造成了价值规律同利润存在之间的矛盾,马克思则做出了这个区分,解决了这个矛盾,在价值规律的基础上阐明了剩余价值的产生。再如,古典派从来把资本理解为物,从未从资本增值的角度划分资本,马克思则指出,资本实质上是在物的外壳掩盖之下的生产关系,并把资本划分为不变和可变的两部分。这“是马克思的一个伟大功绩”,具有重大意义。

第三章考察社会总资本的再生产和流通学说的历史发展。在这个问题上,主要由于“斯密教条”的影响,使斯密及其后继者没有做出任何发展。“而魁奈《经济表》所作的初步而有创见性的尝试,反而完全被遗忘和湮没了。恰是马克思才第一次真正地提出了这个问题。马克思在肯定和深刻地批判魁奈的贡献和缺点之后,创立了一个完整的社会资本再生产和流通学说。”所以,作者以较少笔墨述及斯密、李嘉图和西斯蒙第的“退步”,而用大量篇幅全面深刻地阐述了魁奈的天才尝试,以及马克思的伟大功绩。这一章包含许多新鲜的内容和深刻的论断,也包含了首次向我国读者介绍的关于魁奈《经济表》版本与模式情况的历史资料,并提出,在再生产规模问题上,《经济表》已涉及了扩大、缩小再生产的论证,从而增进和扩大了人们通常对此问题了解的范围和深度。这使该章成为全书最富有启发性的部分之一。

作者从形式和内容两方面介绍了魁奈《经济表》。他指出，该表的形式前后有变化，起初采取的是曲折连接线的复杂图式，随后是简化的提要图式，最后发展成为一个新的“算学范式表”(1766年)。这张表是其中最能体现魁奈意图而又简明扼要的基本形式。

作者又指出：“在内容上，《经济表》的第一、二、三版和《经济表分析》中的各表所描绘的是一个处于简单再生产均衡状态的情况。而《人类之友》、《农村哲学》、《第一个经济问题》和《第二个经济问题》中的各表则着意于说明从这个简单再生产的均衡转化为均衡各变态的运动的原因。后者实际上意味着魁奈已经从简单再生产转向扩大和缩小再生产的考察。”

在论述了魁奈关于简单再生产的分析之后，作者介绍了魁奈以其独特形式所探讨的扩大和缩小再生产的问题。“问题的关键在于‘年预付’。”依照魁奈的理论，农业年预付的增减是再生产规模扩大和缩小的前提条件。这个条件，依照魁奈对法国当时经济状况和经济政策的分析，确是可以变化的。社会消费在生产支出(农业)和不生产支出(工业)上的比例大于或小于一半对一半时，再生产将会发生扩大或缩小的变化。这是引起年预付变动从而再生产规模变动的最重要原因。此外，谷物价格的变动以及赋税政策也是影响农业家收益从而影响再生产规模的原因。“综上三例，可以看到魁奈已把分析的焦点集中到租地农业家再投资的规模和‘纯产品’的再生产的关系上。这就为资本再生产的深入分析提出了命题。”

介绍了《经济表》后，作者对魁奈的再生产学说作了全面和深入的评价，涉及到魁奈研究的角度、起点和条件等内容。读者从这个评价中会汲取到许多深刻和富于教益的思想。

作者在论述马克思的再生产和流通学说时,强调要作完整的理解,即不以《资本论》第二卷的内容为限,其他两卷也应考虑在内。“完整的学说是各组成部分的综合。”由此出发,作者首先概述了马克思对资本运动的全过程的研究,指出:“(《资本论》)第一卷的分析,实际上是资本再生产的组成部分”,它“论证了资本如何在生产过程中,通过价值的增值为其本身的生产和再生产提供了基础”;论证了资本的生产和再生产,不但表现为物质的生产和再生产,而且表现为阶级关系的生产和再生产。第二卷所研究的正是第一卷所假定的东西,论证资本在流通过程中所经过的价值形式和实物形式的补偿和更新的条件。如果说,第一卷着重于研究资本生产和再生产过程的实质,那么,“第二卷则在明确了实质的基础上,对资本再生产的形式变化进行研究”,二者合起来,才全面勾画出资本再生产的过程。第三卷的分析,“是对第二卷在资本再生产和流通问题的解答的应有补充”。当然,作者肯定第二卷是对再生产问题的本题的研究,是构成马克思的再生产和流通学说的主要内容。

其次,作者论述了马克思关于社会总资本的研究的出发点:单个资本的循环和周转。并且指出,马克思正是从社会资本和单个资本的有机联系中导引出社会资本分析的,因为社会资本是单个资本的总和,但又不是简单的加总,而是有机的整体。这个有机整体的运动必然会要求存在一定的不同于单个资本的运动的条件,这便引出了社会资本的分析,并且决定了必须以商品资本的循环作为再生产分析的基础。

作者在这样廓清了马克思分析的各种前提条件和预备性步骤之后,才转而论述马克思关于简单再生产和扩大再生产的分析,指出了这一分析的重大意义。如同其他各章一样，作者在这里并不想详尽叙述这一学说的内容，也是着意于阐明其基本点及其内在的联系，帮助读者完整而深刻地把握马克思这个重要理论的精神。

在强调马克思的再生产理论是“一个对资本主义全面运动的分析的最完整的理论”的同时，作者在有关各处也指出了马克思理论同前人理论的批判继承关系。这种关系主要反映在：马克思认为，资本运动的全过程，既非重商主义只注意的流通，也非重农主义只注意的生产，而是生产和流通二者的统一；马克思在阐述资本的三种形式及其循环时，揭露了重商主义只限于研究货币资本及其循环，而古典学派却又只限于研究生产资本循环的局限性；马克思说明了单个资本和社会资本的区别和联系，解决了古典学派所不能解答的关于什么是社会资本的问题，并在正确区分社会资本的实物构成和价值构成的基础上，全面阐明了社会资本再生产和流通的条件；在前面评价魁奈再生产学说时，作者还曾指出，就以社会资本为对象，把无数的单个资本的流通行为从一开始就联合为具有社会性质的广泛运动这个意义来说，马克思的分析同魁奈的《经济表》有一定的批判继承关系；此外，就以使用价值的不同和具体劳动性质的差别来划分社会生产部类来说，也有这种关系。至于马克思对斯密有关问题的论述，则主要是批判了他的把价值都分解为三种收入的错误的有害的教条。

第四章论述迄马克思为止的经济危机学说史。作者指出，资本主义经济危机的典型形式是以英国 1825 年危机为开端的周期性的普遍的商品生产过剩。不过，作者又指出，在这之前的约四十年间英国产业革命过程中，已有过几次非周期性的局部的工业生产过剩危机;产业革命前,已偶然发生过商业和货币信用危机。作者概述了包括这一段“前史”在内的危机史和理论史,然后转入对1825年前后开始的危机论的重点论述。

在这个论述中,作者对资产阶级经济学有关理论的分类,是首先应予注意的一点。与前面谈价值论和剩余价值论时分为古典派和庸俗派不同,在经济危机理论上,作者把他们划分为“否认普遍生产过剩危机的传统”以及“和传统对立的,承认普遍生产过剩可能性或必然性的消费不足论”。这样划分,既着眼于此后资产阶级经济危机论的发展,又符合这一段历史的真实。

作者追溯了否认普遍生产过剩这一传统形成的历史过程,这是应予注意的另一点。作者指出,斯密以前的古典派为了反对重商主义而提出的“产品以产品来购买”的论点,为此后的无危机论提供了一个理论支点;詹姆斯·穆勒和萨伊把这一论点引申为生产过剩不可能的理论(萨伊继承穆勒的思想并加以发挥);而李嘉图则因袭这两人的理论,“使否认普遍生产过剩经济危机的庸俗观点成为此后资产阶级经济学的传统”。作者还指出,除了因袭,“李嘉图的无危机论还有其特点”。第一,他把生产过剩不可能和资本过剩不可能当作一回事,而没有臆造二者的差别。第二,他比前人“更明确地提出了储蓄和投资一致的原理,并且把它和生产不可能过剩的论点联系起来”。这一原理成为此后资产阶级经济学的信条。作者对所有这些观点都作了详细的分析和批判。

消费不足论的突出代表是西斯蒙第和马尔萨斯,但是,除了将危机归结为消费不足这一点以外,他们的全部理论分析、实际结论和阶级倾向都是截然不同的。作者对他们的理论分析作了剖析,结论是:“在西斯蒙第的理论中,存在一定的积极因素,而在马尔萨斯的理论中，我们所能看到的只是极为反动的观点。”此外，作者还对消费不足论的先驱者作了探索。

作者强调对马克思的经济危机学说应作完整和准确的理解。他指出，马克思虽然没有把经济危机作为一个题目集中在某一章中加以论述，但他在对资本主义的总的理论分析中有关危机学说的各个方面，仍然构成了一个系统的学说。作者主要根据《资本论》和《剩余价值理论》的有关内容，分述了马克思关于经济危机的表现和实质、危机的根源、信用在危机中的作用等问题。在危机根源问题上，作者除了论述马克思将它归结为资本主义制度的基本矛盾以外，还论述了马克思关于生产各部类比例失调和利润率下降同经济危机的关系问题的论点，作者着重指出这些都是马克思危机理论不可分割的部分。另一方面，作者在阐述上述问题时，既很注意指出马克思同前人的不同之处，也很注意排除和澄清后人对马克思危机理论的某些曲解，这会有助于读者准确把握马克思危机学说的实质。

由于本书是在专题讲座的基础上撰写的，因而也存在一些与此相关的缺点，对此，作者有明确的交代。主要是“仍然存在着讲座格局的若干痕迹”，一些论点在各处“不免有些重复”，各章之间“前后未能一贯”，以及“各章中若干论点仍有畸轻畸重之处”等。此外，未能辟出专章论述政治经济学的对象和方法问题，似是美中不足，然而，瑕不掩瑜，这并未降低本书的学术价值。